애
도
하
는

사
람

ITAMU HITO

by TENDO Arata

ⓒ TENDO Arata 2008

All rights reserved.

Original Japanese edition published by Bungeishunju Ltd., Japan 2008.

Korean publishing rights under the license granted by TENDO Arata

arranged with Bungeishunju Ltd., Japan

through EYA(Eric Yang Agency, Inc.), Korea.

Korean translation copyright ⓒ 2010 MUNHAKDONGNE Publishing Corp.

이 책의 한국어판 저작권은 에릭양 에이전시를 통해

Bungeishunju Ltd.와 독점 계약한 (주)문학동네에 있습니다.

저작권법에 의해 한국 내에서 보호를 받는 저작물이므로

무단 전재 및 무단 복제를 금합니다.

이 도서의 국립중앙도서관 출판예정도서목록(CIP)은

서지정보유통지원시스템 홈페이지(http://seoji.nl.go.kr)와

국가자료공동목록시스템(http://www.nl.go.kr/kolisnet)에서 이용하실 수 있습니다.

(CIP제어번호: CIP 2010000016)

悼む人

애도하는 사람

텐도 아라타 장편소설 ─ 권남희 옮김

문학동네

| 차례 |

프롤로그

혹시, 이 사람을 찾고 있나요?

일 년 전 6월 30일 아침 동 트기 전, 나는 부모님이 깨지 않게 양말 바람으로 살그머니 현관문을 열고 나와 밖에서 신발을 신었습니다. 그리고 짙은 감색으로 뒤덮인 하늘 아래 역으로 걸음을 재촉했습니다.

내가 태어난 곳은, 자동차 관련 산업체가 모여 있는 도심에서 방사상으로 뻗은 베드타운 중 한곳입니다. 빌딩과 상점이 즐비한 역 앞은 아침저녁으로 꽤 혼잡합니다. 이 년 전 봄까지 다녔던 고등학교는 역에서 전철로 이십 분 거리여서, 나는 친구와 역에서 만나 같이 등교했습니다. 삼 년 전 6월 30일에도 그랬습니다.

우리가 만나는 곳은 역 남쪽 출구 외벽에 설치된 코인로커 앞이었습니다. 시간에 딱 맞춰 도착했을 때, 마침 친구는 우리 학교 교복을 입은 남학생과 얘기하는 중이었습니다. 이목구비가 또렷하고 귀엽게 생긴 친구는 남학생들에게 인기가 많았습니다. 저 남학생도 사귀자고 하나보다 싶었습니다.

그런데 친구가 영 성가셔하는 듯 보여서 나는 남학생을 쫓아보내려고 친구 이름을 불렀습니다. 그와 동시에 남학생이 가방에서 번쩍거리는 금속제 물건을 꺼냈습니다. 그리고 친구에게 바싹 붙어 두세 번 팔을 움직이자, 친구는 소리 없이 바닥에 쓰러졌습니다.

남학생이 날카로운 비명을 지르며 도망친 뒤, 나는 스펀지 위를 걷는 듯한 느낌으로 친구에게 다가가 그 앞에 무릎을 꿇었습니다. 더는 깜박이지 않는 친구의 눈은 눈물에 젖어 있었습니다.

범인은 바로 잡혔습니다. 경찰서에서 진술한 내용에 따르면, 자기 반 아이들한테 이미 사귄다고 해버렸으니 말을 맞춰주었으면 좋겠다고 친구에게 부탁했다가 거절당해서 칼로 찔렀다고 합니다.

역 앞에 헌화대가 마련되자 수많은 사람들이 꽃을 놓고 갔습니다. 장례식에도 많은 사람들이 찾아와 눈물을 흘렸습니다. 나도 친구 어머니에게 안겨서 울었습니다만…… 진짜 눈물이 아닌 것 같았습니다. 친구를 지켜주지 못하고, 나만 살아 있다는 사실이 부끄러워 견딜 수 없었습니다.

한동안 친구의 일로 학교가 떠들썩했습니다. 그러나 시간이 흐르면서 점점 관심에서 멀어지고, 나도 입시 준비에 매달렸습니다. 달리 죄책감에서 벗어날 방법이 생각나지 않았습니다. 도쿄에 있는 대학에 합격했지만, 조금도 기쁘지 않았습니다. 도쿄에 온 지 석 달이 지나도록 누구에게도 마음을 열지 못한 채 친구 하나 없이 무의미하게 지내는 사이 어느덧 친구의 1주기가 돌아왔습니다.

1주기 제사에 참석하려고 스스로를 다그쳐 고향 친구 집을 찾았습니다. 친구 부모님은 반갑게 맞아주었지만, 내 죄를 덜려고 온 것 같아 괴롭기 짝이 없었습니다. 친구 부모님은 사건 현장까지는 차마 못 가겠다고 해서, 제사가 끝난 뒤 혼자 역으로 갔습니다. 헌화대나 위령비 같은 상징적인 곳에서 명복을 빌고 싶었습니다만, 친구가 쓰러졌던 장소에는 아무것도 남아 있지 않았습니다. 사람들만 바삐 오갈 뿐.

그때 "너도지?" 하는 매몰찬 목소리가 들려왔습니다.

"너도 내 죽음을 잊으려고 온 거지? 결국은 다 잊어버릴 거지?"

아니야! 하고 소리치는데 의식이 멀어졌습니다. 정신을 차리고 보니 병원 침대에 누워 있었습니다. 퇴원한 뒤로는 집에만 틀어박혀 있었습니다. 차라리 죽는 편이 나을 것 같았지만, 부모님이 눈물로 설득하며 내미는 밥을 억지로 삼키며 목숨을 부지했습니다. 친구 부모님도 몇 번이나 전화를 걸어 걱정스러운 마음을 전했습니다. 그러나 나는 도대체 뭘 어떻게 해야 좋을지 알 수 없었습니다.

또 일 년이 지나 다시 친구의 기일이 돌아왔습니다.

새벽바람은 몹시 차가웠습니다. 청바지와 티셔츠 위에 얇은 점퍼를 걸치고, 주머니에 슬쩍 넣은 과도 손잡이를 꼭 쥐었습니다. 손에 쥔 칼이 방어를 위한 것인지, 거기서 스스로 목숨을 끊을 요량인지 당시에는 딱히 생각이 없었습니다.

아무하고도 마주치지 않고 역의 코인로커가 늘어선 장소에 도착했습니다. 날이 밝기 시작하는지 역사 뒤편으로 가장자리가 오렌지색으로 물든 구름이 보였습니다. 그때 문득 친구가 쓰러진 곳 부근에서 흔들리는 그림자가 눈에 들어왔습니다.

아무래도 사람처럼 보이는 그 그림자는 왼무릎을 바닥에 꿇었습니다. 그리고 오른손을 머리 위로 올려 공중에 떠다니는 뭔가를 잡는 듯하더니 가슴께로 가져갔습니다. 다음에는 대지의 숨결을 퍼올리기라도 하듯이 왼손을 땅에 닿을락 말락 하게 내렸다가 가슴께로 가져가 오른손에 포갰습니다. 옆얼굴이 보이는 쪽으로 돌아가서 보니, 그 사람은 눈을 감고 뭔가를 외우는지 입술을 달싹거렸습니다.

"뭐 하고 계세요?"

나도 모르게 말을 걸었습니다. 마치 기도를 올리는 듯한 상대의 모습에 마음이 움직인 것입니다.

그림자가 조용히 일어섰습니다. 젊은 남자였습니다. 약간 갸름한 얼굴에 앞머리는 눈을 가릴 만큼 길었고, 부드러운 눈빛은 뭔가 묻고 싶은 듯 보였습니다. 여러 번 빨아 바랜 티셔츠, 무릎에 구멍난 청바지 차림에 닳아빠진 스니커즈를 신었고, 발치에는 커다란 배낭이 있었습니다.

"애도하고, 있었습니다."

그는 눈동자 안까지 들여다보려는 듯 나를 응시하면서 말했습니다. 목소리는 의외로 가늘고 부드러웠지요.

"여기서 어떤 분이 돌아가셔서 그분을 애도하고 있습니다."

그의 대답을 듣고야 애도한다는 말이 '추도追悼'를 뜻한다는 걸 알았습니다.

하지만 어째서……? 친구와 어떤 관계일까? 아니, 그가 애도한 사람이 친구가 맞는지부터 물어보려 하는데, 그가 먼저 친구의 이름을 대며 물어왔습니다.

"당신은 그녀를 아십니까?"

나는 너무 놀라 아무 말도 못하고, 고개만 끄덕였습니다.

"그렇다면 그녀에 대한 이야기를 좀 해주지 않겠습니까? 그녀는 누구에게 사랑받았습니까? 누구를 사랑했습니까? 누가 그녀에게 감사를 표한 적이 있습니까?"

그 말을 듣는 순간, 가슴속 깊이 묻어둔 친구와의 추억이 떠올랐습니다.

친구는 많은 사람에게 사랑받았습니다. 많은 사람을 사랑했습니다. 그리고 나도 분명 친구를 사랑했습니다. ……그러나 그녀가 죽을 때까지 나는 그 사실을 깨닫지 못했고 친구도 아마 그랬을 테지요. 당시 우리는 사랑이라는 것을 남녀 관계나 가족에 대한 애정에 한정해 생각했으니까요. 그러나 그 사람의 질문으로 친구가 살아 있다는 것 자체가 사랑이었음을 깨닫게 됐습니다. 그녀가 아침에 일어나 가족들과 일상적인 대화를 나누고, 나와 같이 학교에 가고, 친구들과 소소한 이야기로 웃고 떠들고, 미래에 대한 불안에 떨면서 공부도 하고, 학원에서는 한숨도 쉬고, 집에 가서는 가족과 식사하고, 친구와 메일을 주고받고, 잠자리에 들고…… 그 모든 것이 사랑이었다는 걸.

바보 같나요? 하지만 그의 질문을 받았을 때 그런 생각이 들었습니다. 나는 그에게 친구 이야기를 들려주었습니다. 생각나는 대로 전부 들려주었습니다. 이야기를 마치자 그가 말했습니다.

"지금 하신 이야기를 가슴에 새기고 애도하겠습니다."

그러고는 아까와 같은 자세로 왼무릎을 꿇고, 오른손을 허공에 올리고, 왼손을 땅바닥에 닿을락 말락 하게 내려 여러 곳을 지나가는 바람을 가슴께로 나르는 시늉을 한 뒤 눈을 감았습니다.

이 사람 아닌가요? 그길로 헤어진 뒤, 어디서 어떻게 찾아야 할지 모른 채 시간만 흘려보냈습니다. 학교로 돌아온 나는 용기 내어 내 쪽에서 먼저 말을 걸어 친구를 사귀었습니다. 그 친구와 인터넷 이야기를 하다가, 그 사람에 대해 검색해봐야겠다는 생각이 들었습니다. 그리고 드디어 이 게시판을 찾았습니다. 틀렸나요? 이 사람이 아닌가요?

그에게 이름을 미처 묻지 못했습니다. 그래서 '애도하는 사람'이라고 부르고 있습니다.

그에 대해 알고 싶습니다. 그때도 그랬습니다만…… 시간이 지날수록 더욱더 그를 어떻게 생각하면 좋을지 알 수가 없습니다.

그는 지금 어디 있을까요? 무엇을 하고 있을까요? 왜 그런 일을 할까요? 그의 애도는 지금도 계속되고 있을까요? 목적이 뭘까요?

'애도하는 사람'은 대체 누구일까요?

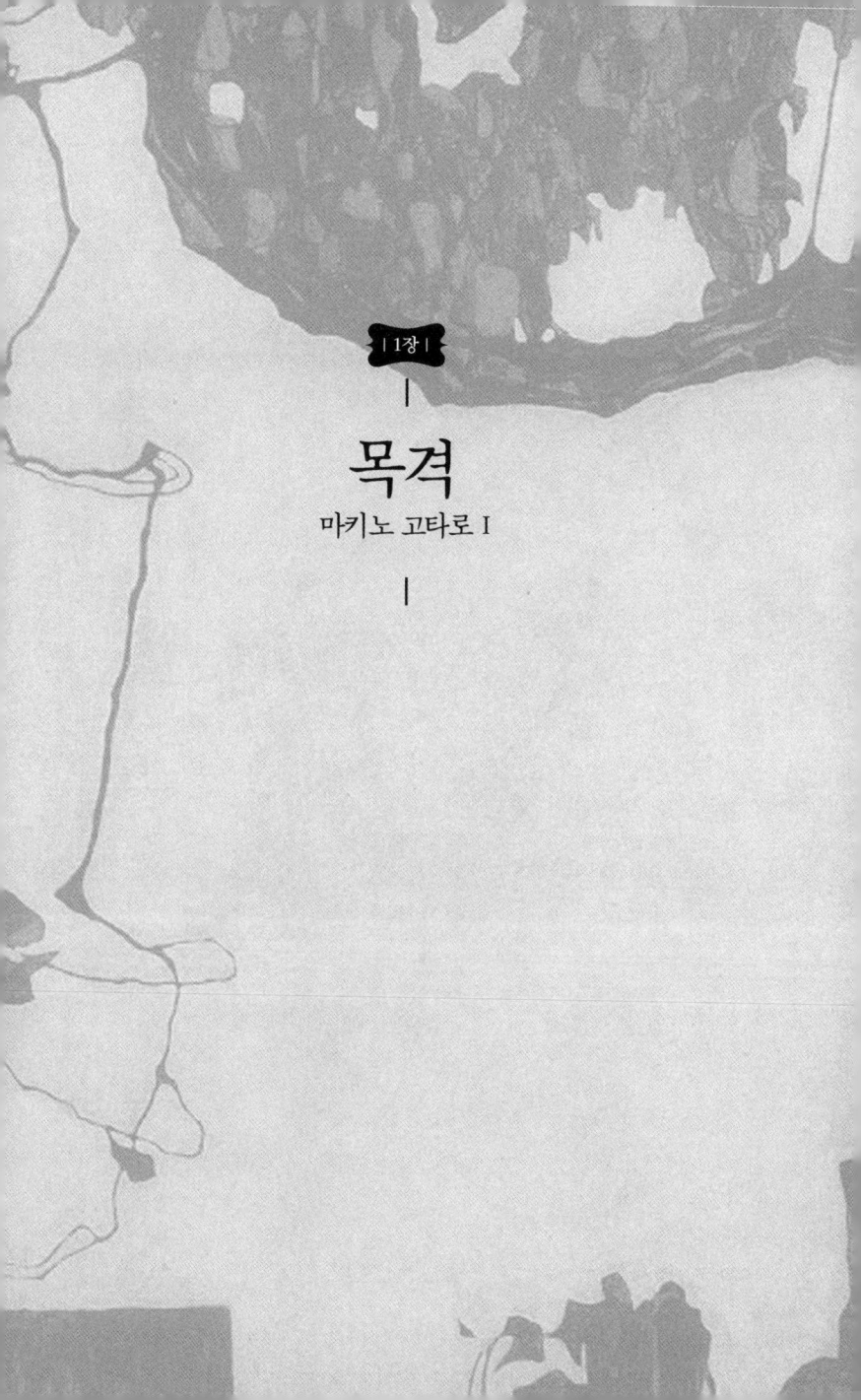

| 1장 |

목격

마키노 고타로 I

1

장마가 그치고 난 뒤, 햇볕은 머리 위에서뿐만 아니라 여러 집들의 창에 반사되어 등뒤에서도 비스듬하게도 내리쬔다. 전봇대 그늘도 도움이 되지 않아, 마키노 고타로는 갈증으로 텁텁한 입을 맥주로 씻어냈다.

도로 건너편 마주 보는 주택 앞에서 올봄에 입사한 신입사원이 인터폰을 열심히 누르고 있다. 몇 번을 눌러도 대답이 없자, 그가 이쪽을 돌아본다. 마키노는 혀를 차며 소리를 질렀다.

"더 빵빵 눌러야지. 상대가 질려서 제발 좀 살려달라고 나올 때까지 말이야."

"그렇지만 정말 집에 없는지도……"

나루오카라고 하는 젊은이는 당장이라도 울음을 터뜨릴 듯 얼굴을 일그러뜨렸다. 마키노가 코웃음을 쳤다.

"태어나서부터 냉온방 장치가 완비된 집에서 자라니 이 정도 더위에도 맛이 가는군."

방문한 집은 도쿄 남서부 주택가에 위치한 단독주택이었다. 덧창은 닫혀 있었고, 바람 한 점 없었지만 작은 마당의 잡초가 희미하게 흔들리고 있었다.

그제야 에어컨 실외기가 작동하고 있다는 걸 알아챘는지, 나루오카는 다시 인터폰을 누르기 시작했다. 현관에다 대고 제법 유명한 주간지 이름을 대며 "잠시 이야기를 듣고 싶습니다" 하고 가느다란 목소리로 호소했다.

마키노는 불혹이 되려면 아직 일 년 남짓 남았지만, 여기저기 군살이 늘어져 넥타이가 꽉 조여 보인다. 그는 넥타이를 느슨하게 풀고 주위를 두리번거렸다. 이웃들은 괜히 휘말리기 싫어서 몸을 사리고 있는지 기척이 없다.

"그만 됐어. 일단 이웃에서 이야기를 듣기로 하고, 현장 사진만이라도 찍어둬."

나루오카는 안도의 표정을 지으며 인터폰에서 물러나 디지털 카메라로 사진을 찍었다.

"어이어이, 너. 집만 찍으면 부동산 정보 사진밖에 안 되잖아! 사건 현장은 도로라고."

신문 보도에 따르면, 닷새 전 이 집에 살던 가족은 일 박 이 일로 캠핑을 떠날 예정이었다. 아버지가 대형 승용차를 길에 세우고 시동을 걸어놓은 채 아내와 함께 짐을 가지러 집으로 들어갔는데, 그 짧은 시간에 열한 살짜리 장남이 운전석에 올라타 기어를 건드린 모양이다. 급발진한 차 앞에는 여섯 살짜리 동생이 서서 형에게 손을 흔들고 있었다.

"하지만 그제 내린 비로 검증할 흔적도 남아 있지 않고, 도로만 찍어봐야 좋은 그림이 안 나오는걸요."

나루오카가 렌즈를 통해 집 앞 도로를 들여다보고는 불만스러운 듯 대꾸했다.

"오호, 역시 정규직 사원은 다르군…… 그림이 되지 않으신다? 그럼 이건 어떤가?"

마키노는 도로 한가운데로 걸어가더니, 들고 있던 캔을 기울였다. 맥주가 쏟아지며 튀었다. 바짝 달궈진 아스팔트 위에 이내 검은 얼룩이 번졌다.

"이 얼룩을 앞에 두고 배경으로 집 전체가 들어오게 찍어봐."

검은 얼룩은 보기에 따라서는 말라붙은 핏자국 같기도 했다.

나루오카도 그걸 알아차린 것이리라. 주뼛거리며 물었다.

"저기…… 이래도 되는 겁니까? 이건 속임수잖습니까?"

"뭐야, 지금 따지는 건가? 난 여기서 여섯 살짜리 아이가 죽었다는 기사를 쓸 뿐이야. 얼룩을 어떻게 보느냐 하는 것은 어디

까지나 독자의 상상력에 달린 문제지. 자, 어서 찍기나 해. 모처
럼 만든 그림이 다 말라버리겠다."

나루오카는 애써 분을 참는 듯 고개를 숙이고는 "에그노" 하
고 중얼거렸다.

마키노는 홋카이도에서 신문기자로 시작해 도내의 주간지와
스포츠 신문을 전전하다가 칠 년 전부터 지금의 주간지에 계약
직 기자로 일하고 있었다. 잔인한 살인사건이나 남녀의 치정사
건을 전문으로 취재하기 때문에 뒤에서 에로그로* 마키노, 줄여
서 '에그노'라고들 불렀다. 경찰과 폭력집단 관계자와의 연줄로
뒷정보를 캐내고, 인간의 추한 면과 허례허식을 까발리고, 적나
라한 성행위 묘사로 독자의 말초신경을 자극하는 데는 발군의
실력을 보여, 이 세계에서는 독보적인 존재였다.

하지만 최근 반년 사이, 주간지의 얼굴인 특집팀에서 밀려나
신입사원 지도와 함께 주요 기사의 안줏거리가 될 만한 화제를
정리하라는 지시를 받았다. 그의 소원은 신문이나 전철에 내는
주간지 광고에서 눈에 잘 띄는 우단 톱이나 다음으로 중요한 좌
단 톱으로 크게 다뤄지는 기사를 쓰는 것이었다.

"적어도 말이야, 부부 사이가 나빠 이혼 직전이라는 증언은
따와야지. 장남은 그런 부모를 화해시키려고 동생을 일부러 치

---

* 에로틱하고 그로테스크하다는 뜻의 조어.

었다는 인상을 주고 말이지. 좀더 큰 기사로 다뤄질 수 있게 하라는 거야, 내 말은."

마키노는 나루오카에게 잔소리를 늘어놓으며 근처를 한 바퀴 돌다가 해가 지기 전에 사무실로 들어갔다.

데스크 보고는 나루오카에게 맡기고, 회사 근처 카페로 가 맥주를 주문한 후 구석 자리에서 노트북을 열었다. 회사에도 책상은 있지만, 초저녁 이후 사무실을 지키고 있는 기자는 능력 없는 놈이라는 비웃음을 사는 법이다. 오늘 사건을 대충 정리한 뒤, 화장실로 가서 말라붙은 불쾌한 땀을 씻어냈다. 거울에 음습한 눈에 두터운 눈두덩, 커다란 여드름 자국이 남은 기름 낀 얼굴이 비쳤다. 비열한 욕망이 배어나는 듯한 인상이었다.

테이블로 돌아오자 웨이터가 알려주었는지 데스크인 에비하라가 옆자리에 앉아 있었다. 여섯 살 연상의 그는 눈초리가 처져서 부드러워 보이지만, 눈 속에 저의를 알 수 없는 어둠이 깔려 있다.

"나루오카가 그만두고 싶다는군요. 마키노 씨의 애정이 도무지 전해지시 않는 모양입니다."

어떤 경우에도 정중한 말투가 흐트러지는 법이 없다. 오래 알고 지냈는데도 절대 업무상 관계를 넘어서려고 하지 않는다. 그런 태도에 조바심도 나지만, 한편으로는 편하고, 때로는 무섭기도 하다.

"심리학을 전공한 청년이어서 말입니다. 이번 사고에 대해서는 부모를 책망하기보다 가족의 앞일을 응원하는 기사를 쓰고 싶다고 합니다. 일단 원하는 대로 쓰라고 말해주고 왔습니다."

"오호, 에비 씨도 많이 물러지셨군요. 오줌에서 당이라도 나오는 겁니까?"

마키노는 방금 나온 맥주에 입을 댔다.

"어릴 때부터 매일같이 잔혹한 뉴스를 접해온 세대가 중추가 되어가고 있습니다."

에비하라는 눈앞의 카푸치노 거품을 스푼으로 부수며 말을 이었다. "시대가 그런 독한 현실에 지치기 시작했습니다. 끈질기게 인간의 악을 파헤치는 마키노 씨도 슬슬 한계를 느끼지 않습니까?"

"실제로 잔혹한 사건이 일어나고 있잖습니까. 오줌에 개미가 꼬이는 듯한 기사로 얼버무릴 수는 없다고요."

"우단 톱, 좌단 톱기사만 노리다 신중함을 잃어버리면 모든 게 허사가 되고 맙니다."

작년 말, 마키노는 아는 형사에게 스무 살의 미혼모가 아기 둘을 잇달아 살해한 사건을 듣고, 아동 학대라고 단정하고 취재를 시작했다. 여자가 아이돌스타 못지않은 미모에 보육시설에서 자랐으며 부친에게 학대당한 경험이 있다는 사전 정보를 근거로, 체포되면 독자들의 흥미를 끄는 것은 문제없다며 주위를 설득해 기획안을 통과시켰다. 젊은 기자를 대동하고 그녀를 직접 만나 단도직입적으로 캐물었다. 당신이지? 과거의 안 좋은 기억이 되살아나서 아이에게 손을 댄 거지……?

젊은 기자를 시켜 찍은 그녀의 화난 얼굴과 성행위 묘사로 범벅된 원고가 호평을 받아 좌단 톱으로 내라는 편집장의 지시가 떨어졌다. 하지만 게재 직전 다른 기자의 확인 취재 결과 부친의 학대를 받았던 사람은 동명이인으로 밝혀지고, 두 아이의 사인도 유아돌연사증후군으로 결론이 나서 경찰이 그녀의 입건을 보류했다. 그뒤, 취재 대상이었던 여자가 자살을 시도했다. 생명에 지장은 없었지만 마키노와 함께 사건을 취재한 기자가 양심의 가책을 느끼고 퇴직했다. 그후, 마키노는 찬밥 신세가 되었다.

"에비하라 씨, 애들 보는 건 이제 됐잖습니까? 특집팀으로 좀 보내주십시오. 특종 많이 물어오겠습니다."

계약은 일 년 단위로 갱신되어, 지금까지의 실적으로 올해도 사인은 했지만, 현재 상황으로는 다음 계약이 위험하다. 그러나 에비하라는 냉정한 표정을 바꾸지 않았다.

"다음 계약까지 신입사원 키우면서 홍보가 될 만한 기삿거리를 발굴하면 되잖습니까?"

"오줌에서 나오는 게 당이 아니라 산酸이군요. 설령 기삿거리가 있다 해도 나한테 출장비나 나옵니까?"

"독자들이 좋아할 만한 거리가 있다면 어디든 가도 좋습니다. 그럼 나루오카의 원고를 보내줄 테니 적당히 다듬고, 그 친구는 내일도 초인종 누르기 경험을 쌓게 해주세요."

계산서를 들고 나가려는 에비하라를 마키노가 붙들었다. 그러고는 웨이터에게 석 잔째 맥주를 주문한 뒤에야 에비하라에게 계산서를 쥐여주었다.

가게를 나서자, 거리는 일을 마치고 귀가하는 사람들로 붐볐다. 여름인데 묘하게 날씨가 서늘해, 여자라도 품을까 싶어 지갑을 확인했다. 취재처와 연줄 관리로 진 빚 때문에 여유가 없었다. 할 수 없이 주부 매춘 취재 때 알게 된 여자에게 전화를 걸어, 집에 거짓말을 하고 나오라고 했다. 호텔비도 상대에게 내게 하고, 내일 아이 시험이니 일찍 보내달라는 여자의 말도 못 들은 척하고 집요하게 몸을 탐했다.

교통편이 좋은 대학가의 집으로 돌아온 것은 새벽 한시가 지나서였다.

캔맥주를 들고 녹화뉴스를 시청했다. 프리랜서가 된 이후 계속되고 있는 일과로, 기삿거리를 찾는 게 목적이었다. 한 손에 계수기를 쥐고, 사망자 수가 화면에 나타날 때마다 누른다.

사고, 살인, 자살로 사람이 죽는다. 오늘은 백골 사체도 발견되었다. 계수기 숫자는 8. 중동에서는 자동차 폭탄테러로 시장에서 오십 명이 사망했지만, 재외 일본인의 사망 소식이 아니면 기삿거리가 되지 않기 때문에 계수기는 누르지 않는다. 큰 재해나 사고가 아닌 한, 보도되는 죽음은 하루에 열 명 전후였다. 국내의 연간 사망자는 최근 몇 년 동안 백만 명을 넘고 있다. 하루에 약 이천팔백 명이 죽는 셈이니, 그중에서 보도되는 사망자는 0.36퍼센트 정도라는 계산이 나온다.

마키노는 책상 앞으로 가서 컴퓨터를 켰다. 몇 년 전부터 홈페이지를 만들어 폭넓게 메일을 받고 있다. 추악하고 비열하고 사람이 이렇게 비도덕적일 수 있을까 싶을 정도의 실제 사례를 구체적으로 쓰게 했다. 조건은 어디까지나 자신이 직접 체험한 사실이어야 한다는 것.

처음에는 애완동물 학대나 유아 성추행, 환자를 희롱하는 간호사나 입소자를 괴롭히는 교도관 등 비교적 흔히 들을 수 있는 체험담이 많았다. 그러다 글을 서로 읽을 수 있게 하고 주간지에 소개될 가능성까지 비쳤더니, 메일 수가 늘어나 기사가 될 만한 이야기도 올라오기 시작했다.

한 소년은 검출되지 않는 독으로 식구를 한 명씩 병에 걸린 걸로 위장해 죽이고 있다고 썼다. 옛 애인의 시체와 같이 사는 여자는 지금 사귀는 애인도 언제 또 자신만의 것으로 만들지 기회를 노리는 중이라고 털어놓았다. 현직 경찰관이라고 자칭한 남자는 실적을 올리려고 죄가 없다는 걸 알면서도 장애인을 체포한다고 했고, 유명 여고의 학생은 동아리 부원 반수 이상이 담당

교사에게 폭행당하고 있다고 호소했다.

보통 사람들은 눈썹을 찌푸릴 만한 내용을 담은 메일이 모니터를 채워나갔다. 그러나 마키노는 이런 글을 읽으면 오히려 마음이 편안해졌다. 물론 지어낸 이야기도 섞여 있겠지만, 그런 악감정을 토해내지 않고는 견딜 수 없을 만큼 악의와 굴욕으로 뒤범벅된 것이 바로 인간이라고 비웃어주고 싶다.

괜스레 흥분되어 맥주를 가지러 일어났다. 주방 옆에 놓인 전화기에서 메시지가 녹음되었음을 알리는 불빛이 깜박거렸다. 아까 집에 들어올 때는 미처 보지 못했었다. 재생버튼을 누르자, 술과 담배로 꺼칠해진 듯한 중년 여자의 목소리가 흘러나왔다. 마키노의 아버지와 오랜 세월 같이 살고 있는 여자다.

"왜 안 오는 거니? 말했잖니, 너희 아버지는 입원해 계시고, 널 보고 싶어한다고. 근데 왜 말을 안 들어? 하고 싶은 말이 있는 모양이더라. 여러 가지 사정이야 있겠지만, 아버지는 환자고……"

마키노는 마저 듣지 않고 끊어버렸다. 지금 와서 뭘 어쩌라고! 여러 가지 사정이 문제가 아니다. 그 인간이 자기와 어머니에게 얼마나 심한 짓을 했던가! 죽을 거면 그냥 죽어버리라지. 향을 피워줄 필요조차 없다.

그러나 마키노도 아버지를 탓할 처지는 못 되었다. 사 년 전 바람피우다 들켜 이혼당한 후로 아들을 한 번도 만나지 못했다. 양육비는 반년쯤 보내다가 끊었고, 초등학교 3학년이 된 아들에게는 이미 새 아빠가 생겼다. 자신 역시 죽어도 아무도 향을 피워주지 않을 것이다.

흥분이 차츰 가라앉았다. 메일로 보내온 나루오카의 원고를 훑어보았다. 남은 가족을 동정하며 앞날을 격려해주자는 내용이었다. 그저 말뿐, 정작 아무것도 해주지 않을 거면서 그저 스스로 위안하고 싶은 거 아니냐, 하고 욕을 퍼부으면서 부주의했던 부모를 한껏 몰아붙이는 내용으로 기사를 다시 써서 에비하라에게 보냈다.

옷을 입은 채로 침대에 누웠다. 전화벨 소리에 잠이 깼다. 커튼 틈새로 햇살이 새어들어왔다. 에비하라가 잔소리하려는 전화일 거라고 생각했는데, 홋카이도 경찰청의 경위였다.

그날 오후 다섯시 반, 마키노는 홋카이도에 도착했다.

해질녘의 빛이 봄날처럼 부드럽고, 공기도 도쿄보다 포근하게 감기는 듯했다. 그 느낌은 정겹다기보다 자신이 있을 곳이 아니라는 위화감으로 이어졌다.

하코다테函館에서 태어나 아버지를 따라 도쿄로 가서 열두 살 때까지 살았고, 대학 졸업 후 오 년 동안은 삿포로에서 기자 생활을 하며 보냈다. 하코다테에는 외가 쪽 묘지가 있고, 어머니의 유골도 그곳에 묻혀 있다. 아버지를 증오하면서도 신앙 때문에 이혼하지 않았던 어머니는 죽은 뒤에야 부모님 품으로 돌아가려던 소원을 이룬 것이다.

외가 쪽 친척과는 이미 교류가 끊겼고, 친가 쪽에는 어떤 친척이 있는지조차 모른다. 자신은 고독 속에서 임종을 맞이해 작은 절의 무연고자 납골당에 던져질 게 뻔하다.

마키노는 택시를 타고 오타루小樽로 향했다. 저녁놀 속에서 백골 사체가 나왔다는 나지막한 산을 확인하고는 숙박 예정지인 삿포로로 돌아왔다. 호텔에 체크인한 뒤, 예전에 자주 들렀던 도경 청사 근처의 초밥 집으로 가 구석진 좌식 방에서 상대를 기다렸다.

홋카이도에서 신문사에 근무하던 시절, 승진시험에 열을 올리는 가난한 경찰과 친해져서, 술도 접대하고 여자도 붙여주었다. 상대는 지금 도경 수사1과 경위로 근무하고 있다. 재미있는 기삿거리가 생기면 알려달라고 부탁해두었지만, 일 년에 한 번 연락이 오면 잘 온 편이고, 그마저도 대부분은 써먹지 못할 것뿐이었다. 이번 거리도 신통찮아 큰 기대는 하지 않았다.

이십 년 전이라면 마키노가 사이타마埼玉의 대학에 다니던 시절이다. 당시 삿포로 근처에 살던 스물다섯 살의 여 은행원이 실종되는 사건이 있었다. 맨션 방이 평소와 전혀 다름이 없는 점, 교제하던 상사와 헤어진 직후였다는 점 때문에 경찰은 가출이나 자살을 의심하고 조사를 거의 진행하지 않았다.

그런데 사흘 전, 삿포로 북서쪽 약 35킬로미터 지점, 오타루의 바다가 보이는 표고 500여 미터의 산 중턱 부근에서 백골 사체가 발견되었는데, 사체가 다름 아닌 그 은행원이라는 감정 결과가 어제 나온 것이다.

"이 사건, 뉴스에서 못 봤나?"

전화로 묻는 경위의 말에 마키노는 녹화뉴스에서 백골 사체 사건을 본 기억이 퍼뜩 났다.

하지만 주간지 기자가 움직이려면, 살인사건이라고 단정할 만한 증거가 있거나, 초능력자가 사체가 있는 장소를 맞혔거나 하는 특수한 사정이 필요했다.

"초능력자라…… 전혀 상관없는 이야기는 아니네."

경위는 쓸쓸하게 소리내어 웃었다.

마키노는 오전에 출근해 에비하라에게 출장 신청서를 냈다. 특종 자신은 없었지만, 물러터진 신입사원의 뒤치다꺼리나 하느니 홋카이도에서 맛있는 생선이라도 먹고 오는 게 나을 거라고 생각했다. 기사가 되지 않으면 자비로 충당하기로 약속하고 일단 출장비를 지원받았다.

초밥 집에서는 돈이 신경 쓰여서 맥주 한 병으로 한 시간을 버텼다. 겨우 나타난 상대는 어서 자리를 파하고 싶은지 사 년 만인데도 인사는 하는 둥 마는 둥 하고 본론부터 꺼냈다.

여자가 살해된 건지는 시간이 너무 지난 탓에 알 수 없다고 한다. 다만 여자의 사체가 산에 있다고 말한 남자, 즉 살인을 저질렸을 가능성이 있는 남자한테서 참회 비슷한 고백을 들은 사람이 있단다.

"그 사람이 사체를 발견했어. 서른두 살, 남자. 전 직업은 의료기기 회사 영업사원. 현재는 무직, 일정한 주거지 없음. 본가는 요코하마橫浜, 부모는 모두 살아 있음. 오 년 전 회사를 그만두고 여행에 빠져 살고 있다는군. 사체 이야기는 지바千葉의 해변 공원에서 노숙할 때, 역시 노숙자로 보이는 모르는 남자한테 들었대. 상대는 오륙십대로 흰머리가 많고 파란색 점퍼에 청바지 차림……이라고 하더군."

경위가 빠른 속도로 단숨에 들려준 이야기는 거의 이해할 수가 없었다. 마키노가 머릿속으로 정리하는 동안 계산은 당연히 상대가 하는 거라고 생각한 경위는 마음 놓고 비싼 초밥을 잇달아 주문했다.

"사체를 발견한 그 사람이 범인일 가능성은 없나……?"

마키노는 일단 질문을 시작했다. 상대는 입술을 일그러뜨리며 웃었다.

"여자가 실종될 당시 남자는 초등학교 6학년이었어. 뭐, 일단 탐문조사는 했지만, 홋카이도에 온 적도 없더군."

"그런데 여행지에서 우연히 백골 사체를 발견했다는 이야기를 경찰은 믿는단 말이야?"

"우연히가 아니라니까. 말했잖아, 공원에서 노숙할 때 노숙자에게서 오타루 산에 사체가 잠들어 있으니 근처에 가게 되면 손 모으고 인사라도 해달라는 부탁을 받았다고. 실제로 산에 올라가보니 노숙자가 말한 그 장소에 자작나무가 있고, 그루터기에 표시도 남아 있고, 옆에 낙엽으로 덮인 굴이 있었다……는 거야. 지바로 수사관을 보내 그 노숙자를 찾았지만, 이야기를 들은 게 2월이었으니 무리였지."

"2월……? 그 사람은 왜 다섯 달이나 지난 다음에야 홋카이도에 와서 사체를 찾은 거지?"

"그게 웃겨. 추워서 그랬대. 날이 풀리기 전까지는 남쪽에 머물다가 봄이 되면 북쪽으로 가서 차례대로 여행하며 내려오기 때문에 시기가 그렇게 되었다더군. 소지품 조사로 그 말도 입증됐어."

"그래도 체포했지? 죄가 있으니 구속했겠지?"

"사건이 발생한 게 이십 년 전이라고 했잖아. 무슨 죄가 있어. 그저 사람 하나 죽은 거고, 사체를 발견한 사람한테서 이야기를 제대로 들어보고 싶은 것뿐이야. 하지만 노숙 여행을 계속하는 처지라 호텔에 머물 돈이 없다고 하더군. 할 수 없이 특별히 보호하고 있어. 상대도 동의한 일이란 건 잊지 말아줘."

주문한 초밥이 나오자 상대는 이야기를 중단했다. 마키노는 들을수록 그 이야기를 어떻게 받아들여야 좋을지 판단이 서지 않아, 상대에게 그다음 이야기를 재촉했다. 경찰은 사체를 발견한 그 남자를 어떻게 처리할 생각인가?

"오래 붙잡아둘 수도 없으니, 오늘밤 한 번 더 이야기를 들어보고 별거 없으면 내일 아침에 내보내기로 결정하고 나서 자네한테 연락한 거야. 직접 이야기를 듣는 편이 빠르겠더라고. 이상한 놈이야. 집에도 연락해봤는데, 아들은 그런 여행을 하고 있는 게 맞습니다, 하더군. 익숙한 말투인 걸로 봐서 신원 확인 전화를 많이 받는 모양이야. 뭐, 이해가 안 가는 것도 아냐. 놈은 사람이 죽은 곳만 어슬렁거리는 것 같으니."

"바로 그거야. 전화로도, 사람이 죽은 곳을 어슬렁거리는 녀석이 있다, 그 녀석이 사체를 발견했다, 그랬잖아? 그 말에 끌려서 여기까지 온 거야. 그러니 더 자세하게 얘기해줘."

"그러니까 전부 본인한테 들어. 노트도 보여달라고 하고, 재미있으니까."

"지방 신문사 기자들도 구미가 당길 거 아냐? 우리한테만 기삿거리를 준 건 아니잖냐고?"

마키노는 일부러 경계하는 표정을 지으며 물었다. 상대는 어깨를 으쓱했다.

"물론 각 신문사에 알리긴 했지. 이십 년 전에 실종된 여자가 사체로 발견된 건 큰 사건이지만, 살인 공소시효는 지났어. 몇몇 신문사에서 유족을 찾아간 것 같긴 한데, 사건 자체도 뉴스거리가 되지 않는 마당에 사체를 발견한 사람이 기삿감이 될 리 없지. 우리도 지바에서 조사가 끝나면, 여 은행원은 자살했으며 그 뒤에 낙엽이 쌓였다거나, 산에서 지쳐 잠들었는데 무너진 토사에 깔렸다거나…… 그 정도로 마무리 짓지 않을까 싶어."

"그럼 처음에 사체가 있다고 말해온 남자는 어떻게 되고? 전혀 짐작가는 거 없어?"

"퇴직한 선배 말로는 여 은행원 집 근처에 사는 건설 인부의 행방이 묘연하다는 얘기는 있었던 것 같더군. 가출에 더 비중을 두어서 수사까지는 하지 않았던 것 같지만. 그런데."

상대는 비싼 술을 주문하고 말을 이었다. "여행지라 자네는 아직 모르는 모양인데, 아까 이시카리石狩에서 총격사건이 일어나 사망자가 발생했어. 기자들은 다 그리로 갔을 거야."

상대와 헤어진 뒤 호텔로 직행했다. 텔레비전을 보니, 정말로 이시카리 시 번화가에서 총격전이 일어나 남자 하나가 죽었다. 백골 사체 건은 기사가 될 것 같지 않은 차에, 마침 잘됐다 싶었다. 도쿄에서 에비하라도 이시카리 건을 알고 있는지 물어왔다. 괜찮을 것 같으면 원고를 보내라고 한다.

20킬로미터쯤 되는 거리를 택시를 타고 달려가, 아직도 어수선한 이시카리 시내 현장을 카메라에 담았다. 기삿거리를 제공해준 경위에게 또 한 번 연락하자, 여자를 둘러싼 잔챙이 폭력배들의 싸움 같다고 했다. 마키노는 주변 가게 등을 돌며 간단한 탐문을 한 뒤, 일단 택시를 타고 삿포로로 돌아왔다.

도중에 정차해 있는 순찰차 몇 대가 눈에 들어왔다. 무참하게 찌그러진 승용차 두 대가 갓길 부근에 서 있다. 현장검증중인지 플래시가 터지고, 그 빛에 피 묻은 에어백이 떠올랐다.

마키노는 호텔로 돌아오자마자 노트북을 열고 이시카리 총격 사건 원고를 쓰기 시작했다.

하지만 경위가 말한 '사람이 죽은 장소를 어슬렁거리는 남자' 가 묘하게 머리에 남았다. 백골 사체를 발견한 남자의 이름을 장난삼아 키보드로 쳐보았다. 그리고 화면에 나타난 글씨를 소리 내어 읽었다.

"사카쓰키 시즈토……"

2

구름이 별로 없는 하늘이 파란 비단을 펼친 듯 눈부시다. 태양은 아직 낮게 떠 있고, 그 빛의 프리즘이 눈앞의 허공을 가로지른다. 그 주위를 먼지와 티끌이 나른하게 춤추고 있다.

아침 햇빛이 얇은 막처럼 에워싸고 있는 오타루 경찰서 현관 앞에 젊은 남자가 나타났다. 얇은 막 속을 천천히 통과해 이쪽으로 빠져나온다. 원래는 감색이었을 바랜 티셔츠와 무릎에 구멍 난 청바지 차림에 닳을 대로 닳은 스니커즈를 신고, 커다란 배낭

위에 침낭을 올려 등에 짊어지고 있다. 얼굴은 갸름한 편이고, 요즘 젊은이답게 머리는 길지만, 길이가 들쑥날쑥한 걸로 보아 직접 자른 건지도 모르겠다. 마키노보다 키가 10센티미터는 더 컸지만, 체중은 절반 정도 되지 않을까 싶다. 다만 야윈 몸치고는 여행에 익숙해서인지 걸음걸이가 씩씩하고 병약한 느낌이 전혀 없다.

사전에 경위가 귀띔해준 것과 같은 차림이어서 마키노는 기대 있던 경찰서 문에서 등을 뗐다.

젊은 남자는 자유를 얻은 기쁨도, 경찰에 대한 불만도 표하지 않고, 마키노의 존재는 전혀 의식하지 못한 듯 무표정하게 큰길로 나섰다. 주위에 기자처럼 보이는 사람은 달리 없다.

"이봐요. 사카쓰키 씨, 사카쓰키 시즈토 씨."

마키노는 일부러 등뒤에서 불렀다.

젊은 남자가 걸음을 멈추고 돌아보았다. 경계의 빛이라고는 조금도 없는 검은자위가 큰 눈으로 마키노를 바라보는 그는 어른의 말을 기다리는 천진한 아이처럼 보였다. 피부는 비바람에 부대끼는 어부처럼 거칠었다.

"사카쓰키, 시즈토 씨……죠?"

마키노는 한 번 더 물었다. 그때 갑자기 상대가 이쪽으로 손을 뻗었다. 피하는 것이 늦어 커다래 보이는 그의 손이 마키노의 얼굴을 덮고 시야를 가렸다. 순간, 영원히 어둠에 갇히는 듯한 착각에 빠져 두려움이 엄습했다. 하지만 이내 손은 멀어지고, 상대의 부드러운 미소가 보였다.

"바람에 날려왔나봅니다."

의외로 목소리는 가늘었다. 그의 손바닥에 섬세하게 생긴 거미가 있었다. 마키노의 머리 위에 앉아 있었던 모양이다. 놓아줄 생각인지 그는 도로변 화단으로 손을 내민다.

간담이 서늘해진 것도 잠깐, 이내 초조함이 솟구쳤다.

"사카쓰키 시즈토 군? 사체를 발견한 것에 대해 뭐 좀 물어보고 싶은 게 있는데."

마키노는 노숙자 같은 청년에게 존댓말을 쓸 필요는 없다고 생각해, 약간 거만한 투로 말했다.

"다시 경찰서로 가야 하나요?"

시즈토는 온화한 표정을 조금도 흐트러뜨리지 않고 순순히 발길을 돌렸다.

"아니. 난 경찰서 사람이 아냐."

마키노는 명함을 내밀었다. 받아드는 손은 마른 체격에 비해 큰 편이었다.

"그 이야기라면 경찰에서 했습니다만. 그걸로는 부족한가요?"

"경찰은 구체적인 내용은 발표 안 하거든. 유족과 주위 사람들이 자세한 사정을 알고 싶어해."

마키노는 적당히 거짓말을 둘러댔다. 그때 시즈토의 배에서 꼬르륵 소리가 났다.

죄송하다며 그가 수줍은 표정으로 배를 눌렀다. 공복인 모양이었다. 곧장 사체 발견 현장으로 데려갈 생각이었지만, 일단 뭐라도 먹이면서 이야기를 듣기로 했다.

하지만 막상 나란히 걸으려고 보니 상대의 걸음은 복장이 터질 만큼 느리다. 몸이 안 좋은가 물었지만, 딱히 그렇지는 않다고 한다. 한 발짝씩 음미하듯 걸음을 옮기며 이따금 주위를 둘러보는 시즈토가 신경 쓰여 뭐 잃어버린 거라도 있느냐고 거듭 물었다.

"예, 꽃을."

그가 대답했다. 화단에 핀 꽃 말인가? 홋카이도 특유의 꽃이라도 찾는 건가?

마키노는 일단 시즈토를 데리고 전방에 보이는 패스트푸드 가게로 들어갔다. 햄버거와 콜라와 감자튀김 두 세트를 주문하고, 도망가지 못하게 안쪽 자리에 그를 앉혔다. 시즈토는 어지간히 배가 고팠던지 햄버거를 뚝딱 해치웠다. 마키노는 추가 주문을 해야 했다.

경찰에서 몇 번이고 되풀이해서 익숙해졌는지 시즈토는 막힘 없이 담담하게 이야기를 이어갔다. 지바의 공원에서 만난 남자에게 이런이런 장소에 사체가 있으니 기도해달라는 부탁을 받았다는 건 이미 도경의 경위에게 들은 이야기와 같았고 새로운 정보는 없었다.

시즈토가 경찰서에서 나오길 기다리며 경위에게 소개받은 전 도경 수사관과 전화 통화를 했었다. 수사관은 희미하게나마 기억에 남아 있는 이십 년 전 여 은행원 실종사건에 대해 얘기해주었다.

여 은행원은 당시 창구 업무를 담당하고 있었는데, 웃는 얼굴이 귀여워 손님에게 데이트 신청을 받는 일도 많았다고 한다. 한편, 그녀의 실종 직후 행방이 묘연해졌다는 건설 인부는 키가 작고 못생긴 남자였는데, 육체노동으로 버는 푼돈으로 근근이 살아가는 사람이었다고 했다. 만약 이 건설 인부가 근처에서 자주 보던 여 은행원에게 흑심을 품고 제 것으로 만들고 싶어 탐냈다면…… 마키노가 수사관에게 물었다. 회사의 소형 밴이라도 끌고 나와 잠복하고 있다가 그녀를 납치하려 하지 않았을까요? 하고 상대는 대답했다. 실제로 그녀의 맨션 앞에 주차된 소형 밴을 목격했다는 정보도 있다고 수사관은 귀띔해주었다.

진실은 아무도 모른다. 하지만 마키노 나름대로 상상을 펼쳐본다. 밤늦게 편의점에 가려고 나선 여자를 건설 인부가 등뒤에서 덮쳐 차 안으로 밀어넣는다. 입과 손을 접착테이프로 옴짝달싹 못하게 하고 인적 없는 장소로 향한다. 그리고 욕망을 채우려고 입을 막은 테이프를 떼어내는데, 여자가 비명을 지르자 남자는 순간적으로 목을 조른다. 그러고는 어린 시절 종종 놀러 갔던 산에서 본 굴을 떠올린다. 사체를 은닉한 뒤, 확인하러 올 경우를 대비해 자작나무에 칼집을 내 표시해둔다. 그리고 정착할 곳을 찾아 전전하다가 노숙자가 되었고, 우연히 만난 여행자에게 오랜 세월 가슴속에 응어리진 죄책감을 토해내고 싶어 사체 은닉 장소를 고백한다……

"공원에서 만난 남자 말인데, 자기가 여자를 죽였다고 했지?"

마키노는 넘겨짚어보았다.

"아뇨. 어느 여자분이 잠들어 있는 곳이 있다고 하셨습니다."

"자넨 물어봤을 거 아냐? 살인인지 사고인지. 보통 그런 이야기라면 흥미가 생기게 마련이잖아?"

"묻지 않았습니다. 왜 돌아가셨는지는 관심 없었습니다."

"어째서? 살인이라고 하면 가슴 떨리지 않았겠어? 뜬금없이 살인자의 고백을 받았는데."

"그렇지만 이미 돌아가셨으니까요. 제가 어떻게 해볼 수 있는 일이 아니어서요."

확실히 특이한 남자였다. 마키노는 일부러 고개를 갸웃거리며 귓등을 초조하게 긁었다.

"그럼…… 자네는 지바의 해변 공원에서 뭘 하고 있었지?"

"석 달 전 조깅하던 한 남자분이 칼에 찔려 죽었습니다. 순식간에 습격당한 것 같습니다만, 그분을 애도하기 위해 찾아갔습니다. 숨을 거둔 정확한 장소를 알고 싶어 텐트에서 생활하고 계신 남자분에게 여쭤봤더니, 자세히 알려주셨어요. 애도를 하고 공원에서 노숙할 준비를 하고 있는데, 그 남자분이 어느 여성을 위해 애도해줄 수 없느냐고 하셨습니다. 은행에서 창구 업무를 보던 여자분인데 언젠가 그의 손이 더러운 걸 보고 부드럽게 미소지으며 휴대용 티슈를 건네주었다고 합니다. 그녀는 분명 가족에게 사랑받고 자랐을 거야, 나하고는 완전히 다른 사람이니 잘 알지, 하고 말씀하시더군요. 그뒤로도 몇 번 그녀를 볼 때마다 환하게 웃는 얼굴에 동경을 품었다고 합니다."

"그래서 자기만의 여자로 만들고 싶어서 납치하고 감금했다가 죽였다는 거군?"

"그런 멋진 여자분을 애도해주면 기쁘겠다고 하셨습니다."

"……경찰은 자네가 말한 남자는 존재하지 않는다, 자네가 꾸며낸 이야기다, 라고 생각하는 것 같던데?"

마키노는 차갑게 무시하듯 말해보았다. 그러나 상대는 꿈쩍도 하지 않았다.

"사실을 말했을 뿐이니 어떻게 생각하시든 상관없습니다."

"……하지만 사체가 어디 있다는 얘기를 들었으면 그길로 곧장 경찰에 신고했어야 하는 거 아냐? 그게 정상적인 시민의 의무일 텐데?"

"예. 경찰에서도 그런 말을 들었습니다. 하지만…… 믿어주었을까요?"

무리였을 것이다. 배낭여행중에 노숙자의 고백을 들었다며 신고한 남자, 아마 상대도 해주지 않았을 것이다. 취해서 횡설수설하는 거라고 생각할 수도 있다.

"자네는 어떻게 생각해? 초면인 남자한테 사체 이야기를 듣고서 거짓말이라는 생각 안 들었어?"

"어디까지 믿어야 할지 몰랐던 것은 사실입니다. 그분에게 지금 당장 홋카이도로 갈 수는 없다고 했습니다. 그래도 상관없다고 하셨어요. 이야기 내용은 그때 메모해두었습니다. 다섯 달 후, 삿포로에 도착해 제일 먼저 오타루로 갔습니다. 벌써 이십 년이 지났지만 지역에 큰 변화는 없었던지 가르쳐준 장소 근처를 찾다가 한 자작나무에서 희미한 열십자 표시를 발견했습니다. 그리고 뿌리 근처의 낙엽과 시든 가지들을 치우니 굴이 보였습니다."

"무섭지 않았나? 보물도 아니고 사체가 묻혀 있는데. 찜찜하잖아?"

"만약 사람이 묻혀 있다면 애도를 잘해드려야겠다고 생각했습니다. 거짓말이었으면 좋겠다고도 생각했습니다. 이십 년이나 땅속에 묻혀 있는 건 고통스러운 일일 테니까요. 어쨌든 구멍을 막고 있던 흙을 한참 치우니, 하얀 것이 보이기 시작했습니다."

여기까지 말하고, 그는 갑자기 고개를 쭉 뽑더니 마키노 너머로 시선을 보냈다.

"저기요" 하고 그가 누군가를 부른다.

마키노도 그쪽으로 시선을 돌렸다. 회사원으로 보이는 남자가 막 가게를 나가려다 돌아보았다.

"저, 신문을 안 가지고 가셨는데요."

시즈토가 말했다. 남자가 방금 전까지 앉아 있던 자리를 본다. 접힌 신문이 놓여 있다.

"혹시 다 읽으신 거면 제가 가져가도 될까요?"

시즈토의 말에 남자는 떨떠름한 표정을 지었다. 신문은 두고 갈 생각이었을 것이다. 그러세요, 하고 무뚝뚝하게 답하고 가게를 나갔다. 시즈토는 마키노에게 양해를 구하고 신문을 가지러 가며 덧붙였다.

"실례하겠습니다. 오늘자 신문을 구해야 할 텐데 하고 줄곧 생각하던 참이어서."

그는 만족스러운 표정으로 돌아와 소중한 것을 다루듯 신문을 무릎에 올려놓았다. 마키노는 그런 태도가 거슬려 코웃음을 쳤다.

"신문은 뭐 하러 챙기는데? 설마 밤에 노숙할 때 덮고 자려는 건 아니겠지?"

"애도할 상대를 찾으려고 매일 밤 라디오 뉴스를 듣습니다. 도서관에서 잡지도 열람하고요. 그래도 제일 자세한 정보를 얻을 수 있는 것은 신문이어서요."

시즈토는 기분 나쁜 기색 없이 대답했다.

"애도할 상대를 찾는다……? 애도한다는 게 뭔지 구체적으로 가르쳐줄 수 없나?"

시즈토는 "기다려주십시오" 하고 식사를 먼저 끝냈다. 마키노가 버리려던 감자튀김도 "제가 가져가도 되겠습니까?" 하며 배낭에 넣고, 빈 테이블 위에 신문을 펼쳤다.

마키노가 예전에 근무했던 지방 신문이었다. 레이아웃이 그때와 똑같은 사회면이 눈앞에 펼쳐졌다. 지방의 사건 사고를 전국지에 비해 크게 다루고 있었다.

"이시카리에서 한 분 돌아가셨군요. 장소까지 자세히 나와 있으니 나중에 찾아뵐 겁니다."

시즈토가 말했다. 마키노도 취재했던 번화가의 총격사건이 지면의 반 가까이를 차지하고 있었다.

"아사히카와旭川에서 화재로 노인이 돌아가셨네요. 마을 이름밖에 나와 있지 않으니 근처에 가서 물어봐야겠습니다. 구시로釧路에서는 중학생이 강에서 익사했군요. 이 장소도 근처에 가서 물어보면 될 겁니다. 삿포로와 이시카리 사이에서 회사원이 교통사고를 당했어요. 현장은…… 여기서 가깝군요."

그의 얘기를 듣다가 마키노는 어젯밤 이시카리에서 돌아오는 길에 만난 사고란 걸 알았다.

"그곳이라면 정말 가깝네. 어젯밤 나도 현장을 지나왔으니까."

시즈토가 고개를 들었다.

"정말입니까? 혹시 폐가 되지 않는다면 안내해주실 수 있을까요?"

"어, 저 잠깐. 그러니까 자네는 그런 식으로 신문이나 라디오, 잡지에서 사건 사고 정보를 얻은 뒤에 사람이 죽은 장소를 찾아다닌다…… 그 말인가?"

"예. 그밖에 여행길에서 만난 사람이 알려주는 경우도 있고요."

"……어째서 그런 일을 하는 거지? 르포 같은 거라도 쓸 생각인가?"

"아뇨, 그저 애도할 뿐입니다."

마키노는 여전히 무슨 말인지 알아들을 수가 없어서 테이블을 손가락으로 톡톡 두드리며 물었다.

"애도, 애도 하는데, 그러니까 명복을 빈다는 거지? 그것도 신문이나 잡지 같은 걸 보고 알게 된, 전혀 인연도 연고도 없는 상대를? ……자네가 믿는 신의 가르침인가? 교단의 수행 같은?"

"귀의한 종교나 단체는 없습니다. 그럼 이제 사고 현장으로 안내해주시겠습니까?"

마키노의 대답도 기다리지 않고 시즈토는 신문을 배낭에 넣고 일어섰다.

"아니, 이봐, 사카쓰키 군. 아직 내 이야기 안 끝났는데."

"지난 사흘간 한군데도 못 가서 되도록이면 많은 곳을 돌고 싶습니다. 부탁합니다."

상대의 기세에 눌려 마키노도 하는 수 없이 자리에서 일어났다. 그의 행동을 직접 눈으로 보면 조금은 이해가 될지도 모른다고 생각을 고쳐먹고, 시즈토를 따라 가게를 나왔다. 하지만 시즈토는 역 앞 택시 승강장이 아니라 이시카리 방면으로 걷기 시작했다. 황급히 불러 세워 설마 걸어갈 생각이냐고 물었다.

"예…… 아마 세 시간쯤이면 도착하지 않을까요?"

마키노는 놀리는 건가 하고 의심했지만, 표정이 하도 진지해서 가만히 그를 손짓으로 불렀다.

3

택시를 타고 현장으로 가는 내내 마키노는 시즈토에게 궁금한 것을 캐물었다.

여행을 하면서 주로 잠은 공원에서 자고, 공중 화장실에서 볼일을 보고, 공공 수도로 세수를 한다. 일주일에 한 번 대중목욕탕에 가고, 빨래도 그때 한다. 여름 티셔츠와 속옷 등의 여벌과 겨울 스웨터, 점퍼를 가지고 다니고, 추우면 여름옷을 껴입는다. 유통기한이 다 되어가는 빵과 주먹밥 등을 싸게 사서 먹고, 값싼 제철 과일로 한 끼를 때울 때도 있다고 했다.

"노트를 보여주지 않겠나? 비밀 노트 같은 거 있다며?"

마키노는 아까 도경 경위에게서 들은 이야기를 떠올리며 말했다.

"딱히 비밀이랄 것도 없습니다. 어차피 다 공개된 일들이니까요."

시즈토는 배낭에서 여러 권의 노트를 꺼냈다. 제일 위에 있는 노트는 특히 두꺼웠다. 신문과 잡지를 보거나 라디오 뉴스를 듣고 알게 된 사망자 정보를 메모해둔 것이라고 한다. 홋카이도, 간토關東, 이런 식으로 사망자가 나온 지역을 크게 분류해 메모하고, 이것을 바탕으로 실제로 찾아가 애도한 경우에는 다른 노트에 옮겨서 다시 정리하는 것 같았다. 이른바 '애도 기록' 노트는 규슈九州·오키나와, 시코쿠四国, 산인山陰·산요山陽, 긴키近畿 등 지역별로 정리되어 있었다. 마키노는 시험 삼아 '간토 남부'라는 제목이 붙은 노트를 펼쳐보았다. 한가운데 줄을 그어 한 페이지를 둘로 나누어놓았다. 왼쪽에는 사망자의 이름과 나이, 사망 날짜와 장소가 반듯하고 꼼꼼한 글씨로 적혀 있다. 그 아래에는 몇 번지 사거리 옆의 우체국 모퉁이를 돈다는 식의, 실제로 방문해야만 알 수 있는 장소의 정보가 세세하게 기록되어 있다. 다만 그 사람이 어떻게 죽었는지, 이른바 사인은 적혀 있지 않았다.

선 오른쪽에는 '아기들을 아주 좋아했던 소녀. 자애로운 부모님처럼 훌륭한 보육사가 되는 게 목표. 생일을 기억해주어서 고마웠다고 친구들이 감사를 표했다' '부모와 특히 여동생에게 사랑받았던 자상한 오빠. 축구부의 인기 스타. 낙담한 동료가 격려해주어서 고마웠다고 감사를 표했다' '많은 모자가 신세를 졌다며 감사를 표한 조산사. 집에서는 바지런하고 사랑스러운 어머니' 등의 내용이 적혀 있었다.

이 메모의 내용은 대체 무슨 의미일까…… 마키노는 눈으로는 노트를 훑어보면서 시즈토에게 물었다.

"애도하러 가서 그 자리에 계신 유족과 친구분, 또 근처 사람들에게 돌아가신 분의 이야기를 듣습니다. 그걸 적은 겁니다."

그는 대답했다. 도무지 진의를 알 수 없어, 마키노는 노트를 뒤적거리다가 다시 물었다.

"전국을 돌아다니는 것 같은데, 생활은 어떻게 하나? 오 년이나 됐으면 힘들 텐데?"

"전에 직장 다닐 때 모아둔 돈이 있습니다. 하루 식비로 삼백엔 정도, 바다 건널 때의 선박 요금과 산골 마을을 찾을 때의 버스비 등, 최소한의 교통비까지 포함해 일 년에 이십오만 엔 정도면 살아갈 수 있습니다. 큰 병에 걸리지만 않으면 십 년은 거뜬합니다만……"

마키노는 정말이지 질려버렸다. 사고가 독특하다기보다 정신병이 아닌지 의심스러웠다.

"저, 손님, 여기쯤 됩니다만."

운전사가 두 사람의 대화에 끼어들듯 말했다. 어젯밤 사고 현장인 사거리가 바로 눈앞이었다. 길가에 세워져 있던 사고 차량은 이미 치워지고 없었고, 경찰과 감식반원들의 모습만 보인다.

마키노는 사거리를 지나 택시를 세우고, 요금을 낸 뒤 먼저 내렸다. 뒤따라 내린 시즈토는 도로를 사이에 두고 사고 현장을 바라보다가 기무라 아무개라는 이름을 대며 물었다.

"어떤 분을 사랑하고, 또 어떤 분에게 사랑받았을까요?"

"엥? 누구 말이야?"

"돌아가신 분 말입니다. 신문에 이름이 나와 있었습니다."

신호가 바뀌고, 시즈토는 길을 건너 현장으로 다가갔다. 검증은 밤사이 거의 다 끝나고 지금은 간단한 확인작업중인 듯, 현장을 격리한 줄은 보이지 않고 젊은 순경 혼자 교통정리를 하고 있었다.

마키노는 조금 떨어져서 시즈토의 행동을 지켜보기로 했다.

"저, 기무라 씨는 어디서 사고를 당했는지요?"

시즈토가 젊은 순경에게 물었다. 그의 말투에서 사고를 당한 사람과 가까운 사이라는 느낌을 받았는지 순경은 친절하게 대답했다.

"그분의 차는 이쪽 보도에 올라와 있었습니다. 차는 지금 경찰서에 있고요."

"누구에게 사랑받고, 또 누구를 사랑했는지, 어떤 일로 누가 그분에게 감사를 표했는지 아십니까?"

"으음, 난 그런 건 전혀…… 아아, 다만 아까 부인이라는 분이 남편이 마지막을 맞이한 장소를 보고 싶다고, 친척으로 보이는 사람의 부축을 받고 와서 모두 울고 갔습니다만……"

순경이 곤혹스러운 표정으로 해주는 이야기를 듣고 나서 시즈토가 말했다.

"감사합니다. 그럼 여기서 애도해도 될까요?"

시즈토는 느닷없이 그 자리에 왼쪽 무릎을 꿇었다. 마키노도 순경도 약간 어리둥절해서 지켜보는 가운데, 그는 오른손을 머리 위로 올렸다가 가슴 앞까지 내리고, 이어서 왼손을 지면 가까이 가져갔다가 올려 오른손에 포갰다. 고개를 숙인 채 입술을 달싹거리지만, 무슨 말을 하는지 멀리 있는 마키노에게는 들리지 않는다.

시즈토의 거동을 이상하게 여긴 순경이 망설이던 끝에 "저어" 하고 손을 내밀었을 때, 시즈토가 고개를 들었다. 실제로는 이삼 분 정도였겠지만, 마키노에게는 무척이나 초조한 시간이었다.

시즈토는 순경뿐만 아니라 감식반원들을 향해서도 인사한 후에 다시 이쪽으로 건너왔다.

"방금 그것이 자네가 말한 그 애도라는 건가?"

마키노가 그를 맞이하며 물었다. "눈을 감고 뭐라고 중얼거리던데, 뭐라고 한 거야?"

"돌아가신 분의 부인과 친척분이 이곳을 찾아와 우셨다는 이야기를 들었는데, 그런 분들께 사랑받던 인물이 이 세상에 분명 살았다는 사실을 가슴에 새기겠습니다, 하고 애도했습니다."

"허어…… 그래서 이젠 어떻게 할 건데? 죽은 사람의 집이라도 찾아갈 건가?"

"아뇨. 이걸로 끝입니다. 정말 감사했습니다. 그럼 이만 실례하겠습니다."

마키노는 여전히 의심의 눈길을 거두지 않은 순경들을 피해 그를 쫓아갔다.

"잠깐만. 그걸로 끝이라니, 그럼 지금부터는 어디로 갈 생각이지?"

"삿포로로 갑니다. 애도할 곳이 몇 군데 있습니다."

"예를 들면 말이야, 어젯밤 조직폭력배 하나가 죽은 거 신문에서 봤지? 여자 문제로 시내 한복판에서 서로 총질을 해댔는데, 자네는 그렇게 죽어도 싼 인간은 애도하지 않나?"

"죽어도 싸다는 말의 의미는 모르겠습니다만, 어떤 분이든 애도를 합니다."

이 남자가 과연 기삿거리가 될지 좀더 지켜보고 싶은 마음에 마키노는 택시를 잡았다.

번화가의 사건 현장은 도주중인 범인 때문에 여전히 출입금지 테이프가 둘러져 있었다.

시즈토에게 현장을 보여주고 지금껏 신문에 나오지 않은 사망자 이름을 가르쳐주었다. 탐문 수사와 도경 경위에게 들은 정보로, 범인은 물론 피해자도 선한 사람이 아니라고도 알려주었다. 죽은 남자는 중학생 때부터 비행을 일삼았고 소년원에서도 갱생하지 못하고 폭력집단에 들어갔다. 사채업자 밑에서 일하며 공갈죄와 성범죄도 숱하게 저질렀다고 한다.

"총을 쏜 남자는 중학생 시절에 어울리던 불량 친구라더군. 여자 하나 때문에 옛 친구를 죽이다니 짐승보다 못한 놈이지."

마키노의 말에는 경멸이 담겨 있었다. 시즈토가 이쪽을 돌아보았다.

"돌아가신 남자분 말입니다만, 누구에게 사랑받았을까요? 누구를 사랑했을까요? 어떤 일로 누군가 그분에게 감사를 표한 적이 있었을까요? 그건 모르십니까?"

사람을 착각했나 싶었다. 상대의 의도를 도무지 이해할 수 없었다.

"방금 한 얘기 못 들었나? 죽은 남자는 누군가에게 사랑받을 만한 사람이 아니었어. 사랑 따위 알 리 없고, 남에게 감사받는 기쁨도 몰라. 그러니 이런 일을 당했지."

기사의 골자는 이미 머릿속에 서 있었다. 가족과 사회에서 버림받은 젊은이가 폭력을 일삼고 성에 탐닉하다가 개죽음을 당한 전말을 쓰는 것이다. 섹스, 피비린내 진동하는 장면을 묘사하고, 마지막에 폭력집단에서 추방됐다는 문장을 덧붙이면 된다.

"알겠나? 세상에는 차라리 죽는 게 나은 인간이 실제로 있어."

마키노는 빈정거리듯 말하면서도 은근히 반론을 기대했다. 죽어도 좋은 사람이란 없습니다, 하고 성인군자 같은 반론을 펼치면, 그 기만과 위선에 찬 말을 꼼짝 못하게 할 반론의 반론은 충분히 준비돼 있었다.

하지만 시즈토는 마키노에게서 물러나 인적 없는 자리에 배낭을 내려놓고 왼쪽 무릎을 꿇었다. 오른손을 벌레라도 잡는 듯 머리 위로 올렸다가 가슴으로 가져오고, 왼손은 땅의 먼지를 줍는 듯 내렸다가 가슴 앞에서 오른손과 포갠다. 역시 뭔가를 외우는 듯 입술이 달싹거린다.

마키노는 초조함을 억누를 수 없었다. 정말로 인간쓰레기의 명복을 빌고 있는 건가?

"지금 자네, 총 맞은 녀석한테 그 애도라는 걸 한 거야? 어떻게 애도했지?"

"중학생 시절 친구가 있었다고 하니 친구끼리 서로 감사하는 일도 있었을 테고, 여자 문제로 사건이 일어났다면 그 여자를 사랑했겠지요. 그렇게 애도했습니다."

"뭐야, 그건. 전부 자네 멋대로잖아. 말하자면 상상 아냐. 그렇게 마음대로 해도 되는 거야?"

"어차피 처음부터 제 맘대로 하는 일이고…… 폐가 될까요?"

"폐고 뭐고 간에, 도대체 그런 짓을 왜 하는 거지? 종교 활동도 아니라면서? 그럼……?"

정신병을 앓고 있을 가능성이 컸지만, 차마 입에 담긴 곤란해서 마키노가 머뭇거리고 있을 때였다.

"이건 병입니다."

시즈토가 말했다. 홀쭉한 뺨에 미소까지 띤 온화한 표정이다. 그는 인사를 하고 마키노에게서 물러나 배낭에서 지도책을 꺼내 뭔가 확인했다. 마키노는 아무래도 개운치 않았다.

"사카쓰키 군. 자네, 앞으로 어떻게 할 생각이야? 삿포로로 돌아갈 건가?"

"아뇨, 모처럼 이 동네에 왔으니 먼저 이 근방을 둘러보려고 합니다."

구체적으로 어디를 돌지 시즈토가 두꺼운 노트를 꺼내 설명해주었다. 올해 3월, 이곳의 이웃 마을 민가에서 불이 나 일흔네 살 아버지와 서른여덟 살 딸이 사망했다. 아버지는 뇌경색으로 자리보전을 하고 드러누워 있었고, 어머니 없이 딸 혼자 회사에 다니며 아버지를 보살피고 있었다 한다. 마키노의 기억에 그 사건이 떠오르지 않는 것은 그보다 더 자극적인 사건 사고가 매일같이 일어나기 때문이리라.

"자네가 굳이 애도하고자 하는 이유는 그 화재가 사고가 아니라 방화나 살인이라고 의심하기 때문인가?"

마키노는 앞서 걷고 있는 시즈토 옆으로 따라붙으며 물었다.

"아뇨. 기타北간토를 여행할 때 신문에서 화재 소식을 보았는데, 바로 올 수 없었기 때문에 지금 찾아가려 하는 것뿐입니다. 걸을 때는 집중하고 싶으니, 질문은 나중에 하시겠습니까?"

시즈토는 자동차의 왕래가 많은 대로변을 따라 한 걸음씩 확인하듯 걸어갔다. 그 모습에 왠지 긴장감이 묻어나 방해하면 안 될 것 같았다. 마키노는 그냥 지켜보기로 했다.

북쪽이라고는 하지만, 햇살이 강하고 낮에는 기온도 올랐다. 마키노는 도중에 캔맥주로 목을 축이며 쉬었지만, 상대가 워낙 천천히 걷는 터라 조금만 걸음을 빨리하면 금세 따라잡을 수 있었다.

이윽고 현장에 가까워지자 시즈토는 세탁소 앞을 지나다가 "실례합니다" 하며 가게 문을 열었다. 마키노는 입구 옆에 서서 가게 안을 들여다보았다. 시즈토는 노부인을 상대로 화재로 죽은 부녀의 이름을 대며 집을 아냐고 물었다. 상대는 수상하다는 듯 무슨 일인지 되물었다.

"애도를 해드리고 싶습니다. 혹시 두 사람을 아신다면 말씀 좀 해주시겠습니까? 두 사람은 어떤 분을 사랑했고, 어떤 분에게 사랑받았으며, 사람들은 어떤 일로 두 사람에게 감사를 표했습니까?"

노부인은 당황스러워하면서도, 죽은 아버지는 건강할 때는 마을 회장으로 궂은일을 도맡아 해서, 많은 주민들이 알게 모르게 도움을 받았고 그래서 다들 존경했다고 말했다. 또 딸은 효심이 깊고 착한 아가씨로, 불평 한 번 하는 법 없이 아버지를 간병해 주민 모두를 감동시켰다고 했다.

고맙다는 인사를 하고 가게에서 나온 시즈토는, 가르쳐준 방향으로 가다가 이번에는 영업중인 이발소로 들어갔다. 같은 질문을 하는 것 같다. 마키노는 이발소에서 나오는 그를 붙잡고 물었다.

"자네는 늘 이런 식으로 이웃들에게 죽은 사람에 대해 묻고 다니나?"

"기회가 되면요. 근처에 아무도 없는 곳에서 돌아가신 분도 있으니까요."

시즈토는 다시 걷기 시작했고, 얼마 후 화재가 났다는 현장에 도착했다. 집은 죄다 타버리고 이미 공터로 변해 있었다. 길 반대편에서 장바구니를 든 중년 여자가 걸어오고 있었다. 시즈토는 인사하며 다가가 같은 질문을 반복했다. 여자는 놀라면서도 죽은 사람에게 동정을 표하며, 딸과 아버지가 서로를 몹시 아꼈고 많은 사람이 그들의 죽음을 안타까워한다고 얘기해주었다.

그 여자가 가고 난 뒤 시즈토는 공터 앞에 배낭을 내려놓고 한쪽 무릎을 꿇은 뒤, 양손을 각각 위아래로 향했다가 가슴 앞에서 포개는 그 자세를 취했다. 어디에 쓸지 아직은 알 수 없지만, 마키노는 일단 휴대전화 카메라에 그 모습을 담았다. 이윽고 몸을 일으키는 시즈토에게 물었다.

"사카쓰키 군, 어째서 부근의 집을 돌아다니며 더 자세히 물어보려고 하지는 않는 거지?"

시즈토는 배낭을 짊어지면서 쑥스러운 듯 뺨을 약간 붉히며 대답했다.

"저한테는 그럴 권리가 없으니까요."

"그건 또 무슨 소리야. 가게를 찾아가 이야기를 듣고, 지나가는 사람한테도 묻고 그랬잖아."

"가게는 문이 열려 있으니, 지나가는 사람 누구라도 만날 수 있다는 마음가짐일 거라고 생각합니다. 그러나 집에서 쉬고 계신 분을 굳이 밖으로 불러내는 건 경우가 다르지요."

그 말은 마키노와 같은 일을 하는 사람을 비난하는 것처럼 들리기도 했지만, 표정으로 보아 단순히 자신의 행위를 주제넘다고 생각하는 데 지나지 않는 것 같다.

"그리고 그 이상한……이라고 하면 실례지만, 기도할 때의 자세에는 어떤 의미가 있는 거지?"

"그 몸짓이 제 애도 방식에 잘 맞을 뿐, 별다른 의미는 없습니다. 어째서 그런 느낌이 드는지는 모르겠습니다만, 애도를 시작했을 때 저도 모르게 이 몸짓을 취하게 됐습니다."

다음은 어디를 찾아갈 건지 묻자, 조금 떨어진 아파트에서 두 달 전 생후 육 개월 된 아기가 엄마와 교제하던 젊은 남자 때문에 낙상해 머리 부상으로 죽었다고 했다.

목적지인 낡은 아파트에 도착하기까지 한 시간 남짓 걸렸다. 도중에 행인들에게 물어 아파트 위치는 알아냈지만, 죽은 아기에 대해 아는 사람은 아무도 없었다.

아파트 주변에는 인적도 없고, 영업중인 가게도 없었다. 이따금 텔레비전 소리나 어린아이 소리가 들려왔지만, 시즈토는 아파트로 올라가지 않고, 그냥 그 앞에서 한쪽 무릎을 꿇었다.

"자네, 사건에 대해 묻지 않아도 괜찮아? 그래도 제대로 애도를 할 수가 있어?"

마키노가 드디어 그늘에서 나오면서 물었다. 시즈토는 무릎을 꿇은 채 고개만 이쪽으로 돌리고 말했다.

"누구에게도 이야기를 들을 수 없을 때가 곧잘 있습니다. 이번에는 이 장소를 마음에 담는 것으로, 세상을 떠난 아기를, 다른 아기들과는 차별되는 단 한 명의 특별한 존재로 가슴에 새기려 합니다."

"무슨 일이 일어났는지 모르면 제대로 기도할 수 없잖아. 멋대로인 상상만으로 손을 모으는 건 불경한 짓이야."

"돌아가신 분들에 대해 생각하면 안 되는 건가요?"

"내가 하고 싶은 말은, 자네 행동에 모순이 있고 일관성이 없는 것 같다는 거야."

어째서 발끈하는 거지? 마키노는 말을 거듭하면서도 자기가
왜 이러는지 도대체 이해할 수가 없었다. 이 남자 스스로 이게
병이라고 고백했지 않은가. 그런데 어째서 그냥 내버려두지 못
하는 걸까?

"일관성은 없습니다. 모순도 있을 거라고 생각합니다."

시즈토는 정색하고 나서지는 않았지만 냉정한 어투로 말하고
인사를 하더니, 이제 내버려둬달라는 듯 고개를 앞으로 돌렸다.
오른손을 허공으로 들고, 왼손을 땅 가까이 내리려고 하는 바로
그때, 아파트 1층의 한 집에서 문이 열리고, 예닐곱 살로 보이는
여자아이 둘이 뛰어나왔다.

아이들은 무릎을 꿇은 시즈토의 모습을 보고 깜짝 놀라 멈춰
서더니 이내 다가왔다. 한 아이가 시즈토에게 물었다.

"또 아기한테 기도하는 거예요?"

아기가 죽었을 때, 기도하는 이들을 몇 번 본 모양이다.

"아기 있잖아요, 엄청 귀여웠어요."

시즈토에게 다른 한 아이가 알려주었다.

"뺨이 뽈록하고요, 잘 웃었어요."

"그리고, 손가락이요, 요렇게 쪼그마하고요, 머리카락도 보들
보들했어요."

첫번째 아이가 덧붙였다. 그 말을 들은 시즈토는 미소지으며

부드럽게 대꾸했다.

"너희에게 사랑받던 아기였구나."

그리고 다시 오른손을 올리고 왼손을 내렸다가 가슴 앞에서 포갠 뒤 고개를 숙였다. 여자아이들은 눈을 동그랗게 뜨고 그런 그의 모습을 지켜보았다. 한 아이가 다른 아이를 부르더니 시즈토와 나란히 쪼그리고 앉아 작은 손을 모았다.

마키노는 솟구치는 땀을 닦는 것도 잊고 기자 근성으로 사진을 찍으면서 '뭐냐, 이 녀석은, 뭐냐, 이놈은?' 하고 연신 혼잣말을 중얼거렸다.

4

수도꼭지 끝에 맺힌 물이 한 방울씩 떨어지면서 울리는 것처럼, 외로워, 외로워 하는 소리가 들려온다.

그 소리가 어머니의 목소리를 닮은 것 같아서 마키노는 벌떡 일어나 작은 창에 드리워진 커튼을 열어젖혔다. 하코다테 중심가의 비즈니스호텔에서 보이는 하늘에 희미하게 동이 트기 시작했다. 빗줄기가 떨어지고 있었다.

데스크인 에비하라에게 전화가 온 것은 어제, 사카쓰키 시즈토가 아기에 대한 애도를 마치고 다음 장소로 향하려 할 때였다.

예정된 기사가 늦어져 이시카리 사건으로 메우고 싶으니, 서로 죽고 죽인 폭력집단 똘마니 둘의 고향인 하코다테에 다녀오라는 것이었다. 더는 시즈토를 쫓아다닐 이유가 없어져 마음은 편했지만, 멀어지는 그를 보고 있다가 문득 에비하라에게 의논해볼까 하는 생각이 들었다. 이런 남자가 있는데, 에비 씨는 어떻게 생각하세요……? 그러다 미간을 찌푸린 상대의 얼굴이 떠올라 그만두고 말았다.

비행기로 하코다테까지 날아갔다. 렌터카를 빌려 경찰서와 신문사에서 정보를 얻은 뒤, 일찌감치 피곤한 몸을 자리에 뉘었다. 하지만 어머니 묘가 있는 도시를 오랜만에 찾은 탓인지 심란해서 술의 힘을 빌려서야 간신히 잠들었는데…… 아직 새벽 다섯시밖에 되지 않았다.

혀를 차며 일어나 샤워를 하고, 성인 비디오를 틀어놓고 시간을 보낸 뒤, 이시카리에서 사건을 일으킨 두 사람이 나온 중학교를 찾아갔다. 학교 측은 졸업한 지 칠 년이나 지났고, 두 사람이 재학할 당시의 교장도 담임도 전근을 갔기 때문에 아무것도 모른다고 딱 잡아뗐다. 예상했던 상황에 마키노는 마지못해 납득한 듯한 표정을 지으며 일어서다가…… 문득 한 가지 의문이 머리에 떠올랐다.

"학교 측에서는 죽은 졸업생에게 조의를 표했습니까? 조회 시간에 묵념을 했다거나……"

교장이 동석한 교감과 마주 보더니 같이 어이없다는 표정을 짓고는 쌀쌀맞게 대답했다.

"아뇨, 졸업생이라고 해서 상관이 있는 것은 아니잖습니까, 그런 건 전혀 염두에 두고 있지 않습니다."

마키노도 자신이 왜 그런 질문을 했는지 당혹스러워하며 얼른 그곳을 빠져나왔다.

두 똘마니의 본가는 낡은 공영 단지 안에 있었다. 차로 십 분 만에 도착해 일단 단지 주위를 돌았다. 몇 번 마주친 적이 있는 다른 주간지 기자와 사진기자가 보여 차를 세웠다. 계약직 기자끼리는 시간과 돈을 절약하기 위해 정보를 교환한다. 마키노는 학교 이야기를 전해주는 대신 이웃의 이야기를 전해들었다.

가해자의 본가에는 어머니 혼자 사는데, 도주중인 아들에게 연락 올 가능성이 있어서 경찰이 잠복하고 있었다. 피해자의 본가에는 아버지 혼자 살고 있었는데, 돼먹지 못한 아들놈은 이미 오래전부터 죽은 셈쳤으니 새삼스레 슬플 건 없지만, 보상금이 나오면 챙겨야지 하고 술에 취해 주절거렸다.

가해자도 피해자도 어린 시절부터 술과 담배를 입에 댔고, 도둑질과 공갈을 밥 먹다시피 했던 건 물론, 부모한테도 '뒈져버려, 영감탱이' '시끄러워, 할망구' 같은 폭언을 내뱉기 일쑤였으며, 자동차 절도죄로 소년원에 간 적도 있었다. 그야말로 온 동네가 싫어하는 망나니였다.

마키노는 준비해둔 초고에 맞는 소재만 모은 뒤, 옛 동료의 증언만 따오면 완벽하겠다고 생각하고 연고를 더듬어 조사하던 중, 항구 근처 자동차 정비 공장에서 두 사람의 중학교 친구가 일하고 있다는 걸 알아냈다.

짧은 머리의 청년은 성가시다는 표정으로 마지못해 취재에 응했다. 두 사람이 빨리 손을 씻어야 했는데 그러지 못한 나약한 인간이라고 했다. 이제 돌아가면 되었다. 그런데 마키노는 왠지 신경이 쓰였다.

"그들은 진짜 우정과 사랑을 알았을까요? 누군가 그들에게 감사를 표한 적이 있었을까요?"

정비공 청년의 얼굴이 굳었다. 험상궂고 날카로운 눈동자가 흔들리더니 간신히 감정을 억누른 목소리로 이야기를 시작했다.

"녀석들은 최악이어서 지금 친구가 될 수 있겠느냐고 묻는다면 서슴없이 '노'라고 할 겁니다. 하지만 녀석들은 어릴 때부터 부모에게 얻어맞고 어머니의 애인한테 걷어차이면서 자라다보니, 악으로 자신을 지킬 수밖에 없었을 거예요. 녀석들은 친구를 아주 소중히 여겼어요. 그런 두 사람을 친구들도 좋아했고요. 중학교 2학년 때 우등생 무리한테 무시당하고 자살을 생각하고 있는 내게, 죽은 녀석이 웃으면서 복수해주겠다고 말을 걸어왔죠. 그 웃는 얼굴이 나를 구했습니다. 두 사람이 서로 차지하려고 싸운 여자는 중학교 한 학년 후배로, 역시 가정 형편상 술집으로 빠진 아이죠. 이시카리에 있는 가게에서 살해된 녀석과 재회한 것 같아요. 두 달 전에 결혼한다는 전화를 받았어요. 진심으로 사랑에 빠진 것 같았어요. 하지만 그 여자아이, 살해한 녀석의 첫사랑이어서…… 서로 쟁탈전이 벌어졌겠지요. 제일 친한 친구였으니 용서할 수 없었을지도 모릅니다. 왠지 가련한 느낌이네요."

마키노는 이야기를 듣는 동안 왠지 모르게 가슴이 답답해와 간단히 인사만 하고 공장을 나왔다. 방금 들은 이야기를 기사로 쓰는 일은 없을 것이다. 흉악범에게도 인간적인 면이 있었다고 보도해봐야 반발만 살 뿐이다.

나머지는 범인 체포 후에 다시 와서 취재하면 된다. 하코다테에서 도쿄로 가는 마지막 비행기를 타려면 아직 시간 여유가 좀 있었다. 마키노는 어젯밤부터 신경 쓰였던 어머니 묘로 차를 몰았다.

어머니의 친정은 한때 규모가 큰 전통 여관을 운영했다. 어머니는 부잣집 딸로 유복한 어린 시절을 보냈다. 천주교 계통의 여학교를 다니며, 나중에 소꿉친구인 요릿집 아들과 결혼해 둘이서 작은 가게라도 차려야지…… 그런 꿈을 꾸었다고 한다. 그 꿈을 깨뜨린 것은 도쿄에서 흘러들어와 어떻게 잔머리를 썼는지 그 여학교의 교사로 취직한 아버지였다. 자칭 시인에 저널리스트를 꿈꾼다는 그 사이비 인텔리는 학생이었던 어머니를 임신시켜 결혼하고, 여관 경영에까지 간섭하며 몇 번이나 손님과 말썽을 일으켰다. 친척들이 모여 의논한 결과, 아버지에게 얼마간의 목돈을 쥐여주고는 하코다테를 떠나라고 했다.

어머니는 신앙 때문에 이혼하지 못하고, 성공할 거라고 호언장담하는 아버지를 따라 열두 살의 마키노를 데리고 도쿄로 갔다. 하지만 아버지는 일찌감치 딴 여자를 만들어 집에 들어오지 않았다. 그후, 큰불로 친정 여관이 다 타버리자, 어머니는 앓아누운 부모님을 간병하러 고향으로 돌아갔다. 마키노는 전학이 싫어서 도쿄에 남았다. 어머니는 부모님이 세상을 뜬 후에도 도쿄로 오지 않고, 오빠가 여관 자리에 세운 아파트에서 관리인으로 일하며 살았다. 마키노가 홋카이도의 신문사에 취직한 뒤에도 "난 이걸로 충분해" 하며 혼자 살기를 고집하다가, 어느 추운 겨울날, 급성 심부전이었는지 쓸쓸하게 죽은 채 발견되었다. 그때 어머니의 나이 마흔다섯 살이었다.

어머니의 친정집 묘는 고지대에 있는 큰 공동묘지의 볕이 잘 드는 한 모퉁이에 있다. 과거 여관의 번성을 말해주듯 대지가 넓고 묘비도 크다. 통상적인 묘비와 나란히 어머니를 위해 십자가를 새긴 묘비도 서 있었다. 외삼촌이 어머니를 부모님 곁에 잠들게 해달라고 아버지에게 청했고, 자기 집안 묘가 없던 아버지는 그러라고 승낙했다. 납골하는 날 아버지는 나타나지 않았다.

어머니의 묘를 성묘하는 것은 결혼한 지 얼마 안 돼 아내와 함께 인사한 것이 마지막이니, 십 년 만이다. 어머니의 묘 앞에 쭈그리고 앉아 우산은 어깨에 걸쳐놓고 두 손을 모으는 시늉을 했다. 장대비가 묘비를 때리고 어머니의 이름을 새긴 홈에 빗방울이 고이더니 이내 흘러넘쳤다. 아침녘에 들은 외로워, 외로워, 하는 소리가 귓가에 맴돈다. 갑자기 그 남자의 말이 떠올랐다.

"이 사람은 누구에게 사랑받고, 누구를 사랑했을까요? 사람들은 어떤 일로 이 사람에게 감사를 표했을까요?"

어머니는 누구에게 사랑받았을까? 누구를 사랑했을까? 어떤 일로 사람들이 고마워했을까?

시즈토와 헤어질 무렵, 앞으로 어디를 돌 거냐고 물었다. 그는 숨기지 않고 노트를 펼쳐 보이며 대답했고, 마키노는 습관적으로 메모를 했다. "오늘은" 하고는 어린아이가 교통사고를 당한 어느 삼거리를, 오토바이 사고가 난 다른 사거리를, 공무원이 투신자살한 건널목을, 지붕에서 떨어진 눈에 깔려 노인이 죽은 집을, 친아들이 부모를 죽인 집을…… 차례대로 갈 예정이라고 했다.

자살과 눈으로 인한 사고사까지 애도한다는 말에 전부 엉터리가 아닌지 의심스러웠다. 기사를 읽고 망상에 사로잡혀 한번씩 사건 사고 현장을 돌며 즐기는 것뿐이지 않을까 하고…… 하지만 만약 정말로 애도 여행을 하는 거라면…… 자신의 어머니를 어떻게 애도할지 물어보고 싶기도 했다.

하코다테에서는 도쿄로 가는 마지막 비행기가 저녁 일곱시

지나서 떠나지만, 삿포로에서라면 열시 가까이까지 비행기가 있다. 이건 취미이자, 확인하지 않고는 못 배기는 일종의 직업병이다. 마키노는 그런 변명을 속으로 중얼거리며 차로 돌아왔다.

저녁 비행기로 삿포로로 돌아가 공항에서 차를 빌리고, 빗속을 몇 번이나 헤맨 끝에 교통사고 현장이라는 삼거리에 도착했다. 시즈토의 설명으로는 사고가 일어난 건 삼 년 전인 듯한데, 좌회전하려던 트럭 안쪽 바퀴에 자전거가 부딪혀 야구를 좋아하는 아홉 살짜리 소년이 죽었다.

차를 갓길에 세우고 내린 마키노는 시즈토를 찾았다. 사고 흔적이라고는 어디에도 남아 있지 않고, 그의 모습도 보이지 않았다. 사고 이야기도 거짓말인가…… 그렇게 생각하는데 마주 오는 차의 헤드라이트 불빛에 맞은편 가드레일 아래 놓인 꽃다발이 드러났다.

비에 젖은 꽃잎이 선명한 광채를 뿜어내는 큼직한 백합송이는 아주 최근에 놓인 듯 보였다. 정성껏 감은 파란색 리본에 죽은 소년의 이름과 야구방망이 그림이 곁들여져 있다.

그러고 보니…… 마키노는 기억을 떠올린다. 오타루 경찰서 앞에서 시즈토를 처음 만났을 때, 그는 꽃을 찾고 있다고 했다. 그럼 그가 찾고 있었던 것은 들꽃이 아니라, 죽은 자에게 바치는 꽃이었던 것인가? 만약 길에서 헌화를 발견하면 그 자리에서 그 애도인지 뭔지를 할 생각이었던 것인가……?

일단 꽃다발을 카메라에 담고, 그가 말했던 사거리로 걸음을 옮겼다. 어디에도 헌화는 없었지만, 시즈토의 행동을 떠올리며 근처 편의점에서 물어보았다. 점원은 사고를 기억하고 있었다.

일 년 전, 오토바이를 훔친 남자가 경찰차의 추격을 피해 달아나던 중에 인도로 뛰어들어 신호를 기다리던 젊은이를 치었다. 사흘 후, 피해자의 친구로 보이는 젊은이 여럿이 현장에서 손을 모으는 것과, 한 소녀가 쓰러져 우는 것을 보았다고 전했다. 마키노는 배낭을 메고 여행중인 남자가 여기에 들러 그 이야기를 묻지 않았는가 물었다. 점원은 "저는 삼십 분 전에 교대해서" 하고 고개를 가로저었다.

빗발이 점점 거세지는 가운데 어느 건널목 앞에 도착했다. 시즈토가 말한 그 장소인지는 알 수 없었다. 자살한 사람까지 애도하다니 믿을 수가 없어서 정확히 메모하지 않은 탓이다. 지붕에서 떨어진 눈에 깔려 죽었다는 노인의 집 주소도 메모하지 않았다. 해마다 자연재해로 죽는 사람이 몇 명이나 되는데. 가까운 사람 말고는 전혀 관심을 보이지 않을 사망자까지 찾아가다니, 역시 헛소리라는 생각밖에 안 든다.

서른 살의 무직 남자가 회사원인 아버지와 전업 주부인 어머니를 아령으로 쳐 죽인 사건은 올 설날에 일어난 일이라 마키노도 또렷이 기억하고 있다. 존속살해는 사람들의 관심이 높기 때문에 마키노도 초고를 썼었다. 다만, 전국에서 존속살해사건이 잇달아 일어나는 시기였던 탓에, 현장 취재는 하지 않고 신문과 텔레비전 보도를 활용해 다른 가족간 분쟁과 함께 대충 언급했을 뿐이다.

슬슬 공항으로 돌아가지 않으면 마지막 비행기를 탈 수 없다. 그 현장에 시즈토가 없다면, 역시 엉터리였다는 결론을 내리고 공항으로 직행하기로 결심했다. 마키노는 일단 예전 신문사 동료였던 기자에게 그 집 주소를 물었다. 근처 도로변에 차를 세워두고 주택가 안으로 걸어들어갔다.

이제 모퉁이 하나만 돌면 현장이었다. 그때 갑자기 호통치는 굵직한 목소리가 들려왔다.

"뭐 하는 거야! 바보 같은 짓 집어치워. 가족들의 슬픔이라곤 모르는 생판 남이면서, 제멋대로 갖고 놀려 드는 거야!"

마키노가 모퉁이를 돌자, 사건이 일어난 듯한 집 앞에서 우산을 든 뚱뚱한 남자가 비닐 우비를 입은 야윈 남자를 떠미는 참이었다.

"네 녀석한테 해줄 이야기는 하나도 없어. 죽은 사람을 이용하는 짓은 그만둬!"

우비를 입은 남자는 뚱뚱한 남자의 서슬에 눌려 두세 걸음 물러나 고개를 숙였다.

"죄송합니다. 기분 상하게 해드릴 생각은 없었습니다."

시즈토의 목소리였다. 그는 다시 한번 배낭이 앞으로 쏟아질 정도로 깊이 고개를 숙이고, 마키노가 있는 곳과는 다른 방향으로 걷기 시작했다.

상대가 저만치 가는 걸 지켜보던 뚱뚱한 남자는 화가 덜 풀린 듯 씩씩거리며 이쪽으로 걸어왔다. 마키노를 발견하고는 민망한 듯 고개를 저으며 "별 미친놈이 나타나서 지랄이네" 하고 혼잣말처럼 투덜거렸다.

"무슨 문제가 있었습니까? 저는…… 삿포로 경찰서에 있습니다만."

기자라고 하면 오히려 역효과가 날 거라는 생각에 마키노는 순간적으로 거짓말을 했다. 남자는 얼른 표정을 누그러뜨렸다.

"이 집 사건 알지요? 나는 죽은 사람의 형이고, 근처에 살고 있습니다. 요즘도 담벼락에 낙서하는 놈들이 있어서 가끔씩 둘러보는데, 집 앞에 어떤 놈이 무릎을 꿇고 있어서 쫓아냈어요. 근데 이놈이 죽은 두 사람 이야기를 해달라는 겁니다. 사건 이후, 종교인이랍시고 전생의 재앙이니 뭐니 하면서 기부를 청하러 오는 놈이 많아서 호통쳐주고 오는 참입니다."

마키노는 적당히 맞장구를 치며 앞으로 주의시키겠다고 응수했다.

쫓아가는 척하다가 시즈토의 뒷모습이 보이는 곳에서 걸음을 멈추었다. 빗속에서도 한 발 한 발 확인하는 듯한 그의 걸음걸이는 여전했다. 드문드문 켜진 가로등 불빛에 무릎부터 밑단까지 푹 젖은 청바지가 보였다.

　마키노는 속으로 실은 이 남자가 악의로 가득 찬 사람이 아닐까 의심했다.

　타인의 죽음을 애도하는 자세는 위선이라고 해도, 청렴한 인상의 외모 때문에 바탕은 선량할 거라는 생각이 든다. 하지만 정말 그럴까? 살아가기 위해서는 어쩔 수 없이 잊기도 하고 묻어두기도 하는 것을, 놈이 굳이 파헤쳐내 사람들의 안락한 생활을 흩뜨려놓는 건 아닐까…… 죽은 자를 찾아가는 것은 닮았지만, 마키노의 일은 기본적으로 사람의 분노와 슬픔을 대변하는 것이 목적이다. 하지만 이 남자는 아기의 죽음도 똘마니의 죽음도 사고사도 자살도 살인으로 인한 죽음도 그리고 아마 마키노 어머니의 죽음도 똑같이 애도한다. 누군가의 죽음에 경중의 차이를 두는 것은 세상 사람들 모두가 암묵적으로 합의한 일일 터이다. 그런데 영웅과 성인의 죽음을 악당의 죽음과 똑같이 취급하다니 용서가 안 된다. 놈의 행위는 분명 사람들을 당혹스럽게 하고 초조하게 만든다.

　새삼스레 그를 추궁하려고 쫓아가려 했을 때, 진동모드인 휴대전화가 떨렸다. 눈으로는 시즈토의 모습을 좇으며 거리를 둔 채 전화를 받았다. 기삿거리를 제공해준 도경 경위였다.

　"이시카리 사건 말이야, 범인이 출두했어. 여자를 두고 싸운 게 아니었더라고. 결혼 축하 불꽃놀이였는데, 장난삼아 친구한테 겨눈 총이 발사됐다고 질질 짜고 있어. 흉악사건은커녕 지질한 녀석들의 눈물겨운 우정 이야기더구먼."

예정된 기사를 속히 수정할 수밖에 없게 된 마키노는 에비하라에게 연락을 취하고자 한숨을 쉬며 고개를 들었다. 시즈토의 모습은 이미 사라지고 없었다. 전화를 걸다 말고 허둥지둥 전방의 사거리까지 뛰어갔다.

어느 방향에도 사람의 그림자는 보이지 않았다. 그가 다음으로 어디를 돌지 물어보지 않아서 계속 왔다갔다만 했다. 마키노는 결국 포기하고 그 자리에 서서 시즈토가 사라져간 어둠 속을 물끄러미 바라보았다.

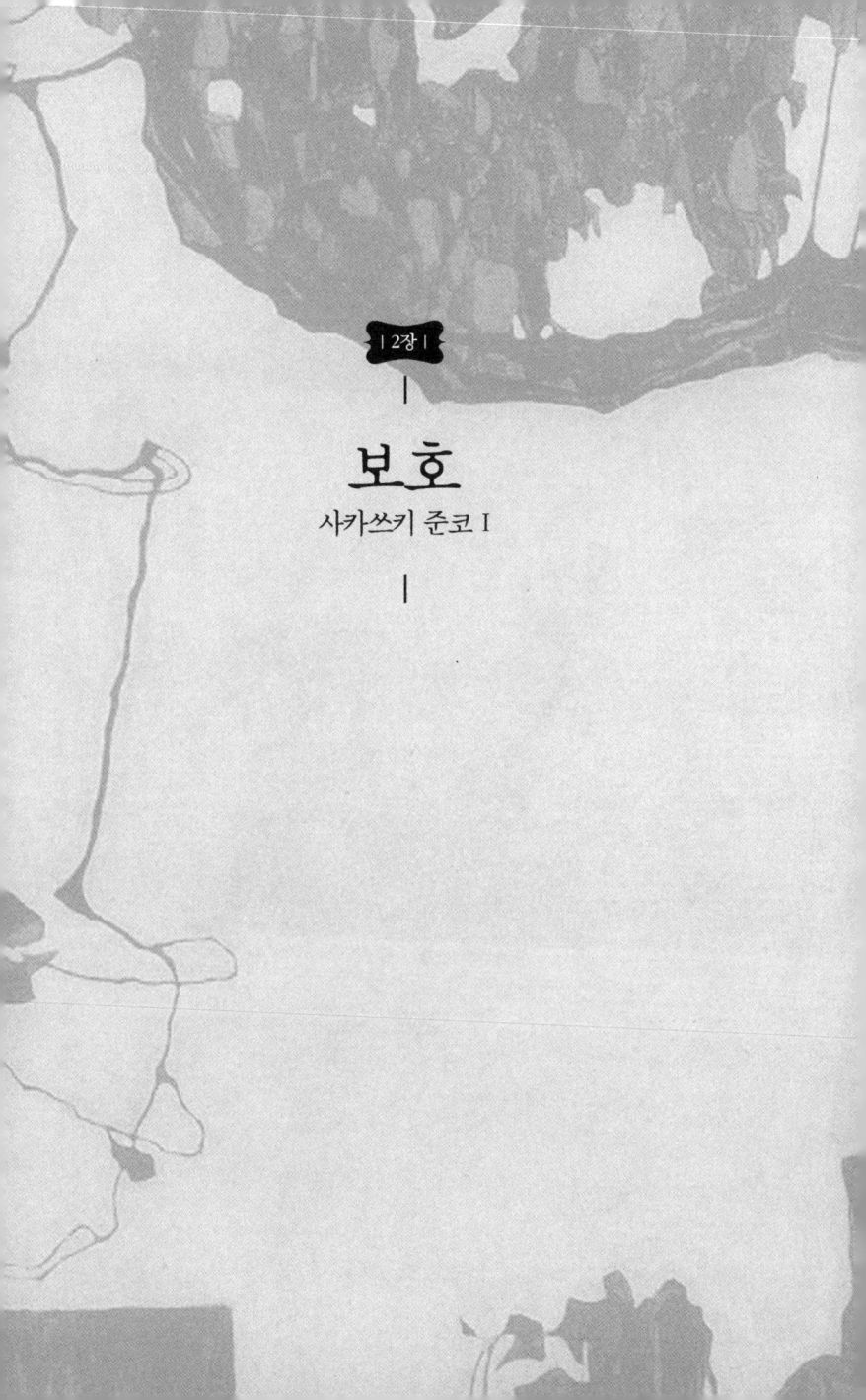

| 2장 |

보호

사카쓰키 준코 I

1

새빨간 장미 프린트의 검정 원피스, 핑크색 스타킹, 굽 높은 은색 샌들. 빈약한 가슴을 감추기 위해 허리를 꼿꼿이 세우고, 어깨를 펴고, 보브 커트의 금발 가발 끝을 가볍게 올리며 매만진다. 사카쓰키 준코는 정면의 거울에 자신의 모습을 비춰본다.

"좋아, 완벽……하진 않아도 그럭저럭 합격점인걸."

거울 속 자신에게 웃어 보이고는 화장실을 나왔다. 복도에는 하얀 블라우스에 감색 스커트를 입은 미시오가 엄마 준코를 기다리고 있다. 미시오는 준코의 모습을 보더니 울음을 터뜨릴 듯 얼굴을 일그러뜨렸다.

"엄마…… 아무래도 이상해. 그만둬. 엄마가 몇 살인 줄 아는 거야?"

"쉰여덟. 그리고 쉰여덟에서 더는 나이를 먹지 않게 됐지."

준코는 병원 올 때 입었던 옷을 가방에 넣어 미시오에게 건네고, 딸을 복도에 남겨둔 채 일주일 전까지 지냈던 병실로 혼자 들어갔다. 샌들이 익숙지 않아 걸음걸음이 신중하다.

"여러부운, 안녕하세요오. 이런 차림으로 왔습니다만, 저 사카쓰키입니다아, 잘 지냈어요오?"

순간 오랫동안 같은 병실에 입원해 있었던 세 여자가 꺄악 하고 환성을 터뜨렸다.

뭐야, 그거. 어떻게 된 거야? 어머나, 생기가 넘치네. 아주 잘 어울려, 마릴린 먼로인가?

"마돈나야. 웃으면 면역력도 좋아진다잖아. 생기를 나눠줄게. 어때, 괜찮아?"

재미있어, 진짜로. 나도 금발 가발로 할까봐. 그런데 그런 옷은 도대체 어디서 산 거야?

"딸아이 거야. 별 무리 없이 손에 넣었지. 살 빠지는 게 나쁘지만도 않더라고. 이쪽은?"

자신이 사용했던 창가 침대에는 오십대 초반으로 보이는 환자가 있었다. 상대는 준코의 등장에 곤혹스러운 모습이다. 환자들이 닷새 전에 입원한 그녀를 준코에게 소개했다.

"안녕하세요, 사카쓰키라고 합니다. 이분들과 함께 투병해온 동료예요."

"아…… 그럼 좋아지셨습니까?" 하고 그 환자의 표정이 밝아 졌다.

"그랬으면 좋겠지만. 두 종류의 항암제를 써봐도 효과가 없어 서 앞으로는 재택 치료를 하기로 했답니다. 그래서 방문 간호사 하고 의논하러 왔어요. 여러분에게 인사도 해두고 싶었고요."

"그러니까…… 포기했다는 말씀이세요?"

상대가 난처한 기색을 보였다.

준코는 한숨을 쉬고 희미하게 미소지었다. 다른 세 여자의 얼 굴에도 복잡한 미소가 떠올랐다.

"다른 식의 삶을 택하기로 했답니다. 병마와 싸우는 것하고는 또다른 길을 선택했다고나 할까요…… 그럼 다른 분들께도 인 사를 드려야 하니 여러분, 이만 가볼게요."

준코는 세 사람과 손을 잡고 작별인사를 나누었다. 초면인 환 자는 그녀의 몸에 닿으면 재수가 없을 거라고 생각했는지 이불 속에 손을 감추고 있어서 준코는 목례만 하고 병실을 나섰다.

입원중에 얼굴을 익힌 환자들의 병실을 한 바퀴 돌았다. 일주 일 동안 한 사람이 퇴원하고 두 사람이 죽었다. 남아 있던 환자 들 역시 준코의 엉뚱한 차림새에 놀라움과 웃음기가 뒤섞인 표 정을 지어 보였다. 암 병동이어서인지 환자들끼리는 짧은 감사 의 말만으로도 마음으로 뭔가 통한다.

"여러분과 함께 좋은 시간을 보내고, 속마음을 털어놓을 수 있어서 감사했습니다."

팔십대 여성에게 인사하자, 마스크를 쓰고 있던 상대가 고개를 끄덕였다. 그녀의 눈시울이 촉촉하게 젖어들었다.

"와, 사카쓰키 씨. 정말 대단한데요? 가장 대회 일등감이네. 여러분, 깜짝 놀랐죠?"

간호사실에 들렀을 때, 회진을 마치고 온 간호부장이 준코의 차림을 보고는 눈을 휘둥그렇게 떴다. 젊은 간호사들도 웃으며 소리 없는 박수를 보냈다.

준코는 재택 호스피스 케어를 선택한 만큼, 이날 병원 측에다 방문 의료진에게 잘 인계해달라고 부탁했다. 병원 간호사들은 방문 간호사에게 정중하게 인계하고, 주치의는 왕진의에게 의료 정보 제공서를 써주었다. 주치의는 여명을 기록한 진단서도 준코에게 건넸다. 그것으로 보험사에서 생전 보험금을 받을 수 있으니 경제적인 걱정은 없어질 것이다.

"사카쓰키 씨답게 씩씩하게 지내야 해요. 무슨 일 있으면 언제든지 연락 주시고요."

배웅하는 간호부장에게 손을 흔들며 준코는 병동을 나왔다. 엘리베이터 앞으로 나오자, 재색 폴로셔츠에 같은 색 계열의 평범한 바지를 입은 남자가 한구석에 서 있다.

"무슨 일이야, 다카히코? 그런 데 숨어 서서…… 그 휠체어는 또 뭐고?"

여섯 살 연상인 남편 다카히코 바로 옆에는 병원 이름이 새겨진 휠체어가 있었다.

"혹시 피곤할까봐……" 그가 꺼져들어가는 목소리로 말했다.

"안 피곤해. 오늘은 컨디션이 아주 좋은걸. 그래도 기왕 가져온 거니까 한번 앉아나 볼까?"

다카히코가 휠체어를 밀고 왔다. 준코는 등을 돌려 휠체어에 앉았다. 애써 밝은 모습을 보이느라 힘이 들었는지 등받이에 몸을 기대자마자 그만 깊디깊은 한숨을 토해내고 말았다.

"거봐, 힘들잖아. 왜 그렇게 무리하는 거야?"

미시오가 눈을 흘기며 말했다. 준코는 쓴웃음을 지으며 "아, 잔소리" 하고 중얼거렸다.

"입원중에 귀중한 자기 시간을 나눠준 사람들에게 은혜를 갚은 거야. 다들 기뻐하는 모습을 보니 어찌나 좋던지."

(여기서는 가족에게도 말 못하는 불안과 공포와 후회를 서로 털어놓을 수 있었다. 죽고 싶지 않다는 비통한 말조차 가벼운 잡담처럼 할 수 있었고, 나이나 경력에 상관없이 서로의 존재를 이해할 수 있었다.)

"축 늘어져서 나가면 기운 차리려고 애쓰는 사람들한테 미안하잖아. 자, 다카히코, 이제 집으로 갈까요?"

남편을 재촉해 엘리베이터를 타고 1층으로 내려갔다. 나름대로 마음을 단단히 먹으려고 눈을 감았다. 1층 접수처 부근은 오가는 사람들로 시끄러울 텐데도 데굴데굴 굴러가는 휠체어 바퀴 소리만 귀에 울렸다.

(혹시 몸 안쪽에서 들리는 걸까. 내 시간이 데굴데굴 굴러가는 소리.)

다음 순간, 작은 충격이 아래서부터 전해지고 뺨에 미지근한 바람이 느껴졌다.

(여기가 경계다. 낫기 위한 치료는 여기서 포기할 수밖에 없다. 솔직히 무섭다……)

준코는 조심조심 눈을 떴다. 다채로운 색이 눈앞에 펼쳐졌다. 앞뜰 화단에 핀 꽃, 무성한 정원수 그늘과 양지의 얼룩, 도로를 오가는 차, 스쳐 지나가는 문병객, 그들이 손에 들고 있는 꽃다발. 정면에 선 택시 창문에 휠체어를 탄 검정 원피스를 입은 금발 여자가 비쳤다.

가발은 미용사를 하는 딸 친구에게 빌린 것이었다. 반년쯤 전에 다른 병원에서 화학 치료를 받을 때는 부작용으로 탈모가 심했다. 이번 화학 치료에서는 약을 바꾸고 머리도 짧게 잘라 대비했지만, 부작용은 거의 없었다. 준코는 가발을 벗고, 흰머리가 듬성듬성 섞인 머리카락을 뒤로 넘겼다.

(봐, 바깥 세상은 이렇게 밝잖아. 많이 고민하고 결정한 일인걸…… 단단히 각오하자.)

준코는 휠체어의 팔걸이를 탁 치고 일어섰다. 뒤에 있던 다카히코가 앗, 소리를 지르고, 옆에서 걷던 미시오는 뭐 하는 거냐며 얼른 손을 내밀었다.

"중환자처럼 나가면 사람들한테 웃는 얼굴로 작별인사를 한 게 거짓말이 되잖아. 다카히코, 부탁해."

다카히코는 휠체어를 현관 안쪽에 다시 갖다놓으러 가고 미시오가 준코를 부축하려고 다가왔다.

"난 말이야, 엄마가 완치될 가능성이 있다고 생각해. 대체요법이며 민간요법이며 분명 방법이 있을 거야. 이걸로 끝난 것처럼 말하지 좀 마."

(이 아이는 엄마의 죽음이 머지않았음을 아직 실감하지 못하고 있다. 예전에 어머니가 폐암에 걸렸을 때, 내가 이런저런 치료법을 찾아 시험하다 결과적으로 고통만 안겨드렸던 것처럼……)

"아빠도 뭐라고 말 좀 해요. 엘리베이터 앞에서 가만히 기다리는 거 너무 웃겨요."

다카히코가 돌아오자 미시오가 나무라듯 말했다. 그는 곤란한 표정으로 눈을 깜박였다.

"네 아빠는 내가 여기저기 돌아다니는 게 불안해서 보고 있을 수 없었을 거야."

이번에 재택 케어를 하기로 결정하면서, 앞으로는 세상에 신경 쓰지 않고 생각대로 행동하기로 했다. 아들이 태어난 뒤로

'아빠'라고 불러온 남편을 이름으로 부르기로 한 것도 그중 하나다.

"그보다 시즈토는 아직 안 왔니? 혹시 집에서 기다리는 거 아닌가?"

준코는 주차장 쪽으로 걸어가면서 두 사람에게 물었다.

"오빠가 어떻게 돌아와? 연락이나 있었어?"

미시오가 준코와 나란히 걸으며 만에 하나를 대비해 부축하듯 팔짱을 꼈다.

"연락은 없어도 엄마가 중대한 결정을 한 날이니 예감 같은 건 느껴지겠지."

"그럴 리가 없어. 오빠는 엄마가 아프다는 것도 모르니까."

"엄마 일이잖아. 그런 예감도 없으면 어떡해? 남의 죽음만 쫓아다니고⋯⋯"

준코가 불평하듯 말하자, 두 사람의 등뒤에서 작은 기침 소리가 나더니 다카히코가 띄엄띄엄 중얼거리듯 말했다.

"⋯⋯홋카이도에서 경찰이 시즈토의 신원을 확인해왔어⋯⋯ 팔 일 전, 퇴원하기 전날에."

준코 모녀는 놀라서 걸음을 멈추었다.

"오빠, 또 잡힌 거야?" 미시오가 되물었다.

"그런 여행을 하고 있는 게 사실이냐는, 확인이었지⋯⋯ 늘 있는 일이잖아. 전화 좀 해달라고 전언을 부탁하긴 했는데⋯⋯"

"어째서 그런 중요한 이야기를 지금까지 안 했어?"

준코가 의아해했다.

"확인만 하는 거였고…… 결국 시즈토한테도 전화는 오지 않아서……"

"다카히코, 시즈토한테 전화 오면 나 아픈 거 말할 생각은 아니었지?"

준코의 지적에 다카히코는 고개를 숙이고 안절부절못하며 머리를 긁적였다.

"방금 엄마도 오빠가 돌아왔으면 좋겠다고 했잖아."

미시오가 아버지를 편들듯이 말했다. "아빠가 오빠한테 확실히 전해야 해요."

"안 돼. 시즈토 스스로 알아차려야 돼. 내 이야기를 해서 그 아이의 여행을 그만두게 하면 절대 안 돼. 그런데…… 전화도 안 왔구나. 분명 경찰이 말을 전하는 걸 잊었을 거야."

준코는 자연스럽게 시즈토를 감쌌다.

(지금 홋카이도에 있다면…… 간토에는 새해나 돼야 오겠네. 집에 들러주려나. 그때까지 버틸 수 있으려나.)

"어머나, 사카쓰키 씨 멋있네요. 언제 갈아입으셨어요?"

병원 주차장 밖의 로터리에서 방문 간호사인 우라카와 하루미가 스테이션왜건 옆에 서서 손을 흔들고 있다. 병원 측과의 상담에 참석해준 것은 물론 업무용 차량으로 준코네까지 바래다주겠다고 자청했다. 젊어 보이지만, 사십대 초반으로 아이가 둘이나 있었다.

우라카와가 운전하는 차는 요코하마의 호도가야保土ヶ谷에 있는 준코의 집을 향해 달리기 시작했다.

"우라카와 씨, 시내로 데려가줄래요? 모처럼 이런 차림을 했는데 이대로 집에 가긴 아쉽네요."

뒷자리에서 우라카와에게 말했다. 당장 조수석의 미시오가 험악한 얼굴로 돌아보았다.

"바보 같은 소리 하지 마. 빨리 집에 가서 쉬어야 해."

걱정이 되어서겠지만 펄쩍 뛰며 반대하는 딸을 보니 놀려주고 싶어서 한 술 더 떴다.

"그래. 이참에 성인용품 가게에라도 가볼까나. 우라카와 씨, 그런 경험 있어요?"

"예. 아뇨…… 괜히 보고 나서 갖고 싶어지면 곤란하니까요."

우라카와가 이쪽으로 고개를 살짝 돌리고는 날름 혀를 내밀어 보였다.

(이 사람은 믿을 수 있을지도 모르겠어……)

"우라카와 씨, 아직 우리 남편하고 직접 얘기해본 적 없죠? 이상하다 생각하지 않았어요?"

"집이나 직장이 아니면 다른 사람과 말을 섞기 좋아하지 않는 남자분도 많으세요."

"내 병과 집에서 치료하길 희망한다는 이야기만 하고, 지금까지 이 사람에 대해 설명할 여유가 없었는데, 이이에겐 장애가 약간 있어요. 대인공포……증까지는 아니지만, 어릴 때부터 낯선 사람과 얼굴을 마주하고 이야기를 잘 못해요. 전화는 괜찮아요. 그저 얼굴 보고 대화하는 걸 힘들어하죠."

"알겠습니다. 문제가 생겼을 때 전화는 주실 수 있다니 마음이 놓이네요."

우라카와가 뒷거울로 다카히코를 보며 미소를 지었다. 그는 고개를 숙여 시선을 피했다.

"성인용품 가게에 아주 야한 속옷도 팔죠? 진작 남편한테 그런 거 사달라고 졸랐더라면, 딸아이도 좀더 섹시한 아가씨가 됐을지 모르는데, 하는 생각이 들어요."

준코는 딸을 놀릴 속셈으로 우라카와에게 말했다. 옆에서 다카히코가 듣기 거북한 듯 몸을 움찔거렸다.

"따님, 아주 여성스러운걸요? 벌써 상대가 있는 거 아니에요?"

우라카와가 분위기를 수습하듯이 말했다. 미시오는 화가 났는지 대답도 하려 들지 않는다.

"그게, 전혀랍니다. 스물일곱 살인데 아무도 데려가지 않네요. 아아, 결국 손자를 안아보지 못하는 게 아닌가 싶어요. 아들 녀석은 어디를 돌아다니는지 모르고. 정말 우리 애들은 불효자들뿐이라니까요."

"아드님은 자신이 하고 싶은 일을 찾아 여행을 가셨다고요. 부럽습니다."

우라카와뿐만 아니라 가족이 아닌 다른 사람들에게는 시즈토의 행동을 설명하기 어려워서, 장남은 젊은 친구들이 종종 그렇듯 '자아 찾기 여행'이라는 걸 떠났다고 모호하게 얼버무렸다.

준코가 부탁한 대로 우라카와는 역 앞 상점가에 준코네를 내려주었다. "차를 오래 세워둘 수 없으니 삼십 분쯤 근처를 돌다가, 다시 여기로 와서 기다릴게요" 하고는 차를 출발시켰다.

"엄마, 그런 차림으로 시내를 돌아다니면 웃음거리가 되고 말걸. 관두자, 부끄럽단 말이야."

미시오가 말렸지만, 많은 사람들의 모습에 준코는 오히려 용기를 얻어 가발까지 다시 썼다.

"이렇게 시내를 걷다니 평생의 추억이 될 거야. 다카히코, 이대로 러브호텔에라도 들어가볼까?"

다카히코가 눈만 껌벅이자, 준코는 여윈 팔로 팔짱을 끼고는 인파를 향해 걷기 시작했다.

역 앞 상점가는 평일 낮인데도 홍청거리고 있었다. 주로 젊은이들이었다. 최신 유행 패션을 걸친 사람들에게 둘러싸이자 준코의 차림도 그다지 튀지 않는지 쳐다보는 사람은 없었다. 병원에 있을 때와는 기분이 확 달라져, 거리를 활보하는 자신도 주위의 사람들과 마찬가지로 건강하다는 착각이 들었다. 곧 혹독한 현실과 맞서야 한다면 지금만이라도 그런 착각에 취하고 싶었다.

문득 길가에 늘어선 어느 가로수 아래 놓여 있는 노란 터키도라지 꽃다발이 눈에 들어왔다. 캔맥주 몇 개도 공양처럼 놓여 있다. 작은 시계점 앞이었다.

준코는 미시오를 남겨두고 다카히코를 재촉해 가게로 들어가서 꽃다발과 캔맥주에 대해 물었다.

가게 주인은 당혹스러워했다. 물론 준코의 차림도 한몫했을 터이다. 준코는 다른 뜻은 없고 지나가는 길에 그저 궁금했을 뿐이라며 변명하듯 말하고는 사연을 물었다.

"실은 닷새 전 심야에 싸움이 났었습니다. 젊은이 하나가 잘못 맞아 죽었다지요."

준코는 모르는 사건이었다. 뉴스에는 나오지 않았느냐고 거듭 물어보았다.

"사고 같은 거니까요. 우리도 장사하는 입장에서 알려지지 않는 편이 좋고요. 꽃다발을 두고 간 사람은 애인인가? 맥주는 친구가 두고 갔을 테지만, 뒤처리를 좀…… 경찰을 통해 유족에게 보내든지 버리든지 하자고…… 상인들끼리 얘기하는 중입니다. 두고 가는 사람의 마음도 생각해야 하니까요."

준코는 주인에게 인사를 하고 가게를 나왔다. 무슨 일이냐고 미시오가 물었지만 마땅히 할 말이 생각나지 않았다. 자기보다 먼저 세상을 떠난 젊은이를 위해 가로수 아래 꽃다발 앞에서 손을 모았다.

2

집에 도착하자 우라카와는 이따가 왕진의가 다녀갈 거라는 말을 남기고 돌아갔다. 준코는 그녀를 배웅하고는 집 주위를 둘러보며 현관 앞으로 갔다. 기대에 부풀어 손잡이를 돌렸다. 잠겨 있다.

"에휴, 역시 돌아오지 않았구나…… 미시오, 열쇠는 잘 두고 갔지?"

"그대로 있어. 오빠보다 도둑이 먼저 다녀갈 것 같은데."

미시오가 현관 옆에 둔 재스민 화분을 들었다. 항상 이 아래 둘 테니 집에 아무도 없어도 들어가 쉬어라…… 시즈토에게 이렇게 이르며 준코가 직접 놓는 모습까지 보여준 현관 열쇠가 화분에서 떨어진 흙에 더러워진 채 타일 위에서 반짝거렸다.

"벌레가 몇 번이나 알려주었을 텐데, 무슨 예감 같은 거 들지 않았니? 너무 감이 없는 거 아냐? ……어라?"

재스민 잎에 먼지로 착각할 만큼 다리가 가는 거미가 앉아 있었다. 손을 내밀자 거미는 준코의 손바닥으로 올라와 한 발 한

발 확인하듯 움직였다.

(거미야, 시즈토에게 알려주지 않을래? 너희 엄마, 곧 세상을 떠날 거라고. 남들 죽음만 쫓아다니느라 너희 엄마는 내버려둬도 좋냐고.)

준코는 하늘을 향해 손바닥을 들고 후우 하고 불었다. 허공으로 솟은 거미는 보이지 않는 곳에 떨어졌는지, 아니면 정말로 날아갔는지 시야에서 사라졌다.

이 집은 원래 전쟁이 끝나고 얼마 되지 않아 다카히코의 부모가 지은 것인데, 시즈토가 태어나기 직전, 1층은 다카히코의 부모가 사용하고 2층은 준코네 부부가 살았으면 좋겠다는 생각으로 다카히코의 아버지가 리모델링한 것이었다. 현관에 들어서면 바로 오른쪽 벽에 다카히코의 그림이 걸려 있다. 그의 고향인 시코쿠 이마바리今治의 바다를 선명한 청색으로 그린 것이다. 옛날부터 그림 그리기가 취미인 다카히코는 준코도 그림을 인연으로 만나게 되었다.

신발을 벗고 올라가면 정면에 계단, 계단 아래 화장실, 곧장 가면 다다미방으로 통하는 문이 나오고, 계단 앞에서 오른쪽으로 돌면 주방이 나온다. 그 안쪽에 세면대와 욕실, 주방에 이어서 거실. 거실 창은 남향인 정원 쪽으로 나 있다. 거실 왼쪽 옆에는 팔 조 다다미방이 있다.

다다미방에는 어제 들여놓은 환자용 침대가 있다. 원래는 다카히코의 부모가 지내던 방으로, 두 사람이 세상을 떠난 뒤에도 준코네는 2층에서 생활했지만, 우라카와를 비롯한 전문가들이 재택 호스피스 케어를 택할 거라면 1층에 침실을 정하고 침대 생활을 하는 게 좋겠다고 권해서 환자용 침대를 임대한 것이었다.

(나는 여기서 생활하고…… 그리고 이 방에서 임종을 맞겠지……)

다다미방 구석에는 불단 두 개가 나란히 놓여 있다. 사카쓰키 가와 준코의 친정인 와키 가의 것이다. 준코의 친정은 가마쿠라鎌倉에 있었지만, 이십구 년 전 어머니가 돌아가시면서 정리하고 불단을 가져왔다. 그래서 공양해야 할 위패가 모두 이곳에 있었다. 준코는 매일 아침 거르지 않고 차와 물을 떠놓았다.

(그런데 지켜주지 않으시네요, 하고 원망이라도 한마디 하고 싶지만…… 지금까지 살 수 있었던 것만으로도 감사해야겠죠. 이제 곧 그리로 갈 테니 따뜻하게 맞아주세요.)

방문의 윗미닫이틀에는 다카히코의 부모와 형, 준코의 부모와 오빠 쓰기오의 사진이 걸려 있다. 부모는 모두 쉰 살이 넘어서 세상을 떠났지만, 다섯 살에 죽은 다카히코 형의 영정은 당시 가족사진에서 오려낸 것이었다. 열여섯 살에 병사한 쓰기오의 웃는 얼굴의 영정은 죽기 직전 준코가 찍어준 것이었다.

(오빠가 나눠준 시간이 이제 드디어 끝나려는 것 같아…… 미안해.)

위의 통증을 느낀 것은 오 년 전, 시즈토가 직장을 그만두기 얼마 전이었다. 심각한 고민이 있어 보이는 시즈토에게 신경을 쓴 탓인지 위가 아팠는데, 자식 걱정이 일상적인 것으로 바뀌어감에 따라 위의 통증은 만성이 되었다. 날카롭게 쿡쿡 찌르는 듯한 아픔은 둔하고 무거워졌다.

어릴 때는 허약했지만 중학교 때부터 건강해진 후로 큰 병치레는 한 번도 하지 않았던 준코는 약국에서 위장약만 사다먹었을 뿐 병원에는 가지 않았다. 백화점 식품매장에서 계산원으로 일하는 한편, 부인회 핵심 멤버로 활동하고, 일주일에 세 번쯤은 양로원으로 봉사활동을 다니느라, 눈코 뜰 새 없이 바빴기 때문에 다카히코가 검사를 권해도 자꾸 미루기만 했다.

내심 두려웠다. 폐암으로 세상을 떠난 어머니는 마지막 눈을 감기 직전까지 여러 부작용으로 몹시 고통스러워했다. 치료법이 지금만큼 발달하지 않았던 탓이었다. 유전적으로 같은 병에 걸릴 가능성이 높다는 것을 알면서도, 어머니에 대한 기억이 그녀를 괴롭혔다. 준코는 현실을 피하고만 싶었다.

작년 가을부터 하루가 멀다 하고 복통이 이어졌고 자꾸만 빈혈이 생기나 싶더니 검은 변도 보았다. 그리고 슬슬 새해맞이 준비를 해야지 생각하던 어느 날 아침, 참을 수 없는 복통이 엄습해왔다. 준코는 한숨 자면 괜찮아질 거라고 고집을 부렸지만, 다카히코가 몸을 새우처럼 구부리고 있는 그녀를 보더니 억지로 근처 병원에 데려갔다.

감기로 일 년에 한두 번 정도 가는 내과 의원에서는 위궤양 약을 처방해주며 전문 병원에서 검사를 받아보길 권했다. 다카히코의 끈덕진 설득에 못 이겨 근처 소화기 계통 전문 병원에서 초음파검사를 받았다. 위벽 아랫부분에 커다란 그림자가 있다면서, 더 큰 병원에서 정밀검사를 받아야 한다고 소견서를 써주었다. 준코도 상황이 예사롭지 않음을 깨닫고, 새해에 드디어 공립 종합병원을 찾아 내시경을 비롯해 갖가지 검사를 받았다.

준코는 자기를 속이는 게 싫었고, 다카히코도 거짓말이란 걸 정신적으로 못 견디는 사람이라, 처음부터 정확한 병명을 알려주길 희망했다. 다카히코가 미시오를 불러 셋이 함께 주치의의 설명을 들었다. 위 하부에 큰 암덩어리가 있는 걸로 보아 복강 내에도 암세포가 퍼졌을 거라고 했다. 간으로 전이한 흔적도 보여 수술하긴 이미 늦었다며 항암제 치료를 권했다.

준코와 미시오는 망연자실해 있고 다카히코는 까닭 없이 의자에 앉았다 일어섰다를 반복했다. 그 모습을 보는 동안 준코는 침착함을 되찾고 해볼 수 있는 치료는 다 해보기로 했다.

간 전이를 막는 데도 효과가 있다는 항암제 치료를 이 주에 한 번 하룻밤을 입원해 받았다. 한 달에 두 번을 1차로 해서, 석 달 동안 여섯 번, 총 3차에 걸친 치료는 부작용이 심해 몹시 괴로웠다. 구토가 가장 괴로웠는데 제토제가 그리 효과가 없어서

늘 세면기를 부여잡고 있다시피 했다. 뭘 먹는 게 두려웠다. 하지만 점점 야위어가는 것도 무서워 억지로라도 먹어보려 했지만 결국 토해내기 일쑤였다.

2차 치료중에는 구내염이 심해지고 머리를 빗을 때면 눈에 띄게 머리카락이 빠졌다. 대머리가 될 정도는 아니었지만 머리숱이 원래 많았던 터라 충격이 컸다. 하루 종일 누워 있는 날이 늘어나 아르바이트를 그만두고, 부인회에 결석하고, 양로원 자원봉사도 나가지 못했다. 그렇게 주위 사람들의 기대에 부응하지 못하는 것도 준코는 괴로웠다. 그런데 치료 효과는 신통치 않았고, 주치의는 이제 자신의 병원에서 감당할 수 없으며 병원을 옮길 거라면 소개장을 써주겠다고 했다.

그곳은 암 전문 병원이 아니어서 항암제를 맞고 있는 침대 옆에서 식중독 환자가 링거를 맞고 있는 형편이었다. 처방받은 진통제로 통증이 가시지 않으면 투병 의지를 잃고 어디 시설에라도 가서 죽기만을 기다려야 하는 게 아닌가 싶기도 했다. 그렇게 자포자기하고 있을 때, 미시오의 지인에게 소개를 받아 암 치료로 호평이 자자한 개인 병원으로 옮기게 되었다.

검사 결과가 나오자 지난번 병원과 마찬가지로 화학요법을 권했다. 준코는 망설였지만, 새 주치의가 "이제 모르핀을 사용해도 괜찮겠죠?" 하면서 처방해준 진통제는 효과가 있었다. 오랜만에 통증 없이 지내게 되면서 준코는 이 병원을 신뢰하기 시작했다. 준코가 구토 같은 부작용을 두려워한 것을 고려해, 입원 후 항암제를 소량 분할 투여하는 쪽으로 치료 방향이 잡혔다.

지난번과는 다른 약물을 사 주간 투여하고 이 주간 쉬는 걸 1차로 하여, 2차에 걸친 치료를 받게 되었다. 탈모는 없었고, 구토가 덜해 조금씩이나마 음식을 먹을 수 있었다. 다만 몸이 나른하고 손이 조금씩 저리고 무릎 관절이 아팠다.

한편, 암 전문 병원이라 환자들끼리 유대감이 있었고, 많은 사람들과 터놓고 병에 대해 말할 수 있는 것도 위안이 되었다. 병과 치료에 대한 지식 말고도 일상의 잡다한 이야기나 음담패설을 나누고, 의료진에게 묻기 힘든 것도 물어보고 배웠다. 죽음에 대해 솔직히 이야기를 나누고, 죽음을 어떻게 맞이할지 구체적으로 생각하는 계기도 되었다.

자신의 죽음을 알았더라면 아내로서 어머니로서 여자로서 여러 가지 준비를 하고 싶었을 텐데, 어머니는 아무 통보도 받지 못한 채 병과 가족을 의심하면서 생애를 마치고 말았다. 입원해 있는 동안 적어도 자신은 지금까지 살아온 인생을 정리한 뒤에 죽고 싶다는 준코의 생각은 더욱 강해졌다.

1차 치료를 마치고 외박 허가를 받아 집으로 오는 길에 시험 삼아 호스피스 병동을 개설한 병원에 연락해보았다. 병상은 다 찼고 대기 환자가 두 자릿수에 이른다고 했다. 호스피스 케어를 하는 다른 시설에도 연락해보았지만, 집에서 멀리 떨어진 곳조차 빈자리가 없었다.

다음 날, 준코는 양로원 자원봉사 때 알게 된 노인의 부고를 듣고 조문을 갔다가 그 노인이 이웃의 재택 진료소와 방문 간호 센터에서 재택 케어를 받았다는 얘기를 들었다. 그 재택 진료소에 연락해보니 말기 암 환자의 완화 케어도 한다고 했다.

2차 치료 후에는 직접 재택 진료소와 방문 간호 센터를 찾아가보았다. 분위기도 밝고, 왕진의도 방문 간호사도 좋은 사람들이었다. 이틀을 꼬박 생각하다 남편과 상의해보았다. 만약 이번에 치료 효과가 없으면 남은 시간은 집에서 소중히 보낼 수 없을까 하고. 다카히코는 선뜻 대답하지 못했지만 안 된다고는 하지 않았다.

검사 결과는 좋지 않았다. 암은 오히려 더 진행된 것 같았다. 주치의는 테스트해보지 않은 약이 있기는 한데, 어떻게 할지 물었다. 준코의 암에는 지금까지 써온 약이 맞으며, 다른 약은 데이터상의 성적이 좋지 않고 부작용도 심할 가능성이 있다는 소견이었다.

만약 아무것도 하지 않으면……? 하고 준코가 물었다. 위로 연결되는 부분이 막혀 영양을 섭취할 수 없게 된다고 했다. 앞으로 남은 시간을 묻자, 주치의는 간단히 말할 수 있는 게 아니라며 머뭇거렸다. 하지만 보험사에서 생전 환급을 받으려면 여명을 기재한 진단서가 필요하다고 하니, "아마도 삼 개월 전후······"라고 말해주었다.

준코는 생각할 시간을 갖기 위해 일단 퇴원했다. 항암제 약효가 떨어지자 나른함과 손 저림은 사라졌다. 집안일을 충분히 해냈고, 주변 정리도 할 수 있었다. 전보다 부작용이 심해진다면 분명 아무것도 할 수 없을 것이다. 준코는 어머니처럼 후회를 남긴 채로가 아니라, 몸이 움직이는 동안은 하고 싶은 일을 하고, 사람도 만나고, 납득할 수 있는 임종을 맞고 싶었다.

다카히코는 "당신의 결정이 그렇다면" 하고 준코의 결심을 받아들였다. 미시오는 예상대로 거세게 반대했다. 나름대로 조사한 치료법을 이것저것 거론했지만, 결국 준코의 완강한 의지를 꺾지 못하고 재택 치료를 한다면 따르겠다고 했다.

"설마, 시즈토······ 정원에 있는 건 아니겠지?"

준코는 다다미방의 하키다시 창*을 열고, 남쪽으로 난 정원을 내다보았다. 그녀는 계절마다 꽃을 즐길 수 있게 정원을 가꾸었고, 지금도 선명한 색깔의 달리아가 가슴을 설레게 했다. 하지만 해마다 이맘때면 정원을 장식하던 마리골드는 없었다. 치료를 받느라 미처 심지 못한 것이다.

"좋아, 집 안을 샅샅이 뒤져보는 거야. 2층에 있는 게 아닌지 가봐야지."

---

* 실내의 쓰레기를 쓸어내기 위해 바닥과 같은 높이로 만든 창.

계단 쪽으로 돌아와 신중하게 다리를 올려놓는다. 다카히코가 걱정스러운 마음에 따라오는 기척이 났다. 2층으로 올라가면 부부의 방이 제일 먼저 나온다. 다카히코가 그린 그림을 준코가 벽에 걸어놓았다. 사람과 눈을 맞추길 힘들어하는 그는 오로지 풍경만 그렸다. 인물을 그린 그림은 한 장도 없었다.

다카히코가 초등학생이었을 때, 마찬가지로 낯가림이 심한 소년을 알게 되었다. 혼자 있는 일이 많았던 다카히코와 소년은 자석처럼 이끌려 언젠가부터 늘 붙어다녔다. 소년의 집은 파이프를 연결하는 조인트 부품과 행거레일 부품을 제조, 연마하는 공장을 경영했다. 다카히코는 중학교 때부터 그 공장에서 아르바이트를 하다가 고등학교를 졸업하자마자 정식 직원으로 취직했다. 그리고 손재주와 성실함을 인정받아 정년 후에도 계속 일했다. 그러다 지난해 그 친구가 세상을 떠나고 준코의 발병 사실도 알게 되어 올해 1월에 퇴직했다.

부부 침실 옆은 미시오의 방이다. 미시오는 삼 년 전부터 일하고 있는 도쿄 여행사 근처에 맨션을 얻어 혼자 살고 있었다. 하지만 준코가 재택 치료를 결정하면서 집으로 들어오기로 했다. 책상 위에는 사계의 자연으로 장식된 관광지 팸플릿이 산더미같이 쌓여 있었다. 미시오의 일과 관련된 자료이리라.

(시즈토…… 너는 지금 이 팸플릿에 나오는 이런 곳을 걷고 있니? 나도 할 수만 있다면 활짝 핀 벚꽃 아래를, 단풍이 물든

길을 한가롭게 거닐고 싶은데…… 분명 힘들겠지.)

미시오 방의 문을 닫고 돌아서서, 복도 건너편에 있는 시즈토 방의 문을 연다.

"사실은 돌아온 거지?"

장난스레 말해본다. 아무도 없다는 걸 알면서도 대답이 없자 낙담한다.

베란다로 통하는 창을 가리고 있는 커튼을 젖히고 창문을 열어 바깥바람을 불러들인다.

정면에 시즈토가 초등학교에 입학할 때 산 책상이 놓여 있다. 그때부터 줄곧 써온 낡은 책상 위에는 어린 시절의 낙서가 남아 있었다. 책상 옆에는 오디오와 시디를 정리해놓은 선반, 그 맞은편에 침대, 침대 옆에는 흔들의자가 놓여 있다. 흔들의자는 시즈토의 중학교 친구의 것으로, 친구가 죽은 뒤 그 부모님에게 전해받았다.

시즈토가 여행을 떠난 뒤, 이따금 그 흔들의자에 앉아 아들이 골라놓은 음악을 들으며 그의 마음을 헤아려보기도 했었다. 준코는 조심스럽게 의자에 앉는다.

(시즈토…… 나, 앞으로 삼 개월 정도 남았대. 이렇게 건강한데 말이야. 실감이 안 나는 건 미시오뿐만이 아냐. 실은 나도 아직 못 믿겠어. 각오 따위 조금도 되어 있지 않아……)

앞으로는 통증 외에 복수 저류, 소화관 폐색, 배설 장애, 간 전이에 따른 황달 등의 가능성이 있고, 위출혈도 염두에 두어야 할 위험이라고 했다.

(지금도 마음 한구석에는 혹시 기적이 일어나지 않을까 하는 기대가 있어. 그 기적을 가져다주는 게 시즈토, 네가 아닐까 하고도 생각해…… 어떠니, 돌아와주지 않겠니?)

창 너머에서 대답이라도 하는 것처럼 무슨 소리가 났다. 준코는 일어나 창가로 갔다. 정원수의 무성한 잎이 바람에 날려 스치고 있었다. 그러고 보니 옛날…… 생각이 난다.

이십오 년도 더 전, 정원 나무에 직박구리가 둥지를 튼 적이 있었다. 2층 베란다에서 둥지 안까지 훤히 들여다보여, 당시 여섯 살이던 시즈토는 선물받은 쌍안경으로 새끼 네 마리가 알에서 깨어나 자라는 모습을 관찰하는 데 푹 빠져 있었다. 하지만 어느 날 밤 태풍이 마을을 덮쳤고, 그다음 날 아침 새끼 한 마리가 둥지에서 떨어져 나무 밑에 죽어 있었다. 이른 아침이었기 때문에 다카히코와 한 살이었던 미시오, 당시 계시던 시아버지까지 모두 일어나기 전이었고, 준코 혼자 정원을 살펴보고 있는데, 시즈토가 잠옷 차림으로 내려왔다.

(그때, 시즈토는 왜 그랬을까……?)

또다시 바람이 무슨 말이라도 하는 양 갑자기 잎사귀들이 바스락거린다. 그녀의 귓가에 어떻게 하면 좋을까 하는 소리가 들린다. 어떻게 하면 좋을까, 어떻게 하면…… 견딜 수 있을까.

준코는 문 쪽을 돌아보았다. 뒤따라와 있던 다카히코가 불안하게 바라보고 있다.

"시즈토, 집에 왔어? 소리가 난 것 같은데……"

다카히코는 말없이 고개를 저었다.

준코의 등뒤에서 또다시 정원수의 잎사귀들이 서로 스치며 사람이 속삭이는 듯한 소리를 냈다.

어떻게 하면 좋을까, 어떻게 하면…… 견딜 수 있을까.

3

토요일은 아침부터 날씨가 화창해, 해가 아직 높이 뜨기도 전부터 매미가 울어대기 시작했다. 짧은 생을 다 태우려고 열심이구나 생각하니, 그 요란한 소리도 기특하기만 했다.

아침 일곱시에 복용한 모르핀 진통제로 통증을 가라앉힌 뒤, 제토제와 한방 위장약의 도움으로 토할 걱정 없이 데운 우유에 빵을 적셔 먹을 수 있었다. 식후, 나중 일을 생각하며 주방에서 버릴 용품을 정리하고 있는데, 싱크대 위 열린 창으로 차가 멈춰서는 소리가 들렸다.

"안녕하세요? 외숙모, 좋아졌다면서요? 축하합니다. 레지 왔어요!"

조카인 후쿠노 레지는 다카히코의 여동생 미노리의 아들로, 미시오와 동갑이었다. 미노리는 남편의 고향인 시가滋賀 현에 살면서, 해마다 오봉*과 설에 레지를 데리고 요코하마로 친정 나들이를 했다. 시즈토, 미시오와 형제나 다름없이 지냈던 레지는 중학생이 되어서도 방학 때면 혼자 놀러 왔다. 도쿄에 있는 대학에 진학한 동기도 시즈토 남매와 자주 만날 수 있다는 것이었다. 지금은 도내 통신회사에 취직해 인터넷으로 다양한 정보를 관리하고 운영하는 일을 하고 있다.

레지는 한여름의 양기를 온몸에 감싼 듯이 새빨간 하와이안 셔츠 차림으로 얼굴을 들이밀었다.

"잘됐네요, 외숙모. 기적적인 부활? 오, 머리는 짧아졌지만 건강해 보이는걸요."

어제 오후, 왕진의가 찾아와 모르핀 등의 약물로 통증을 조절하면서 암의 진행에 따른 제반 증상들은 몸 상태를 고려해 완화시키는 중이라고 확인시켜주었다. 한편, 준코는 온몸에 주렁주렁 튜브를 매달면서까지 생명을 연장할 생각이 없음을 확실히 전했다.

"병원을 옮긴 뒤에 찾아뵙지 못해서 죄송해요. 미시오가 그러는데 외숙모가 안 와도 된다고 했대서요. 어떤 상태인지 궁금해

---

* 양력 8월 15일. 일본의 대표적인 명절로 고향에 돌아가 조상의 명복을 빈다.

어찌나 속이 타던지. 결국 수술은 안 한 거예요?"

"응. 요즘은 좋은 약이 많으니까. 사람마다 맞는 약을 쓰면 효과가 있대."

(레지와 미노리에게도 언젠가는 사실대로 털어놓아야 할 텐데……)

레지는 제 집인 양 냉장고를 열어 구석구석 살피더니 드링크 영양제를 보고 말했다.

"어, 이런 거 마셔요, 외숙모? 각종 비타민에 엽산이 들어 있는 드링크제?"

"난 모르는데. 미시오 거 아닌가?"

"그럼 마셔도 되겠네. 엄마가 안부 전해달래요. 문병 못 가서 미안하다고."

미노리는 남편의 가업이었던 작은 운송 회사를 지금은 직접 경영하고 있다. 준코와는 대학 동기였다. 준코는 연극부였는데, 전위 예술가인 양 젠체하는 선배가 셰익스피어 작품 공연의 무대배경으로 베트남전을 연상시키는 무시무시한 그림을 쓰고 싶어했다. 그래서 미노리에게 의논했더니, "우리 오빠가 어두운 그림을 잘 그리는데" 하면서 다카히코를 소개해주었다.

"아버지가 당뇨여서요. 그 부담이 고스란히 엄마한테 가네요. 어, 외삼촌은요?"

"정원에서 이불 말리고 계셔."

거실로 간 레지는 볕 좋은 곳에 건조대를 세우고 이불을 너는 다카히코를 보고 창을 두드렸다. 그 소리에 뒤돌아선 다카히코는 놀랐는지 눈이 휘둥그레지더니, 이내 안도의 미소를 지었다.

(아, 시즈토가 돌아온 줄 알았구나…… 여행을 떠나기 전엔 그 아이도 레지처럼 밝은 옷을 곧잘 입었는데. 말은 안 하지만 저이도 시즈토가 돌아오길 기다리는 거야……)

"시즈토 형은? 자아 찾기 여행에서 아직 안 돌아온 거예요?"

레지가 준코의 생각을 알아차리기라도 한 듯 물었다. 자아 찾기 여행…… 시즈토의 여행을 어떻게 설명해야 좋을지 몰라 친구는 물론 친척에게까지 그렇게 말해왔다.

"아, 부럽다. 마음 내키는 대로 여행하며 사는 삶…… 나도 회사 관두고 어디론가 가고 싶어요."

"일은 어때? 여자친구는? 통 못 데려오네?"

"일은 요령 있게 잘해서 비교적 괜찮은 연봉을 받고 있고…… 연애는 하려고 하는데, 이렇다 할 만한 여자를 못 만났고…… 요새 좀 허무하답니다요."

"바보 같은 소리. 너한테 상처받고 우는 아가씨도 있을걸."

"상처입힐 때까지 사귀지도 않아요. 그전에 슬쩍 갈아타는 게 버릇이 되어서요."

예전부터 레지는 공부든 운동이든 적당히 약삭빠르게 해치우는 아이였다. 그 점을 자랑스러워하는 걸 시즈토가 엄하게 타일러 깨우쳐주었고, 그도 그런 시즈토를 친형처럼 따랐다. 그 모습이 어제 일처럼 선명하게 기억난다.

"새로 옮긴 병원, 암 치료로 유명하다면서요? 좋은 곳을 소개받으셨네요."

레지가 주방으로 돌아왔다. 대신 준코는 거실로 나가 피곤하지 않도록 소파에 앉았다.

레지는 영양제 병을 버리고, 이쪽을 돌아보며 헤헤 웃었다.

"뭐니…… 그 웃음? 내가 모르는 뭐가 있는 거야? 그 병원, 미시오의 직장에서 소개해준 거라고 들었는데……?"

"직장이라…… 녀석, 아무 얘기도 안 했군요."

무슨 소리인지 물으려고 하는데, 계단을 내려오는 발소리가 나고 미시오가 얼굴을 내밀었다.

"뭐야. 시끄럽다 했더니 역시 레지 너였어? 네가 우리집에 왜 온 거야?"

"외숙모가 부르셨어. 가마쿠라에 성묘하러 가는데 차를 좀 태워달라고. 너도 고생 많았겠다. 외숙모 퇴원하셔서 좋지? 역시 그 병원 덕분이지?"

순간 미시오는 레지를 매섭게 노려보았지만, 감정을 억누르려는 듯 준코 쪽으로 고개를 돌리고 말했다.

"엄마, 오늘 아침에는 이거 마셔봐. 왕진 온 선생님도 괜찮다고 하셨으니까."

미시오가 유리병에서 가루약 봉지 하나를 꺼냈다. 여러 종류의 버섯에 쌀겨와 해초류를 섞은 것으로, 암에 효험이 있다는 소문이 있는지 인터넷에서 주문했다고 한다. 어젯밤에도 건네받았지만 준코는 내키지 않아 먹지 않았다.

"알았어. 생각해볼게…… 그보다 레지도 왔는데, 외출 준비는 다 됐니?"

미시오는 불만스럽지만 레지 앞에서 병세를 운운할 수는 없다고 생각했는지 도로 방으로 들어갔다. 레지가 테이블 위에 남겨진 유리병을 보며 말했다.

"퇴원했는데도 아직 이런저런 약을 먹어야 돼요?"

"병 막바지니까. 미시오는 일주일 유급휴가까지 받았지 뭐냐, 하여간 무슨 일에든 호들갑이지. 근데 아까 하던 얘기 말이다, 그 병원을 소개해준 게…… 혹시 미시오 남자친구?"

"……일 거예요. 다카쿠보의 삼촌은 현▒ 의원이니까 발도 넓고…… 미시오가 얘기 안 해요?"

다카쿠보는 레지의 대학 친구로, 도내에 있는 은행에 다니고 있다. 삼 년 전 크리스마스 파티에서 레지가 미시오와 다카쿠보를 연결해주어서 두 사람이 사귀게 되었다는 것은 전에 레지에게 들었다. 슬슬 결혼 이야기가 나오나 했더니 통 그런 기미가 없다.

"남자친구 이야기는 전혀 안 해. 어제도 슬쩍 떠봤지만 안 넘어오던걸."

"최근엔 나도 다카쿠보 얼굴 본 적 없는데…… 어떻게 되고 있는지, 미시오한테 물어볼까요?"

"부탁할게. 나도 이 손으로 손자 한번 안아보고 죽고 싶어……"

아차 싶었지만, 이미 늦었다. 준코가 어떻게 변명할지 망설이는 사이에, 레지가 웃음을 터뜨렸다.

"하하하, 왜 그러세요, 어제 퇴원하신 분이. 하나도 재미없다고요."

준코도 함께 웃었다.

한 시간 후 다들 준비를 마쳤다. 휠체어는 접어서 트렁크에 넣고, 레지 옆에 준코, 뒷자리에 다카히코와 미시오가 탔다. 왕진의와 방문 간호사 우라카와에게는 외출한다고 미리 말해둔 터였다. 비상용 모르핀도 얻고 응급 상황시 대처법과 연락처도 알아두었다.

근처에서 꽃을 산 뒤 고속도로를 탔는데, 바다로 가는 방향과 겹친 탓에 도로가 몹시 붐볐다. 정체중에 준코의 몸 상태가 나빠지기라도 하면 큰일이라 국도로 바꿔 탔다. 내비게이션에 의지해 달리는 동안 주위에 초록색이 늘어나면서 하늘이 활짝 열리고, 멀지 않은 곳에 바다가 있는 기적이 느껴졌다. 이윽고 가마쿠라 시에 들어서서 기타北가마쿠라 방면의 고지대를 올라가 준코네 본가의 보리사*에 도착했다.

묘지는 절 뒤편에 있다. 언덕을 조금 올라가야 했지만 준코는 오랜만에 퇴원했으니 제 힘으로 걷고 싶다고 고집을 부렸다. 다카히코가 양산을 씌워주며 그녀를 부축했다. 다행히 통증은 없었다.

오봉은 아직 이르고 관광지에서도 벗어난 곳이어서인지 인적이 없다. 그만큼 매미 소리가 요란해서 자기 목소리조차 들리지 않는다. 미시오와 레지는 묘소 입구에 있는 수도에서 물을 떠오기로 했다. 준코가 언덕 중간쯤에서 돌아보니, 미시오가 물통을 들고 낑낑거리자, 레지가 미시오의 통까지 받아드는 참이었다. 그때 뭐가 우스웠는지 미시오가 레지를 치는 시늉을 하고 레지는 피하면서 웃는데, 그 모습이 꼭 남매 같았다. 순간 시즈토가 돌아왔나 착각이 들 정도였다.

와키 가의 묘는 자그마하다. 심장병으로 세상을 떠난 아버지, 암으로 세상을 떠난 어머니, 그리고 오빠 쓰기오의 유골 말고는, 아오모리青森에 있었다는 본가에서 분골해 받은 '조상님'이라고 적힌 자그마한 납골 항아리 하나가 묻혀 있을 뿐이다. 받아온 물로 준코와 다카히코는 묘를 정성껏 닦았다. 레지도 주위를 빗자루로 쓸었지만, 미시오는 지친 모습으로 나무 그늘에서 쉬고 있었다.

---

* 조상들의 위패를 안치해 명복을 비는 절.

꽃을 놓고, 향에 불을 붙이고, 모두가 묘 앞에서 손을 모은다. 매미 소리가 멀어져간다.

(내년 여름엔 나도 그쪽에 있겠네…… 오빠, 오빠를 생각하면 난 행복해. 결혼해서 아이도 둘이나 있고. 욕심을 부리자면 끝도 없지만…… 감사하고 또 감사하며 마무리하는 게 옳겠지?)

"오빠분은 어떠셨어요?"

레지의 목소리에 준코가 눈을 떴다. 다른 세 사람은 이미 기도를 마쳤다.

"어릴 때 들었는지도 모르겠지만, 기억이 안 나네요. 오랜만에 여기 와보니, 역시 열여섯 살은 어린 나이인 것 같아요. 어떤 분이었는지 궁금해요."

"그렇구나…… 시즈토한테는 얘기했지만, 두 사람한테는 아직 안 했을지도 모르겠네."

"식당에라도 들어가서 하는 게 어떨까?"

준코가 그 자리에서 쓰기오 이야기를 꺼내려 하자 몸 상태를 염려한 다카히코가 그녀에게 양산을 씌워주며 말했다.

모두 차로 돌아와 언덕에서 좀 내려간 곳에 위치한 전통 두부 전문점으로 향했다.

준코가 어린 시절부터 자주 왔던 곳으로 쓰기오도 좋아했던 식당이다. 결혼하고 한동안 발길이 뜸했지만, 성묘를 다니러 이쪽으로 오면서부터 시즈토도 미시오도 생일이나 크리스마스 때마저 오고 싶어할 만큼 이 식당을 좋아했다. 준코의 지금 몸 상태로도 두부 요리라면 문제없이 먹을 수 있다.

준코의 오빠 이야기는 차 안에서부터 시작되어 가게에 들어간 뒤에도 이어졌다.

어린 시절 준코는 허약했던 탓에 조금만 움직여도 쉽게 지치고 곧잘 열이 났다. 사람이 많은 곳에 나갔다 오면 금세 감기에 걸려 자리에 눕고, 조그만 자극에도 발진이 생기거나 설사를 했다. 잔병치레가 끊이지 않다시피 했다. 그래서 성격이 지금과는 정반대라고 해도 좋을 만큼 겁쟁이에 소극적이어서, 외출도 꺼리고 누군가와 이야기하는 데도 아주 서툴렀다.

그런 준코를 언제나 위로하고 달래준 사람이 오빠인 쓰기오였다.

쓰기오는 건강하고 운동도 잘하는데다 성격이 밝고 착해 사람들의 호감을 샀고 또래 아이들 사이에서도 항상 리더가 되는 존재였다. 병약한 동생을 위하는 마음도 대단해, 집이나 병원 침대에 누워 있는 동생의 베개맡에 앉아 농담으로 웃겨주기도 하고, 그림책이나 만화책을 읽어주기도 하고, 공부를 가르쳐주기도 했다. 그리고 준코가 한없이 가라앉아 있으면 머리를 쓰다듬어주었다.

"가여운 내 동생. 내가 대신 아파줄 수 있으면 좋을 텐데."

그런 말을 들으면 조금이나마 기분이 나아졌지만, 입원이 길어질수록 준코는 힘들어했고 그러던 어느 날 그만 쓰기오를 호되게 쏘아붙이고 말았다.

"진짜로 대신할 수 없는 걸 아니까 말만 그러는 거지?"

그때 울음을 터뜨릴 것 같던 쓰기오의 얼굴이 지금도 눈에 선하다.

그날은 "그렇지 않아" 하고 중얼거리기만 했지만, 다음 날 쓰기오는 결의에 찬 표정으로 말했다.

"하느님에게 빌었어. 내가 대신하게 해달라고. 내가 대신 아플 테니 준코는 건강을 되찾게 해달라고 빌었어."

쓰기오는 손을 모으고 기도하는 시늉을 했다. 그후에도 준코가 아플 때마다 말했다.

"내 건강을 준코에게 나눠달라고 하느님한테 부탁했어. 내 남은 목숨을 널 위해 써달라고 했어."

그러고는 준코의 손을 잡기도 하고 뺨을 살짝 꼬집기도 했다.

육상부 에이스로 활약했던 쓰기오가 훈련중에 쓰러진 것은 열여섯 살 때였다. 다들 일시적 과로일 거라고 생각했지만, 몸이 노곤하다, 무겁다, 하더니 점점 기운을 잃어갔다. 근처 병원에서는 피로가 누적된 거라고 했다. 그러다 쓰기오는 어느 날 등굣길에 쓰러져 다시 일어나지 못했고 큰 병원에서 검사받은 결과 백혈병이라는 진단을 받았다.

병원에 입원한 쓰기오는 급격히 쇠약해졌다. 음식도 제대로 먹지 못하고 하루가 다르게 말라갔다.

정말로 오빠가 날 대신해주었어, 하느님이 기도를 들어줘버렸어…… 하고, 열두 살의 준코는 생각했다.

"오빠랑 하고 싶은 이야기가 있으면 실컷 하렴."

어느 날 부모님이 그렇게 시켰다. 왠지 그 말의 의미를 알 것 같아 준코는 "싫어, 싫어" 하고 하루 종일 울었다. 다음 날, 준코는 오빠의 병실을 찾았다.

"오빠, 날 대신해주지 않아도 좋아. 아프기만 하고 칙칙한 성격인 나보다 밝고 모두에게 사랑받는 오빠가 건강하게 사는 편이 훨씬 좋아. 하느님한테 그렇게 말해."

준코는 애원했다. 쓰기오는 힘없이 미소지으며 대답했다.

"하느님 같은 건 없어. 있다 해도 내 소원 따위 들어주지 않을걸. 준코 대신 아픈 게 아냐. 하지만…… 나보다 준코가 오래 사는 게 더 좋아. 아이를 낳을 수 있으니까. 준코하고 준코의 아이들한테 내 시간이 간다면…… 그것도 좋을 것 같아."

며칠 뒤 긴 잠에 빠진 쓰기오는 다시 눈을 뜨지 못한 채 숨을 거두었다.

준코는 오빠의 시간을 나눠받은 거라고 생각했다. 그러니 조금도 낭비해서는 안 된다고 자신을 다그쳤다. 오빠 몫까지 사는 거니까 오빠처럼 활발하게 행동하고, 사람들과도 적극적으로 어울리기로 결심했다. 처음에는 무리하는구나 싶은 느낌도 적잖이 들었지만, 점점 원래 성격이 이랬을지도 모른다는 생각이 들 만큼 긍정적으로 변해갔고 친구도 늘었다. 뿐만 아니라 그렇게 병약했던 몸이 마음가짐 탓인지 감기 한번 안 걸리는 건강 체질로 바뀌었다.

"……그런데 이 나이가 되어 갑자기 큰 병이 걸린 거야."

준코는 이야기를 매듭지으면서 말했다.

"……멋진 분이셨네요, 오빠분."

레지가 드물게 진지한 어투로 말했다.

"응. 지금도 나보다 오빠가 사는 편이 좋았을 텐데 하고 생각할 때가 있어."

"시즈토 형한테 이 이야기를 한 건 언제예요?"

"그애가 여덟 살 때였나…… 친할아버지가 돌아가시고 풀이 죽어 있을 때 너도 할아버지 몫까지 열심히 살라고 말해주면서."

(시아버지는 고향 바다에서 돌아가셨지. 시신을 확인하는 데 다카히코만 보낼 수 없어서 여덟 살 시즈토와 세 살 미시오를 데리고 넷이 같이 갔어. 확인을 마치고는 시아버지가 잠든 바다를 다 같이 보았어. 선명한 푸른색이었지. 그 바다를 보고 돌아오는 길에 나는 시즈토에게 오빠 이야기를 했고.)

주문한 음식이 나왔다. 신선한 유바*와 두부에 뿌려 먹는 일

---

* 두유에 콩가루를 섞고 끓인 다음 그 표면에 엉긴 얇은 막을 걷어 말린 식품.

본식 간장 소스의 진한 향이 솔솔 풍겼다. 다들 얼른 젓가락을 뻗었다. 얼굴을 찡그리며 젓가락을 내려놓는 미시오에게 준코가 물었다.

"왜 그래, 미시오? 네가 제일 좋아하는 거잖아?"

"미안. 냄새가 좀 이상해서…… 레지, 내 것까지 먹어도 돼."

준코는 그 말을 듣고 과거 자신도 똑같은 경험을 두 번 했었다는 걸 떠올렸다. 간장이 들어간 음식 냄새에 속이 울렁거리는 바람에, 그렇게 좋아했던 전통 음식을 갑자기 먹을 수 없게 되었는데……

(그러고 보니 이 아이, 엽산이 든 영양제 같은 것도 마시고, 물통 나르는 것도 힘들어하고, 겨우 언덕을 오르는 정도로 몹시 지치고…… 갑자기 냄새가 싫다고……)

"저기, 미시오! 너, 설마……?"

"……오빠 탓이야."

미시오는 겨우 그 말만 내뱉고 자리를 박차고 일어나 식당을 나갔다. 준코가 쫓아가려 했지만, 다카히코가 어깨를 붙잡아 앉혔다. 레지도 말리고 다카히코가 미시오를 쫓아갔다.

준코는 레지의 말도 듣지 않고 망연자실한 채 앉아 있었다.

4

정원으로 난 하키다시 창에 드리워진 커튼은 아직 어두운 빛에 잠겨 있다.

준코는 다시 잠들기를 포기하고 몸을 일으켰다. 침대 옆 다다미 바닥에 이불을 깔고 누운 다카히코는 고른 숨소리를 내며 자고 있다. 준코는 뒤돌아보았다. 천장에 켜둔 작은 전구 불빛에 쓰기오의 영정이 도드라져 보인다.

입원 후 쓰기오가 잠시 호전의 기미를 보일 무렵, 아버지가 카메라를 들고 와 가족사진을 찍었다. 그때 쓰기오가 독사진을 찍어달라고 준코에게 부탁했다. "준코가 찍어주었으면 좋겠어" 하고.

당시 초등학생이었던 그녀에게 카메라는 무거웠다. 흔들리지 않도록 드는 게 고작이고, 초점은 아버지가 맞춰주었다. 쓰기오는 아프기 전과 다름없이 밝은 모습으로 카메라를 든 준코를 향해 활짝 웃어 보였다. 건강했던 때에 비하면 홀쭉한 뺨에 병색도 없지 않았지만 부모님은 남겨진 사람들에 대한 쓰기오의 따뜻한 마음이 담겨 있다며 이 사진을 영정으로 골랐다.

(오빠, 가르쳐줘. 나 어떡하면 좋을까? 생각도 못한 일이 일어나버렸어. 한편으로는 바랐던 일이지만, 또 한편으로는…… 딱하고, 괴롭고, 가슴이 아파.)

어제 돌아오는 차 안에서 미시오는 울음을 그치지 못했다. 무거운 짐을 혼자 지고 견디느라 얼마나 힘들었을지 짐작할 수 있는 흐느낌이었다. 준코가 퇴원할 때 거칠게 구는 듯했던 것도, 복잡한 상황에서 마음이 흐트러질까 애써 억누른 나머지 터져나온 초조함 같은 것 때문이었는지도 모른다.

집으로 돌아와, 준코도 레지도 어떻게 말을 꺼내야 할지 몰라 망설이고 있는데, 다카히코가 거실에 앉아 미시오, 하고 다정하게 불렀다.

미시오는 순순히 거실로 와서 다카히코 앞에 정좌하고 이야기를 시작했다.

임신은 벌써 십육 주째였다. 상대는 레지가 소개해 이 년 반 동안 사귄 다카쿠보 히데유키였다. 하지만 다카쿠보는 임신 사실을 모른다. 그전에 헤어졌기 때문이었다.

미시오는 올해 들어 친구나 동료들이 하나 둘 결혼하는 걸 보며, 자신도 이제 슬슬 해야겠다고 마음먹고 데이트할 때마다 장래에 대한 이야기를 넌지시 꺼냈다. 엄마가 암 선고를 받아 미루긴 했지만, 상태가 좋아지면 다카쿠보를 집에 소개할 생각이었다.

3월이 지나고부터 예전과는 달리 결혼에 대한 다카쿠보의 반응이 미적지근해지기 시작한 것을 눈치챘다. 하지만 5월의 미시오 생일에 둘이서 여행가기로 했으니, 그곳에서 프러포즈할지도 모른다고 은근히 기대한 것도 사실이었다.

여행은 취소되었다. 맨션으로 찾아온 그가 이별을 선언했다. 너하고 결혼하길 바랐지만…… 하는 변명을 한참 늘어놓다가, 결혼은 당사자끼리만의 문제가 아니라 가족과 친척에게도 영향을 미치는 거니까 하고 털어놓았다. 실은 친척 하나가 사람을 시켜 미시오 집안을 조사했다고 한다. 그리고 문제가 된 것은 시즈토였다.

미시오 집안을 조사한 인물은 경찰 관계자와 연줄이 있는 듯, 시즈토가 그쪽 근처 경찰서에서 거동이 수상한 자로 보호를 받거나, 임의동행해 신원 조회를 당한 사실을 알아냈다. 비단 그곳뿐만 아니라 각지의 경찰서에서 비슷한 일이 있었다는 것도.

미시오는 다카쿠보에게 시즈토의 여행에 대해 '자아를 찾기 위한 것'이라고밖에 말하지 않았다. 사실 시즈토는 살인사건 현장은 물론 누군가 죽은 장소만 찾아다니고 있고, 더욱이 그런 여행이 벌써 오 년째다. 그의 가족과 친척이 찜찜해하는 것도 당연하다. 네가 사귀는 여자의 오빠는 무슨 이유로 그런 무서운 짓을 하고 다니는 거지? 어째서 부모는 그걸 그냥 두는 거지……? 가족이나 친척이 자세하게 설명해보라고 해도, 다카쿠보 역시 처음 듣는 이야기뿐이라 속 시원히 대답할 수가 없었다. 시즈토가 경찰서를 들락거린 사실을 미시오가 숨겼다는 걸 들먹이며 속은 게 아니냐고 의심하는 사람도 있었다. 친척 중에는 풍문조차 신중하게 대응하지 않으면 안 되는 입장인 사람도 있고, 기행을 일삼는 인물과 인연을 맺는 걸 불안해하는 사람도 많아서, 결국 가족과 친척들이 모여 의논한 끝에 이 결혼은 허락할 수 없다는 결론을 내린 것이다.

미시오는 그의 말을 전해듣고 반박할 수가 없었다. 시즈토가 그런 여행을 하는 진짜 이유는 그녀 자신도 아직 모르기 때문이었다. 또한 부모님이 어째서 오빠를 말리지 않는지 의아하기는 미시오도 마찬가지였다. 물론 부모님이 시즈토의 여행에 반대한 것은 알고 있지만, 좀더 강하게 말렸어야 하지 않을까, 뭔가 다른 방법은 없었을까 생각해왔다.

다카쿠보가 "이대로 사귀어도 미래가 없으니까……" 하고 마지막으로 말했을 때, 미시오는 "헤어지기로 결정한 건 훨씬 더 전이었잖아, 왜 이제 와서"라며 원망했다. 할 말이라곤 고작 그정도가 전부였다. 그는 "너희 어머니도 편찮으셔서 그냥……" 하고 얼버무렸다.

미시오는 실연과 아픈 엄마 때문에 머리가 터질 것 같았고, 다른 생각은 할 수 없는 하루하루를 보냈다. 그 와중에 준코가 공립병원에서 받은 화학요법의 결과가 좋지 않아 병원을 옮겨야 하는 상황에 이르렀고, 별다른 연줄이 없는 미시오는 레지에게 연락했다.

레지에게는 준코의 암이 조기에 발견되어 치료할 수 있는 상태라고 말했다. 그러고는 지금 병원에는 암 전문 병동이 없어서 곤란한 점이 많으니, 좋은 병원을 알고 있으면 알려달라고 덧붙였다. 레지는 다카쿠보라면 분명 친척을 통해 좋은 곳을 소개해줄 거라고 했다.

솔직히 다카쿠보에게 미련도 있어서 큰마음 먹고 전화를 걸었다. 하지만 상대의 가라앉은 목소리를 듣는 순간, 더는 예전으로 돌아갈 수 없음을 깨달았다. 하지만 오히려 엄마를 위해 꼭 병원을 소개해달라고 고집을 부렸다. 말은 하지 않았지만, 서로 그것이 '위자료' 같은 것이라고 생각했다. 미시오는 두 번 다시 전화하지 않겠다고 말했다. 사흘 뒤, 다카쿠보는 일반인은 여간해서 봐주지 않는다고 소문난 사립병원에 진료 수속을 해주었다.

6월에 들어서면서 미시오는 두 달째 생리가 없다는 걸 깨달았다. 극심한 스트레스가 계속되었으니 생리불순일 수 있다고 생각하면서도, 조심스럽게 임신 테스트를 해보았다. 반응은 양성. 기쁘지 않았다. 검사 결과가 절대적이라고는 할 수 없다, 몸 상태가 좋지 않은 탓인지도 모른다고 생각해, 다시 이 주 뒤에 생리가 시작되길 기다렸다. 하지만 생리는 없었고, 결국 병원에서 임신 십일 주째이며, 예정일은 내년 1월 11일이라는 말을 들었다.

(불쌍한 아기…… 뱃속의 아기 아빠와 두 번 다시 만나지 않는 대가로 소개받은 병원인데, 다 낫지도 않은 채 내가 퇴원했으

니 얼마나 속상했을까.)

미시오가 한차례 이야기를 끝내자, 다카히코가 준코를 바라보며 말했다.

"시즈토 이야기…… 이해할 수 있도록 당신이 말해주는 게 어떨까……?"

미시오와 다카쿠보의 결혼에 장애가 되는 것이 시즈토라면 왜 그런 여행을 하는지 제대로 설명해 오해를 푸는 게 최선책일 것이다.

레지가 그 말을 듣고 자신도 시즈토 형에 대해 알고 싶다고 했다. 자아 찾기 여행이라니, 내내 이상했다면서. 그리고 사카쓰키 가의 조사를 지시한 친척이라면 현 의원인 다카쿠보의 삼촌이나 그의 비서로 있는 형일 거라며, 자기가 다카쿠보와 얘기해보고 꼭 집에 데려오겠다고 약속했다. 날짜는 빠른 편이 좋을 테니, 다음 주 중에라도 데려오겠다고.

미시오에게 그래도 괜찮겠냐고 묻자, 그럼 이 자리에서 이야기해달라고 대꾸했다.

"먼저 우리부터 납득할 수 있게 설명해봐. 오빠는 어째서 그런 여행을 하는 거야? 왜 그러지 않으면 안 되는 건데? 엄마랑 아빠는 왜 말리지 않는 거고?"

대답이 궁해진 준코는 이야기를 정리하려면 시간이 걸린다고 둘러댔다.

(실은 나도 시즈토의 여행을 이해한다고는 할 수 없어……)

그제 준코는 시계점 앞에서 헌화를 발견하고, 가게 주인에게 사정을 묻고, 젊은이가 죽었다는 현장에서 손을 모았었다. 반쯤은 충동적이었던 그런 행동은 모두 시즈토가 하고 다니는 일이었다. 누군가의 죽음에 명복을 비는 것은 나쁜 일이 아니지만 계속하면 비난을 받게 된다……

이제 그만 하렴, 시즈토. 무슨 의미가 있니, 시즈토. 애태웠던 나날이 지금도 허무하게 떠오른다. 처음 경찰의 연락을 받은 것은 시즈토가 본격적으로 여행을 떠나기 전이었다. 살인사건이 일어난 아파트에서 피해자에 대해 묻고 다니자, 이웃에서 수상하다며 신고한 것이다. 그후에도 종종 경찰 관계자의 문의를 받았지만, 준코 부부는 그저 사과하는 수밖에 없었다.

(그 아이 자신도 설명하지 못하는 일인걸. 진의를 물을 때마다 그렇게 하지 않으면 견딜 수 없다고, 안타깝게 대답할 뿐이었어. 심지어 병이라고 생각해달라고 한 적도 있었어.)

왜 시즈토를 말리지 않느냐고 물으면, 성인이 된 남자를 꽁꽁 묶어둘 순 없지 않느냐고밖에 할 말이 없다. 하지만 그렇게 말한다고 해서 다른 사람들이 이해해주리라고 생각하지도 않는다.

(그래도 이해받고 싶다…… 모처럼 새로운 생명이 생겼는걸……)

준코는 갈아입을 옷을 들고 거실로 갔다. 문을 닫고 커튼을 열

어젯혔다. 동이 트고 있긴 하지만, 정원은 아직 어둑하다. 옷을 갈아입은 뒤 창문을 열고 정원에 나가려고 샌들을 신었다.

집을 리모델링하기 전부터 정원에는 매화나무가 있었다. 봄이 지난 뒤에도 정원 빛깔이 허전해 보이지 않게 준코는 신경을 썼다. 다다미방 앞에는 여름에 피는 백일홍을…… 구석진 곳에는 가을에 피는 금계를 심고…… 도로와 면한 철책에는 동백 울타리를 만들었다. 그외에도 봄에 피는 명자나무, 초여름의 수국, 여름의 무궁화, 빨간 열매가 어여쁜 가을의 백량금 등을 심고, 철철이 모둠 화분도 만들었다.

화사한 색으로 둘러싸인 집을 가족도 이웃도 입을 모아 칭찬했지만, 지금 생각하면 세상을 떠난 부모님과 오빠에 대한 상실감을 식물의 강인한 생명력을 통해 치유하려 했는지도 모른다. 시즈토가 여행을 떠난 뒤로는 정원에 나가는 횟수가 더욱 늘었고 화분도 화려해졌다.

(시즈토, 돌아와주지 않으련? 전처럼 평범한 회사원으로, 안정된 생활을 했으면 좋겠구나. 그러면 모든 것이 해결될 텐데. 어떠니, 돌아와주지 않으련?)

문득 몸속 깊은 곳에서부터 통증이 치밀어오르는 듯했다. 어떻게든 가라앉히려고 그 자리에 웅크리고 앉았다. 경구 모르핀으로 통증을 가라앉힐 수 없게 되면, 복부 피하에 직접 주삿바늘을 찔러 약효를 지속시키는 방법을 써야 한다. 몸을 움직일 수 없게 되는 것도 아마 그리 먼 일은 아닐 것이다.

(그때까지 살 수 있을까…… 아기, 내 손자가 세상에 나올 때까지. 시즈토가 집에 돌아올 때까지……)

쏟아지는 눈물에 정원 풍경이 흔들렸다. 손바닥으로 눈가를 훔치고 손을 떼니, 백일홍 뿌리 근처에 튀어나와 있는 7, 8센티미터 정도 되는 작은 판자가 부옇게 이중으로 보였다.

널빤지로 만든 새끼 직박구리의 무덤이었다. 벌써 이십육 년 전에 만든 것인데, 단단히 묻고 그뒤로도 주의를 기울여 관리했더니 아직도 그대로 남아 있다.

눈물로 흔들리는 풍경 속에 여섯 살짜리 시즈토가 보이는 것 같다.

전날 밤의 태풍으로 땅에 떨어져 죽은 새끼 직박구리를 시즈토는 손바닥으로 고이 감싸듯이 들어올리고는 어떻게 해야 할지 모르겠다는 듯 곤혹스러운 표정으로 보고 있었다.

준코는 둥지에서 떨어져 죽은 거란다, 하고 말해주었다.

둥지로 돌려보내주지 않아도 돼……? 시즈토는 새끼 직박구리에게서 시선을 떼지 않고 물었다.

이제 못 돌아가. 죽으면 둥지로 돌아갈 수 없어. 그러니까 놓아주렴. 준코는 그렇게 말했다. 나무 위에서는 어미 새가 연방 울어대고 있었다. 슬퍼서라기보다 새끼를 사람이 들고 있는 게 못마땅한 것 같았다. 준코는 무덤을 만들어서 묻어줄까, 하고 물었다.

시즈토는 순순히 고개를 끄덕였다. 준코가 원예용 삽을 건네자 백일홍 뿌리 밑에 구덩이를 파고 그 바닥에 새끼를 달래듯이 내려놓았다. 흙을 깨끗이 덮고 나자 나무 위의 어미 새도 울음을 그쳤다.

시즈토는 무덤 앞에서 손을 모으고 기도했다. 그러고는 고개를 들어 무덤을 보면서 말했다.

나, 이 아이가 태어났을 때의 일, 알아. 베란다에서 내내 지켜봤었거든…… 이 아이, 아빠랑 엄마 쪽으로 목을 길게 뽑고 울었어…… 하지만 지금은 여기 잠들어 있어…… 그걸 아는 건 나하고 엄마하고 이 아이 엄마하고 아빠뿐이네…… 우리가 잊으면, 이 아이의 엄마하고 아빠밖에 기억하지 못하겠네.

준코는 지나가는 말처럼 가볍게, 새는 사람처럼 오래 살지 않는다고 했다.

그럼 우리가 기억하지 않으면 이 아이를 아무도 모르게 되는 거야? 조금씩 자라 이제 곧 날갯짓을 하려던 참이었는데…… 그런 건 아무도 모르게 되는 거야?

그러게…… 시즈토가 잘 기억해주렴.

시즈토는 무덤으로 시선을 돌리고 잠시 생각에 잠겨 있더니 이윽고 울기 시작했다.

왜 그러니, 시즈토. 왜 울어? 준코가 묻자, 시즈토는 흐느끼면서 말했다.

어떻게 해야 좋을까…… 어떻게 하면 잊지 않고 기억할 수 있을까?

준코는 아무 대답도 해주지 못했다. 무슨 말을 해도 그 상황을 모면하기 위한 거짓말이 될 것 같았다.

시즈토는 잠옷 소맷자락으로 눈물을 닦은 뒤, 나무 위를 올려다보았다.

이 아이는 저기서 살았어…… 그렇게 말하고, 오른손을 둥지가 있는 나무 쪽으로 들었다. 그런데 여기 떨어졌어…… 그렇게 말하고 왼손을 새끼가 떨어진 땅에 닿을락 말락 내렸다. 다음에는 그 두 손을 가슴 앞에 가져와 심장으로 밀어넣듯이 포갰다.

여기에 넣어둘 거야…… 잊지 않도록, 이 아이, 여기에, 넣어둘 거야. 이 아이가 이 세상에 태어나 살았다는 걸…… 내 안에 넣어둘 거야.

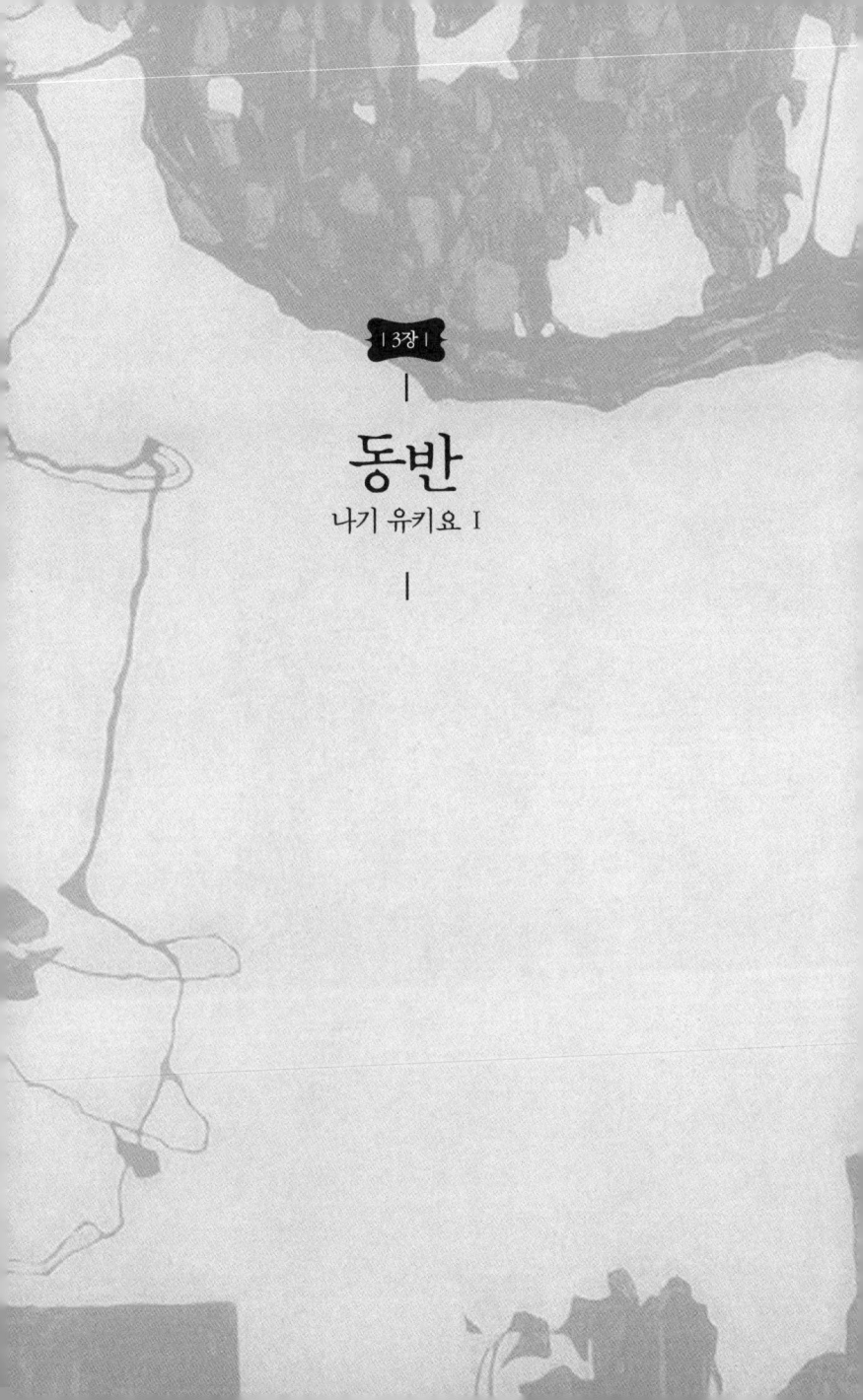

| 3장 |

동반

나기 유키오 I

1

환생한 부처라고 불리던 사람을 죽였다.

남편이었다. 그러니까 남편을 살해한 죄였다.

나기 유키요는 변명할 생각도 없었고, 사형을 당해도 상관없었다.

첫 남편의 구타를 견디다 못해 도망쳐 우연히 찾아간 절이 가정 폭력 피해자를 위한 쉼터라는 걸 알고 숨겨달라고 부탁했다. 그 절의 장남이 고미즈 사쿠야였다. 그의 노력으로 유키요는 이혼할 수 있었고, 그뒤 그의 청혼을 받아들여 재혼했다. 그리고 일 년 후 그를 죽였다.

경찰은 살인 혐의로 조사했지만, 사쿠야가 유키요를 살해할 의도가 있었다는 여러 증거가 나와, 검찰은 과잉방위에 의한 상해치사죄로 기소했다.

국선 변호사는 정당방위를 주장했다. 철물점 점원의 증언으로 흉기로 쓰인 회칼이 원래 사쿠야가 구입한 것으로 밝혀진데다, 이유는 불분명하지만 사쿠야는 스스로를 촬영한 비디오 영상을 남겨 "유키요를 죽이겠다. 그 여자를 살려둘 수 없다"고 했기 때문이다.

재판중에 사쿠야의 아버지와 남동생도 참고인석에 앉았다. 두 사람은 승려인 만큼 감정을 애써 억누른 채, 자신의 아들 혹은 형이 얼마나 세상을 위해, 다른 사람들을 위해 애써왔는지 이야기했다.

사쿠야는 승려가 되지 않고, 이용자 위주의 장례 센터를 절 가까이에 세우고, 가정 폭력 피해자 보호소 외에 무연고 고령자를 위한 양로원도 만들어 운영했다.

아버지는 "그 여자는 마녀입니다. 연약한 척 남자를 꼬여 파멸시켰습니다" 하고 내뱉듯 말하고, 동생은 "저보다 더 뛰어난 인격을 갖춘 형님이 무고한 사람을 죽이려 했을 리가 없습니다. 분명 형님은 저 여자의 숨겨진 죄를 알고 벌해야 한다고 생각했을 것입니다" 하고 말했다.

하지만 유키요는 조금도 동요하지 않았다. 현실에서 일어나는 모든 일이 자신에게서 멀리 떠나 있는 것만 같았다.

검사가 남편을 죽이려 했느냐고 물었을 때, "예" 하고 솔직하게 대답했다.

이 대답에 그를 칼로 한 번 찌른 뒤, 깊숙이 한 번 더 찔러 치명상을 입힌 죄가 더해져서 유죄판결을 받았다. 다만 재판장은 사건 당일 유키요 자신도 사쿠야에게 구타당한 점을 참작해, 징역 육 년의 구형을 징역 사 년 형으로 선고했다. 중형이 선고되길 바랐던 사쿠야의 가족과 절의 단가*들 사이에서는 불만의 소리가 높았지만, 매스컴의 거듭되는 취재를 견디기 힘들었던지 항소는 하지 않았다. 유키요도 사형이 아니라는 데 실망했다. 상급심에서는 형이 더 가벼워질 가능성이 있으니 항소하자는 변호사의 권고도 거절하고 판결에 따랐다.

형무소에서는 시키는 대로 묵묵히 따르며 하루하루를 보냈다. 말이 없는 유키요가 음습해 보였는지, 집단적으로 괴롭히거나 하는 일은 없었다. 어떤 의미에서는 모범적인 복역수로 비친 모양이었다. 형기인 사 년을 다 채우기 조금 전 출소가 결정되었다. 유키요의 나이 스물여덟 살이었다.

복역중에 사쿠야의 유족 측에서 대리인을 통해 이혼을 요구해왔고 유키요는 순순히 응했다. 호적등본 같은 서류를 떼기 위한 위임장에도 서명했다. 출소 날짜가 유족 측에 전해졌는지, 형

---

* 절의 재정을 돕는 집 또는 그런 사람.

무소를 나오자 대리인이 밖에서 기다리고 있었다. 백만 엔이 든 봉투와 함께 마을 근처엔 얼씬도 않겠다는 내용의 각서를 내밀었다. 유키요는 시키는 대로 서명해주었다. 그러자 그녀의 소지품을 아무렇게나 쑤셔넣은 가방 두 개와 집을 새로 얻을 때 필요한 호적등본과 주민표 복사본을 건네주었다. 두 번 다시 마을에 발을 붙이지 못하게 하기 위해서인 듯했다.

갈 곳이 없었다. 일단 버스를 타고 형무소에서 가까운 도호쿠의 유명한 번화가로 갔다. 차창 밖의 화려한 거리를 보니 허기가 졌고 그래서 버스에서 내리자마자 아무 생각 없이 쉬지 않고 먹어댔더니 이번에는 설사가 났다. 싸구려 호텔에 방을 잡고, 식사할 때 말고는 외출도 하지 않고 며칠 동안 텔레비전만 보았다.

형무소에서 자유를 속박당하던 시절에는 별다른 생각이 없었는데, 닷새쯤 지나니 서서히 삶이 권태로워지기 시작했다. 왜 아직 살아 있지? 살아 있는 게 무슨 의미가 있지?

하지만 죽음을 준비하는 사소한 행동조차 겁이 났다. 남편이 오히려 부러울 지경이었다.

"사쿠야! 사쿠야!"

벽에 대고 그의 이름을 불렀다. 얼마 동안이나 그랬을까.

"유키요, 왜 그래? 꼴이 말이 아닌걸?"

사쿠야의 목소리가 들려왔다. 환청이라고 생각했다.

"환청이 아냐. 줄곧 네 곁에 있었어. 말하자면 네가 내 생명을 삼켰으니까."

등뒤에 느껴지는 공기의 흔들림으로 사쿠야의 존재를 알 수 있었다. 공포스럽거나 불안하지 않고, 되레 편안해지는 듯했다. 그의 존재감으로 인해 고독에서 벗어나 간신히 마음의 균형을 잡을 수 있었다.

"그때, 당신 손에 죽었으면 좋았을걸."

정면의 벽거울에 비친 자신을 바라보면서 그에게 말을 건다.

"내가 부러워? 그럼 누군가에게 죽여달라고 하면 되잖아."

거울에 비친 유키요의 오른쪽 어깨 뒤에 사쿠야의 얼굴이 나타났다. 마치 기다리고 기다리던 태양이 산 밑에서부터 떠오르듯이 차가운 미소를 띤 얼굴이 그녀의 어깨 위로 쓱 올라온다.

짧은 머리에 턱이 뾰족하고, 작은 얼굴에 눈코가 중앙으로 몰려 있어서 인상이 더욱 다부져 보인다. 진한 눈썹 아래 짙은 쌍꺼풀이 진 눈, 마음속까지 꿰뚫어보는 듯한 어두운 빛의 눈동자는 마주한 사람을 주눅 들게 만들었다.

그에 비해 유키요는 코도 입도 자그만하고, 쌍꺼풀인지 외까풀인지 모를 어중간한 눈에 사람과 시선이 마주치는 걸 두려워해 항상 초점이 불분명하게 흔들렸고, 매사에 자신감이 없어 보였다. 예전에 사쿠야는 그런 면이 좋다고 했지만, 나중에야 칭찬이 아니었음을 알게 되었다.

"살아가는 데 진저리치면서도 스스로 목숨을 끊지 못한다면, 죽여줄 상대를 찾으면 돼."

빠른 두뇌 회전, 유창한 언변, 뭐든지 알고 있는 듯 자신감에 찬 태도…… 얼굴 생김새뿐만 아니라 다양한 면에서 사쿠야는 상대에게 부끄러움을 느끼게 했다.

"말도 안 되는 소리 하지 마. 어디서 그런 사람을 찾는단 거야."

그때 방 전화가 울리고, 사쿠야가 사라졌다. 프런트였다. 예약이 되어 있으니 방을 비워달라고 했다. 방에만 틀어박혀 있는 그녀가 자살이라도 하지 않을까 염려스러웠던 모양이다.

유키요는 호텔을 나와 자신을 죽여줄 '상대'를 찾아 거리를 떠돌았다. 전철을 타고 남쪽으로 내려가다 지겨우면 내린다. 짐짓 점잔을 빼는 듯한 시내를 거니는 게 찜찜해 다시 전철을 탄다. 그러기를 몇 번. 기타간토의 듣도 보도 못한 어느 역에서 내렸는데, 자신이 자란 마을과 분위기가 비슷했다. 혹시 '상대'를 발견할지도 모른다는 생각에 오래된 부동산 소개소를 찾았다. 부엌이 딸린 육 조짜리 다다미방 한 칸에 월 이만삼천 엔. 보증인 없이 당일 입주 가능한 집을 찾으면 꺼리지 않을까 생각했지만, 부동산 소개소의 늙은 주인은 아무래도 좋다는 듯 한 달치 집세를 선불로 내면 된다고 했다.

나흘 후, 작은 상점가에서 종업원을 구하는 포스터를 보았다. 가진 돈이 점점 줄어들면 생활이 비참해질 것 같아, 전과를 숨긴 채 이력서를 쓰고 면접을 보았다. 맨 처음 찾아간 편의점에서는 전화번호가 없다고 퇴짜를 맞았다. 적당히 번호를 써서 그다음에 찾아간 가게에서는 며칠 뒤 연락을 주겠다고 했다. 세번째로 찾은 패밀리 레스토랑에서는 밤 열시부터 다음 날 새벽 다섯시까지 심야 시간대라면 가능하다고 해, 그 자리에서 당장 일을 시작하기로 했다.

밤낮이 뒤바뀐 생활이었지만, 일주일쯤 지나자 적응이 되었다. 화장실과 쓰레기장 청소도 마다하지 않아 사십대 남자 점장에게 귀여움을 받았다. 한 달은 금방 지나 결혼 전부터 사용하던 계좌로 월급이 들어왔다. 단골 슈퍼가 생기고, 술집에서 일하는 옆집 여자와 인사도 나누었다. 다시 여름의 절정이 찾아왔다. 한편으로는 살아 있는 부처를 죽인 여자가 사회에 이렇게 쉽게 섞여들어 살아가는 현실에 위화감도 들었다.

전에 살던 사람이 두고 간, 방 기둥에 걸린 거울을 향해 그런 얘기를 하자, 거울 속에서 사쿠야가 웃었다.

"주위는 너란 사람을 받아들인 게 아냐. 세상 사람들에게 넌 언제든 바꿔버릴 수 있는 단순한 기호에 지나지 않아. 과거도 미래도 없지. 현재 사용 가능한 여자, 그뿐이라고."

다음 날, 유키요는 점장의 데이트 신청을 받아들였다. 술을 마시고 호텔에 갔다. 짧은 시간 동안 무난하게 일을 마치고 점장은 어땠냐고 물었다. 유키요는 사쿠야를 꼼짝 못하게 할 생각으로 좋았다고 했다. 그다음 주에도 점장이 데이트를 청했고 두번째

밤을 맞이했다. 점장은 거친 행위를 서슴지 않았다. 그녀의 머리채를 움켜쥐고, "내가 힘들게 일자리를 줬으니, 내 말 잘 들어!" 하고 소리쳤다. 유키요가 노려보자, "뭐야, 그 눈은!" 하면서 그녀의 뺨을 때렸다. 침대 맞은편의 커다란 거울 속에서 사쿠야가 히죽거렸다.

"유키요, 또 같은 짓을 되풀이하네. 가련해 보이는 외모로 남자를 끌어들여 그 일그러진 심상으로 남자를 초조하게 만들고, 결국에는 폭력을 휘두르게 하고…… 차라리 그 녀석한테 부탁해보는 게 어때?"

"뭘 보는 거야?" 점장이 그녀의 팔을 붙잡았다. 유키요는 그 손을 뿌리치며 말했다.

"저기요, 나를 죽여주지 않겠어요?"

상대의 손이 허공에서 정지했다.

"남편을 죽였어요. 징역 사 년 형을 선고받고 출소한 지 얼마 되지 않았을 때, 당신이 저를 고용해준 거예요. 살아봐야 별 볼 일 없다는 생각이 들어요. 때리려면 차라리 죽여주지 않겠어요?"

상대는 어안이 벙벙해 있다가, 갑자기 침대에서 내려가 옷을 들고 화장실로 들어가더니 입고 나왔다. "책임지라는 말이야?" 하며 지갑까지 꺼내는 걸 보고, 유키요는 쓴웃음을 지었다.

"왜 그날, 그 자리에서 날 취직시켜줬어요? 내 어디가 마음에 들어서?"

그는 우물거리던 끝에 "당신이 버림받은 새끼 고양이처럼 보여서 내가 뭐든 해주어야 한다는 생각이 들더군" 하고 대답했다. 그리고 삼만 엔을 테이블 위에 놓고 도망치듯 방을 나갔다.

"불쌍한 유키요…… 네 요구에 응할 상대는 좀처럼 나타날 것 같지 않네."

거울 속에서 사쿠야가 짐짓 슬픈 표정을 지어 보여서 유키요는 손밑에 있던 베개를 집어던졌다.

다음 날은 아무 데도 나가지 않았다. 굶어 죽는 거라면 가능할지도 모른다고 생각해 종일 방구석에서 뒹굴었다. 첫날은 그럭저럭 버텼지만, 다음 날 밤이 되니 도저히 참을 수 없어서 사다 둔 빵에 손을 뻗었다. 벽에 걸린 거울 속에서 사쿠야가 히죽거렸다. 거울을 깨고, 빵을 창밖으로 던졌다. 또 한참 참아보았지만, 목이 너무 말라서 수도꼭지에 입을 대고 벌컥벌컥 물을 마셨다. 빈속에 자극이 된 탓인지 오히려 미칠 듯한 허기가 몰려왔다. 부엌을 뒤지다가 아무것도 못 찾고 결국은 맨발로 뛰쳐나갔다. 스스로에 대한 절망으로 눈물을 흘리며 골목에 떨어져 있던 빵을 주워 입에 넣었다.

일을 마치고 돌아오는 길인 듯한 옆방 여자가 그 모습을 보고 놀라서 무슨 일이냐고 물었다.

"죽여줘요."

유키요가 말했다. 여자는 유키요를 방으로 데려다주었다.

유키요는 거울 속에 죽은 남편이 나타나 누군가에게 죽여달라 부탁하라고 부추긴다고 말했다.

여자는 어느 신흥 종교의 신자였다. 유키요를 위해 기도해준 뒤, 당신에게 나쁜 영이 빙의되어 있는 것 같으니, 무덤이나 인연이 있는 장소에 가서 기도를 하고 오는 게 좋겠다고 했다.

이야기를 나누면서 간신히 안정을 되찾은 유키요는 여자에게 고맙다고 했다.

사쿠야에게 빙의된 것인지 환각이 심해진 것인지…… 잘 알 수 없지만, 그를 죽인 장소를 찾아가보는 것도 좋을지 모른다는 생각이 들었다. 그의 몸에 칼을 찔러넣을 때의 손의 느낌은 지금도 생생하게 남아 있다. 그런데도 그가 죽었다는 실감이 나지 않는다. 사체를 확인하지 못했기 때문이다.

일단 그 장소에 가면 한 인간을 죽였다는 자각이 들지 모른다. 많은 사람에게 사랑받고, 또 많은 사람이 감사를 표했던 생명을 이 손으로 빼앗았다…… 자, 그런 여자가 어떻게 될까, 어떻게 해야 할까…… 망령 같은 존재는 사라질까, 오히려 강해질까…… 또 살든 죽든 그 자리에 서면 자신의 앞날에 대해 어떤 답을 얻을 수 있지 않을까 기대했다.

어차피 얼마 안 되는 소지품은 처분해버리고, 셔츠에 청바지, 샌들 차림으로 작은 보스턴 가방 하나만 들고 그곳을 떠났다. 역 앞에서 모자를 사서 깊숙이 눌러쓰고, 전철을 갈아탄 뒤 그날 낮 이후로는 다시는 찾지 않을 생각이었던 도호쿠의 마을에 도착했다.

사람들의 눈을 피해 버스를 타고 인기척이라곤 없는 버스 정류장에 내려서, 사쿠야와 함께 살았던 절과는 반대편인 야트막한 산까지 걸어올라갔다.

산 중턱 부근에 큰 공원이 있다. 예전에는 다른 현의 폐기물까지 모두 모여드는 산업폐기물 처리장이었다. 지하수에 유해 물질이 흐른다는 사실이 판명돼 문제가 되고, 폐기물 업자가 도산해 세금으로 메울 수밖에 없게 되자, 그 자리에 명목뿐인 전망 공원이 조성되었다. 지면 곳곳에 가스를 빼는 관이 있고, 늘 이상한 냄새가 떠다니며, 비가 내린 뒤에는 녹색이나 검은색 액체가 배어난다. 이 공원을 찾는 주민은 개장 당시부터 거의 없었다.

9월 초순의 평일, 해는 아직 높지만 역시나 공원으로 올라가는 사람이나 차는 없었다.

유키요는 샌들을 신고 온 걸 후회하며 헐떡거리면서 공원까지 올라가 그날 사쿠야에게 끌려온 장소에 섰다. 풀도 나무도 없이 황갈색 마른 흙뿐인 공간은 조금도 달라지지 않았다. 사건을 상기시키는 것은 아무것도 남아 있지 않다.

공원이라는 이름뿐인 공터 한가운데 그림자 하나가 흔들리고 있을 뿐이었다.

2

공원은 축구장 두 개 정도가 들어갈 만한 넓이로, 남쪽을 향해 활짝 트여 있어 거기 서면 마을이 한눈에 내려다보인다. 그 끝은 가파른 벼랑이고, 바로 그 앞에 가드레일이 설치되어 있다.

유키요는 예전에 그 가드레일에 얼굴을 세게 부딪혀 이마가 찢어졌다. 쏟아지는 빗속에 쓰러진 그녀에게 사쿠야가 분노로 들끓는 얼굴을 들이댔다……

통증과 함께 떠오르는 기억이 가슴을 태우는 지점에서 조금 떨어진 곳에 한 남자가 서 있다.

키는 사쿠야와 비슷해 보이니 170센티미터 정도 될까. 마른 체형에 가슴이 납작하고 하얀 티셔츠에 물 빠진 청바지를 입고 있다. 대각선 방향으로 비스듬한 위치에 있어서 얼굴은 보이지 않지만, 햇볕에 탔는지 피부가 까무잡잡하다.

남자는 이쪽에는 전혀 신경 쓰지 않고 발치에 내려둔 큰 배낭 옆에 왼쪽 무릎을 꿇었다. 그리고 오른손을 허공으로 올리고 왼손은 땅에 닿을락 말락 하게 내리더니, 양손을 가슴 위에 포개고 고개를 숙였다.

유키요는 가슴이 두근거렸다. 남자의 자세가 죽은 자에 대한 기도처럼 보였기 때문이다.

남자는 사쿠야의 명복을 빌고 있는 걸까? 장소로 보아 그렇게

밖에 생각할 수 없다. 남자는 뭐라고 기도하는 듯 입술을 달싹거렸다. 상대가 보기 전에 얼른 도망쳐야 한다는 생각도 들었지만, 그보다 호기심이 앞서서 유키요는 그쪽으로 다가갔다.

인기척을 느꼈는지 남자가 고개를 들었다. 유키요를 보고도 표정 하나 변하지 않고 조용히 일어선다. 약간 갸름한 얼굴에 머리가 길었지만 눈을 덮을 정도는 아니다. 셔츠는 구깃구깃하고, 청바지는 군데군데 구멍이 나 있다. 그런데 불결한 느낌이 들지도 무섭지도 않았다. 눈에 경계하거나 아첨하는 빛이 없고, 친구를 맞이하는 듯한 친근함이 온몸에서 자연스레 배어나오기 때문인지도 모른다.

"안녕하세요?"

그가 정중하게 인사를 건네왔다.

뜻밖의 인사에 유키요는 모자를 쓴 채로 고개를 꾸벅했다.

"……저, 이런 곳에서 뭘 하고 계세요?"

목구멍 저 아래서 소리를 쥐어짜내듯 물었다.

"어떤 분을 애도하고 있었습니다."

남자의 목소리는 가늘고 온화했다.

"그게 무슨 말이에요?"

유키요는 그의 행동으로 애도가 무엇을 뜻하는지 뻔히 알면서도 거듭 물었다. 사쿠야와 동년배로도 보여 혹시 학창 시절 같은 반 친구인가, 하는 생각도 든다.

"여기서 어떤 분이 돌아가셨다고 해서요. 그래서 애도하고 있습니다."

"누가 돌아가셨는데요? 그분 성함이……?"

"고미즈 사쿠야 씨라고 합니다."

유키요는 목소리에 동요가 묻어나지 않게 주의하며 다시 물었다.

"그분 가족이세요? 아니면 친한 친구?"

"아뇨. 한 번도 만난 적은 없습니다."

"어…… 그럼 일 때문에 아는?"

"그게, 아무 관계도 없다고 할까요…… 그러니까 흔히들 말하는 아는 사이는 아닙니다."

유키요는 상대를 응시했다. 남자의 평온한 표정은 조금도 흐트러지지 않는다.

"저기, 무슨 말씀이세요? 아무 관계도 없는 사람인데 애도를 하다니……"

그러자 상대는 파란 하늘 아래서 한결 돋보이는 환한 미소를 지으며 되레 질문을 해왔다.

"실례합니다만, 고미즈 사쿠야 씨의 지인이십니까?"

유키요는 부정하려 하다가, 이미 늦었다고 생각하며 대답했다.

"아주 약간 관계가 있을 뿐이에요."

"그렇다면 조금이라도 좋으니 고미즈 사쿠야 씨에 대해 말씀해주시겠습니까?"

진의를 알 수 없어서 잠자코 있자, 상대는 이쪽의 의심을 풀어주려는 듯 말을 이었다.

"고미즈 씨가 사 년 전에 돌아가신 것은 당시 신문을 보고 알았습니다. 삼 년 전 이곳을 찾아 산기슭에 있는 상점에서 돌아가신 장소와 고미즈 씨에 대해 들었습니다. 모든 사람을 널리 사랑한 분으로, 가정 폭력에 시달리는 여성들을 위해 본가인 절 옆에 쉼터를 만들고, 오갈 데 없는 노인들을 위해 양로원을 만들기도 해서, 많은 분들이 고마워했다더군요."

"삼 년 전이라니요……? 대체 무슨 말씀이세요? 혹시, 당신, 경찰?"

"그냥 여행자입니다. 여행을 다니고 있습니다. 고미즈 씨가 돌아가신 사 년 전에는 호쿠리쿠北陸에 있었습니다. 그다음 해, 이곳을 지나는 길을 택해 들렀습니다. 최근 이 년 동안은 다른 길로 다녀서 오지 못했는데, 올해는 이곳을 지나 남쪽으로 가는 길을 택해서 다시 찾아온 것입니다."

"……무슨 말을 하는지 도통."

"죄송합니다. 종종 듣습니다, 설명이 서툴다는 얘기. 신문이나 잡지나 라디오를 통해서, 또 누군가가 가르쳐주어서 알게 된 돌아가신 분들을 찾아 애도하고 있습니다."

점점 더 이해할 수 없어졌다. 뭔가 종교색을 띤 여행이라는 얘기로 들렸다.

"그러니까 당신은 승려나 수도사 같은 분이고, 구도 여행을 하고 있다는 말이군요?"

"말도 안 됩니다. 저는 아무 자격도 권리도 없는, 아무것도 아닌 사람입니다."

"……그럼, 무슨 목적으로 죽은 사람을 찾아다니는 여행을 하세요?"

"목적은 딱히 없습니다. 다만 사람이 죽는다는 게 안타까울 뿐입니다."

점점 놀림당하는 기분이 들었다. 마땅한 질문을 찾고 있는데, 남자가 먼저 물었다.

"저어, 고미즈 씨는 어떤 분이셨나요?"

"어떤, 이라고 물으시면, 한마디로 말하기는……"

"그분은 어떤 분에게 사랑받았나요? 어떤 분을 사랑했나요? 어떤 일로 사람들이 그분에게 감사를 표했는지요? 구체적으로 말씀해주시면 고맙겠습니다만."

그 질문에서 악의마저 느껴졌다. 의도를 이해할 수 없는 것은 물론, 사랑이나 감사 따위가 무슨 상관이란 말인가 싶었다. 사쿠야가 아내에게 살해당했다는 걸 알고도 이 남자는 아무 느낌이 없는 걸까?

"저기, 당신은 고미즈 씨가 어떻게 죽었는지 아시지 않나요?"

"신문을 읽었으니 기사에 나온 것은 알고 있습니다."

신문에 자신의 얼굴 사진이 실리지 않았을까…… 유키요는 모자를 벗고 싶은 유혹에 시달렸다. 이 현장에서 병원으로 실려가, 거기서 바로 체포된 그녀에게는 신문을 볼 겨를이 없었다.

"그렇지만 기사에는 고미즈 씨가 어떤 분인지 자세히 나와 있지 않아서."

남자의 표정에서도 목소리에서도 유키요가 남편을 죽인 범인이라고 의심하는 기색은 없다.

사쿠야의 숨겨진 행태를 모조리 까발리고픈 욕구가 끓어오른다. 왜 인격자라고 알려진 그가 아내에게 폭력을 휘두르고 아내를 죽이려 했는지. 왜 아내를 죽이겠다는 영상을 남겼는지.

"어릴 때부터 신동이라는 소릴 들었다더군요."

유키요는 욕구를 억지로 누르며 사람들에게 알려진 사쿠야에 대해 말하기 시작했다.

"두뇌 회전이 빠르고 책임감도 있고 누구에게나 다정해, 아이들은 물론 선생이나 학부모들까지 동경과 기대의 눈으로 그를 보았다고 합니다. 초중고 내내 학생회장으로 뽑혀 화장실 청소 같은, 보통은 꺼리기 마련인 일도 솔선수범하고, 누군가 따돌림을 당하고 있다는 말을 들으면 따돌리는 쪽에 주의를 줄 뿐만 아니라 내면의 선량한 마음을 일깨워주고, 따돌림당한 쪽의 괴로움도 달래주어 양쪽 다 응어리를 풀 수 있게 했다고 합니다. 그건 어른도 못하는 일이었지요. 상대가 상급생이어도 상관하지 않았습니다. 절 강당에서 열린 소림사 권법 교실에서 단련한 탓인지, 내면에서 뿜어나오는 힘 때문인지 아무리 불량한 사람이라도 그가 쳐다보기만 하면 조용히 이야기를 들었다고 합니다. 그런 그에게 여학생들은 사랑을 느끼고, 남학생들은 모두 친구가 되고 싶어했다지요."

자신은 왜 이런 표면적인 이야기만 하는 걸까? 진실은 너무나 기괴하고 복잡해 분명 아무도 믿어주지 않을 것이다. 그걸 알기 때문에 재판정에서도 잠자코 있었고, 지금도 마찬가지였다.

"지방의 작은 절을 이어받는 걸로 끝나는 것을 주위에서 안타깝게 여겨 도쿄대 진학을 희망하는 그를 밀어주었습니다. 남동생이 있었던 것도 진학을 결정하는 데 영향을 준 것 같습니다. 이복동생이었지요. 사쿠야 씨의 친어머니는 그가 다섯 살 때 사고로 세상을 떠났다고 합니다. 새어머니와는 사이가 원만했고, 나중에 태어난 동생을 몹시 귀여워해서 자신은 대학에 갈 테니 절은 동생에게 물려주라고 아버지에게 말했다고 해요. 새어머니는 울먹거리면서 그에게 고마워했다고 들었어요. 그는 대학에서 정치학을 공부하고 어느 정치인 사무실에서 아르바이트를 했는데, 그곳에서도 인정받아 잘하면 정치인이나 관료가 되리라고 주위의 기대가 컸대요. 하지만 그는 졸업 직전 고향으로 돌아왔어요. 절이 예전 같지 않음을 알고 아버지와 동생을 돕는 데 전

넘했지요. 땅주인에게 뒷산을 양도받아 지역 주민을 위한 아름다운 공원묘지를 개발한 게 그 시작이었습니다. 절 옆에 숙박 시설을 갖춘 장례 센터를 지어, 유족의 의향에 따라 장례를 거행하는 방침으로 운영했습니다. 장례 센터 직원 숙소의 일부를 가정폭력에 시달리는 여성들의 쉼터로 만들기도 했지요. 여성들은 센터에서 일하고 받은 돈으로 홀로 설 준비를 할 수 있었습니다. 낡은 강당은 양로원으로 개축해 무연고 노인을 받아들였고, 돌아가시면 조의금을 넉넉히 냈습니다. 덕분에 절은 다시 부흥해 마을 사람들의 지주가 되었고, 사람들은 그를 두고 부처님이 환생한 건지도 모른다고 말하게 되었습니다."

피상적이게나마 이야기를 들려주기 위해 사쿠야의 삶을 이것저것 떠올리다보니 말이 너무 길어졌다. 유키요는 황급히 변명조로 덧붙였다.

"실은 저희 조상을 모신 곳이 사쿠야 씨네 절이었어요. 어머니와 할머니 유골을 들고 방문했을 때, 마침 실직 상태이던 저를 장례 센터에 취직시켜주어 주위에서 사쿠야 씨 이야기를 들었지요. 나도 그의 행동과 말을 직접 보고 들었고요. 그래서, 좀전의 당신 질문에 대답하자면…… 그는 그를 만난 모든 사람에게 사랑받았다고 해도 좋답니다. 그리고 지역 주민들 거의 모두가 감사를 표했다고 할 수 있습니다."

유키요는 자신이 그의 아내이며 그를 살해한 자이기도 하다는 사실은 숨긴 채 사쿠야에 대한 이야기를 마친 후 숨을 크게 들이쉬었다. 등뒤에서 쿡쿡 웃는 소리가 들리는 것 같았다.

"왜 사실대로 말하지 않는 거지?"

귓가에서 속삭이는 목소리는 무시하고, "이것으로 제 이야기는 끝입니다" 하고 눈앞의 남자에게 말했다.

"고맙습니다. 도움이 되었습니다. 그럼 다시 애도하겠습니다."

남자는 맑디맑은 얼굴로 대답하더니, 이번에는 바닥에 오른쪽 무릎을 꿇었다. 청바지 양쪽 무릎이 다 닳은 걸 보면, 이런 자세를 자주 취하는 건지도 모른다. 그는 오른손을 머리 위로 올리고, 왼손을 땅에 닿을락 말락 하게 뻗고, 그 자리에 떠다니는 꽃씨라도 모으듯이 한 후에 양손을 가슴 앞에서 포갰다.

유키요는 남자가 지금 무릎을 꿇고 있는 부근이 사쿠야를 찔렀던 장소인 것처럼 느껴졌다.

그때 공원을 비추던 것은 드문드문 서 있는 가로등 불빛뿐이라 물웅덩이 색 같은 게 생각날 리 없는데, 기억 속에서 주위는 온통 새빨갛게 물들어 있다. 폐기물의 악취와 빗물과 진흙과 인간의 땀이 뒤섞인 냄새가 지금도 진동하는 것 같다. 사쿠야의 등뒤에서 옆구리를 찔렀다. 그리고 쓰러진 그의 심장을 향해 날카로운 칼날을 한 번 더 깊숙이 찔러넣었다. 숨이 끊어지기 직전 사쿠야는 유키요에게 뭐라고 속삭였다.

그렇다…… 그때 그가 한 말의 의미를 지금도 알 수 없다. 그는 왜 그런 말을 했을까. 진의는 무엇일까. 여전히 수수께끼다.

공원에는 초가을 한낮의 햇볕이 평범하게 내리쬐고 있고, 무릎을 꿇고 기도하는 남자 말고는 움직이는 게 없다. 막연한 불안감을 안고 서 있으니, 자신이 여기서 남편을 찌르기는 했지만……실은 그가 죽지 않은 게 아닐까 의심이 들기 시작했다.

유키요는 의식불명인 사쿠야와 함께 병원으로 실려갔고 그대로 체포되어 결국 그의 사체는 보지 못했다. 그렇다면 자신은 함정에 빠진 게 아닐까? 모든 것은 모함이고, 사쿠야는 지금도 살아 있으며, 등뒤에 느껴지는 그의 존재도 착각에 지나지 않는 게 아닐까? 그런 기대가 생겼다.

지금 사쿠야를 애도하는 남자가 진실을 알고 있을 것 같은 예감이 들었다.

유키요는 남자 옆에 쭈그리고 앉아 그가 중얼거리는 말에 귀를 기울였다.

"당신은 사랑하는 동생에게 절을 맡기고, 자신은 한 걸음 물러나 절과 가족을 지원해주셨습니다. 많은 사람에게 아름다운 애도의 장을 제공하고, 유족의 뜻대로 장례를 치르는 장례 센터를 운영하고, 또 가정 폭력 피해자를 위한 쉼터와 의지할 데 없는 노인들을 위한 양로원도 만들어 사람들을 기쁘게 하셨습니다. 많은 이들이 당신을 소중히 여기며, 또 만난 사람 모두가 당신을 사랑했습니다."

유키요에게 방금 들은 내용을 요약해서 기도하는 것 같다. 일부러 달리 표현한 이유는 알 수 없지만, 특별히 거슬릴 정도는 아니다. 남자의 중얼거림은 계속 이어졌다.

"무엇보다 당신에게는 이 사실을 전해준 여자분이 있습니다. 지금도 당신을 생각하고 있습니다. 당신은 이 여자분 안에 아직도 살아 있습니다."

그의 마지막 말이 가슴속에 와 닿는 순간, 유키요는 비명을 지르고 말았다.

3

공원 끝의 가드레일을 붙잡고 헛구역질을 해댔다. 힘들어서 눈물이 쏟아질 것 같다.

"괜찮으십니까? 물이 있는데, 드릴까요?"

등뒤에서 나는 소리에 겨드랑이 사이로 돌아본다. 아까 그 남자의 스니커즈가 보인다.

뭐지, 이 남자는…… 그런 말을 해놓고…… 의심과 분노가 치밀어오른다.

필요 없다고 대답하려는데 입 안이 끈적거렸다. 뒤에서 그가 동그란 물통을 내민다. 청정한 물 냄새를 맡자 갈증이 심해지는 착각마저 든다. 고맙다는 말도 잊고 물통을 받아들어 손바닥에 물을 받는다. 온몸에 맑은 냉기가 퍼진다. 젖은 손으로 이마와 뺨 언저리를 식혔다. 모자를 쓰고 있지 않다는 걸 깨달았지만, 어쨌든 지금은 이 기분 좋은 느낌을 놓치고 싶지 않아서 물을 마시기도 하고 목덜미에 적시기도 했다. 눈 깜짝할 사이에 물통이 가벼워졌다.

"앗, 이렇게 많이 써버려서……"

남자 쪽을 돌아보았다. 그는 약간 떨어진 곳에서 유키요의 모자를 들고 서 있다.

"괜찮습니다. 다 써도. 또 떠오면 되니까요. 그보다 속은 괜찮으세요?"

"예. 이제……"

유키요는 물통 뚜껑을 닫고 가드레일에 의지해 일어섰다. 남자가 모자를 건넨다. 고맙다는 인사와 함께 모자를 받아들고 물통을 돌려주었다. 마른 몸에 비해 남자의 손이 크다는 걸 그때 처음으로 깨달았다. 손가락이 길 뿐만 아니라 손바닥도 두툼하다.

"이 녀석은 뭐 하는 놈이야."

사쿠야의 목소리가 들렸다. 오른쪽 어깨에 느껴지는 기운이 좀더 강해졌다. 곁눈질로 보니 사쿠야의 머리가 있었다. 지금까지는 거울을 통해서만 볼 수 있었던 사쿠야의 잘생긴 얼굴이 등뒤에서 어깨에 턱을 대고 있다. 하얀 피부는 예전 그대로다. 얇은 눈썹을 찡그린 채 남자를 보고 있다.

"내가 네 안에 아직 살아 있다는 걸 맞히다니. 네가 누구고 나한테 무슨 짓을 했는지도 전부 알고 있을지 모르겠는걸."

속삭이는 듯했던 그의 목소리도 이제는 보통 사람의 말소리만큼 커졌다.

유키요는 눈앞의 남자에게로 시선을 돌렸다. 그에게는 사쿠야가 보이지 않는 걸까? 소리는 들릴까?

"들었어요, 방금 하는 말……? 여기, 어깨 이 부분, 보이세요?"

오른쪽 어깨를 조금 앞으로 내밀면서 상대에게 물었다.

남자의 시선은 사쿠야가 아니라, 유키요의 얼굴에 머물러 있다.

"…… 들리다니 뭐가요? 뭐가 보이느냐는 말씀이신지요?"

"우리 절의 누군가가 고용한 탐정일지도 몰라."

정말로 그럴지도 모른다는 생각에 유키요는 다시 물었다.

"당신은 고미즈 가에서 고용한 사람인가요? 나한테 무슨 볼일이 있나요?"

"출소 후부터 쭉 지켜보고 있다가 여기로 온다는 걸 알고, 선수 쳐서 주의 줄 생각이었던 게 아닐까?"

"절로 돌아갈 생각은 없습니다. 이곳에 온 것만으로도 약속을 어긴 게 된다면 돈은 돌려드리겠습니다."

"뭔가 오해하신 것 같습니다만, 고미즈 씨하고는 정말 아무 연관도 없습니다."

사과라도 하듯 남자가 고개를 약간 숙이며 말하자 사쿠야가 코웃음을 쳤다.

"알지도 못하는 인간이 왜 내 죽음을 애도하는 거야? 이유가 없잖아?"

뭘 바라는 건지 분명히 말해달라고, 유키요가 그에게 바싹 다가서려는 순간, 산 쪽에서 불어온 돌풍에 들고 있던 모자가 날아갔다. 모자는 가드레일을 넘어 벼랑 아래로 떨어졌다. 멍하니 보고 있는 동안 모자의 운명이 자신과 포개진다. 차라리 자신도 이대로 모자를 쫓아가면 이 모든 고민과 갈등에서 해방될 테니 얼마나 편할까.

"오호, 진심이야? 그럼 별로 어려울 거 없잖아?"

사쿠야가 심드렁한 목소리로 말한다. 그 말에 자극받아 가드레일에 손을 올렸다. 사쿠야의 얼굴이 없는 왼쪽 어깨 위에 손이 얹힌다. 꽉 누르는 묵직함이 어깨에 느껴진다.

"모자는 아깝지만…… 그냥 포기하세요. 여기 더 있을 겁니까? 아니면 내려가실 겁니까?"

남자의 목소리가 지금까지와 달리 나직하다. 투신을 걱정하고 있다.

"……당신은 이제부터 어떻게 할 생각이에요?"

유키요는 가드레일에서 손을 떼고 물었다. 남자도 그녀의 왼쪽 어깨에서 손을 떼고 답했다.

"나는 서두를 필요가 없으니 당신이 괜찮아질 때까지 여기 있겠습니다. 만약 내려가시겠다면 함께 가겠습니다."

그 말을 들은 사쿠야가 재미있다는 듯 히죽거렸다.

"네가 산을 내려갈 때까지 눈을 떼지 않을 셈이군. 절 사람들이 저 아래서 기다리고 있으려나."

유키요는 그날 밤 사쿠야를 찔렀다고 생각되는 장소로 시선을 보냈다. 가스를 배출하는 관이 여기저기 튀어나와 있고 황갈색 흙으로 뒤덮인 지면은 아무리 봐도 빗속에서 사쿠야와 엉켰을 때의 정경과 겹치지 않는다. 자신이 들고 있던 칼이 운동으로 다져진 사쿠야의 살을 뚫고 쑥 들어갈 때의 감촉이 손에 선명하게 남아 있는데도 그의 죽음을 실감하지 못하는 것과 마찬가지로.

더욱이 지금 어깨 위에는 사쿠야의 머리가 얹혀 있다. 이것은 망령인가? 아니면 다른 차원의, 가늠할 수 없는 존재인가? 눈앞의 남자가 한 말…… 사쿠야는 지금도 그녀 안에 살아 있다……는 말이 해방의 주문이라도 되는 양, 그녀 안에 갇혀 있던 사쿠야가 밖으로 나온 것일까? 지금 사쿠야는 그녀의 안이 아니라 바깥에 존재하고 있다. 설령 그의 육체가 사라졌다고 해도 진짜 죽지는 않은 게 아닐까……?

"이제 내려갈 겁니다."

더는 이곳에 있어도 무의미하다는 생각이 들었다. 사쿠야가 죽은 곳은 여기가 아니다. 죽지 않았을지도 모른다. 유키요는 바닥에 내팽개쳐진 가방 쪽으로 걸어갔다. 사쿠야가 있는 오른쪽 어깨가 약간 무거운 것 같다. 가방 끈을 왼쪽 어깨에 걸어보았다. 사쿠야의 머리 무게와 얼추 균형이 맞는 듯하다.

남자는 무거워 보이는 배낭을 익숙한 몸짓으로 가뿐하게 짊어졌다. 배낭 위에는 큼직한 침낭이 둘둘 말려 얹혀 있다. 재촉하는 듯한 그의 시선에 유키요는 총총히 뒤를 따랐다.

남자는 몹시 연약해 보이는 인상에 비해 무게중심을 아래쪽에 두고 흔들림 없이 걸었다. 산길을 내려가는 도중에 몇 번이나 돌아보며 그녀를 확인하고 부드러운 미소를 보냈다.

"왜 손이라도 흔들어주시지?"

그때마다 사쿠야가 놀렸지만, 유키요는 묵묵히 걷기만 했다.

산기슭에서 내려오자, 남자가 마을 중심으로 이어지는 길섶에서 유키요를 기다리고 있었다. 다른 사람의 모습은 보이지 않았다. 유키요는 조심스럽게 주위를 둘러보았지만, 역시 누군가 숨어 있는 기색은 없었다.

"괜찮으세요? 이제 속은 괜찮습니까?"

남자의 배려에 유키요는 주위를 두리번거리면서 고개를 끄덕였다.

"이제 어디로 가십니까? 괜찮다면 거기까지 바래다드리겠습니다."

남자가 말했다. 어디로 가느냐고 물어도, 대답할 말이 없다. 이제 유키요에게는 갈 곳이 없다.

"……그쪽은 어디로 가시는데요? 고미즈 씨네 절로 보고하러 갈 건가요?"

넌지시 떠보았지만, 남자는 한결같은 시선으로 유키요를 바라보았다.

"절에는 한 번도 가본 적이 없습니다. 저는 이제 마을 한복판을 가로질러 흐르는 강 쪽으로 갈 생각입니다. 그 강에 있는 다리 밑에서 지내던 남자가 넉 달 전에 죽었답니다."

무슨 말인지 얼른 이해가 되지 않았다.

"무슨 말이세요…… 사쿠야 씨하고 그 사람이 무슨 관계가 있나요?"

"당신의 이야기 덕분에 고미즈 씨의 애도는 잘 마쳤습니다."

"잘 마쳐서 어쨌다는 건가요……?"

"다음에 찾아오는 것은 삼 년 후쯤 될 겁니다. 여행 일정에 따라 조금 더 나중이 될 수도 있고요. 그때 또 그 장소에서 애도할 생각입니다."

"삼 년 뒤에 또? 사쿠야 씨를 애도하는 것은 오늘이 두번째라고 했죠? 그런데 또…… 당신, 정말로 뭐 하는 사람이에요? 목적이 뭐냐고요? 솔직히 말해주세요."

"솔직히 말하라고 하셔도…… 뭐 하는 사람이다라고 할 만한 사람도 못 됩니다. 돌아가신 분을 애도하며 전국을 걷고 있을 뿐입니다. 목적은…… 그저 그러고 싶기 때문이라고 할까요."

"거짓말만 하는군요. 도대체 말이 안 되잖아요!"

초조한 나머지 목소리가 갈라지는 것 같았다. 사쿠야도 어이없다는 표정이다.

"좀처럼 입을 안 여는군. 그럼 아까 그 기도는 무슨 뜻으로 한 거지?"

그 말에 유키요는 가슴이 쓰리듯 아픈 걸 참고 물었다.

"그럼 어째서 아까 나를 끌어들여서 기도한 건가요?"

"무슨 말씀인지?"

"시침 떼지 마요. 당신이 사쿠야 씨를 애도할 때, 궁금해서 나도 들어봤어요. 내 속에 그가 아직 살아 있다고, 그렇게 말했잖아요?"

"아아…… 당신 이야기를 듣고 그렇게 느꼈습니다. 당신이라는 사람이 있기 때문에 고미즈 사쿠야 씨는 다른 사람들과는 구별되는 존재로 두드러졌다고 생각했으니까요."

사쿠야가 고개를 흔들며 웃었다.

"너로 인해 내가 다른 존재가 된 것은 틀림없지. 네 손에 죽임을 당했으니까."

유키요는 그 말을 무시하고 남자에게 강한 어투로 따지듯 말했다.

"그가 보통 사람들과 다른 존재라고 해서, 그게 당신한테 뭐 어떻다는 건데요?"

"애도하기가 쉽습니다. 그 누구도 대신할 수 없는 단 한 사람이라는 것으로. 제가 하는 일은 그뿐입니다. 돌아가신 분을 애도하는 것, 기억하는 것."

그는 이런 질문에 익숙한지 억지스러움 없이 자연스레 대답했다.

"그런데 그 죽은 사람하고는 전혀 모르는 사이란 말인가요?"

"예. 그래서 가까운 분들한테 말씀을 여쭙고 어떤 인물이었는지 자세히 듣고 싶은 거랍니다."

"어쩐지 종교 냄새가 나는걸. 어떤 교단에 속한 녀석이 아닐까?"

유키요는 남자의 소지품에 집단의 마크 같은 것은 없는지 눈으로 찾으면서 말했다.

"당신이 어떤 신앙을 갖고 있건 자유지만, 사쿠야 씨에 이어서 다른 사람한테로 가는 이유는 뭐죠? 다리 밑에서 살던 사람, 그 사람은 노숙자였나요?"

"그런 것 같습니다. 돌아가신 것을 신문에서 보고 지금부터 가보려 하는 것뿐입니다."

"그놈은 널 놀리고 있어. 나하고 노숙자가 같은 급이 될 리 없잖아."

"알겠어요, 당신은 나를 놀리는 거로군요."

"말도 안 됩니다. 누군가를 놀리는 일은 하지 않습니다."

"그렇다면…… 이 남자는 정신병자일 가능성이 있어."

"당신은, 실례지만…… 병이 있나요?"

그제야 이해받았다라는 생각이 드는지 남자는 안도한 표정으로 고개를 끄덕였다.

"예, 저도 그리 생각해주셨으면 좋겠다고 생각하던 참입니다."

4

남자가 뭐 하는 사람인지 유키요와는 상관없는 일이었다. 하물며 자기 입으로 환자라고 말하니 그냥 내버려두면 된다. 하지만 여기서 헤어지면 남자는 영원히 사쿠야와 자신의 관계를 오해하게 될 것이다. 사쿠야와 노숙자를 똑같이 취급하는 것도 이해할 수 없었고, 죽은 자에 대한 그의 행동에 어떤 의미가 있는지, 정말 말한 대로 그런 여행을 하고 있는지 확인해보고 싶기도 했다.

"그 노숙자가 죽은 곳에 함께 가도 될까요?"

유키요가 부탁하자, 남자는 약간 놀란 듯했다.

"예, 그건 상관없습니다만…… 곧장 다리로 가는 건 아니라서요."

죽은 인물에 대해 알기 위해 도중에 가게 같은 데 들를 거라고 했다. 어쨌든 유키요는 무작정 따라가기로 결심하고, 상관없다고 대답했다.

남자는 한 걸음 한 걸음 신중하게 내디뎠다. 뭔가 찾고 있는지 이따금 길 양쪽을 두리번거리기도 했다.

유키요는 샌들을 신고 산을 오르내린 탓에 피곤했는데, 그의 걸음이 빠르지 않아 따라 걷기 좋았다.

"절에서 멀긴 하지만, 혹시 지인이라도 만나게 되면 제대로 인사해."

사쿠야는 그녀의 어깨 위에서 물러나 주위를 둘러보면서 빈정거리듯 말한다.

유키요는 이 마을에 이 년 동안 살았었다. 주로 절 주변에서만 지냈기 때문에 이쪽으로 온 적은 거의 없지만, 단가가 몇 집 있을 터이고, 뉴스를 보고 유키요의 얼굴을 기억하는 사람도 있을지 모른다. 모자를 잃어버려서 인기척이 날 때는 고개를 푹 숙였다.

"안녕하세요?"

앞서 가던 남자가 밝게 인사를 한다. 시선 끝에는 집 앞길에서 세차를 하는 초로의 남자가 있었다. 유키요는 거리를 두고 지켜보았다. 남자는 그쪽으로 다가가 물을 얻을 수 없겠느냐고 물었다. 물통을 내미는 조심스러운 태도에 그도 경계를 풀었는지 물을 따라주었다.

"넉 달 전 다리 근처에서 죽은 사람을 혹시 아십니까?"

남자가 물었다. 초로의 남자는 무슨 소리인가 고개를 갸웃거리다 생각이 났는지 얼굴을 찡그렸다.

"아아, 질 나쁜 녀석들한테 살해당한 노숙자 말이오?"

당시 큰 소동이 난 모양이었다. 초로의 남자는 세차하던 손을 멈추고, 사건을 일으킨 동네 소년들의 가정환경과 평소 행실까지 자세히 말해주었다.

유키요에게까지는 잘 들리지 않았지만, 상대가 한바탕 이야기를 마쳤을 즈음이었다.

"말씀 감사합니다. 그런데…… 혹시 돌아가신 분에 대해서는 모르십니까?"

남자가 다시 물었다. 초로의 남자는 못마땅한 표정으로 "아뇨, 아무것도" 하고 고개를 가로저었다.

남자는 인사를 하고 다시 걷기 시작했다. 유키요는 고개를 숙인 채 뒤따랐다. 사쿠야가 그녀의 어깨 위에서 초로의 남자를 향해 이 여자가 나를 죽인 여자입니다, 하고 소리쳤다. 상대는 돌아보지도 않았다.

잠시 후 남자는 문이 열려 있는 신문 보급소로 들어갔다. 유키요가 안을 들여다보자, 그는 주인으로 보이는 중년 부부와 이야기를 나누는 중이었다. 그가 밖으로 나오기를 기다렸다가 뭔가 알아냈느냐고 물어보았다.

"아뇨. 저 사람들 기억으로는 전국지에도 지방지에도 체포된 소년들에 대해선 이런저런 기사가 실렸지만, 돌아가신 분에 대한 기사는 거의 없었다고 합니다."

그뒤로도 남자는 작은 양품점, 쌀집, 국수가게, 약국, 주유소, 슈퍼마켓에 들어가 죽은 노숙자에 대해 물었다.

남자는 허름한 슈퍼마켓에 들어가 할인 코너의 식빵과 바나나를 사고, 허락을 받아 화장실을 썼다. 유키요도 공복을 느껴 샌드위치와 주스를 사고, 화장실도 다녀왔다. 남자는 주차장 구석자리에 앉아 음식을 먹기 시작했다. 달리 마땅한 데가 없어서 유키요도 그 옆에 앉았다.

마을 한복판을 흐르는 강 근처에 도착했을 때, 해는 서쪽으로 이어진 산 바로 위로 기울고 있었다. 멀리 오우奧羽 산맥을 원류로 하여 흐르는 강은 강기슭까지 포함해 폭이 100미터 가까이 된다. 유키요가 이 마을에 살던 때는 언덕 위의 절에서 아침이고 저녁이고 흐르는 이 강을 바라보았었다.

다리 위를 걷던 남자가 걸음을 멈추고 물결치는 강물을 내려다보았다.

유키요는 이보다 훨씬 상류 쪽에 있는 다리 두 개를 자주 이용했었다. 강둑에는 벚나무가 줄지어 있었다. 만개한 벚꽃 아래를 사쿠야와 나란히 걷던 예전 추억이 떠오른다.

그가 청혼했을 때는 놀리는 줄 알았다. 남편의 폭력에서 도망쳐온, 보잘것없는 그녀가 선택되다니, 주위 사람들도 믿을 수 없다는 표정으로 농담일 거라며 흘려들었다. 사쿠야가 진심이란 걸 안 뒤에는 다들 모여 반대하면서 다른 혼담을 몇 개나 내놓았다. 그중에는 현 내의 세력가와 명사의 딸도 있었다. 그런데 사쿠야는 끝내 유키요와 결혼했다. 유키요 자신은 이 상황을 모른 채 사쿠야와 주변 사람들 사이에서 시달리느라, 그의 청혼에 대해 차분히 생각해볼 여유도 없었다. 그래도 절을 처음 찾았을 때와 마찬가지로 사쿠야가 변함없이 다정하게 대해주었기 때문에, 정말 괜찮을까 두려우면서도 받아들였다. 그의 품에 안겨 이게 진짜 사랑이라고 몇 번이나 되뇌며, 평생 이 사람을 사랑하겠다고 마음속으로 맹세도 했다. 그랬는데 어째서 그런 일이……

"날 평생 사랑할 거라 맹세했다고? 네가? 처음 듣는 말인걸."

유키요의 마음을 읽을 수 있는지, 사쿠야가 어깨 위에서 빈정거리듯 한숨을 쉰다. 그만 울컥해서는 내뱉듯이 말했다.

"당신은 아니잖아. 나한테 아무 감정도 없었어."

"아니. 네가 좋았던 건 사실이야."

"당신이 바라는 걸 이루기 위한 꼭두각시로 내가 필요했을 뿐이야. 절대 사랑한 게 아냐."

눈물이 쏟아질 것 같아 다리 난간을 붙들고, 흐트러지려는 감정을 다잡았다.

검붉은 빛으로 반짝이는 수면을 보고 있으니 공원 가로등에 비친 사쿠야의 나신이 떠오른다.

괴로워서 고개를 돌렸는데, 다리 위에 있던 남자의 모습이 보이지 않았다. 주위를 둘러보다 옆으로 돌아가 다리 밑이 보이는 곳에 섰다. 아무것도 없는 텅 빈 공간에서 남자는 돌멩이투성이인 바닥에 한쪽 무릎을 꿇은 채, 오른손을 허공으로 올리고, 왼손을 땅에 닿을 듯이 내리는 참이었다.

유키요는 강둑을 내려가 남자 옆으로 갔다. 노숙자가 살던 장소라고는 하나, 텐트 같은 건 철거됐는지 보이지 않았고 당연히 위령비 같은 것도 없었다.

이윽고 남자가 가슴에 모으고 있던 양손을 내리고 일어섰다.

사람들을 애도하고 다닌다는 말은 역시 사실인 걸까?

"글쎄. 네 앞에서 그냥 시늉만 하는 건지도 모르지."

사쿠야가 냉정하게 말했다. "현실적으로 그의 기도에는 알맹이가 없으니까."

무슨 말이야? 유키요는 소리내지 않고 물었다.

"저 녀석이 날 위해 기도할 때…… 애도한다고 했던가…… 뭐 어느 쪽이든 좋아, 내가 누구에게 사랑받고, 누구를 사랑하고, 남들이 무슨 일로 나에게 감사한 적이 있는가 하고 너한테 물었지?

하지만 노숙자를 생각해봐, 그 고독한 생활중에 누가 그를 사랑하겠어? 그가 누구를 사랑할 수 있었겠어? 감사할 가치가 있는 어떤 일을 할 수 있었겠어? 기도를 하든 애도를 하든 알맹이라곤 없을걸."

유키요는 내려놓은 배낭을 짊어지려는 남자에게 다가갔다.

"방금 노숙자의 명복을 빈 것 같은데, 그분 이름도 모르잖아요? 실제로 어떤 식으로도 기도할 수 없지 않아요?"

무례하고 뜬금없다는 생각이 들었지만 사쿠야의 부추김에 힘을 얻어 그렇게 물었다.

남자는 바로 대답하지 않고 다리 아랫부분을 돌아보았다. 철골을 지탱하는 콘크리트 밑동 위에 흰색과 검은색이 섞인 고양이 세 마리가 오도카니 앉아 있다.

"마을에서 들은 이야기로는 그분 이름은 야마네라고 합니다. 이래봬도 쉰세 살이라며 웃은 적도 있었다고 하더군요. 야마네 씨가 강가의 쓰레기나 빈 깡통을 주워 모아놓으면, 자치회 사람들이 천 엔 정도씩 주고 가져갔다는 이야기도 들었습니다. 쓰레기 처리는 동사무소에서도 해주지 않고, 업자에게 부탁하면 비용이 많이 드니, 대놓고 말하진 않았지만 지역 주민들이 고마워했을 겁니다. 강가를 산책하는 사람들도 주위가 깨끗해져서 좋아했을 테고요. 쓰레기를 주운 인물이 누군지는 몰라도 말이에요. 또 야마네 씨는 길고양이를 귀여워했다고 합니다. 고양이들도 그를 따랐던 것 같군요. 그래서 그렇게 애도했습니다."

유키요는 예상치 못한 대답에 할 말을 잃었다. 대신 사쿠야가 웃음을 터뜨렸다.

"**빈 깡통을 주웠다고 사람들이 고마워했다? 웃기네. 단순히 술값 벌겠다고 그런 건지 누가 알아? 이름도 가명인 게 틀림없고. 또 고양이가 뭐 어쨌다고? 도대체 유치한 망상뿐이군.**"

사쿠야의 말은 그럴듯하게 들렸다. 유키요는 그대로 남자에게 말해보기로 했다.

"빈 깡통이나 쓰레기를 모으는 것은 돈을 벌기 위해서일 테고, 이름도 나이도 사실인지 아닌지 모르잖아요. 고양이가 따랐다는 것도 당신 생각일 뿐이지 않아요?"

"그뿐이라도 좋습니다. 중요한 것은 돌아가신 분을 내 안에 어떻게 새기는가 하는 것이기 때문에, 무엇이든 그 사람다움을 찾아내면 된다고 생각합니다."

남자는 전혀 아랑곳하지 않는 모습이었다. 유키요는 점점 무슨 말인지 알 수 없어졌다.

"명복을 비는데 어째서 '그 사람다움' 같은 걸 찾아내야 하는 거죠?"

"명복은 빌지 않습니다."

"어…… 그럼 뭘 하는 거예요?"

"내 나름의 해석입니다만, 편안히 잠드세요, 성불하세요, 하는 마음이 명복을 비는 거라면, 가족이나 연고가 있는 사람들은 고인의 생전 모습을 떠올리면서 기도하겠지요. 하지만 생판 모르는 사람은 고인의 모습을 떠올릴 수 없으니, 종교 단체 등에서 올리는 성불 기도와 비슷한, 추상적인 행위가 될 수밖에 없다고 생각합니다. 나는 돌아가신 분을 다른 사람이 대신할 수 없는 유일한 존재로 기억하고 싶습니다. 그것을 '애도한다'라고 말하고 있습니다."

"그 애도한다는 행위를 해서 뭐가 되는 건데요? 당신에게 어떤 득이 되죠?"

유키요의 질문에 상대는 복잡한 미소를 지었다. 비슷한 질문을 숱하게 받았는지, 쓴웃음도 수줍음의 웃음도 아닌 미소가 어딘지 모르게 익숙해 보였다.

"아무것도 되지 않습니다. 득 같은 것은 생각한 적도 없고요."

"이런이런, 아주 한심한 놈을 만나버렸네. 유키요, 이제 그만 됐잖아?"

사쿠야가 고개를 숙이고 절레절레 흔들었다. 하지만 유키요는 왠지 그가 걱정되었다.

"이제 어디로 가세요? 또 누군가를 애도하러 가나요?"

"예. 도로공사 안내를 하던 경비원이 음주운전자의 차에 치여 숨진 현장이 다리 건너 조금 더 가면 나옵니다. 그리로 애도하러 갑니다."

"어…… 살인사건 피해자만 애도하는 게 아니었어요? 사고로 죽은 사람까지 애도하나요?"

"예. 돌아가신 분은 누구든 애도하고 있습니다."

"그럼, 그다음은 어디로……?"

"이웃 마을에서 유산을 둘러싼 싸움이 있었던 듯, 서른 살의 남자가 다섯 살 연상인 형과 두 살 아래인 여동생에게 폭행당해 세상을 떴습니다. 그분을 애도하러 갈 예정입니다."

"형과 동생에게 맞아죽었다? 그럼 이번에는 가족애 따윈 얘기 못하겠군. 어떻게 애도하려나."

약간 흥미가 생기는지 사쿠야가 다시 고개를 들었다. 직접 말하면 좋을 테지만, 상대에게는 들리지 않으니 하는 수 없이 유키요가 대신 전했다.

"그 사람은 가족에게 미움받았던 게 아닐까요? 어떻게 애도할 생각이세요?"

"현장에서 이야기를 들어보지 않으면 모릅니다만, 친구나 직장 동료들하고는 친하게 지냈을 수도 있습니다. 어린 시절에는 형제들 사이가 좋았을지도 모르죠. 서로에게 애정을 느끼던 시절도 있었을지 모르고요. 그런 것을 찾아내면 됩니다."

"잠깐만요. 어린 시절까지 거슬러 올라가다니…… 그래도 되는 건가요?"

남자는 또다시 쓴웃음이라고도 수줍음의 웃음이라고도 할 수 없는 예의 그 복잡한 미소를 지었다.

"어디까지나 이건 제 마음속 일이니까요."

"진짜 웃기네. 너도 이 남자 앞에서 죽으면, 과거를 들춰내고 망상을 펼친 끝에 사랑과 감사에 싸인 여자로 떠받들어주겠군."

빈정거리는 사쿠야의 말을 듣고 있으니 유키요는 짜증이 솟구쳐서 자꾸만 엇나가고 싶어졌다.

"확인해도 되나요? 정말 말한 대로 하는지?"

"예? 예, 상관없습니다."

여기까지 따라오는 걸 받아들일 때처럼 이번에도 남자는 순순히 승낙했다. 맥이 풀렸다.

"방해되지 않아요? 당신의 애도는 신성한 것이 아닌가요?"

"돌아가신 분의 신성함을 해치고 있지는 않은지 늘 두려운 건 사실입니다. 하지만 찾아가는 곳은 공적인 장소고, 당신이 가는 것은 자유지요. 그런데 당신 볼일은 안 봐도 괜찮습니까?"

유키요의 볼일은 사쿠야를 죽였다는 걸 실감하고, 그렇게 사람을 죽인 자신이 앞으로 살아갈 길을 찾는 것이었다. 하지만 사쿠야는 지금 그녀의 어깨 위에서 존재감을 더해가고 있다. 눈앞의 남자의 언동은 유키요가 죽음과 사랑과 죄에 대해 생각하는 방식에 비춰보면 이질적인 느낌인데, 그것은 사쿠야도 마찬가지인 듯 남자를 조롱하면서도 당혹스러워하는 게 전해진다. 그럼 남자의 행동을 좇아가보면, 어깨 위의 사쿠야가 누구인지 선명해지지 않을까? 그에 따라 자신의 목숨을 어떻게 해야 할지도 알게 되리라.

"그런 바보짓은 관두는 게 좋을걸. 고인을 갖고 장난치는 정신병자를 따라 다녀봐야 알게 되는 건 없을 거야."

사쿠야가 험악한 얼굴로 말리자, 그녀는 오히려 오기가 생겨 눈앞의 남자에게 말했다.

"내가 볼일을 볼 곳은 당신이 가는 곳과 겹치는 것 같은데요."

"그렇지만 나는 노숙할 예정입니다. 게다가 샌들을 신고는 오래 못 걸을 텐데요."

유키요는 다리 밑에서 서산 너머로 지는 석양을 보았다. 여름이니 노숙을 해도 괜찮고, 숙박비도 충분하다. 발뒤꿈치와 발가락이 쓰라렸다. 시험 삼아 샌들을 벗고 맨발로 땅을 밟아보았다. 서늘한 게 기분이 좋다.

"편한 신을 살 때까지 맨발로 걸을게요. 숙박은 그때 생각하겠어요."

남자는 걱정스러운 듯 유키요의 발을 보았지만, 할 수 없다고 생각했는지 묵묵히 걷기 시작했다.

유키요도 맨발로 강둑으로 올라갔다. 자꾸 흘러내려오는 가방을 어깨 쪽으로 추어올리면서 배낭을 사야겠다는 생각이 들었다. 사쿠야의 얼굴이 어깨 위에서 작게 흔들리고, 거기에 맞춰 차가운 웃음소리가 울렸다.

"정말이야? 이름도 모르는 남자한테 살해당해서 쥐도 새도 모르게 묻히지 않도록 조심해야 할걸."

유키요는 다리를 건너가는 남자의 등에 대고 말했다.

"저기, 이름 가르쳐주지 않을래요? 내 이름은 나기 유키요라고 해요."

남자가 돌아보고는 이름을 말했다. 유키요는 흔치 않은 그의 이름을 듣고 어떻게 쓰느냐고 물었다.

"조용한 사람靜人이라고 씁니다. 나하고는 어울리지 않죠. 이름보다 못한 사람입니다."

수줍게 대답하는 그는 전혀 특별한 것 없는, 평범하기 그지없는 청년의 표정을 짓고 있었다.

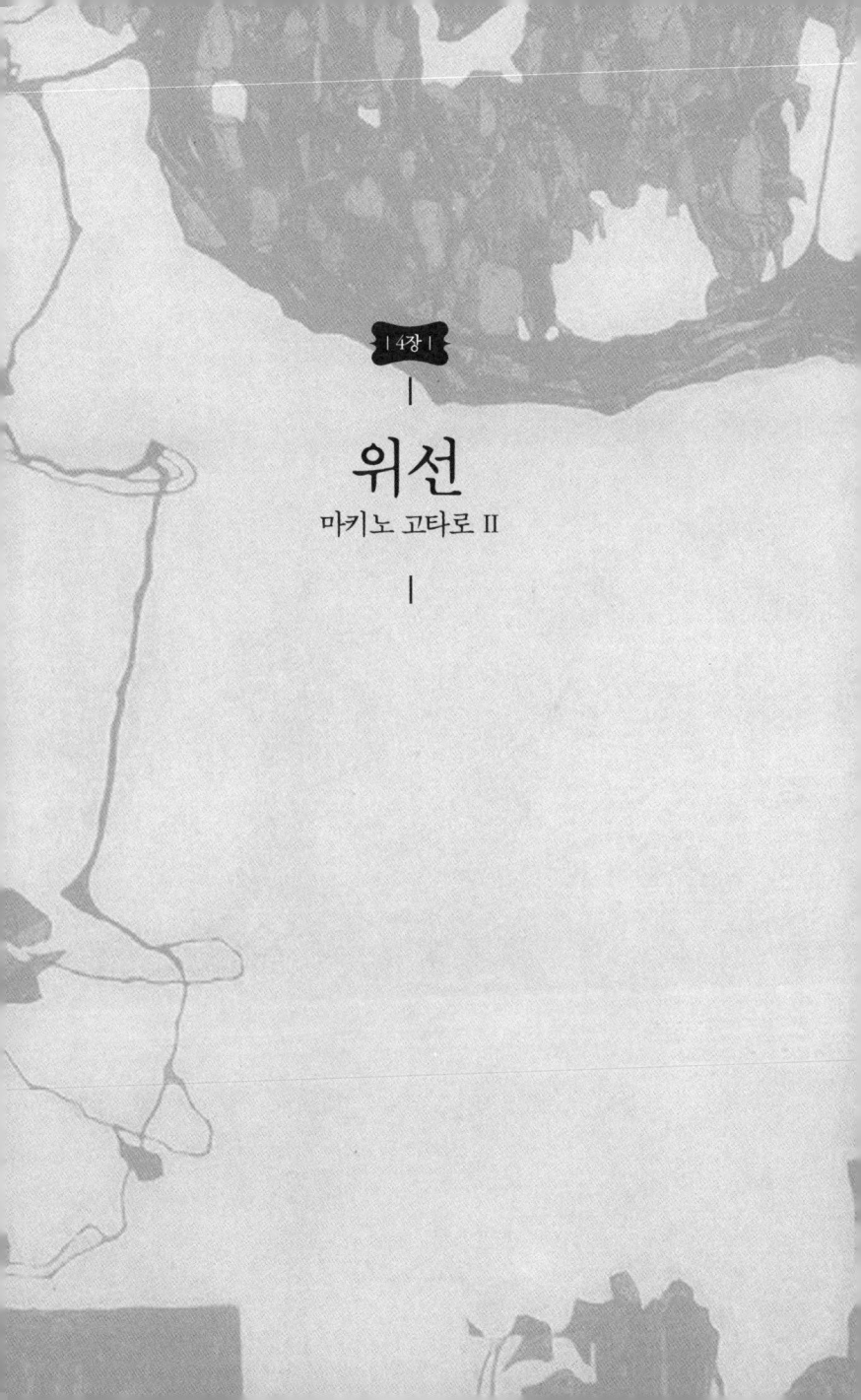

| 4장 |

위선

마키노 고타로 II

1

편집부에 들어서자마자 보이는 테이블 위에는 철야작업에 대비해 여러 종류의 과자와 커피를 비롯한 음료수가 항상 놓여 있다. 이른 호출로 아침도 거르고 온 마키노 고타로는 커피를 종이컵으로 두 잔이나 마시고, 쿠키와 감자칩을 대충 입에 밀어넣었다.

"먹을 것 좀 제대로 된 걸로 갖다놓을 수 없나. 대형 출판사 이름이 울겠네."

마키노는 소금 범벅이 된 손가락을 쪽쪽 소리내어 빨면서 편집부가 쩌렁쩌렁 울리도록 큰 소리로 말했다.

"그런 소리 할 거면 당신도 간식비 내요. 천 엔 가지고 쩨쩨하게 굴지 말고."

사무실 어딘가에서 중년 여자의 목소리가 들려왔다. 화보를
담당하는 베테랑으로, 그녀가 편집부 사람들에게서 돈을 걷어
과자류를 사다놓는다.

"어린애들 생일잔치도 아니고 말이야. 아이돌스타 스캔들이
라도 캐내서 기획사 협박하고 좀 뜯어내봐요."

마키노는 누구에게랄 것도 없이 이렇게 내뱉고는 이번에는
도넛을 집어 입에 넣었다.

목소리를 듣고 알았을 것이다. "마키노 씨"하고 에비하라가
자리에서 손짓을 했다. 그 앞에 신입인 나루오카와 옆팀 팀장인
가와바, 그리고 처음 보는 젊은 여자가 모여 있었다.

"노히라라고 합니다. 원래 저널리스트 지망생이었습니다. 많
이 가르쳐주세요."

가와바 팀의 여기자가 이 주 전부터 출산휴가에 들어가는 바
람에, 작년에 입사한 영업부 소속의 그녀가 옮겨왔다고 한다. 시
원스러운 말투가 헤어진 아내를 생각나게 했다. 아내도 주간지
기자였다. 당시 석간지 기자였던 마키노는 그 주간지 에로물 기
사의 사전 조사를 하청받은 것을 계기로, 담당자인 그녀와 알게
되었다. 방금 그에게 인사한 여자와는 얼굴도 체형도 딴판이었
지만, 괜히 가슴이 술렁거린다.

"마키노 씨. 시타야下谷의 노부부 살인사건 말이야, 이 친구도

데려가 취재 노하우 좀 가르쳐줘."

가와바가 말했다. 나루오카의 경우도 마찬가지였지만, 신입사원에게 일단 편집부에서 가장 독종인 마키노와 부닥치게 해서 사건과 사람에 대한 면역을 키워주려는 속셈 같다.

"이 친구도 마키노 씨 일하는 모습을 보고 싶어했다는군요."

에비하라가 말했다. 목소리가 평소보다 부드럽다. 가와바가 보충하듯 덧붙였다.

"평이 좋던걸, 홋카이도 삼 부작. 사내에 팬도 생긴 것 같더군."

마키노는 홋카이도 출장에서 돌아온 뒤, 이시카리 조직폭력배 총격사건을 기사로 작성했다.

중학교 때부터 친구인 두 사람은 사회에서 내놓은 사람 취급을 당하면서도 돈독한 우정을 유지해왔고, 음지에서 거칠게 살아가는 중에도 서로 의지했다. 그중 한 명이 유흥가로 빠진 첫사랑 여자와 재회하면서 지금까지의 생활을 청산하고 그녀와 함께 성실히 살아가기로 한 참에 친구가 장난삼아 한 러시아 룰렛 게임으로 어이없이 죽고 말았다.

그 일생을 청춘물 풍의 비극적인 이야기로 완성한 것이 '에그노답지 않다'라며 사내에서 호평을 받았다. 에비하라도 "이런 걸 원했던 겁니다!" 하고 칭찬을 아끼지 않았다. 독자의 반향도 컸다. 애독자 엽서의 재미있었던 기사를 묻는 항목을 집계한 결과, 마키노의 기사가 4위에 올랐다. 특집 기사가 상위를 차지하는 게 보통이고 기획 기사가 5위 안에 드는 일은 이례적이었다.

에비하라가 홋카이도 기사가 또 없느냐고 묻기에, 야구를 좋아하던 소년이 교통사고로 죽었는데, 부모는 삼 년이 지난 지금도 사고 현장에 꽃다발을 갖다놓고 있다는 이야기를, 비 내리는 북쪽 지방의 짧은 여름을 배경으로 썼다. 휴대전화 카메라로 촬영해둔 비에 젖은 백합꽃과 꽃다발 리본에 그려진 야구방망이 그림 사진이 그야말로 금상첨화로 어우러져 편집장도 "감동이야. 이런 맥락으로 한 건 더 없어? 자리 만들어줄게" 하고 제안해왔다.

마키노는 망설이던 끝에 어머니의 애인에게 학대받아 죽은 아기의 이야기를 썼다. 같은 아파트에 사는 여섯 살 여자아이 둘이 지금도 아기를 그리워하던 걸 떠올리며, "뺨이 통통하고요, 머리카락도 보들보들했어요" 하고 울면서 기자에게 말했다는 글에 '기도하는 두 천사'라는 제목을 붙였다. 그리고 당시 찍어둔, 가슴 앞에 손을 모으고 있는 두 여자아이의 사진을 곁들였다. 사내 평가는 높았다. 같은 잡지에 칼럼을 연재하는 고명한 평론가도 아동 학대에 대한 비판을 다른 관점에서 묘사했다는 감상을 기고했다. 에비하라는 조금도 웃지 않고 "계약 갱신은 문제없겠군요" 하고 말했다.

마키노는 전혀 기쁘지 않았다. 이시카리의 기사는 차치하고라도, 연이어 쓴 두 편은 한 남자의 행동을 의식한 것이었다. 원고를 쓸 때, 마키노 자신도 인간 내면의 섬세한 부분을 다뤄보려고 했음을 부정할 수 없다. 그런 건 자신하고 어울리지 않는다고 생각했는데, 그만 그 방향으로 펜이 달리고 말았다. 되도록이면 원고를 제출하는 단계에서 딱지 맞길 내심 바랐다. "뭐야, 이 말랑말랑한 기사는!" 하고 내팽개쳐준다면 그 남자에 대한 자신의 부정적인 감정이 정당하다는 걸 확인할 수 있었을 것이다. 하지만 한 편, 두 편은 호의적으로 받아들였다 해도 이번엔 정말 퇴짜 놓겠지 하며 작정하고 말랑하게 쓴 기사를 보고 팬까지 생겨버렸다.

"내 경우는 선배를 따라다니기보다 진한 밤을 경험하는 편이 더 공부가 되던데."

마키노는 투덜거리듯이 내뱉고는 출구로 향했다. 곧바로 나루오카와 노히라가 따라 나왔다.

회사 앞에서 택시를 잡으려 할 때, 내내 무슨 말을 하고 싶은 듯 머뭇거리던 나루오카가 마침내 입을 열었다.

"저어, 인사가 늦었습니다만, 저도 이번 기사 정말 재미있게 읽었습니다."

마키노는 목소리가 조금 들떠 있는 것도 기분 나쁘고, 시끄럽다고 대꾸하기도 귀찮아서, 택시에 타자마자 안쪽 자리에 늘어져 목적지까지 가는 동안 자는 척했다.

우에노上野에서 시타야로 나와 기시모진鬼子母神 앞에서 택시를 세웠다. 날씨는 흐린데 푹푹 찐다. 신사와 드문드문 상점이 있는 길을 따라 안으로 들어갔다. 집집마다 담벼락에 나팔꽃 넝쿨이 기어올라 골목이 더욱 좁아 보였다.

오래된 이 주택가에서 한 달 전 예순세 살의 남자와 동갑인 아내가 살해당했다. 경찰은 강도살인사건으로 보고 조사해나갔으나, 사흘 전 가게에서 물건을 훔치다 잡힌 무직의 오십대 남자가 두 사람을 죽였다고 자백했다. 남자는 피해자 집 근처 아파트에 사는 사람으로, 피해자와는 전에 술집에서 알게 되었으며 돈을 빌려달라고 했다가 거절당하자 울컥해서 범행을 저질렀다고 털어놓았다.

피해자의 집에 도착하자 현관에는 아직 경찰이 둘러놓은 출입금지 테이프가 있었다. 언론도 구경꾼들의 관심도 시들한 것 같고, 온 동네에 어서 잊으려고 하는 분위기가 감돌았다.

마키노는 신입사원 둘에게 기사가 될 만한 것을 주워듣고 충분히 모이면 연락하라는 말을 남긴 후, 자신은 길을 가다 눈에 띈 허름한 중국집으로 들어갔다.

카운터와 테이블석 달랑 두 개만 있는 가게로, 테이블 하나에는 중년 여자 셋이 과자를 펼쳐놓고 수다를 떨고 있었다. 점심시간이 되려면 아직 한 시간도 더 남았으니, 아마 이곳을 아지트로 삼은 이웃 주부들일 것이다. 가게 사람과 함께 그들도 "어서 오세요" 하고 마키노에게 인사를 했다.

카운터에 자리를 잡고 맥주와 만두를 주문한 뒤, 가게에 있던 신문을 펼쳤다. 사회면에서 사망자가 나와 있는 기사를 발견하고 장소를 확인한다. 그 남자는 여기에 가려나……?

삿포로 길에서 놓친 뒤로 지금까지 사카쓰키 시즈토는 행방이 묘연했다. 알고 지내는 도경 경위에게 그에 대한 정보가 들어오면 알려달라고 부탁해놓았지만 연락이 전혀 없다.

마키노는 이시카리 총격사건 기사를 주간지에 게재한 뒤, 평소처럼 자기 홈페이지에도 올렸다. 독자들이 간혹 감상을 보내오는데, 이번에는 그 조직폭력배 똘마니들을 안다는 사람에게서 메일이 왔다. 학창 시절 두 사람에게 튀김을 얻어먹은 적이 있다고.

그 메일을 계기로 시즈토를 목격한 사람도 있지 않을까 하는 생각이 들어 '죽은 자를 찾아다니는 남자'라는 코너로 게시판을 열고 다음과 같은 글을 올렸다.

'사건, 사고, 자살, 재해…… 이유를 불문하고 사람이 죽은 장소를 찾아가 고인에 대한 이야기를 들으며 돌아다니는 남자가 있다. 성도착적 취미일까, 유족과 관계자를 속여 돈을 뜯으려는 수작일까? 이 수상한 인물을 본 사람은 없는가? 사정을 아는 사람은 없는가? 어떤 이야기도 좋다. 정보를 기다린다.'

그러나 기다리는 정보는 아직 들어오지 않았다. 시시한 기획이다, 별로 나쁜 일을 하는 것 같지도 않은데, 등등 게시판을 연 마키노를 비난하는 메일 몇 통을 받았을 뿐이었다.

테이블석 여자들의 터지는 듯한 웃음소리가 귀를 때리는 바람에 마키노는 현실로 돌아왔다.

그만 해, 죽은 사람에게 미안하잖아…… 여자들은 마침 마키노가 취재중인 피해자 부부의 이야기를 하고 있었다. 마키노는 잠시 생각한 뒤, "안녕하세요?" 하고 그들에게 말을 걸었다.

"저는 방송국에서 나온 사람입니다. 지금 와이드 쇼 취재중입니다만, 잠깐 실례해도 되겠습니까?"

변두리 동네나 시골에서는 잡지보다는 텔레비전이 몇 배나 더 잘 먹힌다는 걸 경험으로 알고 있었다.

전에 가짜로 만들어둔 텔레비전 방송국 프로듀서 명함을 내밀며 부부 살해사건에 대해 얘기해달라고 부탁한 적도 있다. 눈앞의 여자들이 평범한 주부인 이상, 호기심이 왕성할 거란 사실도 감안해 말을 꺼냈다.

"여러분, 기자 흉내를 내보지 않겠습니까? 잠깐 움직여주시기만 하면 오천 엔을 드리겠습니다."

그들은 시원스레 승낙하고 식당을 나섰다. 마키노는 파친코 등으로 시간을 때우고, 두시가 지나 다시 중국집으로 왔다. 세 여자도 돌아와 마키노에게 이야기를 전해주었다.

그들에게 약속한 돈을 건네고, 가게 주인에게는 빈 영수증을 받았다.

얼마 후, 나루오카 쪽에서 연락을 해와 큰길가 커피숍에서 만났다. 나루오카와 노히라가 먼저 와서 기다리고 있었다. 일단 그들의 취재 결과부터 들었다. 피해자 부부가 얼마나 선량한 사람들이었나 하는 것과 이웃들이 범인에게 분노하고 있다는 것이 전부였다.

"집어치워. 그런 걸 기사로 내면 누가 돈 주고 사서 읽겠냐?"

마키노는 내뱉듯이 말했다.

"고령의 부부가 살해당했어. 누구나 불쌍히 여기며 좋은 사람이었다고 말하는 건 당연해. 언니도 자기가 여자란 걸 십분 살린 기사 좀 물어와봐."

"저는 노히라라고 합니다. 멀쩡한 이름이 있습니다. 이름을 불러주시겠습니까?"

생긴 것은 닮지 않았지만 이런 말투 때문에 교토에서 재혼한 전처가 떠오르는 것이다.

"이름을 기억해주길 바라면 제대로 일을 해! 죽은 사람에게도 사회적으로는 이름이 없어. 그저 사망자 두 명이야. 우리가 기사를 써야 비로소 어디 사는 누구라고 이름이 알려진다고. 좋은 사람, 아까운 사람 운운하며 피상적인 말만 늘어놓는데 이름이 붙겠어. 언니도 주말에는 남자친구가 핥아주지?"

"뭐예요, 그 말…… 성희롱 아닌가요?"

"엄마와 아빠가 뭘 해서 자신이 태어났는지 잘 생각해보고 취재를 하란 말이야. 피해자 영감은 젊을 때부터 여자를 밝혀서 부부 싸움이 끊이지 않았고, 게으름뱅이라 부모한테 물려받은 주물공장도 망해먹을 뻔했어. 운 좋게 공장 위로 도로가 지나가서 여태 먹고살았던 거지. 최근에도 일주일에 한 번은 필리핀 바에 들락거리며 마리아라는 여자한테 돈을 처들이고 있었어. 그 탓인지 아내는 이상한 종교에 빠져 이웃 사람들을 끌어들이려는 통에 미움을 사고 있었고. 범인이 어떻게 잘도 알고 그런 집에 돈을 빌리러 갔는지 모두 이상하게 여기고 있어. 즉…… 범인이 피해자 영감을 알게 되었다는 술집이 마리아란 아이가 일하던 가게였으니, 그 약점을 잡아 돈도 빌릴 수 있을 거라고 생각했던 게 아닐까?"

모두 동네 주부들이 모아다준 이야기였다. 변두리 동네에서 이방인인 자신이 아무리 돌아다녀도, 짧은 시간 안에 도저히 얻을 수 없는 깊이 있는 정보였다. 나루오카가 놀란 얼굴로 물었다.

"그걸…… 어떻게 기사로 만듭니까?"

홋카이도 삼 부작으로 불리는 그런 기사는 안 될 게 명백했고, 그런 기사를 쓸 의욕도 없었다.

"글쎄. 술집 아가씨 사타구니에 얼굴을 처박고 있는 영감탱이와 사이비 종교 홍보에 열 올리는 할망구의 일상을 조촐하게 쓰고 마지막은 좋은 사람이었습니다, 하고 너희 둘이서 마무리하면 되겠네."

굴욕을 당해 분한 건지, 마키노에 대한 기대가 무너져 낙담한 건지 노히라의 눈에서 눈물이 흘렀다.

마키노는 일부러 입이 찢어져라 하품을 하고 한숨까지 쉬고 나서 나루오카에게 전표를 떠맡겼다.

"먼저 간다. 우는 동료를 달래주다가 얼결에 그걸 해버렸다, 이런 건 관둬라."

그는 회사로 들어가지 않았다. 에비하라에게는 쓸 만한 기사가 될 것 같지 않다고 전화로만 보고했다. 에비하라는 "어쨌든 일단 정리해오세요, 나루오카와 노히라한테도 기사 작성 훈련을 시키고 싶으니" 하고 말했다.

"그 두 사람은 지금쯤 어디 들어가 있을 겁니다. 그럼 예의 그 사건 쪽을 돌 테니 경비 부탁합니다."

마키노는 신오쿠보新大久保로 가서 사우나에서 시간을 보낸 뒤, 잘 아는 마작 집으로 갔다.

석간지 기자 시절 알게 된 조폭이 마작을 하는 테이블로 가서, 다음 차례부터는 한 젊은이와 교대해 판에 끼였다. 논픽션 상을 받은 작가에게 최근 폭력집단의 동향과 그에 대한 생각을 들어보자는 기획 건이 있었다. 부편집장의 아이디어인 그 건에 대해서 마키노가 사전 취재를 겸해 관계자에게 이야기를 듣고 다녔다.

"여어, 어쩐 일이야, 마키노. 피부가 푸석푸석하네. 영계를 못

품어서 그런 거 아냐?"

세 사람을 죽였지만, 아직도 사체가 발견되지 않았다는 걸 자랑으로 여기는 동갑내기 조폭이 말했다. 그는 아까 마키노와 교대한 젊은이에게 핑크색 명함을 꺼내라고 해 마키노에게 건넸다.

"여기로 연락하면 중학생하고 할 수 있을 거야. 풋과일 따먹고 힘 좀 내."

마키노는 세 시간 동안 적당히 상대에게 잃어준 뒤, 작가와 만나기로 약속을 받아냈다.

집으로 돌아오자 부재중 전화가 여러 통 와 있었다. 아버지의 여자였다. 요즘은 사흘 걸러 한 번씩 연락이 오는데, 아버지 상태가 나쁘다, 병원에 와주길 바란다, 라는 말만 계속한다.

마키노는 끝까지 듣지 않고 도중에 끊기를 되풀이한 후, 캔맥주를 땄다.

책상 앞에 앉아 홈페이지를 열어 게시판을 확인했다. 역시 시즈토에 대한 정보는 없었다.

어쩌면 놈은 비가 쏟아지는 네거리 끝에서 사라진 그날, 여행을 그만두었을지도 모른다.

그렇게 생각하면 마음이 편하지만, 그럴 리 없다는 걸 너무나 잘 알고 있다. 하지만 어째서 이렇게까지 그 남자가 신경 쓰이는지…… 스스로도 이해가 되지 않아 초조함에 몸이 달았다.

일단 닫고, 다른 사람의 홈페이지에 들어갔다. 헤어진 아내의 홈페이지다.

그런 미인하고 용케도 결혼했었구나, 생각하면 지금도 신기하다. 타이밍이 좋았던 것은 분명하다. 석간지 일도 충실히 하고 있었고, 지금 다니는 주간지에서도 호평을 받고 계약 얘기가 나오던 무렵이었다. 한편 그녀는 애인과 헤어진 지 얼마 되지 않은 데다가 동생이 조폭의 차와 사고를 일으켜 분쟁에 휘말려 있을 때였다. 그 일을 마키노가 연줄을 이용해 원만하게 수습함으로써 그녀의 신뢰를 얻었다.

이혼은 결혼 생활 육 년 만에, 이유는 마키노의 바람이었다. 그로부터 사 년, 우연한 기회에 그녀의 현재 성씨를 알게 되어 인터넷 검색을 하다가 그녀의 홈페이지를 발견했다. 삼 주쯤 전에는 그 홈페이지에서 아홉 살이 된 아들의 블로그도 찾아들어갈 수 있었다. 여름방학이고 하니 제 엄마가 권한 모양이었다. 숙제 이야기며 친구들과 놀았던 소소한 이야기뿐이지만, 하루를 마치면서 읽는 게 습관이 되었다. 아들은 오늘 축구 교실 연습으로 녹초가 되었다고 써놓았다.

맥주를 단번에 들이켰다. 미지근하다. 그런 느낌이 드는 것은 지금의 기분 탓일까?

주방 쪽에서 전화벨이 울렸다. 곧 자동응답기로 넘어간다. 어째서 만나주지 않는 거니, 부자지간인데…… 하는 여자의 술 취한 목소리가 좁은 실내에 음울하게 퍼졌다.

2

잔뜩 찌푸린 흐린 하늘 아래, 마키노는 혼자서 술집이 늘어선 우에노 번화가를 걸었다.

피해자가 필리핀 바의 마리아라는 아이에게 돈을 쏟아부었고, 범인이 피해자를 알게 됐다는 술집이 그 바일 가능성이 높다는 메모에 가까운 마키노의 기사 초고를 보고 에비하라와 가와바가 덥석 달려들었기 때문이다.

그들이 원하는 것은, 이번 사건의 소재가 별로 대단치는 않지만 나루오카와 노히라의 단순 사실 보고 그 이상의 것으로 뭔가 보여달라는 것이었다. 시점에 따라 독자의 흥미를 끄는 기사가 될 수 있다는 걸 최근에 마키노가 입증한 것처럼 말이다. 하지만 그는 신입사원 교육을 맡기 싫어서, 두 사람에게는 범인의 이력을 상세히 조사하라고 시키고, 경비는 제 주머니에 챙겨넣은 후 혼자서 마리아를 만났다. 스무 살이라고 했지만, 열일곱이나 열여덟쯤일 것이다. 이차 데이트도 오케이라고 해서, 일만 엔을 가게에 지불하고 같이 나왔다. 그러고는 그녀를 품는 대가로 이만 엔을 지불하고 호텔로 갔다.

마리아는 가게에서 들어서 사건은 알고 있지만, 범인을 본 적은 없다고 했다. 피해자에 대해 물으니, 그녀는 알몸인 채 눈을 감고 가슴 앞에서 십자를 그었다. 그 몸짓이 신경 쓰여 그를 좋아했느냐고 물었다. 그녀는 어깨를 으쓱하고는 고개를 가로저었다. "바람둥이에다 인색한 손님이었지만, 천국에 가길 바라니까요" 하고 대답했다. 잘해준 일이 있느냐고 묻자, 그녀는 그제야 생각난 듯 웃으면서 "올 2월에 복을 가져다준다는 콩주머니를 줬어요. 그게 유일한 선물이니까 정말 구두쇠 영감쟁이죠" 하더니 또 십자를 그었다.

그 청년이라면…… 마키노는 생각했다. 이 정도 이야기만으로도 죽은 이는 이국 소녀의 기도를 받는 인물이었다고, 위선적으로 애도할지도 모른다…… 그렇게 생각하니 갑자기 화가 치밀었다. 옷을 입기 시작하는 마리아에게 일만 엔을 더 주겠다고하고 서비스를 연장했다.

늦은 밤 집으로 돌아와 홈페이지 게시판을 확인했다. '죽은 이를 찾아다니는 남자'에는 여전히 들어온 정보가 없다. 아들은 블로그에다 수영장에서 오늘 15미터를 헤엄쳤다는 글을 올려놓았다.

새벽부터 비가 내리기 시작했다. 창 너머 들리는 빗소리 때문인지 빗속으로 사라지는 시즈토의 꿈을 꾸었다. 그는 네거리 한복판에서 마키노를 돌아보고는 "나 15미터 헤엄쳤어" 하고 말했다.

한낮이 지나고 마리아 같은 외국인 호스티스의 생활을 취재하며 여전히 착취가 비일비재한 현실을 캐고 다녔다. 그것을 바탕으로 피해자는 마리아의 처지를 동정해 고향으로 돌려보내주려고 가게 주인과 의논하던 중인 것으로, 그의 아내도 같은 생각으로, 자신이 믿는 신에게 소녀가 무사하기를 기도했던 것으로 기사의 방향을 잡았다. 그리고 범인은 그런 착한 두 사람을 죽였을 뿐만 아니라 외국인 소녀의 귀향에 대한 꿈마저 산산이 부숴버렸다고 마무리하기로 했다. 다음 날, 마리아를 꼬여 일반 데이트 요금 외에 오천 엔을 더 준다는 조건으로 얼굴을 가리고 가슴 앞에 손을 모으고 기도하는 사진을 찍었다.

월요일 오후, 마키노는 원고와 함께 '소녀는 눈물을 흘리며 부부의 명복을 빌었다'라는 제목의 사진을 에비하라와 가와바에게 보여주었다. 원고의 마지막은, '소녀는 복이 올 거라며 노인이 준 세쓰분* 콩을 가슴에 안고 고향에 돌아갈 날을 기다리고 있다'라는 말로 장식했다. 에비하라 측은 연출된 사진임을 알았을 테지만, 말없이 원고를 인정해주었다. 객관적 보도 원칙에 따라 작성한 원고를 퇴짜 맞아 불만에 차 있던 나루오카와 노히라도 마키노의 사진과 원고를 보고는, 독자의 반응이 예상되는지 입을 다물었다.

같은 방향으로 원고를 마무리하라는 지시를 받은 마키노는

---

* 계절이 바뀌는 때, 곧 입춘, 입하, 입추, 입동의 전날을 가리키는 말. 특히 2월 3, 4일경에는 콩을 뿌려 잡귀를 쫓는다.

자신이 원래 쓰던 것과는 딴판인 글을 편집부에 앉아서 쓰는 게 못내 어색해 단골 카페로 도망쳤다.

8월이 아직 며칠이나 남았지만, 길을 오가는 사람들의 옷차림에서는 가을이 느껴진다. 습관적으로 맥주를 주문하고, 인쇄된 마리아의 사진을 보면서 노트북 자판을 두드렸다.

점점 판타지 소설이 되어가는 글이 한심하기 짝이 없었다. 마키노는 맥주를 한 잔 더 주문했다. 그때 창밖의 길을 걸어가는 낯익은 사람이 눈에 들어왔다. 삼 년 만이지만, 별로 만나고 싶지 않은 상대였다. 그런 마음이 전해졌는지 돌아보던 상대와 눈이 마주쳤다. 수염투성이의 촌스러운 얼굴을 벙글거리며 여어 하고 손을 든다. 예전 홋카이도 시절 신문사 동기였던 야스 료지가 가게로 들어왔다.

"오, 대낮부터 맥주? 팔자 좋군그래. 큰 출판사에 근무하니 역시 다른걸."

그는 어깨에 메고 있던 무거워 보이는 가방을 내려놓고, 마키노의 맞은편 의자에 앉았다.

"근무중인 거 아냐. 알잖아, 언제 잘릴지 모르니까 지금 마셔두는 거라는 거."

마키노는 변명하듯 대답했다.

"오랜만이네. 일본에 있었나?"

"사흘 전에 그루지야에서 왔어. 아직 이쪽 생활에 적응이 잘 안 되네. 한잔 사."

보답을 기대할 수 없는 상대에게 술을 사는 일은 절대 없는 마키노지만, 야스에게는 묘하게 기가 눌린다. 입사 당시부터 그와는 곧잘 술을 마셨다. 상하관계 따위 무시하고 자기 능력을 과대평가하며 거만하게 구는 것은 두 사람의 공통점이었다. 자연스레 이야기 상대가 둘밖에 없어진 것도 교류가 이어진 이유일 것이다. 신문사를 그만둘 무렵 둘 사이는 소원해졌다. 마키노가 자잘한 일거리만 맡아 조바심을 내다 술과 여자 쪽으로 빠져버리는 바람에 잘린 것과 달리, 야스는 세계 각지 분쟁 지역의 취재를 신청했다가 윗선에서 거부당하자 프리랜서로 전향했다. 처음에는 야스가 어디서 뭘 하는지 알 수 없었다. 그런데 시사 잡지에 그가 쓴 기사가 실리는 횟수가 점점 늘더니, 이윽고 분쟁 상황에 있는 아시아나 중동에서 현지보도를 하는 그의 모습이 텔레비전 화면에까지 심심찮게 등장했다.

"지금 너 뭐 쓰고 있는 거냐? 전하고 다른 거?"

야스가 물었다. 삼 년 전 그를 만난 것은 지금 회사의 편집부에서였다. 수단 대학살 사건 기사를 가져와 대중잡지에 게재해 많은 사람들에게 이 현실을 알리고 싶다고 호소했다. 마키노는 도촬 혐의로 체포된 유명 운동선수를 주시하고 있을 때였다. 야스의 기사는 결국 주간지에 실을 만한 게 아니라고 판단되어 월간 〈오피니언〉지의 빈 페이지를 메우게 되었다. 지금도 시시한 사건이나 쫓아다니냐며 야스의 눈이 웃는 것 같아 마키노는 괜히 부아가 치밀었다.

"좀 재미있는 사내가 있어서 말이야. 평소 하던 일이랑은 좀 다르게 그 녀석을 쫓고 있어."

맥주가 나오자, 야스는 수염을 적실 만큼 벌컥벌컥 마셨다. 그 모습을 보면서 그에게 시즈토 이야기를 해주고 뭐라고 하는지 들어보는 것도 괜찮겠다는 생각이 들었다. 어쨌든 전세계에서 무수한 사체를 보고 온 놈이니까.

"그 친구 말이야, 야스 너하고 비슷할지도 몰라. 사람이 죽은 곳을 어슬렁거리고 다니거든."

"중동이야, 아프리카야, 중앙아시아야? 어지간한 저널리스트는 다 아는데."

야스는 볕에 그을린 팔로 맥주 거품이 묻은 수염을 쓱 문지르며 말했다.

"아니, 언론 관계자는 아냐. 어슬렁거리는 곳도 국내고. 테러나 분쟁하고도 관계없이……"

상대의 미간에 의심의 주름이 깊어지는 걸 보자 마키노는 얘기할 의욕을 잃었다. 그래도 그 남자에 대한 부정적인 평가를 바라는 자조적인 심정으로 지극히 표면적인 사실을 늘어놓았다.

"뭐야, 그건. 야쿠자 총격사건에, 눈사태로 생긴 사고? 나랑 닮았다는 건 빈정거린 거였냐?"

아니나 다를까, 야스는 불쾌감을 드러냈다. "컬트든 뭐든, 시시해빠진 이야기네."

"그래? 역시 시시해빠진 이야기라고 생각하는군."

마키노는 내심 기쁘면서도 진지한 척 고개를 끄덕였다.

"뭐, 방금 들은 바로는. 그 컬트 청년, 시험 삼아 나랑 같이 돌아보면 좋겠네. 한꺼번에 백 명, 때로 수천 명이 날아간 현장을 걷는 거지. 그 자리에서 녀석은 어떻게 할까?"

마키노는 의미심장한 미소를 지을 뿐 아무 대꾸도 하지 않았다. 야스가 코웃음치며 말했다.

"톱기사를 노리던 에그노답지 않은데? 뒤에 뭐가 더 있을 테지? 아니면 나이 들어 둔해진 건가? 설마…… 지친 거냐?"

마키노는 미처 깨닫지 못했던 급소를 찔린 기분에 또다시 아무 대꾸도 할 수 없었다.

"너도 슬슬 이쪽으로 와. 세계 변혁의 순간의 증인이 될 수 있을지도 모른다니까."

"……세상이 바뀌겠냐. 몇 번이나 혁명이 일어나고, 영웅도 나타나고…… 그래도 결국은 그대로 아닌가?"

"방금 그 독설 제법인걸. 어쨌든 다음에 기사 한번 읽어봐줘. 팔려고 하는 게 있는데 잘 안 되네. 다음 취재비에 보태야 하거든. 사줄 만한 곳 소개 좀 해주면 고맙고."

마키노는 그럴 생각도 없으면서 말로는 언제든지 연락하라고 했다.

그날 밤, 음식점의 방 하나를 잡아놓고 조폭을 데려가 논픽션 작가에게 소개했다. 파벌에 관련된 이야기는 거의 듣지 못하고, 어디에 묻어야 사체가 발견되지 않는가 하는 내용만 지겹도록 들었다.

한밤중에 귀가해 전처의 홈페이지를 열어보았다. 매미를 잡다가 놓쳐버렸네, 수박씨를 불어날렸네 하는 아들의 일기도 읽었다. 시시한 이야기가 틀림없다. 하지만 그 글을 읽으니 하루 종일 세상의 현실과 맞부딪치고 다니는 동안 흥분되었던 신경이 차분히 가라앉았다.

시즈토에 대한 정보는 어차피 없을 것 같아서 그냥 침대로 파고들었다.

좀처럼 잠을 이루지 못하다가 설핏 잠든 사이에 사막 같은 황량한 땅에 한쪽 무릎을 꿇고 있는 시즈토를 보았다. 그는 양손을 각각 위와 아래로 향했다가 가슴 앞에서 포개는 예의 그 동작을 자꾸만 되풀이하고 있었다. 똑같은 몸짓을 반복하는 그 모습이 우스꽝스러워 마키노는 그를 똑바로 마주 보고 서서 뭐 하는 거냐고 물었다.

시즈토는 여전히 고개를 들지 않은 채 손만 움직이며 대답했다. "여기서 만 명의 사람이 죽었습니다."

마키노는 눈을 뜨고 침대에서 내려왔다. 소주를 한 잔 따라 들고, 잠이 올 때까지 시간이나 때우자 싶어 홈페이지 게시판을 들여다보았다. 읽어나가다보니 최근 글에 눈에 띄는 제목이 있다.

'혹시 이 남자가 아닌지요……?'

메일 친구에게서 이런 이상한 남자가 있다는 이야기를 듣고 짚이는 게 있어 혹시나 하고 이 게시판에 들어와봤다고 한다.

'올해 겨울이었습니다. 제가 아르바이트를 하는 술집은 오후 다섯시부터 문을 엽니다만, 영업 준비를 위해 한 시간 전에는 출근합니다. 네시가 지나 가게 현관 앞을 쓸고 있는데, 한 남자가 나타났습니다. 블루종을 입고 니트 모자를 쓴 차림에 커다란 배낭을 메고 있었습니다.

그는 아홉 달 전, 이 가게에서 죽은 사람에 대해 물었습니다. 지방지 기사를 보고 알았다더군요. 실은 그해 봄, 대학 신입생 환영회에서 선배의 부추김에 급하게 술잔을 비워대던 한 학생이 급성중독으로 죽었답니다. 하필 제가 그 자리 담당이었습니다. 경찰도 와서 끈질기게 질문을 퍼부어댔지요. 마치 제가 가져다준 술 때문에 사람이 죽은 것처럼 말하고…… 동료들은 네가 독을 탄 거나 다름없다고 놀리고…… 정말 최악이었습니다.

느닷없이 나타난 남자는 죽은 대학생이 어떤 사람이었는지 물었습니다. 알 리가 없었죠. 그냥 손님이었는걸요. 그러자 그는 함께 술을 마시던 사람들은 그를 어떻게 생각했는지 물었습니다. 잘은 모르겠지만, 소중하게 생각했다면 억지로 술을 먹이는 짓 따위는 하지 않았겠지요. 대학 관계자도 누구 한 사람 가게에 사과하러 오지 않았고요. 경찰에게서 죽은 대학생이 작은 섬마을 출신으로, 시신은 비행기로 실어 갔다는 이야기를 들었습니다. 이 말을 상대에게 전할 때 문득 떠오르는 일이 있었습니다.

사고 후 넉 달쯤 지나 죽은 학생의 남동생이라며 중학생 하나가 찾아왔습니다. 형이 죽은 장소를 보고 싶다는 겁니다. 여름방학이어서 부모님 몰래 왔다고 하더군요. 점장이 저에게 안내를 맡겼습니다. 아무것도 없는 평범한 방이지만, 말없이 둘러보던 아이가 갑자기 눈물을 뚝뚝 흘렸습니다. 어색해서 자리를 피해주었습니다. 울음소리는 오 분 이상 계속되었으려나…… 어느새 아이는 가게 현관 앞에서 감사하다며 머리를 숙이고는 돌아갔습니다.

제가 그 이야기를 하자, 남자는 가게 앞 땅바닥에 무릎을 꿇었습니다. 손을 위아래로 올렸다가 내린 다음 가슴에 모으고 뭐라고 중얼거렸습니다. 이상한 생각이 들어 점장을 부르러 갔다 오니, 벌써 가고 없었습니다. 점장은 "신종 공갈범인가?" 하고 고개를 갸웃거렸고, 동료는 죽은 학생의 유령이라고 놀렸습니다.

이 게시판에서 찾는 인물과 제가 목격한 남자가 동일 인물이라면, 적어도 유령은 아니었단 말이겠죠. 게다가 남자는 돈을 강요한 것도 아니고, 사기꾼 같은 인상도 아니었습니다만……

어떤가요? 이 남자가 맞나요? 아니면 다른 사람인가요?'

시즈토가 한 이야기가 사실이라면, 오 년 전부터 여행했을 테니, 목격담 한두 개는 들어올 거라는 생각에 이 게시판을 연 것이었다. 그런데 막상 정보가 들어오면 사실인가 싶어 당혹스럽고, 시시한 죽음까지 찾아다니는 그에게 더 화가 났다.

굳이 야스의 말을 빌릴 것도 없었지만, 더 비참한 죽음이 세상에는 넘쳐난다고 소리치고 싶었다.

그러나…… 보통은 한심하다고 할 형의 죽음에 애통해하며 눈물을 뚝뚝 흘리는 중학생 동생의 모습이 떠올라 잠이 점점 달아났다.

다음 날은 오랜만에 한여름의 땡볕이 되돌아온 듯 하늘이 맑았다. 기온은 오전에 이미 삼십 도를 넘어섰다. 마키노는 새벽녘에야 간신히 잠들었다. 한낮이 지나 회사에 나갔는데, 1층 접수처에서 그를 불러세웠다.

가끔 성적인 농담을 던지는 탓에 접수처 여직원은 그를 무시하는 게 보통이었다. 이상하다는 생각이 들어 "에그노라고 불러도 돼" 하고 다가갔다. "하룻밤만 놀아보면 달콤한 목소리로 에그노라고 부르고 싶을걸" 하면서 접수처 책상에 손을 짚었다. 상대는 쌀쌀맞게 "손님 오셨어요" 하고 말했다. "언제 출근할지 모른다고 말해도 기다린다고 하셔서요. 벌써 두 시간째예요." 그녀는 로비 구석의 응접 소파 쪽을 가리켰다.

기모노 차림의 약간 뚱뚱한 여자가 이쪽을 등지고 앉아 있었다. 마키노가 다가오는 기척을 느꼈는지 그녀는 답답해 보이는 목을 돌려 뒤돌아보았다. 화장이 두껍다. 나이는 사십대 중반 아니면 오십대 초반? 자리에서 일어나 소맷자락을 바로하고 마키노를 정면으로 맞이한다. 그를 끝까지 지켜보다가 갑자기 생기도는 표정으로 말했다.

"어머나, 못 알아보겠네. 관록이 많이 붙었어. 오랜만이구나."

새빨갛게 칠한 입술 끝을 억지로 끌어올리며 웃었다. 팔 년 만인 상대의 얼굴보다는 근래에 줄곧 들었던 목소리로, 아버지와 오랜 세월 같이 살아온 여자란 걸 알아차렸다.

3

도쿄 북동부의 작은 역에서 내려 구획 정리가 잘된 넓은 직선길을 따라 북쪽으로 걸어간다. 9월에 들어서도 더위는 꺾일 기미가 없었지만, 해가 짧아져 오후 여섯시 삼십분이 막 지났는데 벌써 주위는 어둑해지고 있었다.

십 분쯤 걸어서 큰길을 가로지른다. 주택가로 둘러싸인 일대에 아담한 상점가가 자리 잡고 있었다. 근처 공영 단지의 주민을 상대로 장사를 하는 듯, 꽤 오래돼 보인다. 명함에 적힌 주소를 들고 골목길을 돌아 '스낵 완구장玩具莊'이라는 간판이 걸린 집을 찾았다.

눈에 띄는 것이라곤 목제 문이 달린 벽을 벽돌로 장식한 것 정도뿐이라, 주의해서 보지 않았다면 그냥 지나치고 말았으리라. 문 위에 켜져 있는 남포등은 영업중이라는 표시일 것이다. 늦은 시간에는 손님 때문에 얘기하기 곤란할 것 같아 일부러 이 시간을 택한 마키노는 안심하고 문을 당겼다.

카운터에 열 개 안팎의 의자가 늘어서 있고, 안쪽에는 테이블석이 달랑 하나 놓여 있었다. 화려한 내부 장식은 없지만, 의자와 식기, 선반과 창틀 등이 아르누보라고 할 만한, 곡선 모양에 우아한 느낌의 디자인으로 통일되어 있었다. 흰 바탕에 녹색 넝쿨무늬 벽지를 보며 역시 문화적인 취향이 있는 가게라고 생각하는 참에 카운터 끝의 가라오케용 모니터와 마이크가 눈에 띄었다. 거기서 돈벌이를 위해 타협한 분위기가 노골적으로 드러나 묘한 쓸쓸함이 느껴졌다.

손님도 주인도 보이지 않아 막 부르려 하는데, 커튼으로 가려진 카운터 안쪽으로 계단이 있는지 내려오는 발소리가 무겁게 울렸다. 커튼이 걷히고, 드레스라고 하기에는 수수한 반팔 원피스를 입은 오구니 리리코가 나타났다. 뺨과 눈두덩이 처져 몰라보게 늙은 듯했다.

"어머나, 세상에! 어서 와. 일찍 왔네."

그녀는 이쪽을 확인하지도 않고 말했다. 뺨과 눈두덩이 치켜올라가자 열 살은 젊어 보였다.

"행주가 하나도 없더라고. 2층에 널어놓은 게 생각나서 가지러 갔다 왔어."

마키노가 꼼짝 않고 있어서인지 새하얀 행주를 펴서 카운터를 닦다가 그녀가 시선을 들었다.

"어머나, 마키노 도련님…… 자자, 그렇게 서 있지 말고 어디든 앉아."

마키노는 작게 한숨을 내쉬고는 가까운 의자에 가볍게 걸터앉았다.

"요전에도 말했지만, 도련님이란 소린 관두세요, 제발."

"어머, 미안해. 호칭이란 게 처음에 불렀던 것이 습관이 되는 거라서 말이야."

"제법 가게가 좋네요. 분위기도 있고…… 가게 이름도 고상하고."

"빈말도 잘하네. 가게는 십 년 전에 낡은 인테리어 그대로 인수한 것뿐이야. '스낵 완구장'이라는 이름은 마키노 군 아버지가 지어준 거고. 완구장*은 보들레르의 어머니가 살았던 별장 이름을 번역한 것이라데. 아버지가 시심이 있었잖아."

무심코 칭찬한 걸 후회했다. 이 이야기가 계속되는 게 싫어서 화제를 바꾸었다.

"회사에 왔을 때도 느낀 건데, 전화할 때하고는 말투가 다르

---

* la villa joujou, 원문 그대로의 뜻은 '장난감 집'임.

시군요."

"아아, 술에 취해 거는 전화라 좀 거칠었지? 미안해. 이래봬도 소심해서 맨 정신으로는 전화 못하겠더라."

리리코는 물어보지도 않고, 피처 잔을 들고 서버에서 맥주를 따랐다. 서버가 높은 곳에 있는 바람에 마키노가 앉은 자리에서 반팔 소매 사이로 겨드랑이 아래와 풍만한 가슴이 엿보였다. 살집이 있어서인지 십육 년 전과 다름없이 피부에 윤기가 돌았다.

마키노가 열두 살에 도쿄로 온 이후 아버지는 집에 들어오지 않았고 어머니와 둘이서만 생활했다. 그가 고등학교 2학년 때, 어머니는 병석에 누운 조부모의 간병을 위해 귀향했고, 외할아버지 외할머니가 세상을 떠난 후에도 고향에 남았기 때문에 그때부터는 마키노 혼자 살았다. 그리고 대학 졸업과 동시에 홋카이도로 취직이 결정되어 아파트를 떠나야 했기 때문에 아버지에게 알릴 수밖에 없었다.

아버지는 당시 고급 외제차 판매를 하고 있었다. 말만은 달변인지라 나쁜 성격과는 별도로 영업 수완은 좋았던지, 관련 일이 끊이지 않고 들어왔다.

마키노는 아버지의 회사로 연락해 홋카이도에 있는 신문사에 취직했다고 알렸다. 아버지는 한때 저널리스트 지망생으로 기사를 사줄 신문사를 찾아가기도 했지만, 결국 기자는 못 되었다고 어머니에게 들은 적이 있다. 아버지는 이루지 못한 꿈을 내가 이루었으니, 복수했다는 기분도 들었고 마음 한구석으로는 칭찬도 기대했다. 아버지는 긴자銀座에서 밥이라도 먹자고 했다.

식사 자리에서 마키노는 난관이었던 취직시험 이야기를 했다. 축하한다는 한마디를 듣고 싶었지만, 아버지는 거의 아무 말도 없이 밥만 먹더니 다 먹고 나서는 술을 마시러 가자고 했다. 긴자의 가게에도 급수가 있었다. 지금이야 그때 들어간 가게가 변두리 바와 다를 게 없다는 걸 알지만, 당시는 긴자라는 사실만으로도 지하의 어둠침침한 가게가 눈부시게 느껴졌다. 리리코는 그 가게의 호스티스였다. 어머나, 이쪽이 마키노 도련님? 그녀는 웃으면서 아버지와 마키노 사이에 앉았다. 눈도 입도 큼직하고, 약간 처진 듯한 눈이 애교스러웠다. 민소매 미니 드레스를 입어 하얀 팔과 허벅지가 유난히 돋보였고, 움직일 때마다 풍만한 가슴이 출렁거렸다. 마키노는 그 무렵 이미 유흥가에 드나들던 터라 단순히 욕정을 느끼는 일은 없었지만, 아버지의 손이 그녀의 가슴을 쥐거나 허벅지 안쪽으로 들어가는 걸 보자, 마치 아버지와 어머니의 성행위 장면을 보고 있는 듯한 혐오와 분노, 묘한 떨림이 느껴졌다.

리리코는 아버지가 주물럭거려도 표정 하나 바꾸지 않고 마키노의 이야기를 듣고 있었지만, 결국 "도련님 앞이잖아요" 하면서 아버지를 나무랐다. 그러자 아버지는 "기분 나쁜 자식새끼야" 하고 리리코에게 말했다. "지방 신문사에 붙었다고 보란 듯이 알리러 왔네. 제 엄마한테 내 젊은 시절 꿈에 대해 들었을 테지. 고작 지방 신문사에 붙어놓고 잘난 척은. 그걸로 복수했다고 생각하는 건가?" 하며 코웃음쳤다.

증오와 함께 뭐라 표현할 수 없는 슬픔이 엄습해와 마키노는 자기도 모르게 눈물을 흘리고 말았다. 달래주려는 리리코를 말리며 아버지는 촌뜨기 네 엄마한테로 꺼지라고 내뱉었다. 가게를 나온 마키노는 도저히 아파트로 돌아가고 싶지 않아 돈을 주고 여자를 샀다. 상대는 작달막하고 통통해, 도중부터는 진짜 리리코라고 생각해버리기로 했다. 아버지의 여자를 겁탈하고 있다…… 그렇게 생각하는 것으로 굴욕감을 떨치려 했다.

그 여자가 지금 눈앞에 있다. 마키노 앞에 피처 잔을 놓으며 "마셔" 하고 미소짓는다.

"그래, 병원엔 가봤어? 병실은 바로 찾았고?"

회사까지 찾아온 그녀의 용건은 아버지의 목에 생긴 종양이 임파선으로 전이돼 이제 얼마 살지 못한다. 그래서 죽기 전에 꼭 한 번 만나보고 싶어한다는 것이었다. 전화로 몇 번이나 되풀이했던 부탁이다. 입원한 병원의 약도와 병실 호수를 적은 메모도 마키노에게 떠안기다시피 하고 갔다.

마키노는 갈증보다 그녀에게서 눈을 돌릴 목적으로 맥주를 입에 댄 뒤, 대답했다.

"아뇨…… 병원에 안 갔습니다."

"뭐? 어째서? 그만큼 부탁했는데…… 그 사람도 이제 마지막이란 걸 알고 있어."

상대의 목소리가 분노를 머금고 있다는 것을 느끼자, 마키노의 감정도 덩달아 격해진다.

"이제 와서 뭐가요. 제멋대로 살아놓고 죽을 때 돼서 보고 싶다니, 뻔뻔한 데도 정도가 있지. 당신도 옆에 있었으니 그 인간이 무슨 짓을 해왔는지 알 거 아닙니까!"

리리코를 두번째로 만난 것은 어머니의 장례식 때였다.

마흔다섯 살의 나이에 홀로 죽어간 어머니의 심정을 생각하면, 마키노는 절대 아버지에게 연락하고 싶지 않았다. 하지만 외삼촌이 잠자코 있을 수도 없는 일이라며 마키노에게 연락처를 묻더니 전화를 했다.

장례식은 어머니의 신앙을 존중해 하코다테의 교회에서 쓰야* 대신 미사를 올리고, 본 장례식은 다음 날 친정의 보리사에서 치렀다. 상주는 외삼촌이 맡았다. 아버지는 본 장례식이 시작되기 직전에야 평상복 차림으로 절에 나타나 어머니의 유골을 친정 묘지에 안치하는 것을 허락했다. 그러고는 외삼촌과 그외의 수속에 필요한 이야기를 몇 마디 나누더니, 어머니의 마지막 얼굴도 보지 않고 곧장 가려고 했다. 정말 인간 같지도 않은 태

---

* 죽은 사람의 유해를 지키며 하룻밤을 새우는 것.

도에 마키노가 쫓아가자, 절 앞 큰길에 택시가 서 있고, 가벼운 옷차림의 리리코가 보였다.

아버지는 조금도 미안해하는 기색 없이 "모처럼 왔으니 홋카이도 여행이라도 해야겠다" 하고 말했다. 장례에 대해서는 못 들었는지 리리코는 미안한 얼굴로 깊이 머리를 숙였다.

"오늘 온 건 그 사람하고 예전에 인연을 끊었다는 걸 전하기 위해서입니다. 회사로 오셨을 때는 팔 년 만이라 너무 놀라서 리리코 씨 변명만 듣다가 헤어졌기 때문에."

"그야 네 마음도 모르는 건 아니다만…… 죽는다니까, 그 사람, 곧."

"내 마음속에서는 벌써 옛날에 죽었습니다. 얼굴조차 잊어버렸다고요."

"그 말은 전에도 들었지만."

"전에……? 아, 기억하시나요?"

전이라는 것은 팔 년 전, 마키노의 아들이 태어나 첫돌을 맞았을 때 즈음이었다.

당시 어느 휴일 세 식구가 사는 맨션으로 누가 찾아왔다. 처음에는 아내가 나갔는데, 잠시 후 아들을 어르느라 씨름중이던 마키노를 불렀다. 현관으로 나가보니 정장 차림의 리리코가 서 있었다.

그녀는 오랜만이야, 하고 인사하고는 고급 백화점의 포장 꾸러미를 떠맡기듯이 건넸다. 그녀는 현관에 선 채 손자가 태어난 것을 축하한다는 아버지의 인사를 대신 전하러 심부름을 온 거라 했다. 마키노의 아내는 곤혹스러운 표정으로 그의 등뒤에 서 있었다. 시아버지는 옛날에 돌아가셨다고 알고 있었기 때문이다.

목이 아릴 만큼 타들어갔다. 여긴 어떻게 알았고, 아이 소식은 또 어떻게 알았느냐고 따지듯이 물었다. 리리코는 "하코다테에 있는 친척에게 연락해서"라고 대답했다. 친척과의 교류는 끊어졌지만, 어머니의 제사 소식만은 듣고 싶어서 외삼촌에게 결혼과 출산을 알리며 연락처는 전해놓았다.

하지만 어머니의 친척을 끔찍이도 싫어했던 아버지가 왜? 하고 의문스러웠는데, 그런 마음을 눈치챈 듯 리리코가 건강이 나빠지면서 심약해진 아버지가 널 보고 싶다는 말을 자주 한다, 그래서 친척에게 연락했다고 말했다. 손자도 보고 싶어한다는 말을 전해듣고 분노를 억누를 길이 없었다. "웃기지 마!" 마키노는 그녀를 현관 밖으로 쫓아내고, "내 안에서 그 남자는 옛날에 죽었어, 얼굴도 다 잊었어!" 하고 문을 쾅 닫았다.

그후로 팔 년, 아버지는 죽음의 문턱에서 다시 하코다테에 연락해 마키노의 연락처를 알아낸 것이었다.

리리코는 냉장고에서 병맥주를 꺼내더니 잔에 직접 따라 연거푸 두 잔을 마셨다.

"요즘 사람들은 생맥주가 좋다지만, 난 이게 좋더라. 한 잔 한

잔에 시간이 차 있는 것 같아서. 잔을 비우면서 인생의 세세한 결까지 되새겨보기도 하고, 암튼 분위기가 있잖아. 마키노……역시 아버지 아들이네."

상대의 말에 숨겨진 냉소가 느껴진다. 마키노는 잠자코 있었다.

"어머니가 돌아가셨을 때의 그 사람 태도하고 지금 자기 태도하고 비슷한 것 같지 않아?"

"그따위 시시한 소리를 듣고 병원에 갈 거라고 생각한다면 거북하니 관두시죠."

"괜찮겠어, 이대로 이야기 한 번 못 나누고 아버지가 세상을 떠나도? 마키노, 몇 년이나 그 사람하고 살았지? 대화는 얼마나 해봤어? 그 사람에 대해 거의 모르면서 미워하고만 있잖아."

"충분히 알고 있고, 더는 알고 싶지 않습니다. 그런 인간에 대해 알아야 할 것도 없고."

리리코는 잠자코 맥주를 들이켰다. 그리고 다시 잔을 채웠다.

"그렇게 우습게보는 거 아냐."

그녀는 고개를 돌리고 중얼거렸다. "나도 잘난 척 말할 처지는 아니지만, 마키노, 그이의 일부분밖에 모르잖아. 여기서 시를 낭송하고 손님들에게 박수받던 그이도, 자궁근종으로 아이를 잃어버린 나를 밤새 위로해준 그이도, 기관을 절개하기 전 손자에게 들려주고 싶다며 테이프에 목소리를 녹음하던 그이도……

모르잖아. 말은 안 했지만 이미 목소리를 잃었어. 스케치북에 매직으로 고타로가 보고 싶다고 쓰셔. 아무리 미워도 조금만 성질 죽이고 만나주면 좋잖아."

마키노는 혼란스러웠다. 뿌리치듯 의자에서 일어났다.

"당신의 남자와 내가 아는 남자는 분명 다른 사람일 겁니다. 만나봐야 소용없어요."

지갑에서 천 엔짜리 지폐를 꺼내 카운터에 놓고 출구로 향했다.

"묘지, 샀어…… 아버지."

등뒤에서 리리코가 말했다. 마키노는 문에 손을 댄 채 우뚝 멈춰섰다.

"그렇지만 어디인지 나한테는 가르쳐주지 않아. 마키노한테만 가르쳐주고 싶으신 거야. 죽으면 묻어달라고. 그리고 마키노도 거기 와주길 바라는 거겠지."

"……같잖아서. 당신이 들어가면 되겠군요."

"들여보내주지 않을 것 같아. 거긴 마키노 가의 묘니까. 미리 말해두지만, 상주는 마키노야."

마키노는 문을 밀고 밖으로 나왔다. 다른 가게에서 한참을 더 마셨지만 좀처럼 취하지 않았다.

자정 무렵 집으로 왔지만, 도저히 잠이 올 것 같지 않아서 노트북 앞에 앉아 시즈토를 목격했다는 정보를 훑어보았다. 며칠 전 술집 아르바이트 점원이 올린 글이 계기가 되었는지 한 건, 두 건, 전국에서 글이 올라오기 시작했다.

'봤어요, 봤어요. 분명 그 사람이에요. 중학생이 투신자살한 맨션 앞에서 무릎을 꿇고 이상한 행동을 하더라고요. 배낭을 짊어지고 있었고요. 그 사람이 틀림없어요. 머리가 이상한 사람이라며 친구랑 둘이 웃었어요. 올해 5월에요. 설마 이런 데까지 출몰할 줄은 몰랐네요. 뭐하는 사람이에요? 진짜로 변태?'

'이쪽도 발견. 배낭을 짊어지고 천천히 걸어가는 사람 맞죠? 작은 선술집이 모여 있는 골목 뒤에서 우리가 한바탕 토하고 나서 쉬는데, 옆에서 그 사람이 무릎을 꿇고 손을 올렸다 내렸다 했어요. 나중에 가게 사람한테 물었더니, 어떤 아저씨가 젊은 사람한테 맞아 머리가 깨져서 죽은 장소라더군요. 그래서 뭐 어쨌냐고요? 사람들이 토해놓은 더러운 곳에 무릎을 꿇었다니까요. 진짜 정신병자.'

'수영장 안전요원 아르바이트를 하려고 준비하고 있었는데요. 수영장 개장 전날, 남자가 나타났습니다. 사고가 난 것은 작년, 선배가 안전요원을 할 때였으니, 죽은 아이가 누구한테 사랑받았는지 내가 알리 없잖아요. 그런데 그 남자가 아는 사람이 없는지 끈질기게 묻는 바람에 할 수 없이 직원을 불렀습니다. 직원은 곤란해하면서 장례식에 참석한 부모와 친구들이 울더라고 했습니다. 그러자 남자는 무릎을 꿇고 기도하는 시늉을 하더니 돌아갔습니다. 그날 나는 아르바이트를 그만두었어요. 사람이 죽은 건 알고 있었지만, 그 사람이 부모님과 친구들에게 깊이 사랑받던 여자아이란 걸 알게 되자, 왠지 고통스러워졌거든요. 그 남자 탓입니다. 바보 같은 사람.'

다음 날 마키노는 늘 그렇듯 수면 부족 상태로 점심시간 전에 편집부로 갔다.

마침 뉴스가 막 시작되어 모니터 주위에 손이 빈 사람 몇 명이 모여 있었다.

기삿거리가 될 만한 사건이 일어나면 회의에 들어가기 전 취재를 나갈 수도 있기 때문이다.

"오오, 이거 대단한 그림이 나오겠는걸."

여러 사람이 환호성을 질렀다. 마키노가 들여다보니 휴대전화 카메라로 찍었는지 하천부지 같은 곳에서 불기둥이 솟아오르는 광경이 거친 영상으로 나오고 있었다.

"뭐냐, 이건?"

마키노는 나루오카를 발견하고 등뒤에서 물었다. 나루오카가 흥분해 돌아보며 말했다.

"사람이 산 채 불타는 겁니다. 여러 명이서 한 사람한테 불을 붙인 뒤에 도망치는 걸 마침 지나가던 사람이 목격했다고 합니다. 이거 대단한 특종이지 않습니까?"

불타고 있는 것이 정말로 사람인지 확신하지 못한 채, 마키노는 화질도 나쁘고 색도 선명하지 않은 불길이 하늘하늘 흔들리는 것을 지켜보았다.

4

사람이 산 채 불타는 영상은 전국으로 방송된 터라, 그 자리에서 특집을 구성하기로 결정났다. 에비하라 팀이 담당하고, 오랜만에 마키노가 취재 현장 팀장을 맡았다.

현장인 사이타마 현 남부를 흐르는 강 근처에는 다른 언론사 기자들도 여럿 모여 있었다. 나루오카와 노히라에게는 목격자 외에 인근 주민들을 만나 정보를 모아보라고 지시하고, 안면이 있는 강력계 계장이 담당인 참에 자신은 수사 활동을 물고 늘어져 사건의 전모를 파악하기로 했다.

하지만 실제로 무슨 일이 일어났는지 파악할 새도 없이, 다음 날 새벽 범인의 체포 소식이 들어왔다. 도주 차량이 목격자의 휴대전화 카메라에 촬영되어 차량 번호를 알아낸 모양이었다.

오전 열시, 경찰서에서 기자회견이 열렸다. 피해자는 열여덟 살 소녀, 용의자는 그 소녀와 동거했던 스물한 살의 자칭 호스트가 주범이고, 그와 어울려 다니는 열아홉 살의 도장공 견습생과, 열여덟 살과 열여섯 살의 무직 소년 두 명이 공범이라고 발표됐다. 다만 피해자의 정확한 신원은 확인중이라고 한다.

사건은 단순했다. 주범인 남자가 피해자 소녀와 집에서 말다툼을 벌였는데, 그녀가 미친 듯이 날뛰는 통에 울컥해서 몇 대 쳤더니 축 늘어졌다. 남자는 그녀가 죽은 줄 알고 증거를 은폐하고자 했다. 하천부지로 친구 세 명을 불러내 소녀에게 등유를 붓고 불을 붙였다. 그런데 소녀가 비명을 지르며 날뛰기 시작했고, 그때 마침 사람들이 지나가는 바람에 황급히 도망쳤다는 것이었다.

또한 비공식 경찰 회견에서는 주범이 각성제를 상용했고, 피해자 소녀도 약물 중독일 수 있다는 정보가 나왔다. 소녀는 공범 세 사람 모두와 성관계를 했고, 세 사람은 그런 부담감 때문에 주범이 시키는 대로 범행에 가담한 것 같았다.

처음에 방송된 충격적인 영상은 각계각층의 항의를 불러일으켰고 모든 방송국이 그후로는 문제의 영상을 방송하는 걸 자제했다. 뒷맛이 개운치 않은 사건인데다 피해자 신원도 밝혀지지 않아서, 범행의 잔인함을 부각시키긴 해도 특집까지 편성하는 방송국은 없었다. 피해자는 면허도 보험도 없었고, 이름은 그때그때 다른 가명을 썼다. 사진은 몇 장 남아 있지만, 화장이 짙어서 실종 신고 정보를 조회해도 별 소득이 없었고, 방에 남은 지문을 전과자 리스트와 비교해봐도 일치하는 게 없었다. 약물 탓인지 타다 남은 치아 상태도 나쁜 것 같았다.

사건 발생 나흘째, 편집회의가 열렸다. 나루오카와 노히라가 피해자 주변의 취재 경과를 발표했다. 소녀는 늘 짙은 화장을 해서 맨얼굴을 본 사람이 없으며, 누구와도 쉽게 관계를 가지고, 돈을 빌리고도 갚지 않고, 각성제 외에 시너에도 손대서 심신이 너덜너덜한 상태였다고 한다.

"결국 취재한 사람들 가운데 누구 하나 그녀를 좋게 말하지 않았습니다."

나루오카는 담담하게 보고했다. "제가 독자였다면 살해당해도 그만이지 않나 하는 생각이 들 것 같은 인물입니다. 미안한 말이지만."

같은 여자로서 어떤 의견인지 묻자, 노히라는 냉정한 표정으로 고개를 갸웃거리며 말했다.

"나루오카 씨하고 같이 다녀서 정보가 엇비슷합니다만…… 일단 범인들이 나쁘다고 쳐도, 여성 독자들은 자업자득이라고 생각할 수 있지 않을까요?"

마키노도 별도로 조사해왔지만, 역시 소녀가 딱하다고 말하는 사람은 없었다. 오히려 그런 여자한테 잘못 걸린 가해자들이 불쌍하다는 동정의 목소리가 나올 정도였다.

"마키노 씨, 특집 구성은 피해자 신원이 밝혀진 다음이나 좀더 상황을 보고 나서 합시다."

에비하라의 말에 일단 경과보고만 반 페이지로 정리하자는 방침이 정해졌다.

회의를 마치고 마키노는 화장실에서 한숨을 돌렸다. 다른 주간지 계약 기자에게 물어본 바로도 어디나 상황은 비슷비슷한 것 같았다. 편집 방침은 잘못되지 않았다. 그런데 왠지 석연치 않았다.

"특집이 무산돼서 유감이네요."

어느새 나루오카가 옆에 와 있었다. 그는 진심으로 유감스러운 표정으로 말했다. "피해자한테 문제가 너무 많아서 말이죠."

두 달 전, 나루오카는 열한 살짜리 형이 멋모르고 조작한 차에 치여 죽은 여섯 살짜리 동생을 진심으로 동정했다. 하지만 이번 피해자의 경우는 죽어도 어쩔 수 없었다고 한다. 자신에 대한 성희롱 발언에는 민감했던 노히라도 소녀가 아무나하고 자는 알코올 중독자란 걸 알고 나서는 자업자득인 면도 있다고 한다. 너희는 무슨 기준으로 어떤 고인은 동정하고, 어떤 고인은 내팽개치는 거냐……? 그렇게 물으려다가 몹시 유치하다는 생각에 마키노는 얼른 화장실을 나왔다.

한밤중에 집으로 돌아와 기분 전환 삼아 아들의 블로그 글을 읽었다. 새 학기가 시작되어 운동회 연습에 열을 올리고 있다는 내용이다. 달리기를 못한다는 글을 읽고, 그런 부분까지 닮았구나 하는 생각에 쓴웃음이 나왔다.

한편 시즈토를 목격한 글도 평균 이틀에 한 건 정도 올라오고 있었다.

한 남자가 주차장을 어슬렁거리고 있어서 빈차털이범인 줄 알고 추궁했다. 그랬더니 남자는 여기서 열사병으로 죽은 아기에 대해 알고 싶다고 했다. 점원은 수상한 놈이라 생각해서 쫓아냈다고 한다. 파친코 가게 점원의 글이었다.

지방의 열차 기관사는 선로 옆에 쭈그리고 앉아 가슴에 손을 모으고 있는 남자를 발견했다. 그곳은 선로 작업원이 근무중에 열차에 치인 장소였다. 기적을 울리자 남자는 기관사에게 고개를 숙였다.

겨울 바다를 바라보던 연인들은 배낭을 짊어진 남자에게서 혹시 여름에 보트가 뒤집혀 죽은 남녀 한 쌍을 모르느냐는 질문을 받았다. 글을 올린 이는 그 사람 때문에 데이트를 망쳐버렸다며 화를 냈다.

'근무하는 유치원에서 작년 크리스마스 즈음에 있었던 일입니다.'

이날 올라온 사연은 마키노도 어렴풋이 기억하는 사고에 관한 것이었다.

'유치원 마당에서 아이들이 놀고 있는데, 철책 너머에서 이쪽을 보는 남자가 있었습니다. 오래 입은 듯한 블루종과 청바지 차림에 큼직한 배낭을 메고 있었습니다. 아이들에게 교실로 돌아가라고 하고, 무슨 볼일이 있느냐고 물었더니, 그는 죽은 남자아이에 대한 이야기를 듣고 싶다고 했습니다. 아이가 죽은 것은 사 년 전입니다. 가슴 아픈 사고였습니다. 소풍 갔다가 유치원으로 돌아와 어머니를 기다리던 중에 그 아이는 뒤뜰에 있는 나무에 올라갔습니다. 그런데 그만 목에 걸고 있는 물통 끈이 가지에 걸리는 바람에 목을……

그때 계시던 원장선생님과 담임선생님은 두 분 다 그만두셨습니다.

재판도 아직 끝나지 않았고요. 나는 담임은 아니었지만, 그 아이는 활달하고 붙임성이 있어 누구나 좋아했죠. 아이도 우리를 좋아했다고 믿습니다. 그런 이야길 하자, 남자는 무릎을 꿇고 손을 아래위로 내렸다가 올렸다가 가슴에서 모으고 기도를 했습니다. 수상히 여긴 동료가 나를 손짓으로 불러 경찰에 연락할지 말지 의논하는 사이 남자는 사라졌습니다. 남자아이가 죽은 다음 해에 나무도 잘라냈고, 최근에는 사고에 대해 입에 올리는 것 자체가 금기여서, 나는 정말 오랜만에 나무가 있던 곳에서 기도를 했습니다.

이 게시판을 발견하고 약간은 안도했습니다. 같은 인물이라면 여러 장소를 돌 테니 우리 유치원에는 이제 안 오겠죠? 괜히 심란해지니 이제 안 왔으면 좋겠습니다.'

다음 날부터 마키노는 논픽션 작가와 같이 다니며 조직폭력배 사이에 벌어진 싸움의 배경을 취재했다. 좀처럼 좋은 거리를 찾지 못해, 옛날에 알던 조폭에게 의논하자, "중삐리라도 한번 품고 잊어버려" 하면서 껄껄거렸다.

작가를 위로할 겸 둘이서 밤에 술을 마셨다. 작가는 "사실 나는 세계를 구원하는 일을 하고 싶어요" 하고 말했다. 마키노는 그를 우에노로 데려가, 중병에 걸린 동생의 치료를 위해 일본에 온 소녀를 소개해주겠다고 말했다. 표정이 확 달라진 작가에게 삼만 엔을 받아 이만 엔은 자기 주머니에 챙기고, 만 엔은 가게에 준 뒤 마리아를 불러냈다. 오만 엔 이상으로 세계를 구해주길 바란다고 작가에게 일러두었다. 마리아는 그와 사라지기 전에 이쪽을 돌아보며 하얀 이를 드러내고 웃었다.

홈페이지 게시판에 시즈토의 목격 정보에 대한 감상과 비판 글도 속속 올라오기 시작했다.

'집 근처에 생긴 신흥종교의 일원인 게 틀림없다. 경찰이 감시하고 있을지도 모른다. 그렇지 않다면 지금이라도 누군가 신고해서 무서운 짓을 저지르기 전에 잘 감시하는 게 좋다고 생각한다.'

'악취미네욤. 사람의 시체를 보고 흥분하는 변태가 있다는 말을 듣긴 했습다만. 평생 밖에 못 나가도록 격리하는 게 최곱니다욤.'

'나 같으면 어디 사는 누군지도 모르는 타인에게 남자친구의 이야기를 들려주긴 정말 싫다. 순전히 재미로 그러는 거 아닐까? 만약 내 남자친구가 죽은 장소에서 멋대로 그런 짓을 하는 걸 본다면…… 죽여버릴지도 모른다.'

마키노가 예전에 취재한 사건에 관한 글도 올라왔다. 어느 도시의 여고생이 등굣길에 같은 학교 남학생에게 역 앞에서 살해당한 사건이었다. 장문의 글을 올린 사람은 사건의 목격자이자 피해자의 친구로, 지금은 여대생이 되어 있었다. 글을 읽을 때까지 잊고 있었지만, 마키노는 사건 직후 일주일 동안 그 도시의 호텔에 머물며 사건을 추적했다. 그들이 다녔던 고등학교 외에 가해자와 피해자의 집도 번갈아 방문했지만 좀처럼 대꾸 없는 가족들 때문에 애를 태우며 심야에도 인터폰을 눌러댔다.

그런데 지금…… 피해자의 이름이 전혀 생각나지 않는다. 그녀의 성장 배경도 인간관계도 기억에 없다. 가해자의 성과 가정환경이 약간 떠오르는 정도. 이 사건뿐만이 아니다. 사건이 잔혹할수록 가해자는 기억해도 피해자에 대해서는 이름조차 기억하지 못한다.

역 앞 코인로커는 희미하게 생각났다. 시즈토가 거기도 찾아간 건가? 한쪽 무릎을 꿇고, 손을 위아래로 올리고 내렸다가 가슴 앞에서 포개고, 고개를 숙이고, 죽은 자의 이름을 외는 모습을 상상해본다.

목격자인 여대생은 지금까지 글을 올린 사람들처럼 그에게 화를 내거나 불안해하거나 조바심 내지 않았다. 어떻게 생각해야 좋을지 고민하고 있을 뿐이었다. 그녀는 시즈토를 '애도하는 사람'이라고 불렀다. 어디에 있는지, 무엇을 하고 있는지, 오히려 마키노에게 묻고 있었다.

'애도하는 사람은 누구입니까?'

나도 그걸 알고 싶다…… 속으로 중얼거리는데, 전화벨이 울렸다.

자동응답기로 넘어가고 리리코의 목소리가 들려왔다. 이제 마키노가 받으리라고는 아예 기대하지 않고, 처음부터 녹음할 생각이었는지 억양 없는 말투로 아버지가 간호사실 앞으로 병실을 옮겼다고 했다. 환자들 사이에서 그 병실로 옮기면 일주일 전후로 죽는다는 소문이 있어서, 아버지도 그 병실로는 절대 옮기지 말아달라고 간청했지만, 상태를 자주 관찰할 필요가 생겨 어쩔 수 없었다고 했다.

"만날 거라면 정말 지금뿐이다."

산 채 불태워진 소녀의 사건은 처음에는 충격적이었지만, 여전히 피해자 신원이 파악되지 않은 탓에 날마다 터지는 새로운 사건들에 묻혀 관심이 시들해지고 있었다. 아는 신문기자에게 들은 바로는, 소녀가 삼 년 전에도 열여덟 살이라고 속이고 다녔다고 증언하는 사람이 나타나 나이까지 모호해졌다. 의욕을 잃은 수사진이 좀처럼 활기를 찾지 못하는 가운데 신원 불명자의 살인사건이어도 검찰이 기소해 유죄판결을 받아낸 전례가 있어서, 이번에도 그 정도로 처리되지 않을까 하는 소리가 벌써 나오고 있었다.

마키노는 회사를 나와 집으로 가는 길에 갑자기 마음을 바꿔 집과 반대 방향의 전철을 탔다. 리리코가 가르쳐준 병원에서 제일 가까운 역에서 내려 마음을 정하지 못한 채 걸었다.

응급 병원으로 지정된 종합병원은 밤이 깊어도 층마다 환히 불을 밝히고 있다.

아버지가 입원해 있다는 병동 층을 올려다보았다. 창 너머에 그 남자가 있다. 어머니에게 그리고 자신에게 몹쓸 짓을 한 그 남자가 생을 마치려 하고 있다.

리리코가 얘기해준 아버지의 모습은 마키노가 모르는 것이었다. 가게에서 시를 낭송해 손님들에게 박수를 받는 아버지, 아이를 못 낳게 된 그녀를 진심으로 위로해주는 아버지, 목소리를 잃기 전 손자에게 메시지를 남기는 아버지.

'애도하는 사람'이여, 하고 코웃음치며 불러본다. 자네라면 이런 개똥 같은 이야기로도 애도하겠지?

그때 문득 시즈토의 부모를 만나보고 싶다는 생각이 들었다. 부모는 그의 여행을 어떻게 생각할까? 도경의 경위 말로는 부모도 그의 여행에 대해 알고 있다고 했다. 보통은 말릴 일이다. 그런데 어째서 그러지 않는 걸까? 이해한다는 걸까? 그의 부모와 자신의 부모는 뭐가 다를까?

어머니 장례식 때는 사람 도리도 제대로 못한 주제에 자기가 죽을 때가 가까우오니 묘를 샀다고? 차라리 그 앞에서 이 겁쟁이! 하고 비웃어줄까? 하지만 죽음의 그림자가 드리워진 얼굴을 보고 조금이라도 마음이 흔들리는 게 싫었다. 그 남자는 계속 증오해야 마땅하다.

마키노는 병원 앞을 떠났다. 문득 역으로 걸어가는 주위 풍경이 낯익다는 느낌이 들었다. 팔 년 전 역 앞 상가 빌딩에 화재가 났는데, 소방설비가 되어 있지 않아 이십 명이나 죽은 사건이 떠올랐다. 당시에는 굉장한 소동이었지만, 빌딩이 다시 세워진 지금, 어디에서도 그 비극의 흔적은 찾아볼 수 없었다. 굵은 기둥 아래 사람이 웅크리고 있었다. 혹시나 싶어 다가가보았다. 젊은 남자가 몸을 구부린 채 토악질을 해대고 있었다.

마키노는 집으로 돌아와 아들의 블로그를 둘러보았다. 오늘은 학교 숙제에 대한 글이다. 부모가 어떤 일을 하는지, 그 일을 하는 데 어떤 애로 사항이 있는지 물어보는 게 숙제였던 모양이다. 헤어진 아내의 재혼 상대가 교토에서 미술 관련 서적을 출판하는 회사의 책임 편집자라는 이야기는 건너 들었다. 그녀도 그 일을 돕고 있다는 걸 홈페이지를 통해 알 수 있었다. 아들은 그런 내용을 초등학교 3학년다운 말로 쓰고 있었다. 그리고 이렇게 누군가에게 질문하는 걸 인터뷰라고 한다며 자랑스럽게 써놓았다.

'인터뷰하는 사람은 기자다. 친아빠가 기자였다.'

놀랐다. 아들이 자신에 대해 언급한 것은 처음이었다.

'아주 훌륭한 기자였다고 엄마가 그랬다.'

이 부분에서도 놀랐다. 헤어진 아내가 아들에게 그런 식으로 말해주었을 줄은 전혀 생각 못 했다. 기분이 그리 나쁘지는 않았다. 그리고 이어지는 문장을 계속 되뇌어 가슴에 새겼다.

'하지만 친아빠는 죽었다. 사고를 당했다고 한다. 나는 이제 얼굴도 기억나지 않는다. 그러나 외롭지 않다. 엄마와 지금의 아빠가 있기 때문이다. 끝.'

5장

대변

사카쓰키 준코 II

1

사카쓰키 준코는 커튼을 뚫고 들어온 빛으로 밝아진 천장을 올려다보며 텅 빈 손을 얼굴 앞으로 들어올렸다. 잠을 깨기 직전 꿈속에서 더할 나위 없이 소중한 것을 이 손으로 받아들었다. 그 느낌이 아직 남아 따뜻하다. 딸 미시오가 임신 사실을 알린 날 밤부터 계속 똑같은 꿈을 꾸는 것 같다. 다만 눈을 뜨면 구체적인 정경이 기억나지 않아 아쉬울 뿐이다.

오전 여섯시를 지나고 있었다. 침대 옆에 깔린 남편의 이부자리는 비어 있다. 준코는 침대 위에 앉아 체온을 재면서 유머나 연상퀴즈를 생각했다. 병원에서 적극적인 항암 치료를 받는 대신 재택 치료를 선택하긴 했지만, 면역력을 조금이라도 높이기 위해 하루에 한 가지는 웃을 수 있는 말을 생각하기로 했다. 어제 생각한 연상퀴즈는 '호스피스 병동'이라고 문제를 내고 '봄, 여름, 겨울'이라고 풀기. 그 이유는 '가을이 없다'.* 가족의 반응은 영 시원찮았다.

체온은 정상이었다. 잠옷을 벗고 블라우스와 치마로 갈아입은 뒤 거실로 갔다. 대나무 빗자루로 정원을 쓰는 다카히코의 모습이 창 너머로 보였다. 오늘 일을 걱정하느라 그는 간밤에 잠을 이루지 못했을지도 모른다.

8월 6일은 다섯 살 때 죽은 다카히코의 형과 이십사 년 전에 세상을 뜬 그의 아버지의 기일이었다.

오늘은 그 두 사람의 제사가 있을 뿐만 아니라, 임신 사실을 알기 전에 헤어진 미시오의 옛 애인이 집에 오기로 했다.

원래 생각과 달리 오늘로 약속을 잡은 건 제일 빨리 돌아오는 휴일이었기 때문이었다. 되도록 빨리 의논하고 싶어하는 그쪽 집안과 미시오도 상대도 직장인인 상황을 배려한 것이다. 오후 한시에 제사를 지내는데, 한 시간 정도면 끝날 테니 세시에 와달라고 조카인 레지에게 연락을 부탁했다.

창을 열고 남편을 불렀다. 남편은 아내의 표정으로 몸 상태를 가늠하고, 조심스레 어깨의 힘을 뺀다.

---

* 가을이 '여유, 나머지'라는 뜻의 단어와 동음이의어인 것을 활용한 언어유희.

"있지, 오늘 아침에도 연상퀴즈가 생각났어. 진짜 재미있다니까. '여명 선고'라고 문제를 내고."

다카히코의 웃는 얼굴에 그늘이 진다. 준코가 끄집어내는 웃음의 소재가 하나같이 병과 관련된 것이기 때문이리라. 마치 웃음으로 암을 떨쳐버릴 수 있을 거라 생각하는 것처럼.

" '여명 선고'라고 문제를 내고 '기상 캐스터의 날씨 예보'라고 푼다. 자, 왜일까."

"어…… 그, 이유는?" 재촉을 받고야 다카히코가 되묻는다.

"그 이유는? '틀릴수록 사람들이 좋아합니다', 어때?"

다카히코는 쓴웃음에 가까운 억지 미소를 지어 보였다.

"뭐야, 그 표정은? 하여간 둔하다니까. 유머를 모르는 거야? 그럼 특별히 두번째 문제 나간다. '환자에게 고지하지 않은 경우'라고 걸고 '미국의 외교정책'이라고 푼다. 그 이유는…… '파트너가 변명하느라 곤란해합니다' 어때, 이건?"

준코는 별 반응이 없는 남편을 내버려두고, 세수를 한 뒤에 아침식사 준비를 했다. 이윽고 2층에서 미시오가 내려왔다. 잠을 못 잤는지 눈이 충혈됐다. 헤어진 애인을 집으로 부르기로 한 사흘 전, 그녀는 준코와 다카히코에게 죄송하다며 고개를 조아렸다. 혼전에 아이가 생긴 것을 포함해 여러 이유를 담아 하는 말이었을 것이다. 준코의 입장에서는 자신의 병 때문에 미시오가 더 궁지에 몰린 면이 있고, 애인과 이별하게 된 데는 시즈토의 영향이 컸기 때문에 오히려 자신이 미시오에게 사죄하고 싶은 심정이었다.

"미시오. 오늘의 재치 연상퀴즈, 들어볼래? 분명 폭소를 터뜨릴 거야. 태교에도 진짜 좋다니까."

다카히코에게 냈던 것과 같은 퀴즈를 들려주었다. 미시오는 미간을 찌푸릴 뿐, 아무 말도 하지 않았다.

"하여간 우리집 식구들은 유머 수준이 너무 낮다니까" 하고 중얼거리면서 준코는 주방으로 들어갔다.

"미시오, 오늘 아침에도 빵 먹을 거야? 나하고 너하고 있지, 먹는 게 점점 비슷해지는 거 같지 않니?"

준코는 부드럽고 소화가 잘되는 음식을 먹어야 해서 아침으로 빵을 우유에 적셔 먹었고, 미시오도 입덧으로 밥을 먹지 못했다. 다카히코도 두 사람에게 맞춰 밥에서 빵으로 바꾸었다.

"엄마는 좀 잤어? 몸이랑 다…… 괜찮아?"

미시오의 굳은 표정에서 오늘의 이야기가 잘 풀릴지 어떨지 하는 걱정이 엿보였다.

"다카쿠보 군이랑 만날 때 말이야, 가발 쓸까? 내가 좋아졌다고 생각하게."

"어, 음…… 제대로 얘기를 안 해서. 레지처럼 다 나았다고 생각할 텐데."

"그럼 쓰는 편이 좋을지도 모르겠네. 첫인상이 중요하니까.

그래, 금발로 하자."

"또 무슨 말도 안 되는 소릴 하는 거야. 그런 거 잘 이해 못하는 사람이라니까."

"웃고 시작하는 편이 얘기하기도 좋잖아. 그렇지, 에사이 씨한테 시험해볼까?"

에사이 씨는 인근에 있는 사카쓰키 가의 보리사 주지로 다카히코와 동갑이었다. 해마다 오봉 공양 때 와주었기 때문에 얼굴만 익힌 사이였는데, 최근에 좀더 가까워졌다. 그의 어머니가 양로원에 들어가면서부터, 어머니를 찾아온 그와 양로원 자원봉사 때마다 자주 마주치게 되었기 때문이다.

"에사이 씨한테 말이야, 항암제 때문에 머리가 금발이 돼버렸어요, 하고 보여주면 믿을지도 몰라. 어때?"

미시오는 험상궂은 얼굴로 완강히 반대하고, 다카히코는 난감한 표정으로 연방 머리를 긁적거렸다.

"안녕하세요, 레지 왔습니다. 오늘도 여름의 작열하는 태양 아래 강물은 마르고, 나는 여자가 마르고."

아침식사 후, 레지가 제사라고 양복 차림으로 나타났다. 레지라면 유머가 통할 거라고 생각해, 제사 때 금발 가발을 쓰려고 하는데 어떠냐고 물어보았다. 당연히 찬성할 줄 알았더니, 의미심장한 미소를 지으며 오늘은 얌전한 차림이 어떠시냐고 했다.

"그보다 외숙모, 오늘 시즈토 형 이야기 잘할 수 있겠어요?"

하고 물었다.

"노력해봐야지."

준코는 미시오의 시선을 의식하면서 대답했다. 지난 일주일 동안 시즈토가 여행을 떠날 당시의 일기도 참고해가며, 제대로 이야기할 수 있게 생각을 많이 했다. 하지만 혼란스럽기만 할 뿐, 솔직히 자신이 없었다.

(그러나 미시오의 뱃속에 있는 아기를 위해서라도 꼭 설득시켜야 해……)

제사는 불단이 있는 다다미방에서 지내기 때문에 다카히코와 레지는 침대를 일단 거실로 옮겨놓고, 벽장에 넣어둔 조립식 제단을 불단 앞에서 조립했다. 전쟁으로 다섯 살에 생을 마감한 다카히코의 형은 벌써 50주기가 지나 원래는 회기回忌가 끝났지만, 준코는 머지않아 그곳으로 갈 자신을 잘 맞이해달라는 공양을 더 올리고 싶었다. 다카히코의 아버지는 이 년 전이 23주기이고 내후년이 27주기여서 올해는 정식 회기년*은 아니지만, 역시 같은 이유로 에사이 씨를 부르기로 했다.

점심식사를 마친 뒤, 준코와 미시오는 옷을 갈아입고 화장을 했다. 눈 깜박할 사이에 오후 한시가 되어, 인터폰이 울렸다. 평소에는 시간 개념이 느슨한 에사이 씨가 웬일이지 싶었다. 준코

---

* 사람이 죽은 뒤 그 날짜가 돌아오는 회기가, 1, 3, 7, 13, 17, 23, 27, 33, 37, 50주기일 때를 정식 회기년으로 친다.

는 아직 가발을 쓰기 전이라 레지더러 나가보라고 했다. 가발을 쓰는 도중 장난기가 발동해서 금발 가발로 바꾸어 썼다. 그때, 현관 쪽에서 당황하는 레지의 목소리가 들렸다.

"왜 그래?" 하고 나가보니, 레지 앞에 고급 양복을 입은 젊은 남자 둘이 서 있었다.

"어머나…… 누구세요?"

준코의 물음에 남자들은 당혹스러운 표정을 지으며 그녀의 얼굴과 머리를 번갈아 쳐다보았다.

"처음 뵙겠습니다. 다카쿠보 히데유키라고 합니다."

약간 더 젊고 키가 큰 청년 쪽이 고개를 숙였다. 옆에 있던 안경 낀 지적인 인상의 남자도 말을 건네왔다.

"히데유키의 형입니다. 불쑥 찾아와 죄송합니다."

그는 동생보다 더 깊이 고개를 숙였다. 정중하지만 형식적인 몸짓이 외려 부담스러웠다.

상대가 누군지는 알았지만, "세시에 오기로 했는데 어떻게?" 하고 레지에게 시선을 옮겼다. 그는 어안이 벙벙한 얼굴로, 외숙모, 가발…… 하고 입 모양으로만 말하며 자기 머리를 가리켜 보였다.

"아…… 미안합니다. 자원봉사단에서 하는 가장무도회 준비를 하느라……"

적당히 핑계를 대고 준코는 거실로 갔다. 서둘러 가발을 벗으며 현관을 향해 질문을 던지듯 큰 소리로 말했다.

"세시 약속인 줄 알았는데…… 그렇지, 레지? 맞지?"

아아, 그게, 하고 레지가 헛기침을 하고는 말했다.

"다카쿠보 혼자 오는 줄 알고요. 어차피 나중에 이 집 식구가 될 테니 제사에도 참석하는 게 좋을 것 같아서 내가 멋대로 한시에 오라고…… 설마 형님이 같이 오실 줄은……"

그래서 금발 가발을 반대한 것이다. 이해는 됐지만 이제 어쩔 수 없다.

미시오가 내려오는 발소리가 들렸다. 곤혹스러워하는 기색이 역력했다. 이럴 때 다카히코는 도움이 되지 않는다. 예상대로 거실 옆 다다미방에서 옷자락 소리가 난다.

그때, 인터폰도 울리지 않았는데 현관문 열리는 소리가 났다.

"자, 실례합니다아."

목이 굵고 풍채 좋은 사람이 내는 듯한 탁성의 주인공은 에사이 씨다.

"오호. 이런, 많이 모이셨네. 모두 제사에 오신 분들인가? 고인이 기뻐하시겠습니다."

"히데유키, 이분들한테 방해가 될 것 같으니 이따 다시 오자."

다카쿠보의 형이 냉정한 어조로 하는 말을 듣고 준코는 결심했다. 가발을 벗고 머리카락을 가볍게 턴 뒤 현관으로 나갔다. 잠시 계단 아래서 고개를 숙이고 있는 미시오를 본 후, 벗어진 이마에 땀이 송골송골한 에사이 씨에게 인사를 했다. 그러고는 다카쿠보 형제 앞에 다소곳이 앉았다.

"인사가 늦었습니다. 미시오 엄마입니다. 지난번에는 훌륭한 병원을 소개해주셔서 감사합니다. 며칠 전에야 미시오에게 얘기를 들어 감사하다는 말씀도 못 드렸어요. 죄송합니다. 덕분에 퇴원하게 되었습니다. 나중에 찾아뵙고 다시 인사드리겠습니다. 오늘 약속시간이 엇갈려서 죄송합니다만, 모처럼 오셨으니 그냥 들어오시면 안 될까요? 부탁드립니다."

난처해하는 다카쿠보보다 차가운 인상인 형 쪽을 바라보며 말했다. 그 역시 시선이 흔들렸다.

"사정은 모르겠지만, 그대로 가시면 고인도 슬퍼하겠지요. 들어가는 게 어떻습니까?"

에사이 씨도 옆에서 거들었다. 다카쿠보는 은행원이지만, 형은 현의회 의원인 숙부의 비서를 맡고 있어서 언젠가 선거에 출마할 것 같다고 레지에게 들은 기억이 났다. 그런 그 나름의 생각도 있었을 것이다.

"그럼 잠시 실례하겠습니다. 복장이 이래서 저희야말로 죄송합니다."

에사이 씨가 들어오고, 이어 다카쿠보 형제가 들어오길 기다렸다가 준코가 안내를 했다.

"쾌차하셨다고 들었는데, 그 머리는 약 때문입니까?" 에사이 씨가 물었다.

"심하게 빠질 것을 대비해 제가 잘랐습니다. 다행히 약이 잘 맞는지 별로 빠지지 않았습니다만."

준코는 다카쿠보 형제에게도 들리게 대답하고는, 거실로 들어가기 직전에 미시오 쪽을 돌아보았다. 다카쿠보의 등뒤에서 레지가 미시오에게 다가가 뭐라고 사과하는 것 같았다.

다다미방으로 가자, 예복으로 갈아입은 다카히코가 에사이 씨와 인사를 나누고 있었다. 오래 알고 지냈기 때문에 그도 에사이 씨와는 곧잘 얘기했다. 하지만 다카쿠보 형제를 소개하자, 눈도 마주치지 않고 입 안에서 우물거리며 들릴락 말락 인사를 하더니 방 한구석에 숨듯이 앉았다.

"젊은 분들은 편히 앉아도 됩니다. 와주신 것만으로도 고인은 기뻐하실 겁니다."

에사이 씨는 이렇게 말하고, 모두가 차분해졌을 즈음 공양을 시작했다. 다카히코의 형과 아버지 앞에 각각 십오 분 정도 독경을 했다. 공양이 다 끝나갈 무렵, 미시오가 차를 준비하려고 일어섰다.

"오늘 아침에도 각 채널에서 예년처럼 히로시마広島 위령제를 방송하더군요."

날씨 등을 화제로 삼던 끝에 에사이 씨가 감개무량한 듯 말했다. 그러고는 찻잔을 향해 합장한 뒤에 차가운 보리차를 마섰다.

"많은 사람이 참석하고, 수상首相까지 헌화했습니다만……
차이가 나는 것은 역시 어쩔 수 없으려나요."

"어? 1945년 전 오늘이 기일이라면, 외삼촌의 형님께서는 혹
시 원폭 투하 때 돌아가셨어요?"

레지가 에사이 씨의 이야기로 추측했는지 준코네를 바라보
았다.

"아니, 그렇지 않아…… 이마바리에서 죽었어."

1945년에 죽었다고 하면 다들 히로시마냐고 묻는 데 이제는
익숙했다. 포기에 가까운 심정과 서글픔이 겹쳐 준코의 미소도
미묘하게 흔들렸다.

"이마바리가 어딘데요?" 레지가 물었다.

"히로시마에서 세토瀬戸 내해 건너편에 있는 시코쿠의 항구
마을이죠. 지금은 타월 생산지로 유명할 겁니다."

준코가 대꾸하려는 차에 다카쿠보의 형이 대답했다. 동생은
편하게 앉아 있지만, 형은 여전히 정좌한 채였다.

"이마바리에도 공습이 있었어. 히로시마에 원자폭탄이 떨어
진 날."

준코는 다카히코 쪽을 보며 대답했다. 그는 불단 앞에 책상다
리를 하고 앉아, 이쪽으로는 등을 돌린 채 보리차를 마시고 있
다. 지금이 그를 다카쿠보 형제에게 알릴 좋은 기회라고 생각해

서 레지보다 그들을 향해 말했다.

"이마바리에 남편의 본가가 있었답니다. 남편은 당시 세 살이 었죠. 나이도 어렸을 뿐만 아니라, 눈앞에서 형이 죽는 걸 봐서 인지…… 삼만 명 이상이 당했다는 공습은 기억나지 않는다고 합니다만."

에사이 씨와 미시오는 이미 아는 이야기였다.

"8월 6일, 정확히는 6일이 되기 직전부터 6일 새벽에 걸쳐서 였던 것 같습니다만, 공습으로 이마바리에서 사백오십 명이 넘 는 사람이 죽은 걸로 기록되어 있습니다. 다섯 살이었던 남편의 형은 중상을 입고 한동안 고통스러워하다가 세상을 떠났습니다. 그래서 기록상 사망자 수에 포함되지 않았는데, 그런 사람이 적 지 않다고 시부모님께 들었습니다. 당시에는 세상을 떠난 날 추 도했지만, 6일의 피해가 잊혀지는 게 가슴 아파서 이날 추도하 기로 했다고 들었습니다."

준코가 말을 멈추자, 창문 너머에서 맹렬하게 울어대는 매미 소리가 주위를 가득 메웠다. 준코는 불단을 올려다보며 말을 이 었다.

"전쟁 전 교직에 몸담았던 시아버지 말씀으로는, 동원에 끌려 가 이마바리의 공장에서 일하던 많은 여학생들이 목숨을 잃었 다고 합니다. 다른 곳에서 군복무중이었던 시아버지는 전쟁이 끝나고서야 그 사정을 알고 죄책감에 시달리셨다는군요. 여기에 장남의 죽음과 전후 혼란까지 겹쳐, 시부모님은 세 살짜리 아이가 말을 하지 않는다는 걸 뒤늦게야 알아차렸다고 합니다. 공습과 형을 잃은 충격이 가슴의 상처가 되어 굳어진 게 아닐까 짐작했다지요. 남편은 지금도 대인관계가 서툴러 고충이 많습니다만, 평소에는 아무 문제가 없고, 친해지면 말도 잘한답니다."

준코는 다시 다카히코 쪽으로 시선을 돌렸다. 그는 빈 찻잔을 만지작거리고 있었다.

다시 한참 동안 매미 소리만이 실내에 울려 퍼졌다. 그때 "그럼 나는 이만" 하고 에사이 씨가 일어났다.

준코는 다카히코, 미시오와 함께 현관까지 배웅했다. 그는 대청에 장식된 그림을 바라보면서 물었다.

"아드님은 아직 안 돌아왔습니까?"

그에게도 시즈토는 자아 찾기 여행을 떠났다고 해둔 터였다.

"어서 돌아와야 한시름 놓을 텐데요. 머리도 빨리 전처럼 돌아오기를. 돌아올 게 있는 사람이 부럽네요."

에사이 씨는 따로 깎지 않아도 깨끗이 벗어진 머리를 쓰다듬으며 부드럽게 미소지었다.

다다미방으로 돌아오자, 세 사람이 굳은 얼굴로 기다리고 있었다. 특히 레지는 다카쿠보를 매섭게 노려보고 있다.

"이렇게 참석해주셔서 감사했습니다."

준코는 다카쿠보 형제 앞에서 무릎을 꿇고 인사했다. 다카히코와 미시오도 머리를 숙이는 기척이 느껴진다.

"아닙니다. 저희야말로 좋은 공부 했습니다. 늦었지만 우선 이것을."

다카쿠보의 형은 들고 있던 고급 백화점의 종이가방에서 과자 선물을 꺼내 다다미 위로 밀었다.

"그리고 이것을 영전에. 미처 준비하지 못한 탓에 모양새가 이래서 죄송스럽습니다만."

준코네가 자리를 비운 동안 준비했는지 하얀 봉투를 과자 상자 위에 놓는다.

준코는 사양했지만, 상대도 "아니요, 받아주십시오" 하고 물러서지 않는다. 레지가 한숨을 크게 내쉬며 빈정거리는 투로 말했다.

"다카쿠보가 말이야, 사나이답게 혼자 왔더라면 이런 문제도 없었을 거 아냐?"

당사자인 다카쿠보는 고개를 푹 숙이고 있다. 어색한 침묵을 깨고 준코가 과자만 받고 봉투는 돌려주자, 상대도 가벼운 인사를 하며 봉투를 받아들었다.

"내 책임이기도 한 일이라 큰소리 내긴 뭣하지만, 기왕 이렇게 됐으니 돌려 말하지 말자고요. 사정은 피차 다 아니까."

레지는 이렇게 말하고 다카쿠보를 한 번 더 노려본 뒤, 그의 형 쪽으로 시선을 던지며 말을 이었다.

"문제가 되는 것은 이 집 장남이죠? 그러니까 사카쓰키 가의 설명을 들어보고 다카쿠보 가에서 납득할 수 있으면 되는 거네요. 그렇죠?"

레지가 다카쿠보에게 다짐받듯이 말했다. 다카쿠보는 잠시 틈을 두었다가 고개를 끄덕였다.

준코로서는 좀 시간을 두고 마음의 준비를 한 다음 이야기를 시작하고 싶었지만, 하는 수 없이 불단 아래 서랍에서 열 권이 넘는 자신의 일기를 꺼내고는 입을 열었다.

"그럼 장남인 시즈토 이야기를 들려드리겠습니다. 차근차근 하지 않으면 정리가 되지 않기 때문에 조금 길어질지도 모르겠습니다. 편히 앉아 들어주세요."

2

암울한 이야기를 할 생각은 없었다. 단지 시즈토가 하는 여행의 의미를 타인에게 조금이라도 이해시키려면, 시즈토의 성장 과정부터 얘기할 수밖에 없고, 그러려면 몇몇 중요한 사람의 죽음을 거론해야 했다.

준코는 열여섯 살의 이른 나이에 세상을 떠난 오빠 쓰기오가 자신의 생명을 병약한 동생을 위해 써달라고 신께 기도했다는 이야기부터 시작했다.

마치 신이 소원을 들어주기라도 한 듯 쓰기오는 백혈병으로 쓰러지고 준코는 건강해졌다. 죽기 직전 쓰기오는 준코에게 이것은 기도 때문이 아니니까 신경 쓰지 말라고 했다. 그렇지만 "혹시라도 준코와 준코의 자식에게 내 생명의 시간을 나눠줄 수 있다면 그것도 좋겠다"라는 말을 남기고 숨을 거두었다.

그후, 준코는 건강하게 보내는 날들을 '오빠가 준 시간'이라 생각하고 소홀히 흘려보내지 않도록 열심히 살아왔다. 하지만, 역시 누구에게나 사랑받던 오빠가 살아 있는 편이 좋았을 텐데…… 하는 자책감은 사라지지 않았다.

그래서 시즈토를 임신했을 때는 정말 기뻤다. 아이를 낳는다, 낳을 수 있다…… 이 사실로, 자신이 살아남은 것도 괜찮은 일이었구나 하고 간신히 받아들일 수 있었다.

준코의 아버지가 심근경색으로 세상을 떠난 것은 준코가 결혼하기 일 년 전이었다.

쓰야에 대학 친구인 미노리와 그의 오빠 다카히코가 와주었다. 예전 연극부 공연 때 무대배경 그림이 필요했을 때, 미노리가 그림이 특기라며 오빠를 소개해줘서 준코도 다카히코를 알고 있었다.

공연은 〈로미오와 줄리엣〉이었지만, 전위예술 취향의 연출가가 안보투쟁 당시의 일본으로 무대를 바꾸고, 베트남전을 연상시키는 그림을 배경으로 하길 원했다. 다카히코는 유소년기의 경험 때문인지, 연출 의도에 맞는 오싹한 그림을 평소 많이 그리고 있었다. 그때도 연출자가 원하는 대로 어두운 숲속에 새빨간 생명체의 그림자가 우글거리는 장면을 커다란 합판에 그려주었다.

다카히코를 만나는 것은 그뒤로 이 년 만이었다. 미노리는 쓰야 자리에 남아 준코의 어머니와 이야기를 나누었고, 다카히코는 준코 아버지의 유해 앞에 합장한 뒤 눈 내리는 바깥에서 동생을 기다리고 있었다.

창 너머로 그의 어깨에 눈이 살포시 쌓인 것을 보고, 준코는 우산을 들고 나갔다.

"이야기하셨나요?"

다카히코가 가느다란 목소리로 물었다. "아버님하고 이야기하셨나요?"

그 말을 듣자 생각이 났다. 공연을 마치고 무대 사진을 건네러 그의 집을 찾았을 때의 일이다. 그의 가족들은 마침 집을 비운 터라 다카히코와 둘만 있게 되었다. 무슨 이야기를 할까 망설이다가 미노리에게서 그에게 대인공포증 비슷한 것이 생기게 된 원인에 대해 들은 게 떠올랐다. 준코는 "실은 나도 오빠를 잃었어요" 하고 이야기를 시작했다.

상대가 묵묵히 들어주었기 때문일까. 오빠를 잃은 뒤 식구들이 이상해졌다는 이야기도 했다. 특히 아버지는 기대했던 장남을 잃자 실망한 나머지, 그저 타성으로 하루하루를 보내며 준코에게는 조금도 신경 써주지 않았다. 아버지는 오빠가 아니라 내가 죽는 편이 나았을 거라고 생각하는 거예요…… 준코는 그런 이야기까지 단숨에 풀어놓았다. 한참 후, 다카히코가 눈을 껌벅이며 말했다.

"아버님과 한번 얘기해보는 게 좋을 것 같군요."

쓰야를 하던 밤, 다카히코는 그 말에 대해 물었던 것이다. 준코는 그럴 여유가 없었다며 고개를 가로저었다.

"그렇다면…… 화장하기 전에 얘기하는 게 좋겠습니다."

다카히코가 말했다. "귀는…… 마지막까지 감각이 남아 있다고 합니다. 돌아가신 뒤에도 '혼의 귀'라는 것이 있다고…… 생각합니다. 분명 들어주실 거예요."

어머니와 친척들은 별실에서 잠들고, 향을 꺼뜨리지 않으려고 깨어 있던 준코는 아버지를 덮은 하얀 천을 걷었다.

"아버지 마음은 알아요. 그렇지만 거짓말이라도 좋으니 네가 살아서 좋았다고 말해주길 바랐어요. 네가 있어서 다행이라고…… 마지막에라도 말해주길 바랐어요."

아버지의 온화한 얼굴이 불빛에 흔들렸다. 부음을 듣고 처음으로 눈물이 흘렀다. 가슴속에 맺힌 응어리가 조금씩 풀리는 듯했다. 그리고 어렴풋이 앞으로의 인생에 다카히코가 필요할지도 모른다는 생각이 들었다.

　　결혼 후, 같이 살던 시어머니가 세상을 떠난 것은 시즈토의 출산이 임박했을 무렵이었다.

　　외출했다가 들어온 시어머니의 걸음이 불안해 보여 물으니, 역 앞에서 자전거에 부딪혀 뒤로 넘어졌다고 했다. 그러면서 별일 아니란 듯 웃으며 "건강하게 태어나려무나" 하고 준코의 불룩한 배를 어루만졌다. 그날 한밤중에 시어머니는 갑자기 두통을 호소하다가 의식을 잃었고, 다음 날 병원에서 숨을 거두었다.

　　손자의 탄생을 그렇게 고대했는데 얼마나 아쉬울까 하고 시어머니의 어이없는 죽음을 생각하며 우는 준코에게, 시아버지는 "네가 다카히코 가의 며느리가 되어준 것만으로도 네 어머니는 행복해했다" 하고 말해주었다. 시어머니는 아들의 마음의 병을 자기 책임이라고 여겼다고 한다. 어찌어찌 친구네 공장에 무난히 취직은 했지만, 결혼은 포기하고 있던 차에 준코가 시집을 왔고, 손자까지 생겨서 시어머니는 정말로 기뻐했다고.

　　"지금은 안심하고 천국에서 다카히코의 형을 안고 있을 거야." 시아버지가 말했다.

　　두 달 후, 준코는 배를 부드럽게 어루만지던 시어머니의 손길을 떠올리며 시즈토를 낳았다.

　　준코는 출산 직후 가슴 위에 시즈토를 올려주던 순간의 행복을 지금도 잊을 수 없다. 오빠는 죽었지만, 나는 살았다. 아버지도 시어머니도 돌아가셨지만, 이 아이가 앞으로 살아갈 것이다, 그런 생각이 들었다.

시즈토는 키도 체중도 표준치였고 몸에 비해 손이 약간 크기는 했지만, 기고, 걷고, 말하고…… 그런 하루하루의 성장도 보통 아이들과 별다르지 않았다.

시즈토가 세 살 때, 준코의 어머니가 폐암에 걸렸다. 수술 후에도 경과가 좋지 않아 어머니는 여러 가닥의 튜브를 연결하고 누워 고통 속에서 죽음을 맞이하고 있었다. 상태가 좋지 않아 준코에게조차 면회가 허락되지 않다가, 임종이 가까워서야 비로소 허락이 떨어졌다. 준코는 다카히코와 함께 시즈토를 데리고 병원을 찾았다.

병실에 들어간 시즈토는 옴짝달싹할 수 없는 채로 침대에 누워 있는 외할머니를 보더니 이렇게 말했다.

"할머니가 변신한다……"

인간이 사이보그로 변신하는 텔레비전 프로그램에 비슷한 장면이 있었던 모양이다. 어머니는 아직 의식이 있었지만 말은 하지 못하고 시즈토를 향해 희미한 미소를 지어 보일 뿐이었다.

"할머니, 뭐 갖고 싶어?"

시즈토가 묻자, 어머니는 잠시 생각하다 무슨 말을 하려고 했다. 다카히코가 눈치채고 얼른 메모지와 펜을 내밀었다. 사람들과 대화하는 데 어려움을 겪는 그 자신이 쓰는 방법이었다. 어머니는 곤혹스러운지 얼굴을 찡그렸다. 어머니는 준코의 결혼을 반대했다. 사람들과 대화도 제대로 못하는 사람은 장래성이 없다는 게 이유였다. 그 일이 아직도 마음에 걸리는지 어머니는 사과하듯, 다카히코를 향해 손을 모으고 앞으로 잘 부탁한다는 표정을 지어 보였다. 그리고 떨리는 손으로 펜을 쥐고 준코가 잡고 있는 메모지에 이렇게 썼다.

"기억해줘."

시즈토가 잘 이해할 수 없다는 표정을 짓자, 준코가 말을 대신했다.

"할머니를 기억해달래. 언제까지나 할머니를 기억할 수 있지?"

"응, 기억할 수 있어."

시즈토는 고개를 끄덕이며 분명하게 답했다.

어머니는 마음이 놓였는지 이틀 후 새벽, 베개에 깊숙이 머리를 묻고 숨을 거두었다.

그리고 삼 년 뒤, 시즈토는 정원에서 죽은 직박구리 새끼를 손에 들고 어떻게 하면 오래 기억할 수 있느냐고 물었다. 이날 병원에서의 대화가 머리 한구석에 남아 있었는지도 모른다.

시즈토가 초등학교에 입학하던 해, 시아버지가 일을 그만두었다. 그는 예순다섯 살이었지만 정정했다. 수영이 취미고, 자기

방에 혼자 틀어박히기보다 가족과 함께 거실에서 지내는 걸 좋아하는, 가족에 대한 사랑이 깊은 사람이었다.

그는 전후에 친구를 따라 가족을 이끌고 요코하마로 나왔다. 공습으로 제자를 잃은 아픔 탓인지 교직을 관두고 통신 관련 회사에 취직했다. 정년퇴직 후에도 그 자회사에 임원으로 출근했으나, 아내의 7주기를 지낸 뒤 이제 그만 됐겠지, 하며 갑자기 회사를 그만두었다. 그뒤로 대낮부터 파친코 가게나 경마장을 기웃거리고, 술도 즐기기 시작했다. 생전의 시어머니 말에 따르면, 시아버지는 원래 술을 좋아해서 전쟁 전에는 자주 마셨다고 했다. 전쟁통에 세상을 떠난 사람들을 애도하는 마음에 금욕했던 것일까. 알 수는 없지만, 이제야 여생을 즐기는 시아버지를 말릴 수는 없었다. 하지만 가끔 시즈토까지 경마장에 데려가는 건 좀 난감한 일이었다. 시아버지에게 그 말을 꺼내자, "인생을 즐기는 모습을 보여주는 거야" 하고 오히려 큰소리를 쳤다.

시즈토는 그렇게 할아버지와 보내는 시간을 즐거워했다. 다카히코는 자상한 아버지지만, 아이랑 마음껏 깔깔거리며 웃을 수 있는 정신 상태가 아니었고…… 준코는 준코대로 '오빠한테 받은 시간'이 시즈토에게도 가 있다고 생각했기 때문에 공부도 운동도 더 열심히 하라고 잔소리하기 일쑤였다. 그래서 시즈토는 너그럽게 자신을 감싸주는 할아버지를 잘 따랐다.

시아버지가 자칭 불량 노인이 된 지 이 년째, 그러니까 시즈토가 초등학교 3학년 때, 시아버지가 근무했던 중학교의 동창회가 이마바리에서 열린다는 통지가 날아왔다. 공습으로 목숨을 잃은 학생들을 애도하는 모임인 듯, 시아버지는 진지한 표정으로 여장을 꾸렸다. 8월 6일, 예전 동료와 제자들이 모여 위령비가 있는 절에서 기도를 올리고, 저녁 무렵부터 회식을 시작했다. 시아버지는 회식 장소인 호텔에서 하룻밤을 묵고 다음 날 아침 집으로 돌아올 예정이었다. 회식이 끝나고, 그는 예전에 자주 갔던 바다를 보러 가겠다며 호텔을 나섰다. 바다를 보면서 한잔하고 싶다며, 해안가의 가게에서 술도 샀다. 그리고 다음 날 아침 일찍 개를 데리고 산책하던 그 동네 주부가 해변에 떠밀려온 시아버지의 시신을 발견했다. 속옷 차림에 유서는 없고 바위 위에 가지런히 개켜놓은 옷이 발견되어, 바다에서 수영을 하다 익사한 것으로 정리되었다.

경찰의 연락을 받고 준코 부부는 이마바리로 갔다. 익사자는 보통 고뇌하는 표정을 짓고 있다는데, 시아버지는 평온하게 잠든 얼굴이었다. 마지막 이 년 동안 시아버지는 늘 죽음을 각오하고 있었는지도 모르겠다. 아들과 제자의 기일에 고향에서 생을 마감한 것을 생각하면 설령 자살이 아니라 해도 바다에 들어갈 때 어느 정도 죽음을 염두에 두지 않았을까…… 싶었다. 그래서 슬퍼하기보다는 감사와 위로의 말로 보내드리는 편이 좋겠다고 생각했다. 다카히코도 마찬가지 심정이었는지, 집으로 돌아와 그린 이마바리 바다의 그림은 전에 없이 청명하고 밝은 느낌이었다.

그러나 시즈토는 할아버지의 죽음에 큰 충격을 받아 소식을 듣고부터 계속 울기만 했다. 너무 슬퍼한 나머지 열까지 오른 시즈토에게 준코는 긍정적으로 살아가는 게 공양이라며, 오빠 이야기를 들려주었다. 시즈토가 태어나길 학수고대하던 시어머니, 큰아들과 제자를 잃은 시아버지의 슬픔에 대해서도. 시아버지의 바람은 시즈토가 큰아들과 제자의 몫까지 인생을 즐기는 것이리라. 그들을 잊지 않고 살면 되는 거야, 하고 꼭 껴안아주자 시즈토는 가슴에 손을 올리며 말했다.

"모두를…… 여기에 간직할 거야."

준코는 할아버지의 죽음으로 어린 마음이 다치지는 않았을까 걱정했지만 기우였다. 시즈토는 밝고 활달한 소년으로 자라났다. 운동도 열심히 하고, 친구도 많고, 다섯 살 아래인 동생 미시오도 잘 돌봐주었다. 여름방학과 겨울방학 때 놀러 오는 레지도 친동생처럼 귀여워해주었다.

중학교 시절, 빈말이라도 공부를 잘했다고는 할 수 없지만 핸드볼부 활동을 열심히 했고, 여자아이들에게는 그럭저럭 인기가 있는지 가끔 귀여운 봉투에 담긴 편지가 시즈토 앞으로 날아오기도 했다.

고등학교는 평소 성적에 맞춰 공립고에나 들어가 느긋하게 다니면 되겠다고 생각했지만, 3학년 여름부터 갑자기 맹렬히 공부하기 시작하더니, 현 내에서 손꼽히는 명문고에 예비 후보로 합격했다. 알고 보니 중1 때부터 친했던 친구가 같은 고등학교를 준비하면서 공부를 봐준 것이었다. 어릴 때 의학 드라마를 보고 감동해, 의사가 되어 많은 생명을 구하고 싶다는 꿈을 가진 친구였다. 진로를 아직 정하지 못한 시즈토는 그런 친구를 존경했고, 어떤 형태로든 그가 꿈을 이루는 데 도움이 되고 싶다고 생각했던 것 같다.

친구는 희망한 대로 의대에 진학하고, 시즈토는 공대에 진학했다. 시즈토는 나약한 인간에 비해 강하고 일정하게 움직이는 기계를 원래부터 좋아했다고 지망 이유를 밝혔다. 할아버지를 비롯한 사람들의 죽음이 시즈토의 성격에 어두운 그림자를 드리운 게 아닌가 걱정된 준코는 혹시라도 무슨 영향을 받았는지 물어보았다.

"영향받은 게 있다면, 할아버지를 따라간 경마장 전광판이 아름다워 보였던 것이랄까?" 하고 시즈토는 웃으면서 답했다.

대학은 집에서 다녔다. 공부보다 동아리 활동과 아르바이트에 열을 올렸다. 여자친구는 있는 것 같았지만, 자주 바뀌는 눈치였다. 오빠가 나눠준 시간을 아들이 함부로 쓰는 것 같아 준코는 조바심도 났지만, 한편으로는 시아버지의 말씀대로 인생을 즐기는 모습에 안도하기도 했다. 4학년 초가을 어느 날, 술에 취해 밤늦게 귀가한 시즈토는 의료기기 회사에 다니게 됐다고 했다. 의사가 될 친구를 도와줄 수 있는, 희망하는 회사에 합격해 친구와 건배하고 오는 참이라며 박자도 맞지 않는 노래까지 불러댔다. 준코와 다카히코는 그런 시즈토를 흐뭇하게 바라보았다. 중간고사 기간이었던 미시오가 시끄럽다고 내려오자, 시즈토는 동생의 손을 잡고 거실에서 춤을 추었다.

다음 해, 시즈토는 도쿄로 옮겨가 회사와 기숙사를 오가며 하루하루를 보냈다. 준코가 전화를 하면, 영업부로 발령난 것을 못내 아쉬워했지만, 시간이 지날수록 일이 익숙해지는지 점점 목소리가 밝아졌다.

병원에서 자원봉사를 하는 것도 업무의 일환이라고 했다. 병원 몇 군데를 돌며 외래환자를 안내하고, 입원환자의 이야기 상대가 돼주는 것이었다. 현장 사람들과 친분을 쌓아 기기 판매를 유도한다는 회사 방침에 따른 것이었으나, 일손이 부족한 병원 측도 기꺼이 받아들여준 듯했다. 시즈토는 적극적으로 참여해 의사와 간호사와 환자의 이야기를 귀 기울여 들어주었다. 그런 와중에 얻은 의견은 사용자가 원하는 기기 제작에 도움이 되길 바라는 마음으로 개발부에 전달하기도 했다.

사회에 발을 내디딘 지 삼 년째, 시즈토는 소아 병동의 자원봉사에 깊이 관여하기 시작했다. 회사 방침으로는 얼굴을 알리는 게 영업의 주목적이므로 한곳에 너무 오래 매달리면 안 되는 모양이었다. 그래서 시즈토는 휴일에 따로 시간을 내서 소아 병동에 다녀야 했다. 아이들과 친해져 헤어지기 힘들어서라고 나중에 준코에게 설명했다.

헤어지기 힘들었지만, 영원히 헤어지지 않으면 안 되는 현실이 되풀이됐다. 시즈토는 매주 찾아가 투병 생활을 격려하고 위로했지만, 병세가 급변해 점점 쇠약해지다 죽어가는 아이도 많았다.

그런 고통스러운 상황을 겪으면서 그의 마음은 흐트러졌다. 의사가 아닌 그의 입장에서 도망치면 그만이었지만, 한편으로는 다음 환자로 만회할 기회도 없이 죽어가는 환자를 그저 지켜볼 수밖에 없었다. 알게 된 지 얼마 되지 않은 간호사에게 그 괴로움을 토로하자, "잊지 않으면 자신마저 다 타버리고 말 거야"라고 충고해주었다.

친구에게도 상담했더니, "그러니까 좋은 의료기기를 개발해야 하지 않겠어?" 하며 격려의 말을 해주었다.

납득이 가는 한편으로 마음은 식어갔다. 아무리 의학이 발달하고 필요한 의료기기가 개발된다 해도, 구원할 수 없는 죽음은 항상 있다고 마음속으로 중얼거렸다. 당시 수련의가 되어 하루하루가 힘든 친구에게 그런 생각까지는 털어놓지 못했고, 한잔하자는 그의 청도 거절했다. 점점 소아 병동에 가는 발길이 뜸해지고, 여자친구와도 헤어졌다.

사회에 나온 지 오 년째 되는 여름, 시즈토는 길 한복판에서 한 중년 여자에게서 "고마웠습니다" 하는 인사를 받았다. 그녀는 소아 병동에 입원해 있던 아이의 어머니라고 자신을 소개했다. 얼마 전이 1주기였지만, 그때 재미있게 놀아주어서 아이가 아주 좋아했다. 정말 따뜻한 위로가 되었다고 했다. 시즈토는 이야기를 듣고 나서야 어떤 아이인지 생각났고, 기일을 까맣게 잊고 있었던 자신이 부끄러웠다.

　돌이켜 생각해보니 자신이 소아 병동에 다닐 때 세상을 떠난 아이들 한 명 한 명의 기일까지는 기억하지 못하고 있었다. 세상을 떠났을 당시는 정신적으로 다 타버린다 해도 절대 잊지 않을 거라고 가슴을 떨었으면서…… 그런 자신의 행위와 감정이 모두 가짜였다는 게 드러나고 만 것 같았다.

　이런 괴로움을 혼자 끌어안고 있기가 고통스러워 친구에게 상담하기로 마음먹었다. 하지만 친구는 그때 이미 죽은 뒤였다.

　친구는 야근을 포함해 삼십팔 시간 연속 근무를 한 뒤 귀가해 잠자리에 들기 전 욕실에 들어갔다. 따뜻한 물에 몸을 담근 채 그대로 잠들었던 모양이다. 사인은 익사였다.

　쓰야에 가기 전 집에 잠깐 들른 시즈토는 준코가 놀랄 만큼 너무나 초췌했다. 친구의 부모에게 연락받은 뒤로 한숨도 못 잔 것 같았다. 그는 준코에게 소아 병동에 대한 이야기를 하고, 그때 친구와 만났더라면 하고 원통해하면서 몇 번이나 똑같은 말을 했다.

"나 같은 인간보다 그 녀석이 살아야 하는데…… 어째서 그 녀석이 죽었는지."

준코와 다카히코도 쓰야에 참석했다. 동년배의 남녀가 자식의 영정 앞에 고개 숙이고 있는 모습은 차마 볼 수가 없었다. 시즈토는 쓰야에 끝까지 남아 있다가 다음 날 장례식에 참석했다.

경찰에서 집으로 전화가 온 것은 장례식 날 저녁 무렵이었다. 경찰서에 가니 상복이 엉망이 된 채 시즈토가 앉아 있었다. 장례식에 온 고등학교 친구 셋과 주먹다짐을 했다고 한다. 그들이 "이렇게 시시하게 죽다니……"라고 말했던 게 발단이었다.

"시시한 죽음이란 말을 용서할 수 없었어." 시즈토가 말했다.

친구 집이 신도神道를 믿었기 때문에 10일제, 20일제, 30일제, 40일제, 50일제, 100일제를 올렸다. 시즈토는 공양 때마다 빠짐없이 친구의 집을 찾았다. 지금 2층 시즈토의 방에 있는 흔들의자는 그때 그의 부모에게 받았다. 친구가 좋아하던 것이었다.

그즈음 시즈토는 회사에서 중요한 일을 맡게 되어 한층 바빠졌다. 나중에 그에게 들었는데, 굳이 남의 일까지 떠맡아 바쁜 일상 속으로 도망쳤던 것이었다.

그리고 그는 친구의 1주기를 잊고 말았다. 한 달 전, 친구의 어머니에게 전화를 받고, 평일이지만 조퇴하고 참석하겠다고 약속했다. 그런데 쉴새없이 영업을 돌다가 문득 생각났을 때는 제사 시간이 한참 지나 있었다.

시즈토는 부랴부랴 친구의 집을 찾았다. 친구의 부모는 마음에 둘 것 없다, 네가 지금까지 해준 것만으로 충분하다고 연방 사과하는 그를 달랬다. 그것이 또 가슴 아팠다.

상처로 약해진 시즈토의 마음속으로 할아버지의 죽음은 물론 지금까지 경험한 모든 죽음이 흘러들어갔는지도 모른다. 집으로 돌아온 시즈토는 불단 앞에서 이런 말을 했다.

"생각났어…… 초등학교 5학년 때, 옆 반 아이가 교통사고로 죽었어. 중학교 때 한 학년 위의 여자 선배 둘은 자살했고. 고등학교 후배 하나는 화재 현장에서 미처 빠져나오지 못했어. 아주 큰일이었는데도 친구들하고 농담조로 무섭네 어쩌네 떠들어대기만 했을 뿐, 마음은 조금도 움직이지 않았어. 어떤 아이였는지 이름조차 기억나지 않아. 그건…… 정말로 이상한 거 아닌가?"

얼마 후, 시즈토는 얕은 숨을 반복해 쉬는 과호흡 증후군으로 업무중에 의식을 잃었다. 병원 검사에서는 별다른 이상을 찾지 못했고, 의사는 정신적 피로가 원인이라며 입원을 권했다.

회사에서 한 달 휴직을 허락받았지만, 시즈토는 일주일 만에 퇴원했다. 퇴원하는 날 준코가 데리러 갔다. 병원에서 오는 길에 시즈토는 좀 걷고 싶다고 했다.

이십 분 넘게 걸었을 때, 그는 갑자기 네거리 앞에서 풀썩 주저앉았다. 가드레일에 작은 꽃다발이 걸쳐 있었다. 뉴스 같은 데서 헌화 장면을 몇 번 봤기 때문에 준코는 대수롭잖게 여겼지만, 시즈토는 꽃다발을 거꾸로 들어보기도 하고, 꽃다발 안을 들여다보기도 했다.

"죽은 사람의 이름이나 나이 같은 건 안 써놨나? 어떤 식으로 죽었을까⋯⋯?"

주위는 주택가여서 상점 같은 건 없었다. 그는 준코가 말릴 새도 없이 가까운 집의 인터폰을 누르더니 응답한 주민에게 꽃다발에 대해 물었다. 상대는 수상하게 여기는 눈치였지만, 준코가 걱정스러운 얼굴로 옆에 서 있었기 때문에 사고 관계자라고 생각했는지, 아는 대로 이야기해주었다.

요 앞 네거리에서 여대생이 탄 스쿠터가 빨간 불에 정지한 직후 뒤따라오는 승용차에 받혀, 여대생은 도로로 나가떨어지며 머리를 찧었다. 승용차 운전자가 휴대전화에 정신이 팔려 있었던 게 원인이었다. 사고 후 한동안 피해자 부모가 근처를 돌며 매달 죽은 날짜에 딸아이의 명복을 빌며 꽃을 공양하고 싶다, 폐가 될지 모르지만 양해해달라고 말하고 다녔다. 주민들은 부모를 동정해 헌화한 꽃은 시들기 전에 처리할 테니 마음껏 애도하라고 했다

그 이야기에 감동받은 시즈토는 피해자의 이름을 묻더니, 꽃다발 앞에서 손을 모았다.

귀가 후 그는 내내 생각에 잠긴 모습이었다. 그리고 다음 날 아침, 밥도 먹는 둥 마는 둥 하고 집을 나섰다. 준코는 왠지 마음이 놓이지 않아 뒤따라갔다. 시즈토는 무슨 일인지 길가를 두리번거리며 걸었다. 왜 그러냐고 준코가 물어도 아무 대답이 없었다. 그러다 편의점 주차장에서 전날과 비슷한 꽃다발을 발견하고 가게로 들어가더니, 십 분쯤 뒤에 나왔다. 그러고는 꽃다발 앞에 쭈그리고 앉아 손을 모았다. 일어선 그에게 뭘 한 거냐고 묻자, 여기서 눈이 마주쳤다는 이유만으로 어린 친구들끼리 싸움이 붙어 한 소년이 칼에 찔려 죽었고, 꽃다발은 죽은 소년의 여동생이 두고 갔다고 했다.

준코는 이제 속이 후련해졌겠지 싶어 집에 가자고 했다. 시즈토는 어두워지면 들어가겠다는 말을 남기고, 또다시 걷기 시작했다. 준코는 쫓아갈 기력도 체력도 없어서 집으로 돌아와 파트타임 일도 나가지 못하고 기다렸다.

늦은 밤 시즈토가 약속대로 집에 돌아왔다. 바지 끝단과 무릎이 몹시 더러워져 있었다.

다음 날도 그다음 날도 시즈토는 아침 일찍 집을 나서서 한밤중에야 녹초가 되어 들어왔다. 뭘 했느냐고 물으면, 헌화된 곳을 찾아다니는데 좀처럼 보이지 않는다고 했다.

걱정이 되어 좀 쉬라고 해도 시즈토는 대답이 없었다.

다음 날 아침, 시즈토는 외출하지 않았다. 대신 신문을 펼쳐 열심히 읽더니, 어떤 기사를 베껴 적고는 자전거를 타고 나갔다. 준코는 그 기사를 확인했다. 전국지에 끼워놓은 가나가와神奈川판 지면에 이웃 동네에서 한 노인이 트럭에 치여 사망한 소식이 실려 있었다.

그후, 시즈토는 신문에서 정보를 얻었다. 사망자에 관한 정보 외에 요란하게 떠들어대는 얘기는 듣기 싫은지 텔레비전 뉴스는 별로 보지 않았고, 날마다 집으로 배달되는 신문뿐만 아니라 도서관에서 지난 신문도 열람하는 것 같았다. 시간이 지나자 전철이나 버스를 타고 멀리까지 가기 시작했다. 준코가 몇 번이나 그만 하라고 설득했지만, 시즈토는 현 외부로까지 발을 뻗게 되어, 어느 가을날에는 한밤중에 전화를 걸어와 "지금 이바라기인데, 전철이 없어서 자고 간다"라고 했다. 다음 날 집에 온 그에게 어디서 잤느냐고 물었더니 공원에서 잤다는 대답이 돌아왔다.

그날 밤, 준코와 다카히코, 대학 졸업을 앞두고 일자리를 찾는 중인 미시오까지 모두 모여 시즈토와 이야기를 나누었다.

친구의 죽음은 정말 고통스러웠을 거라고 생각한다. 기일을 잊은 것 때문에 자책하는 심정도 안다. 하지만 타인의 죽음을 찾아다닌다고 무슨 위로가 되고, 무슨 의미가 있느냐고 준코는 설득했다.

시즈토는 괴로운 표정으로 고개를 가로저었다. 왜 그러는지 그 자신도 설명할 수 없는 듯했다.

화가 난 미시오가 "설마 온 일본의 죽은 사람이란 죽은 사람은 다 찾아다니며 기도하려는 건 아니겠지?" 하고 다그쳤다.

"기도한다는 건 주제넘은 짓이야." 시즈토는 그렇게 대답했다. 누군가가 죽은 장소를 찾아가보면 자신에게는 기도할 자격도 권리도 없다는 걸 알게 된다고 했다. "그럼 뭘 하는 건데?" 미시오가 다시 물었다.

"……기억할 수 없을까, 그런 생각을 해. 어떻게든 잊지 않고 기억할 수 없을까 하고……"

준코는 그가 얼마나 깊은 죄책감에 시달리고 있는지 새삼 깨달았다.

"그렇지만 시즈토, 모든 것을 기억할 수는 없잖아…… 한계가 있어."

시즈토는 어머니가 조금은 자신을 이해해준다고 생각했는지 힘없는 미소를 지었다.

"맞아요…… 넓지 않은 지역에서조차 모든 사람의 죽음을 알수 없어요. 하지만 여기서도, 저기서도 사람이 죽었다는 걸 알고 가만있을 수가 없어. 죽은 한 사람 한 사람이 이 세상에 살았다는 걸 되도록이면 모두가 기억할 수 없을까요? 기억해서 뭐가 어떻게 될지 지금은 모르겠어요. 그걸 알아내기 위해서라도 이 일을 계속하고 싶어요."

준코는 다카히코를 보았다. 그 역시 전쟁의 재해 속에서 형은 죽고 자신은 살아남았다는 것 때문에 죄책감 비슷한 감정을 안고 살아왔을 것이었다. "당신은 어떻게 생각해?" 준코가 남편에게 물었다. 시즈토도 아버지를 바라보았다. 다카히코는 한동안 묵묵히 있다가, "그래도 우리는 살아가야 해" 하고 말했다.

"죽은 사람만 보고 있다가는 자신을 돌볼 수도 가족을 부양할 수도 없어……"

시즈토는 고개를 숙였다. 그 어떤 말을 들었을 때보다도 괴로운 모양이었다.

그뒤로도 멀리까지 가서 돌아오지 않는 날이 이틀이 되고, 사흘이 되었다. 적어도 잠은 호텔에서 자라며 준코는 돈을 건넸다. 열의가 식지 않는 한 어쩔 수 없다고 생각했다.

세밑이 가까운 12월, 경찰에서 연락이 왔다. 살인사건 현장 근처에서 시즈토가 피해자에 대해 묻고 다니는 게 수상해 붙잡아 보호하고 있다고 했다. 준코가 데리러 갔다.

다음 날, 시즈토는 회사에 사표를 냈다. 범인은 이미 잡혔고 그에게는 아무 혐의도 없었지만, 죽은 이를 찾아다니는 일을 계속하다보면 회사에 폐를 끼칠 수도 있으니까, 하고 이유를 댔다.

"의료 발전도 의료기기 개발도 정말 중요하다는 생각은 시금도 변함없어요. 결국은 죽는다 해도 좀더 살고 싶다, 살길 바란다는, 사람들의 희망을 이루기 위한 노력은 숭고하니까요. 하지만 그 일은…… 내가 아니어도 누군가가 할 수 있어요."

시즈토는 예금을 찾고 며칠에 걸쳐 무슨 준비를 하는가 싶더니, 갈아입을 옷을 꾹꾹 눌러넣은 배낭과 침낭을 챙겼다. 그리고 가족이 모인 저녁식사 자리에서 내일부터 여행을 떠나겠다고 선언했다. 섣달 그믐날이었다.

"아버지 말씀은 줄곧 염두에 두고 있어요. 그렇지만 한동안 제가 하고 싶은 대로 하게 해주세요. 죽은 사람들을 잊은 것을 용서받을 생각은 없어요. 그러나 누군가 죽은 장소를 찾아다니다보면 너무나 많은 죽음을 무심히 지나쳤다는 생각에 가슴이 아파요."

말려도 그는 갈 것이다. 영영 집에 오지 않으면 어쩌나 싶어 준코는 길어도 반년이나 일 년 뒤에는 꼭 돌아오라고 신신당부했다. 시즈토는 곤란한 표정을 지으며 걱정하는 가족을 향해 고개를 끄덕였다.

설날인 다음 날, 준코와 다카히코와 미시오가 지켜보는 가운데 시즈토는 배낭과 침낭을 메고 집을 나섰다.

3

준코는 여기까지 쉼 없이 이야기하고 나서 일단 입을 다물었다.

과거부터 현재까지 다시 한번 살아낸 느낌이었다. 피곤할까 걱정됐지만, 오기 때문인지 몸 상태는 생각보다 괜찮은 듯했다. 하지만 시즈토의 심정을 간접경험하면서 그때그때 자신이 한 행동을 반성하고 후회하다보니, 약해질 대로 약해진 마음이 더욱 아파왔다.

고개를 들자 다카쿠보는 혼란스러운 듯 눈빛이 흔들렸지만, 그의 형은 무표정한 얼굴로 안경 뒤에서 시선을 약간 내리깐 채 흔들림 없이 한곳을 응시하고 있었다. 레지는 자신이 좋아했던 시즈토에 관해 몰랐던 이야기들을 듣고, 어떻게 받아들여야 좋을지 다카쿠보 이상으로 당혹스러워하며 무슨 말을 하고 싶은데 나오지 않는 듯 안타까운 표정을 지었다.

뒤돌아보니 다카히코도 미시오도 마치 피고인 가족처럼 고개를 떨어뜨리고 있었다. 준코가 이대로 다음 이야기를 계속해도 좋을지 망설이고 있는데, 레지가 물었다.

"내가 이 년 전에 만났을 때도 자아 찾기가 아닌 지금 말한 것과 같은 여행을 하고 있었던 건가요?"

달리 묻고 싶은 것이 많지만, 우선 이것부터 짚고 넘어가야겠다는 듯이 보였다.

준코는 희미한 웃음으로 대답을 대신하고, 일기를 뒤적이며 이야기를 계속하기로 했다.

시즈토가 여행을 떠난 뒤, 종종 경찰에서 전화가 왔다. 사건 현장을 어슬렁거리거나 화재 현장 부근에서 사람들에게 이것저것 묻고 다니다가 보호 등의 명목으로 경찰서에 연행되는 일이 잦았다. 아들을 데려가라는 경찰의 요청을 몇 번이나 받았지만 응하지 않았다. 데리러 가봐야 시즈토는 또 여행을 떠날 것이다. 차라리 경찰에게 혼쭐이 난다고 할까, 조금은 가혹한 처사를 겪으면서 스스로 여행을 그만두어야겠다는 생각을 하길 바랐다.

실제로 혐의가 없기 때문에 시즈토는 곧바로 풀려나는 것 같았다. 사정을 설명하는 데 이골이 났는지 경찰에서 문의해오는 횟수도 차츰 줄었다. 이따금 연락이 와도 신원 조회 정도에 그쳤다.

일 년 뒤 정월 중순, 시즈토는 약속대로 돌아왔다. 뺨이 홀쭉하고, 눈두덩은 움푹 꺼지고, 가슴팍에는 살이 하나도 없었다. 피로의 그림자가 너무 짙어서 병원에 데려가야 하지 않을까 하고 지켜보고 있는데, 그는 꼬박 하루를 자고 일어나 수저를 드는 둥 마는 둥 하더니 또다시 잠에 빠졌다. 몇 번의 식사와 수면과 목욕이 이어진 끝에 간신히 이야기를 나눌 수 있게 된 것은 시즈토가 집에 온 지 사흘째 되는 날 밤이었다.

몸은 안 아팠니? 밥은 챙겨먹었니? 어디서 잤니……? 준코의 질문에 시즈토는 짧게 대답했다. 지출을 최대한 줄이면서 생활을 꾸려나가다보니, 처음에는 살이 빠졌지만 석 달쯤 지나서부터 안정이 됐다. 지금은 몸도 가볍고 여행 가기 전의 건강을 되찾은 것 같다고.

"그래…… 역시 사람이 죽은 장소를 찾아다닌 거니?"

준코의 물음에 그는 한숨을 감추듯 손바닥으로 입가를 가리더니 대답했다.

"예. 죽은 사람을, 애도했어요……"

누군가 죽은 장소를 찾아가 고인을 추모하는 행위를 두고 시즈토는 처음으로 '애도한다'라고 표현했다. 그 의미를 묻자 명복을 비는 게 아니라 고인을 기억하겠다는 마음이니, '기도'보다 '애도'라는 말이 적절할 것 같다고 힘없는 목소리로 나직하게 대답했다.

"그럼, 이걸로 끝인 거지? 아주 온 거지?"

미시오가 기다리지 못하고 물었다. 시즈토는 꼼짝 않고 텔레비전에 시선을 고정시킬 뿐이었다.

다음 날 그는 친구의 묘와 조상의 묘를 참배하고, 또 다음 날은 소아 병동에서 알게 된 아이들의 묘를 관계자에게 물어 찾아간 듯했다. 그다음 날은 자기 방의 흔들의자에 앉아 한참 생각에 잠겨 있더니, 다음 날 신발과 갈아입을 옷을 준비하고, 그다음 날 아침에 괴로운 표정으로 식구들에게 말했다.

"죄송하지만 가야겠어요…… 아직 누구도 제대로 애도하지 못한 것 같아요."

"제발 그만 해!" 하고 미시오가 비명에 가까운 소리를 지르며 말렸지만, 시즈토는 눈을 감고 현관으로 향했다.

준코는 이대로 가게 두면 두 번 다시 돌아오지 않을 것 같은 예감이 들어 현관 앞으로 쫓아나가 배낭과 침낭을 짊어진 아들에게 말했다. "또 일 년 지나면 돌아와야 해."

시즈토는 자신 없는 듯 고개를 갸웃거렸다. 준코 뒤에 서 있던 다카히코도 거들었다.

"돌아오너라…… 엄마를 위해…… 미시오를 위해서도……"

시즈토는 잠시 사이를 두었다가 고개를 끄덕이더니, 집에서 빠르게 멀어졌다.

시즈토는 같은 해 세밑에 돌아왔다. 마른 것은 여전했지만, 여행에 익숙한 사람의 행동거지가 온몸에 밴 듯했다. 한층 고뇌의 그림자가 짙어진 표정 탓에 겁을 먹은 것처럼 보이기도 했다.

무엇을 고민하고 무엇이 두려워 떨고 있는지 시즈토는 말하지 않았고, 친한 지인의 묘를 참배한 뒤에는 대부분의 시간을 방에 틀어박혀 친구의 유품인 흔들의자에 앉아서 보냈다. 가족들은 굳이 여행에 대해 묻지 않았다. 그저 이대로 그가 원래 생활로 돌아온 것이길 빌었다.

해가 바뀌어도 시즈토는 여행 준비를 하지 않았다. 겁먹은 표정은 사라지지 않았고, 식사중에 느닷없이 뒤돌아보는가 하면, 준코가 요리할 때 쓰는 식칼을 불안하게 바라보기도 했다.

집에 돌아온 지 열흘 후의 저녁식사 자리에서 그는 온 가족이 둘러앉은 식탁을 신기한 듯 바라보며 중얼거렸다.

"이건 보통 일이 아냐…… 특별한 일이야, 기적이야."

가슴속에서 쥐어짜는 듯한 고통스러운 목소리였다.

준코는 여행에 대해서는 묻지 않는다는 가족간의 암묵적인 약속을 깨고, 여행중에 뭔가 무서운 일이 있었는지, 무엇 때문에 겁을 먹었는지 물었다. 그러자 시즈토가 놀란 얼굴로 되물었다.

"무서워한다고요? 제가요? 겁먹은 듯이 보인다고……요?"

그의 눈꺼풀이 경련을 일으키듯 파르르 떨렸다. 울음을 터뜨릴 것도 같고, 웃음을 터뜨릴 것도 같았다.

그 순간, 준코는 느꼈다. 이 아이가 겁내는 것은 자신의 죽음이라는 것을…… 혹은 가족의 죽음…… 온 가족이 모여 식사할 수 있는 상황을 기적이라고 중얼거린 것은 비참한 죽음을 수없이 보아온 끝에 흘린 감상이리라. 때로는 누군가의 죽음에 깊이 감정이입한 적도 있지 않을까?

여행중에 이를테면 탁류 옆을 지날 때, 벼랑가를 빠져나갈 때, 선로나 교통량이 많은 도로를 가로지를 때, 저도 모르게 죽음에 이를 뻔한 순간이 있었던 게 아닐까?

"넌 죽지 않아! 죽음을 찾아다니고 있지만 넌 죽어선 안 돼!"

엉겁결에 강한 어조의 말이 나와버렸다. 새파랗게 질린 시즈토를 지켜보며 준코는 다음 말을 찾았다.

"자신과 타인의 죽음은 따로 떼어서 생각하는 거야. 죽은 사람을 기억하는 것과 죽은 사람과 자신을 같이 생각하는 건 달라. 냉정하게 들릴지 모르겠지만, 일일이 감정을 이입해서는 안 돼. 자신을 잃으면 목적을 다할 수 없잖니? 무엇보다 애도를 계속하는 게 중요하잖아?"

아들의 자살을 우려해서 한 말이지만, 여행에 대한 의욕을 잃어가고 있던 시즈토에게는 새롭게 떠날 결심을 하는 데 힘이 된 모양이었다. 다음 날 아침, 그는 여행 준비를 시작했다.

왜 그런 말을 했느냐며 미시오가 나무랐다. 훗날 그런 생각이 들었다. 어쩔 수 없는 일이었다고는 해도 오빠와 부모님의 죽음에 대한 그녀 자신의 죄책감과 조금씩 그들에 대한 기억이 옅어져가는 두려움 때문에 은연중에 시즈토를 격려하는 듯한 말을 하게 된 건지도 모른다고.

여행을 떠나던 날 아침, 신발을 신고 있는 시즈토를 보고 화가 치미는지 미시오가 내뱉듯이 말했다.

"난 집 나가서 혼자 살 거야. 집을 물려받는 건 장남이 할 일이니까."

그러고는 2층으로 뛰어올라갔다.

준코는 미시오의 기분을 헤아릴 수 있었다. 그럼에도 일 년 뒤에 돌아오라고 일러 시즈토를 보낼 수밖에 없었다.

시즈토는 침착한 걸음으로 집을 나섰다. 그리고 같은 해 크리스마스에 돌아왔다. 사지가 단련되어 자세가 잡혔고, 영양 섭취와 혹독한 생활도 균형을 맞춘 듯 몸이 늠름하게 다듬어진 인상이었다. 표정은 어둡지만 온화했고 겁먹은 빛은 사라지고 없었다. 계속해서 사람들의 죽음을 바라보는 것은 분명 고통스러운 일일 텐데, 내면에 가슴 아픈 고뇌조차 받아들이는 법을 여행중에 터득한 걸까…… 적어도 죽음에 얽매여 자신을 놓치고 있는 것 같지는 않았다. 피곤해도 의식을 잃은 듯 잠들어버리지 않았다. 안색도 좋고 건강해 보인다고 하자, 시즈토는 수줍은 듯이 미소를 지었다.

"나름대로 애도하는 법을 깨닫기 시작해서인지도 몰라요……"

고인을 기억할 때, 죽음의 비참함과 비애가 아니라 그 사람의 긍정적인 면만 기억하기로 했다고 한다. 긍정적인 면이라는 것은 사람에 따라 기준이 다르겠지만, 몇십 명, 몇백 명이나 되는 고인에 대한 이야기를 듣다보니, 어떤 인물이든 긍정적으로 받아들일 수 있는 세 가지 요건이 있었다는 것이었다.

"그 사람은 누구를 사랑했는가? 누구에게 사랑받았는가? 누군가가 어떤 일로 그에게 감사를 표한 적이 있는가?"

매일같이 죽은 이들을 찾아다니지만 이 세 가지만 알 수 있으면, 한 사람 한 사람을 다른 사람들과는 구별되는 유일한 인물로 마음에 새길 수 있었다. 더 중요한 것은 설령 그 사람이 병자였건, 장애를 안고 있었건, 직업이 있었건 없었건 간에, 또 인생 경험이 적은 아이 혹은 갓난아기라 하더라도 이 세 가지 질문의 답만 갖추면 어떤 형태로든 만족스럽게 애도할 수 있다는 것이다.

물론 죽은 이에 대한 이야기를 전혀 들을 수 없는 경우도 있다. 그때는 한 가지라도 좋으니 답을 찾아내 가슴에 새긴다. 때로는 억지나 오해도 있겠지만 최근에는 그래도 괜찮다고 생각하게 되었다. 사람과 사람의 관계란 원래 그런 억지나 오해들까지 쌓여서 이루어진 것인지도 모르니, 이를 두려워하기보다 먼저 그 사람을 기억한다는 사실에 집중하기로 마음먹은 것이었다.

레지가 시즈토를 만난 것은 이 무렵이었다. 시즈토가 여행에서 돌아왔다며 미시오가 레지를 집으로 불렀다. 준코의 짐작으로는 가족들은 이미 시즈토를 말릴 수 없으니, 예전의 그를 잘 아는 친한 사람이 얘기해보면 무슨 변화가 있지 않을까 하고 생각한 것 같다.

레지는 깡마르고 분위기가 사뭇 달라진 시즈토를 보고 놀랐다. 그러고는 왜 이제 와서 자아 찾기를 하느냐고 물었다.

"맞아, 레지. 이건 자기만족을 위한 일에 지나지 않아. 하지만 아직은 성에 안 차."

시즈토는 부드러운 목소리로 대답했다. 그후에도 두 사람의 이야기는 자꾸 어긋나기만 했다.

새해가 되기 전 다시 여행을 떠나던 날, 미시오는 이미 독립하고 없었고, 준코와 다카히코 둘이서 시즈토를 배웅했다.

이번에는 일 년 뒤에 돌아오란 말을 할 수 없었다. 시즈토는 죽은 이를 통해 심오한 것을 배우고 있는 듯했다. 여행을 시작할 때와는 표정과 말투가 달라졌고, 이미 충동적으로 죽음을 좇는 인상이 아니었다. 스스로 납득하지 않는 한 여행을 그만두지 않을 것이다. 그럼에도 돌아오라고 하면 무리를 해서라도 일정을 바꾸어야 할 것이다. 그렇잖아도 아들이 짊어진 짐은 너무 무겁다. 부담이 될 약속을 더는 하고 싶지 않았다.

그녀가 아무 말도 하지 않아서일까. 현관을 나선 시즈토는 뭔가 묻고 싶은 듯 이쪽을 보았다. 준코가 힘없이 미소짓자 그제야 그도 안도하는 표정이다.

"그럼……" 하고 가려고 했다.

"네 인생은…… 참 힘들구나."

다카히코의 말에 시즈토가 돌아보았다. 준코와 다카히코를 달래는 듯한 시선이다.

"두 분이 훨씬 더 힘드시잖아요…… 죄송해요. 미시오한테 많이 신경 써주세요."

그러고는 발아래 뭐라도 있는지 확인하듯 한 걸음 한 걸음을 내디디며 멀어져갔다.

일 년 뒤, 시즈토는 돌아오지 않았다. 그리고 올해도 아직이다.

준코는 일기장을 덮었다. 온몸의 긴장이 조금 풀리는지 긴 한숨이 새어나왔다.

시즈토에 대해 자신이 아는 것은 일단 전부 말했다. 요점을 딱 짚지 못하고 에두르는 식이어서 맥락이 잘 연결되지 않은 것도 같지만, 어쨌든 그다음은 상대에게 맡길 수밖에 없었다.

"제 이야기는 여기까지입니다. 이해가 되셨을지 모르겠습니다만, 적어도 시즈토가 경찰과 자주 엮이는 것은 무슨 잘못을 해서가 아닙니다. 사람이 죽은 장소를 찾아가는 데도 그 아이 나름대로 진지한 이유가 있고요. 그것만은 믿어주세요. 부탁드립니다."

한동안 아무도 입을 열지 못했다. 레지조차 고개를 숙인 채 침묵하고 있었다.

"말씀은 잘 알겠습니다."

제일 먼저 침묵을 깬 사람은 다카쿠보의 형이었다. 준코가 이야기하는 동안은 편히 앉아 있다가, 다시 정좌를 하고 말했다.

"정확히 이해했는지 자신은 없습니다만…… 아드님의 여행이 진지한 고민 끝에 시작되었다는 것, 그리고 경찰에 체포된 게 아니라 보호받은 것이며 곧바로 풀려났다는 것, 이 점은 어머님께서 마음을 담아 자세히 설명해주신 덕에 쉽게 이해했습니다."

준코는 안도했다. 어쨌든 그만큼만이라도 알아준다면 좋겠다 싶었다.

미시오도 한시름 놓는지, 등뒤에서 작게 숨을 쉬는 소리가 들렸다.

"다만 일반적으로 이해하기 힘든 이야기라는 건 분명합니다. 아마 몇 번을 들어도, 제가 다른 사람에게 잘 설명할 수 있을 것 같지는 않습니다. 그리고 이런 점이 바로 우리 고민입니다."

냉정함을 유지하던 다카쿠보의 형은 태도를 바꾸어 몸을 앞으로 내밀듯이 하고 말을 이었다.

"히데유키에게 따님 이야기를 들었을 때, 만나볼 것도 없이 멋진 여성이란 걸 알았습니다. 그분의 오빠이니, 훌륭한 직장을 그만두고 여행을 떠난 데는 깊은 이유가 있을 거라 생각했고요. 하지만 저희 가족과 친척들은 고루한 사람들입니다. 시골분도 많아서 좀 편협하다고 할까요. 경찰의 보호와 체포의 차이도 모릅니다. 서른 넘은 남자가 이리저리 떠돌아다닌다고 하면 어딘가 이상하다고 여기는 사람들에게 이 이야기를 어떻게 이해시킬 수 있을지…… 장남 장녀인 저희 부모님은 말하자면 친척들의 대표이고, 그래서인지 새로운 가족이 될 상대에 대해서 말이 많습니다."

준코는 상대가 무슨 말을 하려는지 깨닫고 어금니를 악물었다. 반박하고 싶지만, 상대의 진의를 좇아가는 게 고작이었다. 다카쿠보의 형은 원래대로 자세를 고쳐앉고, 형식적인 미소를 지으며 말을 이었다.

"어머니가 아까 쓰신 가발, 유쾌했습니다. 이 댁에서는 부러울 정도의 여유로움이 느껴집니다. 그렇지만 저희 집안사람들은 답답하리만큼 꽉 막혔습니다. 더욱이 민의를 대변하는 일을 하고 있는 작은아버지 때문이라도 기분에 취해 도를 넘는 언동을 하지 않도록 자중해야 합니다. 인연을 맺는 댁에도 그래주십사 부탁드릴 수밖에 없고요. 만약 저희 집과 인연을 맺으면 분명 지금의 자유로움도 잃게 되실 겁니다. 저희 때문에 그렇게 되신다면 정말이지 죄송한 일이 아닐 수 없습니다."

그러더니 다카쿠보의 형은 갑자기 방바닥에 양손을 짚고 깊숙이 머리를 숙였다.

"얼마 전 가족회의에서 동생은 혼전 임신 같은 난잡한 행동으로 질책을 받았습니다. 대체 교육을 어떻게 시켰느냐고 부모님도 비난받았습니다. 참으로 한심합니다만…… 그래서 동생은 가족들 앞에서 '내 아이인지 아닌지 모른다'고 말해버렸습니다. 정말로 죄송합니다."

준코는 다카쿠보를 보았다. 핏기 없는 얼굴로 입술을 꽉 다문 채 그도 이제 정좌를 하고 있다.

"저는 한때 사랑했던 사람을 모욕한 동생을 한 대 쳤습니다. 하지만 그 말을 믿는 친척도 있었습니다. 마땅한 직장도 없이 떠돌아다니는 장남을 인정하는 집의 딸이라면 여러 상대와 난잡하게 지낼 수도 있다는, 오해를 키운 것 같습니다. 이런 상황에서 따님을 모셔가면 불행해질 뿐입니다. 지금이라면 안전한 병원을 소개해드릴 수 있습니다. 병원비 외에 백만 엔 정도 더 준비했습니다."

처음부터 결론은 이미 나 있었다. 겸손한 척하며 이쪽에 상처를 주고 화를 돋우는 말주변은 사전에 계획한 것이리라. 돌아가! 하고 소리치고 싶었지만, 미시오를 생각하니 차마 입이 떨어지지 않았다.

그때 등뒤에서 낮게 억누른 웃음소리가 들려왔다.

"어이가 없어서…… 대체 무슨 소리를 하는 건지…… 그만 돌아가세요."

미시오가 혐오감에 찬 표정으로 내뱉듯이 말했다.

"아니, 그렇지만 말입니다…… 당신 뱃속에……"

다카쿠보의 형이 미시오의 얼굴과 배를 번갈아 보았다. 다카쿠보도 그녀를 물끄러미 바라보았다.

"아이요? 걱정 마세요. 원래 없었으니까…… 당신 아이는 없으니까."

미시오는 다카쿠보를 노려보며 선언하듯 말하고는 자리에서 일어나 방을 나갔다. 준코는 계단을 오르다 도중에 힘이 다한 듯 멈추는 발소리를 들었다.

"따님을 화나게 한 것 같군요…… 이제 어떻게 할까요?"

다카쿠보의 형은 어찌 됐건 방금 전 이야기의 결론을 지을 심산인지, 선뜻 일어나려 하지 않았다.

준코는 눈앞의 상대뿐만 아니라 무력한 자신에게도 화가 났다.

(설령 오래 살 수 있다 해도 자식이 행복하지 않다면 무슨 의미가 있을까?)

"돌아가⋯⋯주세요."

다카히코가 다카쿠보 형제 앞으로 나와 머리를 숙였다. 구부린 등이 떨리고 있다.

"이제 됐지 않습니까⋯⋯ 딸도 아내도 충분히 상처받았습니다⋯⋯ 그만 돌아가주십시오."

"아뇨, 그렇지만, 아버님. 이 일은 자꾸 미루면 시기를 놓치게 됩니다."

"시끄럽군. 돌아가라잖아!"

레지가 다카쿠보 형의 말을 가로막았다. 그의 눈이 젖어 있었다. 다카쿠보 형의 뒤로 가서 겨드랑이에 손을 밀어넣고는 억지로 일으켜세웠다. 옆에 앉은 다카쿠보의 허리도 무릎으로 밀었다.

"야, 들었지? 애는 없단다. 네 애는 없다고!"

"그렇지만⋯⋯"

집에 온 뒤 다카쿠보가 처음으로 입을 열었다.

"그렇지만 뭐. 너는, 미시오가 하지도 않은 말을 이미 해버렸고, 사랑했던 여자에게 상처를 주고, 그래도 닥치고 있었으니 여기 있을 이유가 없어. 돌아가, 얼른 나가버려!"

"레지, 좀 진정해. 여기서 어른답게 의논하지 않으면 앞으로 모두가 곤란해져."

다카쿠보의 형이 달래려 했지만, 레지는 상대를 한 대 칠 듯이 다가섰다.

"다카쿠보의 아이는 없다고 하잖아. 당신들이 뭐가 곤란해!"

"그렇게 말해놓고, 실제로 아이가 태어난 뒤에 이러니저러니 하면……"

"그러니까 없다고. 만에 하나, 없는 아이가 태어나면…… 그건, 그건 말이지."

레지가 입을 다물었다. 미시오가 나간 쪽을 잠시 보았다가 마음을 정한 듯 숨을 내뱉으며 말했다.

"내 아이다."

준코는 조카의 얼굴을 올려다보았다. 다카히코의 시선도 그를 향했다. 레지는 민망한 듯 시선을 피하며 불단에 올려놓은 과자 상자를 집어들어 다카쿠보 형의 가슴에 떠안겼다.

"불만 없지? 당신들 부모한테 그렇게 얘기하면 되잖아. 걱정되면 각서라도 써주지."

다카쿠보 형제는 레지의 서슬에 눌려 현관까지 밀려나가서 더는 저항하지 못하고 문 밖으로 나갔다.

"다카쿠보, 너도 없는 사람이야. 나한테도 미시오한테도 이 집에도 너는 이제 없어."

레지는 우정의 여운이 담긴 목소리로 쓸쓸히 말하더니, 괴로워하는 다카쿠보 앞에서 문을 닫았다.

"레지……"

준코는 등뒤에서 조카를 불렀다. 계단 위에 미시오의 발이 조금 보인다.

"미안해요, 외숙모…… 좋은 녀석이었어요. 밝고 다정하고, 시즈토 형이랑 비슷한 분위기랄까요. 그래서 미시오에게 소개했어요. 이 녀석이라면 미시오를 맡겨도 괜찮겠다 싶어서……"

준코는 이제야 레지가 미시오를 줄곧 마음에 두고 있었다는 걸 어렴풋이 깨달았다. 어릴 때부터 남매나 다름없이 지냈기 때문에, 레지의 호감이 연애 감정인 줄은 눈치채지 못했다. 아니, 그런 느낌이 들어도 이내 부정했었다.

(너 나름대로 미시오와 거리를 두려고 친한 친구를 소개해준 거니……?)

그때 문득 이 아이는 가족이라는 생각이 들었다. 물론 친척이지만, 그 이상으로 가까운 가족처럼 느껴졌다.

(이 아이에게 병에 대해서 털어놓아야겠다. 알리자. 그런데 어떻게 말을 꺼내지?)

"레지…… 재미있는 연상퀴즈 들어볼래? 있지, '나의 암'이라고 문제를 내고."

"에이…… 뭐예요, 외숙모. 잠깐만요, 뜬금없이…… 무슨 연상퀴즈예요." 레지가 돌아보고 말했다.

"들으면 알 거야. '나의 암'이라고 걸고 '사랑에 빠진 뒤에야

원수 집안이란 걸 안 로미오와 줄리엣'이라고 푼다. 자."

"아, 그 이유는, 하고 묻는 거죠? 외숙모, 너무 긴 거 아네요?"

"아냐. 그 이유는…… '알게 됐을 때는 이미 늦었습니다'."

4

주간지 기자라는 남자가 나타난 것은 9월 하순의 어느 토요일 오후였다.

준코가 재택 치료를 시작한 지 두 달여. 의사의 선고대로라면 슬슬 죽음의 그림자가 다가올 때가 되었는데, 몸 상태는 그리 흐트러지지 않았다.

딱딱하고 소화가 잘 안 되는 음식을 피해 세 끼를 꼬박꼬박 챙겨먹고 있고, 잠도 잘 자고 있다. 발병 사실을 알기 전과 다름없이 이웃 양로원으로 일주일에 세 번씩 식사 도우미를 하러 다니고, 10월 말에 부인회에서 여는 가을 축제 준비도 하고 있다. 재택 진료소의 의사는 목요일 오전에 오고, 방문 간호사는 목요일 외에 월요일과 금요일에도 들르지만 거의 잡담으로 시간을 보낸다. 최근 한 달 동안 받은 치료라고는 약간 심해진 복부 통증으로 아침 아홉시와 밤 아홉시에 먹는 모르핀 정제를 두 알에서 세 알로 늘린 게 고작이다. 곤란한 점이라면 부작용인 변비로 조금 괴로운 것 정도랄까?

임신중인 미시오도 변비인 건 마찬가지였다. 준코도 임신중에 경험한 일이었다. 미시오는 의사의 지시에 따라 섬유질을 섭취하는 등의 노력을 기울였지만, 역시 딱딱한 변밖에 보지 못해 애를 먹고 있었다.

준코는 죽음을 앞둔 엄마와 새 생명을 낳으려는 딸이 먹는 것은 물론 배설 문제에서도 똑같이 어려움을 겪고 있다는 사실이 신기했다. 그리고 생과 사가 비속하다고 할 수 있는 생리적인 차원에서 이웃하고 있다는 현실이, 자칫 과민 반응을 보이기 쉬운 죽음에 대한 공포를 조금이나마 덜어주었다.

가까운 사람들은 준코가 완치되었다고 알고 있고, 다카히코와 미시오조차 병의 위중함을 깜박깜박 잊는 것 같다. 레지 역시 아마 새해를 맞이하기 어려울 거라며 준코가 사실을 털어놓아도, "또 그 소리, 이제 그만 하세요오" 하고 좀처럼 믿으려 들지 않았다.

미노리에게도 병이 다 나았다고 말했다. 시가 현에서 작은 운송 회사를 경영하는 그녀는 자리를 비우기 쉽지 않아 지금 준코에게 어떻게도 해줄 수 없다. 그렇다면 괜히 마음만 아프게 할 것 없이 거의 마지막에 다다랐을 때 알리면 된다고 레지에게도 입막음을 해놓았다.

레지는 시누이이자 친구이기도 한 자기 엄마한테까지 그러는 게 이상하다며 준코의 말을 의심했다.

"그럼 시즈토 형은요? 그게 사실이면 빨리 알려야 하잖아요?"

준코가 병에 대해 털어놓은 뒤로 레지는 시즈토에게 알려야 한다고 몇 번씩이나 말했다. 회사에서 대여해준 휴대전화를 쓰다가 따로 장만하지 않았던 터라 지금은 연락할 방법이 없다. 레지가 신문에 광고를 내보면 어떻겠냐고 했지만, 그건 이미 미시오가 알아보았다. 사람 찾는 광고 같은 것은 범죄에 악용될 우려가 있고, 경찰에 가출 신고한 접수 번호 같은 게 필요하다고 했다. 물론 가출 신고를 낼 마음도 없었다.

8월 하순의 술일*이 마침 일요일이어서 준코네는 레지의 차로 스이텐구水天宮**에 갔다.

임신 오 개월째 술일에 복대를 감으면 순산한다는 풍습이지만, 미시오가 임신 사실을 늦게 털어놓은 탓에, 이십 주하고도 사흘이 지난 육 개월째에 접어든 날이었다.

신주가 축사를 읊어줄 때까지 레지의 카메라로 사전社殿 앞에서 기념사진을 찍으며 기다렸다. "찍어드릴까요?" 하고 한 중년 여자가 말을 걸어왔다. 레지가 고맙다며 카메라를 건넨 후, 다카히코의 바깥쪽에 서자, "젊은 부부를 안쪽에 세우는 편이 좋겠네요" 하고 여자가 말했다. 순간 준코 일행 모두의 표정이

---

* 일진의 지지가 술戌인 날.
** 순산을 기도하는 신사.

복잡해졌던 게 틀림없다. 중년 여자가 의아한 듯 카메라를 내리자, 다카히코가 레지를 안으로 보내 미시오와 나란히 세웠다. 나중에 사진을 확인하니, 다카히코는 평소와 다름없는 표정이었지만, 레지와 준코는 어색하게 웃고 있고 미시오는 험상궂게 인상을 쓰고 있었다.

"미시오에게 아이가 태어난다면 내 아이야!" 하고 레지가 다카쿠보 형제에게 한 말에 대해서는 그뒤 아무도 얘기를 꺼내지 않았다. 준코도 레지가 정말 미시오와 결혼하리라곤 생각하지 않았고, 그가 미시오를 예전부터 좋아했다고 해도 아이 문제는 또 별개여서 책임지게 할 마음은 조금도 없었다. 또 당사자인 미시오가 아무 말이 없었기 때문에 어떤 생각인지 알 수 없었다. 그전까지 남매처럼 친밀했던 레지와 미시오의 사이는 그 일로 시무룩해지고 말았다.

미시오는 다카쿠보 형제가 다녀간 뒤 바로 모자수첩을 받아왔다. 빨리 감정을 추스르려고 노력하는 것이리라. 얼마 후 직장에도 임신 사실을 알렸다. 언제 결혼했느냐며 놀라는 상사와 동료에게는 프라이버시라며 특별한 설명 없이 넘겼다고 했다.

준코는 받아온 복대를 불단에 올렸다가 편한 옷으로 갈아입은 미시오를 불러 옷 위에 감아주었다. 미시오는 거실로 가서 기다리고 있던 다카히코와 레지에게 하얀 복대를 감은 배에 손을 얹고 말했다.

"이건 내 아이야."

미시오는 당황하는 남자들을 냉정하게 바라보았다.

"레지…… 여러 가지로 고마워. 그러나 이건 내 아이야."

레지도 알아듣고 특유의 밝은 미소를 지으며 대꾸했다.

"오, 알겠어. 분명 너 닮은 건방지고 귀엽지 않은 아이가 태어날 거야."

그리고는 예전처럼 티격태격하는 사이로 돌아갔다.

닷새 뒤, 미시오의 초음파검사가 있는 날 준코와 다카히코도 병원에 같이 갔다. 두 사람에게도 검사실 입실이 허락되었다. 미시오의 배 위를 롤러 같은 기구가 지나가자, 화면에 생명체의 모습이 나타났다. 머리와 몸통이 또렷이 구별되고, 눈과 입매도 드러났다. 손가락도 움직일 수 있는지, 우연이었겠지만 "오, 브이를 그리고 있네요" 하는 의사의 말대로 태아는 손가락 두 개를 세우고 있었다.

머리에서 엉덩이까지 14센티미터나 되고, 자그마한 심장이 쿵쿵쿵 빠르고 힘차게 뛰는 것을 보자, 준코는 눈물을 참을 수 없었다. 다카히코도 눈가를 훔쳤다.

9월 초순의 금요일. 동네 보건소에서 하는 임신 중기의 임산부를 위한 모자 교실에 이십이 주째인 미시오도 참가했다. 임산부 중에는 마흔여섯 살의 여성이나 십대 소녀도 섞여 있었고 그래서 불안해하는 것이 자기뿐만이 아니구나 싶어 마음을 놓았다고 한다. 그날 밤, 레지도 집으로 와서 준코가 만든 스튜와 샐러드를 먹었다. 남자들은 밥과 함께, 밥 냄새가 싫은 미시오는 빵과 함께, 준코는 죽과 함께 스튜 건더기를 잘게 다져서 먹었다. 미시오의 모자 교실 이야기에 레지가 끼어들어 농담을 거드는 바람에 식탁에는 웃음이 끊이지 않았다. 이 집에는 아무 문제도 없다, 우리는 혜택받은 사람들이다. 준코는 그렇게 생각했다. 욕심을 내자면 이 자리에 시즈토도 있으면 좋겠지만…… 그 아이는 지금 어디에 있을까……?

"외숙모, 왜 그래요? 어디 아파요?" 레지가 걱정스러운 듯이 물었다.

당황한 준코는 눈가를 손가락으로 닦아내고, 재미있는 연상 퀴즈가 생각나 혼자 웃고 있었노라고 대답했다.

"어때, 들어볼래?"

준코가 묻자, "아, 다음에" 하고 모두 입을 모았다.

9월 하순의 토요일. 아침식사 도중에 위가 꽉 찬 듯한 느낌을 받았다. 식사 후에도 위가 당기는 느낌이 한동안 이어졌다. 미시오가 출산용품을 사러 백화점에 가고 싶다고 해서, 레지가 차로 데려다주기로 했다. 준코도 같이 가고 싶었지만, 집에 있다가 전부터 예정되어 있던 부인회 모임에 가기로 했다. 다카히코도 준코의 몸 상태를 염려해 같이 남았다.

한 달 뒤 가을 축제 때 장식 수레가 지나갈 경로가 확정되자 부인회에서는 아이들의 제등행렬 책임자로 준코를 추천했다. 사양할까 생각했지만, "안색이 안 좋은데 괜찮겠어요?" 하고 걱정해주는 사람들 때문에 오히려 오기가 생겨 "오케이" 하고 받아들였다. 다카히코는 모임 장소인 주민회관 밖에서 기다리고 있다가, 끝난 뒤 준코와 같이 집에 돌아왔다. 준코가 탈없이 집 안으로 들어가는 걸 보고는 혼자 저녁거리 장을 보러 갔다.

한 남자가 나타난 것은 준코가 세면실 거울에 복부를 비춰보고 있을 때였다.

며칠 전부터 음식을 먹고 나면 배 윗부분이 불룩 튀어나왔다. 시간이 지나면 들어가기 때문에 왕진의나 방문 간호사, 다카히코에게도 아직 말하지 않았지만, 그래도 신경이 쓰였다.

(부디 나쁜 게 아니기를……)

주문처럼 외우며 손바닥으로 배를 어루만지고 있을 때 인터폰이 울렸다.

중년 남자가 유명 출판사 이름을 대면서, "사카쓰키 시즈토 씨 댁입니까? 사카쓰키 씨 지금 댁에 계십니까?" 하고 물었다. 누구냐고 묻자 마키노라고 하면서, 여름에 홋카이도에서 시즈토를 만났다고 했다.

상대의 용건보다도 시즈토와 최근에 만났다는 사실에 이끌려 문을 열었다.

기름진 얼굴에 애써 꾸민 미소를 띤 남자가 현관 앞에 서 있었다. 준코의 너머로 집 안을 흘끗흘끗 훔쳐보면서 주름진 양복 안주머니에서 명함을 꺼냈다. 준코는 주간지 기자라는 사실과 '마키노 고타로'라는 이름을 확인하고 용건을 물었다. 상대는 바로 답하지 않고 다른 말을 꺼냈다.

"시즈토 군의 어머니시군요. 어디 아프십니까? 안색이 좀 안 좋은 것 같습니다만."

"아뇨, 한때 좀 앓아서 그렇습니다. 지금은 아주 건강합니다."

"그러세요? 시즈토 군하고는 어떤 사건으로 만나게 됐는데, 그 행동이 흥미로워서…… 사람이 죽은 장소를 찾아다니는 여행에 대해 가족도 안다고 경찰에서 들었습니다만."

"……주간지 기자라면 시즈토 이야기를 기사로 쓰실 생각인가요?"

"아뇨, 아뇨. 아직 아무것도 결정된 건 없습니다. 어쨌든 그의 행동의 의미를 잘 모르니까요."

"그 아이는 잘 있던가요? 병이 나거나 어디 다치거나 하진 않았나요?"

"사진 보시겠습니까? 시즈토 군이 아기가 죽은 아파트를 찾았을 때 찍은 것입니다."

상대는 싱글거리면서 말했지만, 바로 사진을 꺼내지는 않았다. 집 안에 들여보내달라는 뜻을 알아차린 준코는 섣불리 시즈토의 상태를 물었던 걸 후회하며 그를 거실로 안내했다.

마키노라는 남자는 일부러 더 두리번두리번 실내를 둘러보고, 기둥까지 만져보았다.

"그렇군요. 여기서 그 시즈토 군이 나고 자랐군요. 이야, 그런데……"

그가 쓴웃음을 지었다. "실례지만, 평범하네요. 이렇다 할 만한 특별한 것도 없는 것 같고."

"특별한 것이라 하면?"

준코는 상대에게 보리차를 대접하면서 물었다. 마키노는 얼굴 앞에서 과장되게 손사래를 쳤다.

"아, 신경 쓰지 마십시오. 시즈토 군이 어떤 의미에서는 특별한 사람이어서, 나서 자란 집도 보통 가정하고는 환경이 다르지 않을까 멋대로 추측했었습니다. 한데……"

준코가 앉자마자 마키노는 식구로 누가누가 있으며, 몇 살이고 직업은 있는지, 있으면 무슨 일을 하는지, 종교가 뭔지까지 무례하게 캐물었다. 대답을 들을 때까지 시즈토의 사진을 보여주지 않을 셈이라는 분위기를 은근히 풍겨, 준코는 일단 초조함을 억누르고 묻는 대로 대답했다.

"요컨대 이렇다 할 신앙도 없고, 닮고 싶을 만큼 특별한 위인도 없다는 말씀…… 그런데 시즈토 군이 그런 행동을 하는 이유는 대체 무엇일까요……? 뭔가 숨겨진 건 아무것도 없네요."

마키노는 여전히 탐색하는 듯한 미소를 띤 채 준코를 바라보며 양복 안주머니에서 여러 장의 사진을 꺼냈다.

"이게 시즈토 군의 사진입니다. 틀림없습니까? 이제 와서 아니라고 해도 어쩔 수 없지만서도요."

테이블에 늘어놓은 사진들은 정면에서 찍은 게 아니고 화질도 나빴지만, 고개 숙인 옆모습은 시즈토가 틀림없었다. 사진의 날짜는 7월이다. 일 년 칠 개월 만에 보는 그는 여전히 야위었지만, 상처나 병색은 없어 보였다. 준코는 안심한 나머지 눈물이 쏟아질 것 같았다.

"그 아이는 건강하게 여행을 잘하고 있군요…… 홋카이도 다음에 어디로 간다던가요?"

"서늘해지기 전에 동북쪽으로 내려갈 것 같다고 했습니다. 그래서 단도직입적으로 묻겠습니다만, 시즈토 군은 어떤 일을 계기로 그런 여행을 시작하게 됐습니까?"

준코는 질문에 대한 대답으로 다카쿠보 형제에게도 해준 이야기를, 그러니까 시즈토가 태어나기 전의 일부터 간단하게나마 하려고 했다. 하지만 얼마 하기도 전에 마키노가 말을 끊었다.

"아뇨, 세세한 건 됐고요. 누구라도, 그러니까 주간지 독자라도 한 방에 알 만한 확실한 사건 같은 게 있었을 거 아닙니까? 그런 이야기를 해주시면 됩니다."

준코는 깊은 한숨을 내쉬었다. 다카쿠보 형제와 마찬가지로 이 사람도 분명 이해하지 못할 것이다.

"이것이 유일한 이유다 하고 딱 잘라 말할 만한 것은 없습니다. 몇 가지 사건이 거듭되고, 그때그때의 심경이 보태진 결과가 아닐까요. 여행지에서 배운 것도 있을 테고요."

마키노는 재미없다는 듯 인상을 쓰며 초조하게 펜으로 귀 뒤를 긁었다.

"이해심이 아주 많으신 것 같군요. 보통 부모라면 이런 여행은 말릴 거라고 생각합니다만."

"……내가 부족한 엄마라는 건 잘 압니다."

"그럼 부모님 때문에 시즈토 군이 그렇게 됐다고 생각하시는 겁니까? 왜 그렇게 생각하십니까?"

"내가 책임질 일이 있다면 도망칠 생각은 없습니다. 다만……그 아이가 하는 일의 이유가 온전히 부모에게 있다고 하는 것은 그 아이의 인격을 부정하는 것 같군요."

마키노가 테이블 위로 몸을 바짝 들이댔다. 손끝으로 시즈토의 사진을 톡톡 두드린다.

"어머니는 시즈토 군의 지금 생활에 대해 한심하다, 무의미하다, 그렇게 생각하지 않습니까? 세상에는 사회와 타인을 위해 열심히 사는 젊은이가 많잖습니까. 부끄럽지 않으세요?"

"부끄럽냐고요? 아뇨, 부끄럽지 않습니다. 그 아이는, 그 아이가 하는 일은……"

잘 표현할 수가 없었다. 최근 들어 시즈토의 행동에 대해 이러니저러니 판단할 수 있는 것은 그 아이에게 애도를 받은 사람들 뿐일지도 모른다고 생각하게 되었다. 준코는 마키노의 손가락 아래 있는 사진을 보고 물었다.

"아, 이건…… 이 아이는 뭘 하고 있는 거죠?"

사진 속 시즈토는 한쪽 무릎을 꿇은 채, 오른손을 허공에 들고 왼손을 땅에 닿을락 말락 내리고 있다.

"아, 모르십니까? 시즈토 군이 죽은 사람을 애도할 때의 자세랄까, 포즈입니다. 무릎을 꿇고, 오른손은 위로 올리고, 왼손은 아래로 내렸다가, 가슴 앞에서 양손을 포개는 겁니다."

"그러니까 그렇게 해서 애도하는 건가요…… 죽은 사람을……"

(시즈토, 넌 새끼 직박구리를 잊지 않았구나…… 그날 아침처럼 넓은 하늘 아래서 웃고, 대지 위에서 운…… 세상을 떠난 사람들을 이 세상에서 유일한 존재로 네 가슴에 담으려 하는구나……)

"실은 제 홈페이지 게시판을 통해 시즈토 군에 대한 정보를 수집하고 있습니다. 전국에서 목격담이 이어지더군요. 여러 의견들이 있습니다만, 보시고 감상을 들려주실 수 있겠습니까?"

마키노는 숫자와 기호를 적은 메모지를 테이블 위에 내놓았다.

준코는 관심도 있고 메모지는 챙겨놓겠지만, 자신은 컴퓨터를 사용할 줄 모른다고 했다.

"그거 유감이군요. 사람들이 그를 보는 시선은 분명 차갑습니다. 비난하는 쪽이 많아요. 무시당했다고 생각하는 유족도 있는 것 같고요. 이런 사실을 안다면 가족으로서 그의 여행을 막지 못할 것도 없을 텐데요. 아니, 정말 부모로서 자식을 사랑한다면 말입니다."

말 속의 가시가 준코의 가슴을 찌른다. 준코가 아들을 사랑하지 않는다고 말하고 싶은 걸까?

"시즈토 군의 최종 목적은 뭡니까? 왜 지금과 같은 삶의 방식을 택했습니까? 부모라면 알고 계시겠지요? 아니면 어찌 되든 별로 상관없습니까? 상관없다고 내팽개치실 겁니까?"

마키노의 가느다란 눈이 번쩍거렸다. 순간, 그의 내면에 다른 존재가 숨 쉬고 있다는 착각이 들었다. 기름 낀 중년 남자 안에서 숨을 죽이고 이쪽을 엿보다가, 대답에 따라 덤벼들려는 차가운 증오의 눈을 번뜩이는 아이가 있다……

"마키노 씨라고 하셨지요, 당신은 왜 지금과 같은 삶을 살고 있나요?"

준코가 오히려 되물었다. 상대를 끽소리 못하게 할 생각 같은 건 없었다. 오히려 자문에 가까웠다.

"당신이 왜 그렇게 사는지…… 간단히 답이 나오나요? 또 그렇게 사는 이유에 대해 사람들이 이해한다고만 하면 아무 문제가 없는 걸까요? 그야말로 무의미하지 않습니까?"

처음에 마키노는 당황했지만, 점차 불편한 심경을 드러냈다.

"그러니까 시즈토 군에 대해서 하고 싶지 않은 이야기가 있다, 그 말씀이군요?"

"아무것도 감출 생각은 없습니다. 다만 표면적인 이야기를 아무리 해봐야 소용없다는 거예요. 시즈토가 제정신이 아니거나 수상한 사람으로 보일 때도 있겠지요. 사람에 따라서는 불쾌하게 느낄 수도 있을 테고요. 하지만 그건 그 아이와 그렇게 느끼는 사람 사이의 문제이지, 다른 누가 관여할 일은 아닌 것 같아요. 중요한 것은 당신에게 시즈토가 어떻게 보였는가, 그게 아닐까요? 마키노 씨 존재의 의미는 마키노 씨가 어떻게 살든, 그 이유가 무엇이냐 하는 것보다 남들에게 무엇을 남기는가에 있다고 바꿔 말해도 좋을지 모르겠군요. 어떤 인물의 행동을 이렇게저렇게 평가하기보다…… 그 사람과의 만남으로 나는 무엇을 얻었나, 무엇을 남겼나 하는 게 중요하다고 생각합니다."

준코는 평소 잘하지 않던 말들이 쏟아져나와 자신도 놀랐다. 시즈토를 그리워하면서, 죽음과 탄생 둘 다를 가까이에서 느끼며 지낸 나날이 그녀 안에 지금까지 없던 말을 가져다준 것일지도.

"마키노 씨. 당신에게는 시즈토가 어떻게 비쳤습니까? 당신한테는 무엇을 남겼습니까? 그리고 그 아이가 애도한 사람들에 대해 알고 나서 당신에게는 무엇이 남았습니까?"

마키노는 준코를 노려보듯 했지만, 그녀가 시선을 피하지 않자 먼저 고개를 떨어뜨렸다.

그뒤에도 한동안 마키노는 준코와 시선을 마주치지 못한 채 이런저런 질문을 했다. 하지만 갈수록 목소리에 힘이 빠지더니, 이윽고 사진을 챙겨 자리에서 일어났다. 그는 현관 앞에서 준코를 돌아보았다.

"시즈토 군은 가족을, 당신을 어떻게 생각합니까? 적어도 부모 자식 간의 정이란 게 있다면, 이제 집에 돌아올 만도 할 텐데요. 가족을, 당신을 피하는 겁니까?"

따지려 한다기보다는 준코에게 뭔가 기대하는 것처럼 들렸다.

준코는 아무 대답도 할 수 없었다. 시즈토가 가족과 친구를 어떻게 생각하는지…… 그녀의 병을 알려도 돌아오지 않는 건 아닐지, 내내 불안했기 때문이다. 눈앞의 상대에게 쓸쓸한 미소를 들켜버린 걸까.

"그 아이가 자기 의지로 돌아와주면 기쁘겠죠……" 준코는 그렇게만 대답했다.

그가 가고 나서 얼마 되지 않아 다카히코가 돌아왔다. 마키노 이야기는 하지 않았다.

저녁 무렵 미시오도 돌아왔다. 레지가 양손 가득 짐을 안고 뒤따라 들어왔다. 레지와 얼굴을 마주한 것은 일주일 만이다. 사람들에게 거칠게 구는 미시오에 대해 한바탕 불만을 터뜨린 뒤, 그는 준코의 얼굴을 보며 말했다.

"어. 외숙모…… 얼굴이 노란 거 아니에요?"

놀리지 마, 하고 준코는 웃어넘기면서도, 부인회 사람들도 마키노도 안색이 안 좋다고 했던 걸 떠올렸다. 다카히코와 미시오는 별 말이 없었지만, 매일 함께 지내니 서서히 일어나는 변화는 눈치채지 못할지도 모른다.

준코는 세면대 거울 앞에 섰다. 듣고 보니 확실히 뺨 언저리에 노란 기가 도는 것 같다.

불룩해진 배는 아직 꺼지지 않았다. 시험 삼아 튀어나온 부분을 살짝 눌러보았다. 강렬한 구토가 솟구쳤다. 준코는 더는 서 있지 못하고 그 자리에 주저앉았다.

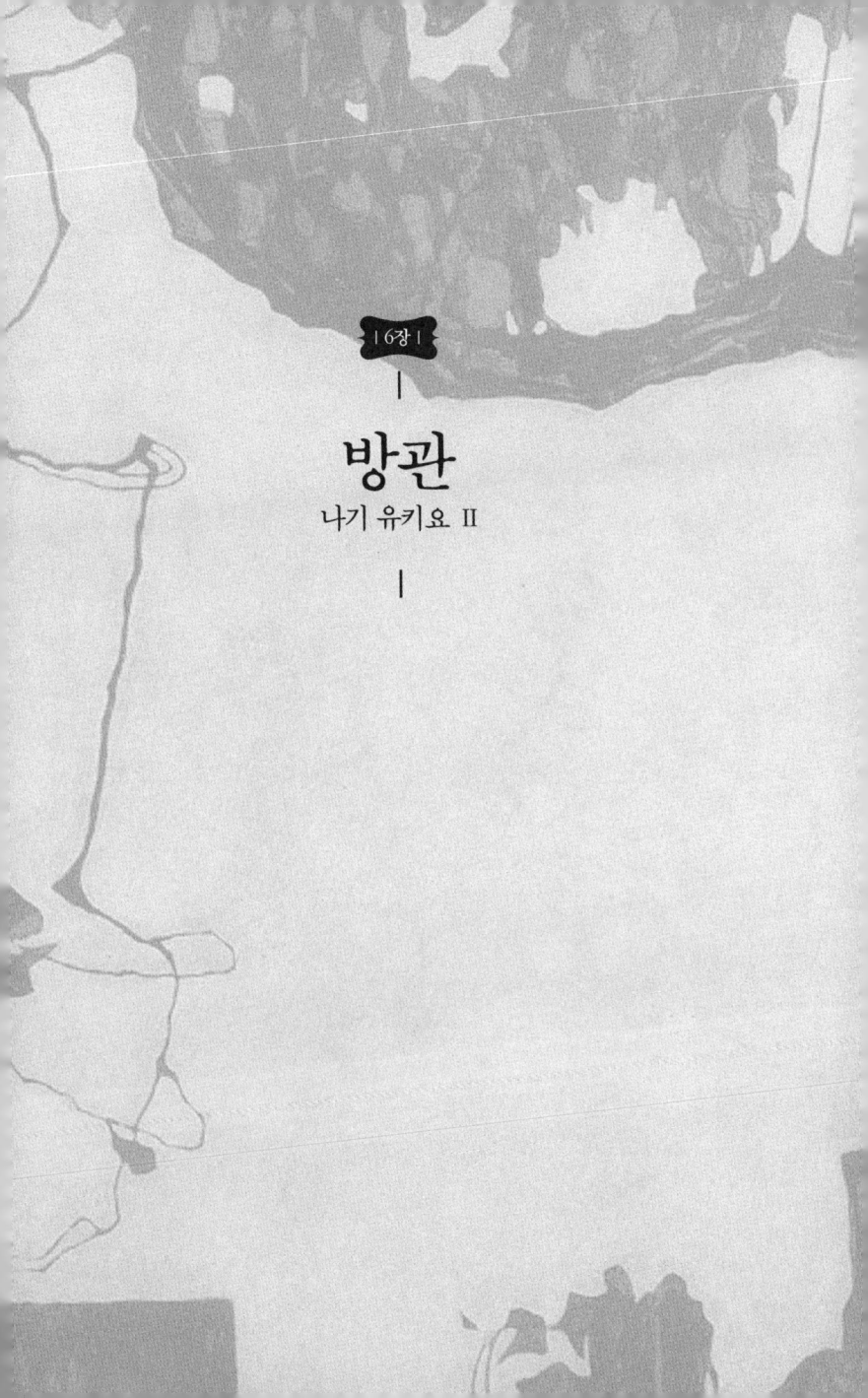

| 6장 |

방관

나기 유키오 II

1

나기 유키요는 둥그스름하고 부드러운 느낌의 산들로 둘러싸인 도호쿠 지방의 작은 마을에 있었다.

날짜상으로는 가을이지만, 여전히 녹색으로 뒤덮인 산에 매미 울음소리가 들려온다. 이름난 관광지와 가까운 이 마을은 번화가로 일하러 나가는 사람들의 베드타운이다. 눈에 띄는 건물도 없고, 간선도로를 왕래하는 많은 차량에 비해 인적은 드물다. 한적함이 감도는 곳이다.

트럭이 클랙슨을 울리며 눈앞을 쌩 지나간다. 유키요는 크게 커브를 그리는 도로 안쪽의 인도 위 산을 면하고 있는 벽에 등을 기대고 앉아 있었다. 클랙슨은 차도를 사이에 두고 맞은편 가드레일 앞에 무릎을 꿇고 있는 사카쓰키 시즈토에게 울린 것이었다. 그는 빵빵거리는 클랙슨 소리에도 아랑곳없이 인도가 아닌 차도 옆에서 양손을 가슴에 모으고 눈을 감은 채 기도를 했다.

신문이나 라디오를 통해 알게 된 장소가 아니었다. 길을 걷는 중에 가드레일과 버팀대 사이에 끼여 있는 작은 꽃다발이 눈에 띈 것이다. 꽃다발에는 아무것도 쓰여 있지 않은 대신, 매직으로 쓴 낙서가 가드레일에 남아 있었다. 거기에 죽은 이의 이름과 생년월일, 죽은 날짜가 묘비명처럼 적혀 있고, '천국에서도 바람과 함께 달려라!' '내가 갈 때까지 뒷자리에는 천사를 태우렴' '바보, 고맙다' 등의 글귀가 쓰여 있었다. 스물네 살의 나이로 아마 오토바이를 타고 가다 여기서 사고로 죽은 모양이다.

시즈토는 고인이 이런 글을 남긴 친구와 애인에게 사랑받고, 그도 사랑하고, 또 서로 감사했을 거라고 애도하리라.

"한심하다, 어이없다, 그렇게 생각하고 있지?"

고미즈 사쿠야가 그의 단정한 얼굴을 유키요의 오른쪽 어깨 위에 올리고 놀리듯 웃었다.

"하지만 한심하다고 생각하면서 같이 다니는 네가 더 한심해."

지금의 유키요에게는 "시끄러워" 하고 대꾸할 힘도 없다.

시즈토와 걷기 시작한 지 일주일하고도 하루가 지났다. 누군가를 애도하는 시즈토의 말과 행동은 유키요가 지금까지 갖고 있던 사랑과 죽음에 대한 생각을 바꾸어놓았다. 사쿠야도 마찬가지인지 시즈토를 비웃으면서도 당황하는 빛이 역력했다. 사쿠야를 찌른 것은 유키요 자신이지만, 정말 죽었을까 의심스러울 만큼 그는 지금 그녀의 어깨 위에서 존재감을 더하고 있다. 그래서 누군가의 죽음을 찾아 여행하는 시즈토와 같이 다니며 애도한다는 행위와 죽음의 본질을 지켜보면서, 사쿠야의 존재를 어떻게 생각할지, 자신의 목숨은 어찌할지 일말의 대답을 찾을 수 있지 않을까 기대했다.

시즈토는 유키요가 함께 걷는 것을 마다하지 않았다. 유키요가 어떤 사람이고, 무슨 생각으로 동행하는지도 묻지 않았다. 첫날부터 그랬다.

유키요는 처음에 그가 천천히 걷기 때문에 그리 힘들이지 않고 따라 걸을 수 있으리라 속단했다. 하지만 운동 부족이었던 터라 첫날 밤부터 근육통 때문에 한 걸음도 더 걸을 수 없을 지경이 되어 노숙하기로 한 공원에 도착하자마자 벤치에 쓰러졌다. 한밤중에 발이 아파 눈을 떠보니, 자신은 침낭을 덮고 있고, 스웨터를 껴입은 시즈토가 벤치 앞 바닥에 신문지를 깔아놓고 거기에 보초를 서듯 잠들어 있었다.

다음 날 아침, 유키요는 그에게 고맙다는 인사를 하고 걸으려하는데, 다리에 경련이 일었다. 시즈토는 안쓰러워 차마 못 보겠는지, 오늘은 이 근처를 돌다가 밤에 다시 공원으로 올 테니, 정원한다면 내일부터 같이 다니는 게 어떻겠냐고 했다. 그의 말을 믿고 유키요는 버스를 타고 번화가로 나가 사우나에서 발마사지를 받은 후 푹 잤다. 교도소를 나올 때, 사쿠야네 본가에서 두 번 다시 찾아가지 않는다는 조건으로 받은 돈은 아직 많이 남아 있다. 갖고 있던 가방을 버리고 앞으로의 여행에 대비해 배낭과 침낭, 신발과 옷을 샀다. 밤이 되어 공원에서 기다리니, 약속대로 시즈토가 돌아왔다.

하루 푹 쉰데다가 신발이 편한 덕분인지 다음 날부터는 시즈토를 따라 걷기가 한결 수월했다. 뒤처질 경우를 생각해 어떤 곳을 어떤 순서로 도는지 사전에 그에게 물어두었다. 시즈토는 노트와 지도책을 펴서 친절하게 가르쳐주었다. 너무 힘들면 버스나 택시를 타고 먼저 가서 그를 기다리기도 했다. 알려준 장소에서 기다리고 있으면 그는 반드시 나타났다.

"그렇게 잔머리를 써서야, 그 녀석을 제대로 따라 걸어다녔다고 할 수 있냐?"

지난 일주일 동안, 이따금 사쿠야가 빈정거리듯 내뱉은 말들은 모두 지당했지만, 익숙해질 때까지는 어쩔 수 없다고 대답했다. 몇 번은 혼자 레스토랑이나 식당에 가서 따뜻한 음식을 먹었고, 여섯째 날에는 호텔에서 잤다. 다음 날은 일찍 일어나 시즈토가 출발하기 전에 노숙하는 장소로 달려갔지만, 그 전날의 영향인지 어젯밤에는 또 공원에서 좀처럼 잠을 이루지 못해 오늘은 아침부터 몸이 늘어진다.

"잔머리뿐만이 아냐. 넌 언제나 보고만 있잖아. 그래서 무슨 의미가 있겠어?"

시즈토가 가게에 들어가거나 지나가는 사람을 붙잡고 죽은 인물에 대해 물을 때 그녀는 상관없는 사람인 척 멀찍이 서 있었다. 그렇다고 해도 배낭과 침낭을 짊어지고 있는 그녀가 무관해 보일 리 없었지만, 그래도 일행으로 여겨지는 건 싫었다. 누군가 죽은 장소에서 시즈토가 예의 수상한 자세를 취할 때도, 먼발치에서 묵묵히 지켜보기만 했다.

"하지만 그의 행위가 위선이고 무의미하다고 해도, 나름대로 자기가 하고 싶은 일을 하는 거야. 그에 비하면 그저 보고만 있는 너는 그 녀석 이상으로 무가치한 존재임이 틀림없어."

유키요는 반박할 수 없었다. 시즈토가 사람들의 죽음을 애도하고 있다는 사실은 확실히 인정하지만, 의미는 여전히 알 수 없고, 의의 같은 것도 느껴지지 않는다. 교통사고와 살인, 화재와 재해와 불의의 사고…… 시즈토가 애도하는 고인에게 동정을 느낄 때도 있지만, 그렇다고 해서 자신이 뭔가 할 수 있다고는 생각하지 않았다. 이틀이나 사흘로는 알 수 없다. 나흘이나 닷새로는 보이지 않는 것도 있다…… 사쿠야에게 그렇게 말하고 싶었지만, 죽음에 대해 깊이 생각할 여유도 없었고, 사쿠야와의 관계에 대해서도 자신의 죽음에 대해서도 아무 대답을 얻지 못하고 있었다.

"일주일을 통째로 헛되이 날려버리는군. 인생을 낭비하며 살 생각이야?"

"좀 가만히 있어요!"

유키요는 차갑게 말하는 사쿠야에게 그만 소리를 지르고 말았다. 그때 애도를 마치고 이쪽으로 걸어오는 시즈토와 시선이 마주쳤다.

"저한테 뭐라고 하셨습니까?"

그가 물었다. 유키요는 고개를 가로저었다. 시즈토의 입 모양이 후유 하고 안도의 한숨을 내쉬는 것처럼 보였다. 유키요는 여행하는 동안 사쿠야와 자주 말다툼을 했다. 시즈토에게는 혼잣말하는 버릇이 있는 희한한 여자로 비쳤을 것이다.

"이명이 좀 있었을 뿐이에요. 가요, 폐교된 초등학교죠?"

조금 더 가면 이웃 마을의 학교와 통합되어 폐교가 된 초등학교가 있었다. 그곳에서 동급생과 싸우던 열일곱 살 소년이 넘어지면서 딱딱한 데 잘못 부딪쳐 사망했다. 시즈토는 삼 년 전 신문과 잡지를 보고 그 사실을 알았지만, 여행 일정 때문에 찾아오는 건 처음이라고 했다.

이윽고 간선도로변의 인도에서 산 쪽으로 올라가는 언덕길이 보이고, 초등학교가 있음을 알리는 푯말이 눈에 들어왔다. 짧은 언덕을 오르자, 넝쿨이 얽힌 교문과 잡초가 무성한 교정 안쪽으로 낡은 교사가 보였다. 안에 들어가지 못하게 건물 입구와 창문은 판자로 막아놓았다.

"기사에는 교정 뒤편의 소각로 옆이라고 나와 있었습니다."

시즈토가 그렇게 말하며 건물 뒤로 돌아갔다. 뒤뜰 바로 앞에 소각로의 흔적이 남아 있었다.

그 앞에 줄기가 가는 나무가 하늘을 향해 곧장 뻗어 있다. 높은 가지 끝에는 옅은 녹황색의 자잘한 꽃들이 향불의 불꽃처럼 사방으로 흩어져 무수히 피어 있다. 시즈토가 다가와 말했다.

"두릅나무네요."

여행을 오래 해서인지 그는 꽃이며 나무 이름을 많이 알았다.

두릅나무를 중심으로 반경 2미터 정도의 원 안에는 잡초가 없었다. 사람의 손으로 깎은 모양새다. 나무로 만든 유아용 의자가 나무등치에 기댄 채 놓여 있고, 그 위에 꽃다발이 놓여 있다.

여기가 소년이 죽은 장소일 거라고 유키요 나름대로 추측했다. 꽃다발은 시들었지만, 그리 오래되어 보이진 않았다.

"여기 올 때까지 소년에 대해서 아무 얘기도 듣지 못했는데, 어떻게 애도할 생각이세요?"

유키요가 물었다. 그럴 경우에는 보도를 참고로 하는데, 이번에는 두 쪽에 걸친 기사를 바탕으로 애도할 생각이라고 시즈토가 답했다. 내용을 묻자, 그는 두꺼운 노트를 펼쳤다. 전에도 들었지만, 그 노트는 신문과 잡지의 기사, 라디오에서 들은 뉴스를 베껴 적은 메모장 같은 것으로, 애도한 뒤 다른 노트에 정식으로 애도의 기록을 남긴다고 한다.

메모장 한 페이지에 잡지에서 오린 죽은 소년의 얼굴 사진이 붙어 있다. 통통하고 동그란 얼굴에 눈매가 부드러운 소년이었다. 그 아래 잡지에서 옮겨 적은 글이 있다.

죽은 소년은 쉽게 욱하는 성격으로 절도죄로 소년원에 간 적도, 방화 미수로 주의를 받은 적도 있지만 몇 안 되는 친구들은 소년이 착하고 남의 험담은 절대 하지 않았다고 했다. 부모의 과잉보호가 자식을 비행으로 몰아 비극을 초래한 것 같다는 게 기자의 생각이었다.

이 이야기의 어느 부분을 인용해 애도할 것인가…… 유키요는 아리송하게 여기며 그를 보았다.

"과잉보호라고 했습니다만, 달리 생각하면 부모님에게 많은 사랑을 받은 것이지요. 또 소년이 착하다고 이야기해준 친구도 있었습니다. 그 사실을 바탕으로 애도할 겁니다."

"자, 너도 녀석이 말한 대로 애도해봐. 그냥 보고 있어봐야 아무것도 알 수 없다고."

두릅나무 밑동 앞에 한쪽 무릎을 꿇은 시즈토를 보며 그녀의 어깨 위에서 사쿠야가 말했다.

지금까지의 여행이 무위에 지나지 않았다는 사실이 주는 피로와 허무함 때문에 그 놀림을 흘려듣지 못하고 유키요는 쏘아붙였다.

"당신도 보고 있기만 하잖아요."

시즈토는 애도에 집중하는지 미동도 하지 않는다.

"그렇게 어깨에 붙어서…… 혹시 빙의라도 할 생각이에요?"

고개를 돌려 사쿠야에게 물었다. 그는 코웃음쳤다.

"글쎄 어쩔까나. 단, 그럴 만도 하다는 건 알겠지? 날 칼로 찔렀잖아."

"그렇지만…… 죽이라고 한 건 당신이에요."

사쿠야가 고개를 돌렸다. 그는 유키요를 놀릴 때나 자기 편할 때만 나타날 뿐, 그외에는 대부분 등뒤에 숨어 있다. 지금도 등뒤로 물러나려고 한다.

"도망치지 마요. 내가 당신 소원을 들어줬잖아요. 빙의라니, 웃기지 않아요?"

그의 소원을 들어준 후, 유키요는 사랑이 아름답다는 말을 믿을 수 없게 되었다. 만약 사랑이 없었다면 그를 찌른 지옥 같은 그날도 없었을 테고, 물론 지금의 괴로움도 없을 것이다.

"……네 앞에 나타나는 것은 미련이 있기 때문이야."

사쿠야가 등뒤로 물러나기 직전에 말했다. 미련? 무슨 소리인지……

"거기서 뭐 해요?"

나직하고 험악한 목소리가 들렸다. 순간, 유령인가 의심했다. 소각로 앞에서 마른 체형에 검은 원피스를 입은 사십대 중반의 여자가 새파랗게 질린 채 의심스러운 눈초리로 이쪽을 보고 있었다. 손에는 꽃다발을 들고 눈을 부릅뜬 채 떨고 있다.

"거기서 뭐 하는 거죠?"

여자는 숨을 몰아쉬며 괴로움이 묻어나는 목소리로 같은 질문을 되풀이했다.

시즈토는 애도를 마친 듯, 두릅나무 밑에서 일어나 그녀에게 꾸벅 인사를 했다.

"애도하고 있었습니다."

시즈토의 대답에 여자는 입가로 손을 올렸다. 그러고는 참았던 숨을 다시 터뜨리듯 손을 내리며 물었다.

"애도하다니…… 죽음을 애도했단 말인가요? 그럼 나오키를 애도했다는 거예요?"

유키요는 시즈토의 메모장에 '누마다 나오키'라는 이름이 적혀 있던 걸 떠올렸다.

"당신은…… 나오키와 아는 사이인가요?"

여자가 기대와 불안이 섞인 눈으로 시즈토를 보았다.

"아뇨. 직접은 모릅니다."

"그럼…… 설마 그 아이를 죽인 아이들, 그 무리하고 관련 있는……?"

여자의 표정이 더욱 험악해졌다. 날카로운 시선이 시즈토에게서 유키요에게로 옮겨갔다가 다시 시즈토를 향했다.

"아뇨. 사건과 관계있는 분들하고는 안면이 없습니다. 그냥 지나가던 사람입니다."

"지나가던……이라니요? 그런데 어떻게 나오키를 아세요? 어째서 기도하는 거죠?"

두 사람 가운데 서서 묵묵히 지켜보고 있던 유키요는 그녀의 말을 듣고서야 자신이 시즈토의 메모장을 들고 있음을 깨닫고 여자 쪽으로 내보였다.

"잡지 기사를 보고 알았습니다. 이게 그 기사를 옮겨 적은 것입니다만……"

유키요가 수습하듯 말했다. 흥미가 생겼는지 여자가 이쪽으로 다가왔다. 유키요는 안도의 한숨을 내쉬었다. 그런데 여자는 유키요의 손에서 메모장을 빼앗아 바닥에 내동댕이쳤다.

"잡지라고요? 당신, 그렇게 엉터리 기사를 믿고 내 아들의 명복을 빌었다는 거예요!"

상대의 서슬에 눌려 뒷걸음치는 유키요를 어느새 다가온 시즈토가 잡아주었다.

"돌아가신 분이 아드님이시군요…… 상심이 크셨겠습니다."

그는 유키요 앞으로 나서서 여자에게 머리를 숙였다. 메모장을 주워서 흙을 털어내며 말을 이었다.

"기분을 상하게 했다면 죄송합니다. 저는 돌아가신 분을 애도하고 싶어서 이곳에 왔습니다. 삼 년 전 신문과 잡지를 보고 이곳 일을 알게 되었고 그외의 사실은 달리 알 기회가 없어서 기사에 의존할 수밖에 없었습니다."

"진실도 모르는 채로 명복을 빈다면 우리 애가 성불할 리 없잖아요?"

여자는 분노가 서린 차가운 표정으로 시즈토를 바라보며 말했다.

시즈토는 동의한다는 듯 고개를 크게 끄덕이고는 대꾸했다.

"아드님의 명복을 비는 게 아닙니다."

여자는 무슨 소리인가 싶은지 미간을 찌푸렸다. 그가 말을 이었다.

"부모님께 사랑받고, 부모님을 사랑하고, 친구에게 다정했던…… 누마다 나오키라는 열일곱 살 소년이 이 세상에 살았다는 것을 기억하겠습니다, 하고 약속했습니다."

여자는 시즈토를 한 번 더 바라본 뒤, 그를 지나쳐 두릅나무 쪽으로 갔다. 그리고 손에 들고 있던 꽃다발을 의자 위 시든 꽃다발과 바꿔놓고는 무릎을 꿇고 손을 모았다. 아들의 이름을 부르며 "엄마, 왔다" 하고 말을 건넨다. 이윽고 손을 내리고 고개를 들더니, 시즈토와 유키요를 노려보며 말했다.

"이대로는 돌아가실 수 없습니다."

여자는 폐교가 된 초등학교에서 십오 분쯤 떨어진 곳에 있는 주택가의 한 단층집으로 들어갔다. 시즈토도 순순히 뒤따랐다. 유키요는 현관 앞에서 망설이다, 자신은 일행이 아니라며 사양하려 했다. 하지만 현관 안쪽에 서서 "들어오세요" 하고 권하는 여자의 눈빛이 절박해 보여 차마 거절할 수가 없었다.

두 사람이 안내된 곳은 넓은 다다미방이었다. 커다란 불단이 있고, 그 위에 소년이 밝게 웃는 영정이 있었다. 그 주위에는 가족사진과 장난감과 문구류 등이 놓여 있었다.

여자는 여기서 기다리라고 말하고, 어디론가 전화를 건 뒤 두 사람에게 홍차를 내왔다. 삼십 분쯤 지나 여자와 동년배로 보이는 남자가 들어왔다. 양복에 가방을 든 차림새로 보아, 일터에서 조퇴하고 온 모양이었다.

남자는 여자와 짧게 이야기를 나눈 뒤, 시즈토와 유키요 앞에 정좌했다. 그는 죽은 소년의 아버지라고 소개하더니, 시즈토에게 두릅나무 앞에서 뭘 한 건지 새삼 설명을 요구했다.

시즈토는 이런 상황에 맞닥뜨리는 게 처음이 아닐 것이다. 익숙한 어조로 애도에 대해 이야기했다. 소년의 부모는 반신반의하는 것 같았다. 유키요도 그들과 다르지 않은 입장이었기 때문에 그 심정을 십분 이해할 수 있었다.

"특별한 신앙을 가진 분 같습니다만…… 어쨌든 당신이 읽은 기사는 날조된 것입니다."

소년의 아버지가 이야기를 시작했다. 그의 말에 따르면 매스

컴은 절반의 사실밖에 보도하지 않았다.

"이 아이는 싸울 줄 모릅니다. 제 아들에게는 장애가 있었습니다."

선천적인 지적 장애를 안고 있어서, 자해하는 일은 있어도 타인에게 자기 감정을 마구 터뜨리거나 손찌검하는 일은 하고 싶어도 못하는 소년이었다고 한다.

"이 아이는 집단 괴롭힘을 당해 죽은 것입니다. 그리고 많은 사람들이 그 사실을 알고 있습니다."

소년은 하굣길에 초등학교 시절 같은 반 친구 네 명과 마주쳤다. 버스 정류장에서 집으로 걸어오는 길이었다. 리더격인 한 아이가 같이 놀자고 했다. 소년은 거절을 못하는 성격이었다.

"네 사람은 심심풀이 삼아 말을 붙여왔습니다. 그리고 이 아이를 폐교가 된 초등학교로 데려가 레슬링 놀이를 한 모양입니다. 덩치가 큰 아이를 샌드백 삼을 셈이었던 거죠. 리더 소년은 저항하지 않는 이 아이를 때리고 찼습니다. 그러다 아이가 더는 못 견디고 도망치려 버둥대다 상대를 넘어뜨렸습니다. 그걸 본 다른 아이들이 깔깔거리고 웃자, 화가 난 리더 소년이 아이를 마구 때려서 쓰러뜨린 뒤, 다른 세 친구에게 열 번씩 차라고 시켰습니다. 한 소년은 얼굴을, 한 소년은 가슴을, 한 소년은 배를 찼다고 합니다. 거기에 리더 소년이 머리 위로 몇 번이나 점프를 해 결국 아이가 움직이지 않게 되었고 그 상태로 방치된 겁니다."

부모는 아무리 기다려도 돌아오지 않는 아이를 찾다가 학교와 경찰에 도움을 요청했다. 그런데 한밤중에 집으로 전화가 걸려와, 소년이 쓰러져 있는 장소를 알려주었다. 때린 세 소년 가운데 한 명이 죄책감에 시달리다가 전화를 한 것이다.

"병원에 데려갔을 때는 이미 죽은 지 몇 시간이 지난 뒤였습니다. 얼굴은 누군지 알아볼 수 없을 만큼 부어 있었습니다. 경위 조사를 위해 시신을 부검할 테니 돌아가 쉬라고 했습니다만, 우리는 한숨도 못 잤습니다. 다음 날 아침 일찍 한 소년이 부모와 함께 찾아와 진실을 말해주었습니다. 전화했던 그 아이였지요. 금방은 무슨 말인지 알아들을 수 없었습니다. 혀끝만으로 하는 사과이긴 했지만, 용서고 뭐고 생각할 겨를이 없었습니다. 아이의 죽음이 믿기지가 않았으니까요. 소년이 부모와 함께 경찰서에 출두해 결국은 네 명의 소년 모두 소년원으로 갔습니다. 온 마을과 세상이 참혹한 짓을 저지른 그들에게 분노하고 제 아들을 동정해줄 거라고 생각했습니다. 그런데……"

밤부터 보도되는 내용은 시즈토가 유키요에게 보여준 메모장과 같은 방향으로 백팔십도 바뀌었다.

"리더 소년의 아버지와 삼촌이 이 지역 경찰관이었습니다. 네 소년이 소년원으로 간 날 밤, 서로 싸우다가 일어난 사고라는 경찰의 왜곡된 발표가 있었습니다. 먼저 손을 댄 것은 우리 아이라고까지 했습니다. 발표 전에 시신은 돌려주더군요. 부검할 예정이었으나 상황을 알았으니 중지했다는 겁니다. 담당자가 빨리 화장하라고 일러주어 단순히 친절을 베푼 거라고만 생각했는데…… 다음 날 신문을 보고 깜짝 놀랐습니다. 어쨌든 장례를 치르는 것이 우선이라는 생각에 참고 있다가, 장례를 마치고 경찰에 항의하러 갔습니다. 하지만 수사중이라며 책임자는 만나주지 않았습니다."

진실을 말했던 소년도 그후로는 입을 다물었고, 찾아가도 만나려 하지 않았다. 다른 아이들도, 그 아이들의 부모도 사죄는커녕 조의조차 표하지 않았다.

"언론은 경찰 발표만으로 기사를 썼습니다. 나중에 주간지 기자가 왔을 때 우리는 열심히 진실을 폭로했습니다. 그러나 기사는 전보다 더 심해졌습니다."

소년은 장애 때문에 한 가지 일에 집중하기가 힘들었는데, 그것이 감정을 쉽게 폭발시킨다는 식으로 표현되었다. 초등학교 때 편의점에서 있었던 일은 절도로 경찰에 끌려갔다는 기사로 나왔다. 실은 과자를 그냥 들고 나가려 해서 점원이 팔을 붙들었고 깜짝 놀란 아이가 울음을 터뜨리자 난감했던 점원이 경찰을 부른 것이었다. 이웃이 들려준 추억담도 왜곡되어 기사화되었다. 여름에 정원에서 불꽃놀이를 하다가 실수로 이웃집에 불꽃을 던진 일이 방화 미수로 둔갑한 것이다. 어째서 아이에게 장애가 있다는 사실을 발표하지 않는지 경찰에도 매스컴에도 항의해

봤지만, 돌아오는 것은 '아드님의 인권을 배려해서'라는 한결같은 답뿐이었다.

"기자들이 경찰 발표를 뒤집는 기사를 쓰면 각계에서 항의가 들어올 것을 두려워했던 걸까요. 아니면 어디서 뇌물을 받았는지도 모르겠습니다. 가해자 가족과 주위 사람들은 오랜 세월 다져온 생활기반이 무너지는 게 두려워 죽은 제 아들에게 모든 책임을 떠넘겼겠지요. 지금도 익명의 비난 전화나 중상모략이 담긴 편지가 끊이지 않습니다. 죽은 자식으로 돈을 벌려 하느냐며 대놓고 항의받은 적도 있습니다. 응원을 약속했던 특수학교도 압력을 받았는지, 담임교사가 전근 간 후로는 전혀 협조해주지 않더군요. 병원에서는 두개골 골절 이외엔 상해 흔적이 없다고 하고요. 얼마 전에도 마을을 떠나라는 종이가 현관에 붙어 있었습니다."

소년의 아버지가 분노로 더는 말을 잇지 못하자, 소년의 어머니가 이야기를 계속했다.

"가해자들은 바로 이사 갔습니다. 우리가 그들에게 바랐던 것은 나오키에게 진심으로 사과하고, 속죄하는 그 마음을 잊지 않고 살아주었으면 하는 것이었는데……"

그녀는 다른 이유로 죽은 사람들이 부러웠던 적이 있다고 했다. 텔레비전을 보다보면 몇 년이 지나도 누군가의 헌화를 받는 피해자가 있다. 그런 장면을 보면, 어째서 우리 아이는 경우가 다른가…… 어째서 사람들이 애도해주지 않는가…… 하고 다다미 바닥을 쥐어뜯으며 운다고 했다.

"아이가 마지막을 맞이한 그곳에 지금도 매달 죽은 날짜가 되면 꽃을 놓고 옵니다. 남편이 직장에 나가는 날은, 저는 낮에, 남편은 저녁에 다녀옵니다. 하지만 지금까지 누구하고도 마주친 적이 없습니다. 당신들이 처음입니다. 당신들이 처음으로 그곳에서 제 아이에게 손을 모으셨습니다."

"이제 진실을 아셨습니까? 더 알고 싶은 게 있으면 물어봐요."

소년의 아버지가 그렇게 말했을 때, 유키요는 범행을 저지른 소년들이 그후 어떻게 사는지 궁금해졌다. 그들처럼 자신도 살인을 저지른 만큼. 그러나 시즈토의 질문은 달랐다.

"돌아가신 아드님은 부모님 말고 또 누구에게 사랑받았을까요? 누구를 사랑했을까요? 누군가 어떤 일로 아드님께 감사한 적이 있었나요?"

부모는 둘 다 곤혹스러운 표정으로 마주 보았다.

"사건에 대해 알고 싶은 게 아니었습니까? 그런 건 알아서 뭐하려고요?"

소년의 아버지가 물었다. 시즈토는 활짝 웃고 있는 소년의 사진 쪽을 보며 대답했다.

"들려주신 이야기를 가슴에 새기고, 제가 살아 있는 한 기억하도록 노력하고 싶습니다."

아무 상관도 없는 남이 왜, 하는 생각에 못 믿을 것이다……
유키요가 그런 생각을 하는 차에 소년의 어머니가 안타까운 목
소리로 호소했다.

"기억해주세요, 기억해주세요."

그녀는 방을 나가더니 양손 가득 앨범을 안고 왔다.

시즈토와 유키요는 태어난 순간부터 하루하루 커가는 소년의
사진을 보면서 부모와 함께 그에 대한 추억을 나누었다. 부모는
소년이 지금도 어딘가에 살아 있는 듯한 말투로 이야기를 이어
나갔다. 창밖이 어두워졌을 무렵, 그 사실을 깨달은 아버지가 식
사를 권했다.

"저희가 억지로 모셨으니, 저녁이라도 들고 가십시오."

유키요는 딱히 이렇다 할 이유는 없었지만 시즈토가 사양할
줄 알았다. 그러나 그는 고맙다며 선선히 그러겠다고 했다. 두
사람이 주방으로 가자, 유키요가 물었다.

"이런 일…… 식사 같은 걸 대접받는 일이 흔히 있나요?"

"예, 가끔이긴 합니다만. 어느 산자락에서 곰에게 습격당한
남자분을 애도했을 때는 그 동료분들에게서 고인에 대한 추억담
을 들으며 밤새 술을 대접받기도 했습니다."

유키요는 납득이 가지 않았다. 그런 생각이 얼굴 표정에 드러
났는지 시즈토가 부드럽게 미소지었다.

"고인을 애도하러 갔다가 식사와 술을 대접받아도 괜찮은 건

지 의문이죠? 나도 처음에는 왠지 불순한 것 같아서 대개 거절했습니다. 권하신 분이 괴로운 표정을 지을 때면 마음이 아팠어요. 그런데 여행길에 나선 지 삼 년째에 어떤 분이 말씀해주셨습니다…… 중요한 것은 계속하는 거라고. 그후로 새로이 결심했습니다. 모든 일에 유연하게 대처하지 않으면 애도를 계속할수 없다고요. 그래서 지금은 주시는 것은 감사히 받고, 대신 애도를 거절당했을 때도 슬퍼하거나 화내지 않겠다고 마음먹었습니다."

차린 음식을 맛있게 먹는 시즈토를 보고 유키요도 사양하지 않고 먹었다.

소년의 집에서 나왔을 때는 해가 저문 뒤였다. 시즈토는 다음으로 애도할 장소는 조금 떨어진 곳이니 오늘밤은 이 동네에 머물러야겠다면서, 아까 그 폐교로 돌아갔다. 가로등은 없었지만, 시즈토에게 레버를 돌려 켜는 손전등이 있었다. 게다가 오늘밤은 달도 밝다.

두릅나무 꽃이 달빛 속에 하얗게 떠올랐다. 나무 아래 둔 의자는 소년이 어릴 때부터 좋아해서 다 큰 뒤에도 버리지 않았던 것이라고 했다.

유키요는 그 의자를 바라보았다. 얼굴이 동그랗고 통통한 남자아이가 작은 의자에 비좁게 앉아 기분 좋게 다리를 까닥거리는 모습이 보였다. 물론 상상이다. 방금 막 부모에게 이야기를 들은 탓이리라. 소년의 모습이 의자 위로 점점 떠오르더니 이내 사라진다.

아기 때는 피부가 하얘서 병원에서도 귀여움을 독차지했던 얼굴이…… 다섯 살 때 어머니가 맹장염으로 입원하자, 집에서 병원까지 2킬로미터나 되는 길을 혼자 걸어와서는, 병실로 들어오며 "엄마" 하고 부를 때의 뺨에 남은 눈물 자국이…… 열 살 운동회 때 달리기 도중에 응원하던 아버지에게로 달려와 목에 안겨 떨어지지 않는 바람에, 아버지가 안고 달려서 골인했을 때의 웃는 얼굴이…… 세상을 떠나기 직전, 좋아하는 같은 학교 여학생에게 어떻게 하면 마음을 전할 수 있을까 하고 아끼던 의자에 앉아 고민할 때의 진지한 표정이…… 소년이 가슴속에 숨 쉬고 있는 걸 의식하자 유키요는 놀라움을 금치 못했다. 시즈토의 애도란 혹시 이런 것일까, 하는 생각이 들었다.

시즈토가 의자 앞에 무릎을 꿇었다. 유키요는 다가가서 뭘 하는지 물었다.

"아까 들은 이야기를 가슴속에 새기면서, 다시 애도하고 있습니다."

한 번 애도했어도 다른 사정을 알게 되면 다시 한다고 했다. 그럼 차라리 지금 말해버릴까, 사쿠야의 죽음에 대한 진실을? 등뒤에서 사쿠야의 냉소가 느껴진다. 그가 비아냥거리지 않아도 그를 죽인 사실을, 더욱이 그가 시켜서 억지로 한 일이라는 사실을 오해 없이 전할 수 있을지 자신이 없었다.

시즈토는 손전등을 일단 끄고 달빛 아래서 가슴 앞에 두 손을 모았다. 그의 애도를 이렇게 가까이서 보기는 처음이었다. 구름이 달을 가렸는지 그의 모습이 어둠에 묻혔다. 고인을 애도하는 목소리만이 주위에 울린다. 그러다 다시 바람이 구름을 흘려보냈는지, 눈을 감은 시즈토의 옆모습이 파르스름하게 떠올랐다. 두릅나무에서 떨어진 듯한 부드러운 흰 눈 같은 꽃잎이 그의 앞을 스쳤다. 그리고 죽은 소년이 좋아했던 작은 의자 팔걸이에 가만히 내려앉았다.

2

다음 날부터 유키요는 시즈토와의 거리를 좀더 좁혀 걸었다.

폐교가 된 초등학교 뒤에서 죽은 자식에 대한 추억담을 들려주던 부모의 생기 넘치는 표정이 아직도 눈앞에 선했다. 헤어질 무렵 그들은 평온해 보였다. 그 표정은 시즈토가 찾아준 것일까? 고인을 줄곧 기억하겠다고 한 그의 약속이 변화를 가져온 것일까?

"그 사람들한테는 이야기 상대가 필요했을 뿐이야."

사쿠야가 그녀의 어깨 위에서 하품하며 말했다.

"가만히 아들 이야기를 들어주는 상대라면 누구라도 좋았던 거라고."

분명 그 부모는 사건 이후 처음으로 타인에게 마음껏 얘기를 털어놓았을 것이다. 그렇다면 시즈토는 아들에 대한 추억을 처음 나누고 싶어진 사람이었다는 말이 된다.

한참 걸어서 버스 정류장 앞에 도착하자, 시즈토는 요금표를 확인하고 버스를 타겠다고 했다. 그와 여행한 뒤로 내내 걷기만 해서 앞으로도 도보 여행만 할 줄 알았기 때문에 농담인가 싶었다. 그는 최근 열흘간은 지리상 걷는 편이 나아서였을 뿐, 산골 마을을 방문할 때나 다음 애도 장소까지 먼 경우에는 곧잘 버스를 탄다고 했다. 걷기만 하면 시간이 걸릴뿐더러 식비 등의 경비도 되레 더 든다는 것이었다.

버스를 타고 시내로 들어간 뒤, 지도에 의지해 걷다가 작년에 주인이 강도에게 살해당했다는 약국을 찾았다. 이미 영업을 재개한 약국은 겉으로는 사건의 흔적을 찾아볼 수 없었다.

시즈토는 손님이 나가길 기다렸다가 약국으로 들어갔다. 지금까지는 밖에서만 기다렸던 유키요도 따라 들어가 시즈토의 등 뒤에서 그를 지켜보았다. 응대하는 약사는 죽은 이에 대해 묻자, 노골적으로 싫은 표정을 지었다. 유키요까지 노려보며 "무슨 교단이나 단체에서 나온 건가요?" 하고 물었다. 시즈토뿐만 아니라 행색이 비슷한 유키요까지 있으니 컬트 교단 같은 걸 떠올렸을지도 모른다. 범인은 잡혔으니 경찰을 부르기보다 얼른 쫓아 내는 편이 낫다고 생각했을지도. 그는 시즈토의 질문들에 "사랑?" 하고 두 번이나 되묻더니 아주 간단히 대꾸했다.

"아이들은 귀여워했죠. 쌍둥이였는데, 생일에는 뭐든지 이 인분으로 해야 한다고 투덜거리며 웃기도 하고. 약국을 찾은 손님에게는 친절히 상담해주었어요. 알레르기에도 박식해서 많은 손님이 감사를 표했죠."

시즈토는 고맙다고 인사한 뒤, 밖으로 나와 가게 출입구 옆에서 무릎을 꿇었다. 방금 들은 이야기를 바탕으로 애도할 테지. 유키요가 약국 안으로 눈을 돌리자, 약사는 징그러운 것이라도 본 듯 얼굴을 찡그리고 있었다.

석 달 전, 주택가의 한 집 안에서 일흔다섯 살 남편과 일흔 여덟 살 아내의 시신이 발견되었다. 병석의 아내가 숨을 거두자, 간병하던 남편은 절망한 나머지 제대로 먹지도 못한 듯 굶어 죽었다. '아무것도 해줄 수 없다'는 메모만 남긴 채.

이웃에서 알려준 집에는 사람이 살지 않는 지금도 황폐한 모습을 찾아볼 수 없이 온화한 분위기가 감돌았다. 내내 한집에서 살아온 부부에 대한 이야기는 바로 뒷집 쌀가게에서 들을 수 있었다. 가게를 보고 있던 중년 여자는 여행자 차림의 남녀가 고인에 대해 궁금해하자, 그들에게 되물었다.

"당신들…… 혹시 순례자?"

그 중년 여자는 작년에 시코쿠 사찰 순례를 하고 왔다고 했다. 죽은 노부부를 동정하면서, 어째서 그런 임종을 맞았을까 하고 연방 한숨을 쉬며 고개를 가로저었다.

시즈토는 두 사람의 임종에 흥미를 보이기보다는 지금까지와 마찬가지로 두 사람의 사랑과 감사에 대해 물었다. 상대는 조금은 맥이 빠진 표정으로 "감사라……" 하고 중얼거리며 아득한 곳으로 시선을 옮겼다.

노부부는 애지중지 키운 딸이 스무 살 때 병사한 뒤로 무너질 것 같은 마음을 서로 의지하며 살아왔다고 한다. 손재주가 좋은 아내는 옛날부터 바느질 일을 부탁하면 꼼꼼하게 잘해줘서 이웃들이 좋아했고, 남편은 성미가 급해 싫어하는 사람도 있었지만, 배관 회사를 정년퇴직한 뒤로 노인들만 사는 집에 수도라도 고장나면 무료로 수리해주어서 지금도 고마워하는 사람이 적지 않다고 했다.

이야기를 다 듣고 가게를 나가려는 시즈토와 유키요를 여자가 불러세웠다. 그러고는 안으로 들어가더니, 얼마 후 작은 꾸러미를 가지고 나왔다. 그리고 "급히 만든 주먹밥이지만" 하며 시즈토에게 내밀었다.

이윽고 해가 저물어 슬슬 노숙할 곳을 정해야 했다.

유키요는 우측으로 구부러진 길 끝에서 공원을 발견했지만,

시즈토는 한참을 더 걸은 후에야 "십 분쯤 여기서 쉬지요" 하고
멈춰섰다. 도로변에 공중전화가 있기는 했지만 쉴 만한 장소라
기보다는 그냥 길바닥 위였다.

유키요는 좀전에 지나온 그 공원으로 가는 게 어떻겠냐고 했
다. 시즈토는 싸구려 손목시계를 내려다보더니 말했다. "일곱시
에 전화할 데가 있습니다. 근처에 전화가 없으니 여기서 기다리
겠습니다."

시즈토는 배낭을 내려놓고는 노트 한 권을 꺼냈다. 그가 찾는
페이지를 펼치자, 셀로판테이프로 붙인 남자 아이돌스타 배우
전화카드가 두 장 있었다. 한 장은 사용한 듯했다.

"그 전화카드는 뭐예요……? 당신하고 안 어울리는데."

유키요가 물었다.

"이건 애도한 어느 분의 가족이 준 것입니다."

오 년 전. 호쿠리쿠의 어느 마을에서 서른일곱 살의 남자가
자살했다. 회사에서 중책을 맡아 잔업을 하던 중에 일어난 일
이었다. 처음에는 회사 측도, 노동 기준 감독서도 개인적인 문
제라고 주장했지만, 유족의 호소로 일 년 뒤 과로로 인한 자살
로 산재를 인정받았다. 지방지에 실린 기사로 시즈토도 이 일
을 알게 되었다고 한다.

시즈토가 찾아간 것은 이 년 전이었다. 동네에서 그 남자에 대
해 묻고 다니는 것을 누가 유족에게 알렸는지, 가게에서 사정을

묻고 있을 때, 고인의 아내와 중학생 딸이 들이닥쳐 뭐 하는 거냐며 따졌다. 그는 애도에 대해 이야기하고, 고인을 앞으로도 줄곧 기억할 생각이라고 답했다.

딸이 "거짓말쟁이!" 하고 그를 비난했다. 남자의 죽음이 기사화된 직후에는 취재차 찾아오거나 애도하는 사람도 있었지만, 시간이 흐르면서 그의 죽음은 잊혀져가고, 자살을 부정적으로 보는 세상의 시선이 영향을 미친 건지, 기일이 되어도 찾아오는 사람이 없다고 부인이 말했다.

"그 따님이, 기억하겠다는 말이 거짓이 아니라면 기일마다 전화해보라고 하더군요."

유키요가 생각건대, 시즈토의 말을 믿을 수 없었던 중학생 딸은 종교적 냄새를 풍기는 이 이상한 사람을 골탕 먹일 생각에 아니면 위선으로밖에 보이지 않는 행위를 비웃고자 갖고 있던 전화카드를 건넸을 것이다. 정말로 전화를 걸어오리라고는 기대하지 않았으리라.

"아뇨. 작년에 따님하고 전화로 이야기를 나눴습니다. 오늘도 분명 통화할 수 있을 겁니다."

약속 시간이 되자 시즈토는 카드를 넣고 전화를 걸었다. 바로 상대가 받은 모양이었다. 시즈토가 이름을 말하자, 상대가 뭐라고 대답했는지 그는 고개를 살짝 가로저었다.

"어째서라니요? 약속했잖습니까? 예, 지금도 여행을 계속하고 있습니다."

상대가 뭐라고 이야기하자, 그는 미소지으며 말을 이었다.

"예, 곧 단풍이 들겠네요. 아버님이 좋아하신 계절이죠? 당신이 태어난 달이기도 하고."

유키요는 부드러운 표정의 그를 보고 있자니, 전화 상대의 표정도 짐작할 수 있을 것 같았다.

공원에서 노숙하기로 결정하고, 가로등 불빛 아래서 끼니를 때운 뒤 손전등에 달린 라디오로 뉴스를 들었다. 시즈토는 사망자 정보를 얻을까 하고 뉴스를 들으며 메모해왔는데, 그날의 화제는 온통 경제와 스포츠뿐이었다. 잠들기 전에 그는 손전등을 비춰가며 이날 애도한 상대의 이름과 장소, 누구에게 사랑받고, 누구를 사랑하고, 사람들이 어떤 일로 고인에게 감사했는지 노트에 기록했다. 그러고는 페이지를 앞으로 넘겨 애도한 기록을 다시 읽고, 한 사람 한 사람 새롭게 애도했다. 전에 유키요가 그 이유를 물었을 때, 그는 애도하는 상대가 많아서 암기하는 데 한계가 있기 때문에 가슴 깊이 새기기 위해서는 다시 읽는 게 필요하다고 했다.

오늘밤도 유키요는 침낭 속에 몸을 웅크린 채 시즈토가 작은 소리로 읽는 고인의 사랑과 감사에 관한 에피소드를 염불 겸 영가 겸 들었다. 피로 탓인지 금세 잠들었다.

사쿠야가 말을 걸어온 것은 다음 날 이른 아침이었다.

"이렇게 한심한 짓을 대체 언제까지 계속할 생각이야?"

시즈토는 세수를 하러 공중 화장실에 가고 없었다.

"누가 누구를 사랑한다는 것은 전부 착각에 지나지 않아. 감사니 뭐니 하는 것도 마찬가지고. 단정과 착각으로 이루어진 고인의 추억담 따위 늘어놓아봐야 뭐가 달라져? 허무할 뿐이지."

"그렇지만 사람에 따라서는 누군가에게 이야기를 털어놓음으로써 구원받기도 하잖아요?"

유키요는 자신 없이 대꾸했다. "당신도 절에서 유족들 얘기 곧잘 들어주었으면서."

"그건 장사니까. 어리석게 고인의 추억에 연연하니까 인류가 조금도 진보하지 않는 거야."

"인간이 원래 그렇게 생겨먹었다면 어쩔 수 없잖아요?"

"어지간히 놈의 편을 드는군. 슬슬 나를 죽인 이야기도 놈한테 하는 게 어때?"

그 생각을 하면 가슴이 턱 막힌다. 어떻게 해야 할지, 언제 이야기를 꺼낼지 결심하기가 쉽지 않다.

시즈토가 왔다. 아침인데도 지친 발걸음이었다. 익숙한 듯 보여도 날마다 누군가를 애도하는 행위는 역시 육체적으로나 정신적으로나 버거운 것일까? 아침에 일어난 직후, 그리고 잠들기 전에 몹시 수척해 보일 때가 있다. 지금도 그대로 쓰러진다 해도 이상하지 않을 만큼 위태로운 그의 모습이 불안했다.

"좀더 쉬었다 가는 게 어때요?" 하고 말을 걸어보았다.

"예? 왜요? 전혀 문제없습니다. 그럼 슬슬 갈까요?"

그는 스스로를 격려하듯 팔을 몇 번 휘휘 돌린 뒤, 힘겹게 배낭을 짊어졌다.

시내 복판의 상점가 한 귀퉁이에 작은 서점이 있었다. 사 년 전, 영업이 끝난 이곳을 누군가 습격해 점장과 아르바이트 여학생을 꽁꽁 묶어놓고 불을 질렀고, 두 사람 다 죽었다.

사건 직후에도 이곳을 방문한 시즈토는 오늘이 두번째였다. 당시에는 화재 흔적이 남아 있고, 피해자 관련 보도도 많아서 애도를 위한 정보가 부족하지 않았다고 한다. 그가 가리킨 장소는, 무인 주차장으로 변해 있었다. 아직 이른 시간이어서 가게 대부분은 문을 열지 않았고, 출근과 등교를 서두르는 직장인과 학생들만 지나가는 터라 도통 뭘 물어볼 수 없었다. 할 수 없이 주차장 주위를 서성이고 있는데 마흔 살 전후의 한 남자가 전단지를 건넸다.

"저, 실례합니다. 부탁드립니다."

시즈토에 이어 유키요도 전단지를 받아들고는 읽어보았다. 여기서 일어난 사건의 목격자를 찾는 내용으로, 연락처 등이 적혀 있었다.

"여행중인 것 같습니다만, 여행지에서 무슨 얘기라도 듣게 되면 연락 부탁드립니다."

휜머리가 듬성듬성한 남자는 심약해 보이는 인상이었지만, 적극적으로 말을 걸어왔다.

"실례합니다만, 돌아가신 두 분 중 어느 쪽 유족이십니까?"

시즈토가 물었다. 남자는 과장되게 손을 가로저었다.

"아, 아닙니다. ……담임이었어요. 죽은 아르바이트 학생의."

유키요는 의외라고 생각했다. 전단지를 다시 보며 그런데 왜? 하는 생각이 들어 남자에게 물었다.

"선생님이 왜 이런……"

그는 난처한 표정을 짓더니, 주먹으로 쓱쓱 문지르듯이 이마를 닦으면서 말했다.

"제가 아르바이트 자리를 소개했습니다. 책을 좋아해 도서위원으로도 활동하던 아이가 이혼한 엄마를 돕고 싶다고 상담을 해와서…… 지인이던 서점 점장에게 부탁해……"

그러니까 이 죽음에 책임을 느낀다는 것이었다. 남자는 이마를 거듭 때리면서 말을 이었다.

"이런 짓을 한다고 잃어버린 생명을 되살릴 수는 없겠지요. 하지만 아무것도 하지 않으면 괴로워서…… 출근 전 한 시간 정도 이렇게…… 실제로 할 수 있는 일이 없어 안타깝습니다만."

갑자기 시즈토가 손을 뻗어 이마를 때리던 남자의 손목을 잡았다.

"제자였던 분에 대한 이야기를 들려주시겠습니까? 어떤 이야기여도 좋습니다. 아주 사소한 것이라도."

따뜻하게 감싸주는 듯한 목소리였다. 남자는 끓어오르는 슬픔을 간신히 삼키고, 여학생에 대한 추억과 지인 점장의 인품에 대해 들려주었다.

그 모습을 보며 유키요는 시즈토가 고인이 된 두 사람을 애도할 때, 분명 이 남자의 존재를 언급할 거라고 생각했다. 지금도 두 사람을 소중히 여기고 그 죽음을 억울해하며 두 사람이 이 세상에 살았던 걸 기억하는 사람이 있습니다, 라는 말로.

시즈토가 산간 마을로 가는 버스를 탈 거라고 했다. 이미 해는 서쪽으로 기울었다.

시즈토는 지금 산으로 들어가면 돌아오지 못할 수도 있으니 시내에서 기다려도 된다고 말했지만, 아침에 본 그의 지친 걸음이 신경 쓰여 유키요도 따라나섰다.

목적지는 이 년 전, 폭우로 무너져내린 토사가 민가를 덮쳐 네 사람이 목숨을 잃은 곳이었다.

운전사가 일러준 정류소에서 내렸지만 방향을 분간할 수 없는 터라, 시즈토가 지나가는 작은 트럭을 향해 손을 들었다. 얼굴의 깊은 주름이 흉터처럼 보이는 운전사 노인이 떠내려간 집이 있던 장소까지 태워주었다. 마을 변두리에 있는 그 집터에는 무너진 토사 위로 억새풀이 무성하게 자라고 있었다. 여기에 사람 사는 집이 있었다고는 도무지 상상이 되지 않았다. 노인의 말로는, 오봉 때 도시에 사는 아들 내외가 네 살짜리 손자와 함께 노모가 혼자 사는 고향 집으로 왔을 때 재해가 일어났다고 한다. '하필이면 그런 날에' 하고 유키요는 운이 나빴다고 생각했다. 그러나 시즈토는 언제나처럼 애도하는 데 필요한 것만 노인에게 물었다.

노모는 이제나저제나 손자 얼굴 보기만 학수고대하며 틈만 나면 이웃에게 손자 자랑을 늘어놓았다. 또 아들 부부는 해마다 고향으로 내려와 노모를 모셔가고 싶어했고, 손자도 할머니를 그리워했다. 그러나 노모는 남편과 오랜 세월 살아왔고 친구가 있는 이 마을에 정이 들어 절대 떠나려 하지 않았다.

이야기를 듣고 난 시즈토는 억새가 흔들리는 사고 현장으로 들어가더니 한참을 돌아오지 않았다.

돌아오는 버스는 예상대로 이미 끊어진 것 같았다. 마을 신사의 처마 밑쯤에서 노숙할 예정이던 시즈토와 유키요를 노인이 자기 집으로 불러들였다. 산에서 감귤류를 재배하는 그는 작년에 아내를 여의고 혼자 살고 있었다. 자식 셋은 도시로 나갔으며 모두 그를 모셔가고 싶어하지만, 그도 이 마을에 정이 들어 죽을 때까지 떠날 마음이 없다고 했다.

유키요는 그 집에 있는 재료로 요리를 만들고, 시즈토는 목욕

물을 데웠다. 술대접도 받았다.

"기왕 왔으니 우리 마누라도 좀 애도해주게나."

노인은 웃으면서, 전쟁이 끝나고 외지에서 귀환할 때 항구에서 아내와 처음 만난 이야기를 늘어놓았다. 고생스럽기도 단란하기도 했던 부부의 이야기는 흔해빠졌을지도 모른다. 하지만 오랜 세월 그들이 살아온 이 집의 냄새에 둘러싸여 들으니, 특별한 역사로 가슴에 스며들었다. 이야기는 한밤중이 되어서야 끝났다. 시즈토는 노인의 아내가 임종을 맞이한 방에서 낡은 다다미 위에 한쪽 무릎을 꿇고, 이 집에 감도는 공기를 양손으로 모아 가슴에 꺼안는 자세를 취했다. 노인은 그의 모습을 보고 자신도 눈을 감았다.

잘 때가 되어 시즈토와 유키요가 멀찍이 떨어져 이부자리를 까는 것을 보고도 노인은 아무 말이 없었다.

다음 날 아침, 노인은 트럭으로 두 사람을 버스 정류장까지 데려다주었다.

"아내도 분명 기뻐할 거요."

노인의 웃는 얼굴은 그때 그 소년의 부모가 보인 표정과 비슷했다.

3

하루 종일 비옷을 입고 빗속을 걸었지만, 새로운 것을 전혀 발견하지 못하고 다리 아래서 잠을 청했다. 바로 귓가에서 불어난 강물 소리가 들려와 좀처럼 잠을 이룰 수 없었다. 죽음은 두렵지 않은데도 온몸이 긴장되었다.

날짜를 확인하지 않았기 때문에 분명치는 않았지만, 노인의 집을 뒤로한 지 이 주 가까이 지났을까, 산의 나무들이 붉은색으로 물들기 시작했다. 노숙할 때면 벌레 소리가 시끄러웠고, 아침저녁으로는 두꺼운 옷을 입어야 했다.

죽은 이의 생전을 떠올리는 일은 순간이라도 괴롭다. 그리고 그 마음이 채 수습되기도 전에 시즈토는 또다른 고인의 이야기를 듣는다. 많을 때는 하루에 다섯 건, 사망자가 여러 명인 사고에서는 열 명이 넘게 애도한 적도 있었다. 유키요는 자꾸 고인의 모습을 떠올리면 더는 버티지 못할 것 같아, 시즈토와 같이 애도하는 것은 중간에 포기했다.

시즈토 말로는 한 사람 한 사람에게 마음을 깊이 주지 않아야 이 일을 계속할 수 있다고 한다.

"어떤 사람의 죽음을 깊이 생각하는 것은 가족과 친지의 특권인 것 같습니다. 타인인 나는 그리운 친구와의 추억 정도로 기억해두는 게 좋다는 걸 여행하면서 깨달았습니다."

그의 애도에는 그외에도 여러 가지 나름의 규칙 같은 것이 있었다.

자살의 경우, 뉴스에서는 프라이버시를 배려해 공인이나 유명인을 제외하고는 이름도 나이도 전하지 않는다. 최근에는 다른 사망 사고에서도 개인의 이름을 밝히지 않는 경우가 대부분이다. 어림짐작으로 그 장소를 찾아가면 아무도 그 사고에 대해 모르는 경우가 많은데, 이런 때는 애도를 할 수 없다고 한다.

시신이 발견되어도 이런저런 사정으로 신원이 불명확한 경우도 마찬가지였다.

그는 여러 가지 사례를 답습하며 어떻게 해야 할지 고민한 결과, 이렇게 정리했다.

"유감스럽지만 애도할 수 없는 경우는 돌아가신 분과 '인연'이 없는 거라고 생각하기로 했습니다."

반대로 말하면 애도하는 상대에게는 '인연'을 느낀다는 것이었다.

"삼거리에서 우연히 오른쪽 길을 선택했는데, 헌화를 발견하게 되는 경우가 있죠. 죽음의 장소가 표고 몇천 미터의 산이라거나 먼 바다 위라면 쉽게 찾아갈 수 없습니다. 그러니 조건이 맞아떨어져서 애도를 할 수 있었던 경우, 역시 '인연'이라고 생각하는 것이 적절한 듯해서…… 말하자면 나는 '인연이 있는 사람'의 자격으로 애도를 드리는 겁니다."

그럼 '인연'이 없는 고인에게는 아무것도 하지 않는가, 그냥 잊고 마는가, 하고 유키요가 물었다.

"돌아가신 날 혹은 시신이 발견된 날짜를 기록해뒀다가 이따금 노트를 펴고 추모를 합니다. 달리 할 수 있는 것이 없어, 그분이 평안히 잠들기를 기도합니다."

한 걸음 한 걸음, 발밑에 무엇이 있는지 확인하듯 걷는 데도 다 이유가 있었다.

여행을 떠난 지 이 년째, 시즈토는 아무나 죽이고 싶었다는 남자에게 장을 보고 돌아오던 주부가 등을 찔려 사망한 현장을 찾았다. 어디가 그 장소인지 표식이 없었기 때문에 왔다갔다하는 사이, 꽃다발을 든 남자와 마주쳤다. 고인이 된 주부의 남편이었다. 애도의 말을 건네자, 눈동자의 초점을 잃어버린 남자는 "거기야, 거기 쓰러져 있었어" 하고 시즈토가 서 있는 발아래를 가리켰다.

그뒤로 한동안 시즈토는 걷는 게 두려웠다고 한다. 고인이 쓰러져 있었던 장소라기보다 고인을 밟고 있는 게 아닐까 하는 강박에 쫓겨 갓길만 골라 걷기도 하고, 발이 땅에 닿는 시간을 줄이려고 빨리 걷기도 했다. 해를 거듭하며 많은 사람을 애도하는 동안, 아득히 먼 옛날까지 거슬러 올라가면 어떤 장소건 사람이 죽어서 쓰러졌을 가능성이 있음을 깨우친 것이다.

"여행을 하면서 내 발밑에 누군가에게 깊이 사랑받았던 사람이 언젠가 쓰러졌음을 느낄 수는 없을까 생각하다가, 한 걸음 한 걸음 주의를 기울여 걷게 되었습니다. 그런데……"

어느새 아무 생각 없이 멍하니 걷고 있을 때도 많다고 부끄러운 듯 털어놓았다.

하지만 유키요는 천천히든 멍하니든 걷는 데 이미 지쳤다. 노숙하는 데 지쳤다. 시즈토의 진의를 지켜보는 데 지쳤다. 그는 억지라고밖에 보이지 않는 형태로 모든 것을 사랑으로 치환시킨다. 그 사실에 애 태우는 데 지쳤다. 사쿠야는 어이가 없는지 한동안 침묵했다.

문득 이제 됐다는 생각이 들었다. 이제는 걸어도 달라질 것이 없을 것이다.

아침에 침낭을 빠져나오면서 오늘 하루 더 걸어보고 별일 없으면 이제 여행을 그만두기로 마음먹었다.

"이제야 그럴 마음이 들었나? 어지간히 돌아돌아 가는군."

오랜만에 기지개를 켜듯 사쿠야가 나타났다. 시즈토는 벌써 아침식사 준비를 시작했다.

일곱 달 전, 아파트 11층에서 남자 고등학생이 떨어져 죽었다.

주유소에서 위치를 물어 아파트 앞까지 가서, 지나가던 이웃 주부 두 명에게 소년에 대해 물어볼 수 있었다. 소년은 약의 부작용으로 환각에 시달렸는지 집을 뛰쳐나와 복도의 난간을 뛰어넘었다. 다음 날 그의 동급생과 지인들이 찾아와 놓고 간 꽃이 그가 죽은 아파트 주차장에 수북이 쌓였다고 했다.

꽃은 이미 남아 있지 않았지만, 시즈토는 주차장 구석에 무릎을 꿇었다. 그러자 이야기를 들려준 두 여자가 달려와 기도는 하지 말라고 부탁했다. 자신들은 죽은 소년 어머니의 친구인데 많은 이들이 아들의 명복을 비는 게 부담스러워 소년의 어머니가 쓰러져버렸다고 했다.

"자책감에 시달리고 있어요. 명복을 빌어주는 사람들도 자신을 비난하러 온 것처럼 느껴지나봐요."

시즈토는 알겠습니다, 하고 주차장을 나갔다. 하지만 조금 앞의 전봇대 그늘에서 다시 애도의 자세를 취했다. 유키요는 고통스러워하니 그만두라는데 뭘 애도하느냐고 물었다. 그는 어머니가 자책감으로 쓰러진 것도 소년을 사랑하기 때문이니, 그것도 포함해 애도한다고 답했다.

"이젠 위선자라고도 할 수 없겠군. 타인의 감정을 자신의 취미에 악용하는 에고이스트로구먼."

사쿠야가 입가에 초조함이 묻어나는 미소를 띠었다.

"됐어요. 이제 그만 할 거니까. 끝낼 거니까."

유키요는 한숨과 함께 사쿠야에게 대꾸하고 나서, 애도하는 시즈토의 뒷모습을 물끄러미 보았다.

그녀는 다음 장소는 어딘지 적혀 있는 메모장을 먼저 보여달라고 했다. 읽어나가는 동안 안절부절못했다. 어깨 위에서 들여다보던 사쿠야가 재미있다는 듯 웃어댔다.

아파트에서 남편의 폭력으로 스물여덟 살의 여자가 죽었다. 전부터 폭행이 있었던 듯, 이웃들은 아내의 얼굴에 멍이 든 걸 종종 보았고 집 안에서 들려오는 비명을 듣기도 했다. 코뼈가 부러졌을 때는 병원에서 신고해 경찰이 개입하려 한 적도 있지만, 남편이 반성한다고 했고, 아내도 피해 신고서를 제출하지 않았다. 그런 일이 있고 한 달 뒤, 아내는 남편에게 복부를 세게 걷어차여 내출혈성 쇼크로 사망했다.

이 사건은 유키요와 사쿠야의 사정과도 비슷해 보였다. 다만 사쿠야는 폭력이 아니라 '사랑'이라는 흉기를 휘둘렀을 뿐. 결과적으로 유키요가 그를 죽였지만, 그전에 이미 유키요 쪽이 마음을 살해당했다고 할 수 있었다.

아파트 근처의 오래된 상점가에서 죽은 부인의 이야기를 들을 수 있었다. 꽃집 여주인을 비롯해 미용실 주인과 쇼핑 나온 손님 등 모두가 입을 모아 그녀를 동정하고, 남편에 대해서는 '나쁜 사람처럼 보이진 않았는데' 하며 고개를 갸웃거렸다. 시즈토는 언제나처럼 여자가 누구에게 사랑받았는지, 누구를 사랑했는지, 사람들이 어떤 일로 그녀에게 감사를 표했는지 물었다.

사람들이 당황하는 것도 여느 때와 마찬가지였다. 꽃집 주인은 우물거리며 "역시 남편에게 사랑받았겠죠" 하고 말했다. 다른 사람들 또한 불만스러운 표정을 지으면서도, 도망가지 않고 같이 살았고 신고도 하지 않은 걸 보면 속으로는 서로 좋아했던 게 아닐까 하고 답했다. 아내가 구급차에 실려갈 때, 울면서 매달리는 남편을 보았다는 사람도 있었다.

"남자가 변할 줄 알았겠지. 그 여자도. 단순히 사랑했다기보다 너무너무 사랑했던 거 아닐까?"

꽃집 주인의 말에 주위 사람들도 고개를 끄덕였다. 그외에도 그녀에 관한 미담이 줄줄이 이어졌다.

유키요는 하마터면 비명을 지를 뻔했다. 살해당했는데 '너무너무 사랑했다'고?

시즈토는 사람들에게 고맙다는 인사를 하고, 흉악한 범죄 현장이 된 아파트 앞에서 한쪽 무릎을 꿇었다. 잠자코 보고 있을 수 없었던 유키요가 한마디 내뱉었다.

"그만 해요. 너무한 거 아니에요?"

유키요는 시즈토에게 다가가 가슴 앞에서 손을 포개려는 그의 팔을 붙잡았다.

"그 여자는 매일같이 남편에게 얻어맞았고, 끝내 배를 걷어차여 죽었다고요."

"하지만…… 결혼했으니 한때라도 서로 사랑한 적은 있지 않을까요?"

"그렇지. 너도 나하고 결혼했잖아. 그러니까, 우리는 서로 사랑했던 거지?"

　유키요는 어깨 위에서 놀리는 사쿠야를 무시하고, 시즈토의
팔을 애타게 잡아끌었다.

　"한때에 지나지 않는 사건으로 그 사람의 인생에 대해 그렇게
결론지어버리다니, 말도 안 돼요."

　"그 사람에게 행복했던 시간이나 사건을 기억했으면 할 뿐입
니다."

　"정말로 사랑이 좋은 거라고 믿어요? 스토커도 사랑을 호소
하잖아요. 또 사랑이란 이름 아래 얼마나 많은 사람이 살해당하
는데요. 속임수예요. 함정이라고요. 사랑이 없다면 인간이 얼마
나 편했을지."

　이런 호소에도 난감해할 뿐인 그에게 유키요는 화가 났다. 자
신도 모르게 오른쪽 어깨를 앞으로 내밀며 고백하고 말았다.

　"죽였어요, 내가. 이 사람을 죽였다고요. 이 사람이 사랑이라
는 이름으로 자기를 죽이게 만들었다고요."

　"……누구를 말입니까?"

　시즈토가 사쿠야가 있는 어깨 위를 두리번거렸다. 사쿠야는
재미있다는 듯 히죽거리고 있었다.

　"남편요. 고미즈 사쿠야. 애도했잖아요. 산 위에 있는 공원에
서…… 남편이에요. 내가 남편을 죽였어요."

　말이 쉼 없이 쏟아진다. 사쿠야와의 추억이 욕지기와 함께 목

구멍을 뚫고 나온다.

그때 아파트에서 누가 나오더니 의심스러운 눈길로 두 사람 쪽을 보았다. 입 밖으로 막 나오려던 말이 가슴 밑바닥으로 도로 가라앉을 것 같았다. 유키요는 빠른 걸음으로 걷기 시작했다. 토하고 싶다, 말하고 싶다. 자신을 살인으로 몰아간, 사랑의 무서움과 추함, 어리석음을 지금 당장 털어놓지 않으면 숨 쉬기조차 힘들 것 같다. 진흙탕을 헤쳐가는 마음으로 실컷 토할 수 있는 곳을 찾았다.

집들 사이로 높이 솟은 큰 나무가 보인다. 그곳을 향해 가던 중에 절이 보였다. 인적 없는 경내로 들어갔다. 숨이 차올라 걸음을 멈추고 돌아보니 시즈토도 헉헉거리며 서 있었다.

4

어릴 때는 일상적으로 공포를 느꼈다. 한창 밥을 먹거나 놀다가도 등뒤에서 정체 모를 어둠이 덮쳐오는 것 같아 돌연 겁을 먹기도 하고, 문 너머에 새까만 구멍이 뚫려 있다는 생각에 우뚝 멈춰서기도 했다. 아무도 없는 세계에 버려지는 것 같아 잠들기조차 두려웠다.

불안의 큰 원인은 부모님의 불화였던 것 같다. 유키요는 어머니 아버지가 서로 다정하게 웃는 모습을 본 기억이 없다. 두 사람은 매일같이 말다툼을 하고, 악다구니를 하고, 때로는 폭력을 휘두르기도 했다.

유키요가 여섯 살 때 부모님은 이혼하고, 어머니가 마지못해 유키요를 맡았다. 어머니와 유키요는 외할머니 집으로 이사를 갔다. 외할머니 또한 이혼하고 청소부 일을 하면서 혼자 살고 있었다. 어머니는 외할머니와도 사이가 나빴다. 외할머니가 "그런 남자 못쓴다고 그랬지!" 하고 잔소리를 하면 어머니는 "행복한 가정을 모르고 컸으니 어쩔 수 없잖아!" 하며 외할머니를 쏘아보았다.

유키요 모녀를 받아들이는 조건으로 외할머니는 일을 그만두고, 어머니가 밤일을 시작했다. 모처럼 해방된 외할머니는 집안일까지 내팽개치고 파친코에 푹 빠져 지내는 바람에 유키요가 모두 떠맡게 되었다.

어머니가 가끔 집에 오지 않을 때마다 외할머니는 "남자 밝히는 년" 하고 중얼거렸다. 시간이 지나면서 어머니도 재혼을 생각했는지 유키요가 초등학교 고학년 때부터는 어머니 애인이라는 남자를 몇 명이나 만났다. 한 벌뿐인 나들이옷을 입히고 "좋은 집안의 딸 같은 얼굴로 있어야 해" 하고 다짐을 놓고는 약속 장소에 유키요를 데려갔다. 하지만 남자들은 유키요를 귀찮은 듯 보다가 가버리거나 유키요를 먼저 돌려보내라고 어머니에게

요구했다. 어머니의 애인 중 맨 마지막에 만난 남자는 털 색깔이 달랐다. 그는 유키요를 부드러운 눈으로 바라보며, "탤런트는 누굴 좋아하니?" 하고 말을 걸어왔다. 그다음 주에도 셋이서 만나게 되었는데, 어머니는 고등학교를 졸업할 때까지 돈줄이라고 생각하라고 했다. 남자는 유키요가 좋아한다고 대답한 탤런트의 사진집을 사왔다. 헤어질 무렵 "아빠가 필요하니?" 하고 묻기에, 어머니의 말을 떠올리며 고개를 끄덕였다.

어느 날, 남자가 유키요네를 찾아왔다. 너저분한 방에서 엉망으로 사는 세 사람을 보고 남자는 울음을 터뜨렸다. "유키요를 좀더 소중하게 키울 수 없어?" 하며 어머니를 나무랐다. "무슨 소릴 하려는 거야?" 하고 어머니가 받아치자, 남자는 자신에게도 딸이 있다고 고백했다. 목에 건 로켓 모양의 펜던트를 열자, 사랑스러운 소녀의 사진이 있었다. 남자는 사진에 입술을 대고는, "우리 유키요를 함께 키우자" 하고 어머니에게 말하며 유키요를 안아주었다. 그때 그의 손이 우연히 유키요의 엉덩이에 닿았다. 어머니는 비명을 지르며 "놔, 이 변태!" 하면서 남자를 때리고, 남자가 유키요를 놓은 후에도 반미치광이처럼 난리를 피우며 남자를 쫓아냈다.

어머니는 서른여덟 살에 지주막하출혈로 세상을 떠났다. 어머니의 유골을 안장하기 위해 외할머니에게 묘에 대해 물었다. 예전에는 도호쿠의 작은 동네에 있는 보리사에 자신의 부모를 비롯한 조상의 묘가 있었지만, 발걸음을 하지 않은 지 반세기 가까이 되어서 분명 없어졌을 거다. 하며 절 이름도 말해주지 않았다.

유키요는 학교를 그만두고 카페와 레스토랑에서 일했다. 같은 직장에 근무하는 청년에게 프러포즈를 받았다. 별로 마음에 들지 않았지만, 어느새 상대는 애인처럼 굴고 있었고, 몇 번이나 요구를 해오다보니, 될 대로 되라는 심정으로 몸을 맡겼다. 자신은 사귀는 거라고 생각하지 않았기 때문에 다른 남자의 유혹에도 응했고 그 사실을 알게 된 청년이 호되게 다그쳤다. 이해를 할 수가 없어 부루퉁해 있으니, 그런 모습이 또 상대의 분노를 부채질해 결국 손찌검을 당하고 말았다.

그후에도 비슷비슷한 일의 연속이었다. 좋아하지 않는 상대에게 유혹을 당하고 그쪽이 원하는 대로 관계를 맺은 뒤, 약속을 깨거나 혹은 다른 남자의 유혹을 받아들여서 폭력을 불렀다. 누구에게도 손대지 못할 것 같은 나약해 보이는 남자조차 유키요의 머리채를 움켜쥐고 "인간쓰레기!" 하고 내동댕이쳤다.

자신이 무슨 잘못을 했다는 건가……? 상대를 진심으로 좋아하지 않았을 뿐인데 쓰레기 취급을 당하는 현실이 싫었다. 가끔은 죽은 딸의 사진을 목에 걸고 다니던 어머니의 애인을 떠올렸다. 그가 아버지가 되었더라면, 그래서 사랑받고 자랐더라면 자신도 누군가를 진심으로 좋아할 수 있었을까? 그의 죽은 딸이 부러웠다. 살아 있다는 사실이 기쁘지도 않았고 언제 죽어도 좋다고 생각하고 있었지만, 죽는 순간 잊혀진다는 공포가 이 세상에서 살아남게 만들었다.

유키요가 스물두 살이 되던 해, 외할머니가 살충제를 마시고 세상을 떠났다. 외할머니의 치매기를 눈치챘지만 워낙 기행을 일삼는 분이라 그냥 내버려두었는데, 사체는 변사로 분류되어 검시를 했고, 유키요는 경찰 조사를 받았다. 형사가 생명보험과 유산에 대해 물으며 등뒤에서 어깨에 손을 올려놓았을 때는, 완전히 패닉에 빠졌다. 어릴 때 늘 두려워하던, 정체 모를 어둠이 덮쳐오는 느낌이 되살아나 아무 생각도 할 수 없었다. 외할머니의 유해 처리조차 할 수 없었다.

뒷일을 처리해준 경찰 부장이 유키요를 도와 간소하게나마 장례식도 치러주었다. 휴가를 내서 어린아이처럼 웅크리고 있는 그녀를 화장터에 데려가주고, 뼈를 거둬주었다. 그는 유키요보다 열다섯 살이 많은 서른일곱 살의 독신남 구라누키였다.

구라누키는 유키요의 상태를 보러 자주 들락거리더니 얼마 후에는 잠자리를 같이 하게 되었다. 지금까지와 마찬가지로 그녀는 상대가 조금도 좋지 않았다. 오히려 싫어하는 타입이었다. 뚱뚱한데다가, 짧은 손가락에, 안경 속의 눈은 음흉하게 빛났고, 웃을 때는 거품 무는 소리가 났다. 그는 관계를 가진 뒤, "실은 처녀하고는 처음인데, 이상하지 않았어?" 하고 비굴한 웃음을 흘렸다.

혼자 사는 불안감 때문에, 그리고 외할머니의 유해 처리를 도와준 데 대한 은혜를 갚느라 프러포즈를 받아들였다. 구라누키는 어머니의 유골을 방 안에 들여놓고 있는 것을 못마땅해하며, 외할머니의 유골과 함께 묘에 안장하자고 제안했다. 그러고는 외할머니의 물건을 뒤졌다. 낡은 전병 깡통에 어느 절의 유래가 적힌 소책자와 함께 같은 절의 행사 안내가 인쇄된 전단지가 들어 있었다. 절이 있는 장소는 외할머니가 전에 말한 적 있는 도호쿠의 어느 마을이었다. 구라누키는 외할머니의 호적을 찾아본 뒤 절에 문의했다. 외할머니의 부모와 동성동명인 사람의 묘가 있다고 답이 왔다.

하지만 유키요는 먼 도호쿠까지 바로 갈 마음이 들지 않았고, 구라누키도 결혼 준비가 먼저라고 생각했다. 친지가 없는 여자와의 결혼은 직업상 문제가 되는 듯, 그는 유키요를 데리고 다니며 여러 사람에게 인사를 시켰다.

"좋은 집안의 딸 같은 얼굴을 해야 해" 하는 어머니의 목소리가 줄곧 머릿속에서 울렸다.

그런 결혼이 원만할 리 없었다. 불만을 터뜨린 것은 역시 상대 쪽이었다. 유키요는 요리를 비롯한 최소한의 집안일밖에 못했다. 구라누키는 그래도 좋다고 말해놓고선 실제로 함께 살게 되자 불평을 늘어놓기 시작했다. 더욱이 유키요는 혼자서 외출하길 좋아했다. 혼자만의 시간을 갖지 않으면 타인과의 생활에 질식해버릴 것 같았다. 구라누키는 그걸 나무랐다. 바로 손찌검하지 않은 것은 열다섯 살이라는 나이 차가 주는 부담감 때문이었으리라. 하지만 유키요가 달라질 기미를 보이지 않자, 그의 언동은 점점 거칠어졌다.

처음에는 그녀의 어깨를 쿡쿡 찌르거나 엉덩이를 걷어차는 정도였다. 그러다 강도가 조금씩 세졌다. 다리를 힘껏 걷어차여 유키요가 아픔을 호소하면 상대는 더욱 세게 찼다. 두려움에 일단 참았지만 또다시 걷어찼고, 그만두라고 하면, 가느다란 눈으로 째려보며 뺨을 때렸다.

날이 갈수록 상대의 폭력은 심해졌다. 부부생활은 억지로 했고 술집 작부처럼 굴라는 요구를 거절하면, 배를 걷어차이기 일쑤였다. 그는 때로 "난 이런 사람이 아니었어, 날 이렇게 만든 건 너야" 하고 울부짖으면서 폭력을 휘둘렀다.

그가 "됐다, 그냥 죽어버리자" 하고 말을 꺼낸 것은 결혼한 지 일 년이 지났을 즈음이었다. "널 쏘고, 나도 죽어버리겠어" 하고 결행 날짜까지 정했다.

상대의 진의를 헤아릴 여유도 없이, 그곳에서 도망치자고 생각한 끝에 떠오른 유일한 장소가 도호쿠의 작은 마을에 있는 절이었다. 유키요는 수중에 남은 얼마 안 되는 돈과 외할머니, 어머니의 유골을 챙겨 북쪽으로 가는 기차에 올랐다.

"그 절에서 사쿠야 씨를 만났어요."

유키요의 맞은편에 시즈토가 있었다. 하지만 상대에게 들려준 다기보다는 토악질을 하는 것처럼 말을 토해내고 있는 느낌이었다. 지금 그녀의 마음은 사쿠야네 절로 향하는 기차 안에 있다.

유키요는 기차를 갈아타고 길을 물어물어 간신히 절 앞까지 도착했지만, 그다음에는 어떻게 해야 좋을지 몰랐다. 유골 항아리를 담은 종이가방을 양손에 들고 절 앞을 왔다갔다하고 있는데, "무슨 일이십니까?" 하고 누군가 말을 걸어왔다. 절과 인접한 장례 센터로 통하는 큰길 옆에서 검정색 고급 슈트 차림의 남자가 다가왔다.

승려처럼 머리를 짧게 깎고, 반듯한 눈코가 작은 얼굴 한가운데 몰려 있는 생김새가 균형 잡힌 체형과 함께 날카롭고 다부진 인상을 주는 남자였다. 쌍꺼풀이 선명한 눈이 강렬한 빛을 내뿜으며 "절에 있는 사람입니다만, 무슨 곤란한 일이라도 있습니까?" 하고 부드럽게 물었다. 나중에 들으니 이 절에는 폭력을 피해 도망친 여성들을 위한 쉼터가 마련되어 있어, 유키요도 그런 줄 알았다고 한다.

유키요는 유골 항아리를 보이며 묘에 대해 물었다. 남자는 그녀를 경내로 안내하고 옛 장부를 꺼내 확인한 뒤, 절 뒤편에 있는 묘소로 데려가주었다. 몇 년 전 볕이 잘 드는 절 남쪽에 공원 묘지를 새로 조성했지만, 옛날부터 있던 묘소는 북쪽 한 귀퉁이에 있다고 했다. 유키요네 조상의 묘를 남자가 금세 찾아주었다. 깨끗이 청소가 돼 있어 찾는 사람이 있는지 물었더니, "귀한 분이 잠든 장소이니 관리를 철저히 하고 있습니다"라는 대답이 돌아왔다.

관리비는 어떻게 되었는지 물으려고 하는데, 그가 유키요에게 손을 내밀었다. 늦여름이어서 유키요는 평소에 외출할 때는 긴팔 카디건으로 멍을 가렸지만, 급히 도망치느라 집에서 입고 있던 반팔 원피스 차림 그대로였다.

길고 가느다란 남자의 손가락은 독립된 존재감을 가진 생물을 연상시켰다. 섬세한 날개를 가진 나비가 꽃에 앉듯이 유키요의 팔에 있는 꽃잎 모양의 멍에 손가락을 올렸다. 청결한 손톱은 복숭아 빛을 띠고 있었다.

손가락은 조용히 미끄러져 원피스 소맷자락을 걷어올리고 그녀의 어깨에 있는 멍도 어루만졌다. 유키요는 엉겁결에 눈을 감았다. 아픔과는 다른, 지금까지 느낀 적 없는 간지러움이 몸 안에서부터 스멀스멀 올라와 전신으로 퍼졌다. 남자가 갑자기 손가락을 떼었을 때 유키요는 소리를 지를 뻔했다. 좀더 만져주면 좋을 텐데…… 바로 귀밑머리에 손이 닿는 듯해 소리를 죽였다. 목덜미에 손가락이 놓인다. 거기에는 구라누키가 못생긴 손가락으로 긁은 상처에 딱지가 앉아 있다. 딱지 위로 손가락이 지나간다. 몸에 걸치고 있는 옷을 모조리 벗어던지고 싶은 충동이 일었다. 자신의 몸에 남은 끔찍한 멍과 딱지를 빠짐없이 만져주었으면 싶었다. 남자의 따뜻한 손가락이 부드럽게 움직일 때마다 폭력으로 생긴 멍은 완전히 지워지고, 어린 시절의 깨끗한 알몸으로 다시 태어나는 듯한 환상을 품었다. "이 상처는 누가?" 하고 사려 깊은 목소리가 귓가에 울렸다. 스스로 생각해도 신기할 만큼 눈물을 쏟으며 "남편이요" 하고 대답했다.

고미즈 사쿠야에게 자초지종을 털어놓은 곳이 묘소였는지, 쉼터로도 쓰고 있는 장례 센터의 직원 기숙사였는지는 기억이 확실치 않다. "이혼을 원하십니까?" 하고 묻는 말에 "예" 하고 대답한 것은 기억난다. 생각 끝에 나온 대답이라기보다는, 그때 사쿠야가 무엇을 물어도 "예"라고밖에 대답할 수 없었고, 다른 대답은 하고 싶지도 않았다. 그럼 내게 맡겨주겠습니까? 예. 여기서 일하면서 지내겠습니까? 예. 향이 타면 뭐가 되죠? 예. 그 말에 사쿠야가 가벼운 웃음을 터뜨렸다. 온몸이 화끈거릴 만큼 부끄러웠지만, 그의 웃는 얼굴을 볼 수 있어 기쁘기도 했다.

유키요는 장례 센터에서 일하며 쓰야와 장례 진행을 돕고, 공원묘지 청소를 하면서 동료에게 넌지시 사쿠야의 됨됨이에 대해 물었다. 사쿠야에 관한 거라면 뭐든 알고 싶었다.

어렸을 때 신동으로 불렸고, 장래가 촉망되었지만, 본가인 절을 다시 일으키기 위해 돌아왔다…… 그런 이야기를 듣는 중에 자기 같은 사람과는 근본부터 다르구나 생각했다. 다만 한 가지,

사쿠야가 현재 어머니와는 핏줄이 다르다는 걸 알고, 그의 부모도 이혼했나 하는 생각에 친근감이 들었다.

하지만 자세히 들어보니 이혼한 게 아니라, 단가에서 시집온 친어머니가 사쿠야가 다섯 살 때, 남자와 야반도주한 것이었다. 남자도 단가 출신으로 두 사람은 고등학교 시절 사귄 적이 있었는데, 남자가 절에 출입하면서 다시 사랑에 불이 붙었던 것 같다. 반년 뒤, 두 사람의 시신이 멀리 떨어진 마을에서 발견되었다. 동반자살이었다. 다음 해 사쿠야의 아버지는 재혼했고, 얼마 뒤에는 사쿠야에게 남동생이 생겼다.

박애하는 행위로 환생한 부처라고 불리는 그였지만, 이따금 눈에 어두운 빛이 서리고, 다가갈 수 없게 만드는 분위기가 감도는 것은 이런 과거의 영향인지도 몰랐다.

시간이 지나면서 사쿠야가 여러 명의 여자와 관계를 맺고 있다는 것도 알게 되었다. 남녀를 불문하고 많은 이들이 그를 흠모해, 저녁 무렵 기모노 차림 혹은 양장 차림으로 그의 별채에 들었다가 이튿날 아침녘 뺨을 붉게 물들인 채 돌아가는 미인들을 비난하기는커녕 되레 부러워하는 분위기였다. 별채를 찾는 여자들 가운데 남편의 폭력에서 도망쳐나와 장례 센터에서 일하는 여자도 있다는 말을 듣자, 유키요는 아직 희미하게 남아 있는 온몸의 멍과 딱지가 쑤셨다.

유키요가 절로 도망친 지 삼 주 만에 구라누키가 나타났다. 절

측은 도망쳐온 여자의 남편이나 애인이 소리지르며 덤비는 데 익숙했다. 사쿠야가 그를 상대했다. 자세한 사정은 유키요도 모른다. 구라누키의 직업으로 보아 간단히 끝나지는 않을 거라고 생각했지만, 현 안팎의 경찰과 법조계 관계자들과도 친분이 있는 사쿠야는, 구라누키가 경찰이라는 것을 빌미로 삼아 가정 폭력 사실을 상사와 감사원에게 알리겠다고 엄포를 놓은 것 같았다. 유키요는 사쿠야에게 모든 것을 맡기고, 가까운 병원에서 진단을 받고 평소 절과 연락을 주고받는 지역 경찰의 입회 아래 멍과 흉터 사진을 찍었다. 구라누키는 꽤 말이 많았던 것 같지만, 사쿠야가 도쿄까지 걸음을 하여 두 달 뒤에 이혼이 성립됐다.

이 일을 계기로 사쿠야가 다시 만져주었으면 좋겠다는 바람이 강해졌다. 상스러운 자신이 수치스러우면서도, 사쿠야가 자기 같은 사람을 상대할 리 없다고 생각하니 오히려 욕구는 더 불타올랐다. 밤낮으로 사쿠야의 웃는 얼굴과 섬세한 손가락이 머릿속을 맴돌았다. 그를 보게 되면 시야에서 사라질 때까지 눈으로 좇았고 그의 움직이는 손가락이 눈에 띄면 온몸에 근질거리는 감각이 되살아났다.

어느 날, 끝내 그 근질거림을 참지 못하고 무의식적으로 왼팔을 오른손 손톱으로 긁고 말았다. 다음 날 저녁, 유키요가 왼팔에 붕대를 감고 오래된 묘지를 청소하고 있을 때, "그건 왜 그랬습니까?" 하는 목소리가 들려왔다. 등뒤에 사쿠야가 있었다. 처음 그가 멍을 어루만져준 장소였다.

유키요가 아무 말도 못하고 있자, 그가 손을 뻗어 붕대를 풀었다. 사쿠야가 아직 딱지도 앉지 않은, 피가 희미하게 비치는 네 줄로 난 상처를 만졌다. "누가 이렇게?" 그가 물었다. 솔직히 털어놓을 생각이었다. 그런데 "당신입니다"라는 대답이 제멋대로 입에서 튀어나왔다. "내가?" 하고 그는 미간을 찌푸렸다. 그의 손가락이 스치고 지나갈 때마다, 통증과 함께 따뜻한 물에 몸을 담근 듯한 편안함이 상처 안으로 스며들었다. 유키요는 눈을 감았다. "내가?" 그가 다시 한번 묻더니, 손톱으로 상처를 마구 헤집었다. 아파서라기보다 놀라서 소리를 지를 뻔했지만, 유키요는 꾹 참았다. 거짓말을 해서 그에게 벌을 받는 거라고 생각했다. 그만큼 그와의 관계가 깊어진다는 생각에 아픔보다 기쁨이 훨씬 컸다. 유키요는 눈을 감은 채 "그렇습니다, 그렇습니다" 하고 신음하듯 대답했다.

그날 밤, 유키요는 사쿠야의 숙소인 별채로 불려갔다. 양초 불빛 아래 그의 품에 안겼고, 난생처음으로 자신도 같이 상대를 껴안았다. 처녀도 아니면서 아무것도 모르고 제대로 응하지 못하는 게 안타까워, 흉하지만 무작정 매달려 환희와 치욕을 맛본 끝에 눈물을 흘렸다.

사쿠야가 실망했을 거라고, 이제 두 번 다시 말을 걸어오지 않을 거라고 각오했다. 하지만 다음 날 낮에 그가 불러내어 예의 오래된 묘소로 갔더니, "나하고 결혼해주지 않겠어요?" 하고 말했다.

그후, 유키요는 스스로는 제어할 수 없는 놀이기구에 올라탄 기분이었다. 단숨에 허공으로 올라가는가 싶으면 땅바닥에 내동댕이쳐지듯 낙하하면서 이성과 감정이 현기증 날 만큼 요동쳤다.

사쿠야가 고교 중퇴에 내세울 만한 장점도 없는 이혼녀와 결혼한다고 하니, 주위 사람들의 반대가 굉장했다. 많은 혼담이 들어왔지만, 그는 전혀 관심을 보이지 않았다. 그래서 사람들은 유키요를 설득하거나 괴롭히기 시작했다. 낌새를 알아챈 사쿠야가 주위를 설득하러 다녔다. 이해해주지 않으면 마을을 떠나 다시는 돌아오지 않을 거라고까지 한 모양이었다. 유키요는 그를 붙잡고 버리지 말아달라고 기도하는 수밖에 없었다.

결혼식은 사쿠야의 바람대로 성대히 치러졌다. 그의 초대를 받고 현 밖에서도 수많은 명사들이 참석했다. 누가 누군지도 모르는 사람들을 줄줄이 소개받을 때마다 등뒤에 자신 없이 서 있는 그녀에게 사쿠야는 말했다. "당신의 그런 조신함이 좋아. 그런 면을 모두에게 보여주고 싶어."

칭찬이라고 생각했다. 신혼여행은 가지 않았고, 다음 날부터 유키요는 예전보다 더 부지런히 일했다. 주위 사람들에게 사쿠야의 아내로, 고미즈 가의 며느리로 인정받을 수 있도록 젖먹던

힘까지 다했다.

사쿠야는 자상한 남편이었다. 유키요가 일만 한다며 강가로 산책을 데려가주기도 하고 마을 명소를 안내해주기도 했다. 벚꽃 구경을 가거나 불꽃놀이를 보러 갈 때도 그가 먼저 손을 잡아주었다.

밤에는 부드러움뿐만 아니라 때로는 거친 것도 희열이 된다는 걸 알게 되었고, 그가 원하는 식으로 잠자리를 하는 기쁨에도 눈떴다. 온몸의 솜털 하나하나까지 사쿠야를 생각하고 있음을 의식하면서 누군가를 진심으로 좋아하는 건 이런 거구나 싶었다. 세상에 태어난 것을 처음으로 감사했다.

이윽고 주위에서도 유키요의 노력을 인정하고, 사쿠야의 아내로 고미즈 가의 며느리로 그녀를 받아들이기 시작했다. 유키요는 그의 품에서 행복에 젖어 '당신을 위해서라면 무엇이든 하겠습니다' 하고 맹세했다.

그녀가 절에 온 지 일 년 남짓 되던 어느 날 밤, 사쿠야가 손전등으로 길을 비추면서 그녀를 오래된 묘소로 데려갔다. 부탁이 있다고 했다. "무슨 일이든 할게요" 하고 답하자, 그는 차갑게 말했다.

"지금 여기서 나를 죽여줘."

사쿠야가 한 말을 입 밖에 내뱉은 순간, 유키요는 가슴이 터질 듯 아파와서 경내 한구석에 있는 물가로 달려갔다.

돌 대야의 물을 작은 바가지로 떠서 손을 씻고, 손에 물을 받아 입을 헹구었다.

"괜찮습니까?"

고개를 들자 시즈토가 손수건을 내밀고 있었다. 고맙다는 인사도 잊고 얼른 받아들어 얼굴에 갖다댔다.

자신의 인생이 모두 잔인한 농담으로 느껴진다. 그때 유키요도 사쿠야가 농담하는 줄 알고 놀리지 말라고 했다. 그는 "놀리는 거 아니야" 하면서 몰래 가져온 칼자루를 이쪽으로 내밀었다.

유키요는 정신없이 별채로 달려와 떨리는 손으로 잠자리를 보았다. 그날 밤 사쿠야는 평소와 다름없는 태도로 말없이 잠들었다. 유키요는 한숨도 자지 못하고 새벽을 맞이했다. 그는 언제나처럼 가뿐하게 일어나더니 마음은 정했느냐고 물었다. 무슨 말이냐고 되묻자, "나를 죽이는 것 말이야" 하고 대답했다.

"그만 하세요!" 하고 유키요는 소리쳤다. "더는 놀리지 마세요, 괴롭히지 마세요."

그러자 사쿠야는 "곤란한걸. 너하고 결혼한 건 그 때문인데" 하면서 인자한 미소를 지어 보였다.

되레 자신의 심장을 찔린 듯 할 말을 잃은 유키요에게 "나는 짚신벌레 나부랭이, 등신이야" 하면서 그는 기가 꺾인 어조로 이야기를 시작했다. 평소의 고결한 느낌과는 완전히 딴판이었다.

"난 절에서 태어나 늘 타인의 사체와 한 지붕 아래서 자고, 무덤 옆에서 놀고, 사체에 매달리는 자, 기도하는 자, 사체를 험하게 다루는 자를 보며 살아왔어. 어릴 때 이미 사체는 물건에 지나지 않는 거라고 생각하게 됐지. 하지만 살아 있는 자들은 언어와 물건으로 사체를 장식하고, 그로 인해 고인에게 영원성을 부여하려고 하거나 그 인생에 점수를 매기려 해. 인간이 사는 이유는 사랑도 꿈도 아니야. 세포의 힘이지. 원생동물과 같은 세포의 탐욕스러운 생명력이 사람을 살아가게 한다고. 인간이라는 종을 존속시키기 위해 발달한 뇌가 이른바 부작용을 일으켜 짚신벌레 같다는 말을 들으면 부끄러워하고, 사랑이나 일 때문에 사니, 신이나 부처님 같은 성스러운 존재 덕분에 사니, 하고 어리석은 핑계를 만들어낸 거지. 뉴스를 오 분만 보면 그런 변명이 얼마나 터무니없는 것인지 알 수 있어. 인간의 중심을 이루는 세포는 원하는 것을 뺏거나 빼앗기지 않도록 먼저 공격하는 쪽으로 작용해. 이건 아주 오랜 옛날부터 증명된 진리인데, 사람들은 지금도 여전히 망상으로 도망쳐, 그럴듯하게 생을 포장하고 죽음을 장식해. 아마 개죽음을 두려워하는 거겠지. 죽음 그 자체가 아니라, 자신의 죽음이 무의미하다는 것, 열심히 살아온 인생이 원생

동물의 죽음과 똑같은 것으로 돌아간다는 사실이 두려운 거지.

우리 절에서 본존불이라고 떠받드는 목조인형의 뒤쪽 틈으로 안을 들여다보면, 그것은 연극 소품 같은 것, 단순히 장사하는 도구에 지나지 않는다는 걸 알게 돼. 어릴 때부터 내 주위에는 그런 물건에 매달리는 나약한 인간들과 속물근성에 찌든 우리 아버지 같은 사람뿐이었어. 이런 현실을 깨달았을 때 절망 따윈 하지 않았어. 내 평판 들었겠지? 한심하기 이를 데 없어. 학교 성적 같은 건 기억과 사고에 적합한 세포 작용이 기능한 것에 지나지 않아. 운동이라는 것도 뇌의 한 부분이 활발하게 움직이고 육체 조직이 그것을 지탱했을 뿐이고. 더욱 절망적인 것은 마을 사람들의 평판에서 내가 벗어나지 못했다는 거야. 시험지를 백지로 내거나 달리기 시합에서 천천히 뛰어도 좋았을 텐데, 나보다 생존에 적합하지 않은 세포들에게 지는 것을 참을 수 없었어. 짚신벌레의 자존심이겠지. 자살도 생각했지만, 하등한 세포들에게 동정받는 건 상상만으로도 끔찍했어. 동생에게 절을 맡기고 도쿄로 나갔지만 마찬가지였어. 사람들의 기부금으로 외국으로도 돌았지. 사람들은 어디서나 고인을 미사여구로 꾸미고, 천상의 망상을 숭배하고, 자신이 죽은 뒤에 원생동물과 같은 곳으로 간다는 공포에서 벗어나려고 했어. 차라리 굴욕으로 범벅된 삶은 어떨까 싶어 정관수술을 받고 방탕하게도 살아봤어. 허무함만 더할 뿐이더군. 더욱이 몇천 년이나 지속된 다세포 사회의 시스팸은 시시해 보여도 그 힘은 막강했어. 돈이든 권력이든 가지고 싶다면, 경멸스러운 놈들에게도 때로는 고개를 숙일 필요가 있다는 걸 배웠지. 부탁합니다를 되풀이하는 바보가 되는 근성도 나한테는 부족했고.

본가인 절이 기울어가고 있다는 소식을 듣자, 다시 어리석은 자존심이 고개를 쳐들었어. 내가 있는데 절이 기울다니, 어리석은 자들에게 비웃음을 사고 싶지 않았어. 점점 나 자신이 싫어졌지만, 절의 부흥을 위해 애썼더니 웃기게도 나더러 환생한 부처라고 하더군. 공원묘지를 조성한 건 땅주인 할머니를 속여 부지를 후려쳐서 헐값에 사들인 덕에, 싸게 내주어도 이익이 남아서일 뿐이야. 장례 센터도 돈벌이를 위해서고, 가정 폭력 보호소는 폭행당한 단가의 딸을 상담한 후에 생각해낸 거야. 그런 여자들이라면 싸게 고용할 수 있겠구나 싶었지. 절 홍보도 되고 말이야. 영감, 할망구를 받아들인 것도 절 홍보와 돈벌이를 위한 방패막이고. 귀찮은 뒷바라지는 도망나온 여자들에게 시키면 됐어. 그리고 노인들의 죽음은 무엇보다 나에게 약이 되었지. 아무리 우쭐대며 살아도 언젠가는 망령이 나서 아무 데나 싸지르다 비참한 죽음을 맞게 된다는 걸 보여주는.

죽음이란 세포 재생이 끝나는 거야. 뇌세포도 사멸해 무無가 되지. 내게도 언제 그날이 찾아올지 몰라. 정신을 잃은 뒤에는 이미 늦어. 하지만 자살은 지는 거라고 말하는 놈도 있지. 사람들도 망연자실하고 운명도 배신할 수 있는 죽음은 없을까? 이왕이면 신이니 부처니 하는 게 완벽한 거짓말이었음을 증명할 수 있는 죽음으로. 그래서 생각해낸 방법이 아내에게 살해되는 거였어. 환생한 부처로 불리는 남자가 사랑을 맹세한 아내의 손에 죽임을 당하다…… 도저히 그런 짓을 할 것 같지 않은 여자라면 더욱 좋을 것 같았지. 계획을 세우고 몇 명의 여자를 지켜보았지만, 이렇다 할 만한 상대를 찾지 못하고 세월만 보내던 중에 네가 나타났어. 매사에 자신 없고, 누군가를 사랑한 적도 없고, 좋아하지도 않는 남자를 받아들이고 구타를 당했다고 고백했지. 삶을 부정했고, 뭔가를 바꾸겠다는 의지도 위축되어 있었어. 이런 여자와 내가 결혼할 거란 건 신도 부처도 운명으로 준비해놓지 않았을 테지. 내가 강한 의지를 갖고 움직이지 않는 한, 이 인연은 맺어지지 않는다. 게다가 이 여자가 나를 죽인다? 어떤 성스러운 존재도 이런 줄거리는 만들어내지 못할 거야. 오로지 내 의지로만 가능한 전개지.

알겠어? 이건 명령이 아냐. 동의를 구하는 거야. 사람들도 세상도 어리석고 우둔하고 기만으로 가득 차 있어. 하지만 나도 그 일부야. 하찮은 짚신벌레와 다르지 않은 생물이라고. 그 사실을 깨달은 이상, 이제 평범하게 살아갈 수도, 평범하게 죽을 수도 없어. 나 자신을 감당하지 못해 괴로워. 그러니까 아내로서 남편을 위해 온 정성을 다해 뭐든 하겠다고 약속한 대로 부디 날 죽여줘."

"그럼…… 거짓말이었어요? 날 사랑한 게 아니에요?" 유키요는 비명에 가까운 소리로 물었다. 사쿠야는 말귀를 못 알아듣는 어린아이를 보듯 눈썹을 찡그리면서 쓴웃음을 지었다.

"사랑 따위는 사람이나 사물에 대한 집착에 지나지 않아. 교묘하게 바꿔 말한 것뿐이지. 너한테 집착했느냐고 묻는다면 그건 예스. 너만큼 나를 죽이는 게 의외일 거다 싶은 여자는 없었거든."

싫어요, 나는 당신을 사랑해요, 진심으로 사랑해요…… 유키요는 그 자리에 쓰러져 울부짖었다. 사쿠야는 말없이 나가버렸다. 그가 어디 아픈 건 아닐까 의심스러웠다. 조울증이 있으면 터무니없는 말을 한다고 한다. 머리가 너무 좋은 사람이니 신경을 다쳤을 가능성도 높다. 앞으로 무슨 일이 있어도 절대 그의 요구에 응해서는 안 된다. 폭언을 내뱉고 폭력을 휘두른다 해도, 자신만 참으면 사쿠야도 언젠가는 병이 나아서 정신을 차릴 것이다.

하지만 그날 이후에도 사쿠야는 변함없이 다정하게 대해주었다. 예의 요구도 입에 올리지 않았다. 다만 잠자리에서는 달라졌다. 그전까지는 사흘이 멀다 하고 요구해오던 그가 곁에 다가오지도 않았다. 일주일이 지나고 이 주일이 지날 무렵, 두려워지기 시작했다. 부탁을 거절해 화가 난 걸까? 삼 주가 지났다. 사쿠야는 참고 있는 건가? 가만히 살펴보니, 외출에서 돌아온 그가 목욕하고 갓 나온 듯 상기되어 있기도 하고, 유키요가 쓰지 않는 향수 냄새를 풍기기도 했다. 일부러 바람피운 증거를 들이대는 것 같아서, 오히려 따질 수가 없었다. 바람을 피웠느냐고 다그치면 순순히 인정할 것 같았다. 그리고 이유를 물으면, 유키요가 자기 요구에 응하지 않기 때문이라고, 그 이야기를 되풀이할 것 같았다. 유키요는 참고 지내면 분명 그가 원래대로 돌아올 거라고 믿고, 요동치는 마음을 진정시켰다.

무서운 고백을 들은 지 석 달째 되는 날 밤, 갑자기 사쿠야의 손이 뻗쳐왔다. 아아, 드디어…… 그동안 참았던 만큼 단번에 유키요의 온몸이 기쁨에 눈떴다. 사쿠야와 만나기 전까지는 사랑을 느끼지 못했다. 사쿠야의 몸을 만나 비로소 솜털 끝까지 환희에 떨 수 있다는 걸 알게 되었다. 그의 손끝이 닿기만 해도 온몸이 감전된 듯 저릿해와, 그동안 얼마나 강하게 자신을 억눌러왔는지, 얼마나 오래 참아왔는지 깨달았다. 수치심과 희열과 그에 대한 원망과 또 그리움으로 몸속 깊숙이까지 활짝 열리는 듯했다. 유키요는 덤벼들듯 그에게 매달렸다. 자신 안에 들어온 그의 몸을 느꼈을 때는 눈물이 쏟아졌다. 원래대로 돌아왔다. 사랑이 돌아왔다. 그가 아무리 거칠게 굴어도 그만큼 욕구가 강한 거라고 생각하고 순순히 받아들였다. 더욱이 거칠게 대한 다음에는 다정하게 어루만져주었다. 그냥 내버려둔 석 달을 보상이라도 하는 것처럼 구석구석 꼼꼼하게 애무해주어, 수치심을 넘어 이대로 영원히 스스로를 잃어버릴지도 모른다는, 그래도 좋다는 생각이 들었다. 눈을 감고 있으니 몇 번이나 현기증이 몰려왔다. 마지막으로 강렬한 현기증이 지나가고 서서히 정신이 들자 이번에는 자기 차례라고 생각했다. 자신의 모든 것을 다해 그에게 똑같이 해주지 않으면 그를 기쁘게 할 수 없다…… 유키요가 몸을 일으켜 그의 몸에 손을 대려고 할 때였다. 순간, 그가 팔을 뒤틀고 얼굴을 떠밀었다. 차가운 소리가 귓가를 때렸다.

"됐어. 너한테는 바라지 않아!"

사쿠야는 알몸인 채로 침실을 나갔다. 그가 옷을 입고 외출하는 소리를 들으면서 유키요는 영문도 모른 채 식어가는 이불 위에 그저 망연히 있을 뿐이었다.

다음 날 낮, 사쿠야는 변함없이 굴었다. 그리고 밤이 되자 또다시 손을 뻗쳐왔다.

사쿠야는 부드러웠다. 애무하는 손길도 부드러웠다. 유키요는 자연스레 어젯밤엔 자신이 뭔가 실수한 거라고 생각하고 그와 섹스하는 기쁨에 푹 빠졌다. 그의 행위가 또다시 뜨겁게 시작되었다. 의사의 손도 미치지 못할 곳까지 애무를 받고, 뭔가 하지 않고는 견딜 수 없을 만큼 흥분으로 치달았다. 조심조심 그를 만지려 했다. 그러나 그는 유키요의 손을 단숨에 뿌리쳤다.

"말했지! 너한테는 바라지 않는다고!"

사쿠야는 형을 선고하는 것과도 비슷한 어투로 말하고 침실을 나갔다. 유키요는 참지 못하고 오열했다.

그리고 다음 날 밤, 사쿠야가 손을 뻗어왔을 때 유키요는 공포에 떨고 있었다. 사쿠야의 움직임은 부드럽고 따뜻해 빠져나갈 틈이 없었다. 그가 꼭 껴안자, 받아들이고 싶은 마음이 앞서 저항할 힘도 달아났다. 그의 사랑을 믿고 싶은 소망에, 이제 그러지 마세요, 하는 목소리가 기도처럼 울렸다. 나도 사랑하게 해줘요, 나도 당신을 만지게 해줘요. 유키요는 자신의 다리 사이에 웅크리고 있는 사쿠야의 등을 껴안았다. 또다시 "하지 마!" 하는 거친 소리가 그녀를 떠밀었다. 흥분이 식고, 마음이 얼어붙었다. "어째서요?" 울면서 호소했다. "나한테 왜 이러는 거예요?"

"너한테 바라는 건 이게 아냐."

유키요는 그 말의 의미를 깨닫고, 고개를 세차게 저으며 양손으로 얼굴을 가렸다.

"내 수고를 실컷 즐겨놓고 내 소원은 안 들어주는 거냐? 그럼 다른 여자한테 해달라고 하는 수밖에. 이제 두 번 다시 네 몸에는 손도 대지 않겠어. 앞으로는 다른 여자를 기쁘게 해줄 거야. 그 여자도 똑같이 나를 기쁘게 해준다면, 그녀가 내게 제일 소중한 여자가 되겠지. 넌 당연히 내 마음에서 영원히 지워질 테고."

유키요는 그의 말을 머릿속에서 되뇌었다. 그는 이제 내 몸에는 손을 대지 않고 다른 여자에게 간다…… 그 여자가 그의 가장 소중한 여자가 되고, 나는 잊혀진다…… 공포 같은 또는 분노 같은, 가슴 안쪽이 화상에 짓무른 듯한 통증이 느껴졌다. "상대를 벌써 정했나요?" 유키요는 물었다.

"내 소원을 들어주는 사람이 내 진짜 아내야."

사쿠야는 그렇게 대답하고 침실을 나갔다. 유키요의 울음은 아침까지 그칠 줄 몰랐다. 차라리 죽어버리자는 생각에 칼을 들었다. 하지만 자신이 죽으면 다른 여자가 그의 사랑을 받게 될 뿐이란 생각에 단념하고 말았다.

창밖이 훤해올 무렵, 사쿠야를 죽이고 자신도 뒤따르기로 결심했다.

밤이 되자, 자신도 따라 죽을 거라는 말은 하지 않고 "당신이 시키는 대로 하겠어요" 하고 사쿠야에게 결심을 전했다. 그는 유키요를 껴안아주었다. 몇 번이나 꽉 끌어안아주는 그에게 여태까지와는 다른 애정이 샘솟았다. 그 기쁨을 놓치고 싶지 않았지만 이제 돌이킬 수 없다고 생각하니 또다시 눈물이 흘렀다. 그날 밤도 그의 극진한 사랑을 받았다. 자비를 베푸는 듯한 섹스에, 가슴은 괴로운데도 뼈가 녹아내리는 게 아닌가 싶을 만큼 흥분에 젖었다. 그를 죽이겠다고 했으니 이제 자기도 그에게 기쁨을 줄 수 있지 않을까 해서 손을 뻗자, 사쿠야는 부드럽게 거절해왔다.

"네 손길은 가장 중요한 순간까지 아껴둘 거야."

다음 날 밤도 그다음 날 밤도 그가 원하는 방식으로 섹스를 했다. 유키요는 자기 안에 '악'이라고밖에 부를 수 없는 것의 존재를 느꼈다. 그를 죽여준다는 전제로 베푸는 시혜를 온몸으로 그리고 마음 한켠으로는 기꺼이 받아들였다. 괴로우니까 그만 하라고 해도 좋을 텐데, 그의 섹스를 사랑이라고 생각해 더, 더, 원하고 있었다. 그에 대한 사랑이 잠자고 있던 내면의 '악'을 깨웠다고 생각하면서도, 살인의 대가로 베푸는 그의 몸짓에 당연하다는 듯 익숙해져가는 자신이 두려웠다.

사쿠야는 실행 계획을 설명했다. "가정 폭력 보호소를 만든 남자가 알고 보니 폭력 남편이었다 하는 건 너무 심한가?" 하고 쓴웃음을 지으면서도 유키요에게 돌아갈 피해를 조금이라도 줄이고 싶다고 했다. 그는 유키요의 몸에 멍이 생기도록 때리고, 때로는 사람들 앞에서 큰 소리도 내고 따귀를 갈기기도 했다. 흉기가 될 칼을 사서 사람들 눈에 띄게 두고, "유키요를 죽이겠다"라는 비디오 영상도 남겼다. 과잉방위라 해도 사오 년 형은 받을 거라고 그는 귀띔했다. 하지만 그를 뒤따를 생각이었던 유키요는 아무래도 상관없었다.

약속한 날은 비가 내렸다. 사쿠야는 사람들의 눈을 피할 수 있어서 잘됐다고 하며, 유키요를 차에 태워 예전 폐기물 처리장 자리의 공원으로 향했다. 그가 인적 없는 외곽을 선택한 데는 이유가 있었다. 집에서 일을 벌였다간 누가 갑자기 찾아올 염려가 있었다. 게다가 유키요가 도중에 마음을 바꾼다 해도 산 중턱의 공원이라면 달아날 곳이 없다. 여차하면 무슨 짓을 해서라도 유키요가 계획대로 움직이게 할 생각이었을 것이다.

희미한 가로등이 비치는 넓은 공원의 비에 젖은 땅은 바닥을 알 수 없는 늪처럼 보였다.

사쿠야가 차를 세우고 유키요에게 웃어주었다. 남편이 죽이려고 해 저항하던 중에 찌르고 말았다……라는 줄거리에 맞추어 그는 "참아야 해" 하고 말하고, 뺨에 결혼반지가 상처를 내도록 유키요를 때렸다. 멍과 찰과상이 남았다. 헤드라이트를 켠 채 두 사람은 빗속에 마주 섰다.

유키요의 손에 칼이 쥐여졌다. 사쿠야는 하늘을 올려다보며 "봐, 없지?" 하고 말했다.

"그리고 나는 찔렀어요…… 그 사람을, 내 남편을, 그가 원하는 대로……"

유키요는 다리에 힘이 빠져 그 자리에 주저앉았다. 구토가 체력을 앗아가는 것과 마찬가지로, 누구에게도 말하지 못한 사실을 쏟아내고 나자 더는 서 있을 수가 없었다.

"괜찮습니까?" 하는 소리가 들리지만 대답할 수가 없다. 토해낼 게 아직 더 남아 있는 듯 복부에 경련이 인다. 자꾸만 치밀어오르던 구역질이 이윽고 안으로 잦아들었다. 고개를 들어 여기가 작은 절의 경내이며, 시즈토가 걱정스러운 듯 보고 있는 걸 확인했다. 망측한 것까지 죄다 쏟아놓았는데, 수치심은 느껴지지 않는다. 취해서 토해낸 흔적을 지나가는 사람에게 보이고도, 그래서 뭐? 하고 되레 협박조로 덤비는 것이나 마찬가지다. 여기 좀 봐, 내가 남편을 죽인 여자야, 하고 상대에게 과시하는 느낌이었다.

"그러고 나서 피를 흘리는 그를 보고 놀라 휴대전화로 구급차를 불렀어요. 살리고 싶었어요. 얼마 후 구급차가 오고, 나도 실려가고…… 그때는 죽을 수도 없었어요. 사 년 동안 교도소에 있었죠. 앞으로 어떻게 해야 좋을지 알 수 없었고 그의 죽음도 실감할 수 없던 터라, 일단 그 공원으로 갔는데 당신이 있었어요…… 끝. 사랑 따위 별것 아니란 거 이제 알겠어요?"

시즈토가 물에 적신 수건을 내민다. 유키요는 초조해하며 뿌리쳤다.

"어때요? 당신의 착각을 깨우쳐주려고 한 이야기인데. 사랑은 고통의 원천이란 걸 이제 알겠죠?"

시즈토는 유키요가 얘기하는 동안 내려놓은 배낭 옆에 수건을 걸쳤다.

"당신이 얼마나 고통스럽게 살아왔는지 이야기를 듣는 동안 솔직히 놀랐습니다. 안이한 위로 따위는 실례가 될 뿐이겠지요. 그저 잘 들었다고밖에 드릴 말씀이 없습니다."

"그럼 이제 애도하지 말아요. 적어도 사랑 운운하는 말로 기억하진 말라고요. 사쿠야 씨에 대한 애도도 방금 제가 한 이야기로 달라지겠지요? 진실을 새롭게 알면 다시 애도한다고 했잖아요."

유키요는 상대가 마음을 고쳐먹었음을 보여주는 말이 나오길 기다렸다. 하지만 시즈토는 잠시 생각한 뒤에 이렇게 말했다.

"고미즈 씨의 진의가 어찌 되었건 많은 사람들이 그에게 감사한 것은 사실이군요…… 게다가 당신이 고미즈 씨와 벚꽃놀이를 갔을 때, 불꽃놀이를 보며 행복해했을 때, 그때의 사랑은 아름다웠겠죠?"

"전부 그의 함정이었어요. 그가 한 말, 방금 해줬잖아요? 사랑은 단순한 집착에 지나지 않아요."

"어떻게 정의하든 좋습니다. 집착이든 착각이든."

유키요는 의외의 대답에 혼란스러워 곧장 대꾸할 수가 없었다. 시즈토는 별다른 표정 변화도 없이 말을 이었다.

"사람들에게 부드럽게 대했고, 누군가 그에게 감사한 일이 한 가지라도 있으면 충분합니다. 내게는 사람을 재판할 권리도 진실이 뭔지 알아낼 능력도 없습니다. 내 애도는 극히 개인적인 일이니까요."

그러고는 평소처럼 배낭을 짊어지고 그대로 절 밖으로 걸어나갔다. 놀란 유키요가 어떻게 할 생각이냐고 물었다. 그는 돌아보고는 당연하다는 듯 대답했다.

"여행을 계속해야겠지요. 해질녘까지 도착했으면 싶은 곳이 있어서 슬슬 출발해야겠습니다."

"나를…… 여기서부터는 데리고 가지 않을 거예요?"

"아뇨. 걸을 수 있다면 가서도 좋습니다. 그건 나기 씨 자유입니다."

"……내가 무섭지 않아요? 말했잖아요…… 사람을 죽였어요, 남편을 죽였다고요."

"하지만 나를 죽이겠다 생각하진 않잖아요?"

나름의 배려인지 시즈토는 희미하게 미소지으며 말하고, 뒤돌아 걷기 시작했다.

"정말 이야기하고 말았군. 창피한 줄도 모르고."

말하는 내내 등뒤에 숨어 있던 사쿠야가 어깨 위에 나타났다.

"진실을 알고도 당신이 좋은 사람이었고, 또 애도한대요…… 저 사람, 당신하고 좀 닮지 않았어요? 사고방식은 정반대여도 제 생각을 고집스레 행동으로 옮기는 게."

"하하, 너도 빈정거릴 줄 아는군. 저런 호인을 닮았다니 영광이지만…… 너무 속단하는 거 아닌가? 무엇보다 너, 내 이야기 끝까지 다 안 했잖아?"

사쿠야는 아까 유키요가 이야기를 중단했을 때, 뱃속에 남은 구토 찌꺼기를 지적했다. 이를테면 실제로 사쿠야를 찌른 순간 같은 것. 빠짐없이 기억을 떠올리기란 너무나 고통스러운 일이다.

"임종 때 내가 너한테 한 말의 의미도 아직 이해 못했지?"

"그게…… 당신이 나타난 이유예요? 미련이 있다고 하는 게 그거냐고요?"

사쿠야는 말없이 등뒤로 물러난다. 잠깐만요, 하고 붙잡고 묻고 싶었다. 당신은 나를 어떻게 생각해요? 역시 단순한 살인자? 혹시 좋은 기억일 수도 있을까요……?

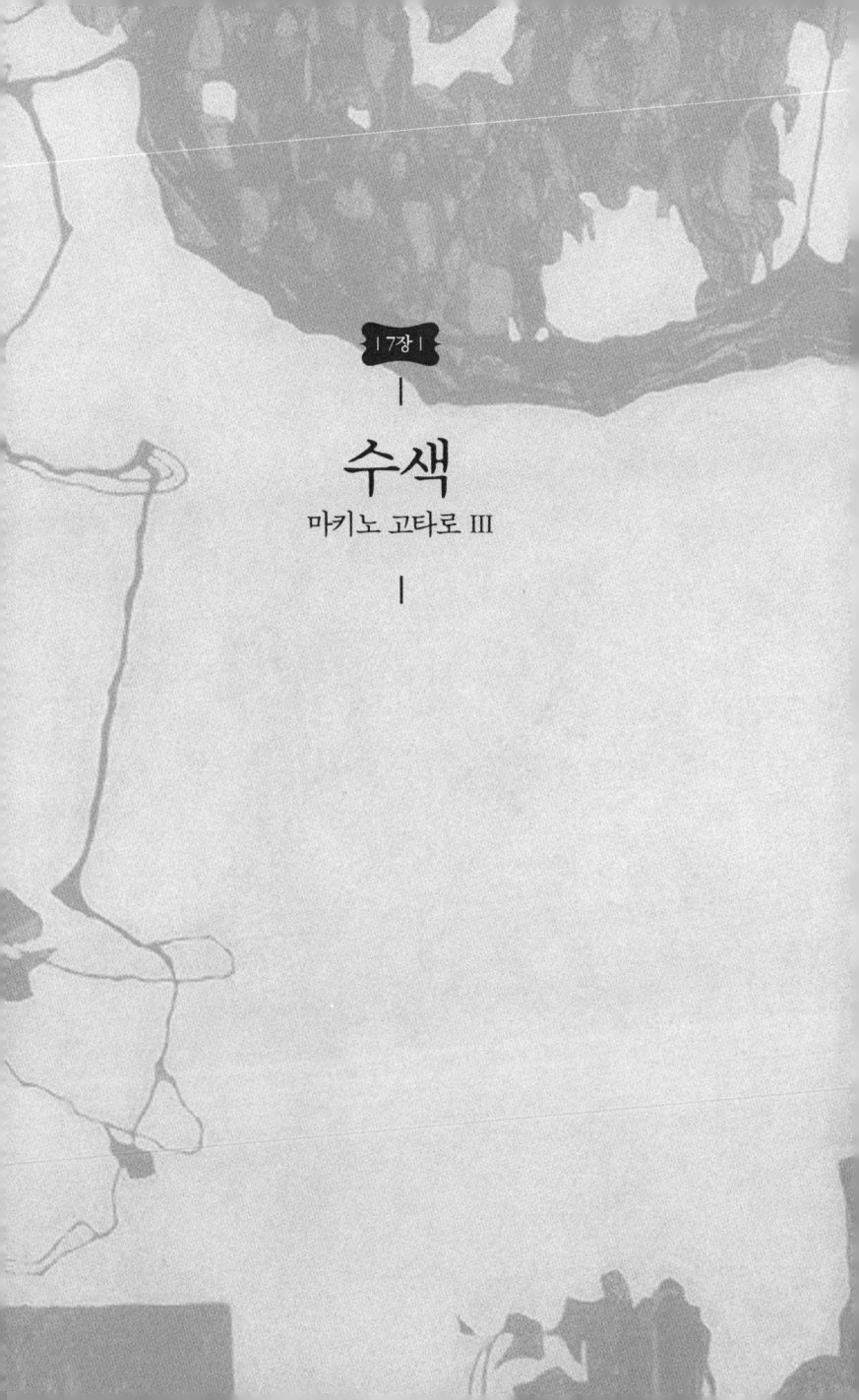

| 7장 |

수색

마키노 고타로 III

1

맑게 갠 초가을날 아침 공기가 무척 청량하다. 빌딩 사이로 저 멀리 후지산이 보인다. 마키노 고타로는 4층 건물 맨 위층 층계 참에서 맞은편 주택을 내려다보며 캔맥주를 마시고 있다.

그 앞에는 경찰차 몇 대가 서 있다. 일주일 전, 그 집의 열여덟 살 난 큰딸이 삼촌에게 식칼로 가슴을 찔려 죽었다. 소녀의 아버지에게 돈을 빌려달라고 했다가 거절당하자 난동을 부린 것이다. 오늘 아침에 현장검증이 있다.

마키노는 사흘 전 통곡하는 부모와 여동생, 사람들로 붐비던 장례식장 모습을 묘사하며, 많은 이들에게 사랑받았던 존재가 한순간에 세상을 떠난 무상함을 기사로 옮겼다. 하지만 데스크는 퇴짜를 놓았다.

"미안하지만 마키노 씨, 이제 이런 기사로는 자리 못 내줍니다. 피해자를 싸고도는 기사는 이제 한물갔어요."

한때는 피해자를 새로운 각도에서 조명하는 마키노의 기사가 평판도 좋고 인기도 많았다. 그런데 갈수록 매너리즘에 빠져, 모든 피해자를 죄 없는 선한 사람으로 그리는 건 위선이다, 감상적이다, 하는 독자들의 비판을 불러일으켰다. 편집부에 보내온 애독자 엽서를 읽으며 마키노는 기시감을 느꼈다. 홈페이지 게시판의 시즈토 코너에 올라오는 비판 글과 비슷하다는 건 나중에야 깨달았다.

에비하라에게 퇴짜를 맞은 다음 날, 마키노는 시즈토의 본가를 찾았다. 시즈토 같은 인간이 어떻게 태어났는지, 가족과 주변 환경을 통해 알고 싶었다. 시즈토의 어머니는 몸이 안 좋은 것 같았지만, 전혀 두려움 없이 의연하게 이야기했다. 아들을 신뢰하고 있다는 건 충분히 느낄 수 있었지만, 시즈토가 죽음을 애도하게 된 이유는 그의 어머니도 솔직히 잘 모르는 것 같았다. 더 추궁하려는 차에 생각도 못한 질문을 받는 바람에 말문이 막혀버렸다. 시즈토의 어머니는 인물을 분석하기보다는 그 사람을 만나 자신이 무엇을 얻었는지가 중요하지 않냐고 되물었다.

"시즈토는 당신에게 어떻게 비쳤습니까? 당신에게는 무엇을 남겼습니까?"

집으로 돌아오는 길에야 반발심이 생겼다. 그런 녀석에게 뭘 얻고, 뭐가 남는단 말인가……

그러나 시즈토의 언행을 투영해서 쓴 기사가 호평을 받은 것은 사실이었다. 그 분위기에 편승해 계속 밀고 나가려다가 벽에 부닥친 것이다. 에로그로 마키노, '에그노'라 불렸던 자신이 위선이다, 감상적이다, 라는 말을 듣게 될 줄은 생각도 못했다. 자신이 어딘가 달라진 걸까……?

아니, 달라지지 않았다. 아침밥 대신 맥주를 목구멍에 쏟아붓고 빈 깡통은 마당을 향해 던졌다.

원래 범인이 체포된 사건에는 사람들의 관심이 적은 법이라, 현장검증중인 집 주위에 기자들의 모습은 보이지 않았다. 기자들은 여기서 걸어서 십 분 정도 되는 곳에 잔뜩 몰려가 있을 터였다.

그곳은 젊은 탤런트와의 불륜 사실이 들통난 뉴스 앵커의 집이었다. 사회파로 알려진데다가 평소 프로그램에서 비윤리적인 정치가를 비판하던 인물이었던 만큼 파문이 커서, 어제부터 프로그램을 쉬고 있다.

대문이 으리으리한 앵커의 저택 앞에서 기자들은 하릴없이 신문을 읽거나 문자를 보내거나 하고 있었다. 마키노가 다가가자 신입사원인 나루오카가 전봇대 그늘에서 손을 들었다.

"오, 에그노 나리. 살인사건도 아닌데 어쩐 일이야? 자네가 붓을 휘두를 만한 이야기도 아닐 텐데?"

안면이 있는 베테랑 기자가 말을 걸어왔다. 마키노는 쓱쓱하게 웃으며 "피차일반 아냐?" 하고 받아쳤다.

"그렇지 뭐. 평범한 살인사건에는 이제 아무도 덤벼들지 않아. 그런데 산 채로 불에 탄 열여덟 살 아가씨, 신원 불명인 채 기소가 확정됐어. 검찰이 판사한테 오케이를 받았다나봐."

범행 수법은 충격적이었지만, 다음 날 범인이 체포되고 피해자 신원이 밝혀지지 않아서 사회적 관심은 점점 시들해졌고, 마키노의 뇌리에서도 어느새 잊혀져가던 사건이었다.

다음 순간 "나왔다!" 하는 소리에, 모두가 집 앞으로 몰려들었다. 플래시가 터지고, 셔터 소리가 울려 퍼졌다. 마키노도 카메라를 든 나루오카의 등을 앞으로 떠밀었다. "가사 도우미네" 하는 소리가 앞에서 들려오고, 혀를 차는 소리와 함께 빠져나가는 인파에 섞여 마키노도 전봇대 그늘로 돌아왔다. 저녁 시간, 앵커의 사무실에서 내일 기자회견을 연다는 소식이 전해지자 기자들은 흩어졌다.

마키노는 나루오카를 돌려보내고 사이타마 현 경찰서로 향했다. 석간지 기자 시절 알게 된 수사1과의 강력계 계장에게 연락했다. 그리고 경찰서의 조용한 복도에서 만나, 산 채 불타 죽은 소녀에 관한 수사 상황을 들었다.

강력계 계장은 피해자 신원도 밝혀내지 못한 채 검찰로 송치되는 것은 경찰도 부끄러운 일이라고 혼잣말을 중얼거렸다. 하지만 모든 조회가 허사로 끝나고, 검찰이 판사와 교섭해서 증언 같은 걸로 피해자 신분을 증명할 수 있다면, 살인사건으로 공소 유지를 보장받은 것이므로, 지금은 수사진도 자포자기한 면이 없지 않다고 한다. 마키노가 시신 처리에 대해 묻자, 기소 후 지역 복지관에서 화장한 뒤, 유골은 그 복지관과 협력 관계에 있는 절로 보냈다고 한다.

경비로 산 맥주 상품권 삼십 매를 "회식할 때 쓰십시오" 하며 계장에게서 떨어진 곳에 있는 의자에 내려놓았다. 계장은 "그러고 보니, 피해자 가방에 곰인지 토끼인지 알 수 없는 이상한 봉제인형이 들어 있었는데, 오른발 뒤꿈치의 하얀 부분에 '구구'라고 매직으로 써놓았더군" 하고 중얼거렸다. "그 이름을 몇 가지 리스트와 대조해보았지만, 역시 아무것도 나오지 않았어." 계장이 맥주 상품권을 집어들면서 인형 사진을 의자에 잠시 내려놓자 마키노는 잽싸게 확인했다. 과연 묘한 생물이다. 수제품일지도 모른다. 또 소녀는 흥분하면 사투리가 튀어나왔다는데, 어디 사투리인지는 물론 소녀의 출신지도 아는 이가 없었다. 주범인 남자는 말다툼중에 소녀가 미친 듯이 난동을 부리는 바람에 울컥해서 심하게 때렸다고 진술했다. 무슨 계기로 소녀가 갑자기 난동을 부리기 시작했을까……? 마키노가 이유를 묻자,

계장은 "약물 탓이겠지" 하고 내뱉었다.

"그래, 대체 뭐야, 이 피해자한테 연연하는 이유가? 무슨 거리가 있으면 숨기지 말라고."

어째서 그 소녀에게 연연하는지 마키노 자신도 알 수 없었다. 또다른 열여덟 살 소녀의 죽음 때문인지도 모르겠다. 똑같이 살해당했지만, 한 소녀는 가족과 친구들이 슬퍼하고 안타까워해주었고, 많은 사람들이 지켜보는 가운데 화장을 했다. 그러나 다른 한 소녀의 죽음은 누구 하나 슬퍼하지도, 안타까워하지도 않았다. 유골은 무연고자들을 한꺼번에 모아 제를 올리는 커다란 묘석 아래 구덩이로 던져졌을 것이다. 나도 죽으면…… 하고, 마키노는 생각한다. 역시 누구의 애도도 받지 못한 채 무연고자용의 깊은 구덩이 속으로 던져지겠지.

경찰서에서 나온 마키노는 취하고 싶어서 술을 마셨다. 머릿속에서 같은 말이 계속 맴돌았다. 네가 죽어도 거들떠보는 사람 하나 없을걸. 아니, 너는 이미 죽었어. 아들은 네 얼굴도 기억 못해…… 골목으로 들어가 조금 토한 뒤, 오늘밤 안을 여자를 찾아야겠다고 생각했다. 닥치는 대로 전화해댔지만, 상대가 받지 않거나 이름만 듣고 끊어버렸다. 수첩을 넘기는데 핑크색 명함이 나왔다. 여기로 연락하면 중삐리하고도 할 수 있다며 옛 지인인 조폭이 건넨 것이었다. 마키노는 어린 여자에겐 취미가 없었다.

한밤중에 집으로 돌아와 주방 옆 전화기의 빨간 불빛이 깜박거리는 걸 취한 눈으로 보았다.

그 남자의 죽음을 알리는 말이 녹음되어 있으리라 생각하면서, 긴장한 채 재생 버튼을 눌렀다.

"정말로 위독해. 가느다란 숨소리로 고타로, 고타로 하고 부르고 있어."

아버지의 애인인 리리코가 호소했다. 불같이 화가 치밀어올라 듣다 말고 끊어버렸다.

책상 앞에 걸터앉아 컴퓨터를 켜고 아들의 블로그에 접속했다.

과감하게 '네 진짜 아빠는 살아 있단다' 하고 메일을 보내볼까도 싶었다.

네 아빠는 훌륭한 기자가 아냐. 천성은 야비하고, 일도 그리 잘 못하고, 만나는 사람들 모두가 싫어해. 그렇지만 살아 있기는 하단다, 하고. 죽을병에 걸리고 나서야 만나고 싶다며 우는 소리를 하는 아버지하고 닮았군…… 그 생각이 마키노를 말렸다.

홈페이지 게시판을 열고 시즈토 코너를 클릭했다. 그의 애도를 목격한 여대생의 글에서 착안해 코너 이름을 '애도하는 사람'으로 바꾸었다. 올라온 글들은 여전히 비판과 중상이 대부분이다. 목격담도 방관자 입장에서 쓴 것뿐이고, 간혹 사람을 잘못 본 경우도 있었다. 최근 정보에 따르면 도호쿠 지방에서 남쪽으로 가고 있는 것 같지만, '여자와 둘이었다'라는 걸 보니 분명 다른 사람일 것이다.

읽어나가다 '그를 만나고 싶다'라는 문장을 발견하고 멈칫했다.

'그날 저녁 무렵, 갑작스러운 비에 아내가 저에게 문자를 보내고, 우산을 갖고 역으로 마중을 나오는 길이었습니다. 그때 하필이면 과적 트럭이 속도를 늦추지 않고 모퉁이를 돌다가 화물칸의 철골이 인도의 아내 위로 쏟아지고 말았습니다. 이 년 전 일이었습니다. 지금도 분노와 슬픔과 마중 나오지 않아도 된다는 답을 보내지 못한 후회에 온몸이 찢어질 것만 같습니다. 아내는 귀가 잘 들리지 않았습니다. 하지만 뭐든지 정상인 못지않게 해내거나 더 잘했습니다. 우리 부모님이 잇달아 쓰러졌을 때도 헌신적으로 간호했습니다. 부모님은 아내에게 고맙다는 인사를 하고 편히 가셨지요. 유감스럽게도 우리에겐 아이가 생기지 않았습니다. 그러나 청각과 시각에 장애가 있는 아이들을 위해 봉사하며 언제까지나 함께 살자고 다짐하던 참이었습니다.

그런데 한순간의 사고로 아내를 잃다니요. 시간이 상처를 달래준다는 말은 새빨간 거짓말입니다. 분노도 후회도 시간과 함께 더 거세게 타오를 뿐입니다. 가끔 사람들에게 밝아졌다는 인사를 받을 때면 내 얼굴을 칼로 찢고 싶어집니다. 차라리 아내 뒤를 따라갈까도 생각했습니다. 그러나 선천적인 장애를 안고도 늘 적극적으로 살아온 아내였기에 그것만큼은 용서해주지 않을 것 같았습니다. 인터넷에서 심심풀이 삼아 '추도' '애도' 등의 단어를 검색하다가 이 게시판을 발견했습니다. 여러분의 글을 읽으니 '애도하는 사람'은 확실히 특이한 인물이군요. 재미로 그러거나, 교단의 포교활동이거나……

그래도…… 만약 그가 들어준다면, 기꺼이 아내의 이야기를 하고 싶습니다. 아내의 가느다란 손가락이 우아하게 움직여 만들어내는 그 수화의 아름다움을. 수화로 '사랑해요' 하고 말해줄 때의 기쁨을. 내가 수화로 사랑을 전하면 입술을 읽을 수 있다며 굳이 '사랑해'라는 말을 하게 할 때의 장난스러운 눈빛을…… 알아주었으면 좋겠습니다. 정말로 멋진 여자가 이 세상에 존재했다는 것을. 되도록 많은 사람들이 기억해주었으면 합니다. 그런데 다들 자기 일로 바쁘고, 이렇게 점점 아내가 잊혀져가는 게 허무합니다. 그래서 만약 정말로 '애도하는 사람'이 있다면 그와 이야기하고 싶습니다. 만약 기억해준다면 타인이기 때문에 그만큼 더 아내가 영원의 존재가 될 수 있을 것 같습니다. '애도하는 사람'이 실제로 있다면, 죽은 사람을 찾아 걸어다니고 있다고 하니, 언젠가는 만날 수 있겠지요. 매일 아내가 죽은 길에 서서 한 시간씩 기다리고 있습니다. 그는 지금 어디 있을까요? 간절히 만나고 싶습니다.

그러나 거짓말일지도 모르죠? 실제로는 존재하지 않을 수도 있으니까요.

그렇다면, 아아, 그렇다면 누군가…… 누구라도 좋습니다. '애도하는 사람'이 되어주지 않겠습니까?'

다다음 날, 마키노는 야스를 만났다. 그는 예전 신문사 동기로, 지금은 세계 분쟁지역을 도는 프리랜서 저널리스트다. 그가 먼저 술을 사겠다고 연락해와서, 마키노는 불륜을 저지른 뉴스 앵커의 기자회견 기사를 한껏 빈정거리는 투로 마무리한 뒤, 밤 열시쯤 나갔다.

야스의 기사는 강대국과 대기업의 이기주의가 빚어낸 비극이 사람들의 무관심 아래 더욱 확대돼가는 현실을 뜨겁게 호소하고 있어서, 가벼운 읽을거리를 선호하는 요즘 세상에 그런 기사를 선뜻 사주는 곳이 없었다. 책으로 내줄 곳은 없을까 하고 마키노에게 물어와, 아는 작가를 통해 편집자를 소개시켜주었다. 그 작가에게는 마리아라는 이국의 소녀를 품을 수 있는 은혜를 베풀었으니, 빚을 이런 식으로 갚게 하는 것도 재미있을 거라고 생각했다. 그 결과 신서판*으로 출간이 결정된 것 같다.

약속 장소는 뒷골목 선술집이었다. "책값이 싼 신서로 소개했기 때문이야" 하고 야스가 웃어서, 마키노도 "네놈 책은 한 달 만에 절판될 거다" 하고 응수했다. 한참 책이 나오게 된 경위를 설명하더니, 야스가 불쑥 이런 말을 했다.

"그런데 마키노, 네 기사 조금 전에 몇 개 읽어봤는데, 제법 인기 있는 것 같더라?"

---

* 세로 약 18센티미터, 가로 약 11센티미터 판형의 책.

수염투성이인 우락부락한 얼굴이 사뭇 진지했다. "방향을 바꿨냐? 무슨 일이 있었던 거야?"

마키노는 속마음을 들키기 싫어서 표정을 숨겼다.

"계약 갱신 때문에 팔릴 만한 기사를 써본 것뿐이야. 감상적인 기사라 웃겼지?"

"그렇군. 아니, 제법 재미있게 읽었어. 사람과 사회의 추함, 더러움을 잘 아는 네가 썼기 때문에 피해자가 가진 특유의 아름다움을 끌어낸 기사에 오히려 살아 있는 사람 냄새가 나더라."

마키노는 피처잔을 입으로 가져가다가 멈칫했다. 가게 안은 담배 연기와 잡다한 웃음소리로 가득했다.

"너한테 칭찬을 다 받다니. 감상적인 이야기나 써댄다고 한소리 할 줄 알았는데."

"내 나쁜 버릇이야. 외국 좀 돌아다녔다고 거만한 척 말해서 자주 오해를 사지. 요전에 난민 지원 전문가의 아들이 자살한 일이 있었어. 난민을 위해 의연하게 싸우던 사람이 장례식에서 목놓아 울더군…… 네 기사에서는 그런 보이지 않는 인간의 숨소리가 느껴지더라고. 계속 써보는 게 어때?"

그 말에 기쁜 한편으로 조바심이 나기도 했다. 그 기사는 누구의 영향인가? 누군가에게 영향을 받았기 때문에 쓸 수 있었던 건가?

"무리야. 벌써 독자들은 질리나보더라고. 다시 에그노로 돌아가야지."

"뭐, 뭘 쓰든 네 자유지. 이번 원고 복사한 건데 한번 읽어봐주지 않을래?"

마키노는 야스가 테이블 위로 내민 두툼한 봉투를 받아들고는, 내용물을 꺼내보았다. 삼백 매가 넘는 듯한 원고지와 아랍어같은 글씨가 적힌 서류 다발이었다. 글씨 옆에 숫자도 적혀 있다. "이건 뭐냐?" 하고 물었다. 야스는 닭꼬치를 입에 넣으며 말했다.

"아아, 적신월사…… 알지? 이슬람권의 적십자. 그곳에서 받은 사망자 명단이야. 날짜가 적혀 있지? 제일 위는 오폭으로 사망한 민가의 사람들이야. 그다음은 올해 7월, 시장에서 차량 폭탄 테러로 일반 시민이 목숨을 잃은 사건이지."

마지막 사건은 마키노도 어렴풋이 기억이 났다. 자폭 테러로 오십 명이 사망했다고 보도되었었다.

"그때 죽은 사람의 이름을 알아……?"

마키노는 믿을 수 없다는 듯 물었다. 야스는 미소를 머금고 한숨을 내쉰 후, 닭꼬치를 한입 가득 베어물었다.

"가족과 가까운 사람들의 증언으로 대충 어디 사는 누구고, 몇 살인지 밝혀졌어. 대충이긴 하지만, 직업도 노동자, 경찰, 주부, 학생이란 걸 알게 됐고. 이런 명단, 처음 보나?"

마키노는 명단을 훑어보며 고개를 끄덕였다. 기자 경력은 길지만 국내 사건과 가십거리만 담당해왔기 때문에 국제 정보에 대해서는 일반인이 아는 것과 별 차이가 없다.

"그럼 당황하는 것도 무리가 아니지. 나도 처음에는 놀랐어. 오폭으로 이십 명 사망, 테러로 백 명 사망이라는 데이터로만 접하다가, 사망자의 이름과 나이까지 내 눈으로 직접 확인하고 보니 느낌이 이상하더군. 실은 당연한 일인데 말이지."

"여기 주욱 열거한 이름을 원고에 쓰려고?"

"아서라. 외국인 이름이 끝도 없이 나오는 책을 누가 읽겠냐? 이건 어디까지나 내부 자료야."

"이 사람들에게 가족이 있었다거나, 어떤 일을 해준 덕분에 누가 감사를 표했다거나, 그런 것도 알아?"

"이 마을 저 마을 사람들을 통해 물어보면 알 수 있을지 모르지. 근데 네가 그건 알아서 뭐 하게?"

야스가 웃으면서 화장실에 다녀오겠다며 일어났다. 마키노는 명단을 계속 넘겨보았다. 외국어는 못 읽으니, 34니 24니 하는 숫자가 인간이라는 증표가 된다. 0도 있다. 9라고 적힌 숫자는 아들과 같은 나이라는 말인가? 지난번 야스에게 시즈토 이야기를 했을 때, 백 명이나 천 명이 죽은 현장에서는 어떻게 하겠느냐는 질문을 받고, 그날 밤에 꾼 꿈을 떠올렸다. 시즈토는 사막과 비슷한 황무지에서 무릎을 꿇고 애도하는 몸짓을 반복했다. 뭘 하느냐고 묻자, "여기서 만 명의 사람이 죽었습니다" 하고 대답했다.

"어이, 오줌 누다가 생각났는데, 죽은 사람들을 찾아 여행한다는 그 남자 말이야."

야스가 우락부락한 얼굴에 어울리지 않게 아이 같은 미소를 지으며 자리로 돌아왔다.

"그거 네 얘기지? 프리랜서를 선언하고 취재 여행을 떠날 셈인 거야. 안 그래?"

날이 밝을 때까지 퍼마시고 언제 집에 들어왔는지 분명치 않다. 휴일이어서 자다 깨다를 반복하다가, 작업실에 석양이 드리워질 무렵에야 겨우 몸을 일으켰다.

주방으로 가서 물 두 잔을 거푸 마셨다. 전화벨이 울려서 생각 없이 수화기를 들었다.

"여보세요…… 여보세요? 자동응답 아닌가? 고타로, 있구나. 여보세요?"

리리코였다. 끊으려면 끊을 수 있었지만, 절박한 목소리가 그를 붙잡았다.

"오늘이 마지막일 것 같대. 병원에서 만나야 할 사람들 있으면 오늘 다 만나라고 하는구나."

마키노는 달력을 보았다. 공휴일도 길일도 특별한 날도 아닌 오늘, 죽도록 증오해온 남자가 세상을 떠난다고 한다. 조금도 실감이 나지 않았다.

"만나러 온다고 그 사람을 용서하는 게 되지는 않아. 그게 싫은 거지?"

아는 척하지 마! 그렇게 되받아치고 싶었지만, 목구멍이 따끔거리고 소리가 나오지 않았다.

"아버지를 용서하면 여태껏 미워해온 날들이 헛된 게 될까봐 그러지? 그렇지만 와봐. 얼굴이라고 해봐야 뼈에 가죽만 겨우 붙어 있을 뿐이야. 그동안 미워한 것도 원망한 것도 허망해질 만큼."

마키노는 수화기를 내동댕이치듯 전화를 끊었다. 그냥 있을 수가 없어서 외출 준비를 했다.

바깥에는 이미 해가 저물기 시작했다. 바람이 차가웠다. 근처에는 갈 만한 데가 없어서 지하철을 탔다. 술을 마시기에는 이른 시간이라 내리고 타기를 반복하며 아버지가 입원한 병원 근처의 역까지 갔다.

차라리 침대맡에서 그 인간을 내려다보며 꼴좋다 하고 비웃어줄까? 병원까지 걸어가 그대로 안으로 들어갔다. 엘리베이터를 타고 리리코에게 들은 층수를 눌렀다. 엘리베이터가 크게 흔들리며 문이 열렸다. 조도가 낮은 복도가 눈앞에 펼쳐졌다. 어두운 복도 끝에 놈이 있다. 아내에게 몹쓸 짓을 하고 아들을 조롱했던 남자가 지금은 동정을 사려는 모습으로 누워 있다. 아들의 용서를 구하고 있다.

마키노가 홋카이도에 취직자리가 결정되어 도쿄의 아파트를 내놓을 때, 리리코의 집에 죽치고 지내던 아버지에게 짐을 가지러 와달라고 했다. 아버지는 귀찮은 듯 방 안을 둘러보고는, "저건 어떡할 거냐?" 하고 한구석을 가리켰다. 부엌과 이어지는 천장 모서리에 붙어 있는 선반이었다. 어머니가 신주를 모셔놓던 곳으로, 액운을 막는 부적 같은 게 붙어 있었다. 어머니가 외할머니, 외할아버지의 간병을 위해 고향으로 간 후 그대로 방치되어 있었고, 어머니는 그길로 돌아오지 않았다. 마키노가 까치발을 하고 부적을 뜯자, 작은 상자가 함께 떨어졌다. 아버지는 보자마자 "쓰레기다. 버려"라고 했다. 마키노는 일단 어머니에게 보이는 편이 좋다고 생각해서, 부적과 함께 챙겨두려고 했지만, "둘 다 쓸모없는 것들이야" 하면서 아버지가 부적과 상자를 빼앗아 쓰레기통에 던져넣었다. 홋카이도로 간 뒤 어머니에게 그 일을 전하자, 어머니는 표정을 일그러뜨리면서도 이제는 눈물도 말랐다는 듯 고개를 절레절레 흔들었다. 그러고는 "내가 가져왔으면 좋았을 텐데 미안하구나" 하고 마키노에게 사과했다. 아버지가 쓰레기라며 버린 것은 마키노의 탯줄이었다.

엘리베이터 문이 닫혔다. 마키노는 1층 버튼을 눌렀다.

못된 짓을 하고 싶다. 그 남자가 죽으려고 하는 이때, 일부러 더 악랄한 짓을 하고 싶다. 놈을 보내는 데는 그편이 어울린다. 병원에서 택시를 타고 나와 흥청거리는 번화가의 한 호텔에 방을 잡았다. 술을 마시고, 호텔 전화로 수첩에 끼워둔 핑크색 명함의 번호를 눌렀다.

삼십 분 뒤, 방 전화가 울렸다. "호텔 커피숍, 진짜 중딩이라는 증거를 보여주지, 보라색 야구점퍼를 입었어" 하고 가녀린 목소리가 들려왔다. 내려가니 커피숍 구석 자리에 소녀와 젊은 남자가 앉아 있었다. 까만 머리를 길게 기른 소녀는 보라색 야구점퍼에 청바지 차림이었고 마른 몸에 얼굴이 병적으로 창백했다. 선글라스를 낀 젊은 남자는 빡빡머리 뒤통수를 Z자로 깎고 칼라에 털이 달린 가죽점퍼를 입고 있었다. 두 사람 앞에는 주스가 놓여 있었다.

선글라스의 남자는 앞에 앉은 마키노에게 "매니저입니다" 하고 말했다.

"이게 진짜 중학생이라는 증거입니다. 반년 전 입학식 때 찍은 단체 사진."

마키노가 맥주를 주문하고 웨이터가 멀어지자 남자가 테이블 위에 사진을 꺼내놓았다. 교사를 중심으로 사십 명 전후의 학생이 질서 정연하게 서 있는 사진이었다. 남자의 손끝이 가리키는 곳에 눈앞의 소녀가 교복을 입고 있었다.

"시간은 한 시간, 콘돔 끼고 오럴 없이 섹스만 십만 엔. 됐습니까?"

마키노는 코웃음쳤다. 전화로는 이만 엔에 약속하지만, 매니저라는 작자의 얼굴을 보고 나면 겁을 먹는 손님도 있을 것이다.

"그 돈이면 가출 소녀들하고 열 번 넘게 할 수 있어. 그따위로 나올 거면 꺼져."

남자가 선글라스를 벗고 얼굴을 들이댔다. 누렇고 탁한 눈을 치뜨고 험악한 표정을 지어 보인다.

"손님을 협박하지 않으면 장사가 안 되나보군. 내가 누구 소개로 전화한 줄 알아!"

마키노는 자리에서 일어나며 지갑을 꺼내 모욕감에 씩씩거리는 남자에게 이천 엔을 던져주었다.

"맥주는 사줄 테니 마시고 가. 원래 약속대로 할 거면 오 분 뒤에 여자만 올려보내."

방 호수를 말해주고 방으로 올라왔다. 십 분쯤 지나 소녀가 방을 찾아왔다.

안으로는 들어오지 않고, "먼저 돈부터" 하고 여드름투성이인 이마를 찌푸리며 불쾌한 듯 말했다.

"당연히 나중에 주는 거지. 돈 먼저 받고 도망치라고 그 마약쟁이가 시키더냐?"

소녀는 "시끄러, 바보!" 하고 안으로 들어와서는 점퍼를 벗었다. 마키노는 소녀의 뒤에서 머리채를 움켜쥐고 침대에 쓰러뜨렸다. 놀라서 일어나려 하는 상대의 가슴에 손을 대고 매트에 밀어붙였다.

"날 깔보다가는 죽을 줄 알아. 내가 아니어도 너 같은 걸 죽이는 건 일도 아냐."

"…… 폭력을 쓰면 아쓰 군한테 이를 테야. 당신쯤은 누더기로 만들어버릴걸."

소녀는 무서워 떨면서도 꼬박꼬박 말대꾸를 했다.

"그 등신한테 시너나 사다주려고 이 짓을 하는 거냐? 빨아주기도 하냐? 어?"

"…… 상관없잖아. 누가 뭘 하든, 당신이 알 바 아니잖아!"

"아아, 알 바라. 네가 지금 당장 그 등신한테 살해당해도 신경 쓰는 사람 없을걸."

마키노는 소녀 위로 올라가 티셔츠를 벗겼다. 빈약한 가슴이 드러났다. 누군가가 움켜잡고 쥐어뜯은 듯, 밋밋한 유방 주위에 손톱자국이 남아 있다.

"거칠게 굴면 분명 누더기가 될걸. 아쓰 군, 화나면 윗사람 말도 안 듣는 사람이니 알아서 해……"

소녀는 연방 쏘아대면서도 마키노가 청바지를 벗기려 하자 엉덩이를 들어주었다. 마키노는 속옷도 벗기고, 어디 아픈가 싶을 만큼 앙상한, 그야말로 어린아이 같은 다리를 무릎으로 벌렸다. 사타구니 안쪽에도 중년 여자처럼 시퍼런 멍이 있다. 소녀는 베갯머리에 던져둔 청바지 주머니에서 콘돔을 꺼내 마키노에게 던졌다.

그 남자가 죽어가고 있다. 그래서 몹쓸 짓을 하는 거다……
가슴속으로 주문처럼 외운다. 하지만 아랫도리는 마음먹은 대로
따라주지 않았다. 마키노는 속옷을 내린 채, 소녀의 가슴을 주무
르던 손을 가느다란 목으로 가져갔다. 몸을 일으키려 하는 소녀
위에 기마 자세로 올라타 목을 내리눌렀다.

"넌 언젠가 이렇게 죽어. 그때 네가 죽었다고 그 마약쟁이가
슬퍼할 것 같냐? 널 생각하며 울어줄 것 같아? 아니, 당장 딴 여
자 찾아서 사흘이면 널 잊어버릴걸."

소녀가 고개를 좌우로 흔들려고 하자, 마키노는 양손에 힘을
주었다.

"네가 지금 여기서 죽어도 누구 하나 눈물 한 방울 흘리지 않
을걸. 아무도 슬퍼하지 않아. 아쉬워하지 않는다고. 죽으면 금방
잊혀질 거야. 언젠가 강가에서 태워져 뼈도 남지 않겠지."

마침내 마키노는 소녀에게서 내려와 이만 엔을 그녀 가슴팍
에 던졌다.

소녀는 울고 있었다. 어린아이처럼 흐느껴 울면서 옷을 입고,
이만 엔을 챙겨넣었다.

"……얼굴 다 외웠어. 죽여버릴 거야. 문드러지게 두들겨패서
묻어버릴 테야."

소녀는 저주의 말을 쏟아내더니, 이불에 침을 뱉고 방을 나
갔다.

마키노는 이런 데서 잘 기분이 아니어서 체크아웃을 하고, 혹시 몰라 뒷문으로 나왔다.

한밤중까지 퍼마시고. 집으로 왔다. 전화에 메시지가 들어와 있다. 재생 버튼을 눌렀다.

"방금 돌아가셨다. 이제 됐니? 이래도 오지 않으면 회사로 시신을 보내버릴 거다."

2

여덟 평 남짓한 병원 영안실은 사방이 재색 벽으로 둘러싸인 살풍경한 공간이었다. 방 한복판에 흰 천으로 덮은 시신이 안치되어 있는 것 말고는 한쪽 벽에 긴 의자 하나만 덜렁 놓여 있을 뿐이다.

옆에서 지키는 사람도 없었다. 안내를 담당하는 야간 접수처의 젊은 경비원이 유족이 쉬거나 밤을 새울 수 있는 방이 옆에 두 개 있다고 알려주고 나갔다.

마키노는 눈대중으로 시신의 크기를 재보았다. 생각했던 것 이상으로 작았다. 몸피도 얼마 안 돼 딴사람이 아닌지 의심스러울 지경이었다. 흰 천을 걷어보면 확실히 알 텐데, 막연한 두려움 때문에 가까이 갈 수 없었다.

"왜, 얼굴 안 봐?"

영안실 입구에 리리코가 서 있었다. 어제부터 내내 아버지 곁을 지키고 있었으리라. 흐트러진 머리에 눈은 충혈되었다. 수수한 색깔에 구겨진 평상복 차림이 묘하게 마누라 같은 느낌을 풍긴다.

"잡아먹진 않을 거야. 그럴 여력도 없을 만큼 기진맥진해서 떠났어."

리리코도 체력이 바닥났는지, 빈정거리는 듯해도 힘이 없고 한숨이 섞여 있는 것 같았다.

"아무래도 상관없어…… 이제 이걸로 다 끝났는걸."

마키노는 혼잣말을 중얼거렸다. 이제 이 남자 때문에 번거로울 일은 없겠군.

그러자 리리코가 콧방귀를 뀌고는 웃으며 이쪽으로 다가왔다.

"바보 같은 소리. 시신은 어디에 모실 거야? 일단 너희 집?"

"예? 아뇨, 우리집은 곤란해요……"

"장례식은 치르지 않아도 화장은 해야 해. 여러 가지 절차도 밟아야 하고, 시신을 옮길 차도 수배해야 해. 죽는 걸로 끝이 아닌 게 세상일이야."

"그럼 당신이…… 당신은 이 남자하고 오랜 세월……"

"네가 태어났을 때 이 사람이 출생신고도 해주고, 다 클 때까지 이것저것 돌봐주긴 했을 거 아냐? 자, 눈 똑바로 뜨고 봐. 네가 증오하고 원망해온 남자의 마지막 모습이야."

말릴 새도 없이 리리코가 시신을 덮은 흰 천을 걷었다. 아버지
는 하얀 기모노를 입고 가슴 위에 손을 모으고 있다. 몸을 깨끗
이 닦고 입힌 듯했다. 어머니의 시신도 보았지만, 젊어 세상을
떠난 어머니는 생전 모습 그대로, 마치 잠든 것 같았다. 그러나
아버지는 머리카락이 다 빠지고, 이마가 벗어지고, 눈은 움푹 꺼
지고, 뺨은 홀쭉해 입술이 더 튀어나와 보이고, 고뇌도 비탄도
없는 표정에서는 그저 마를 대로 말라 시들듯 죽어갔음이 느껴
졌다. 기억 속 아버지와 전혀 연결되지 않는다. 다리가 풀린 마
키노는 긴 의자에 털썩 주저앉았다.

"누구든지 언젠가는 이곳으로 올 거야…… 그건 공평한 걸
까, 불공평한 걸까?"

리리코가 위로하듯 말하며, 오랜 세월 함께 지내온 남자의 이
마에 손을 올렸다.

결국 시신은 리리코가 맡기로 했다. 아버지는 리리코가 가게
를 하는 동네에서 십 년 이상 살면서 나름대로 사람들과 친분을
쌓았다고 했다.

"하지만 발인하는 날에는 와줘. 그리고 유골은 가져가."

마키노는 마지못해 쓰야와 장례식에 참석하고 유골을 맡기로
했다.

장의사 직원과 리리코가 의논하더니, 가게 2층은 계단이 가팔

라 관을 올릴 수 없다고 했다.

"그럼 가게 안쪽의 테이블을 제단으로 쓰고, 문상객들은 카운터에서 접대하지."

리리코의 제안으로 점심시간 전에 겨우 시신을 가게로 옮길 수 있었다. 그녀는 한숨도 못 잤기 때문에 오늘은 쉬겠다고 했다. 마키노도 휴가를 내고 집으로 돌아가 잠을 청했다. 눈을 떴을 때는 이미 밤이었다.

아버지의 죽음을 친척들에게 알릴지 망설이다가, 관계를 끊은 지 이미 오래라 연락하지 않기로 했다. 그럼 헤어진 아내한테는…… 책상 앞에 앉아 그녀의 홈페이지를 열었다. 재혼한 남편과 만든 미술 서적을 홍보하고 있다. 아들의 블로그를 본다. 학교에서 있었던 일을 천진난만하게 적고 있다.

이제 와서 새삼스레 두 사람에게 할 말이 있는 것도 아니어서 컴퓨터를 끄고 다시 침대로 돌아왔다.

다음 날, 오전 중에 볼일을 마친 뒤 오후에는 상복을 갖춰입고 리리코의 가게를 찾았다. '완구장'은 아버지가 보들레르의 별장에서 따온 이름이라고 들었지만, 그에게 시심이 있었다는 건 지금도 믿기지가 않았다. '상중'이라고 적힌 종이가 붙은 무거운 문을 열자, 가게 안에서 웃음소리가 쏟아져나왔다. 카운터 의자에 상복 차림의 남녀가 앉아 있고, 카운터 안쪽에 리리코가 있다. 단정한 머리에 곱게 화장한 모습은 손님을 맞기에 충분했다.

기모노 상복만 가게의 특별 의상으로 보였다.

"어머나, 어서 와."

영안실에서 보았던 그늘은 눈곱만치도 느껴지지 않을 만큼 목소리가 밝아서, 특이한 술집에 놀러 온 건가 착각이 들 정도였다. 리리코가 손뼉을 치자 사람들이 주목했다.

"여러분, 오늘의 주빈 등장이십니다. 실은 상주입니다만, 그렇게 부르는 것도 마음이 편치 않네요."

카운터에 있던 사람들이 마키노를 돌아보았다. 동네 사람들인 듯 모두 오륙십대 정도의 연배로 선량한 것도 같고 약은 것도 같은 촌스러운 얼굴들이 나란히 있었다.

얼마나 애통하십니까, 아버님께 신세를 많이 져서 우리도 얼마나 슬픈지 모르겠습니다…… 등등 저마다 인사를 건네와 마키노는 답인사만 하고, 리리코가 가리키는 안쪽으로 갔다.

테이블석이 있던 곳과 안쪽 창고 같은 곳을 이용해 제단이 마련돼 있었다. 한가운데 관이 있고, 몇 해 전에 찍은 것인 듯 머리가 허옇게 세고 주름투성이의 아버지가 밝게 웃는 영정이 놓여 있었다. 마키노의 기억 속에는 이렇게 사람 좋아 보이는 얼굴로 웃는 아버지가 존재하지 않는다. 기분이 나빠져 시선을 돌렸다. 꽃으로 꾸민 제단에 등이 켜져 있다. 촛불의 불꽃이 흔들리고 향 연기가 주위에 자욱했다. 좁긴 하지만 제단 앞에 서서 합장할 수 있는 공간도 있었다.

마키노는 사람들의 시선을 느끼면서도 끝내 합장하지 않았다. 카운터의 빈자리는 마키노를 위한 것인 듯했다. 리리코가 앉으라고 권하고 잔에 맥주를 채워주었다. 그리고 사람들에게 말했다.

"여기서 주빈의 말을 들어야겠지만…… 고인과 이 사람, 사연이 많아서 말이죠. 이해해주세요. 어쨌든 고인을 생각하며 맘껏 즐기시고."

나이가 지긋한 사람들뿐이어서인지 리리코의 말을 십분 존중해 특별히 마키노에게 말을 걸어오지도 않고 그가 오기 전 나누었던 이야기들로 돌아갔다. 마키노의 아버지가 이런 재미있는 말을 했다, 저런 실수를 했다, 시 말고 옛날 영화에도 박식했다, 음담을 좋아하고, 사람들 일에 상담을 잘해주는 유쾌한 사람이었다…… 자리가 자리이니만큼 당연히 '좋은 사람'이었다는 소리가 나오리라는 건 마키노도 각오하고 있었지만, 역시 기분은 좋지 않았다. 대체 누구 이야기를 하는 거냐고 소리치고 싶었다.

끊이지 않고 사람들이 찾아와 마키노의 등뒤에서 제단을 향해 합장하고 갔다. 저녁 무렵부터는 카운터 안쪽으로도 들어가, 리리코를 대신해 여자들이 돌아다니며 술을 내주었다. 요리가 나오고, 고주망태가 된 사람, 박자를 무시하고 노래를 부르는 사람도 있었다. 리리코가 이따금 마키노 옆에 와서 두세 마디를 건네고 갔다. 동네 친구뿐만 아니라 지역 자치회 사람들, 친분이

덜한 손님도 몇몇 있다고 하면서, 피곤하면 2층에서 쉬어도 된다고 말해주었다. 하지만 아버지가 리리코와 기거하던 공간이라고 생각하니 2층에는 발을 들여놓고 싶지 않았고, 무엇보다 움직이는 게 귀찮아 앉은 자리에서 술만 계속 마셨다.

한밤이 되자 리리코는 잠시 눈을 붙이러 2층으로 올라갔다. 마키노는 카운터에 엎드려 잤다. 어느 순간 듣기 좋은 소리가 머리 위에서 울렸다. 마키노는 꿈인가 싶어 고개를 들었다. 카운터에 있는 사람들도 눈을 감은 채 가게 안에 울리는 그 목소리에 귀를 기울이고 있었다. 마키노 옆에 앉아 있던 갸름한 얼굴의 남자가 속삭였다.

"전에 여기서 시 낭송회를 열었을 때 녹음해둔 거랍니다."

마키노는 자신한테 하는 말이란 걸 깨닫고 반쯤은 잠결에 대답했다.

"아…… 그럼 그쪽이 낭독한 겁니까? 아주 좋은데요."

마키노는 그답지 않게 상냥한 투로 말했다. 상대는 미간을 찌푸리며 마키노를 돌아보고는 말했다.

"무슨 소리예요? 당신 아버지 목소리잖습니까?"

졸음이 금세 달아났다. 귀를 쫑긋 세웠다. 마키노의 기억 속 아버지의 목소리는 무슨 일이든지 단정적으로 밀어붙이는 거만한 말투와 조소 섞인 빈정거림으로 남아 있었다. 그런데 지금 한 마디 한 마디 소중하게 낭독하는 걸 듣고 있으니, 기억 밑바닥에 있는 아버지의 목소리와 확실히 겹친다.

여기서 리리코와 함께, 걸걸한 아내와 그 기세에 눌린 남편으로 살면서, 박식하다고 인정받았으며, 사람들에게 시를 가르친 적도 있었던 남자…… 음담패설을 즐기고 상담도 곧잘 해주던, 영정에서처럼 쾌활하게 웃던 남자…… 리리코가 불임판정을 받았을 때 둘이서 사이좋게 살면 되지 않느냐고 밤새 위로하고, 병으로 쓰러져 기관절개술을 앞두고는 얼굴도 보지 못한 손자에게 목소리를 쥐어짜가며 테이프에 메시지를 녹음한 남자…… 목소리를 잃은 후에는 침상에서 스케치북에다 고타로를 보고 싶다고 울면서 쓴 남자…… 그 모습이 마키노의 눈두덩 위로 잇달아 떠올랐다.

그 소리에서 벗어나고 싶어 자리에서 일어났지만, 다리가 후들거렸다. 부축해주려는 손을 물리치고, 넝쿨무늬 벽지를 할퀴듯이 짚으며 걸어가, 누군가가 열어주는 문밖으로 나왔다. 눈앞에 보이는 전봇대에 매달렸다. 몸 안쪽에서 경련이 일더니 갑자기 욕지기가 치밀었다. 나는 그 남자를 용서하지 않는다, 나와 어머니한테는 악인이었다, 그걸로 충분하다, 혼자서 죽어간 어머니도 용서할 리 없잖은가……?

어쨌든 여길 떠나야겠다고 걸음을 떼다가 뭔가에 걸려 넘어졌다. 차가운 바닥이 기분 좋다. 그대로 일어나고 싶지 않은 마음에 눈을 감는다. 한참 뒤, 추위에 몸속까지 얼어붙고 이가 달

달 떨렸다.

골목길 같은 곳에 누워 있다는 걸 깨닫고 기어나와보니, 리리코의 가게 뒤편이었다. 하늘은 아직 어두웠다. 가게의 닫힌 문을 열고 안을 들여다보았다. 어두운 조명 아래, 카운터 안쪽도 바깥쪽도 사람 그림자는 없었다. 가게 벽시계가 네시를 지나고 있었다. 제단에 장식된 등이 나무 관과 아버지의 영정을 비추고 있다. 어쨌든 추워서 걸칠 것을 찾으려고 카운터 안쪽의 커튼을 걷었다. 2층으로 올라가는 계단이 보였다. 담요라도 빌릴까 하고 계단을 올라갔다.

2층에는 방 두 개가 나란히 있는 듯했다. 앞방에는 장롱 같은 게 있고, 리리코의 상복이 옷걸이에 걸려 있었다. 안쪽의 닫힌 문틈으로 흘러나오는 따뜻한 공기에 이끌리듯 다가가 문을 열었다. 은은한 상야등常夜燈 불빛 아래 리리코가 자고 있었다.

리리코가 몸을 뒤척이자 덮고 있던 이불 밖으로 오른쪽 겨드랑이가 드러났다. 어두운데도 하얀 피부가 눈길을 끈다. 긴자의 바에서 자신을 앉혀두고 리리코를 주물럭대는 아버지 때문에 굴욕을 느낀 날 밤, 마키노는 리리코라고 생각하며 매춘부를 품었다. 아버지의 여자를 범한다는 생각으로 굴욕을 떨쳐내려 했다. 그후에도 몇 번이나 매춘부를 상대하면서 리리코를 상상했던 기억이 되살아났다.

"춥지?"

울어서 쉰 목소리가 귓가를 간질인다. 리리코가 젖은 눈을 떴다. 이상하게도 놀랍지는 않았다. 피로 때문에 현실감각이 사라진 듯했다. 리리코가 손을 잡고 끌어당겨 그대로 따라 누웠다. 그러고는 상대의 온기에 매달렸다.

"왜 이렇게 차가워…… 어디 있었던 거야? 옷이 축축하네. 자, 얼른 벗어. 감기 걸리겠다."

응석받이를 대하듯 하는 말에 고분고분 옷을 벗고 알몸이 된다. 몸을 한껏 웅크리고 상대의 살에 얼굴을 묻는다. 상대가 손을, 다리를, 등을 어루만지자 뼛속까지 얼어붙었던 몸이 녹으며 구석구석 열기가 퍼진다. "실은 엄마한테 화가 났던 거 아냐?" 귓가에서 들려오는 속삭임에, 아녜요, 아니라고요, 하고 몸으로 부정한다. 상대가 다리를 벌려 맞아준다. "엄마는 왜 그런 남자를 사랑했을까 속으로 원망했지? 그래도 엄마가 좋으니까 아버지가 더 미웠던 거지……?" 아녜요, 아니라고요, 하고 몸을 세게 들이댄다. 상대가 침착하라고 등을 부드럽게 다독거려준다. "엄마가 홋카이도로 가버려서 외로웠지? 버려진 기분이었지?" 그만 해, 그만 하라고! 한층 더 힘을 실어 밀어붙인다. 리리코가 머리를 껴안은 채 나무라던 힘이 포옹으로 흡수되어간다. "엄마를 그만 용서해. 엄마도 많이 젊었고, 아버지를 사랑한 건 죄가 아니잖아. 널 두고 가서 엄마도 미안했을 거야. 하지만 마음의 여유가 없었을 테고." 아냐, 아냐. 전부 아버지 탓이야. 그 인간만 엄마를 버리지 않았더라면…… "완벽한 사람은 없어. 너도 다른 사람한테 성실하지 못했던 적 있잖아? 넌 마지막에 아버지를 단념하고 만 어머니한테 섭섭했던 게 아닐까? 너도 착한 아들이 못 되어서 두고 간 게 아닐까, 하는 생각에……"

마키노는 말이 나오지 않아 그저 몸만 계속 움직인다. 리리코가 머리를 어루만져주자, 분노가 사그라진다. 누군가가 따뜻하게 받아주고 있다는 사실에 어느새 자신의 실체는 없어지고, 허공에 둥둥 떠 있는 듯한 황홀함에 젖는다. "아버지를 빼앗겼다느니 버림받았다느니 이런 식으로 생각하지 마. 말을 하지 않았을 뿐 항상 널 그리워했어."

상대의 풍만한 몸에서 뿜어나오는 무게가 주는 존재감에 안도하고, 내면의 분노와 원망과 외로움과 슬픔, 그 모든 것을 바깥으로 내던진다. 몸 한가운데 맺혀 있던 응어리도 흩어져 사라지고, 그 자리로 따뜻한 액체가 흘러들어온다. 어머니 생각에 흐르는 눈물이었다. 실은 자신도 어머니를 버렸다. 어머니가 조부모의 간병을 위해 홋카이도로 돌아갈 때, 마키노는 전학을 핑계로 같이 가길 거부했다. 시험해본 것이었다. 어머니만은 자신을 위해 남아주지 않을까 해서. 혐오스러웠다. 이제 와서 도망갈 거라면 왜 그 남자를 사랑했느냐고. 홋카이도에서 취직을 하고 자리를 잡은 뒤에도 어머니와 같이 살지 않았다. 어머니가 혼자 지내는 게 좋다고 했기 때문이지만, 그렇게 말할 수밖에 없게 만든 사람은 자신이었다. 그리고 어머니는 홀로 세상을 떠났다.

완벽한 사람은 없어. 너도 원래는 착한 아이였다고…… 이렇게 속삭이는 목소리는 누구의 것인가?

용서받은 듯한 기분에 죽음도 받아들일 각오로 온몸에서 힘을 빼버린다.

"스님이야" 하는 소리가 들렸다. 차 소리가 나고, 한 번 더 크게 "스님 오셨어" 하는 소리가 들려왔다.

마키노는 몸을 일으켰다. 작은 방 이불 속이다. 숙취로 머리가 지끈거렸다. 새벽 무렵의 일이 희미하게 기억났다. 하지만 실제로 있었던 일인가? 이불 속을 확인해보니 알몸이었다. 그럼……? 더 생각할 여유도 없이 "시작한다" 하는 리리코의 목소리가 아래층에서 들려왔다.

마키노는 서둘러 베갯머리에 놓인 상복을 입고 계단을 내려갔다. 승려가 제단 앞 의자에 앉아 독경중이었고, 상복 차림의 리리코는 옆 의자에 앉아 있었다. 카운터에는 어제 낮에 본 사람들이 주욱 앉아 있고, 몇몇은 서 있기도 했다. 리리코가 이쪽을 돌아보았다. 오늘은 화장이 약간 옅었다. 눈짓으로 카운터 위를 가리켰다. 염주가 있었다. 마키노는 묵묵히 염주를 집어들었다.

승려가 돌아간 뒤, 리리코가 사람들에게 인사를 전하고, 마지막에 마키노 쪽을 돌아보았다. 거부할 수 없는 분위기라 마키노도 고개를 숙였다. "오늘 와주셔서 감사했습니다……"

화장이 끝나자 단골들이 유골을 줍는 것까지 거드는 바람에 리리코와 단둘이 있을 시간이 없었다. 간밤의 일에 대해 물을 수 없어서 답답했지만 한편으로는 안심도 되었다.

오랫동안 병을 앓아서인지 아버지의 뼈는 쉽게 부서졌다. 유골 항아리는 오동나무 상자에 담겨 마키노에게 건네졌다. 이것으로 모두 끝인가? 리리코는 단골들과 이야기를 나누면서 그대로 돌아갈 듯 보였다. 장례비용 문제도 있고 해서 말을 걸려는 찰나, 리리코가 이쪽을 돌아보았다.

"수고했어. 힘들었지?"

형식적인 미소를 지으며 리리코가 다가왔다. 어느새 들고 있던 보라색 보자기로 싼 것을 "자" 하고 마키노에게 내밀었다. 뭐냐고 눈짓으로 물었다.

"스케치북. 필담할 때 썼던 거야. 묘가 있는 곳도 여기 써놓은 것 같아. 나는 안 펴봤어. 카세트테이프도 들어 있어. 손자에게 주는 메시지 말이야. 별것 아니지만 내가 갖고 있을 물건도 아니고, 버린다고 해도 네가 버려야 할 것 같아서."

마키노도 지금은 그것을 뿌리치고 싶지 않았다. 한 손에 유골 항아리를 안은 채 보따리를 받아들었다.

"장례비용은 그 사람에 대한 작은 감사의 표시라고 생각해 줘." 리리코가 말했다.

두 번 다시 만날 수 없을 것 같은 예감에 새벽의 일을 물어보려고 했다.

순간 리리코가 마키노를 매섭게 노려보더니 이내 부드럽게 미소지었다. 쓸데없는 말은 그냥 속에 담아두라는 것 같았다. 마키노는 유골 항아리와 스케치북이 든 보따리를 보며 물었다.

"당신은 같은 묘에 들어갈 마음이 없나요? 함께 있는 편이 좋잖아요?"

한동안 대답이 없었다. 고개를 들자, 리리코는 쓸쓸히 먼 곳을 바라보고 있었다.

"고마워. 하지만 마지막에는 시골로 돌아갔으면 해. 부모님 묘가 있으니까. 만약 허락해주지 않는다면…… 인연이 없다, 하고 포기해야 하려나."

"그런가요…… 혹시 마음이 바뀌면 언제든지 말씀하세요."

마키노는 좀더 이야기를 나누고 싶었다. 하지만 현관 쪽에서 단골들이 "마마!" 하고 부르는 소리가 들렸다. 리리코는 그쪽을 향해 크게 손을 흔든 뒤, 그럼 이만, 하고 입 모양으로만 인사를 건네왔다. 그러고는 상복 자락을 야무지게 휘감고 총총걸음으로 멀어졌다.

저녁 무렵 집으로 돌아온 마키노는 석양이 비치는 작업실 책장 위에 아버지의 유골을 올려놓았다.

3

사이타마 현 수사1과의 강력계 계장이 소녀의 출신지를 알아낼 수 있을 것 같다고 연락해왔다.

산 채 불타서 숨진 자칭 열여덟 살 소녀의 신원에 대한 단서는 전혀 없었지만, 어제 살인 공범인 열여섯 살 소년이 친구들과 여름에 열리는 고교 야구 결승전의 텔레비전 중계를 보고 있을 때, 부엌에서 술을 마시던 소녀가 결승전에 오른 학교 소개를 흘끗 보고는 "저런 학교가 아직 있다고? 우리 중학교 때 눈치작전으로 보험 삼아 응시하는 삼류 학교로 유명했는데" 하고 중얼거리던 걸 기억해냈다고 한다.

다른 세 친구가 소년에게 맥주를 가져오라고 시켰을 때의 일이라 그 말을 들은 건 소년뿐이었다. 무리 중에 가장 어린 소년 앞이라 소녀도 방심하고 출신지에 대한 말을 흘렸을지 모른다. 사실 소년은 그 말뜻을 미처 알아차리지 못해, 경찰에서 소녀의 출신지를 물어도 여태껏 모른다고 답해왔다.

"유치 담당 경찰하고 고교 야구 이야기를 하던 중에 생각난 모양이야. 당시 결승전에 올랐던 고등학교를 조사하고, 또 소년이 확인했어. 아마 아이치愛知 현의 도요하시豊橋 시 정도로 굳어졌을 거야." 계장이 말했다.

마키노가 신원 확인도 그곳에서 해야 하는 거냐고 묻자, 전화기 너머 상대의 씁쓸한 웃음소리가 전해졌다.

"아이치 현 경찰서에 행방불명자를 찾아줄 수 없겠느냐고 일단 연락은 했는데, 민낯 사진이 아니면 곤란하대. 검찰이 어중된 정보는 되레 방해된다고 무시하는 법이거든. 역시 이대로 기소가 진행될 것 같아."

마키노는 비참하게 죽고도 동정받지 못하는 소녀를 재차 조사해보고 싶었다.

소녀를 죽인 남자의 변호사는 마키노가 주간지 기자란 걸 알고 경계심을 드러냈다. 마키노는 피해자 신원을 알면 변호하기 쉬울 테니 언론을 이용하는 것도 방법이라고 제안하고, 의뢰인이 아는 정보를 가르쳐달라고 청했다. 소녀의 신원을 알아낼 만한 거라면 뭐든 좋았다. 그리고 줄곧 마음에 걸렸던 걸 물어보았다.

"소녀가 언쟁중에 갑자기 미친 듯이 난리를 치는 바람에, 그도 그만 이성을 잃었다고 진술한 것 같습니다만, 왜 소녀가 갑자기 폭력적으로 변했는지…… 그 이유를 알고 싶습니다."

변호사는 일단 의뢰인과 먼저 상담해보겠다며 즉답을 피했다.

마키노는 아버지의 사망 뒤처리를 이유로 며칠 더 휴가를 받아, 소녀가 출입했던 가게로 다시 취재를 나갔다. 친구 관계는 한차례 훑었지만, 비교적 사이가 좋았던 여자 친구가 있었다는 걸 처음으로 알게 되었다. 임신으로 사건 일 년 전부터 가게에 나오지 않아 취재 대상에서 빠졌던 것 같다.

새빨갛게 염색한 머리를 지저분하게 기르고, 아기를 팔에 안은 트레이닝복 차림의 여자는 이미 경찰 조사를 받았다고 했다. 아파트 현관 앞에서 이것저것 묻는 마키노에게 경찰에게도 아무것도 모른다고 했고, 그건 거짓말이 아니라고 했다. 다만 다른 사람들과는 달리 살해된 소녀에게 동정적이었다. "그렇게 죽다니 너무해요, 불쌍해" 하고 울먹거렸다. 소녀를 알던 사람들의 일반적인 반응과는 달라 여자에게 물었다.

"다들 소녀를 싫어하는 것 같은데, 당신은 아닌가봐요?"

여자는 눈가의 눈물을 손등으로 훔치고, 품속의 아기를 어르면서 말했다.

"저도 그런 애 그다지 좋아하진 않지만…… 한번 여기 놀러 왔었어요."

"예에? 이 집에? 왜 왔나요?"

마키노는 부엌과 달랑 육 조 다다미방 한 칸뿐인 좁은 집 안을 둘러보았다.

"몰라요. 아이가 생겨서 그쪽 친구들하고는 인연이 끊어졌다고 여기던 참이어서 저도 깜짝 놀랐어요. 선물까지 들고 왔더라고요. 그런데 아무 말 하지 않고요, 한 시간쯤 아기만 멍하니 보다 갔어요. 그리고 얼마 뒤에 죽었어요. 무슨 말 못할 고민이라도 있었던 걸까요? 너무 불쌍해요."

울어대는 아기에게 여자는 "파, 파, 판다하고 물건 사러 갈까요오" 하고 재미있는 노래를 불러주며 얼렀지만, 아기는 어디가 불편한지 좀처럼 울음을 그칠 기미를 보이지 않아 마키노는 인사를 하고 집을 나왔다.

다음 날, 소녀를 죽인 남자의 담당 변호사에게서 연락이 왔다. 남자는 재판에 유리해진다면 뭐든 협조하겠다고 했단다. 그러나 정작 그도 피해자에 대해 잘 알지 못했다.

"'술집에서 알게 되어 그저 같이 살았을 뿐입니다. 본명이나 고향 같은 건 신경 쓰지 않았어요'라고 하더군요. 아무것도 모르는 편이 헤어질 때 깔끔하다는 식으로 생각했던 모양입니다."

실마리가 될 만한 것조차 떠올리지 못했고, 죽은 소녀가 갑자기 난리를 친 이유에 대해서는 각성제 때문에 폭력 충동이 일어난 게 아닐까 하고 대답했다고 전했다.

"그러니까 그 충동이 무엇을 계기로 시작된 건지…… 역시 모르는 겁니까?"

"예에. 몇 번이나 물었지만 도무지 요령부득이어서. 그 친구가 저녁식사 때가 되어 집에 왔더니, 소녀는 아무것도 만들어놓지 않고, 코딱지를…… 죄송합니다. 그 친구 말입니다, 그걸 손끝으로 만지작거리면서 히죽거리고 있는 걸 보니 약을 먹었구나 싶더래요. 그래서 말싸움이 시작됐다더군요. 그리고 홧김에 그걸 버렸다고."

"버렸다? 그러니까 그 코딱지를 말입니까?"

"예. 지저분한 것 좀 버리라고 했더니 그 소녀가 등뒤로 감추는 바람에, 팔을 비틀어 빼앗아서 창 너머 강으로 던져버렸다고 합니다. 그러자 소녀가 비명을 지르고 난리를 치면서 죽여달라며 식칼을 가지러 부엌으로 가려 했다는군요. 발단은 정당방위인 면도 없지 않습니다."

"잠깐…… 잠깐만요."

아버지가 손에서 뭔가를 빼앗아 쓰레기라고 버렸던 장면이 마키노의 머릿속에 되살아났다.

마키노는 변호사에게 오늘 의뢰인과 아직 접견하지 않았다면, 한 가지 더 꼭 물어봐주었으면 한다고 부탁했다. 그러고는 젖먹이를 안고 있던 빨간 머리의 여자를 다시 찾아갔다.

"죽은 그 소녀 말인데요, 당신 아기를 보고 무슨 말을 하거나 어떤 행동을 보이진 않았나요?"

마키노의 질문에 여자는 무슨 소리인가 고개를 갸웃거리다가 모호하게 고개를 끄덕였다.

"무슨 말을 한 건 아니고요. 아이만 한참 보고 있었어요. 나는 안중에도 없이 정말 한참을요."

"아기를 안아보고 싶어하지 않던가요? 아기를 다루는 데 익숙해 보이진 않았나요?"

"어머나, 잘 아시네요. 말은 하지 않았지만, 그런 눈치라 '안아볼래?'했더니 정말 좋아하더라고요. 능숙했어요, 아기를 안는 게. 아기도 전혀 불편해하지 않았고요."

여자는 또다시 품속의 아기를 어르며 판, 판, 판다하고 물건 사러 가요오, 하고 노래를 불러주었다.

"참, 이 판다 노래도 그애한테 배웠어요. 내가 화장실 간 사이에 울음을 터뜨린 아이를 달래면서 이 노래를 부르더라고요. 그러면서 뺨과 코를 만져주니까 어지간해서는 울음을 그치지 않는 아이가 재밌다는 듯 웃었어요. 몇 번 듣다가 나도 외워버렸고요."

저녁 무렵, 마키노는 변호사의 전화를 받았다. 의뢰인이 피해자에게서 빼앗아 강에 던져버린 것은 파친코 알만 한 크기의 딱딱하게 마른 조개껍데기 같은 것이었다고 한다.

마키노는 사이타마 현 경찰서의 강력계 계장한테 연락했다.

"탯줄입니다. 소중하게 간직했던 자식의 탯줄을 버리는 걸 보고 난동을 부린 겁니다…… 그 소녀에게는 아이가 있었고요. 이혼해서 아이를 데려오지 못했던 게 아닐까요?"

마키노는 자신의 처지를 떠올리며 말했다. 상대는 흥분하긴커녕 어이없다는 반응이었다.

"전부 자네 생각일 뿐인 거 아냐? 만에 하나 아이가 있었다고 해도 신원을 알 수 있는 건 아니잖아?"

이미 검찰로 넘어간 사건이어서 경찰이 움직이는 일은 없을 거라는 말에 마키노는 할 수 없이 데스크와 상의했다. 비참하게 죽은 신원 불명의 열여덟 살 소녀에게 아이가 있었다······ 이 카피에 에비하라는 흥미를 보였다. 다만 확실한 증거가 없었기 때문에, 마키노에게 주어진 시간은 닷새, 비용도 그만큼으로 한정되었다.

다음 날 아침, 마키노는 아이치 현 도요하시 시를 찾아, 시내 중학교를 방문했다. 졸업생 중 현재 행방불명인 사람이 없는지 묻고, 입수한 소녀의 사진을 보여주었다. 그쪽에서 졸업 연도를 물었지만 열여덟 살이란 것도 정확하지 않기 때문에 대충 대답할 수밖에 없었다. 학교 측이 모든 졸업생의 행방까지 파악하고 있진 못했고, 사진 속 소녀의 화장이 두꺼운 탓에 시내의 중학교를 모조리 돌았지만 소득이 없었다. 동창회 총무의 연락처까지 물어서 가능한 한 찾아가보았지만, 모두 고개를 가로저었다.

그다음에는 소녀가 출산했다는 것을 전제로 산부인과 의사에게 이야기를 들어보려 했다. 의료인에게는 비밀 엄수의 의무가 있는데다 워낙 바빠 만나기조차 어려웠다. 이삼 일 찾아다니다 포기하고 시청으로 갔다. 중대 사건을 해결하는 데 협조해주길 바란다고 하고, 출생신고 접수를 받았을 가능성이 있는 호적계의 몇 명에게 소녀의 사진을 보여주었다. 나이뿐만 아니라 출산 시기도 불확실했기 때문에 별다른 반응은 없었다. 지역 경찰과도 접촉해보았지만 역시나 원했던 대답은 얻을 수 없었다.

눈 깜짝할 사이에 나흘이 지나고 마지막 하루, 마키노는 아침이 되어도 호텔의 딱딱한 침대에서 나올 수 없었다. 반쯤 잠에 취한 채 아들을 생각했다. 아내에게서 임신 사실을 들었을 때는 심경이 복잡했다. 그런 아버지의 아들인 자신이 자식을 키울 수 있을까 불안했고, 일하는 데 거치적거리지 않을까도 염려스러웠다. 기뻐하는 아내를 보고 '뭐 어쩔 수 없지' 하고 생각했을 정도다. 정기검진이니 뭐니 돈이 많이 드는 것도 화가 났다. 국가 보조금으로 출산비용을 얼마간 돌려준다는 말을 듣고 조금은 화가 풀렸지만, 아내가 일 인실에 입원했기 때문에 비용이 추가로 들었다.

그래도 아이가 태어났을 때는 가슴이 뜨거워졌다. 세상에 나온 지 얼마 되지 않은 자그마한 손가락이 마키노의 손가락을 꽉 잡았을 때는…… 아, 드디어 가볼 곳을 찾았다!

다시 시청으로 가서 출산 장려금을 받으려고 하면 어디로 가야 하는지 물었다. 복지과 내의 양육 지원실에서 장려금 신청을 받는다는 말을 듣고 찾아가, 그곳 사람들에게 소녀의 사진을 보여주었다. 사진의 소녀가 민낯이라고 가정한다면……? 하고 상대방의 상상력에까지 매달렸지만, 기대했던 대답은 얻을 수 없었다. 피곤과 낙담으로 근처 의자에 털썩 주저앉았다. 옆에 젊은 여자가 아기를 안고 앉아 있었다. 머리가 까맣고 화장기도 없었다. 살해당한 소녀는 어쩌면 이렇게 수수하고 부드러운 엄마였을지도 모른다. 옆의 젊은 엄마가 아기를 어르려고 동요를 불렀다. 아기가 웃는다.

"저…… 실례합니다만, 혹시 판다하고 물건 사러 간다는 동요는 모르십니까?"

마키노의 물음에 상대는 모른다고 했다. 양육 지원실 카운터로 가서 다시 물었다.

"누구 판다하고 물건 사러 간다는 노래 아는 분 없습니까? 이 지역 노래일지도 모릅니다만."

다들 고개를 갸웃거렸다. 그럼 소녀는 어디서 그 노래를 배웠을까? 출신은 이곳인데 아이는 다른 데서 낳은 걸까? 포기하려다 혹시나 싶어 불러보았다.

"이런 노래입니다만요…… 파, 파, 판다하고 물건 사러 가요……"

음정이 엉망이라는 것을 알면서도 부끄러움을 무릅쓰고 노래를 불렀다. 좀 떨어진 곳에서 키득거리는 사람도 있다. 그런데 "저기……" 하고 안쪽에 앉아 있던 한 여직원이 걸어나왔다.

"빵집이 아닐까요? 얼핏 들은 리듬으로는, 빵집에 빵 사러 간다는 동요가 생각납니다만."

신생아와 산모를 위한 모자 교실에서 보건사나 보육사가 엄마와 아기의 스킨십을 목적으로 그런 동요를 가르치고 있다고 했다. 모자 교실은 매달 두 번 열리는데, 오늘은 그날이 아니니 주최측인 보건소에 가서 물어보는 게 좋겠다며 위치를 알려주었다.

마키노는 양육을 거의 전부 아내한테 떠맡기다시피 해서 모자 교실이며 보건소에 가봐야겠다는 생각은 전혀 못했다. 곧장 보건소로 가서 접수처에서 노래에 대해 물어보았다. 빵집에서 물건을 산다는 동요가 분명 있다고 직원이 말해주었다. 샌드위치라고 부르며 아기의 뺨을 양손으로 잡고, 멜론빵이라고 부르며 눈을 가리키고, 초콜릿빵이라고 부르며 코를 간질인다.

마키노는 직원들을 모아달라고 부탁해 소녀의 사진을 보여주었다.

"그 소녀는 이 도시에서 아이를 낳고 길렀을 가능성이 있습니다. 잘 봐주세요. 머리는 까맸을지도 모릅니다. 화장은 아마 이만큼 진하지 않았겠지요. 짐작 가는 사람 없습니까?"

직원들은 마키노의 말에 열심히 사진을 봐주었다. 하지만 모두 고개를 갸웃거린다.

외출중인 보건사나 조산사도 있다는 말에 마키노는 돌아올 때까지 기다렸다. 아이가 있었을 거라는 자신의 추측 자체가 잘못된 걸까? 출산을 다른 곳에서 한 걸까? 어깨를 축 늘어뜨린 채 다리를 질질 끌며 나가는 그가 안돼 보였는지 직원 하나가 말을 걸어왔다.

"여자분 성 말고 이름이라도 모르세요? 아이 이름은요? 애칭이라도요."

마키노는 강력계 계장이 보여준 사진을 떠올렸다. 피해자가 가지고 있던 묘한 형태의 봉제인형 발바닥에 글씨가 쓰여 있었다. 사람 이름치고는 이상해서 인형 이름인가 생각했지만, 밑져야 본전이라는 생각으로 일단 말해보았다.

"구구. 이름이 아니라 애칭일지도 모릅니다. 구구라는 이름으로 뭐 짚이는 거 없습니까?"

거기 있는 사람 모두에게 들리도록 "구구입니다, 구구" 하고 크게 말했다. 사람들은 이상한 이름이라고 갸우뚱하면서도 속으로 그 이름을 되뇌며 기억을 더듬는 눈치였다.

"구구미 아닌가요? 구구미?"

의외의 말이 돌아왔다. 일찌감치 사진을 보여줬던 보건사 중 한 명이었다.

"구구미라면 아십니까?" 마키노는 그녀에게 다가갔다.

"하늘이 저무는 모습이 아름답다고 해서 구구미空暮美라고 썼어요. 예쁜 이름이어서 인상에 남았거든요. 저녁노을이 한창 예쁠 때 결혼을 약속해서, 아기에게 그런 이름을 지어주었다고 들었어요."

"사진 속 소녀가 엄마 아닙니까? 닮지 않았나요? 뭔가 짚이는 구석 없습니까?"

"예. 얌전한 엄마였어요. 사진하곤 분위기가 전혀 달랐어요. 아주 오래전이어서 기억이 확실하진 않습니다만."

"이름은 기억하십니까? 친정 주소는요? 아마 이혼한 뒤 아이를 떼어놓고 도쿄로 나간 것 같습니다만, 전남편과 딸이 살고 있는 곳은 모르십니까?"

"아마 모자가정이었을 텐데, 아기 엄마가 결혼하고 일 년 뒤에 어머니가 돌아가셔서 친정이란 게 없을 거예요. 구구미하고 아이 아빠도 없고요."

"이사 갔나요?"

"죽었어요. 구구미가 세 살 때 강에 빠져 떠내려가는 걸 아빠가 구하려고 뛰어들었거든요. 결국 둘 다 하류에서 따로따로…… 참, 구구미 사진이 있어요. 장례식을 마치고 한 달 후에 위로차 갔거든요. 엄마가 너무 불쌍하고 상태가 걱정되어서요."

아기의 생후 일 개월 검진을 맡고 있는 보건사 여자는 그때 처음으로 소녀의 집을 방문하게 됐다고 한다. 아기가 아토피성 피부염이 있어서 소아과 의사를 소개하는 등 그후에도 몇 번 상담을 해주었고, 삼십육 개월 검진 때 아토피가 조금 호전된 것을 확인받고 그녀도 아이 엄마와 같이 기뻐해주었는데, 그리고 얼마 지나지 않아 사고가 일어난 것이다.

"돌아오려고 하는데 사진을 주더군요. 구구미를 잊지 말아달라면서요. 몇 달 지나 찾아가보니 이사 갔더라고요. 가구도 다 처분하고 아무한테도 행선지를 알리지 않은 채…… 벌써 오 년 전 일이랍니다."

사진은 보건사의 연도별 업무 파일에 들어 있었다. 마키노는 건네주는 사진을 보았다.

세 살쯤 돼 보이는 여자아이만 찍혀 있고, 엄마의 모습은 없다. 여자아이는 손으로 만든 듯한 토끼인지 곰인지 모를 기묘한 동물의 봉제인형을 소중하게 껴안고 뺨을 비비며 웃고 있다.

쓰가치 사유리. 그것이 소녀의 이름이었다. 아니, 소녀라고 하기는 뭐했다. 실제 나이는 올해로 스물여섯 살일 거라고 한다. 열여덟 살은 사유리가 딸을 낳은 나이였다.

마키노는 보건사의 설명을 들으면서 사진을 보다가 이렇게 묻지 않을 수 없었다.

"이 아이의 엄마는 누구에게 사랑받았을까요……? 누구를 사랑했을까요……? 누군가 어떤 일로 그녀에게 고마워했던 적이 있을까요?"

4

쓰가치 사유리는 중학교 선배와 사귀어 고등학교 2학년 때 임신했다. 상대 소년에게 그 사실을 알리자, 바다가 보이는 전망대에서 저녁놀을 보며 청혼해왔다. 소년은 대학에 진학하지 않고 전기설비 회사에 취직했고, 사유리도 학교를 그만두고 아르바이트를 하며 출산 비용을 모았다. 양가 부모는 반대했지만 둘의 의지는 굳었다. 이윽고 딸이 태어났고, 노을을 보면서 맹세한 마음을 딸의 이름에 새겼다. 아이의 탄생으로 양쪽 부모도 많이 누그러졌다. 한편, 이듬해 사유리의 어머니가 지병 악화로 세상을 떠났다. 남편은 우울해하는 사유리와 어린 딸을 감싸주었다. 사유리는 딸의 아토피 치료를 위해 음식과 청결 유지에 정성을 쏟았다. 진드기가 아토피의 원인이 되기 때문에, 봉제인형도 직접 만들어준 것이었다. 그리고 딸의 삼십육 개월 검진에서, 아토피가 조금 좋아진 걸 확인했다. 어른들이 기뻐하자 딸아이도 신나서 엄마의 뺨에 몇 번이나 뽀뽀를 했다. 그 직후, 강변으로 하이킹을 간 가족에게 비극이 닥쳤다. 남편의 부모는 두 사람을 죽게 내버려두었다고 사유리를 몰아붙였고, 장례를 끝내고는 둘의 유골을 억지로 가져가버렸다. 얼마 후 사유리는 그곳을 떠났다. 가출 신고 같은 걸 하는 사람은 없었다.

"좋은 사람이었어요, 정말 좋은 사람이었어요. 어쩌다 살해당했을까요? 아이의 아토피로 고민하는 엄마들에게 경험자로 자기 일처럼 조언해주어서 많은 사람들이 고마워했답니다."

마키노는 보건사의 그 말도 인용해가며 밤새워 초고를 썼다. 자칭 열여덟 살의 소녀는 살해당해도 상관없는 인물이 절대 아니었다. 남편과 딸을 사랑하고, 두 사람에게서 사랑을 받고, 그리고 주위의 많은 사람들이 감사를 표했던, 깊이 애도받아야 마땅한 여성이었다. 그렇게 원고를 매듭짓고, 아침 일찍 데스크로 전송했다. 에비하라에게서 바로 회신이 왔다. 기사 틀을 잡아볼 테니 급히 사실 관계를 확인해달라고 했다.

마키노는 구구미라는 어린아이의 사진을 복사해 변호사에게 보냈다. 그날 바로 답이 왔다. 피의자가 사진 속 봉제인형이 죽은 소녀가 갖고 있던 것과 같다고 확인해주었다고 했다.

이번에는 사이타마 현 경찰서의 강력계 계장에게 연락해 경위를 알렸다. 피해자임이 틀림없는 여성이 직접 만졌던 사진과 압수한 피해자의 소지품에 남은 지문을 조회하면, 이 사건의 자초지종이 밝혀진다. 기사가 실린 주간지가 세상에 나오기 전까지 경찰이 확인할 시간은 충분하다. 경찰 측이 이 정보를 무시한다 해도 지문 조회 부분만 빼면 기사를 내는 데는 문제가 없다.

"검찰이 주간지를 보고 재수사를 지시하기 전에 계장님이 먼저 검찰을 놀래주는 게 어떻습니까?"

다음 날 아침, 계장이 부하 경찰을 데리고 도요하시를 방문했고, 마키노가 그들을 안내했다. 그다음 날, 경찰 내부에서 피해자 이름을 쓰가치 사유리라고 단정하고, 그 자리에서 검찰에 보고했다. 마키노도 연락을 받자마자 에비하라에게 보고했고, 사흘 뒤 발매되는 주간지에서 검찰 발표에 맞춰 우단 톱기사로 내보내기로 결정됐다.

그날 밤, 마키노는 헤어진 아내의 전화를 받았다.

몇 시간 전, 교토에 있는 미술서적 전문 출판사로 전화를 걸어 헤어진 아내의 현재 남편에게 자기소개를 하고, 가족에게 불행한 일이 있어서 전하고 싶다고 했다. 상대는 어쩔 줄 몰라하며, 아내 쪽에서 전화를 드리게 하겠다고 약속했다.

"여보세요." 전처의 목소리는 갑옷이라도 두른 듯 딱딱하고 무거웠다.

"불쑥 전화해서 미안해. 느닷없는 전화라 놀랐지."

마키노는 전처와의 통화가 어색하기만 했다. "아무래도 전해야 할 것 같아서……"

"가족에게 좋지 않은 일이 있다고……?"

"으응. 아버지가 돌아가셨어. 목에 생긴 종양이 전이돼서."

그녀가 숨을 죽이는 기척이 전해진다. 그 숨을 천천히 토하고는 말한다.

"유감이다. 언제 돌아가셨어? 연세는 어떻게 되지?"

마키노는 상대의 질문에 짧게 대답했다.

"아이의 첫돌 축하 선물을 갖고 왔던 여자 기억나? 그 여자가 돌봐주었어."

"화해……했어? 전에는 이미 돌아가셨다고 했잖아."

"……아니, 화해는 안 했어. 지금도 용서한 건 아니고. 다만, 그래도 조문은 할 수 있을 것 같아서…… 아버지가 수술로 목소리를 잃기 전에 테이프에 메시지를 녹음해뒀어. 한 번도 못 만난 손자에게."

상대는 말이 없었다. 예쁜 눈썹 사이로 주름이 잡히는 게 보이는 듯했다.

"아이에게 들려주길 바라지는 않을게. 할아버지는 이미 돌아가셨다고 내가 그랬으니까. ……나에 대해서도 어떻게 알고 있는지 알아."

"…… 혹시 블로그를?" 그렇게 묻는 그녀의 목소리에서 꺼림칙함이 느껴졌다.

"읽었어. 어쩔 수 없는 일이라고 생각해."

"아이가 당신을 잊지 않으면 지금 남편에게 미안해서……"

뿐만 아니라 그녀는 자신을 배신한 마키노에게 줄곧 화가 나 있었을 것이다.

"응. 알아. 상관없어. 다만…… 언젠가는 얘기해주지 않을래?"

"당신이…… 실은 살아 있다고?"

"내가 거짓말을 한 것, 할아버지는 살아 있었다는 것, 제대로 말하지 못해서 내가 괴로워했다는 것 말이야. 할아버지는 손자가 태어난 걸 기뻐했고, 선물을 주고 싶어했고, 세상을 떠나기 전에 늠름하게 살아가길 바란다는 말을 손자에게 남겼다는 것도."

아들이 태어났을 때, 마키노는 눈앞에 존재하는 생명 덩어리의 강한 기운에 압도되었다. 태어나 얼마 되지 않은 녀석이 자신의 손가락을 꽉 쥘 때는 가슴속이 뜨거운 뭔가로 채워졌었다. 자신도 아이를 사랑한 순간이 있다…… 그렇게 전하고 싶은 마음이 굴뚝같았지만, 너무 제멋대로인 것 같아 꾹 참았다.

"알았어. 언젠가 때가 되면…… 지금 당장은 약속 못하겠어."

"고마워. 내 얘기만 해서 미안하다. 그럼 몸 건강하고."

전화를 끊으려 하는 마키노를, 저기, 하는 소리가 붙잡는다. 응? 하고 되묻는다.

"당신…… 마키노 씨…… 많이 달라졌네."

그녀의 목소리는 방금 전까지와는 달리 경계를 약간 느슨하게 푼 듯했다. 마키노는 그것이 오히려 괴로워 서둘러 통화를 마무리했다.

"아니, 달라진 건 아무것도 없어. 달라질 인간이 아니란 건 당신도 알잖아. 이만 끊을게."

전화를 끊고, 잔에다 술을 따라 들고 리리코에게 받은 스케치북을 펼쳤다.

'물 마시고 싶어' '다리가 가려워' '배가 당겨' '기저귀 싫어' 등의 말이 적혀 있다. 처음에는 굵직하고 휘몰아치는 듯한 필체였지만, '고타로 불러' '고타로 왜 안 와' '고타로 보고 싶어' 하는 부분에 이르면서부터는 점점 가늘어졌다. 그리고 '고, 데려다줘' '고, 이야기하고 싶어' 하는 떨리고 번진 큰씨는 마치 눈물 자국처럼 보였다. 그리고 뜬금없이 공원묘지 이름과 묘지 내부로 보이는 지도가 나타났다. 선이 삐뚤빼뚤해서 잘 알아볼 수 없지만, 공원묘지 사무실에 물어보면 확인할 수 있으리라.

이참에 테이프도 들어보기로 했다. 아내와 아들에게 했던 처사는 까맣게 잊고, 타인에 대한 배려를 명심하고 어쩌고 하며 그 인간다운 속임수로 손자한테 애정을 퍼부을까?

한참 잡음이 이어졌다. 이제 나오려나, 곧 나오겠지, 하고 기다려도 소리는 나오지 않는다. 이상하다 싶어 앞으로 돌려보았지만, 마지막까지 녹음된 메시지는 나오지 않았다. 뒷면을 틀어봐도 마찬가지였다. 리리코가 일부러 이런 테이프를 줬을 리는 없다. 그럼 답은 단 하나, 녹음에 실패한 것이다.

마키노는 웃었다. 바보 아냐, 이렇게 중대한 마지막 순간에…… 당신은 끝까지 어쩔 수 없는 인간이군.

테이프를 처음부터 다시 틀었다. 잡음과 함께 술을 들이켠다. 재생이 끝나고, 찰칵 버튼이 올라왔을 때, 소리가 새어나올 것 같아 손으로 입을 막았다.

이 테이프는 버리지 말자는 생각이 들었다. 이건 가지고 있을 수 있다.

이것이 그에게도 좋은 점이 있었다고 용서할 수 있는 유일한 것이니까.

마키노의 기사는 좋은 평을 얻었다. 소녀가 산 채 불에 타죽는 영상이 센세이션을 일으키면서, 사람들의 뇌리에서 완전히 사라지지 않았던 차에 소녀가 실은 사랑하는 남편과 딸을 잃은 젊은 여자이며, 자포자기한 나머지 그렇게 변했고, 결국에는 무서운 비극을 맞이하고 말았다는 사실이 동정과 호기심을 부추긴 듯했다. 역에서 파는 주간지는 첫날에만 전호 대비 이십 퍼센트나 판매가 늘었다. 마키노가 사유리의 동급생에게서 빌려온 그녀의 결혼사진과 봉제인형을 안은 딸의 사진도 효과가 있었던 것 같다. 각 텔레비전 방송국의 와이드 쇼에서 편집부로 문의가 빗발치고, 일찌감치 제이 탄 게재도 확정됐다.

마키노는 아버지가 사둔 묘지 앞에서 에비하라에게 이 연락을 받았다.

공원묘지 제일 구석진 자리에 있던 낡은 창고를 부수고 묘지를 조성해 작년에 매물로 내놓았던 거라고 한다. 묘석도 이미 세워져 있었다. 한눈에 싸구려란 걸 알 수 있는 보잘것없고 눈에 띄지 않는 돌이었다. 이번에는 위치만 확인하려 했던 터라 유골은 갖고 오지 않았지만, 겨우 이런 데다 뼈를 묻으려고 아버지가 그렇게 연연했던가 생각하니 괜히 서글퍼졌다.

쓰가치 사유리는 무연고자 묘로 아직 들어가지 않았다고 강력계 계장에게 들었다. 고향에 친정의 묘가 있다고 하지만, 되도록이면 남편과 딸과 같은 장소에 잠들게 해줄 수 없겠느냐고, 계장의 상사가 사유리의 시부모에게 사정을 물을 겸 넌지시 말을 꺼내볼 참이라고 했다.

사유리를 죽인 범인의 담당 변호사는 항의 전화를 걸어왔다. 그런 기사가 나가면 의뢰인이 불리해지지 않느냐고 차갑게 말했다. 제이 탄을 생각하면 변호사와의 관계가 틀어지지 않는 게 좋을 테지만, 사유리에 대해서는 이미 쓸 만큼 썼으니 크게 상관없다. 그보다 지금은 도호쿠로 날아가고 싶었다.

홈페이지 게시판의 '애도하는 사람' 코너에 올라온 최근 글을 보고 시즈토가 미야기宮城 현 센다이仙台 근처까지 내려와 있다는 걸 알게 되었다. 아마도 여자와 동행중이라는 것은 사실 같았다.

시즈토는 이시노마키石卷 항구에서도 목격되었다. 가까운 해상에서 어선이 전복되어 세 사람이 죽었다. 시즈토라고 생각되는 남자가 그 세 사람에 대해 묻고 다니다, 글을 올린 수협 직원이 왜 알고 싶은 거냐고 묻자, "애도드리고 싶습니다"라고 대답했다고 한다. 이번에도 배낭 멘 젊은 여자가 옆에 있었다고. 남자가 선창에 무릎을 꿇고 바다와 하늘을 향해 손을 내밀었다가 그 손을 가슴에 대고 고개를 숙이는 동안, 여자는 그의 행위를 물끄러미 지켜보고 있었다고 한다.

마키노는 이 수협 직원과 메일을 주고받으며, 짐작되는 나이로 보나 여러모로 그 남자가 시즈토라고 확신했다. 하지만 여자는 누군지 알 수 없었다. 저널리스트? 그의 신봉자? 마키노는 마치 그림자처럼 그를 따라다닌다는 여자가 궁금했다. 아니, 그보다 우선은 시즈토와 이야기를 나누고 싶었다. 그와 한동안 여행을 같이 하는 것도 괜찮을지 모르겠다.

때마침이라고 해도 좋을까? 이와테岩手에서 조직폭력배 간부가 총에 맞아 사망했다. 에비하라에게 이 사건을 취재하고 싶다고 요청했지만, 이제 조직폭력배끼리의 분쟁 같은 건 기삿거리도 안 된다고 그 자리에서 거절당했다. 하지만 마키노는 도요하시에는 나루오카를 보내면 되지 않느냐며 물러서지 않았다. 결국 마키노가 나루오카에게 전화로 코치해주기로 하고 기사도 체크하는 것을 조건으로 이와테 취재 허락을 받아냈다.

집으로 돌아온 마키노는 며칠 시즈토와 같이 다닐 준비를 했다. 혹시 그대로 줄곧 놈과 걸어다니게 되진 않겠지…… 하고 혼잣말을 하며 쓴웃음을 지었다.

일단은 조직폭력배 관계자도 취재해야 하니, 뒷골목 세계에서 무슨 일이 일어나고 있는지 파악도 할 겸, 밤을 기다려 오래전부터 알고 지내던 조폭을 찾아 마작을 하러 갔다. 같이 탁자에 둘러앉아 상대에게 적당히 점수를 잃어주면서, 도호쿠에서 일어난 싸움에 대해 물었다. 상대의 반응에서 내부적으로 수습하고 더는 확대시킬 생각이 없다는 걸 알아차렸다. 그때, 마키노는 등 뒤에 와 닿는 시선을 느꼈다.

돌아보니, 가게 주인이 카운터에서 현관을 향해 "잠깐만, 담배 좀 사다줘!" 하고 소리치고 있었다. 마침 누가 밖으로 나가는 참이었다. 노란색 셔츠와 길고 검은 머리카락이 인상적이었다. 주인은 "뭐야, 오자마자. 역시 손님 끄는 미끼밖에 안 되는군" 하면서 마키노와 같은 탁자에 앉아 있는 조폭을 보았다. 조폭은 마키노가 버린 패를 주워먹으면서, "써줘. 남자가 마약쟁이니 돈이 필요하겠지. 그렇지만 둘 다 스무 살까지 살 수 있으려나" 하고 코웃음쳤다.

두 시간 남짓 적당히 잃어준 뒤 밖으로 나왔다. 한층 쌀쌀해진 날씨에 겨울이 멀지 않았음을 느꼈다. 이 차가운 하늘 아래 시즈토와 같이 걸으려면, 준비한 옷만으로는 추울 것 같았다. 두꺼운 속옷에 상의도 방한용 점퍼로 바꾸고…… 마키노는 갑자기 옆구리에 충격을 느꼈다. 숨이 턱 막히며 허리가 꺾인다. 눈앞에 승합차가 서더니 슬라이딩 도어가 열렸다. 엉덩이를 걷어차여 차 안에 쑤셔박혔다. 이어서 누군가 올라타고 문이 닫히고 차가 출발했다.

마키노의 머리카락을 휘어잡고 창에 두어 번 머리를 처박더니, 그 반동으로 자리에 앉혔다.

"이야, 겨우 찾아냈네. 내 마누라한테 아주 몹쓸 짓을 해주셨다고?"

눈앞에서 빡빡머리 젊은이가 히죽거렸다. 앞니가 없고, 뒤통수에 Z자가 보인다. 고통의 밑바닥에서 희미하게 기억이 떠올랐지만, 사람을 잘못 본 것 같다고 대꾸했다. 입술이 찢어져 발음도 제대로 되지 않았다.

"오호, 사람을 잘못 봤다? 무슨 소리를 하는 거야, 아저씨. 야, 이 녀석 틀림없지?"

젊은이가 마키노의 머리카락을 움켜쥐고 뒷좌석 쪽으로 고개를 돌렸다. 두꺼운 점퍼 아래 노란색 셔츠를 입은 긴 머리 소녀가 앉아 있었다. 파랗게 질린 얼굴과 어두운 표정이 낯익다.

"맞아. 이 새끼. 내 목을 조르고, 내가 죽자마자 아쓰는 바로 잊어버릴 거라며 비웃었어."

"겁없이 까부셨군그래. 내 마누라 목을 조르고, 내 욕을 해? 아저씨, 당신 이제 죽었어."

차는 환한 도로를 한참 달린 뒤에 어두운 샛길로 접어들어 꺾기를 거듭하다가 다시 직진하더니, 하얀 울타리가 한쪽으로 계속 이어지는 인적 없는 길가에 섰다.

"내려!" 하고 젊은이가 말했다. 운전석과 조수석에 있던 십대인 듯한 소년들이 내리고, 슬라이딩 도어가 열렸다. 마키노는 공포에 질려 고개를 가로저었다. 아픔을 참고 발음에 신경 쓰며 간신히 말했다.

"난 지금 너희 형님 되는 사람하고 놀다 오는 길이야. 저 여자애도 봤을 거 아냐? 오랜 친구란 말이지."

"등신. 죽으면 끝이야. 시체를 위해 누가 뭘 해주겠어?"

젊은이는 각성제라도 복용했는지 껄껄 웃으며 굵고 뾰족한 바늘이 여러 개 튀어나온 흉기를 총에 끼우고, 예고도 없이 마키노의 얼굴을 때렸다. 날카로운 통증과 함께 시야가 닫혔다. 실명에 대한 공포로 비명을 지르며 필사적으로 저항했다. 젊은이를 대신해 소년들이 양팔을 잡고 끌어당겼다. 허공으로 몸이 붕 뜨는가 싶더니 길바닥 같은 곳에 패대기쳐졌다. 순간 숨이 턱 막혔다.

"야, 서서 걸어. 소리지르면 지금 여기서 배를 쑤셔드리지. 시궁창에서 뒈지고 싶진 않겠지!"

질질 끌어 일으켜세우더니, 지갑과 휴대전화가 든 상의를 벗기고, 엉덩이를 걷어찼다. 손으로 눈을 누른 채 살려줘 살려줘 하고 입속으로 되뇌며 다리를 버둥거렸다. 울타리를 치우는 듯한 소리가 나고, 마키노는 머리가 처박히다시피 해서 앞으로 떠밀려갔다. 발밑의 감각으로 지면이 달라진 걸 알아챈다.

"여긴 오래된 단지를 철거한 지 얼마 되지 않은 곳이어서 아무것도 없어. 건설은 봄부터 시작할 테니 그때까지는 아무도 오지 않을 테고. 구멍도 잔뜩 나 있으니 아저씨를 묻으면 새로운 빌딩에 깔려서 영원히 못 나올걸."

젊은이의 목소리는 울림 없이 하늘로 곧장 빠져나가듯 들려왔다. 오가는 자동차 소리도 아득하게 들렸다.

"나쁜 생각은 없었어, 용서해줘. 여자애한테도 미안했어. 반성하고 있어. 용서해주세요."

열심히 애원했다. "이런 짓 하면 너희 공범들도 평생 교도소에서 지내게 될 테니 이제 그만 해."

"거참, 시끄럽게 구시렁거리네. 너 같은 새끼 사라져도 수사 따위 안 할걸!"

젊은이의 목소리가 귓가에서 들리고, 갑자기 뜨거운 막대기가 옆구리를 파고들었다. 악 소리가 새어나오고, 힘도 같이 빠져나가 더는 서 있을 수가 없었다. 반쯤 꺾인 무릎을 걷어차여 구덩이 같은 낮은 곳으로 떨어졌다. 그리 깊지 않은 것 같았지만, 몸을 움직일 수 없어서 어떻게 해볼 수가 없다. 손을 뻗자, 구덩이 가장자리에 간신히 닿았다. 한참 몸부림을 치고 있을 때, 좌르르 소리가 나고 자갈이 합판 조각 같은 것과 함께 발 위로 떨어져내렸다.

"어쩔 셈이야? 제발 그만 해. 부탁이야, 살려줘! 뭐든 하겠습니다. 부탁입니다. 용서해주세요."

앞이 보이지 않아 무조건 위를 향해 두 손을 모으고 흔들어댔다.

그리고 가슴에 둔한 충격이 느껴졌다. 돌에 맞은 것 같다. 시끄러워! 하는 젊은이의 목소리가 들리고, 이번에는 복부에 충격이 가해졌다. 다음에는 얼굴 근처에서 돌이 튀는 소리가 났다. 점점 공포가 더해졌다.

"야, 우냐? 너도 돌이나 던져. 네 목을 졸랐잖아. 자, 해봐!"

돌을 주워드는 소녀가 아픔으로 떠지지 않는 눈에 보이는 듯했다. 그쪽을 향해 살려주세요 하고 고개를 흔들었다. 그때, 정말로 눈이 잠깐 떠졌는지, 빛 같은 게 보이며 소녀의 모습이 부옇게 떠올랐다. 머리를 금색으로 물들이고, 짙은 화장을 하고, 불길에 휩싸여 가만히 이쪽을 보고 있다. 아아, 너야……? 너도 이런 마음으로 죽었던 거냐……? 정말 분했겠구나……

"……너무 심해, 이건 아니야…… 이런 식으로 죽다니, 정말 무서웠겠구나……"

마키노는 소녀에게 말을 건넸다. 소녀의 모습 속에 검은 머리의 중학생이 겹치듯 보였다.

"무슨 소리 하는 거야, 이 새끼. 너, 빨리 던져. 안 던지면 나중에 국물도 없을 줄 알아."

젊은이의 목소리에, 빛이 사라지고 시야가 다시 닫혔다. 마키노는 중학생 소녀를 불렀다.

"너…… 듣고 있니? 널 위해 어떤 여자분이 마음을 담아 와주었어. 그런 것 같아…… 적어도 죽을 때는 누구인지 알 수 있도록 살라고 하네."

"야야, 드디어 미쳤구나. 뭐 해, 들고 있는 그 돌 빨리 던지기니 해!"

"듣고 있니? 네가 누군지 알면 죽을 때 애도를 받을 수 있어.

사람들이 기억할 수 있거든."

"시끄러워! 아무도 기억해주길 바라지 않아!"

소녀의 비명에 가까운 목소리가 나는가 싶더니, 마키노의 이마에 딱딱한 것이 부딪혔다. 웃음소리와 함께 "당첨!"하고 젊은이가 박수를 쳤다. 마키노는 잡다한 폐기물들이 몸 위에 쌓이는 것을 느꼈다.

"적당히 해. 어차피 아무도 안 와. 아저씨, 당신은 이 세계에서 영원히 사라질 거야."

젊은이 일당이 조소를 남기고 그곳을 뜨는 기척이 났다. 이윽고 그마저도 사라지고, 정적이 주위를 가득 메웠다.

정말로 이제 끝인가? 너무 갑작스레 일어난 일이라 아직도 현실감이 없다. 마키노가 취재해온 수많은 사건과 사고의 피해자들도 이런 느낌으로 죽어갔을지 모른다. 왜, 어째서? 이건 정말일까? 현실일까? 싫어, 살려줘! 내가 무슨 나쁜 짓을 했다고! 하면서. 하지만 도저히 벗어날 수 없다고 깨달았을 때…… 그들은 무슨 생각을 했을까?

마키노는 아들을 떠올렸다. 아빠는 이제 죽을 것 같구나. 넌 이미 내가 죽었다고 들었겠지만, 실은 살아 있었단다. 그런데 오늘 정말로 죽는구나. 만나고 싶다, 만나서 사과하고 싶구나. 끝까지 함께 있으면 좋았을 텐데 내가 어리석었다. 네가 손가락을 꼭 쥐었을 때, 그때가 진짜 행복했다는 걸 이제는 아는데, 용서해주지 않겠니……? 난 결국 누구에게도 사랑받지 못했고, 사랑했는데 전하는 방법을 몰랐다. 내 시체가 내년 봄에나 운 좋게 발견된다 해도 그때는 뼈만 남았을 테지. 신원을 증명할 건 아무것도 없고 말이지. 나쁜 짓도 했고, 거짓말도 했고, 배신도 했다. 그러나 그때그때 나름대로 열심히 살았다…… 하지만 살아 있는 다른 이에게는 한낱 시체에 지나지 않겠지. 이름도 없는 백골 시체에 지나지 않겠지.

싫어. 싫다고, 싫어…… 한 사람, 이 세상에 단 한 사람이 있다. '애도하는 사람'이여, 너는 백골로 발견된 내 소식을 들으면 언젠가는 이곳으로 와주겠지? 그리고 이 사람도 분명 누군가에게 사랑받고, 누군가를 사랑하고, 누군가 무슨 일로 이 사람에게 감사를 표한 적이 있었다고 애도해주겠지? 무릎을 꿇고, 내가 아직은 희미하게 느낄 수 있는 바람을 오른손에, 내가 묻힌 이 땅 냄새를 왼손으로 받아 가슴 앞에 모으고 나를 기억하려 해주겠지? 어디의 누구인지 몰라도 너에게는 분명 좋은 점도 있을 거라고, 열심히 살았을 거라고…… 더할 나위 없이 소중한 사람이 존재했다고…… 기억해주겠지?

당신이 태어난 이유를 이제야 알 것 같다. 당신이 '애도하는 사람'이 된 데는 가족과 환경, 인생의 상처 등 여러 이유가 있었을 것이다. 하지만 그것뿐만은 아니다. 당신도 분명 모른다. 그렇게 보였다. 당신을 '애도하는 사람'으로 만든 것은 이 세상에 넘쳐나는 죽은 이를 잊어가는 것에 대한 죄책감이다. 사랑하는 이의 죽음이 차별당하거나 잊혀가는 것에 대한 분노다. 그리고 언젠가는 자신도 별 볼일 없는 사망자로 취급당하지 않을까 하는 두려움이다. 세상에 만연한 이런 부담감이 쌓여서, 그리고 그것이 차고 넘쳐서 어떤 이를, 즉 당신을 '애도하는 사람'으로 만들었다. 그러니…… 당신뿐만이 아닐지도 모른다. 이 세상 어딘가에는 당신 말고도 '애도하는 사람'이 태어나 여행하고 있을지도 모른다. 생판 모르는 사람이라도 어떤 이유로 죽었건 차별하지 않고, 사랑과 감사에 관한 추억에 따라 가슴에 새기고, 그 인물이 살아 있었음을 오래도록 기억하고자 하는 사람이 태어났을지도 모른다. 사람들이 그걸 원하니까…… 적어도 지금 난 당신을 찾고 있다. 아아, 만약 살아날 수 있다면 그 이야기를 할 텐데. 눈이 보이지 않아도, 아무도 귀 기울여주지 않아도, 꼭 '애도하는 사람' 이야기를 할 텐데.

그때, 갑자기 사람들의 말소리와 발소리가 들려왔다. 발소리 하나가 바로 옆까지 다가오더니 소리쳤다.

"앗, 있다! 정말로 있어…… 어이, 여기 묻혔어! 아, 움직였다. 살아 있어!"

몸을 누르고 있던 돌과 판자가 하나 둘 치워지는 듯했다. 괜찮습니까? 어디 아픕니까? 이름은? 누군가 말을 걸면서 겨드랑이 아래와 허리 아래를 부축해 구덩이에서 끌어올렸다. 그리고 어딘가로 데려갔다. 등이 편안해지고, 따뜻한 공기가 몸을 감쌌다.

"살았나……?" 상대에게 묻는다기보다 자문하듯이 중얼거렸다.

"의식이 돌아왔어!" 머리 위에서 누군가에게 보고하는 듯한 큰 소리가 나고, "예, 살아났습니다. 지금 당장 병원으로 옮길 거예요. 이름을 말할 수 있습니까?" 같은 목소리가 말을 걸어왔다.

"저…… 어떻게, 내가 여기 있는 걸…… 어떻게?"

"아, 신고가 들어왔다고 합니다. 그곳에 사람이 묻혀 있다, 지금 바로 가면 살릴 수 있을지도 모른다고요. 이름은 밝히지 않았지만, 어린 여자아이 목소리였다고 합니다. 목격자인가봅니다."

사이렌이 울리고 차가 달리기 시작하는 진동이 전해졌다.

마키노는 이렇게 대답하려고 했는데, 오열이 터져나와 말을 할 수가 없었다. 착한 아이입니다…… 원래는 착한 아이입니다.

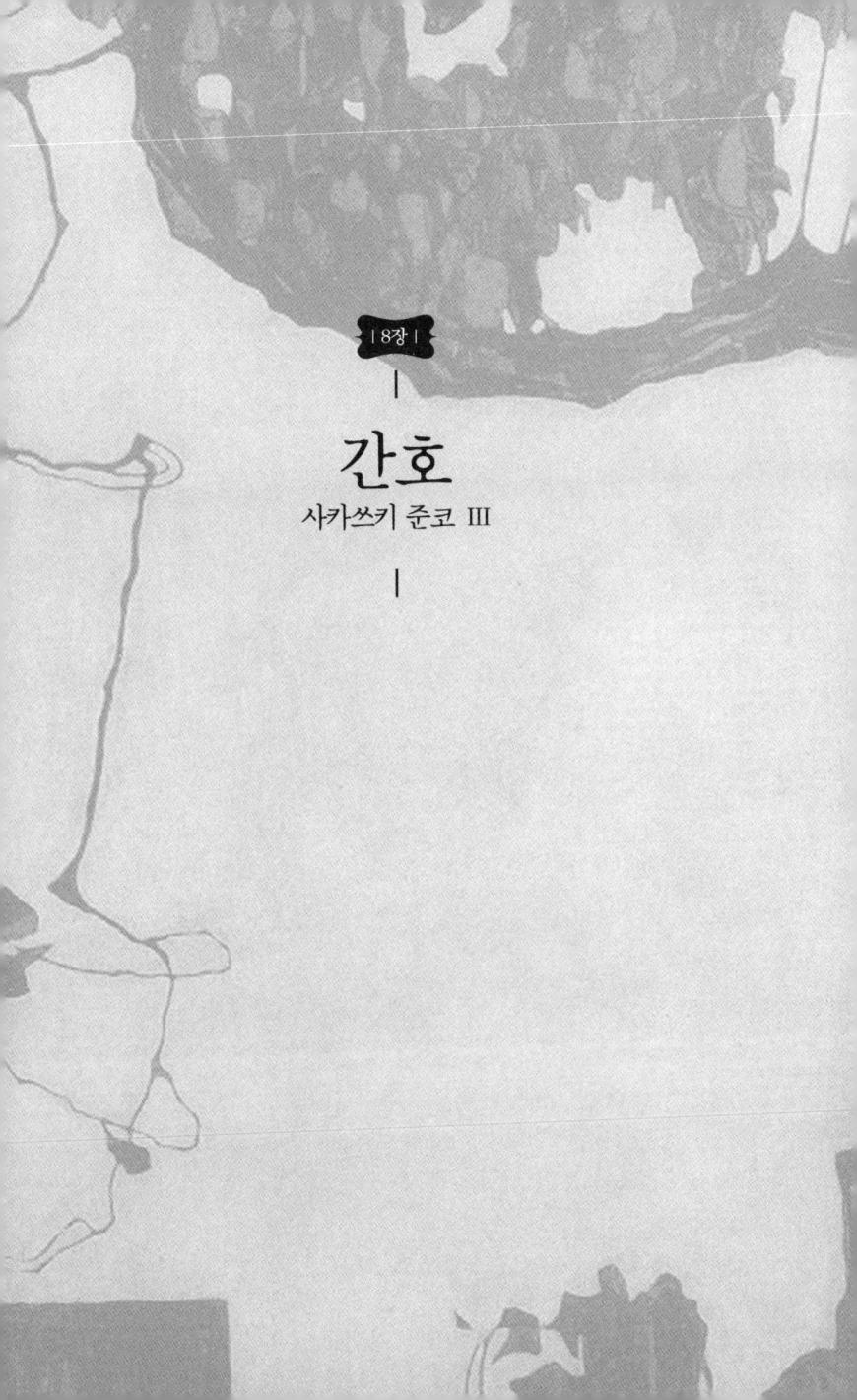

| 8장 |

간호

사카쓰키 준코 III

1

재택 케어를 선택한 시점에서 앞으로 더는 병원 신세를 지지 않겠다고 각오를 굳혔다. 만에 하나 병원에 가게 된다면 그때는 이미 의식이 없는 상태일 거라고 생각했다.

"어머나, 야마즈미 선생님, 여기 의대 들어올 때 재수했어요? 보기하고 다르게 고생 많이 했구나."

사카쓰키 준코는 푸른색 검사복 차림으로 침대에 걸터앉아 다리를 건들건들 흔들면서 현재 주치의인 야마즈미 다이스케에게 웃어 보였다. 야마즈미는 올해 마흔두 살로 몸집이 작고 동안이다. 이곳 대학 병원에서 수련한 뒤, 몇 군데 병원을 전전하다가 이 년 전 재택 진료소를 열어 주로 집에서 요양중인 말기 암 환자를 보고 있다.

"야마즈미 선생님이랑 동기라는 말씀은 선생님도 이곳 의대 출신이란 거죠? 한 번에 붙었어요?"

준코는 야마즈미 옆에서 모니터를 점검하고 있는 내시경 담당의에게 물었다.

"아뇨, 저도 재수했습니다" 하고 상대가 웃으면서 답했다. 준코는 다리를 더 크게 흔들며 말했다.

"그렇구나. 피차 고생한 걸 잘 아니까 이런 무리한 부탁도 들어주는구나. 아, 재미있는 연상퀴즈가 생각났어요. 가볼까요? '나의 위'라고 문제를 내고 '의대 응시'라고 푼다."

"그 이유는?" 하고 이미 준코와의 문답에 익숙한 야마즈미가 쓴웃음을 감추며 뒤이어 말했다.

"그 이유는 '비교적 합격하기 힘들다'. 어때요?"

야마즈미는 잠깐 틈을 두었다가 웃음을 터뜨리고는, 어안이 벙벙해 있는 내시경 담당의에게 '늘 이런 식이야' 하는 눈짓을 보냈다. 상대도 그제야 안심했는지 쿡쿡거린다.

"아, 웃었다. 저기요, 선생님, 저 이렇게 건강한데, 검사는 필요 없지 않을까요?"

"사카쓰키 씨, 슬슬 시작합시다. 얌전하게 누워주시죠."

사정을 아는 야마즈미는 달래듯 부드럽게 말했다.

"그렇지만 야마즈미 선생님. 난 재택 케어중이잖아요. 적극적인 치료는 하지 않는 거 아닌가요?"

"가족분들과 의논해서 몸이 지금 어떤 상태인지 검사해보기로 하셨잖아요. 소중한 시간을 알차게 보내려면 해야 하는 일이라고 이해하기로 했으면서 그러시네."

결국 준코는 단념하고 크게 숨을 토하는 것과 동시에 온몸의 긴장을 풀었다.

엿새 전 일이었다. 세면실에서 식후에 불룩 나와 있는 복부를 가볍게 눌러보았는데, 심한 욕지기가 올라와 참지 못하고 그만 토해버렸다. 한동안 움직이지도 못하자, 남편과 딸, 같이 있던 조카 레지까지 모두 놀라서 재택 진료소로 연락을 취했다. 주치의인 야마즈미는 꼼꼼히 진찰한 뒤에 병이 진행되어 위와 연결되는 부위가 좁아졌을 가능성이 높다고 했다.

"어쨌든 검사를 해서 확인해봅시다. 내시경 전문가인 친구의 도움을 받을 수 있을 것 같습니다."

준코는 내키지 않았다. 미시오의 임신 소식을 듣고, 손자를 이 손으로 안아보고 싶다는 마음으로 기운을 냈다. 여명 선고대로라면 죽음의 그림자가 어른거려도 이상하지 않을 시간이 되었는데도 몸 상태가 괜찮았다. 어쩌면 기적이 일어나고 있는 게 아닐까 싶을 정도였다. 그렇지만 막상 검사를 하면 그런 건 어리석은 착각에 지나지 않는다는 냉정한 현실과 마주하게 될까 봐 두려웠다.

(하지만…… 정말로 좋아졌다면? 검사해서 확인될지도 모르잖아?)

그렇게 스스로를 달래며 내시경이 몸속으로 들어오는 불쾌감을 애써 무시했다. 세면실에서 토한 뒤에 한나절은 상태가 좋지 않았지만 다음 날은 완전히 회복했다. 지금까지와 마찬가지로 죽이나 고영양 수프로 식사를 하면 괜찮았다. 문제가 있다면 전부터 계속되어온 변비였다. 처방받은 완하제를 먹으면 약간은 해결이 됐지만, 음식물이 늘 아랫배에 꽉 차 있는 느낌이었다.

(맞아, 재미있는 것은……)

미시오도 변비가 더 심해져 고생하고 있었다. 모녀가 식탁에 앉아 변비의 고통에 대해 이야기하다가, 극히 일상적인 화장실 문제로 고민하는 서로의 모습에, 죽음에 관해서도 탄생에 관해서도 폼나게 말해봐야 소용없어, 인간도 생물이니까 동물이니까 하며 깔깔거렸다. 참 이상한 데서 마음이 통한다 싶었다.

갑자기 헉하는 거친 숨소리가 머리 위에서 들렸다. 눈을 떴다. 내시경 담당의의 짙은 눈썹이 한가운데로 모여 있다. 모니터 가까이 서 있던 야마즈미도 긴장한 기색이 역력하다.

결과는 내일 왕진 때 듣기로 하고, 준코는 검사실을 나왔다. 더는 두 의사를 웃겨줄 여유가 없었다. 옷을 갈아입고 접수처가 있는 로비로 나왔다. 환자와 그 가족으로 보이는 사람들이 깊은 생각에 잠긴 표정으로 차례를 기다리고 있다. 다카히코도 아마 같은 표정으로 기다리고 있을 것이다. 준코가 토했을 때, 오히려 그의 안색이 더 나빠 보였다. 검사도 평소 말수가 적은 그가 "받았으면 좋겠어"라고 해서 받은 것이기도 했다. 그런데 오늘 진료소에 오기 직전까지 안절부절못하다가 진료소에 도착하자마자 집에 가고 싶은 얼굴이었다. 옆에 누가 있다면 좋겠지만, 미시오는 임신 칠 개월째인 지금도 일을 나가고, 레지도 물론 출근했다. 생각해봐야 소용없는 일이지만, 그 아이가 있어준다면…… 하고, 처음부터 기대고 싶었던 장남이 떠오르는 건 어쩔 수 없었다.

괴로운 마음으로 이리저리 둘러보다가 관엽식물이 놓여 있는 로비 구석에서 다카히코를 발견했다. 무방비 상태로 등을 보이고 서서 창에 얼굴을 기대고 희미하게 미소짓는 옆모습이 보인다. 준코는 예상했던 것과는 달리 미소짓고 있는 얼굴을 보자 배신감이 들었다. 씩씩거리며 다가가서는 말을 거는 게 아니라 등짝을 한 대 때려주려고 뒤에 섰다.

"그렇게 하면 돼…… 그래, 그렇게 하면 되는 거야……"

다카히코는 미소띤 얼굴로 혼잣말을 하고 있었다. 준코는 분노와 의심을 한데 담아 물었다.

"무슨 생각을 하고 있는 거예요?"

그리고 온몸으로 부딪치듯 그의 등을 밀었다.

놀라서인지 아파서인지 바짝 언 다카히코의 얼굴에서 웃음기가 싹 가셨다.

"또 입원시킬 생각? 몸이 안 좋으면 입원시키면 된다고 생각하는 거예요?"

다카히코가 눈만 껌벅거렸다. 추궁할수록 상대가 입을 다물어버린다는 건 잘 알고 있다. 결혼 전엔 어린 형이 폭격으로 죽는 것을 본 충격 탓이라고 생각해 가엾게 여겼고, 말수가 적은 것은 사려 깊은 성격 때문이라고 여겨 호감을 가졌다. 하지만 결혼 뒤에는 필요한 경우에도 확실히 말을 하지 않는 남편 때문에 애가 탔다. 타인을 대할 때도 당당하게 주장할 수 있는 자신의 권리조차 요구하지 않았고, 그 때문에 가족이 손해를 볼 때도 있어 제발 적당히 좀 하라고 수도 없이 화를 냈다. 차차 익숙해지긴 했지만, 의견을 내세우거나 반박하길 기다려도 그저 눈만 껌벅이며 입을 다물고 있으면 지금도 화가 난다.

"검사는 어땠냐, 몸은 괜찮냐, 걱정할 것 없어⋯⋯라든가 할 말 많잖아!"

준코의 말에 다카히코가 입술을 떼었다. 하지만 어떤 말을 해야 아내의 기분을 맞출 수 있을지 생각이 끝나지 않은 듯했다. 준코는 새삼 남편을 괴롭히고 싶은 충동을 느꼈다.

"됐어요. 아아, 좀더 확실하게 자기 기분을 표현하는 사람과 결혼했더라면 좋았을걸."

내뱉듯이 말하고, 택시 승강장을 향해 걷기 시작했다.

집에 돌아온 뒤에도 화가 가라앉지 않아 검사 때문에 피곤한 것도 나쁜 결과가 나올까 불안한 것도 모두 다카히코 탓으로 돌렸다. 귀가한 미시오에게도 그가 어떤 표정으로 무슨 말을 중얼거렸는지 말해주었다.

"여차하면 입원시키면 된다 싶은지 아무렇지도 않게 웃고 있더라고. 아니면 내 장례식 생각을 하고 있었을까? 장례식은 최저수준으로 해주면 되겠지 하고."

물론 다카히코가 그럴 사람이 아니란 건 알고 있지만, 누군가를 책망이라도 해야 기분이 나아질 것 같았다. 미시오가 "정말이야?" 하고 다카히코에게 확인했다. 다카히코는 정원의 꽃에 물을 주러 나갔다.

다음 토요일, 쉬는 날이라 집에 있는 미시오, 다카히코와 셋이서 왕진 온 야마즈미에게 검사 결과를 들었다. 레지는 급한 일이 생겼다며 정리하는 대로 달려오겠다고 했다. 방문 간호사인 우라카와도 동석했다.

야마즈미는 준코가 여명 선고도 받았으니 검사 결과를 숨김없이 얘기하겠다고 했고, 준코도 그래달라고 했다.

"우려한 대로 암이 진행되면서 위와 연결되는 부분이 협착됐습니다. 내시경이 도중에 막혀 더 들어가지 못했습니다. 아직은 아주 미세한 틈이 있어서 수분이나 부드러운 것은 들어갑니다만, 머잖아 이마저도 닫힐 가능성이 큽니다."

"그렇게 되면……?" 준코가 물었다.

"당연히 식사를 할 수 없겠지요. 즉, 살아가는 데 필요한 영양을 섭취할 수 없습니다."

야마즈미는 가져온 종이에 위와 장을 간단히 그리고, 이럴 때는 위 중간과 소장을 연결하는 바이패스 수술을 하지만, 준코의 경우에는 다른 검사로 복수가 차 있다는 걸 알아냈기 때문에 수술이 불가능하다고 설명했다. 다른 방법으로는 스텐트 삽입술을 고려해볼 수 있다고 한다.

"말하자면 호스 같은 것을 위 안에 남겨 협착이 진행돼도 위로 소화된 음식물이 그 호스를 통과해 장으로 흘러들어갈 수 있게…… 그 길을 만들어주는 처치입니다."

"그런 건 위험하지 않나요?" 준코가 또 질문했다.

"사카쓰키 씨의 위는 협착 상태가 약간 비틀어져 있어서 잘 잡아둘 수 있을지, 실제로 해보지 않으면 알 수 없습니다. 또 출혈, 천공, 감염의 가능성이 있고, 처치 자체는 성공한다 해도 몸 상태가 나빠져 그후로 입원해야 할지도 모릅니다."

"그럼…… 그 처치가 잘되면 앞으로 얼마나 더 살 수 있나요?"

준코가 솔직하게 물었다. 야마즈미는 망설이다가, 준코가 고개를 끄덕이자 결심이 선 듯 말을 이었다.

"위 문제뿐이라면 이 처치로 앞으로 삼 개월은…… 기대할 수 있습니다. 다만 황달이 나타났고, 다른 곳으로 전이될 수도 있어서 솔직히 확실하게는 말씀 못 드리겠습니다."

야마즈미도 괴로운 듯 보였다. 준코는 속으로 여러 가능성을 열심히 저울질해보았다.

"그럼…… 처치를 받지 않으면 앞으로 어느 정도 남았을까요? 일반론은 관두시고, 선생님이 보신 제 상태로는 언제쯤 그 날이 올지 분명히 말씀해주세요."

"……개인차가 있는 병이어서 오차는 있겠지만…… 한 달 정도라고 생각하는 편이 좋겠습니다."

또한 암 전이에 따른 간 기능 장애로 오는 황달의 경우는 약물로 치료할 수 없어서, 현재 상태에서는 뾰족한 방법이 없음을 알리고 야마즈미 일행은 일단 돌아갔다.

세 사람은 각자 생각을 정리하느라 한동안 침묵했다. 다카히코가 먼저 말할 리는 없고, 준코가 시작할지 미시오가 입을 열지, 서로를 어떻게 설득시킬지 눈치만 살피고 있었다.

"나는 이대로가 좋아. 특별한 처치는 받지 않을래."

먼저 준코가 부러 천연덕스럽게 말했다. 예상했던 말인지 바로 미시오가 나섰다.

"잠깐만. 좋아질 가능성이 있어. 받는 편이 좋다고 생각해."

"좋아지는 게 아냐. 남은 시간을 아주 조금 연장할 가능성이 있다는 것뿐이야."

"그거면 됐잖아. 생명을 조금이라도 연장할 수 있다는데. 고마운 일 아냐?"

준코도 이런저런 생각을 하지 않는 건 아니었다. 하지만 지금은 부엌에 설 수 있다. 정원에 나가 좋아하는 꽃을 심고 가꿀 수도 있다. 두 다리로 가고 싶은 곳에 갈 수 있고, 무엇보다 혼자 힘으로 화장실에 갈 수 있다. 옴짝달싹 못하고 침대에 붙박여 있다가 세상을 떠난 친정어머니가 가장 고통스러워했던 부분도 바로 배설이었다. 기저귀 차는 것을 분해하고 슬퍼했고, 치매가 더 빨리 진행된 것도 그 때문인 듯했다.

"손자 얼굴 안 보고 싶어?"

미시오가 말했다. 비겁한 협박이란 생각이 드는지 이내 고개를 떨어뜨리고 만다.

"물론 보고 싶지…… 첫 손자인걸. 그러니까 암도 기다려줄지 모르잖아?"

준코는 딸의 기분을 생각해 되받아치는 투가 아니라 다독이는 마음으로 말했다.

미시오는 안타까운 듯 얼굴을 찌푸렸다. 그래도 납득이 가지 않는 듯 다카히코에게 의견을 물었다.

"아빠 생각은 어때요?"

준코도 알고 싶다. 하지만 다카히코는 평소와 다름없는 표정으로 더할 나위 없이 침착하게 대답했다.

"네 엄마가 그렇게 정했다면……"

"그야 그렇겠지. 벌써 내 장례식 비용을 계산하는 사람이니까 불만이 있을 리 없지."

준코가 빈정거렸다. 다카히코는 난감한 듯 흰머리가 늘어난 머리를 자꾸 긁적거렸다.

"그보다 미시오…… 아기는 어때? 아직 심장 소리 안 들려?"

준코는 몸을 구부리고 원피스 차림인 딸의 배에 귀를 댔다. 곧 이십육 주째에 접어들어 제법 배가 나왔다. 옷 위로 볼록함이 전해져 뺨에 닿는 느낌이 좋았다.

여기저기 귀를 대어보는데 갑자기 톡톡 하는 소리가 들렸다. 엉겁결에 고개를 들어 미시오를 보았다. 미시오의 심장 소리일 리가 없어 한 번 더 귀를 갖다댄다. 톡톡, 톡톡……

"들렸어! 심장 소리가 들렸어!"

희미하긴 하지만, 마치 바닷속에서 숨 쉬는 생명의 미세한 고동이 파도를 타고 전해지듯 준코의 고막을 간질였다. 미시오가 놀라며 어떤 느낌인지 묻고, 준코가 다카히코에게도 들어보라고 권하는 사이 "안녕하세요!" 하고 부러 큰 소리를 내며 레지가 현관에 들어섰다.

레지는 의사가 돌아가고 식구들이 밝은 표정으로 한데 모여 있는 것을 보자 그제야 긴장을 풀며, "아, 다행이다" 하고 한숨을 쉬었다.

"괜찮았군요, 외숙모! 그럴 줄 알았어요. 검사 결과가 잘 나온 거죠?"

다음 주, 준코는 몸 상태가 괜찮은 편이어서 택시를 타고 미시오의 정기검진에 따라갔다.

병원 현관에 들어서자 미시오가 준코에게 보조를 맞춰 걸음을 늦추었다. 둘은 천천히 안으로 걸어들어갔다.

가을 축제 진행위원회 회의와 겹쳐 회의 참석은 다카히코에게 부탁했다. 빠져도 크게 상관없지만, 며칠 전 다카히코가 수상한 혼잣말로 상처를 준 데 대한 준코 나름의 벌이었다.

미시오는 진찰 전에 피를 뽑고 소변을 받아 건넨 다음, 검사실로 가서 각종 검사를 받고 태아의 심장 고동을 확인했다. 기계를 임산부 배에 갖다대면, 퍽퍽퍽 하고 수중에서 커다란 거품이 터지는 듯한 태아의 심장 소리가 준코가 기다리고 있는 복도까지 들려왔다.

소아과가 같이 있는 산부인과 병원이라 이웃 지역에서까지 찾아온 임산부와 환아들로 혼잡했다. 이날도 예약 시간은 오전 열시였지만, 두 시간 가까이 기다려도 차례가 돌아오지 않았다. 지친 준코는 로비 의자에 몸을 파묻고 기다렸다. 미시오가 먼저 가라고 했지만, 고개를 가로저으며 괜찮다고 했다. 손자가 무사히 자라고 있다는 말을 담당 의사에게서 직접 듣고 싶었다. 딸이든 아들이든 상관없단다, 부디 사지 멀쩡한 모습으로 건강하게 태어나주렴, 하고 마음속으로 몇 번이나 기도했다.

정오가 지나서야 겨우 차례가 되었다. 담당 의사는 쉰 살 전후의 뚱뚱한 남자로, 전에 만났을 때부터 정중하고 믿음직해서 마음이 놓였다. 의사는 컴퓨터로 검사 결과를 확인했다.

"혈액검사와 소변검사 결과 모든 수치가 정상입니다. 어때요, 좀 힘들어졌나요?"

의사의 질문에 미시오는 솔직히 힘들다고 답했다. 입덧과 변비 외에 계단을 오르내리기가 힘들고, 잘 때 다리에 경련이 일 때도 있다고 했다. 의사는 두꺼운 턱을 당겨 고개를 끄덕이며 말했다.

"모두 어쩔 수 없는 문제들이군요. 몸속에서 새로운 생명이 자라고 있다는 증거니까요."

준코는 감회가 새로웠다. 개인 병원의 암 병동에서 알게 된 환자들에게 들은 이야기로는, 준코의 몸속에서 자라고 있는 암도 '신생물'이라 부른다고 한다. 암으로 죽으면 사인이 '악성 신생물'로 분류된다는 것이다. 자리에서 일어설 수도 없을 만큼 악화된, 같은 병실의 한 미혼 환자가 어느 날 밤, "새로운 생물을 줄 거였으면 차라리 아기를 주면 좋았을걸요" 하고 쓸쓸히 말했을 때, 준코는 아무 말도 해줄 수 없었다.

"그렇죠? 어머니도 그러셨죠?"

그 말에 현실로 돌아왔다. 의사의 시선이 준코를 향해 있었다.

"앞으로 태동이 활발해지기 시작하면, 점점 더 힘들어진다는 얘길 해주었답니다."

"아, 예. 그렇죠. 아이가 커갈수록 정말로 힘들어지죠."

미시오에게 겁을 주듯 말하면서 자신의 병과도 비슷하구나 생각하니 웃음을 지으려던 얼굴이 도중에 굳었다.

진찰이 끝나고, 준코는 로비 의자에 앉아 미시오가 수납을 마치기를 기다렸다.

유모차를 밀고 온 젊은 남녀가 긴 의자에 앉았다. 미시오와 레지 커플과 인상이 비슷했다. 아기는 어떤가 싶어 준코는 힘들게 몸을 일으켜서 유모차 안을 들여다보았다.

아기는 정상이 아니었다. 뇌에 장애가 있는지, 머리 모양이 보통 아기와는 다르다. 눈도 보이지 않는 모양이다. 하지만 부모인 젊은 남녀는 표정이 밝았다. "와, 다행이다!" 남자가 기쁜 듯 말하자, 여자도 "그러게!" 하고 미소지었다. "빛에 반응했어. 전혀 보이지 않을 가능성도 있었는데 진짜 대단해" 하고 남자가 고개를 끄덕이자, 여자는 아기 머리를 조심스레 쓰다듬었다.

준코는 자세를 바로 하고 양손으로 머리를 감쌌다가 그 손을 기도하듯 입술 앞에서 모았다.

미안해, 미안해요, 하고 가슴으로 사과했다. 얼마나 배은망덕한 인간인지 큰 은혜를 받았다는 걸 금방 잊어버린다. 시즈토는 이곳에 없지만 마키노라는 기자의 말로는 건강하게 여행중이라고 했다. 미시오의 뱃속에 있는 생명은 순조롭게 자라고 있고 나는 그 생명의 심장 고동 소리를 들었다. 그것만으로도 충분히 감사한 일인데, 태어날 아이가 사지 멀쩡한 모습이기까지 바라고 기도했다. 부모에게는 어떤 아이든 모두 귀엽고 사랑스러울 텐데…… 저만치 가는 젊은 부모와 아기 유모차를 지켜보면서 준코는 부디 건강하게 잘 자라렴, 하고 기도했다.

"엄마…… 왜 그래? 어디 아파?"

어느새 미시오가 옆에 와서 걱정스러운 얼굴로 준코를 보고 있었다. 준코는 눈가를 닦고, 손을 뻗어 딸의 배를 어루만졌다. 어떤 모습이어도 좋다, 이 세상에 태어나주기만 하렴, 하고 말을 건넸다. 미시오가 그 손 위에 자기 손을 포개고 말했다.

"엄마, 있지…… 나 줄곧 갈등했는데 이제 마음 정했어."

미시오는 준코의 손에 포갠 손에 거듭 힘을 주었다.

"이 아이…… 집에서 낳을래."

2

준코도 다카히코도 둘 다 집에서 태어났다. 예전에는 다들 그랬다. 하지만 고도의 경제 성장으로 병원 출산이 늘었고, 준코 역시 병원에서 출산했다. 그런데 최근 몇 년 사이 집에서 출산하는 경우가 늘고 있다고 한다. 좋은 현상이지만 어차피 남의 일이라고 생각했다.

준코는 초산이고 하니 지금까지 다니던 병원에서 낳는 편이 낫겠다며 집에 오는 내내 반대했다. 하지만 미시오의 뜻은 완강했다. 확실한 이유도 말하지 않은 채 도무지 고집을 꺾으려 하지 않았다.

다카히코에게 지원을 요청하자, 그는 몇 번 눈을 껌벅거리더니 미시오에게 말했다.

"……괜찮겠냐?"

그뿐이었다. 미시오는 이미 마음을 정한 듯, 망설임 없이 고개를 끄덕였다.

"그럼……"

다카히코는 거실 의자에서 쉬고 있던 준코를 돌아보았다. 어이없다는 듯 준코는 천장을 보며 말했다.

"그럼이 뭐예요? 여기 이 집에서 딸이 아이를 낳겠대요. 알겠어요?"

"혼자 낳는 게 아니잖아. 조산사도 올 거란 말이야." 미시오가 받아쳤다.

"이십사 시간 내내 봐줄 리는 없잖아. 아기가 나올 예정일에는, 그 무렵에는."

(말해버려, 말해버리는 편이 개운할 거야.)

"난 그때 없다고."

뭔가 폭발하지 않을까 두려웠다. 하지만 집 안은 고요하다. 미시오는 무표정한 옆얼굴을 이쪽으로 돌리고 있고, 다카히코는 고개를 숙인 채 잠자코 있다. 준코 스스로가 가라앉은 분위기를 참지 못하고 먼저 입을 열었다.

"실제로 그럴 가능성이 높으니까…… 응? 병원에서 낳으렴."

"……싫어."

미시오는 짧게 답하고, 이야기를 마무리짓듯 배에 손을 얹고 2층으로 올라갔다.

준코는 지원사격을 위해 레지를 불렀다. 일을 마치고 달려온 그는 준코의 의견에 찬성했다.

"선배 부인은 마취로 통증을 완화시키고 낳았대요. 비교적 편했다던데요? 무릎만 좀 까져도 잉잉 우는 미시오한테는 그편이 나을지도 몰라요."

"시끄러워, 레지. 너야말로 개똥 밟았다고 엉엉 울어놓고선!"

웃기지 마, 너야말로…… 거짓말쟁이, 너는…… 하면서 서로 티격태격하는 두 사람을 보니, 방학 때면 레지가 집에 찾아와 시즈토와 미시오와 셋이서 사이좋게 놀던 날들이 바로 얼마 전 일처럼 떠올랐다. 동갑내기 둘이 싸울 때마다 시즈토가 중재에 나섰다. 레지에게는 미시오가 저래 보여도 겁쟁이니까 잘 지켜주라고 당부하고, 미시오에게는 레지가 외동아들이라 외로워서 그런 거라고 타일렀다. 준코는 그런 시즈토가 믿음직스러웠다.

"시즈토가 옆에 있다면……"

평소에는 입 밖에 내지 않으려고 조심하던 말이었다. 미시오가 애인에게 차였고, 그 이유는 세상 사람들 눈에 수상해 보이는 여행을 하고 다니는 시즈토 때문이니까. 지금 미시오에게 시즈토 이야기를 하는 것은 덜 아문 상처 딱지를 뜯어내는 것과 같을지도 모른다. 그렇다고 해서 이대로 잠자코 있는 것도 이상해서 말을 뱉어버렸다.

"그러니까 그애가 있으면 좀더 진지하게 생각해보라고 했을 것 같지 않니?"

"오빠하고는 상관없는 일이잖아. 없는 사람이 무슨 말을 할지 어떻게 알아. 어쨌든 조산사하고 얘기해볼게. 받아줄지 어떨지도 아직 모르는 거니까 이야기는 그다음에 해."

미시오는 힘들었는지 가쁜 숨을 쉬며 거실 벽에 기대서 배를 어루만졌다.

"괜찮니?"

준코는 딸에게 다가가려고 소파에서 일어섰다. 갑작스러운 움직임에 복부 안쪽에서 뭔가가 흔들리며 헛구역질이 올라왔다. 입을 막고 숨을 삼켰다. 돌아보던 다카히코와 시선이 마주쳤다. 좌탁 앞에 있던 그는 얼른 일어나 이쪽으로 오려 했다. 준코는 그냥 앉아 있으라는 눈짓을 보냈다.

"배가 너무 고파서 속이 메슥거리는 것 같아."

미시오가 눈을 감은 채 말했다. 레지도 덩달아 공복을 호소했다. 둘 다 준코의 상태는 눈치채지 못했다. 준코는 살짝 안도의 숨을 내쉬었다. 뱃속의 흔들림은 통증과 구토에 그치지 않고 물웅덩이에 자갈을 던졌을 때처럼 파문을 그리며 위 하부에 머물러 있는 듯했다. 애써 밝은 목소리로 말했다.

"어머나, 저녁 준비를 깜박하고 있었네. 있는 것 그냥 먹어도 되지? 눈썹 휘날리게 준비할게."

말과는 달리 몸속의 물웅덩이가 흔들리지 않게 천천히 움직였다. 레지가 눈치챘는지 "그냥 냉동식품 데워 먹어도 괜찮아요" 하자, "신선함이 우리집 자랑입니다" 하며 준코가 주방으로 갔다. "도저히 못 참겠어" 하면서 미시오도 주방으로 들어와 빵을 뜯어 먹기 시작했다. "나도 도울게요" 하고 말하는 레지와 말없이 식기를 꺼내는 다카히코까지 어느새 모두가 모였다. "좁은 데서 다들 뭐 하는 거야?" 준코는 쓴웃음을 지으면서도 사람들의 온기에 기분이 좋아졌다. 모두들 그런지 한동안 비좁은 공간에서 몸을 부대끼고 있었다.

토요일 저녁 무렵, 조산사가 찾아왔다. 나이는 삼십대 후반쯤일까? 얼굴에도 몸에도 군살 하나 없는 육상선수 같은 인상으로, 눈두덩이 얇고 가늘고 긴 눈에서 굳은 의지가 느껴졌다. 머리를 뒤로 바짝 당겨 묶고, 액세서리는 전혀 하지 않아, 왼쪽 눈

아래 눈물점이 유일한 장식처럼 보였다.

거실 좌탁 앞에 강 구미코라는 조산사가 앉고, 맞은편에 미시오가, 준코는 거실 창가의 소파에, 다카히코는 소파와 좌탁 사이에, 레지는 주방 의자에 걸터앉았다.

미시오의 말에 따르면, 병원 시설에 근무하지 않고 집에서 출산하는 산모만 전담하는, 출장 조산사가 있다고 한다. 인터넷에서 검색해본 결과, 근처에 노령의 조산사가 있었지만 병으로 쉬고 있었다. 또 좀 떨어진 지역의 출장 조산사들은 대부분 미시오가 이미 임신 칠 개월이란 사실에 난색을 표했다. 어떤 조산사는 그 시기라면 힘에 부친다고 했고, 다른 조산사는 일찍부터 자신의 프로그램을 따르지 않으면 무리라고 거절했다. 도내에서 활동하는 강은 처음에는 너무 멀다고 거절했지만, 미시오가 재삼 부탁하자 이야기만이라도 들어보겠다고 온 것이었다.

미시오는 초음파 사진과 모자 수첩을 강에게 보여주면서, 태아는 순조롭게 자라고 있다고 설명했다. 옆에서 듣고 있던 준코도 미시오는 순산하겠다고 생각했다.

"병원에서 낳으세요. 그편이 당신한테는 좋습니다."

강은 표정 하나 바꾸지 않고 냉담하게 들리기까지 하는 목소리로 말했다.

"그렇지만 산모도 건강하고, 문제없을 것 같은데요?" 하고 미시오가 의아한 듯 되물었다.

"문제는 있습니다. 첫째 시간이 너무 지났다는 것. 보통은 십오륙 주째까지 면담하고 출산 계획을 세웁니다. 게다가 지금까지 잘 돌봐준 병원에 대한 예의도 있지요."

"병원 쪽에는 제가 실례가 되지 않게 얘기해두겠습니다."

"제일 큰 문제는."

강이 준코를 보았다. 상대의 강한 시선에 준코는 살짝 기가 꺾였다.

"어머니께서 집에서 요양중이시죠? 이런 곳에서 진통을 맞고, 하룻밤 혹은 더 오래 힘을 주었다가 쉬었다가를 반복하는 건 양쪽에 큰 스트레스가 됩니다."

미시오가 무슨 말을 하려다 포기한 듯 고개를 숙였다. 그 모습을 보고 강이 돌아갈 준비를 했다.

다카히코가 준코를 돌아보았다. 그 눈이 괜찮아? 하고 묻고 있다. 미시오가 왜 굳이 집에서 출산하길 고집하는지…… 다카히코와 이야기를 나눈 적은 없지만, 아마 같은 생각일 것이다.

야마즈미의 선고 후로, 준코는 앞으로 한 달을 어떻게 보낼지 생각해왔다. 집에서 여생을 보내기로 한 뒤부터 줄곧 사후의 일을 준비해온 터라 미련이 거의 없다. 예금을 정리하고, 유서를 쓰고, 죽은 뒤에 부쳐달라며 가까운 지인들에게 감사 편지도 모두 썼다. 선고를 받은 지 일주일여가 지났지만, 위가 완전히 막힌 뒤에도 바로 죽는 건 아니고, 유지 수액을 맞으면 일주일 정도는 더 버틴다고 하니, 앞으로 약 사 주…… 첫 주에는 사후 준비를 확인하고, 다음 주에는 지역 가을 축제를 돕고 오랜 세월 살아온 마을 사람들과 가까운 지인들에게 감사를 전하려 한다. 셋째 주는 시가로 여행 가서 친구이자 다카히코의 여동생인 미노리를 만나 작별인사를 하고 싶다. 그리고 시코쿠의 이마바리로 가서 시아버지가 세상을 떠난 바다 앞에서 한 번 더 합장할 수 있길 바란다. 그리고 넷째 주에 부모님과 오빠의 묘지를 참배하고 나머지 시간에는 집에서 평범하지만 열심히 살아온 삶을 조용히 돌이켜볼까……

이렇게 마지막을 머릿속으로 정리하는 것은 다카히코는 물론, 미시오도 마찬가지일 것이다. 그들은 직접적인 실감 없이 상상만 하기 때문에, 오히려 당사자보다 더 고통스러울 수도 있을 것이다.

"저기 강 씨…… 잠깐만요. 제 얘기 좀 들어주시겠습니까?"

준코는 생각다 못해 말을 꺼냈다. 강이 무슨 일이냐는 듯이 고개를 들고, 일어서려다 말고 다시 앉았다.

"실은 전 말기 암 환자입니다. 지금은 평온하게 지내고 있지만, 남은 시간이 앞으로 한 달 정도라고 합니다. 그러니 걱정하지 마세요. 출산 무렵…… 저는 없습니다."

"……그런 말 하지 마!"

미시오가 쉰 목소리로 말렸다. 준코는 딸과 그녀의 부푼 배를 사랑스럽게 바라보았다.

"딸은 그걸 인정하고 싶지 않은 겁니다. 집에서 아이를 낳게 되면 손자 얼굴을 보고 싶어서라도 내가 좀더 힘을 내지 않을까 기대하는 거죠. 그렇게 소원을 비는 겁니다."

강이 미시오 쪽으로 시선을 옮겼다. 미시오는 고개를 푹 숙이고 있었다. 다카히코가 또 이쪽을 돌아보았다. 준코는 남편의 부드러운 시선을 받아 고개를 끄덕였다. 역시 자신 쪽이 꺾일 수밖에 없을 것이다.

"겁쟁이인 딸이 그렇게까지 바란다면…… 저도 조금 더 애써 보겠습니다. 환자가 있는 걸 꺼리는 게 아니라면 받아주시지 않겠습니까?"

강은 진의를 파악하듯 준코를 물끄러미 바라보다가 시선을 다시 미시오 쪽으로 옮겼다.

"다음 주 수요일 오후, 시간 있나요?"

미시오가 고개를 들었다. 강은 가방에서 인쇄된 종이 한 장을 꺼내 좌탁에 올려놓았다.

"단, 내가 낳게 해주는 게 아니라 당신이 낳는 것입니다. 여기 나와 있는 대로 매일 운동하고, 영양 섭취 수치도 적혀 있으니 신경 써주세요. 체중이 너무 불어나면 병원에서 낳을 수밖에 없습니다. 자궁 수축이 일어나기 쉬우니 지금처럼 얇은 옷도 안 돼요. 그쪽이 파트너?"

조산사가 쳐다보자, 레지가 등을 펴고 영문을 모르겠는지 모호하게 고개를 끄덕였다.

"여러 가지로 도와주셔야 합니다. 스트레스가 혈액 내의 호르몬을 통해 태아에게 전달되니 싸움은 금물입니다. 잠자리는 아직 가능하지만 부담은 주지 않도록. 검사는 했습니까?"

"어어, 저, 말, 이세요? 저, 검사라는 건? 크기?"

"균 같은 게 있으면 태아에게 감염될 우려가 있습니다."

강이 답답하다는 듯이 말했다. 미시오가 설명하려고 하는데, 레지가 먼저 의자에서 일어나 답했다.

"아, 예, 그렇죠. 검사받겠습니다. 앞으로 무슨 일이 있을지 모르는 거죠, 그렇죠."

그러면서 욕조에 들어가기 전처럼 팔다리를 흔들었다. 미시오는 대꾸할 기력도 없는지 한숨을 내쉬었다.

강이 엄하면서도 희미하게 부드러움이 밴 표정으로, '정말로 괜찮습니까?' 하고 묻듯 준코를 보며 고개를 갸웃거린다. 준코는 묵묵히 미소로 답했다.

집에서도 큰북 소리가 들렸다.

일 년 만에 하피*를 꺼내 걸치니 꽤 무거운 느낌이었다. 준코

---

* 가게 이름이나 상표 등을 등이나 옷깃에 염색한 겉옷.

의 몸에 맞춰 부인회에서 만들어준 것이지만, 어깨 부분이 팔까지 내려와 소매로 손이 나오지 않는다.

작년까지는 줄곧 부인회 활동에 적극적으로 나서 자기 동네의 장식 수레가 지나는 경로를 경찰과 상의하고, 수레를 끄는 젊은이들을 격려하고, 집회장에서 음식과 술을 대접하느라 바빴다. 올해는 그 일들을 부인회의 여러 사람이 분담하기로 했다. "준코 씨가 없으면 이렇게 힘들다니까요, 얼른 나으세요" 하는 말에 기쁘기도 하고, "그렇지만 여럿이 힘을 모으니까 괜찮아요" 하는 말에 쓸쓸해지기도 했다.

올해는 아이들의 제등 행렬 도우미 역할을 맡았지만, "퇴원한 지 얼마 안 됐으니 옆에서 그냥 걷기만 하세요"라고 해서, 미아가 생기지 않게 아이들을 챙기는 게 준코의 일이 되었다.

거울을 보고 꼼꼼하게 화장을 한다. 거울 속의 자신을 보며 한탄하는 것도 예전 일이고, 지금은 익숙해졌다. 다행히 황달은 진행이 느려서 파운데이션으로 가리면 감쪽같을 것이다. 걱정되는 것은 위출혈 가능성이 있다는 주치의 야마즈미의 말이었다. 다카히코가 곁에 있어주긴 할 테지만, 만일을 위해 감기 예방이라 둘러대고 마스크도 썼다.

오전에 지역 신사에 축제 관계자들이 모여 액막이 부적을 받고, 정해진 길을 따라 걸었다. 아이들은 장식 등을 들고 장식 수레 앞뒤로 서 있다. 이웃 다섯 지구에서도 장식 수레를 끌고 나와, 오후에 거리 중심부에서 모든 장식 수레가 모여 행진하기로 되어 있다. 가을 수확제라는 원래 의미보다 공동체의 유대를 위해 계속되고 있는 행사였다. 장식 수레는 여성에게 배타적인 이벤트가 아니어서 지역에 공헌한 여성과 장수 노인을 태워 돌면서 축복하기도 한다.

지난 오 년간 "시즈토는 무슨 일 있어?" 하고 시즈토가 축제에 참가하지 않는 걸 이상하게 여기는 소리를 자주 들었다. 시즈토는 철들 무렵부터 등을 들고 쫓아다녔고, 아이 수가 줄어서 몇 년 전 중지된 어린이 미코시*도 흔쾌히 멨다. 중학교에 들어가자 어린이 미코시 도우미 역을 맡아 짊어지는 아이들의 뒷바라지를 해주고, 대학 시절은 물론 취직한 뒤에도 축제 때면 꼭 집으로 와서 수레를 끄는 등 참여를 했었다.

(그렇게 축제를 좋아하던 아이가 어째서 생명을 찬양하는 축제와 정반대 방향으로 나갔을까⋯⋯)

제등 행렬의 아이들과 걷고 있자니, 시간이 잔혹할 만큼 빨리 흐른다는 걸 느끼지 않을 수 없다. 시즈토의 손도 예전에는 이렇게 작고 사랑스러웠다. 그러나 점점 커지고 두꺼워졌다. 가느다랗던 다리도 굵어지고, 어느새 키도 준코보다 훌쩍 커버렸다.

지금은 하피를 입고 도우미를 하는 남자 어른들도 얼마 전까

---

* 신체神體나 신위神位를 실은 가마.

지는 귀여운 목소리로 "아줌마, 아줌마" 하고 준코를 부르던 친구들이다. 중학생, 고등학생이 되면서 길에서 마주쳐도 고개만 끄덕이다가, 거기서 더 성장해 가업을 잇기도 하고, 어느새 축제 도우미 하피를 입고 "올해도 잘 부탁드립니다!" 하고 늠름하게 인사를 건네오기도 한다.

하루하루 생활하다보면 이토록 가차 없는 시간의 흐름이 절로 느껴져, 드디어 떠나야 할 때가 가까웠음을 자각하게 된다. 다만 진통제와 암으로 인한 폐색증에 효과가 있다는 약 덕분인지, 나른한 기운은 있지만 체중 감소는 최근 한동안 멈춰서 아직은 죽음이 멀리서 대기하고 있는 느낌이다. 초조함도 퇴원하고 집으로 온 직후보다는 덜했다. 그렇다고는 해도 정말로 때가 되면 발버둥치며 난동을 부리거나 비명을 지르거나 가족과 친구에게 욕을 퍼붓지는 않을지…… 미리 대비할 수는 없는 일이지만, 지금은 그게 더 두렵다.

장식 수레는 절대 서두르는 법 없이 찬조금을 낸 상점과 개인 주택 앞에 멈춰서서 기운차게 소리치며 두세 번을 돈다. 그 때문에 준코가 따라가는 데도 지장이 없다. 한 시간쯤 걷고 나서, 장식 수레는 대중목욕탕 주차장에서 일단 휴식을 취했다. 준코도 주차장 벽에 지친 몸을 기대 쉬었다. 다카히코가 준비해온 조립식 의자를 가져다주어, 거기에 몸을 의지하고 앉았다. 남편이 부인회에서 나눠주는 차를 받으러 간 동안, 심호흡을 하면서 몸속의 물웅덩이가 크게 출렁이는 듯한 불쾌감이 진정되길 기다렸다.

시선 끝에 하피를 입은 대여섯 살짜리 남자아이가 바닥에 한쪽 무릎을 꿇은 채 손끝으로 개미를 쿡쿡 찌르고 있었다. 그때 머리 위에서 작은 새가 지저귀자 남자아이는 고개를 들더니 손을 하늘로 올렸다. 여섯 살 시즈토가 새끼 직박구리를 애도할 때의 자세가 생각났다. 준코는 의자에 앉은 채로 시험 삼아 오른손을 조심스레 허공에 올리고 왼손을 땅을 향해 내렸다가 그 양손을 얄팍해진 가슴 앞에 모았다.

(시즈토⋯⋯ 가르쳐주렴. 어떻게 하면 가족과 주위 사람들에게 감사하고, 또 그들에게 감사 인사를 받으며, 평온하게 갈 수 있겠니? 많은 사람들을 애도하는 넌 알겠지? 엄마는 이제 뭘 더 해야 좋을까?)

등뒤에서 기척이 나서 돌아보자, 다카히코가 차를 담은 종이컵을 들고 서 있었다.

"이 축제⋯⋯ 내겐 마지막이 되겠죠?"

굳이 소리내어 말해보았다. 다카히코는 말이 없다.

"시즈토는 돌아오려나⋯⋯? 그 아이한테 가르쳐주고 싶은게 있는데."

"⋯⋯돌아올 거야."

굳은 믿음이 담겨 있는 목소리가 준코의 귀에 스며든다.

"아주머니, 오랜만에 뵙네요. 몸은 좀 어떠세요?"

우렁찬 목소리가 들렸다. 도우미를 맡고 있는 하피 차림의 청년이 다가왔다. 근처 상점가의 화과자점 장남이었다. 그의 아버지와 다카히코가 동갑내기 친구여서 다카히코에게도 고개를 숙인다.

"아버지는 요즘 몸이 안 좋으셔서 가게 일에서 손 떼셨고 지금은 제가 맡아 하고 있습니다."

환하게 웃는 젊은이에게 아까 개미를 찌르던 남자아이가 "아빠!" 하고 달려들었다.

"시즈토는 아직 여행에서 안 돌아왔나요? 축제를 그리도 좋아하던 녀석이 대체 뭘 하고 지내는 걸까요."

젊은이가 남자아이를 안아올리면서 말했다. 시즈토와 그가 초등학교, 중학교 동창이었다는 사실이 떠올랐다. 아이가 아버지에게 응석을 부리며 수레를 타보고 싶다고 졸랐다. 젊은이는 "안 돼요" 하고 웃으며 타이른 뒤, 준코에게 말했다.

"시즈토 녀석, 축제에 참가해서 마을 사람들을 위해 일을 더 해야 하는데 말이죠. 참, 아주머니, 수레 한번 타보시지 않겠어요? 병이 깨끗이 낫도록 한 바퀴 돌아보죠? 잠깐만요, 동료들한테 말하고 오겠습니다."

잠시 후, 낯익은 사람 여러 명이 몰려와 준코에게 수레에 오르라고 권했다. 헐렁한 하피에 마스크를 쓴 모양새로 화려한 수레를 타는 게 걸렸지만, 다카히코도 그러라고 고개를 끄덕여주어서 준코는 짧은 사다리를 올랐다. 오랜 세월 축제 도우미 노릇을 해왔지만, 수레를 타는 것은 처음이었다.

아래서 보는 것보다 훨씬 높은 것 같았다. 무섭다기보다는 두근거리는 심정으로 앞쪽으로 갔다.

소년 소녀들이 피리와 큰북과 꽹과리로 축제 음악을 연주하고, 수레 채를 잡은 젊은이들이 "그럼 사카쓰키 준코 씨의 건강을 기도합시다!" 하고 수레를 들고 그 자리에서 돌았다.

천천히 돌아서 전혀 위험하지 않았다. 한 번, 두 번, 세 번을 돌고 수레가 멈추었다.

젊은이들의 응원 소리에 주위에 있던 사람들이 준코에게 박수를 보냈다. 준코는 그 자리에서는 일어설 수가 없어서 살짝 엉덩이만 들어 사람들에게 진심으로 머리를 숙였다. 수레에서 내려와 시즈토의 동창생을 비롯한 도우미 청년들에게 고맙다고 인사를 하자, 모두가 웃는 얼굴로 "아닙니다, 아닙니다" 하고 손을 내저었다.

"지금까지 아주머니가 해주신 걸 갚았을 뿐인걸요."

3

축제가 끝나고, 진통제 약효가 떨어지는 사이에 위인지 장인지 부드러운 부분이 뭔가에 눌린 것처럼 참을 수 없는 통증이 밀려왔다.

야마즈미에게 상담하자 경구약 양을 늘려도 위의 협착이 진행되면 잘 듣지 않으니, 이참에 좌약으로 바꾸는 게 어떻겠냐고 했다.

"죄송합니다, 선생님…… 그것만은 안 되겠어요. 친정어머니가 입원했을 때 그것 때문에 괴로워하셨거든요."

병에 걸린 뒤로 준코는 소중히 담아두었던 것과 조용히 숨겨두고 싶었던 것을 없애거나 겉으로 드러내왔다. 때로는 그것이 통증보다 고통스러웠지만, 자존심이니 존엄이니 따질 여유가 없었다. 조금이라도 더 고상하게 죽고 싶은 마음은 욕심일까? 체면치레나 고집밖에 안 되는 걸까?

야마즈미는 그럼 붙이는 약은 어떻겠냐고 물었다. 약의 양을 조절하긴 어렵지만, 반창고처럼 붙이기만 하면 변비가 덜해질 거라고 해서 준코도 동의했다. 지금도 변비가 가장 고통스러웠다.

다음 날 아침, 17센티미터짜리 네모난 패치를 시험 삼아 왼쪽 팔에 붙여봤더니, 모르핀과 다름없는 효과가 있었다. 만일의 경우 응급용 좌약을 사용한다는 조건으로 여행도 허락받았다.

대학 친구이자 다카히코의 여동생이며 레지의 엄마이기도 한 후쿠노 미노리와는 삼 년 만의 재회였다. 미노리는 남편이 당뇨병으로 쓰러진 후, 가업인 운송 회사를 이끌어가고 있는 터라 삼 년 전 업무차 상경했을 때도 준코네 집에서 겨우 하룻밤 자고 갔을 뿐이었다. 미노리에게도 시즈토는 '자아 찾기 여행'을 떠났다고 얘기해두었다.

신칸센 여행은 그다지 불편하지 않았다. 레지가 차로 모시겠다고 했지만, 길이 막혔다가 몸 상태가 악화되면 손쓸 도리가 없다. 짐은 호텔로 먼저 보내고, 거의 맨손이나 다름없이 다카히코와 함께 외출해 엘리베이터 같은 걸 이용하니, 준비한 지팡이도 별로 쓸 일이 없었다.

호텔 방에서 저녁식사를 함께 하기로 한 미노리를 기다렸다. 약속 시간보다 삼십 분 늦게 노크 소리가 났다. 다카히코가 문을 열어주러 가고, 준코는 의자에 앉아 기다렸다. 문이 열리는 순간 "늦어서 미안해. 어머나, 오빠, 흰머리가 늘었네. 너무 늙은 거 아냐?" 하는 시원시원하고 밝은 목소리가 들렸다.

과연 레지의 엄마답다는 느낌이다. 여행 전 전화 통화를 할 때는 5킬로그램 늘었다고 웃던 미노리가 학생 시절보다 30킬로그램이나 더 불어난 몸에 화려한 색상의 정장을 입고 들어왔다.

"미안, 미안. 나오기 직전에 신입사원이 사고를 쳐서 말이야. 오랜만이야!"

안으로 들어온 미노리는 준코의 얼굴을 보자마자 숨을 삼켰다. 놀라움과 곤혹스러움에 눈동자가 흔들리더니, 이윽고 비애의 빛으로 바뀌었다. 친구의 그런 반응으로 현실을 깨닫게 된다. 자신은 이제 건강하지 않았다.

"이 살 도둑아, 내 살을 전부 네가 가져갔구나!"

준코가 미소지으며 말했다. 웃으려던 미노리의 얼굴이 되레 일그러졌다. 그 심중을 헤아리고 바로 말을 이었다.

"레지한테 들었지? 입막음을 해두었지만, 그애가 가만있었을 리가 없어."

미노리는 비명을 참듯 손으로 입을 막았다. 그 틈새로 미약한 소리가 새어나왔다.

"듣기는 했지만…… 믿을 수 없었어. 전화 목소리가 하도 밝아서."

"눈으로 직접 보니 믿을 수 있겠어? 나 날씬한 걸로 따지자면 슈퍼 모델한테도 뒤지지 않아."

준코가 손을 내밀자, 미노리가 그 손을 잡았다. 동시에 미노리의 눈에서 눈물이 쏟아졌다.

"오빠…… 준코가 이렇게 될 때까지 옆에서 뭐 한 거야!"

미노리는 준코의 손을 쓰다듬으면서 끓어오르는 슬픔과 괴로움을 다카히코에게 퍼부었다.

"병원에서는 뭐래? 의사랑 상의는 해본 거야? 오빠가 말을 안 해서 손해 보는 건 준코란 말이야!"

다카히코는 미안한 듯 머리를 긁적이며 테이블 앞으로 가서 전기 주전자에 찻물을 끓이기 시작했다.

"하여간! 준코, 병원이나 의사한테 했으면 하는 말 없어? 내가 해줄게."

미노리가 눈물도 닦지 않고 준코의 손을 더 꼭 잡았다. 준코는 손끝으로 미노리의 눈물을 닦아주며 말했다.

"미노리가 해줄 정도의 말은 내가 거침없이 다 했어. 어쩔 수 없잖아."

"이제 와서 말이지만 준코는 남자들한테 인기도 많았잖아. 이렇게 말없는 남자를 고르지 않아도 됐을걸."

"우리 아버지가 돌아가신 틈을 잘도 노린 거지…… 타이밍 하나는 기가 막히게 잘 맞춘다니까."

"그래. 말을 안 하니 아무 생각도 없는 것처럼 방심하게 만들고선, 실은 속으로 시커먼 계산을 하고 있었던 거지."

"요전에는 내가 검사받는 동안, 이 사람, 장례식 비용을 계산하는지 보험금을 어디 쓸까 생각하는지…… '그러면 돼' 이러면서 혼자 실실거리고 있더라니까."

설마? 하고 미노리가 다카히코 쪽을 돌아보았다.

"오빠, 나이 먹고 흰머리만 늘리지 말고 말수 좀 늘려."

다카히코가 묵묵히 찻잔을 가져왔다. 자연스레 남편의 머리 쪽으로 시선이 갔다.

(정말이네. 나한테만 신경 쓰느라 미처 몰랐어. 작년 이맘때쯤은 흰머리가 전혀 눈에 안 띄어서 열 살은 젊어 보인다고 했는데…… 내가 암이란 걸 알고부터 부쩍 늘었어……)

"그래도 역시 부자지간이네. 늙으면서 점점 아버지를 닮아가." 미노리가 말했다.

"참, 미노리. 우리 내일 시코쿠 갈 건데. 아버님 돌아가신 바다에 다녀오려고."

"같이 갈까? 난 요코하마로 이사한 뒤로 그 바다 본 적이 없어. 그런데 말이야……"

"어이…… 먼저 차부터 마시지그래."

다카히코가 불쑥 끼어들어 준코와 미노리는 엉겁결에 얼굴을 마주 보고 웃었다.

미노리가 예약한 식당에 가서 방으로 안내받았다. 못 먹는 음식이 있으면 말하라고 미노리가 신경 써주었지만, 준코는 이유식 만들 때 쓰는 음식 으깨는 납작한 숟가락을 갖고 다녔다.

"방문 간호사가 권해주더라고. 이걸로 어지간한 건 먹을 수 있다면서. 아기하고 똑같은 걸 먹으니 나이를 점점 거꾸로 먹는 것 같아. 혹시 다시 태어날 준비를 하는 거 아닐까?"

멋진 요리를 으깨기는 아까웠지만, 부드러운 것은 직접, 약간 딱딱한 것은 다카히코의 손을 빌려서 위를 통과하기 쉽게 한 뒤에 충분히 즐겼다. 시간을 들여서 천천히 식사를 하고 밀린 이야기도 일단락됐을 무렵, 미노리가 굳은 표정으로 다다미 위에 정좌를 했다.

"오늘은 물론 준코의 얼굴을 보는 게 첫째 목적이지만……

두 사람한테 특별히 할 이야기도 있어."

상대가 평소와 달리 진지해서 준코는 놀려주고 싶은 마음을 꾹 누르고 다음 말을 기다렸다.

"실은 레지 말이야. 알고 있지? 미시오의…… 그…… 뱃속 아기 말인데."

'뭐야, 그 이야기였어?' 준코는 맥이 탁 풀렸다. 그 모습을 보고 미노리는 한숨을 쉬었다.

"역시 사실인 거야? 아, 미치겠네…… 남편이 와야 하는데, 잔뜩 겁을 먹고 사실인지 아닌지 물어보고 오라고 나한테 떠맡겨서…… 미안해."

미노리가 바닥에 손을 짚고 머리를 숙였다. 준코와 다카히코는 영문을 알 수 없어 멀뚱멀뚱 마주 보기만 했다.

"레지가 어제 전화했더라고. 준코 널 잘 부탁한다는 말을 하려는가 싶었는데, 그뿐만이 아니라면서…… 실은 미시오에게 아기가 생겼다고. 전부 자기 책임이라고……"

"……레지가 그렇게 말했어?"

"그 아이가 미시오를 좋아하는 건 알고 있었지만, 친남매나 다름없는데다 미시오가 야무지니까 레지를 상대해주지 않을 거라고 가볍게 생각했거든…… 그래서 실례를 무릅쓰고 이렇게 만난 김에 물어볼게. 미시오를 우리집에 보내주지 않을래? 레지가 외아들이어서 가업을 물려받아야 하니 말이야. 오빠네 집에는 시즈토가 있긴 하지만, 지금도 여행중이니…… 어떻게 생각해……?"

준코는 다카히코를 보았다. 그가 의미를 알았다는 듯 고개를 끄덕이는 걸 보고는 말을 이었다.

"미노리. 레지의 마음은 고맙지만, 그러면 결국은 미시오도 마음고생을 할 것 같아……"

뱃속 아이의 아버지 얘기, 그와 헤어지게 된 사연 등을 모두 털어놓았다. 미노리는 시종 놀란 얼굴로 듣다가 준코가 이야기를 마치자, 안도감인지 피로감인지 모를 한숨을 쉬었다.

"그랬구나, 소개한 친구가…… 바보 아냐, 그런 거짓말을 해봐야 아무도 행복해질 수 없을 텐데."

"착한 아이야. 지금도 뱃속의 아이에게 여러 가지로 신경을 많이 써주고 있고."

"그 경박한 녀석이 말이지…… 솔직히 말해줘서 고마워. 남편하고 의논해서 잘 생각해볼게."

"……생각하다니, 뭘?"

"미시오를 맞이하는 일이지. 그래서 오빠 부부의 생각도 물은 거고. 레지는 그랬으면 할 거야. 요즘 세상에 아이 딸린 사람하고 결혼하는 거야 흔한 일이고, 게다가 그 아이는 처음부터 레지를 아빠라고 생각할 테니, 뭐. 미시오가 그렇게 어리바리한 녀석을 좋다고 할지 그게 제일 큰 문제네."

준코는 뭔가 북받쳐올라 가슴을 쓸어내리다가 상대의 시선을 느끼고, 멋쩍음을 감추면서 말했다.

"너같이 무서운 시어머니한테 미시오를 보내다니 생각만 해도 불쌍해서 눈물이 날 것 같다, 얘."

시끄러워, 하고 미노리가 대꾸했다. 어쨌든 젊은 두 사람에게는 아직 아무 말도 하지 않기로 했다.

다음 날 아침, 호텔로 준코 커플을 데리러 온 미노리와 셋이서 전철을 타고 오사카로 가서 항공편을 이용해 시코쿠로 갔다. 공항에서 이마바리까지는 거리가 있어서 미노리의 제안대로 목적지까지 택시를 타기로 했다.

흥청거리는 시내를 벗어나 해변으로 나갔다. 평온한 내해는 바람이 없어서 파도칠 때 말고는 거의 잠잠했다. 거울 같은 수면에는 맑게 갠 하늘색은 물론 바다 위 저 높은 곳에 머무르는 구름 사이로 흐르는 투명한 공기까지도 옅고 진한 청색으로 느긋하게 반짝이고 있다.

낙엽이 지는 계절이라 해변에 나온 사람은 찾아볼 수 없었다. 택시를 기다리게 하고, 제방에서 모래사장을 향해 콘크리트 계단을 내려갔다. 한 걸음씩 내디딜 때마다 바닷내음이 강해졌다. 표류물이 흩어진 모래 위를 걸어가자, 마른 모래가 바삭바삭 소리를 냈다. 모래에 푹푹 빠지는 지팡이 탓에 준코는 다카히코의 부축을 받아 걸었고, 그래도 중심을 잃을 때는 미노리에게 의지했다.

시아버지의 시신을 확인하라는 연락을 받고, 여덟 살 시즈토와 세 살 미시오를 데리고 시코쿠에 왔었다. 시신을 확인한 뒤, 네 사람은 나란히 서서 시아버지가 헤엄쳐들어간 바다를 보았다. 그 해변에 이십사 년 만에 섰다.

"여기서 아버지가 돌아가셨구나…… 별다를 것 없는 평범한 바다네."

미노리가 담담하게 중얼거렸다. "공습 때문에 큰오빠가 세상을 떠난 것도, 작은오빠가 힘든 일을 겪은 것도, 자랄 때는 몰랐어…… 그래서 부모님과 오빠가 매년 8월 6일 합장할 때마다 원폭 피해자의 명복을 비는 줄로만 알았지."

원자폭탄을 투하하기 여덟 시간쯤 전, 히로시마 맞은편 해안인 이마바리에도 큰 공습이 있었고, 다섯 시간 가까이 불길이 치솟아올랐으며, 사백오십 명이 넘는 사람이 죽었다는 사실은 사카쓰키 가에 시집오지 않았더라면 준코도 아마 몰랐을 것이다. 평생 8월 6일 하면 히로시마 원폭 투하만 떠올렸을 것이다.

시아버지가 바다에 들어간 것은 교사로 재직했던 학교의 동창회가 있던 8월 6일로, 그 이틀 뒤에 준코네 가족이 시신을 확인하러 왔다. 초여름의 모래사장은 해수욕객으로 붐비고 있었다. 따가운 땡볕 아래 알몸에 가까운 사람들에게 둘러싸여 외출복 차림의 네 식구가 우두커니 서 있는 모습은 상당히 기이했을 것이다. 더위로 축 늘어진 미시오는 준코가 안았고, 반바지에 흰색 셔츠, 아껴둔 가죽 구두차림이었던 시즈토는 꼼짝 않고 바다와 마주하고 있었다.

(맞아…… 시즈토가 그때 불쑥 그런 말을 했어. 아무도 모르겠지……라고.)

이틀 전 눈앞의 바다에서 소중한 사람이 죽었는데도 아무도 모르는 것 같았다. 맞은편 해안에 원자폭탄이 떨어진 바로 그날, 이 마을에서도 많은 사람이 죽었다는 사실을 아는 이가 얼마나 될까? 시즈토는 나중에 집에 돌아와서는 방에 틀어박혀 울었지만, 그날 해변에서는 다카히코의 손을 꼭 잡고 화난 표정으로 눈물을 참고 있었다.

(어쩌면 그날의 광경이 그 아이 마음에 새겨졌을지도 몰라. 주목받지 못한 죽음, 아무도 돌이켜 생각하지 않는 죽음이 있다는 현실을 알고, 죽음의 무게는 다르지 않은데 어째서! 하는 슬픔과 함께…… 그 일이 지금 그 아이에게 전국을 걷게 하고 있는 거라고 해도 좋을까.)

다른 이유도 있을 것이다. 조부모의 죽음과 소아 병동 아이들의 죽음, 소중한 친구의 죽음…… 다만 어떤 사람의 죽음을 그 연유에 상관없이 똑같이 애도해야 한다는 생각은, 히로시마를 맞은편에 둔 이 모래사장에서 많은 피서객들의 웃는 얼굴에 둘러싸인 가운데 처음 하게 된 것일지도 모른다……

"돌아가신 시어머니한테 들었는데, 시가 현도 공습을 받았대. 오쓰大津나 히코네彦根 같은 곳."

미노리가 바다를 향해 말했다. "하지만 우리 회사 젊은 사람들은 그런 사실 몰라. 비교적 똑똑해도 히로시마와 나가사키長崎와 오키나와, 대공습이 있었던 도쿄 네 곳 정도만 피해를 입었다고 알고 있는 것 같아."

(어떤 죽음은 기억되고, 어떤 죽음은 잊혀진다 해도 어쩔 수 없을 거야…… 시즈토, 네가 하고 싶은 말이 그거였니? 누군가의 죽음이 잊혀져도 어쩔 수 없는 게 돼버리면, 결국은 모든 사람의 죽음이 잊혀져도 어쩔 수 없는 게 돼버리니까?)

"우리 위령비…… 세워볼래?"

준코는 넘어지지 않게 조심조심 몸을 구부리고 앉아 발밑의 축축한 모래를 손으로 긁어모았다. 다카히코가 물가에 있는 축축한 모래를 퍼왔다. 미노리도 합세했다. 쉰여덟의 여자 둘과 예순넷의 남자가 마치 어린 시절로 돌아간 듯 위로, 위로 모래를 쌓아올려서 모래성 못지않은 모래 위령비를 만들었다. 후지산과 모양이 비슷해진 위령비를 셋이서 다독거리다 서로 손이 닿았다. '나이도 먹을 만큼 먹었는데……' 하고 굳이 말은 하지 않았지만, 쓴웃음에 가까운 미소를 나누었다.

바람이 불기 시작하는지 하얀 거품이 이는 파도가 발치까지 밀려왔다. 세 사람은 마른 데로 물러나 가을 햇빛을 받은 모래가 희미하게 반짝거리는 가운데, 엄숙하게 솟은 위령비에 손을 모으고 눈을 감았다.

　이윽고 위령비는 커다랗게 밀려온 파도가 삼켜버리고, 세 사람의 기억에만 남게 되었다.

4

　"외숙모, 혹시 아직 끝난 게 아니지 않을까요? 역시 기적이란 있는 게 아닐까요?"

　여행에서 돌아온 이틀 뒤인 일요일, 레지의 차로 다카히코, 미시오와 함께 사카쓰키 가의 묘를 참배하고, 준코의 친정 묘도 돌았다. 생전에 계획했던 행동은 이것으로 모두 마쳤다는 생각에 한숨을 돌렸다. 그러고는 저녁 식탁에 둘러앉았을 때 레지가 한 말이다. 미시오도 간절한 눈빛으로 준코를 바라보았다.

　잘게 으깬 것이라면 아직 먹을 수 있었다. 통증 완화 패치 때문에 염증이 생겨 피부가 조금 가려웠지만, 통증은 충분히 가셨고, 그외의 몸 상태도 그럭저럭 괜찮았다.

　옆에 있는 다카히코를 돌아보자, 역시 기적을 바라는지 식탁 아래로 손을 모으고 있었다.

　하지만 기뻐하는 순간 나락으로 떨어지는 게 아닐까 그만 겁이 나서 애써 담담한 표정을 가장해 냉정하게 대꾸했다.

"저기 레지, 전에 누구한테 들은 이야긴데, 내 병은 계속 악화되기만 하는 게 아니라, 증세가 가벼워지기도 하고 정체되기도 하는 시기가 있대. 관해기라고 한다지. 괜한 기대는 마."

야마즈미의 다음 왕진 날, 준코는 현재 상태를 서둘러 설명하고, 특히 위와 연결되는 부분이 아직 닫히지 않은 것은 어째서일까 이상하다는 표정으로 물었다. 야마즈미는 난감하다는 듯 웃었다.

"우리가 얘기하는 건 평균치니까요. 여명을 선고한 의사를 비웃기라도 하듯 오래 사시는 분도 아주 많습니다. 사카쓰키 씨도 그때 얼굴에 비하면 아주 좋아 보이는데요?"

한 달 전 준코가 세면실에서 토했을 때를 말하는 것이었다. 까마득한 옛날처럼 느껴졌다. 가을 축제 준비 모임에 다녀왔고 그 뒤 마키노라는 주간지 기자가 찾아온 날이기도 하다. 그날 이후 이래저래 부산하게 지내느라 마키노 일도 잊어버리고 있었다.

야마즈미가 돌아가고, 장롱 서랍을 뒤져 마키노의 명함을 찾았다. 숫자와 기호를 적은 메모도 같이 두었다. 마키노의 홈페이지 주소로, 거기서 시즈토에 대한 정보를 수집하고 있다고 했다. 시즈토의 애도에 대해 부정적인 의견이 많다고 해서 당시에는 굳이 보고 싶지 않았지만, 마음에 여유가 생겨서인지 지금은 시즈토 이야기라면 뭐든지 알고 싶었다. 레지라면 그걸 읽게 해줄

수 있을 것 같아서, 미시오 모르게 레지와 둘만 있을 때 자초지
종을 털어놓았다.

다음 날, 레지는 미시오가 씻으러 들어간 사이에 글씨가 빼곡
한 종이 뭉치를 건네왔다. 목격담 등 시즈토에 관한 모든 정보를
출력한 것이라고 했다. 대충만 훑어봐도 시즈토가 많은 사람의
죽음을 애도하며 걷고 있다는 사실을 알 수 있었다. 감탄과 함께
얼마나 힘들까, 얼마나 고생스러울까 싶어 마음이 쓰렸다. 위선
자, 수상한 자로 비치는 건 당사자도 감수한 일일 테니 어쩔 수
없을 것이다. 하지만 '무시당하는 느낌이었다'는 유족들의 비난
에는, '그 아이는 고인을 모독하려고 한 게 아니었답니다'라고
대신이라도 사과하고 싶었다.

"시즈토 형, '애도하는 사람'으로 불리나봐요. 멋있지 않아요?"

준코의 침울한 마음을 읽었는지 레지가 밝게 말을 건네며, 그
내용이 있는 페이지로 넘겼다.

최근 올라온 글을 보니, 시즈토를 긍정적으로 생각하는 사람
도 만나보고 싶다는 사람도 있었다. 그 글을 읽으니 가족의 한
사람으로 적잖이 위안이 된다. 설거지를 하는 다카히코를 불러
지금까지의 사정을 얘기하고 함께 글을 읽었다.

"그리고 이게 최고의 뉴스인데요…… 시즈토 형이 여자하고
같이 다니는 것 같아요."

몇 개의 최신 글에 시즈토로 보이는 인물이 젊은 여자와 다니

는 모습을 목격했다고 적혀 있다.

"대체 누굴까요?" 레지가 두 사람을 번갈아 보았지만, 준코도 전혀 짐작이 가지 않는다.

"……애인이라면 좋겠네."

다카히코가 불쑥 말했다. 눈에 부드러운 미소를 머금고 있다. "그러게요" 하고 준코도 고개를 끄덕였다.

(그 아이가 좋아하는 사람이어서 힘든 여행에 의지가 된다면 얼마나 좋을까……)

레지는 더 자세한 정보를 찾아서 마키노의 홈페이지를 뒤져 봤지만, 더는 업데이트된 내용이 없었다. 명함에 있는 출판사로 전화해보았더니, 마키노는 현재 휴직중이라고 했다.

"외숙모가 정말로 마키노라는 사람한테 시즈토 형에 대해 묻고 싶다면, 우리 회사 출판부하고도 관련이 있으니 연락은 할 수 있어요."

준코는 시즈토에게 호의적이지 않던 그의 언동을 떠올리며, 어떻게 할지 망설였다. 그때, 미시오가 욕실에서 나오는 기척이 났다.

"그럼 무리가 되지 않는 선에서 부탁할게."

준코는 집에서 꼼짝 않고 지내기가 답답해서 양로원 자원봉사를 다시 시작하기로 했다. 식사 보조는 힘들겠지만 이야기를 들어주는 일이라면 가능할 것이다. 책임자에게 전화하니 꼭 오라고 했다.

다카히코에게 양로원 앞까지 데려다달라고 하고, 시설 안으로는 지팡이를 짚고 혼자 걸어가서 노인들에게 말을 걸었다. 방에만 틀어박혀 있는 노인을 찾아가고, 말이 없어진 노인에게는 옆에 앉아 손을 잡아주었다. 저녁 무렵, 침대에 누워만 있는 우락부락한 인상의 짧은 머리 할아버지의 손을 잡고는, 그가 어떤 인생을 살았을까 생각했다. 유능한 형사? 혹시 조폭……?

해질녘에 다카히코가 데리러 왔다. 현관까지 준코를 배웅해준 관계자에게 아까 그 노인에 대해 물었다. 젊은 시절 무슨 일을 했는지는 모른다, 가족은 아내뿐인데 그 아내도 아파서 좀처럼 문병을 오지 못한다, 대신 일주일에 한 번 엽서를 보낸다, 라고 얘기해주었다. '잘 지내고 계세요? 벌써 가을이네요. 감기 조심하세요' 하는 짧은 내용을 직원이 읽어주면, 반응은 없지만 엽서를 기다리고 있다는 느낌은 전해진다고 한다. "멋지네요." 준코가 말하자, 젊은 여자는 "만나지 못해도 마음으로는 서로 오간다는 걸 배우고 있어요" 하며 뺨을 붉혔다. 누워만 있는 노인이지만, 아직도 늙은 아내가 그를 사랑하고, 젊은 직원은 그런 사랑을 알게 해준 노인에게 감사하고 있다는 말이리라.

다음 날부터 준코는 양로원 노인들에게 게임하는 기분으로, 어떤 사람을 사랑했고 어떤 사람에게 사랑받았는지, 누가 어떤 일로 감사를 표했는지 말해달라고 부탁했다.

노인들은 '사랑'이라는 말이 낯간지러운 모양이었다. 그래도 준코가 부탁하면 신중하게, 자랑스럽게, 어떤 사람은 거침없이, 어떤 사람은 수줍어하며 이야기를 들려주었다. 그래서 얻은 대답들은 준코에게 보물처럼 느껴졌다. 남녀, 가족, 사제, 친구와 동료, 고인, 때로는 이름도 모르는 사람과의 사이에도 사랑이 오갔다. 그리고 노인들 대부분이 상대가 자신에게 감사를 표했던 경험이 아니라, 자신이 고마웠던 일을 이야기했다. 지금까지 살아올 수 있었던 것, 여태껏 의지가 되어준 사람들에게…… 고마웠습니다 하고 말이다. 그때마다 준코는 감사란, 그 말을 한 당사자에게 몇 배로 돌아가는 거라고 믿었다.

레지가 시즈토 일로 마키노에게 연락을 취해보겠다고 약속한 후로 일주일이 지나, 드물게 어두운 표정으로 집에 왔다. 과식으로 몸이 약간 불었다는 미시오와 같이 다카히코도 산책을 나가고 없을 때였다. 선뜻 말을 꺼내지 못하는 레지에게 마키노 이야기냐고 준코가 먼저 물었다. 레지는 한참 망설이던 끝에 대답했다.

"그 마키노라는 기자 말이에요…… 좀 안 좋은 것 같아요."

상사의 동창이 마키노가 있는 출판사에 근무하고 있어서 그 사람에게 전화해봤다고 한다.

"마키노란 사람, 젊은 애들한테 당했다나봐요. 일단 목숨은 구했지만, 수술 뒤에 염증인지 뭔지 생겨서 얼마 못 갈 거라고 하더라고요."

준코는 마키노의 얼굴을 떠올렸다. 교활해 보이고 태도도 무례하기 짝이 없었지만, 그건 그의 내면에 숨어 있는 아이의 증오와 분노가 언동에 반영되는 것인 듯했다.

"…… 문병 갈 수 있을까?"

준코가 무의식적으로 물었다. 레지는 허를 찔린 표정으로 병원 이름까지는 묻지 않았다고 대답했다.

"다들 그 사람 싫어했나봐요. 말을 전해준 사람도 벌 받은 거라고 웃더라고요."

"저런…… 얘, 병원, 꼭 물어봐. 가능하다면 문병을 꼭 가고 싶구나."

"그럴게요. 이제 힘들다고 하니. 죽었으면 어떡하죠?"

(그러면…… 시즈토 소식을 전해줘서 감사하다는 마음을 담아 그 사람을 애도할 거야.)

이윽고 미시오와 다카히코가 돌아왔다. 시즈토의 동창생이 하는 화과자점에서 양갱을 사들고 왔다.

"어머나, 살 빼려고 산책 나갔던 게 아니니? 뚱보 되면 집에서 아기 못 낳아."

준코는 딸을 놀리면서 꾸러미를 받아들었다. "엄마가 먹을 수 있을 것 같아서 사온 거야." 미시오의 대꾸를 흘려듣고 식탁에

다 꾸러미를 풀고 있을 때였다. 갑자기 배꼽 뒤쪽을 잡아당기는 듯한 감각이 밀려들었다. "맛있겠네" 하고 애써 웃는 얼굴로 말하고는 자연스럽게 화장실로 향했다. 벽에 손을 짚고 일시적인 현상일 거라고 자신을 달래며 불쾌한 감각을 참았다.

사흘 뒤, 저녁을 반쯤 먹었을 때 다카히코와 미시오가 보는 앞에서 싱크대로 향했다. 지금까지와는 구토의 양상이 다르다는 걸 알면서도 한편으로는 그 사실을 인정하지 않고 고집을 부렸다. "별일 아냐, 수프와 영양 음료를 먹으면 되니까, 야마즈미를 부를 것까지는 없어."

그리고 사흘 뒤, 수프는 토해내고 영양 음료는 냄새만 맡아도 역겨웠다. "아무렇지도 않아, 괜찮아." 아이처럼 호소하는 마음의 소리에 현실을 잊은 채, 야마즈미를 부르려는 미시오에게 "관두라니까!" 하고 짜증을 터뜨리고 말았다. 이윽고 몸이 휘청하고 설 수 없게 되자 다카히코가 야마즈미를 불렀다. 탈수증을 일으킨 듯, 링거를 맞으니 어지럼증이 가시고 간신히 설 수 있게 되었다.

다음 날, 병원에 가서 검사를 받았다. 위의 연결부위가 거의 막힌 듯했다. 연명 조치를 하지 않으면, 일이 주 뒤에 임종을 맞게 된다고 한다. 그다음 날 왕진 온 야마즈미가 거실에서 정좌하고 애써 담담하게 설명했다. 혈압이 서서히 떨어져 거의 잠든 상태에서 고통 없이 가게 될 것이며, 원하지 않는다면 생명연장

장치를 하지 않겠다는 것이었다.

"괜찮으시겠습니까?"

야마즈미의 목소리는 끝내 약간 떨리고 말았다. 동석한 방문 간호사 우라카와도 고개를 떨어뜨리고 있다.

잔혹한 질문이었다. 치료를 시작한 후로, 늘 어떻게 할까요, 어느 쪽으로 하겠어요? 하고 선택을 요구당했다. 그리고 항상 선택할 수 있는 가능성은 얼마 되지 않아 실질적으로 감당해야 할 고통은 결국 다르지 않은 경우가 대부분이었다.

이번에는 선택이라고도 할 수 없다. 길어야 이 주, 그걸로 포기하라는 거나 다름없다.

소파에 깊이 몸을 묻은 준코에게 벽시계의 초침 소리가 유난히 크게 들렸다.

"완전비경구영양요법(TPN)을 써봐요."

야마즈미의 맞은편에 앉은 미시오가 말했다. 미시오는 야마즈미에게서 준코에게로 시선을 옮겼다.

"알아봤어. 먹을 수 없더라도 혈액으로 직접 영양을 공급하면 아직 괜찮대."

준코는 반신반의하며 야마즈미를 보았다. 야마즈미는 곤혹스러운 표정으로 옆에 앉은 우라카와하고도 시선을 나눈 뒤 말을 시작했다.

"정맥에 영양제를 투여하는 방법은 확실히 연명을 기대할 수 있습니다만, 말기 환자의 경우엔 괴로움을 연장하는 것일 수도 있습니다. 게다가 고칼로리 수액을 맞으면 고통이 따르기 때문에 저희 쪽에서는 적극적으로 권하지 않습니다. 물론 본인과 가족이 굳이 원하신다면 처치는 해드릴 수 있습니다만……"

"받아, 엄마. 간단한 처치여서 안전하대. 그렇죠?"

미시오의 물음에 야마즈미는 그 점은 문제없다고 했다.

"레지 생각이야. 어떤 건지 자세히 조사해봤어, 그치? 얘기 좀 해봐."

주방에 있던 레지가 긴장한 얼굴로 의자에서 일어섰다.

"저기, 미시오하고 전문서를 보다가 그 완전비경구영양인가 하는 요법을 알게 되었는데요…… 영양을 보내는 관과 혈관을 연결하기 위해 피부 아래 포트라는 작은 리저버를 묻는 거더라고요?"

레지가 의견을 묻듯 야마즈미를 보았다. 야마즈미가 고개를 끄덕이자, 레지가 말을 이어나갔다.

"책에 있는 포트 사진을 보고 깜짝 놀랐어요. 시즈토 형이 의료기기 회사 영업을 했잖아요. 저, 취직 문제를 상의하러 가서 어떤 일을 하는지 물었을 때 형이 취급하는 의료 펌프를 보여주었는데, 그때 그 포트가 있었어요."

"오빠 방에 있던 회사 자료를 찾아봤어. 그랬더니 있더라고. 완전비경구영양요법에 사용하는 포트, 오빠가 취급했던 거야.

그러니까 몸에 넣어도 되지?"

미시오와 레지가 간절한 시선을 보냈다. 야마즈미와 우라카와도 준코를 보았다. 또 선택을 기다린다.

어느 쪽도 괴롭기는 마찬가지일 텐데, 어서어서 선택하라고 재촉하는 것 같아서 차라리 울고 싶었다.

누군가 준코의 어깨에 손을 올렸다. 다카히코가 어느새 옆에 와 있다. 손의 온기가 온몸에 퍼진다.

"지금 결정 안 해도 되지 않을까?"

다카히코가 한 마디 한 마디 타이르듯 말했다. 눈도 깜박이지 않고 준코를 바라본다. 그때 알아차렸다.

(이 사람은…… 이미 각오했구나.)

동시에 미시오와 레지는 아직 준코를 보낼 마음의 준비가 되어 있지 않음을 깨달았다. 손자를 안는다, 시즈토를 만난다…… 그런 자신의 바람도 이루어지면 좋겠다. 하지만 우선은 가까운 사람들이 마음의 평안을 찾길 빌고 싶다.

준코는 어깨에 얹은 다카히코의 손에 자신의 야윈 손을 포갰다.

시즈토가 취급하던 때보다 작고 간편해진 포트를 준코의 쇄골 아래 묻었다. 닷새 동안 입원해 경과를 관찰하면서 알맞은 영양량을 산출하고, 가족도 준코 자신도 튜브 끝의 바늘을 포트에 연결하는 법을 배웠다.

결과적으로 토할까봐 두려워하면서 먹을 필요가 없어졌다. 수액은 수면중에 투여했다. 준코는 낮에는 바늘을 빼고 움직일 수 있는 이 상황이 일단 마음에 들었다. 체내에 삽입된 포트가 종류는 다르지만 시즈토가 취급했던 것이라는 사실도 반가웠다. 착각일지언정 시즈토가 날라다주는 영양이라고 생각하니, 위는 채워지지 않아도 가슴 안쪽이 따뜻해왔다.

폐암이었던 준코의 어머니는 하루하루 몸의 자유를 잃어가는 걸 참을 수 없어했다. 걸을 수 없게 되고, 화장실에 앉을 수 없게 되고, 일어날 수 없게 되고…… 그때마다 어머니는 살아 있어봐야 소용없다고 한탄하며 주위에 마구 화풀이를 하고 자기혐오에 빠졌다. 그래서 자신은 어머니가 몸소 가르쳐준 대로, 잃어가는 것을 한탄하기보다 남아 있는 것을 사랑해야겠다고 마음먹었다.

앞으로의 일에 대해 마음의 준비를 해야겠다는 생각이 들어, 다카히코에게 말기 암 환자에 관한 책을 사달라고 부탁했다. 여러 권의 책에 따르면, 야마즈미가 말한 대로 고칼로리 영양이 투여되어도 병의 진행은 막지 못하며, 되레 진행 속도를 높일 수도 있다고 한다. 약해진 몸에 영양이 과다하게 투여되면 대사에 무리가 와 환자들은 대체로 괴로워한다고 한다.

다행스러운 것은 암으로 죽게 되면 그 직전까지 의식이 있는 경우가 많다는 것이었다. 의식도 못하는 사이에 죽음을 맞이하는 것보다는 임종을 느끼는 편이 더 좋았다. 몹쓸 병이지만, 사고 같은 돌연사에 비하면 시간이 주어지는 것이니 행복한 건지도 모른다. 그리고 보는 것, 말하는 것은 불가능해지지만 청각만은 마지막까지 남아 있다는 이야기도 흥미로웠다.

준코의 아버지가 세상을 떠났을 때, 쓰야에 와준 다카히코가 "돌아가셔도 아직 '혼의 귀'라는 게 남아 있어서, 망자는 살아 있는 자들의 목소리를 듣고 있다"라고 했던 말이 생각났다.

(나는 임종 때 어떤 말을 듣게 될까? '혼의 귀'는 무엇을 듣게 될까?)

5

아침에 일어나 침실 커튼을 직접 열어젖혔다. 그것이 중요한 의식이 되었다. 정원에 핀 꽃을 보며 자신의 생명도 그처럼 개화한 듯 느낀다. 살아서 아침을 맞이했다는 데 감사한다.

복수가 차기 시작했다. 몸은 말랐는데 복부는 임신이라도 한 것처럼 부풀어올랐다. 그래도 혼자 힘으로 일어날 수 있고, 속옷을 세탁기에 넣는 정도의 집안일은 할 수 있었다. 패치도 더는 통증 완화에 도움이 되지 못해, 야마즈미가 자가통증조절법(PCA)으로 치료법을 변경했다. 복부에 바늘을 넣고, 모르핀을 피부 아래로 펌프질해 지속적으로 투여하는 방법인데, 그러면 통증이 진정되었다. 펌프를 쿠키 통과 비슷한 네모난 용기에 넣어 휠체어에 매달면 외출이 가능했기 때문에 양로원 자원봉사도 계속하고 있다.

(나는 정말 축복받은 사람이야. 그렇지만 앞으로 육 주……는 역시 무리일까?)

오늘부터 섣달이다. 앞으로 육 주쯤 뒤에 출산 예정인 미시오는 어제부로 휴직했다. 태아의 성별은 검사로 알고 있을 테지만 "직접 확인하시도록" 하고 가르쳐주지 않는다.

오후에 미시오의 검진이 있었다. 거실에 깔아놓은 요 위에 미시오가 눕고, 완벽에 가깝게 반원형으로 부푼 배를 조산사 강이 청진기와 손으로 진찰했다. 준코는 거실 구석에서 휠체어에 앉은 채 지켜보고, 다카히코는 주방에서 차 준비를 하며 기다리고 있었다. 강의 표정이 점점 어두워졌다.

"어쩐지 아이가 거꾸로 있는 것 같네요."

그럴 경우에는 집에서 출산할 수 없다고 사전에 들은 터였다.

"어떡해…… 운동도 꾸준히 하고, 음식에도 신경 썼는데. 대체 뭐가 안 좋았던 걸까요?"

미시오가 금방이라도 울음을 터뜨릴 것 같은 목소리로 호소했다. 준코도 어떻게 위로해야 할지 몰랐다.

"거꾸로 자리 잡는 이유는 여러 가지니까 자책하지 마세요. 태아에게는 스트레스가 제일 안 좋으니까."

강이 단호한 어조로 말하고, 마음을 편히 가지라고 덧붙였다.

검진이 끝난 뒤, 미시오가 화장실에 가고 다카히코가 강에게 차를 내왔을 즈음 준코가 입을 열었다.

"강 씨…… 저 아이, 나하고의 생활이 부담됐던 게 아닐까요? 이런 말씀 드려서 정말 죄송합니다만…… 역시 병원에서 낳는 편이 좋을 것 같지 않아요?"

강은 차를 한 모금 마신 후, 준코 쪽을 보고는 차분한 표정으로 고개를 가로저었다.

"이제 와서 계획을 바꾸면 미시오 씨의 불안이 더욱 가중될 것 같습니다. 어머니의 상태가 조금이라도 좋아지길 바라는 마음으로 집에서 출산하기로 결정하셨잖아요. 지금 미시오 씨는 어머니가 곁에 계시는 것으로 출산의 불안을 견디고 있습니다."

미시오는 레지가 결혼 의사가 있다는 것도 모른 채 혼자서 아이를 키울 생각을 하고 있다. 설령 레지의 마음을 안다 해도, 아직은 전처럼 거절할 게 분명하다. 당연히 불안할 것이다. 원래라면 엄마인 자신이 버팀목이 되어줘야 할 텐데 안타까웠다.

"그 아이가 지금 날 의지한다는 말씀인가요? 어미가 이런 몸인데……"

평소 날카로워 보이던 강의 눈이 문득 부드러워졌다. 잠시 망설이다가 이야기를 꺼냈다.

"제 남편은 공립병원 산부인과 의사였습니다. 생명의 유대를 소중히 여기는 사람으로, 자신은 차남이니까 괜찮다면서 외동딸인 제 성을 따라주었습니다. 병원에서 급한 호출이 올 때마다 부리나케 달려나가는 사람이었지요. 결혼기념일에도 한밤중에 불려나가 응급수술로 저체중아를 받았답니다. 수술을 마치자마자 눈도 붙이지 않고 차를 몰고 집으로 오던 중에 피곤해서 실수를 했는지, 갓길 전봇대를 들이받는 사고로 세상을 떠났답니다. 밤중에 나가는 남편을 왜 붙잡지 않았을까, 나 자신을 계속 탓했지요. 그런데 남편이 마지막으로 받은 아이와 그 부모가 남편에게 감사의 말을 전하고 싶다며 찾아왔습니다. 남편이 한밤중에 나갔기 때문에 이 세상에 태어날 수 있었던 아기는 웃는 얼굴이 정말 아름답더군요…… 간호조무사였던 저는 공부를 다시 해서 조산사 자격증을 땄습니다. 남편이 줄곧 제 버팀목이었답니다. 지금도 그를 버팀목 삼아 세상에 나오는 새 생명을 맞이하는 일을 돕고 있지요."

미시오도 어느새 돌아와 강의 이야기에 귀를 기울이고 있었다. 준코는 강에게 이야기해주어서 고맙다고 인사하고, "지금도 당신에게 사랑받고 있는 남편께서 당신을 사랑하는 마음에 빨리 귀가하려고 하셨던 거군요. 지금도 분명 많은 아이들과 그 부모가 남편분께 감사하고 있을 겁니다."

그 말을 들은 강이 준코의 집에 온 뒤 처음으로 빙그레 웃었다.

준코는 일상생활에서 되도록 밝게 행동하기로 마음먹었다. 미시오를 안심시켜 거꾸로 들어서 있는 아기가 바로 자리 잡게 하기 위해서였다. 음식을 제대로 못 먹는 준코에게 신경 쓰느라 미시오도 덩달아 식욕을 잃어가는 것 같아서, 식사 때는 같이 식탁에 앉아 맛보는 척이라도 했다. 이를테면 수박과 복숭아를 입에 넣고 오물거리다가 "오, 맛있네" 하고 맛을 보고는, 삼키지 않고 뒤돌아 봉지에 뱉는다. 와인도 한 모금 음미하는 듯하다가 봉지에 뱉고는 "아, 취한다" 하고 다카히코의 어깨에 기댔다.

마지막까지 볼일은 혼자 힘으로 보기로 마음먹고, 리모델링 업자를 불러 화장실 안에 난간을 설치했다. 링거대를 지팡이 삼아 잡고 벽을 짚으면서 화장실로 갔다. 가족과 약속한 대로 문은 잠그지 않은 채, 난간을 잡지 않은 한 손으로 속옷을 내리고, 변기에 앉는다. 남의 손을 빌리지 않는 것은 뿌듯했지만, 그렇게까지 고생해서도 일을 보지 못할 때가 있었다.

휠체어에 앉아 세탁기에 세탁물을 넣고 시작 버튼을 누르는 정도의 집안일은 꾸준히 해나갔다. 간단한 일이지만 아직도 자신이 가족의 청결을 책임지고 있다고 생각하니 기뻤다. 하지만 12월 둘째 주의 어느 아침, 들고 있던 빨랫감을 떨어뜨렸는데 좀체 주울 수가 없었다. 다카히코는 정원을 청소하는 중이고, 미시오는 화장실에 간 것 같고, 평일이어서 레지는 출근하고 없었다. 무리해서 빨랫감을 주우려고 손을 뻗다가 하마터면 휠체

어쩌로 고꾸라질 뻔했다.

"뭐 하는 거야, 엄마…… 아아, 빨래가 떨어졌구나. 그럼 날 부르지 그랬어."

미시오가 힘없이 말하고, 배에 부담이 가지 않게 바닥에 무릎을 끓고 빨랫감을 주워 세탁기 안으로 휙 던져넣었다. 미시오는 바구니 안의 빨래를 모두 정리하고 버튼까지 누르고 갔다.

그날 저녁 무렵, 준코는 휠체어에 탄 채 거실에서 저녁 준비를 거들고 있었다. 볶고 조리고 하는 건 무리여도 채소를 다듬거나 껍질을 벗기는 정도는 계속해오던 일이었다. 다카히코와 미시오에게 주방을 맡겼지만 무 깎아썰기 등 소소한 기술이 필요한 일은 자신만 할 수 있다는 게 그다지 싫지 않은 느낌이었다. 하지만 무를 깎기 시작한 지 얼마 안 돼 스르르 늪으로 가라앉는 것처럼 손의 힘이 빠지고, 칼이 준코의 발 위에 떨어졌다. 슬리퍼를 신은 덕에 다행히 다치지는 않았다. "쉬세요, 무리하지 말고." 미시오가 마침 집에 온 레지와 같이 준코에게서 칼을 뺏어들었다.

준코는 하마터면 소리를 지를 뻔했다. 아악, 싫어, 이런 나는 내가 아냐……!

그러나 소리치면 가족이 상처받을 걸 잘 알기에, 그냥 오른쪽 쇄골 아래를 만지작거리기만 했다.

(남아 있는 것…… 아직 내게 남아 있는 것을 사랑해야 해…… 그렇지, 시즈토?)

12월 셋째 주. 미시오가 배가 당긴다며 자주 괴로움을 호소했다. 그럴 때면 다카히코가 미시오의 허리를 마사지해주었고, 다카히코가 준코를 돌볼 때는 레지가 이를 대신했다.

12월 들어서부터 레지는 이틀에 한 번꼴로 준코네를 찾았다. 레지에게 유아용품 카탈로그를 가져다달라고 부탁해, 넷이서 얼굴을 맞대고 아기 침대를 고른 다음 크리스마스에 할머니 할아버지가 손자에게 주는 선물로 주문했다. "외숙모는 무슨 선물 받고 싶어요?" 레지가 물어서 시즈토의 귀가를 생각했지만, "아기와 함께 목욕하는 것?"이라고 대답했다.

묘한 권태감이 심해졌다. 피부와 근육 사이에 젤라틴 같은 두꺼운 막이 생겨 자기 의사가 육체에 제대로 전달되지 않는 느낌이다. 더욱이 가끔은 그 막이 부들부들 떨리기까지 해서 속이 메슥거렸다.

일주일의 반은 화장실에서 속옷을 내리는 도중에 그런 느낌이 덮쳐왔다. 그럴 때면 손의 힘이 빠졌고 결국 타이밍을 놓치기 십상이었다. 다리를 적시고 바닥으로 퍼지는 액체를 내려다볼 때면 난감해서 눈물이 날 지경이었다.

우는 걸 미시오가 보면…… 그런 생각으로 어금니를 악물고 참았다.

"시즈토……" 하고 중얼거리며 포트를 삽입한 부분의 쇄골을 어루만지다가 화장실 밖에 대고 남편을 불렀다.

"미안해요오, 다카히코. 걸레하고 따뜻한 물에 적신 수건하고 갈아입을 옷 좀 부탁해요오!"

그 일이 있고 나서 준코는 다카히코와 약국에 들러 팬티형 종이 기저귀를 골랐다. 기저귀는 어디까지나 만일을 대비한 것이며, 화장실은 지금까지처럼 혼자 가겠다고 고집을 부렸고, 또 실제로 그렇게 했다.

주말이 되자, 복수가 내장을 압박해서인지 숨 쉬는 것조차 힘들어졌다. 단백질 등을 함유한 복수는 혈액과 마찬가지로, 빼내면 몸이 약해질 가능성이 있다고 들었다. 하지만 미시오 앞에서 밝은 표정을 지을 수 없는 게 더 괴로운 일이라, 결국 야마즈미에게 복수를 빼달라고 부탁했다. 바늘이 복부를 찌르고 복수가 빠져나오자 점차 편해져 어느새 잠에 곯아떨어졌다. 눈을 떴을 때는 배가 납작해져 있었다. 복수는 다시 차는 경우가 많다고 하지만, 지금의 준코는 그런 건 잊은 듯하다.

"내가 먼저 낳았습니다."

그러고는 다카히코, 미시오, 레지 앞에서 납작해진 배를 능청스럽게 쓰다듬었다.

미시오는 삼십칠 주째 검진을 받았다. 강이 시간을 들여 찬찬히 확인하고는 말했다.

"많이 애썼네요. 아이가 바로 앉았어요."

준코는 옆방 침대에서 강의 밝은 목소리를 들었다.

복수를 뺀 다음 날부터 노곤함이 더해져 이날은 휠체어를 타는 것도 힘에 부쳤다.

"괜찮아요. 이대로 집에서 낳을 수 있겠어요."

강이 준코를 향해 하는 말을 듣고 옆방으로 와달라고 부탁했다. 얼굴을 들여다보는 강에게 준코가 손을 내밀자, 강이 그 손을 잡아주었다. 준코는 몸을 일으켜 쿠션에 기대고는 힘겹게 입을 뗐다.

"다음 아이도 강 씨한테 부탁하고 싶은데……"

"네? 성미도 급하시지. 지금부터가 중요한 때입니다. 하지만 미시오 씨가 그럴 생각이 있다면……"

"미시오가 아니라 내 아이요. 다음에 생기면 꼭 부탁해요."

"알겠습니다. 제가 꼭 받아드릴게요."

강은 자기 가슴을 톡톡 치며 웃어 보였다. 준코네에 와서 두번째로 짓는 웃음이었다.

이날은 크리스마스이브였다. 저녁 무렵 배달된 아기 침대 앞에서 기념으로 가족사진을 찍고, 세 사람이 준코에게 선물을 건넸다. 다카히코는 호화로운 꽃다발을 안겨주었다. 미시오는 레지와 같이 준비했다며 리본을 묶은 커다란 봉투를 내밀었다. 안에는 종이 한 장이 들어 있었다.

인쇄된 내용 첫머리에 애도하는 사람에게 전해주세요, 라고 적혀 있다. 그 아래에는 마키노의 홈페이지 게시판에 올라온 '애도하는 사람'에 관한 내용이 정리되어 있고, 만약 이런 인물을 발견했는데 이름이 '시즈토'라고 하면 어머니가 기다리니 빨리 집으로 돌아가라고 전해달라는 내용이 적혀 있었다.

"얼마나 효과가 있을지 모르지만, 마키노라는 사람의 게시판에 들른 사람이 '애도하는 사람'이라는 키워드로 제 홈페이지에도 올 수 있으니까요." 레지가 말했다.

"아무것도 하지 않는 것보다는 오빠한테 전해질 가능성이 높잖아." 미시오도 덧붙였다.

기뻤다. 특히 미시오는 시즈토 때문에 애인과 헤어져야 했던 아픈 기억을 극복할 필요가 있었을 것이다. 하지만…… 이런 식으로 시즈토를 불러들여도 될지 망설여지는 것도 사실이었다.

"고맙구나. 그렇지만 그 아이가 돌아오고 싶을 때 돌아오면 돼"라고만 대답했다.

그날 밤, 준코는 좀처럼 잠을 이룰 수 없었다. 떠날 각오는 되어 있었건만, 식구들의 온기에 감싸여 지내고, 어쩌면 시즈토를 만날 수 있을지도 모른다고 생각하니 너무나 혼란스러웠다. 그런 자신의 욕심이 괴로워 결국은 오열하다가 눈을 떴다. 바로 옆에서 다카히코가 걱정스러운 얼굴로 보고 있었다.

준코는 남편에게 손을 내밀었다. 다카히코가 묵묵히 침대로 올라왔다. 튜브를 건드리지 않게 조심하며 준코에게 팔베개를 해주었다. 준코는 몸을 동그랗게 말고 남편의 가슴팍에 얼굴을 묻었다.

다음 날, 레지에게 전화가 왔다. 마키노가 입원해 있는 병원을 알아냈다고 했다. 마키노는 두번째인가 세번째 수술에 성공해 생명에는 지장이 없다고 한다. 다만 시력은 영영 잃은 모양이었다.

차로 데려다준 레지는 병원 로비에 기다리게 두고, 준코는 다카히코에게 휠체어를 밀어달라고 해서 간호사가 알려준 육 인실로 들어갔다.

"돈 때문도 종교 때문도 아니라고요. 만약 당신이 죽는다면 돈을 얼마나 벌었고 뭘 이루었는지 그런 세속적인 것과는 전혀 상관없이 정말로 소중한 사람이 이 세상에 살았다는 사실만을 기억해줄 겁니다."

창가 침대 앞 둥근 의자에 앉은 한 남자가 이야기를 하는 중이었다. 푸른색 환자복을 입고, 눈에는 붕대를 감고 있다. 마키노의 이야기를 듣는 사람은 맞은편 침대에서 오른쪽 다리를 천장에 매단 청년인 듯했다. 출입구 가까이에 있는 침대의 남자가 고개를 끄덕이는 모습으로 보아, 같은 이야기를 몇 번째 다시 하는 모양이었다. 나머지 세 환자는 하도 들어서 질렸는지, 둘은 휴대전화로 문자를 찍고, 한 사람은 자고 있었다.

"부모님은 언젠가는 세상을 떠나요. 친구도 가정을 꾸리면 제 가족밖에 모르게 되죠. 타인들은 쉽게 잊고요. 애초에 기억하지도 않아요. 하지만 이 '애도하는 사람'만은 이 세상에서 유일한 존재로 당신을 기억해줄 겁니다…… 그걸 무의미하다고 단언할 만큼 당신은 강한가요?"

이야기를 하고 있는 남자는 마키노가 틀림없었다. 그런데 전에 만났을 때와는 분위기가 영 딴판이었다. 입원 생활 탓인지 군살이 쏙 빠진 인상이었고 말투에서는 성의와 온화한 열의가 전해졌다.

"마키노 씨……"

준코가 불렀다. 준코의 목소리는 톤을 잃고 억양을 붙이는 것도 힘겨워 밋밋하게 울려나왔지만, 발음은 아직 또렷하다. 상대가 이쪽으로 고개를 돌렸다.

"사카쓰키입니다…… 시즈토 엄마예요. 단풍이 아직 들기 전 이른 가을에 찾아왔었죠?"

상대가 놀라는 기척이 느껴졌다. 입을 벌렸지만 소리는 나오지 않는다. 그는 참고 있던 숨을 토해낸 뒤에 고개를 갸웃거리며 말했다.

"……시즈토 군의? 아니, 그런데…… 그런데 어떻게 어머니께서 이런 곳에……"

준코는 자세한 사정을 이야기하느라 약해진 체력을 소모하는 게 아까워 간단히 설명했다.

"건너건너 전해듣고 문병이라도 하려고…… 시즈토 이야기라도 나누었으면 좋겠다 싶어서요."

"그러십니까…… 아무리 그렇다 해도 일부러 이렇게…… 어쨌든 고맙습니다. 앉으세요."

마키노는 손으로 더듬거리며 난간을 잡고 침대 위로 올라가, 의자를 준코 앞으로 밀어주었다.

"고맙습니다만, 실은 저 휠체어를 타고 있습니다. 의자에는 남편더러 앉으라고 할게요."

"아아, 예, 예. 어쩐지 목소리가 낮은 데서 들린다고 생각했습니다. 몸이 아직?"

"예, 좀"이라고만 대답했다. 만약 앞을 볼 수 있었다면 그는 아마 금방 준코의 상황을 알아챘을 것이다.

"실은 지금 시즈토 군 이야기를 하던 참입니다. 혹시 사람들에게 소개하는 게 실례가 될까요?"

"아뇨, 하세요." 준코는 양해의 뜻을 담아 대답했다.

"다른 사람한테 들으셨다고요…… 그럼 이렇게 된 이유도 아시겠군요. 악운이 강한 건지 이렇게 살아남았습니다. 눈은 상처가 깊은데다 나쁜 균이 들어가 회복이 좀 어려울 것 같습니다만."

"정말 유감입니다. 고생이 많으셨군요."

준코는 붕대를 감은 마키노의 눈언저리를 보며 꽃이라도 한

송이 가져오지 못해 미안하다고 했다.

"마키노 씨한테 어떤 꽃이 좋을지 여쭤보고 나중에 배달해드리려고요."

"아아, 꽃 좋습니다. 요즘은 향기를 맡으면 마음이 아주 편안해지더군요. 그래도 신경 쓰지 마십시오. 그보다 시즈토 군한테서는 그뒤로 무슨 연락이 있었습니까?"

준코는 아뇨, 하고 대답했다. 마키노는 등을 구부린 채로 창쪽을 향해 고개를 끄덕였다.

"저번에는 시즈토 군 일로 어머니께 실례가 많았습니다. 정말 죄송했습니다."

준코는 마키노에게 무슨 일이 일어났던 건지 의아스러웠다. 다칠 때의 충격에서 회복되지 못한 걸까?

"상태가 이래서 앞으로 어떻게 될지 불안하면서도, 한편으로는 마음이 편안하기도 합니다. 내가 어떻게 되든 단 한 사람만은 날 이해하려고 애써줄 거라는 믿음 때문일지도 모르겠습니다."

마키노는 같은 자세로 자신의 부모님 이야기를 시작했다. 어머니의 죽음을 안타까운 듯, 아버지의 죽음을 가련한 듯 풀어놓았다. 자신이 아는 그들의 실상과는 다르지만, 그들의 좋은 면만을 생각하자면 두 사람이 어린 시절에는 갖고 있었을 '순수한 혼'을 접하는 듯한 기분이 든다고 말했다.

그리고 베갯머리를 더듬어 휴대전화를 찾아들고는 준코 쪽으로 내밀었다.

"부재중 전화에 녹음된 걸 저장해두었답니다. 내 버팀목이 되어주는 또 하나의 보물이죠."

마키노가 익숙한 손놀림으로 전원을 켰다. 초등학생 정도 되는 듯한 남자아이의 목소리가 흘러나왔다.

"전화는 엄마가 걸어줬어요. 전화로나마 안부 인사를 드리라고. 사실은 살아 계신다고요. 그런데 크게 다치셨다고…… 찾아가지는 못하지만 건강하세요. ……그럼."

전원을 끄자, 잘은 모르겠지만, 아마도 마키노는 쑥스러운 모양이었다.

"죄송합니다. 제 이야기만 하고…… 시즈토 군 일로 하실 말씀이 있다고요?"

준코가 말을 꺼내려 했으나 갑작스레 나른함이 밀려드는 바람에, 말은 가슴 언저리에 걸리고 말았다.

"홈페이지에서…… 여자하고 걷고 있다고……"

다카히코가 대신 말을 꺼냈다. 마키노가 다카히코 쪽으로 고개를 돌리며 "아버님이십니까?" 하고 물었다.

"예, 그 여자가 누구인가 해서……" 다카히코가 숨소리와 별다를 바 없는 목소리로 물었다.

"저도 모른답니다. 시즈토 군의 행동에 공감하는 사람일지도 모르겠습니다. 실은 그런 사람이 더 많아졌으면 합니다. 가능하면 저도 시즈토 군의 생각에 따르고 싶기도 하고요."

준코는 당혹스러웠다. 시즈토를 좋게 말해주어서 기뻤지만, 너무 치켜세우는 건 바라지 않았다.

"슬슬 가볼까……?" 하고 다카히코가 재촉했다. 준코의 몸 상태를 눈치챈 모양이다. 준코는 마키노에게 새삼 위로의 말을 전하고, 이야기를 해주어서 고맙다고 인사했다. 마키노도 인사를 하고 일어서며 물었다.

"시즈토 군 이야기를 들으러 또 한 번 댁을 찾아가도 될까요?"

준코는 "언제든지 오세요" 하며 상대가 내민 손을 잡았다. 순간 마키노가 멈칫했다. 힘주어 손을 맞잡지 못했다. 병세를 눈치챘을지도 모른다. 하지만 마키노는 아무 말도 하지 않았다.

병실을 나올 때, 등뒤에서 천장에 다리를 매단 청년이 내뱉듯이 중얼거리는 소리가 들렸다.

"그런 사람이 있을 리 없지…… 만약 있다 해도 역시 아무 도움이 안 돼……"

12월 30일 아침, 시가 현에서 미노리가 올라왔다. 레지가 연락했을 것이다.

미노리는 침대에 누워 있는 준코를 보자마자 옆에 앉아 손을 꼭 잡고 놓지 못했다.

어제 또 복수를 빼냈다. 편안해지긴 했지만, 이제 기쁘지는 않았다. 야마즈미가 고칼로리 수액은 힘들기만 하니 유지용 수액으로 바꾸는 게 어떻겠냐고 권했다. "엄마가 좋다면" 하고 미시오도 동의했기 때문에, 준코도 받아들였다. 앞으로는 '유지'만 될 뿐인 생명이구나 생각하면서.

미노리와 산책 삼아 양로원에 갔다. 크리스마스 이후 자원봉사를 나가지 못해 한마디 인사라도 하고 싶었다. 직원들은 준코의 상태를 어렴풋이 눈치챘을 테지만, 평소처럼 대해주었다. "여러분, 새해 복 많이 받으세요" 하고 인사를 건네자, 다들 웃는 얼굴로 "새해 복 많이 받으세요!" 하고 답해주었다.

바짝 야위어 피부가 건조해진 탓에 가려움증이 심해졌다. 크림을 아무리 발라도 참을 수 없을 때가 있었다. 미노리가 이를 알고 시어머니를 간병했던 경험으로 수건을 찬물에 적셔서 물기를 짠 다음 가려운 곳에 얹어주었다. 시원하니 잠시나마 가려움이 덜한 것 같았다.

황달이 심해져서 피부가 황갈색을 띠었다. 곳곳에 딱지 같은 게 앉고, 껍질처럼 벗겨지기도 했다. 미노리가 또 뭘 해줄까 물어서, 이 벗겨지는 피부를 어떻게 좀 했으면 좋겠다고 했다. 미노리가 "목욕하면 안 되나?" 하고 되묻자, 레지가 문득 생각난 듯 말했다.

"그러고 보니 외숙모, 태어날 아기하고 같이 목욕하고 싶다고 전에 말했죠?"

그러자 바로 야마즈미와 강에게 허락을 받았는지, 미시오가 말했다.

"엄마, 지금부터 아기하고 같이 욕조에 들어가요."

욕실에서 다카히코가 준코를 안고, 미노리가 옷을 벗겨준 다음, 두 사람이 양쪽으로 안아올려 먼저 욕조에 들어가 있는 미시오 옆에 앉혀주었다. 크지 않은 욕조에 미시오와 앉으니 몸이 끼면서 안정되었다. 다카히코는 욕실 밖에서 만일의 경우에 대비하고, 미노리가 욕조 밖에서 준코를 받쳐주었다.

터질 듯한 미시오의 배 위에 손을 올려놓았다. 탄탄하고 탄력 있는 살과 탱탱한 피부의 감촉에 뱃속의 꽉 찬 생명이 느껴지는 듯했다. 정말 있구나…… 여기에 살아 있구나…… 생각하니 가슴이 떨렸다. 동그란 배를 쓰다듬듯이 어루만진다. 그러다 문득 생각난 듯 물었다.

"싫지 않니, 이러는 거……?"

다 죽어가는 사람의 손으로 아기를 만져서…… 하는 말은 차마 할 수 없었다.

미시오가 준코의 손을 감싸쥐고 자신의 배로 끌어당겼다.

"더 만져줘. 많이, 많이, 만져줘……"

"준코, 아기한테 말을 걸어보면 어떨까?" 미노리가 권했다.

준코는 눈앞의 커다란 배에 입술을 대듯이 하고 아기에게 말을 건넸다.

"할머니야…… 지금 너랑 같이 목욕하고 있단다…… 건강하게 태어나야 해."

말을 마치자마자 미시오의 배의 한 부분이 톡 하고 튀어나오듯이 움직였다.

깜짝 놀라 고개를 들었다. 미시오가 웃고 있었다. 미노리도 웃었다. 몸속 깊은 곳에서 뜨거운 것이 북받쳐올라 준코는 힘을 다해 팔을 들어서 미시오를 껴안았다. 미노리가 도와주었다.

납작해진 가슴에 탱탱한 배가 딱 붙어서 마치 자신이 엄마에게 안겨 있는 듯한 기분이 들었다. 가슴과 맞닿은 미시오의 배 안에서 또다시 톡 하고 신호를 보내왔다. 온몸으로 느껴지는 그 신호가 내 아이의 태동 같았다. 미시오가 귓가에 대고 속삭였다.

"엄마, 이 아이…… 아들이래."

섣달 그믐날, 화창한 겨울의 파란 하늘에 구름이 흩어져 있다. 그 모습이 적당히 디자인한 무늬처럼 보인다.

준코는 다카히코에게 근처 신사에 가자고 했다. 다카히코는 내일 다 같이 가는 게 어떻겠냐고 대꾸했다.

"내일은 붐빌 테고…… 가끔은 단둘이 데이트하는 것도 좋잖아요."

(그리고 예감이 들어요. 내일이면 내가 밖에 나갈 수 없을 것 같다는……)

신사에는 이미 새해맞이 단장이 다 끝나 있었지만, 사람은 없었다.

다카히코에게 휠체어를 밀어달라고 해서 돌계단 옆 오르막길을 올라가 새전함 앞으로 갔다. 준코는 다카히코의 도움을 받아 간신히 종을 치고 새전을 던졌다. 그리고 가족의 행복과 태어날 아기의 건강과 시즈토의 무사함을 기원했다. 휠체어로 돌아오자, 이번에는 다카히코가 기도했다. 고개를 숙이고 있는 남편에게서 흰머리가 부쩍 많아진 것을 보며, 이참에 이 말만은 해두어야겠다고, 얼마 전부터 눈치채고 있던 일을 말했다.

"다카히코…… 당신…… 내 뒤를 따를 생각이죠?"

다카히코의 등이 떨렸다. 준코가 병원에서 위 검사를 받고 로비로 나왔을 때 "그렇게 하면 되는 거야" 하고 혼잣말을 중얼거렸던 것은 준코가 잘못되면 자기도 바로 뒤따를 거라고 결심했기 때문이리라. 그래서 그후로 다카히코는 준코의 상태에 일희일비하는 일 없이 침착하게 간병할 수 있었던 것이다.

"그러면 절대 안 돼."

"……어째서?" 다카히코가 어깨 너머로 물었다.

"어째서라니요. 미시오가 있고, 손자가 태어나요!"

"……레지한테 맡기면 돼. 미노리도 있고."

"부모를 한꺼번에 잃으면 미시오가 얼마나 힘들겠어요? 아기한테도 분명 안 좋을 거라고요."

"나는 못하겠어…… 당신 없이 사는 거……"

가슴속이 요동쳤다. 마주 보고 있지 않은 것이 다행이었다. 준코는 간신히 마음을 다잡고 말을 이었다.

"시즈토가 돌아왔을 때 우리 둘 다 없으면 얼마나 충격받겠어요. 내가 어떻게 지내다가 떠났는지 다 얘기해줘요. 아마 죽기 전엔 못 볼 것 같으니…… 방긋방긋 웃으며 갔다고 꼭 말해줘요."

"볼 수 있을 거야…… 돌아올 거야……"

"그 아이가 하는 일을 지켜봐주세요. 지치면 쉬게 하고, 그만두고 싶다고 하면 곁에 있어주고요. 계속하고 싶다고 하면 날 위해 남겨둔 돈, 다 주세요."

다카히코가 새전함에 손을 짚고 몸을 가누었다.

"다카히코…… 올 한 해 참 좋았죠. 손자도 생기고, 미시오를 부탁할 상대도 생기고. 시즈토를 만나진 못했지만, 건강하다는 소식은 들었잖아요. 그렇죠? 좋은 한 해였어요."

준코는 다카히코의 허리를 부여잡았다. 준코의 손길을 느낀 다카히코가 앞을 향한 채 아내의 손을 꼭 잡았다.

"나요. 부모님 만나면 자랑할 거예요."

준코는 남은 힘을 쥐어짜듯 다카히코의 손을 맞잡았다.

"어때요? 저 남자 보는 눈은 있었죠, 하고 말이에요."

그 자리에 주저앉는 남편의 모습에 가슴이 쓰려와 허공으로 시선을 돌렸다.

불규칙한 모양의 구름 표면에 그림자가 드리워진다. 높은 하늘 어디쯤에서 생겨난 그림자일까? 폭신하면서도 뾰족하게 튀어나온 부분이 햇빛을 가려 생긴 걸까? 안쪽으로 포개진 두꺼운 구름이 그림자로 나타난 걸까? 하늘이, 구름이, 평소보다 가깝게 느껴졌다. 어쩌면……

(내가 가까워지고 있는 건지도 몰라.)

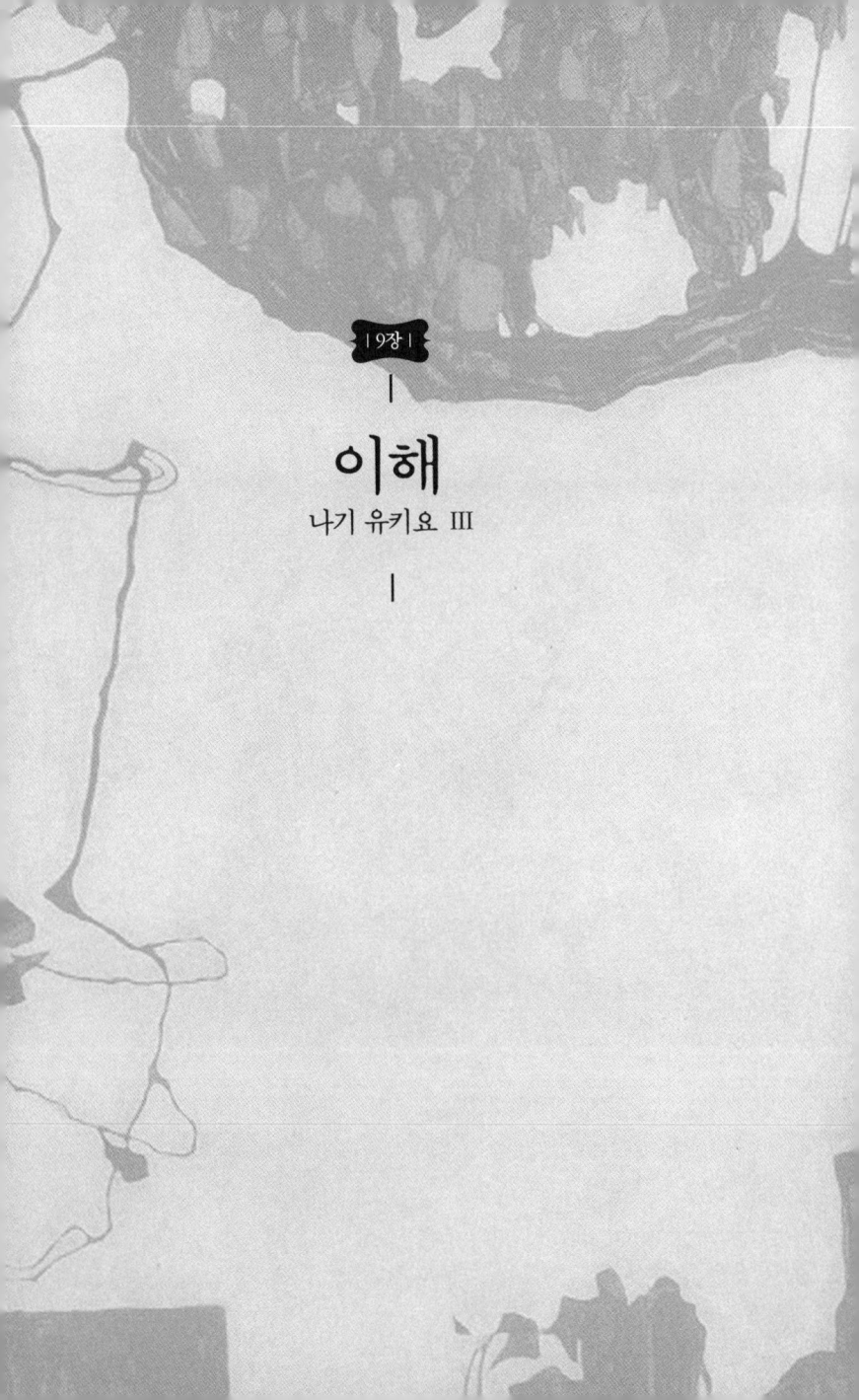

| 9장 |

이해

나기 유키요 Ⅲ

1

가루눈이 섞인 빗방울이 아스팔트 위에서 튀어올라 무릎 아래까지 차갑게 적신다.

길 한쪽으로는 산이 계속 이어진다. 잎이 다 떨어진 나무들의 젖은 줄기에 비 내리는 하늘의 희미한 빛이 반사되어, 산은 몹시 추워 보인다. 찻길을 사이에 두고 맞은편에는 밭이 펼쳐져 있고, 그 가운데 인가가 드문드문 보인다. 어제 공원에서 주운 신문을 보니 12월로 접어들면서 북쪽 지방에서는 본격적으로 눈이 내리기 시작했다 한다.

나기 유키요는 비옷 속으로 빗물이 들어오지 않게 고개를 푹 숙인 채, 앞서 가는 사카쓰키 시즈토의 발만 보며 걸었다. 시즈토는 건축 일을 하는 사람들이 비 올 때 신는 버선 모양의 고무 장화로 갈아신었다. 몇 번 시험해본 결과, 비가 올 때는 여행자에게 이보다 좋은 신발이 없다는 걸 알게 되었다고 한다. 아직 그런 신발을 사지 못한 유키요는 일반 장화를 신었다. 장화와 종아리의 틈새로 비가 들어오기 때문에, 시즈토가 시키는 대로 그 틈에는 신문지를 채워넣고 다녔다.

지금 군마群馬 현 내의 국도변 인도를 걷고 있는 두 사람은 곧 사이타마 현과의 경계에 이르게 된다. 시즈토와 걷기 시작한 지 석 달째였다. 그의 걸음이 느린 탓에 유키요도 그럭저럭 따라갈 수 있었다.

"이대로 영원히 녀석하고 여행을 계속할 생각은 아니겠지?"

고미즈 사쿠야가 날마다 놀린다. 모른 척하면 사쿠야는 더욱 신이 나는 듯, 유키요의 어깨 위에서 키득대며 속삭인다.

"네가 녀석하고 계속 붙어다니는 이유를 가르쳐줄까……? 녀석을 죽이고 싶은 거지?"

주위에 민가가 늘어나기 시작했다. 시즈토는 국도에서 벗어나 집들이 모여 있는 쪽을 향해 걸었다.

밭 옆으로 지나가는 관개수로의 물살이 세다. 내리는 비 때문이다. 시즈토가 논밭 길을 달려오는 소형트럭을 향해 손을 들었다. 중년 남자가 노골적으로 경계심을 드러내며 고개를 내밀었다. 남자는 시즈토의 이야기를 듣고 나서 불쾌한 듯 얼굴을 찡그리면서도 몇 마디는 대답해주었고, 유키요에게 차갑고 의심스러운 눈길을 보낸 뒤 트럭을 출발시켰다.

　"여행 끝에 녀석을 죽일 생각이지?"

　유키요는 시즈토 앞에서 자신의 출생부터 사쿠야를 죽일 때까지의 이야기를 토해내듯 단숨에 털어놓았다. 성적인 것을 포함해 이른바 치부까지 전부 드러냈다. 하지만 시즈토의 반응은 냉정하다기보다 냉담했다. 선량해 보이던 사쿠야의 행위가 위선이었다고 말했는데도 사람들이 사쿠야에게 감사했다면 그걸로 됐다고, 여전히 좋은 사람으로 애도하겠다고 했다. 사쿠야는 유키요의 사랑을 이용해 그녀를 살인범으로 만들고 지옥에 떨어뜨렸다. 그런데도 시즈토는 유키요가 한순간 그를 사랑했다면, 그 사랑 역시 좋은 추억으로 가슴에 새기겠다고 답했다. 남의 일을 어떻게 생각하든 그건 자유다. 하지만 자기 생각하기 편한 대로 극히 일부의 사실만 주워모아 진실과는 다른 인간상을 만들어 기억하는 것을 용서할 수 있을까……

　앞서 가던 시즈토가 걸음을 멈추었다. 관개수로가 지하 배수로로 연결되는 지점에 철책이 박혀 있는 입구가 나왔다. 바깥쪽은 콘크리트로 마감되어 있다. 이 년 전 여름, 이웃 마을에 사는 네 살짜리 사내아이가 수로 상류에서 떨어져 이곳에서 사체로 발견됐다고 한다. 아마 이웃 사람들이 총동원되어 아이를 찾았다는 신문 기사 내용과 소형트럭 운전사가 해준 이야기를 바탕으로 시즈토는 애도할 것이다. 그는 고무장화를 벗고 바짓자락을 걷어올리고 배낭을 짊어진 비옷 차림 그대로 수로로 걸어들어갔다.

평소에는 수위가 더 낮았을 테지만, 불어난 물은 시즈토의 무릎까지 왔다. 그는 물살을 힘껏 버티고 서서, 보통 때는 지면 가까이 내리던 왼손을 물에 담그고, 오른손은 비 내리는 하늘을 향해 들었다가 가슴 앞에서 양손을 포갰다. 전에도 본 적 있는 광경이었다. 강에서 낚시를 하다 떠내려간 소년과 소년을 구하려던 이웃 남자, 두 사람의 죽음을 애도할 때도 시즈토는 맨발로 물속에 들어갔다.

유키요의 등뒤에서 엔진 소리가 들렸다. 아까 그 트럭이 10미터 앞에 서더니 조수석 문이 열리고 삼십대 중반으로 보이는 작업복 차림의 남자가 내렸다. 남자는 우산도 쓰지 않은 채 이쪽으로 달려와서는 유키요를 흘끗 본 뒤, 수로 안의 시즈토를 발견하고 숨을 죽이는 듯했다. 이내 생각을 고쳐먹었는지, 시즈토에게 말을 걸었다.

"어이…… 당신, 거기서 뭐 하는 거야?"

쉰 목소리였다. 애도중인 시즈토는 고개를 들지 않았다. 작업복 차림의 남자는 애가 타는 듯 길가까지 와서 큰 소리로 같은 말을 되풀이했다. 시즈토는 겨우 고개를 들더니, 인사를 하고 언제나처럼 대답했다.

"애도하고 있었습니다."

남자는 의미를 몰랐을 것이다. 약간 기세가 꺾인 목소리로 그게 무슨 소리냐고 거듭 물었다.

시즈토는 도로에 손을 짚고 수로에서 올라와, 젖은 발로 남자의 정면에 섰다.

"여기서 죽은 남자아이를 애도하고 있었습니다."

작업복 차림의 남자는 혼란스러운지 신경질적으로 주위를 두리번거렸다. 어느새 옆에 다가온 트럭 운전사가 우산을 씌워주며 작업복 차림의 남자를 말린다.

"이상한 짓 못하게 먼발치에서 보기만 하라고 그랬잖아. 그냥 내버려둬."

"저어, 괜찮으시다면 죽은 남자아이에 대해 말씀해주시겠습니까?"

시즈토가 작업복 차림의 남자에게 말을 걸었다. 남자는 주먹을 쥐고 시즈토를 바라보았다. 이내 중년 남자가 말을 이었다.

"할 이야기 없소. 벌써 이 년 전 일이오. 얼른 가시오. 당신들, 종교 단체에서 나왔지?"

'예, 라고 대답하면 시간이 절약될 텐데.' 유키요는 늘 그렇게 생각했다. 시즈토의 기이한 행동도 종교에 기인한 것이란 분위기를 풍기면 사람들은 일반적으로 거리를 둘 것이다.

"아뇨, 종교하고는 관계없습니다. 개인적으로 돌아가신 분을 애도하고 싶을 뿐입니다."

그런데 그는 늘 이렇게 솔직히 설명하려 해서 상대를 더욱 혼란스럽게 만든다.

"뭐 어쨌건 좋으니까 빨리 가쇼. 아니면 경찰을 부르리다."

중년 남자가 그렇게 내뱉고는 작업복을 입은 남자의 팔을 끌고 소형트럭으로 돌아갔다.

시즈토는 수건을 꺼내 비옷 아래 젖은 발을 닦았다. 그때 시동이 걸린 소형트럭의 조수석 문이 벌컥 열리더니, 작업복 차림의 남자가 다시 내려 이쪽으로 뛰어왔다. 남자는 시즈토 정면에 섰다.

"착한 아이였다고 기도해줘요. 기왕 하려면 정말 착한 아이였다고 기도하고 가라고요. 수로 옆에 핀 꽃을 엄마한테 선물하려던…… 그런 아이였으니까."

남자는 거기까지 단숨에 내뱉고 고통스러운 듯 숨을 토하더니, 어깨가 축 처져서는 트럭 쪽으로 되돌아갔다.

"당신이……" 시즈토의 말에, 남자가 트럭 문을 열다 말고 돌아보았다.

"당신이 소중히 여긴 아이였다는 것도 빼놓지 않겠습니다."

남자는 뭔가 하고 싶은 말을 삼키듯 턱을 당기더니, 고개를 푹숙이고 조수석에 올라탔다. 트럭은 그대로 후진하다가 중간의샛길로 빠져서 달려갔다. 시즈토는 길 위에 무릎을 꿇었다. 아래

위로는 올리지 않고 바로 가슴 앞에서 두 손을 모으고 고개를 숙였다.

나는 이 남자가 어떻게 해주길 바라는가…… 나는 사람을 죽였지만, 그에게 날 비난할 권리는 없다. 안이한 동정도 화가 난다. 어쩌면 이 남자가 비난을 하건 동정을 하건 간에, 다른 이들과 다를 바 없다고 생각해버리고 싶은 건지도 모른다. 그러면 순순히 헤어질 수 있을 것이다. 사쿠야의 존재를 어깨 위에 느끼면서 앞으로 어떻게 살아가야 할까…… 시즈토에게서 답을 구하리라 기대하지는 않았지만, 달리 방법도 없었다. 혼자가 되면 물에 뛰어들든지 차에 몸을 던지든지 죽는 수밖에 없을 것 같았다. 시즈토와 여행을 계속해도 아무 답을 얻을 수 없다면 역시 선택은 같을 수밖에 없을 것이다. 그때는 내가 그를 데려가리라, 그런 생각도 한다. 마음만 혼란에 빠뜨려놓고 아무런 해답을 주지 않으니 당연히 되갚아줘야 하지 않는가 싶어서……

"그건 응석이나 다름없잖아? 요컨대 너의 살의에는 응석이 포함되어 있다고."

애도를 마친 시즈토가 고무장화를 신고 다시 걷기 시작했다. 이쪽에 신호를 보내거나 하진 않는다. 그것을 이미 아는 유키요도 묵묵히 뒤를 따른다. 시즈토는 유키요가 함께 걷는 것을 마다하진 않았지만, 따라오라고 권한 적도 없었다. 그래도 최소한의 편의는 봐주었다. 유키요는 늘 시즈토의 충고에 따라 행동했다.

노숙 여행에는 여러 가지로 불편한 점도, 답답한 일도 셀 수 없이 많다. 특히 화장실 때문에 고생스러웠는데, 밖에서 볼일을 보는 경우도 적지 않았다. 민망해서 참고 있으면 사쿠야가 어깨 위로 얼굴을 내밀고, 사람도 죽였는데 뭐가 부끄럽냐며 빈정거렸다. 그런 말을 들으면 다시 정색하고 행동했다. 오래 걷는 데 익숙해진 지금은 계속 따라다녀도 괜찮지 않을까 싶은 생각도 든다. 문제는 이 여행의 무의미함을 깨닫고 끝내야겠다고 생각하는 날이 언젠가 닥치지 않을까 하는 것이었다.

국도로 돌아와 버스 정류장을 발견했다. 한 시간쯤 버스를 타고 달려, 해질 무렵이 가까워져서야 쓸쓸함이 감도는 어느 마을에 도착했다. 이곳에서 여든 살의 노파가 와병중인 남편을 목 졸라 죽이고, 자신도 장롱 서랍 손잡이에 끈으로 목을 매 목숨을 끊었다. 시즈토가 올봄에 역에서 주운 주간지 기사에 따르면, 아들 부부와 성인이 된 손자 두 명도 같이 살고 있었고, 온 가족이 함께 간병을 하고 있어서 노파는 절대 고독하지 않았다고 한다.

그 집 근처 네거리에 잡화점이 있었다. 이런 가게 사람들은 시즈토의 존재는 물론 그가 하는 질문을 의심스러워하면서도 종교 관계자라고 생각하는지, 대체로 쉽게 사정을 말해주었다.

올해 3월 감기를 앓고 난 뒤, 노파는 앞으로 남편과 자신이 식구들에게 배로 짐이 될까봐 두려워한 것 같다. '둘이서 먼저 가겠습니다' 하는 유서에 감사의 말을 남겼다. 가족들도 이웃 사람들도 그런 노파가 불쌍해 눈물을 흘렸다…… 시즈토는 그런 이야기를 들은 뒤 가게 사람이 화제로 삼지 않은 남편에 대해서도, 누구에게 사랑받고 누군가 그에게 감사를 표한 적이 있는지 물었다.

가게 사람은 묻기 전까지 까맣게 잊고 있었다는 표정으로 죽은 노인이 베푼 크고 작은 선행과, 수목 가꾸기가 취미였던 노인이 심은 아름다운 국화와 진달래꽃을 보며 이웃들이 즐거워했다는 이야기를 들려주었다. 민폐를 끼치지 않는다는 조건으로 그 집으로 가는 길도 알려주었다. 고즈넉한 집 마당에 남은 수목들은 지금도 잘 손질된 채였다. 그곳을 둘러본 뒤, 시즈토는 집 앞 도로에 한쪽 무릎을 꿇었다.

그곳에는 노숙할 만한 장소가 마땅찮아서 국도까지 되돌아왔다. 도로변 산지에서 직접 가꾼 채소를 파는 무인 오두막이 있었다. 덧문이 닫혀 있었지만, 잠겨 있지 않아 쉽게 들어갈 수 있었다. 짐을 내려놓고 맨바닥에 비닐 시트를 깔았다. 시즈토가 고형 연료에 불을 붙이고, 접이식 냄비를 펴서 공원에서 물통에 받아 온 물을 따랐다. 물이 끓자 접이식 컵에 옮겨 담고, 이웃에서 항의하지 않게 곧바로 불을 껐다. 유키요는 할인 코너에서 구입한 식빵과 바나나와 가루 수프를 꺼냈다. 레버를 돌려 손전등을 켜고 식사를 했다. 식후에 시즈토는 손전등에 딸린 라디오를 들으며, 화재로 두 명이 사망했다는 뉴스를 메모했다. 볼일을 보려면 비옷을 입고 밖으로 나가야 했다. 시즈토는 잠들기 전에 손전등 불빛 아래서 그날 애도한 사람들에 대해 기록하고, 예전의 기록을 다시 읽으며 보다 깊은 애도를 표했다.

일찍 자기 때문인지 평소에는 동이 트기 전에 눈을 뜨는데, 오늘 아침은 시즈토가 꽤 이른 시간부터 유키요를 깨웠다. 비가 들이치니 일어나 앉아 있는 편이 좋을 거라고 했다. 침낭은 접어서 치워두고 비옷을 입었다. 주위가 희붐해지는데도 빗발은 잦아들지 않고 바람도 세차서, 오두막 벽에 가지들이 부딪치는 소리가 났다.

"오늘은 못 걸을 것 같군요. 여기서 잠시 머물죠."

시즈토는 바깥 날씨에 신경을 곤두세웠다. 그는 거친 날씨를 무시하고 무리하게 걷다가 병이 나거나 다치는 걸 두려워했다. 여행 초기에는 종종 무리하게 강행하다가 감기에 걸려 되레 며칠씩 시간을 낭비한 일도 종종 있었다고 했다. 의료보험에 가입하지 않아서 건강을 해치면 경제적인 타격도 큰 듯했다.

시즈토는 이렇게 발이 묶인 날에는 노트를 펴서 지금까지의 애도를 반복한다. 유키요도 마땅히 할 일이 없어서 다른 노트를 보여달라고 했다. 벌써 몇 번이나 읽었지만, 그것은 고인에 대한 기록이라고 할 수 없었다. 신문과 라디오 등의 각종 보도를 메모한 노트에는 사람들의 사망 원인이 적혀 있었지만 애도한 후에 정서한 다른 노트에는 그 부분이 빠져 있었다. 고인의 사랑과 감사의 에피소드만 적혀 있을 뿐, 그 사람이 어떻게 죽었는지는 기록되어 있지 않다. 그 노트는 이른바 사랑과 감사로 충만한 사람들이 지금도 이 세상에 존재하고 있는 것처럼 정리해놓은 인명부였다.

국도에서 구급차 사이렌 소리가 들려왔다. 시즈토가 일어서서 반쯤 열린 덧문으로 밖을 내다보았다. 구급차가 지나가자, 그는 기도하듯 양손을 배 앞에 모았다. 비단 지금뿐만이 아니었다. 시즈토는 구급차를 볼 때마다 그런 식으로 기도를 한다. 보통의 애도 방법과는 달랐기 때문에 뭘 하는 건지 물어본 적이 있었는데, 시즈토는 수줍은 듯 미소만 지을 뿐 아무 대답도 하지 않았다.

"언제까지 같이 걸을 생각입니까?"

시즈토가 뜬금없이 물었다. 시선은 여전히 구급차가 지나간 방향을 향한 채이고, 말투는 담담했다. 하지만 목소리에 초조함 같은 것이 묻어나 유키요는 놀랐다. 시즈토가 그런 말을 하는 것은 처음이었다. 진의를 알 수 없어 머뭇거리자, 시즈토는 앉아서 노트로 눈을 돌렸다.

해가 저물 때까지의 시간이 길게 느껴졌다. 가만 생각해보니, 그가 감정 같은 것을 표현한 건 처음이 아닌가……? 늘 침착한 그는 분노나 초조함과는 거리가 멀었다.

열흘쯤 전에 꽃다발이 놓여 있던 교외의 한 도로에서였다. 중년 부부가 도로와 갓길 수목 사이의 거리를 자로 재고 있었다.

부부는 고인을 추도하며 걷고 있는 시즈토를 순례자 같은 존재로 생각했는지, 그가 묻는 말에 성심껏 답해주었다. 세상을 떠난 사람은 부부의 아들이었다. 오토바이를 몰다가 트럭과 충돌한 다음 갓길 나무를 들이받아 사망했다. 그때 경찰은 자세한 검증도 하지 않은 채 트럭 운전사의 증언만 듣고, 아들이 운전중에 휴대전화로 통화하다가 실수한 거라고 판단했다. 부부는 통화 기록을 조사해 아들이 사망 당시에 통화하지 않았음을 증명했다. 그러자 경찰은 통화가 아니라 문자를 확인하고 있었다고 말을 바꾸었고 트럭 운전사는 역시 처벌받지 않았다. 두 사람은 경찰에 대한 불신과 가해자에 대한 분노를 눈물로 호소했다. 유키요조차 감정이 격해지는 듯했다. 그런데 시즈토는 그런 이야기에 전혀 관심을 보이지 않고, 그들의 아들이 부모님 외에 누구에게 사랑받았으며, 누구를 사랑했고, 사람들이 어떤 일로 아드님께 감사를 표했는지 들려달라고 부탁했다. 부부는 자신들의 분노에 동감하지 않는 시즈토에게 대놓고 불만스러운 표정을 지어 보였다. 이런 말도 안 되는 처사가 어디 있느냐며 다그쳐도, 시즈토는 담담하게 대답할 뿐이었다. "저에게는 사람을 재판할 권리가 없습니다."

평소에는 이랬던 시즈토가 희미하게나마 초조함을 드러낸 것이었다. 더욱이 지금까지는 유키요가 따라다니는 것에 대해 싫은 내색은 하지 않았는데…… 그의 마음속에 무슨 변화가 생긴 것이다.

"어쩌면 널 의식하기 시작했을지도 모르겠군. 그러니까 여자로 말이지."

사쿠야가 침낭에 들어간 유키요의 귓가에 대고 속삭였다. 밤이 되자 빗줄기가 가늘어졌다. 비닐 시트 위에 침낭을 깔고 시즈토와 유키요는 나란히 누웠다. 시즈토는 손전등 불빛 아래 노트를 읽고 있다.

"네가 적나라하게 이야기한 나하고의 일이 녀석의 가슴에 불을 지핀 게 아닐까?"

잘 자요. 시즈토가 노트를 접고 손전등을 껐다. 네, 잘 자요. 유키요도 입속말로 답하고 눈을 감았다. 새벽녘에 유키요가 눈을 떴을 때, 비는 그치고 시즈토는 이미 일어나 식사 준비를 하고 있었다. 오두막에서 아침을 먹고 아직 어둑한 바깥으로 나왔다. 어제 시즈토의 말은 혹시 잘못 들은 걸까……? 유키요가 따라 걷기 시작해도 그는 아무 말이 없었다.

2

군마 현과 사이타마 현 경계에 있는 약간 큰 도시에 도착했다. 역사 벽에 도쿄에서 개최중인 미술전 포스터가 붙어 있는 것을 보니, 곧 도쿄구나 하는 생각이 들었다.

역 앞 표지판으로 근처에 도서관이 있다는 것을 알았다. 시즈토는 도서관이 눈에 띌 때마다 들어가, 보지 못한 날짜의 신문을 지방지 중심으로 열람했다. 전국지에는 정치와 경제 관련 뉴스가 사회면까지 침범해 사망 기사가 실리지 않는 날이 의외로 많다는 걸 유키요도 여행을 하면서야 알게 되었다. 그런 날에도 지방지에는 가까운 지역의 사건 사고와 그에 따른 사망 기사가 실린다. 사망자에 대한 간단한 소개가 실려 있는 경우도 있어서 시즈토는 꼼꼼히 메모를 한다.

이날은 종일 도서관에서 보내다 시내 공원에서 노숙을 하기로 정하고, 슈퍼마켓에서 식료품을 구입하고, 공중목욕탕에 다녀오고, 코인 빨래방에서 빨래를 했다. 이틀 연이어 도시 한복판에서 일어난 사건 사고의 사망자를 애도했다. 사흘째 점심때, 시내로 들어가 외곽으로 가는 버스를 탔다. 지난여름 인적 없는 숲속에서 네 명의 젊은이가 승용차 안에 연탄불을 피워 자살했다. 지역에서도 화제가 된 사건이라며 도서관 직원도 사건 현장을 잘 알고 있었다. 다만 신문에는 사망자의 성별과 나이와 출신지만 공개되었을 뿐이라, 시즈토가 찾는 정보는 알 수 없었다.

버스 종점에서 기사에게 또 한 번 물어서 차들의 왕래가 적은 도로에서 비포장 산길로 접어들어, 쌓인 낙엽을 밟으면서 걸었다. 고압선 철탑 옆이라는 사건 현장은 자동차 한 대가 간신히 지나갈 만큼 좁은 길로 이어져 있었다. 이윽고 철책으로 둘러싸인 철탑 앞에 이르렀다. 차는 이미 견인되어 정확한 장소는 알 수 없었지만, 숲을 스쳐 지나가던 바람이 멈춰 쌓여 있는 듯한 그곳에서 시즈토는 바람 냄새라도 맡듯 심호흡을 하고 나무줄기를 쓰다듬은 뒤 낙엽 더미에 무릎을 꿇었다.

"저기요…… 상대의 이름도, 예의 사랑이니 감사니 하는 이야기도 모르는데 애도할 수 있어요?"

유키요가 물었다. 시즈토는 썩기 시작해 색이 짙은 낙엽 더미로 시선을 떨어뜨린 채 대답했다.

"물론 한 사람 한 사람을 일일이 애도할 수는 없겠지요. 다만 어떤 사람하고도 바꿀 수 없는 유일한 존재였던 네 명이 여기서 세상을 떠난 것은 사실이니, 그것만이라도 이 풍경과 함께 가슴에 새기고 싶습니다."

시즈토는 멀리서 새소리를 실어온 차가운 바람 사이로 오른손을 올리고, 아직 축축한 낙엽을 왼손으로 몇 장 집어올려, 그 잎을 두 손으로 모아 가슴에 대고 고개를 숙였다.

그동안 유키요는 철탑 아래 앉아 쉬었다. 시즈토가 애도를 마치자마자 걷기 시작하는 걸 보고, 엉겁결에 소리를 질렀다.

"잠깐만요!"

시즈토가 우뚝 멈춰섰다. 유키요가 처음 같이 걷기 시작했을 무렵에는 '잠깐만요' 하고 부르면, 시즈토는 '괜찮습니까?' 하며 되돌아와서 쥐가 난 발을 마사지해주기도 하고 물집을 처치해주기도 했다. 그런데 사쿠야와의 일을 이야기한 후부터인 듯한데…… 괜찮습니까, 하는 말만 하더니, 얼마 후에는 돌아보지도 않게 되었다.

"이곳은 마지막 버스가 빨리 끊어져서요."

담담한 어조가 "언제까지 같이 걸을 생각입니까?"라고 말했을 때와 비슷했다.

역시 잘못 들은 게 아니었구나…… 버려질 것 같은 두려움이 발밑에서부터 한기처럼 밀려올라와 유키요는 벌떡 일어섰다. 동시에 그때까지 몸을 숨기고 있던 사쿠야가 얼굴을 내밀고 놀렸다.

"이런이런, 기둥서방한테 버림받을까봐 겁내는 여자 같네. 녀석의 다리라도 붙들고 매달릴 참이냐?"

"가만 좀 있어요."

시즈토에 대한 불안감에 짜증스레 대꾸했다.

걸어가던 시즈토가 돌아보았다.

"뭘 봐. 너한테 한 말 아닐세!"

사쿠야가 시즈토에게 냉소를 보냈다.

유키요는 문득 자신도 같은 말을 하고 싶었다는 걸 깨달았다. 뭘 보는 거예요, 당신한테 한 말 아니에요, 하고…… 우연일까? 하지만 이번뿐만이 아니었다. 전에는 별로 의식하지 않았는데,

최근…… 역시 사쿠야와의 일을 시즈토에게 말한 이후인 듯싶지만…… 사쿠야가 말하는 그 전후로 자신도 똑같은 말을 하려 했다는 걸 깨달을 때가 많았다.

"어떻게 된 거예요?" 자신의 오른쪽 어깨를 흘긋 보며 물었다. 사쿠야는 이미 모습을 감추고 대답도 하지 않는다. 고개를 돌려보니 시즈토가 미간에 짙은 그림자를 드리운 채 유키요를 보고 있다. 그에게 살인 경위를 털어놓으면서 사쿠야가 어깨 위에 있다는 것도 호소했지만 제대로 설명한 건 아니다. 새삼 시즈토를 시험하고 싶은 충동이 들었다.

"어깨 쪽에 내가 죽인 고미즈 사쿠야 씨의 영혼이 붙어 있어요. 종종 뒤에서 얼굴을 내밀고 말을 걸어와요. 애도하는 당신 모습을 줄곧 지켜보며 한심하다고 비웃었죠."

시즈토의 표정에는 아무 변화도 없었다. 주눅이 들었지만, 이미 살인죄까지 털어놓은 마당에 제정신이 아니라고 의심받아봐야 얼마나 달라질까, 대범하게 생각하기로 했다. 시즈토의 여행이야말로 애초부터 광기 어린 짓이 아닌가.

"당신 눈에는 안 보여요? 사쿠야는 사실 죽은 게 아니에요. 그만큼 특별한 사람이라고요."

시즈토가 유키요의 어깨 위로 시선을 보냈다. 혹시나 하고 기대했다. 하지만 이내 뒤돌아 다시 걷기 시작했다. 광기를 두려워한다기보다 헛소리에 질렸다는 듯 보이는 그 태도에 화가 났다.

"잠깐만요. 지금까지 같이 걸었으면 가끔 이쪽도 좀 배려해서 쉬었다 가도 되잖아요! 나는 그저 거치적거리기만 하는 존재였나요? 내가 도움이 된 적도 있잖아요!"

은혜를 갚으라는 식으로 들렸는지, 시즈토가 의아해하며 돌아보았다.

"전에는 곧잘 경찰의 심문을 받기도 했다 그랬죠? 그런데 나랑 다닌 뒤로는 그런 일 한 번도 없었잖아요. 여자하고 다니니, 수상쩍게 여기기보다 순례자라고 생각하기 때문 아니겠어요?"

진실이 뭔지는 모른다. 시즈토의 애도 방식과 사람들에게 질문하는 방식이 처음 여행할 때보다 익숙해져서, 사람들이 수상하게 생각하면서도 경찰을 부를 만큼은 경계하지 않게 되어서인지도 모른다. 하지만 굳이 고집스럽게 우겨보았다.

"질문을 받은 사람도 여자가 곁에 있으니 말하기가 더 쉬웠을 거라고요."

"……그럴 수도 있겠네요."

시즈토는 순순히 인정했다. 하지만 유키요가 안도할 틈도 없었다.

"하지만 당신 없이도 줄곧 해왔던 일입니다."

시즈토는 왔던 길 쪽으로 걷기 시작했다. 유키요는 더는 할 말이 없어서 무거운 발걸음을 옮겼다.

차도로 돌아와 한참 더 걷자 버스 정류장을 떠나는 마지막 버스의 꽁무니가 보였다. 시즈토는 유키요를 원망하는 기색도 없이 정류장을 지나쳐 계속 걸었다. 설마 시내까지 걸어갈 생각인가 싶어 말을 걸었다.

"저기요, 이쯤에서 노숙하고 아침까지 버스를 기다리는 게 어때요?"

시즈토가 대답이 없자 유키요는 발밑의 돌멩이를 집어던졌다. 돌멩이는 시즈토를 비켜 지나 굴러갔고, 마치 그 돌멩이를 쫓아가듯 시즈토가 차도를 가로질렀다. 잡초가 무성한 곳 안쪽에 창고로 보이는 건물 두 채가 나란히 있었다. 올 때는 버스를 타고 있어서 못 본 모양이다.

이층집 높이 정도 돼 보이는 건물은 공업부품을 만들던 공장인 것 같았다. 유리가 거의 없는 창 너머로 안을 들여다보았다. 황량한 콘크리트 바닥에 흩어져 있는 벽과 천장용 건축자재가 창으로 비쳐든 석양빛에 드러났다. 다른 한 건물도 마찬가지로, 그쪽은 천장이 무너져 바닥에 빗물이 고여 있었다. 시즈토가 바로 앞 건물의 잠겨 있지 않은 현관문을 열었다. 내부의 공기가 흔들렸다. 창으로 비스듬히 들어오는 빛에 먼지가 춤을 춘다. 그 모습이 꼭 일제히 날아오르는 벌레 같다.

벽과 천장으로 둘러싸인 실내는 최근 며칠간 노숙했던 공원보다 따뜻해 마음도 한결 차분해졌다. 저녁 준비를 하는 시즈토를 보고, 유키요도 먹을 걸 꺼내려다 문득 걱정스러워서 갖고 있는 돈을 확인했다. 두 번 다시 얼굴을 내밀지 않는다는 조건으로 사쿠야의 본가에서 받은 돈은 여행하면서 이리저리 쓰다보니 벌써 반 가까이 줄었다. 지금처럼 가다가는 앞으로 서너 달이면 여행을 끝내야 한다. 달리 말하면 그때까지는 여행을 계속할 수 있다.

"내일부터는 같이 다니는 것 그만둡시다."

식사를 끝내고, 시즈토가 불쑥 말했다.

유키요는 방금 무슨 말을 들은 건지 이해할 수 없었다. 아버지가 마지막으로 집을 나간 날, 문밖까지 쫓아나간 유키요에게 "그럼 안녕" 하고 가볍게 손을 흔들던 일이 뜬금없이 떠오른다. 또 죽은 딸의 사진을 목걸이 로켓 펜던트에 넣고 다니던 엄마의 애인이 엄마와 헤어진 날, 옆에 있던 유키요에게 "안녕" 하고 웃어 보일 때 가슴 아팠던 일도 떠오른다.

"어째서…… 그래도…… 따라다녀도 좋다고 했잖아요?"

"같은 방향으로 걷는 건 당신 자유라고 했을 뿐입니다."

시즈토의 태도는 평소처럼 담담했다. 어쩌면 사쿠야가 어깨에 붙어 있다는 이야기 때문에 유키요의 광기를 두려워하는 건가 생각도 했지만, 표정에서는 그런 내면의 변화를 엿볼 수 없다.

"그럼 좋아요. 난 여태껏 그랬던 것처럼 당신 뒤에서 걸어갈 테니까."

"……굳이 묻진 않았습니다만, 당신은 대체 무슨 목적으로 걷는 겁니까?"

시즈토의 목소리가 평소와 달리 엄하게 울렸다. 유키요는 이 여행에서 자신의 생과 사의 방향을 결정해야 한다고 생각하고 있었지만, 타인에게 과연 제대로 설명할 수 있을지 자신이 없어 고개를 돌리고 말았다.

그날 밤, 유키요는 잠을 이루지 못한 채 허무하게 시간만 보내다 시즈토가 침낭을 개는 기척에 몸을 일으켰다. 창밖은 벌써 훤했다. 시즈토가 준비한 아침식사는 일 인분이었다. 유키요도 빵과 영양 젤리 등을 사다둔 터라 곤란할 건 없었다. 시즈토는 식사를 마친 뒤에 메모와 지도를 확인하고, 침낭을 깐 자리를 정리한 다음 첫차 시간에 맞춰 밖으로 나갔다. 유키요는 말없이 따라나섰다.

버스를 타고 다시 시내로 들어갔다. 시즈토는 건설 현장에서 쓰러진 크레인에 깔려 죽은 페루 남자를 애도했다. 오후 늦게 시내를 벗어나 현의 경계를 이루는 큰 강가로 나왔다. 그는 천천히, 하지만 착실하게 한 번도 쉬지 않고 걸었다. 잠을 설친 유키요는 온몸이 나른해와 따라가기가 버거웠다.

한참 후 빗방울이 떨어지고 바람이 불기 시작했다. 시즈토가 자주 말하듯이, 비가 오는 것보다 바람 부는 날이 훨씬 걷기 힘들다. 마침 산 쪽에서 바람이 불어와 유키요가 휘청거렸다.

시즈토는 강가의 건축자재를 쌓아놓는 곳으로 들어갔다. 한

쪽에는 파이프 같은 철재가, 반대쪽에는 통나무와 가공된 재목
이 쌓여 있다. 사고라도 나서 사람이 죽은 걸까?

시즈토는 부지 안쪽의 관리 사무실로 보이는 건물로 향했다.
유키요는 기둥 앞에 쭈그리고 앉아 기다렸다. 가랑비가 머리를
적시고 빗방울이 목덜미를 타고 흘러내렸다. 비옷을 꺼내 바람
에 펄럭이는 것을 부여잡으며 입었다.

"꽤 집착하네. 녀석이 가버리면 혼자 죽게 될까봐 그런가?"

사쿠야가 오른쪽 어깨 위에 나타나 크게 하품을 했다. 유키요
는 대꾸할 마음도 없었다.

인기척이 나서 돌아보았다. 시즈토는 쌓아놓은 철재 앞에서
한쪽 무릎을 꿇고 있었다. 안쪽 창고 앞에 백발의 남자가 서서
그런 시즈토의 모습을 지켜보고 있다. 시즈토는 애도를 마치고
일어서서 남자에게 고개를 숙여 인사한 뒤 밖으로 나왔다. 유키
요도 일어나서 뒤따라 걸었다.

"어떤 애도를 했어요? 죽은 사람은 어떤 사람이에요?"

아무 말도 하지 않는 게 견디기 힘들어서 그렇게 물었다. 대답
하지 않을지도 모른다고 생각했지만.

"사 년 전에 적재된 철재가 무너져 작업하던 분이 돌아가셨습
니다."

시즈토는 이쪽으로 고개를 약간 돌리고 말했다. 바람 때문에
목소리가 뚝뚝 끊겼다.

"방금 인사한 분의 아드님이랍니다. 회사원을 시키지 못한 걸 원통해하시더군요. 아드님이 부주의했다며 화도 내셨고요. 사년이 지나도 원통함과 분노가 지워지지 않을 만큼 아드님에 대한 사랑이 깊었다고 애도했습니다."

평소와 다름없이 걷는 시즈토와는 달리 유키요는 발걸음이 무거워 자꾸만 뒤로 처졌다.

"이 정도 비에는 비옷을 입지 않는 편이 좋습니다. 비옷이 바람을 품어서 날려갈 수 있으니까요."

앞서 걷던 시즈토가 말했다. 걸음을 멈추고 이쪽을 보고 있다.

"내버려둬요. 각자 내키는 대로 걸으면 되잖아요."

오기로 받아쳤다. 시즈토가 무슨 말인가 하려다 말고 유키요에게로 돌아왔다.

시즈토는 유키요 앞에서 배낭을 내리고, 안에서 비닐 끈을 꺼내 적당한 길이로 잘랐다. 그 끈을 쥐고 유키요의 등뒤로 손을 돌려 배낭과 부풀어오른 비옷을 눌러 당긴 뒤 가슴 앞에서 묶어주었다. 이제 비옷이 바람을 안을 여지가 없었다.

"오호, 기회가 왔네. 모르는 척 녀석에게 안겨보는 게 어때?"

사쿠야의 부추김에 오히려 양손으로 시즈토를 밀쳐냈다.

"내버려두라고 했잖아요!"

시즈토는 안색 하나 변하지 않고 유키요의 비옷 상태를 확인한 뒤, 뒤돌아 걷기 시작했다.

이따금 차만 오갈 뿐 사람은 거의 다니지 않는 길은 둑처럼 높았고, 왼쪽의 하천부지 앞으로는 물이 흐르고 있다. 길 오른쪽의 수풀은 일단 와지*로 내려가다가 저 멀리 산까지 죽 이어진다. 다음 목적지도 모른 채 마냥 걷기만 하니 피로감이 더했다. 시즈토와의 거리가 자꾸만 벌어졌다. 불안해서 기다리라고 소리치고 싶었지만, 입을 앙다물고 참았다.

"소리치면 되잖아. 데려가달라고 매달려. 너한테는 저 녀석이 필요하잖아?"

사쿠야의 말에 귀를 의심했다. 나한테…… 저 남자가 필요하다고?

"이 여행을 마칠 때까지 네가 갈 길을 찾지 못하면, 녀석을 죽음의 동반자로 택하겠다는 생각은 일종의 응석 같다고 했지? 죽든 살든 넌 녀석이 필요해진 거야."

"거짓말! 누군가 필요하다는 감정 따위는 당신을 죽이기로 했을 때 이미 버렸어요!"

"상대가 평범한 사람이라면 너한테 이런 말도 안 하지. 하지만 녀석은 평범하지 않아. 죽음의 경계를 어슬렁거리고 있다고. 말하자면 살해한 너하고 살해당한 나 사이에 서 있는 거지."

"그래서 어쩌라고요? 어디에 서 있든 나한테 그 남자가 필요

---

* 웅덩이처럼 움푹 꺼진 땅.

할 이유는 없어요."

"……살고 싶지?"

사쿠야가 잠시 틈을 두었다가 말했다. 평소의 빈정거리는 투
가 아니라, 위로의 마음이 담겨 있었다.

"가운데 서 있는 저 남자한테 부탁해서 나는 죽음의 세계로 밀
어내고, 너는 생의 세계 쪽으로 돌아가고 싶지? 녀석하고라면 살
아갈 수 있을 것 같은 가능성을 느끼기 시작한 거 아냐?"

산다고……? 내가? 사랑하는 사람을 죽인 내가 정말 살아갈
수 있을까……?

"어째서 진실을 보지 않는 거지? 넌 정말 나를 사랑했어? 그게
사랑이었어?"

"……무슨 말을…… 당신은 사랑이 아니었다는 건가요……?"

당시 사쿠야에게 사랑받고자 그가 쓴 난해한 책들을 읽으며,
사쿠야라면 이 일에 대해 어떻게 생각하고 무슨 말을 할지 날마
다 상상했다. 자신의 삶의 방식을 사쿠야에게 맞추려고 무던히
도 애썼다. 사쿠야가 죽고 시신을 직접 확인하지 못했기 때문
에, 마음 한구석에서는 사쿠야가 살아 있음을 느끼며 매번 그의
생각과 말을 상상했다. 말하자면 사쿠야와 비슷해지려고 애써
왔다.

"나는 당신을 사랑했어요. 그래서 당신이 바라는 대로 한 거
라고요. 당신이 죽여달라고 했잖아요!"

아무리 소리질러도 가슴이 답답해 시즈토가 묶어준 끈을 풀어헤쳤다. 산 쪽에서 불어온 돌풍이 비옷 사이로 들어와 단숨에 유키요를 들어올렸다. 애써 버텨보려고 했지만, 발끝만 겨우 땅에 붙어 있는 터라 힘을 줄 수가 없었다. 또다시 불어온 더 세찬 바람에 비옷이 부풀어올라 소리지를 새도 없이 하천부지로 굴러떨어졌다.

3

허리에 엄청난 충격이 느껴져 숨이 턱 막혔다. 정적이 주위를 지배했다. 허리는 축축한 진흙에 빠져 있다. 통증은 별로 없고 손도 발도 움직인다. 그런데 일어설 수가 없다. 둑을 올려다보았다. 높이는 5미터 가까이 되고 경사도 가파르다. 바람에 펄럭거리는 비옷 때문에 금방이라도 앞으로 고꾸라질 것 같았다. 소매에서 팔을 빼자 날갯짓하듯 비옷이 날아간다. 위쪽에서 차 소리가 들렸다. 순식간에 일어난 일이라 놀라서 아무 소리도 나오지 않았다. 안개비에 젖은 옷이 묵직하게 휘감겨서 몸이 떨려왔다. 이대로 동사할 수도 있다.

바람 소리에 섞여 사람 소리 같은 것이 들린다. 갑자기 둑에서 누군가 미끄러져 내려왔다.

"괜찮습니까? 다친 데는 없습니까? 어디 아픈 데는요?"

남자가 무서우리만치 진지한 얼굴로 다가왔다. 안도를 느끼는 한편, '뭐야, 이제 와서. 혼자 내버려둔 주제에' 하는 미움이 끓어올랐다. 엉겁결에 상대의 가슴을 떠밀었다. 눈앞의 남자는 난처한 듯 눈을 껌벅였다. 울음이 터질 것 같아 입술을 깨물었다. 뭐예요! 하고 두 번, 세 번 상대의 가슴을 밀쳐냈다.

"어쨌든 길까지 올라갑시다. 여기 있으면 감기 걸려요. 일어설 수 있겠습니까?"

남자가 일어나 유키요의 뒤에서 겨드랑이 아래로 손을 넣어 일으켜세우려고 했다. "싫어요!" 겨드랑이를 붙이며 고개를 좌우로 흔들었다. 버려두고 가놓고, 데리러 와주지도 않아놓고. 다리를 버둥거리며 몸을 뒤로 젖혀 체중을 모두 상대에게 실었다. 앗, 소리가 나더니, 등뒤에서 유키요를 지탱해주던 힘이 사라졌다.

유키요는 잠에서 깨어나듯 정신을 차렸다. 진흙에서 빠져나왔던 다리가 주르르 미끄러져 원래대로 돌아갔다. 몸을 일으켜 돌아보았다. 시즈토가 얼굴을 찡그리며 왼손으로 오른손 손목을 감싸쥐고 있었다.

"왜 그래요, 손? 다쳤어요? 설마 부러졌어요……?"

"모르겠습니다. 조금 뒤틀린 것 같기도 하고. 그보다 다리가……"

시즈토가 왼손으로 오른쪽 발목을 문질렀다. 통증이 있는지 숨을 죽이고 눈을 감았다.

사과해야 한다고 생각하면서도 순순히 말이 나오지 않았다. 그제야 그가 가벼운 차림이란 걸 깨달았다.

"짐…… 어떻게 했어요?"

"길에 두고 왔습니다."

추위조차 막을 수 없는 이곳에서 노숙은 애초에 무리일 것이다. 유키요는 둑을 올려다보았다. 시즈토를 데리고 올라가는 건 불가능하다. 근처에는 민가도 없고, 차도 별로 다니지 않는다.

"아까 그 자재 창고까지 뛰어가 도움을 청할까요?"

"이미 닫혔습니다. 그분은 차를 타고 아까 우리를 추월해 갔어요."

얼마 전의 차 소리가 그것이었나.

"좀더 앞으로 가면 둑이 낮아져서 기어올라갈 만한 장소가 있습니다."

유키요는 시즈토의 허리를 안듯이 하고 어깨를 빌려주었다. 크고 작은 돌에 다리를 부딪치며 걸어가는데, 몇 대인지 둑 위를 달리는 차 소리가 들렸다. 소리를 질러보았지만, 모두 그냥 지나가버렸다.

둑 높이가 2미터쯤 되는 곳까지 와서, 유키요는 먼저 올라가 주위를 둘러보았다. 불 켜진 집은 보이지 않았고 날도 저물기 시작했다. 시즈토가 경사진 땅에 등을 대고 왼발로 지면을 차면서 올라왔다. 유키요는 손을 빌려주어 그를 길 위로 끌어올려놓은 뒤, 짐을 가지러 달려갔다. 짐을 가지고 시즈토한테로 돌아오자, 그는 오른쪽 신발을 벗고 있었다. 발목이 상당히 부어올랐다. 시즈토는 배낭에서 수건을 꺼내고는 부탁했다.

"발목을 고정하고 싶은데, 단단히 감아주겠습니까? 오른손에 힘을 줄 수가 없어서요."

유키요는 수건으로 시즈토의 발목을 감았다. 얼굴을 찡그렸다. 오래 걷기는 힘들 것 같다.

"아까 오다가 와지에 버려진 차를 봤어요. 가봅시다."

시즈토의 말대로 100미터쯤 되돌아가니, 타이어가 모두 빠진 채 버려진 승용차가 있었다. 와지로 내려가는 경사는 완만한 편이어서 유키요의 부축을 받아 시즈토도 그럭저럭 내려갈 수 있었다.

유키요가 조수석 문을 열었다. 핸들도 계기판도 없지만, 창유리는 온전했다. 좌석에는 온통 신발 자국이었지만, 몸을 누이는 데는 문제없어 보였다. 유키요는 다른 문도 열어 환기를 시키고, 배낭에서 신문지를 꺼내 좌석에 깔고, 흙투성이가 된 시즈토를 조수석에 앉혔다. 유키요도 신문을 깔고 운전석에 앉았다. 문을 닫자, 바람이 차단되어 한숨 돌릴 수 있었다.

"고맙습니다."

시즈토가 말했다. 자신 때문인데, 하는 생각에 부끄러워 유키요는 아무 말도 하지 못했다.

시즈토가 손전등을 꺼냈다. 삼 분쯤 발전 레버를 돌리면 삼십여 분 동안은 불을 켤 수 있다. 왼손으로는 돌리기 힘들었기 때문에 유키요가 대신했다. 밝아진 차 안에서 시즈토가 구급약 주머니를 꺼냈다. 소독약과 반창고 등이 들어 있어서 유키요도 종종 사용했었다. 시즈토는 파스를 꺼내 오른쪽 발목에 붙였다.

"그냥 삔 걸로 끝나면 좋을 텐데. 움직이지 않고 상태를 보죠, 뭐. 도와주실래요?"

붕대를 유키요에게 건네고 오른발을 허공에 들었다. 그대로는 자세가 불안정했기 때문에, 유키요는 시즈토의 발을 자신의 무릎에 올려놓았다. 청바지를 적신 빗물이 안으로 배어들어 피부까지 축축했다.

"오, 적극적인걸. 드디어 몸으로 호소할 마음이 든 건가? 당신이 필요하다고?"

어디 숨어 있는 거예요, 내가 위험할 때는…… 목소리를 내지 않고 사쿠야에게 대꾸했다.

"바람이 엄청났잖아. 어깨 위에 얼굴 내밀고 있다가는 날려가버릴 것 같더라고."

죽은 망령인 주제에 웃기지 마요. 날려가버리지 그랬어요.

"붕대는 발목 안쪽에서 바깥쪽으로 세게 감아주십시오."

시즈토가 사쿠야의 존재를 깨닫지 못하고 말했다. 그가 시키는 대로 근육이 발달한 종아리를 손바닥으로 지탱하고 붕대를 단단히 감았다. 시즈토의 오른쪽 손목에도 붕대를 감아주었다. 겨우 끝냈을 즈음 불빛이 약해지자, 유키요는 또 삼 분 동안 레버를 돌렸다. 한기가 들어 재채기를 크게 연거푸 두 번 했다.

"옷을 갈아입는 편이 좋겠군요. 그냥 있다간 감기 걸려요."

유키요는 뒷자리로 가 배낭에서 갈아입을 옷을 꺼냈다. 더러워진 옷은 신문지에 싸놓고, 새 신문지 위에서 청바지를 갈아입은 후 한숨 돌렸다. 시즈토 쪽은 티셔츠만 간신히 갈아입고, 더러워진 청바지를 벗느라 애를 먹고 있었다. 특히 오른쪽 다리를 빼지 못해 끙끙거리는 소리가 들렸다.

"부끄러움 타는 거야? 가관이군. 나하고 얼마나 진한 밤을 보냈는지 녀석은 다 알고 있다고."

오른쪽 어깨 위에 있는 사쿠야를 왼손으로 털어냈다. 사쿠야는 교묘하게 돌아 왼쪽 어깨로 옮겨와서 계속 지껄여댔다.

"녀석도 기다리고 있을걸. 한참 여자를 못 품었는데 그런 이야기를 들었으니 온몸이 근질거리는 거지."

"이제 좀 그만 해요! 괴롭히지 말라고요!"

불빛이 점점 약해지더니 차 안에 스르르 어둠이 내려앉았다. 바람이 큰 소리로 신음하고 차체가 희미하게 떨렸다.

"지금도 계신가요……? 거기, 어깨에 있다는 고미즈 씨?"

차분한 목소리가 어둠 속에서 울렸다. 유키요는 동요했다. 어떻게 대답해야 좋을지 불안해서 되물었다.

"······있으면 왜요?"

"이야기를 해볼 수 있을까요? 저하고 고미즈 사쿠야 씨하고는 안 될까요?"

그 말이 무슨 의미인지 금방 깨닫지 못했다. 노숙으로 익숙해졌다고 생각했는데, 짙은 어둠이 새삼스레 무서워 손전등 레버를 돌렸다. 다시 환해진 차 안에서 시즈토는 평소와 다름없는 눈으로 유키요를 보고 있었다.

"애도하는 상대는, 그러니까 돌아가신 분은 제 애도를 어떻게 받아들이고 어떻게 생각하는지 내내 마음에 걸렸습니다. 그런데 당연한 일이지만, 감상을 들을 수는 없는 노릇이어서요."

"······그럼 당신은 내 이야기를, 그러니까 사쿠야 씨가 어깨에 붙어 있다는 내 말을 믿는다는 거예요?"

시즈토의 시선이 유키요의 오른쪽 어깨 위쪽을 왔다갔다했다. 사쿠야는 지금 왼쪽 어깨에 있다. 그의 눈에는 보이지 않는 것 같다.

"어떻게 생각해야 좋을지 솔직히 잘 모르겠습니다. 다만······ 유족이나 친한 지인 중 몇 분은 고인이 지금도 곁에 있는 걸 느낀다고 말씀해주셨습니다······"

"역시 머리가 이상한 녀석이야. 그래도 재미있군. 이야기 한번

해볼까? 네가 전달해주면 되잖아."

유키요가 망설이던 끝에 사쿠야의 생각을 전하려 할 때, 시즈
토가 재채기를 했다. "먼저 옷부터 갈아입어도 될까요?" 시즈
토가 말했다. 유키요는 그가 옷을 갈아입는 걸 도와주었다.

"그럼 나부터 물으면 될까? 그편이 이야기하기 쉽겠지?"

"내가 사쿠야 씨의 말을 전하는 식이 될 텐데, 괜찮겠어요?"
유키요가 조심스럽게 물었다.

"예, 알겠습니다. 부탁합니다."

사쿠야가 말을 시작해 유키요가 전하려고 입을 열었다.

그러자 굳이 따로 전할 필요 없이 유키요의 목소리를 통해 사
쿠야의 말이 입 밖으로 나왔다.

"처음 뵙겠습니다, 라고 해야 하나. 난 당신을 줄곧 봐왔지만."

제 입에서 사쿠야의 말이 나오는 데 놀란 것도 잠시, 유키요
는 망연한 표정으로 이어지는 말을 받았다.

"자, 먼저 나를 향한 당신의 애도에 대한 감상을 말하자면, 솔직
히 우스워. 오해투성이인 애도 따위 바라지도 않고 말이지. 내가
세상에 존재했다는 걸 기억해주길 바라지도 않아. 나 말고도 이런
인간이 있을 거라고 생각하는데, 당신은 어때? 애도한다는 행위에
한 점의 의심도 없나?"

시즈토의 눈동자가 흔들렸다. 유키요가 한 말이 정말로 사쿠
야의 의지에서 나온 것인지 어떤지, 아직은 헤아리기 힘들 것이

다. 그래도 어느 정도 말의 내용을 곱씹으며 이해할 만큼의 틈을 둔 뒤 대답했다.

"의심은 늘 합니다. 이런 일을 한다고 뭐가 어떻게 달라질지, 누군가에게 상처를 주는 건 아닌지…… 이런 질문들을 등뒤에 꽂힌 칼인 양 의식하면서 걷고 있습니다."

"그렇다면 왜 계속하는 거지? 왜 그만두지 않는 거야? 꾸역꾸역 하는 이유가 뭐야?"

그런 질문이라면 몇 번이나 시즈토에게 했었다. 왜 이런 일을 하는지, 어째서 계속하는지, 꼼꼼하게 기록한 노트는 뭐가 되는지. 그때마다 시즈토는 "병이라고 생각해주십시오"라고 얼버무리거나 모호하게 대답할 뿐이었다. 이번에도 그렇게 도망칠 거라고 생각했다.

하지만 시즈토는 자신의 내면을 들여다보는 듯한 시선으로 묵묵히 있다가 마침내 입을 열었다.

"어떻게 설명해야 할지 저 자신도 잘 몰라서…… 이야기가 조금 깁니다만, 그래도 괜찮겠습니까?"

그렇게 전제를 달고, 근무하던 회사 이야기, 업무와 자원봉사로 관여했던 소아 병동 이야기, 죽은 친구 이야기 등을 풀어놓고, 정신적인 피로로 병원에 입원했던 과거를 이야기했다. 도중에 손전등이 꺼졌지만, 그의 이야기가 끊어질까봐 유키요는 어둠 속에서 귀를 기울였다.

"병원에서 죽은 아이들에게 아무것도 해줄 수 없었습니다. 한 아이의 죽음에서 교훈을 얻어 다른 아이를 치료하는 데 매진할 수 있는 입장도 아니었습니다. 친해진 아이의 죽음을 무력하게 지켜보고, 슬퍼할 겨를도 없이 또다른 아이를 지켜보는 일이 반복됐습니다. 친구는 나보다 사회에 필요한 사람이었습니다. 늘 과로하는 친구에게 쉬라고 말해줄 수 있었던 사람은 나뿐인데, 아무 말도 못해주고 결국 친구를 떠나보냈습니다. 그리고 절대 널 잊지 않겠다는 맹세가 무색하게 기일을 잊었지요. 내가 입원했던 병원의 의사는 신경과민이라고 했습니다. 누구나 타인의 죽음을 경험하지만, 마음 한구석에 묻어두거나 잊으며 살아가는 거라고. 물론 저도 알고 있습니다. 다만 머리로는 이해해도 가슴 저 아래에서는 납득할 수 없었습니다. 퇴원해 집으로 돌아가다가 길에서 꽃다발을 보았습니다. 물어보니 거기서 젊은 여자가 교통사고를 당해 죽었다고 했습니다. 가족에게 사랑받고 친구에게 소중했던 존재가 가까운 곳에서 죽었다…… 그런데 나는 그 사실을 알지도 못했다, 내가 아무 생각 없이 태평하게 살던 시절에도 누군가에게 소중했던 사람들이 날마다 죽어갔구나, 하는 걸 새삼스레 깨달은 겁니다. 괜찮아, 그래도 괜찮아? 하고 치밀어오르는 아픔을 가슴으로 느꼈습니다. 도무지 어찌해야 좋을지 몰랐습니다."

시즈토는 거기까지 단숨에 말하고 잠시 멈췄다. 어둠 속에서 차를 흔드는 바람 소리 사이로 시즈토의 숨소리가 들려왔다. 유키요는 기다렸다. 사쿠야도 기다렸다. 이윽고 시즈토가 크게 숨을 내쉬고 말을 이었다.

"주택가 주위를 돌아다니다 헌화를 발견하면 이웃 사람들에게 사정을 물었습니다. 하나의 죽음을 알게 되자 더 있겠지, 또 있을 거야 하는 생각이 들어 점점 더 멀리 죽음을 찾아가게 됐습니다. 그전까지는 무심코 지나친 죽은 사람의 정보도 자꾸자꾸 눈에 들어왔습니다. 가까운 곳은 바로 찾아가고, 먼 곳은 메모해두었다가 지역별로 찾아갔습니다. 특별한 생각 없이 어떤 사람을 애도하면서, 그럼 또다른 사람은 애도하지 않아도 되나, 하는 강박관념에 휘둘렸던 겁니다. 가족들은 죽음에 씐 것 같다고 했습니다만, 정말 그럴지도 모른다고 생각했습니다. 몇 번이나 내던지려고도 했습니다. 그러나 정말 괜찮은가? 죽은 이 사람을, 죽은 저 사람을 잊고 살아갈 수 있는가 하는 속삭임에 괴로워 잠을 이룰 수 없을 정도였습니다. 그래서 이건 병이라고 생각하기로 했습니다. 차라리 그쪽이 마음 편하기 때문입니다. 병이니 어쩔 수 없다고……"

"**처음부터 사랑이니 감사니 하는 말로 죽은 사람을 애도한 건 아니고?**"

"예. 여행하는 동안 자연스레 그렇게 되었습니다. 중요한 것은 돌아가신 분을 잊지 않는 것이었습니다. 그것이 제가 드리는 애도의, 이른바 시작이니까요. 하지만 만난 적도 없는 한 사람 한 사람의 개인사와 사정을 빠짐없이 기억하는 데는 한계가 있을뿐더러, 무엇보다 그렇게까지 자세한 이야기를 들을 수가 없었습니다. 여행을 계속하면서 많은 것들을 버리고 세 가지를 남긴 겁니다."

"중요한 요소는 다른 것도 있는 것 같은데. 이를테면 살해당한 이유나 살해당한 방법이나. 불합리한 죽음에 대한 분노와 애통함을 가슴에 새기는 편이 공양이 될 경우가 있지 않을까?"

"살인사건이나 음주운전으로 일어난 교통사고를 접할 때는 감정적이 되기도 합니다. 그러나 분노와 원통함을 앞세우다보면 기억에 남는 것은 고인이 아닌, 사건이나 사고 혹은 범인이라는 걸 깨달았습니다. 예를 들면 죽은 아이의 이름보다 그 아이를 죽인 범인의 이름이 먼저 뇌리에 떠오르는 식으로요. 죽은 이들을 찾아다니는 동안, 인생의 본질은 어떻게 죽었나가 아니라, 사는 동안 누구를 사랑하고 누구에게 사랑받고 어떤 일로 사람들에게 감사를 받았는가에 있는 게 아닐까, 하는 깨달음을 얻었습니다."

그동안 시즈토의 애도를 가까이서 보고 들으며, 고인에게 그리 동정적이지 않은 듯한 그에게 위화감을 느낀 적이 한두 번이 아니었다. 최근에는 오토바이 사고로 죽은 청년의 유족이 경찰의 엉터리 조사와 대응에 분개하는데도 시즈토는 아랑곳하지 않았다. 냉담해 보일 만큼 청년의 생전 이야기만 묻는 모습이 인상적이었다. 유키요의 생각을 헤아렸는지, 사쿠야가 그 사고로 죽은 청년의 유족에 대해서는 어떻게 생각하는지 물었다. 시즈토는 괴로운 듯 한숨을 쉬었다.

"그런 유족분들을 만나면 정말 안타깝습니다. 예전에는 저도 그런 유의 이야기를 듣고 함께 분노했습니다. 그외에도 과장 보도를 하는 언론이라든가 생각 없이 장난치는 사람이라든가…… 하지만 화를 내봐야 달라지는 것은 아무것도 없을 뿐만 아니라, 분노와 초조감에 사로잡혀 실제로 어떤 인물이 세상을 떠났는지 마음에 새기지 못할 우려가 있습니다. 타인인 내가 할 수 있는 것은 부모님에게 사랑받고, 제과공장에서 같이 일했던 여자분을 사랑하고, 친절하게 설명해줘서 공장에 견학 온 아이들이 고마워했던 청년이 이 세상에 살았다는 사실을 가슴에 새기는 것뿐이라고 생각합니다. 다만……"

시즈토가 잠시 머뭇거렸다. "……최근에는 무리하게 감정을 억누른 탓에 그 부모님을 불쾌하게 해드린 것 같아 죄송스러웠습니다."

"무리하게 감정을 억눌렀다? 그건 무슨 말이지? 무슨 일이 있었던가?"

시즈토는 금방 대답하지 못했다. 유키요는 침묵을 깨고자 발전 레버를 돌렸다. 어둠 속에서 충전 장치가 윙윙거리는 소리만 단조롭게 반복되었다. 그 소리를 들으며 묵묵히 손을 놀리고 있으니, 죽음의 세계로 밧줄을 드리우고 있는 듯한 몽상에 빠져든다. 지하 방공호의 램프처럼 불빛이 부옇게 켜지고, 시즈토의 진지한 얼굴이 떠올랐다. 그의 시선이 유키요를 향해 있었다.

"나는 감정을, 되도록 죽이며 살아온, 사람입니다."

시즈토는 한 마디 한 마디 끊어 말했다. 유키요는 시즈토에게서 시선을 떼지 않았다.

"아까도 말했습니다만, 처음 여행을 떠났을 때는 한 사람 한 사람의 죽음에 감정적으로 반응해, 모든 것을 받아들이는 식으로 애도했습니다. 다른 방법을 몰랐던 거지요. 그러나 유족이나 친구 같은 느낌으로 모르는 사람의 죽음을 애도하다보면 정신적인 피로감을 이기지 못하고 쓰러져 결국은 다시 애도할 수 없게 됩니다. 비참한 죽음에 심하게 감정이입이 되어 매일 죽음만 생각하던 때도 있었습니다. 감정 조절이 필요하다는 생각이 들었습니다. 감정의 흔들림을 자제할 수밖에 없다, 안 그러면 애도할 수 없게 된다, 하고 말입니다. 결과적으로 유족과 관계자들이 쏟아내는 감정에 동조하지 못해, 때로는 불쾌한 인상을 주기도 합니다. 본의 아니게 상대의 기분을 해칠 수도 있지만 애도를 계속하기 위해서는 어쩔 수 없습니다. 나기 씨와 처음 만났을 때도 습관적으로 감정을 자제했습니다. 그러나 후에 고미즈 씨와의 일을 듣고, 무서울 정도로 엄청난 내용에 동요했습니다. 두 사람의 이야기 때문에 간신히 지키고 있던 감정의 균형이 무너질 것 같았습니다. 그래서 지금까지보다 더 감정을 다잡아야 한다고 생각해서, 최근에는 아무래도 평소보다 더 무뚝뚝하게 응대할 수밖에 없었습니다."

유키요의 마음이 술렁거렸다. 적어도 자신을 싫어하는 건 아니었다……

"요컨대 같이 걷는 걸 그만두자고 한 것은 우리를 의식한 나머지, 평정을 유지할 수 없게 되었기 때문이다 이건가? 거기엔…… 유키요를 여자로 보게 될까 하는 우려도 포함되어 있나?"

"……어찌 대답해야 좋을지 모르겠습니다. 감정을 억누르는 게 습관이 되어 두 사람에 대해 뭔가를 느껴도 그 의미를 헤아리거나 생각해봐야겠다는 마음이 쉽사리 들지 않아서 말입니다."

"어지간히 에둘러서 말하는군. 당신은 여자를 싫어하나? 결혼은? 애인은 없었나?"

"……갑자기 친근해진 질문이군요."

시즈토의 표정이 누그러졌다. 사쿠야보다 유키요 쪽이 당황해 고개를 숙였다. 시즈토가 긴장을 풀려는 듯 어깨를 으쓱거리다가 좌석에 몸을 묻는 것이 보였다.

"이거 참 묘한 대화네요…… 그러나 확실히 평소의 나기 씨 말투하고 다른 걸 보니, 정말로 돌아가신 고미즈 씨와 이야기를 나누는 게 맞나보군요……"

꿈 이야기라도 하듯 미소를 머금은 시즈토의 목소리에서는 헛소리라고 의심하기보다는 사쿠야의 말을 하나의 현실로 받아들여 차라리 그와의 대화를 즐기려 한다는 느낌이 들었다.

"나는 말입니다, 고미즈 씨, 나기 씨…… 종종 생각한답니다. 그래요…… 나는…… 자살하는 대신 타인의 죽음을 애도하게 된 건지도 모른다고 말입니다."

유키요는 놀라서 고개를 들었다. 시즈토는 앞유리창 쪽으로 시선을 옮긴 채 온화한 표정을 짓고 있다.

"내가 죽는 대신 타인의 죽음을 경험하는 일에 빠져들었던 건지도 모릅니다."

긴장감이 전혀 느껴지지 않는 목소리는 마치 잠들기 직전처럼 부드럽게 울렸다.

"사귀던 사람과는 여행을 떠나기 전에 헤어졌습니다. 소아 병동의 아이들과 친구의 죽음으로 매일매일 스스로를 괴롭히던 터라, 사랑이니 연애니 찾을 정신이 아니었습니다. 몸도 마음도 소진되어 죽음에 바짝 다가가 있는 느낌이었습니다. 그래도 어느 정도 시간이 지나 여행에 익숙해지자 일종의 욕구가 고개를 쳐들기 시작한 것은 사실입니다. 지나가는 길에 스타일이 멋진 여성을 보거나 스포츠 신문이나 잡지에 실린 사진을 볼 때면…… 옛 애인의 기억도 되살아났습니다. 그러나 이내 너는 죽은 이를 애도하고 있지 않느냐 하는 죄책감이 밀려들었지요. 머리로 생각하는 정도는 괜찮잖아, 하고 저항하는 욕망 때문에 한동안 괴로웠습니다. 그런 데라도 찾지 않으면 실제로 여성과 관계를 갖는 건 불가능했기 때문에 금전적인 여유가 없었던 게 다행이었는지도 모릅니다. 현실적으로 매일 녹초가 될 때까지 걷기도 했고요. 특별히 도덕적 차원에서 참았던 건 아닙니다. 정말 애도할 수 있는가, 애도가 의미 있는 일인가, 하는 물음이 머릿속을 떠나지 않기 때문에, 망상에 잠기려 해도 자연히 그날 애도한 상대가 떠오릅니다. 그러다보니 어느새 욕망 쪽이 포기하고 떠나갔다고 할까요."

사쿠야의 존재가…… 정확하게는 죽은 이와 대화를 나눈다는 상황이…… 애도를 계속해온 사람으로서 죽은 이와 이야기한다는 초현실적인 사건도 받아들이려 하는 마음이…… 그가 두르고 있는 갑옷을 조금이나마 느슨하게 했을지 모른다. 푸념하다보면 애도를 계속해온 의지가 꺾일까봐 자신을 단단하게 에워싸온 그 벽을 지금, 아주 조금 허문 것 같기도 했다.

시즈토가 이쪽을 돌아보았다. 장난스럽게조차 보이는 밝은 표정이다.

"나도 고미즈 씨한테 물어봐도 될까요? 두 분 이야기는 나기 씨가 말해준 그대로입니까? 의심하는 게 아니라, 입장이 다르면 견해가 달라지니까요."

"아아…… 대충 유키요가 이야기한 대로야. 전부 이야기한 건 아니지만."

유키요는 뜨끔했다. 왼쪽 뺨에 사쿠야의 따가운 시선이 느껴진다.

"유키요가 얘기한 것은 나를 죽이게 되기까지와, 나를 찌른 뒤에 놀라서 구급차를 부른 후의 일이지. 그 사이가 빠졌어. 내가 마지막에 한 말도."

하지만 그 말까지 할 필요도 없고, 말하기도 괴로우니까…… 유키요는 속으로 해명했다.

"그 사실이 마음에 걸렸던 겁니까?" 시즈토가 물었다.

사쿠야와 유키요가 나란히 그를 보았다. 무슨 이야기냐고 각자가 눈으로 되묻는다. 시즈토에게는 유키요밖에 보이지 않겠지만, 유키요의 움직임으로 알아차렸는지 시즈토는 어깨 왼쪽을 보며 말했다.

"고미즈 씨가 그곳에 계신…… 것은 이 세상에 미련이 있어서겠지요? 그러나 얘기 듣기로는, 나기 씨가 그런 무서운 일을 저지른 것은 고미즈 씨가 원했기 때문이었습니다. 그런데 미련이 있다니, 나기 씨가 얘기를 다 한 게 아닌지도 모른다는 생각이 듭니다."

"됐어요. 아무것도 없어요. 그냥 괴로워서 말하지 못했을 뿐이에요."

유키요는 얼른 자신의 목소리를 되찾아 말했다. 이 대화 자체를 그만 끝내고 싶었다.

"이제 됐죠? 나도 중간에서 피곤해요."

때마침 불빛이 꺼져 차 안은 또다시 완벽한 어둠에 잠겼다. 유키요는 어둠의 바닥에서 후유 하고 안도의 한숨을 쉬었다.

사쿠야도 시즈토도 조용해졌다. 바람 소리가 끊겼을 때, 문득 꼬르륵대는 소리가 들렸다.

"이제 슬슬 뭘 좀 먹을까요?"

시즈토가 수줍게 말했다.

4

바람이 그치고, 땅 위를 느긋하게 기어다니는 아침 안개 속에 시즈토가 오른발을 털며 상태를 확인하고 있다. 체중을 실으면 얼굴이 찌푸려 지고 만다. 하지만 걱정스럽게 보는 유키요를 향해서는 미간의 주름을 펴고 말했다.

"그냥 삐기만 한 것 같습니다. 손목의 통증도 가셨고요. 조심해서 걸으면 괜찮을 것 같으니, 좀 서둘러 출발하고 싶네요."

시즈토가 준비한 아침식사는 이 인분이었다. 죽은 사쿠야와 이야기를 나누는 기이한 체험을 공유함으로써 두 사람 사이에 전에 없던 친밀감이 생겨난 것 같았다.

아침식사를 끝낸 뒤, 시즈토는 숲속에 들어가 어젯밤 강풍으로 꺾인 가지 중에 적당한 걸 주워 지팡이로 삼았다. 유키요는 시즈토 뒤에 바싹 붙어 걸었다. 결과적으로 다시 둘이 함께 여행하게 된 것이었다.

정오가 지나 드디어 사이타마 현에 접어들어 일 년 전 아파트 화재로 죽은 영국 여자를 애도했다. 그 여성은 지역 중학교에서 영어를 가르치며 많은 학생들에게 사랑받았다고 한다.

이날은 일찌감치 공원에 머물기로 하고 두 사람이 침낭에 막 들어갔을 때, 사쿠야가 고개를 내밀고 유키요에게 말을 걸어왔다.

"이제야 차분해졌군. 그럼 오늘밤도 또 녀석과 이야기해볼까?"

가치관이나 삶과 죽음에 관한 생각은 서로 맞지 않아도, 사쿠야는 역시 일반인과는 생각이 좀 다른 시즈토가 흥미로운 모양이었다. 시즈토에게 사쿠야의 말을 전하자, 마치 친구의 전화라도 받듯이 아주 자연스럽게 응대했다.

"아, 고미즈 씨가 나오셨습니까? 예, 좋습니다. 잠깐 이야기를 나눌까요?"

유키요가 마음을 비우고 사쿠야를 의식하며 입을 열자, 사쿠야의 말이 시즈토에게 전해졌다.

"애도할 때 읊어대는 고인의 사랑과 감사에 대한 이야기에는 당신의 상상이 많이 더해지더군. 어디서나 들을 수 있을 법한 추억담을 억지로 사랑과 감사로 엮기도 하고 말이지. 그건 괜찮은 일일까?"

"무슨 말씀이신지 알겠습니다. 그러나 누구든 주관과 상상을 완벽히 배제한 채 과거와 먼 곳의 고인을 애도할 수는 없다고 생각합니다. 옛날 전쟁에서 죽은 사람들을 생각할 때도 상상력이 필요할 테고, 외국에서 일어난 비극을 생각할 경우도 마찬가지겠지요. 그래서 고인의 존재가 사람들 마음에 남긴 아름다운 영향을 조금이라도 발견할까 싶어 이렇게 묻고 다니는 겁니다."

다음 날은 큰 도시로 나가 호텔을 찾았다. 이 년 전 이곳 객실에서 목 졸려 죽은 여성의 사체가 발견되었기 때문이다. 하지만 애도도 하기 전에 경비원에게 쫓겨났다. 시즈토는 호텔 옆 도로에서 고인의 명복을 빌었다.

밤에는 노숙 장소에서 유키요에게 의지한 사쿠야와 시즈토의 대화가 계속되었다.

"그러나 당신이 상상도 못할 만큼 나쁜 사람도 있겠지? 세상 사람들이 싫어하고, 멀리하고, 죽어도 싸다고 생각하는 그런 인간 말이야. 그런 상대한테는 애도할 내용도 없지 않나?"

"예…… 하지만 이야기를 듣다보면 어떤 사람이든 누군가에게 사랑받았거나, 타인이 고마워할 만한 과거가 있기 마련이랍니다. 초등학교 시절이나 아기 때까지 되새겨봐도 좋고요."

"모범생 같은 대답이랄까, 해탈한 것처럼 말하는군?"

"말도 안 됩니다. 제멋대로인데다가 이기적인 생각이겠지요.

아픈 이야기는 기억하는 것만으로도 아프니까요. 그 사람이 주위에 남긴 따뜻한 감정의 유산을 찾아내는 것으로 간신히 기억을 이어가고 있을 뿐입니다."

다음 날 아침, 일어나려던 유키요는 으슬으슬 춥고 몸 상태가 좋지 않다는 걸 느꼈다. 열이 있는 것 같았다. 감기약을 먹고 좀 쉬었다. 시즈토도 아직 다리를 질질 끌고 다니는 터라 따라다니는 데 큰 문제는 없었다.

이날은 어느 신흥 주택지를 찾았다. 올해 초여름, 서른여덟 살 가장이 동갑인 아내와 열 살짜리 딸, 여덟 살짜리 아들을 목 졸라 죽인 뒤, 유서를 남기고 자신도 목을 맸다. 주택 대출금을 갚을 길이 까마득하고 건강도 좋지 않아서라는 소문이 났지만, 확실하지는 않았다.

시즈토는 주택가 안쪽의 공원에 아이들을 데리고 나온 주부들에게 말을 걸었다. 한데 모여 있는 그들은 경계하면서도 조심스럽게 말을 꺼냈다. 좋은 사람들이었다, 화목한 가정으로 보였다 하는, 평범한 이야기였다. 그중 한 여자가 민폐라는 듯 "이런 걸 물어서 뭐 할 생각이에요?" 하고 되물었다. 시즈토가 "애도를 드리려 합니다"라고 답하자, 그럼 책임자가 누군지, 어떤 단체에 속해 있는지 꼬치꼬치 캐물었다.

놀고 있던 아이들이 어느새 모여들어 이야기를 듣고 있었던 모양이다. 열 살 전후의 소년 두 명이 "있잖아요" 하고 끼어들어

"그 녀석에 대해 궁금하세요?" 하면서 죽은 남자아이의 이름을 말했다.

"아주 재미있는 녀석이었어요. 성대모사가 특기고요, 수업 시간에도 선생님 흉내를 내서 막 웃겼어요. 게임은 진짜 못하고요, 만날 웃고 다녔어요. 같이 있으면 재미있었는데…… 세상에 없다는 게 진짜 거짓말 같아요……"

또다른 아이가 죽은 여자아이의 이야기를 꺼내자, 그걸 시작으로 아이들은 저마다 아는 사실을 쏟아놓았다.

"동생하고 달리 야무진 아이였어요. 궂은일도 잘하고, 학급 임원이어서 떠드는 남자아이들을 야단도 치고, 우리 엄마 아빠가 이혼했을 때는 같이 울어주기도 했어요. 그런데 어쩌다 그렇게 됐는지. 거짓말이었으면 좋겠어요……"

유키요는 그런 이야기를 듣다보니 동반자살을 꾀한 가장에게 "이렇게 친구들이 당신 자식을 좋아했는지 알고 있었나요?" 하고 묻고 싶어졌다. 그러나 시즈토는 감상적인 말은 전혀 하지 않고, 지금은 공터가 된 현장까지 걸어가 한기가 스미는 마른 길 위에서 애도를 표했다.

크리스마스를 맞아 흥청거리는 시내 한구석에서 몇 명을 더 애도한 뒤에 두 사람은 찬 바람이 부는 지치부秩父의 산 쪽으로 향했다.

변두리 버스 정류장에 막 내렸을 때, 마침 사이렌 소리를 울리며 구급차가 지나갔다. 시즈토는 또 두 손을 배 앞에 모으고 애도 때와는 다른 기도 자세를 취했다.

구급차가 지나갈 때마다 뭘 하는 거냐고 새삼 물었지만, 이번에도 시즈토는 대꾸하지 않고 수줍음을 감추듯 오른쪽 발목 상태를 확인하더니, 지팡이로 쓰던 가지를 수풀 속으로 던졌다.

작년 봄 십대 후반에서 삼십대로 추정되는 신원 불명 남자의 사체가 발견된 저수지에 도착했다. 버스 정류장에서 삼십 분이나 떨어진 곳인 것으로 보아, 남자는 다른 장소에서 살해된 뒤 저수지에 버려진 듯했다.

애도할 수 있는 정보가 남아 있지 않기 때문인지 시즈토는 갈대가 무성한 물가를 돌아보겠다고 해서, 유키요는 버스 정류장으로 돌아가는 길에서 기다리기로 했다. 오한이 가시지 않았다.

"오늘은 고인을 애도하는 게 불가능하겠군. 시즈토의 여행은 낭비하는 시간이 너무 많아."

사쿠야가 말했다. 비난하는 어투가 아니다. 시즈토 자신도 분명 알고 있는 사실이기 때문이다.

"어쩔 수 없어요…… 시즈토 씨는 고인을 묻으려는 게 아니라 어떻게든 숨 쉬게 하려는 거니까요……"

가루눈이 날리기 시작했다. 그날 바람에 비옷을 날려버린 뒤로 다시 사는 걸 잊고 있었다. 유키요는 길가에 웅크리고 앉아 물통의 물을 마셨다. 목이 메어 기침이 났다. 무릎 사이에 얼굴을 묻고 기침을 참았다. 이마에 서늘한 손이 닿았다. 유키요의 머리를 조금 들어올리며 묻는 소리가 들린다.

"열이 많군요. 참았던 겁니까?"

이마에서 뗀 손을 매달리듯 눈으로 좇자, 시즈토의 얼굴이 부옇게 보였다. 맥박이 흐트러지고 머리가 지끈거려 눈을 감았다. 그가 뭐라고 중얼거리며 일어서는 기척이 났다. 혼자 남겨질지도 모른다는 두려움이 밀려들었다.

"날 두고 가지 마세요!"

유키요는 손에 닿는 대로 붙잡고 매달렸다. 온기에 얼굴을 묻었다.

"……괜찮아요. 두고 가지 않습니다."

손을 잡아주는가 싶었는데, 어느새 등을 내주고 있다. 문득 몸이 허공에 붕 뜨는 듯했다.

"사람이 있는 곳까지 내려가 근처 병원에라도 가봅시다."

삔 데가 나은 지 얼마 되지 않은 터라 걱정됐지만, 업혀 있으니 마음이 놓여 아무 말도 할 수 없었다.

정신을 차리고 보니 차 안이었다. 와이퍼가 앞유리창에 내려앉은 가루눈을 치우고 지나간다. "태워주셔서 감사합니다." 시즈토가 인사를 한다. 운전석의 뚱뚱한 여자가 "이 주변에서 많이들 찾는 진료소랍니다"라고 말한다.

맨가슴에 와 닿는 차가운 금속이 느껴진다. 등에도 똑같은 느낌이 지나간다. 누가 입을 억지로 벌린다.

나이 지긋한 여자가 심각한 표정으로 유키요를 보고 있다. 예순 살 전후일까? 이마와 눈가에 주름이 자글자글하다. 동그란 코에 걸친 안경 속 눈은 렌즈 두께 탓에 커 보이고, 흰자위는 약간 누레 보인다.

"목구멍이 새빨갛네. 염증인가? 잘 먹고 잘 쉬는 게 제일이지만, 약도 좀 먹어볼까요."

진찰을 받고 있는 곳은 학교 양호실 같은 살풍경하고 비좁은 방이었다.

"여행 중이라고요? 그럼 오늘은 어쩔 생각이었어요? 지금까지는 어떻게 지냈고요?"

여의사가 다그치듯 시즈토에게 물었다. 말 속에 경멸이 느껴졌다.

"그런 노숙 여행은 아주 나빠요. 당사자는 자유롭고 좋을지 모르지만, 몸이 상하면 바로 주위에 폐를 끼치잖아요. 전에 있던 병원에서도 치료비를 안 내고 가버린 사람이 몇 명이나 있었다고요."

시즈토가 돈은 전부 자기가 지불할 테니, 유키요만이라도 하룻밤 봐줄 수 없느냐고 부탁했다.

"여긴 호텔이 아닙니다. 택시를 불러서 시내로 가세요. 이런 여행은 하루 빨리 그만두시고요. 가족들이 울고 있을 겁니다. 대체 목적이 뭔가요? 자아 찾기니 뭐니 하는 소린 관둬요, 듣기 거북하니까."

잠자코 있는 시즈토를 대신해 유키요가 되받아쳐주고 싶었지만 머릿속의 생각을 어떻게 표현해야 좋을지 몰랐다. 사쿠야라면 알 것이다. 사쿠야를 의식했다. 뭐라고 말 좀 해줘요, 하고 기도했다.

"그는 사람을 애도하고 있어요…… 죽는 순간, 그저 숫자가, 유령이 되어버리고…… 가까운 사람을 제외하면 어떤 사람이 이 세상에 살았는지 잊어버리는데…… 이 남자는 죽은 자가 지나온 삶에 새로운 숨을 불어넣습니다. 그 인물이 이 세상에 존재했다는 사실을 소박하게나마 기리고 있습니다."

사쿠야의 말은 유키요의 입을 통하느라 중간중간 끊어졌지만, 그게 통한 것일까……?

여의사는 이상하다는 듯 유키요를 바라본 뒤, 시즈토 쪽을 돌아보았다.

"사람을 애도한다……면, 혹시 당신이 '애도하는 사람'?"

히다 마사에라는 여의사는 시즈토에게 이름을 물은 뒤 연방 고개를 갸웃거렸다.

"좀더 나이도 있고 신비로운 인상의 사람일 거라고 생각했는데……"

히다의 말에 따르면, 인터넷상에 '애도하는 사람'에 대한 내용이 돌아다닌다고 했다. 직업이 의사인만큼 죽음에 관심을 가질 수밖에 없는데, 인터넷 검색중 우연히 '애도하는 사람'에 관한 정보를 접하게 되었다. 별 괴짜가 다 있구나 싶었지만, 자신을 포함해 별난 인간을 싫어하지 않는 편이어서 흥미를 갖고 읽었다고 한다.

"설마 정말로 있을 줄이야…… 그것도 직접 만나 설교까지 듣게 되다니, 맙소사."

히다는 사죄의 뜻이라고 하긴 뭣하지만, 자기 집에서 머물라고 권했다.

단층인 진료소와 처마를 나란히 하고 있는 자택은 2층 건물로, 유키요는 손님방에 깔아준 이부자리에 누웠다. 약을 먹고 나니 조금 편해졌지만, 옆방에서 저녁식사를 대접받고 있는 시즈토와 나란히 앉을 기운은 없었다.

"기왕 이렇게 만났으니 애도에 대해 좀 물어봐도 될까요? 인터넷으로는 이해가 잘 안 가는 점도 있더라고요."

히다는 시즈토에게 애도의 의미는 무엇인지, 애도하는 상대는 어떻게 찾는지, 유족에게 돈을 받는지, 생활은 어떻게 하는지, 누구나가 궁금해하는 것들을 물었다.

"호오…… 생각보다 계획적이지 않구나. 좀더 종교적인 거창한 것을 기대했는데, 평범하네요."

쓸쓸하게 웃고는 "예, 평범합니다" 하고 대답하는 시즈토의 목소리가 유키요에게도 들렸다.

"그럼 며칠 전 사형수가 형을 집행받았다는 뉴스가 있었는데, 그런 사람의 경우는 어떻게 하죠? 사람을 몇 명이나 죽인 자이지만, 죽는 것은 마찬가지잖아요. 애도하나요?"

살인자도 애도하는가…… 유키요도 내내 시즈토에게 묻고 싶은 것이었다. 사람을 죽인 사실은 제쳐두고, 좋은 기억만 캐낼까……? 하지만 그런 인물까지 애도할 수는 없다는 말을 듣게 될까봐 두려워 입 밖에 낼 수가 없었다. 유키요는 히다의 질문에 시즈토가 대답하길 기다렸다.

"그 문제에 대해 아주 많이 고민했습니다. 잡지 같은 데서 사형수의 성장 환경과 옥중 생활에 대해 읽는 경우가 있습니다. 그걸 바탕으로 구치소 앞에서 애도하지 못할 건 없습니다만…… 특히 유아 살해범이면 의욕이 시들해집니다. 하지만 그렇다면 누구든 똑같이 애도하겠다는 스스로 정한 규칙에도 어긋나겠지요. 그래서 이것도 저만의 규칙입니다만, 피해자를 세 번 애도하면…… 그러니까 피해자가 죽은 장소를 세 번 방문하고 나면, 가해자도 애도하려 합니다. 아직 그런 기회는 오지 않았습니다만."

히다의 또렷하지 않은 웃음소리가 났다. 어이없는 웃음 같기도, 감탄의 웃음 같기도 했다.

"그런 여행, 힘들지 않아요? 용케 버텼네요. 하나하나의 죽음을 어떻게 다 받아들여요?"

"⋯⋯여행을 떠난 지 이 년째였는데, 고인에 대한 감정이입이 지나쳐서 죽음만 생각하던 때가 있었습니다. 여행을 떠나기 전, 일 년에 한 번은 집으로 가겠다고 가족과 약속했답니다. 걱정을 끼쳐드리고 있으니 그 약속만큼은 지키려고 집으로 돌아갔습니다. 그러고는 친구의 유품인 의자에 앉아 죽는 방법에 대해 생각했습니다. 그때 어머니가 말씀해주셨습니다. 자신을 잃으면 목적을 다할 수 없게 된다고, 애도를 계속하는 게 중요하지 않냐고요. 어머니는 제가 죽음에 이끌리고 있음을 느꼈는지도 모릅니다. 그 말에 구원을 받았습니다. 그뒤로는 점점 죽은 이들과 거리를 두게 되었습니다."

이 사람에게는 어머니가 있구나, 가족이 있구나, 나하고는 다르구나 하는 생각이 유키요의 가슴속에 소용돌이쳤다. 이 사람에게는 돌아갈 곳이 있구나⋯⋯ 길동무를 해도 좋을 사람이 아니었어⋯⋯

"그러고 보니 당신 집이 가나가와 현? 어머니 이야길 어디서 본 것 같은데. 잠깐 기다려봐요."

히다가 나가고 대화가 끊기자, 두 사람의 이야기를 들으려 애쓰던 유키요는 긴장이 풀어졌다. "뭐 좀 먹을래요?" 하고 묻는 시즈토에게 고개를 가로젓는 사이, 깊은 어둠이 내렸다.

볕에 따뜻해진 등심초 냄새가 난다. 어린 시절 제일 좋아하던 냄새다. 그리움에 눈을 뜬다. 새소리가 나고 그와 함께 작은 그림자가 다다미 위에 떨어진 햇살 속을 스치고 지나간다.

유키요는 히다의 자택 손님방에서 제 것이 아닌 잠옷을 입고 누워 있었다. 벽시계를 보니 열시를 지나고 있다. 화장실부터 가려고 거실 문을 열었다. 짧은 복도가 나타나고 진료소의 진찰실이 나왔다.

흰옷 차림의 히다가 노인을 진찰중이었다. 중년의 간호사가 유키요를 발견하고 히다에게 알렸다.

"아, 일어났어요? 몸은 좀 어때요? 오늘 아침 재봤을 때는 열이 꽤 내렸던데."

유키요는 히다에게 고맙다는 인사를 했다. 히다는 안절부절못하는 듯한 유키요를 보고 화장실은 주방 옆에 있지만 나온 걸음이니 진료소 화장실을 쓰라고 했다. 등뒤에서 노인 환자가 "선생님 따님이유?" 하고 묻는 소리가 들렸다. "어라, 그렇지만 따님 죽지 않았나?"

자택으로 돌아와 옷을 갈아입고 이불을 개어놓고 기다리자, 히다가 잠깐 틈을 내서 올라와 유키요를 간단히 진찰하고 하루이틀 더 푹 쉬면 문제없겠다며 미소지었다.

"저…… 같이 온 사람은 어디에?"

시즈토의 모습과 배낭이 보이지 않아 걱정이었지만, 타인에게 말할 때 그를 어떻게 불러야 좋을지 몰랐다.

"사카쓰키 군? 아침에 진료비와 숙박비 대신이라며 진료소 안을 깨끗이 청소하고 말이죠, 지금은 근처로 애도하러 나갔어요. 이웃에서 누가 어떻게 죽었는지 제가 아는 대로 가르쳐주었거든요."

"그러셨어요…… 돌아……올까요?"

어제 고독의 공포에 휩싸여 매달렸을 때 "두고 가지 않습니다"라던 시즈토의 말을 믿고 싶다. 그러나 도무지 자신이 없고 불안한 나머지 뱉어버린 말에 히다가 고개를 갸웃거렸다.

"실례지만…… 부부는 아니죠? 애인……도 아니고? 말하자면 신자인가? 사카쓰키 군의 행동에 공감해 같이 걷게 된 거죠? 그를 잘 이해하고 있더군요."

어제 사쿠야가 한 말을 두고 묻는 것이리라. 뭐라고 설명해야 할지 망설이는 사이, 진료소에서 히다를 불렀다. 냉장고에 있는 것을 마음대로 꺼내 먹어도 된다는 말을 남기고 가려는 히다에게 유키요가 물었다.

"저어, 저한테도 일을 시켜주지 않겠습니까? 청소든 뭐든……"

유키요는 히다의 집을 청소하고, 이불을 널고, 무리하면 안 된다고 히다가 걱정해도, 자신과 히다가 먹을 점심까지 만들었다. 아무것도 하지 않고 기다리는 것이 괴로웠다. 저녁밥도 준비해서 히다와 식탁에 마주 앉았다. "좀 떨어진 곳에서 일어난 사고 소식도 알려주었는데, 거기까지 간 건가?" 히다가 말했다.

"괜히 찾아 나섰다가 길이 엇갈리면 곤란하니 어쨌든 여기서 기다려요."

이 진료소는 히다의 은사가 고향에 돌아와 열었고, 은사가 죽은 뒤에 물려받은 것이라고 한다.

"딸이 있었어요. 살아 있었다면 당신보다 몇 살 많겠네요. 선천적으로 장애가 있어서 학교 소풍도 못 보냈죠. 수술은 위험할 수도 있어서 되도록 미루고 싶었지만, 그 아이가 원했어요. 마음껏 뛰어놀고 싶다고, 좋아하는 곳에 가고 싶다고, 그러지 못할 바엔 살아도 의미가 없다고…… 수술을 내 상사한테 부탁할지, 남편의 은사한테 맡길지, 지금 생각하면 시시한 일로 언쟁하다가 결국 남편의 은사에게 부탁했는데…… 뭐, 그 결과 여러 가지가 싫어져서 혼자 여기로 온 거예요."

"……그 이야기는 그 사람한테도?"

"사카쓰키 군? 네, 딸아이에 대해 이것저것 묻더라고요. 새벽까지 이야기를 나눴어요. 사카쓰키 군이 애도할 때 딸에 대한 아버지의 사랑도 말하더군요…… 이제야 남편을 용서할 수 있을 것 같았어요. 아니, 그 사람도 많이 괴로웠을 테니 피차일반이구나 싶어서…… 마음이 조금 편해졌어요."

히다가 2층으로 올라간 뒤, 유키요는 손님방에서 시즈토의 이부자리도 옆에 펴놓고 누웠다.

다음 날 밤이 되도록 시즈토는 돌아오지 않았다.

"설마 집으로 돌아간 건 아니겠지……"

히다의 말로는 '애도하는 사람' 코너가 최근에 업데이트가 되지 않아서 같은 말로 검색하던 중 며칠 전 어느 홈페이지를 발견했다고 한다. '애도하는 사람'의 친척이 연 홈페이지인 듯, 혹시 '애도하는 사람'이라고 생각되는 인물을 만나 이름이 '시즈토'라고 하거든 어머니가 기다리고 있으니 급히 가나가와의 집으로 돌아오라고 전해달라고 호소하고 있었다.

"확실하게 말하진 않았지만, 어머니가 편찮으신 게 아닐까 싶더군요."

그 사실을 시즈토에게 알려주고, 진료소 컴퓨터로 홈페이지도 보여주었다고 한다.

유키요는 그가 집에 다녀온다면 당분간 이곳으로 돌아오지 않을지도 모른다고 생각했다. 어머니의 병세에 따라서는 두 번 다시 돌아오지 않을 수도 있다. 집 주소는 인터넷상에 올라와 있지 않았다고 했다.

"그 친구는 돌아올 거야. 꼭 돌아올 거야."

이불 속을 파고든 유키요에게 사쿠야가 평소의 그답지 않은 진지한 투로 말했다.

"그 친구는 널 두고 가지 않을 거라고 했잖아. 게다가 내 일도 있고."

"당신 일……? 그 사람이 당신하고 무슨 약속이라도 했어?"

"내 임종에 대해 네가 제대로 이야기하지 않았다는 걸 그 친구는 알고 있어. 그 이야기를 들으러 올 거야. 어떤 애도도 소홀히 하지 않는 친구니까."

하지만 아침이 되어도 시즈토는 돌아오지 않았다. 유키요는 청소를 하고, 요리를 하고, 진료소에서 사용한 물품을 소독했다. 히다에게 간호보조 일을 하며 한동안 머물러도 좋다는 허락도 받았다.

난 버려진 건가? 그런 생각이 유키요의 머릿속을 스쳤다. 버리고 버려질 관계가 아닌데도 그런 생각이 마음속을 헤집어놓는다. 너는 또 버려졌어, 또 너를 두고 갔어……

"맛있어 보이네요. 뭐 만들고 있나요?"

저녁을 준비하는 유키요의 등뒤에서 말소리가 들려왔다. 거실과 주방 사이의 문턱에서 시즈토가 초췌한 얼굴에 미소를 띠고 서 있었다. 뒤에 히다의 모습이 보이지 않았더라면 달려가 껴안을 뻔했다.

"애도하던 곳에서 애도할 분을 또 소개해주어 거기까지 갔다 왔다네요."

히다가 설명했다. 시즈토는 배낭을 들고 있지 않은 걸로 보아 진료소에 먼저 다녀온 것 같다.

"연락이라도 좀 해주면 좋았을걸. 아가씨가 얼마나 걱정했는데. 어서 사과해요."

"미안합니다. 히다 씨 댁에 있다고 생각하니 그만 마음이 놓여서."

유키요는 목까지 북받쳐오르는 감정을 간신히 억누르고 주방 쪽으로 고개를 돌렸다.

저녁을 먹는 동안 시즈토는 애도한 상대에 대해 평소보다 더 많은 이야기를 했다. 히다는 흥미로운 듯 맞장구를 쳤지만, 유키요의 귀에는 아무 말도 들어오지 않았다. 가슴 안에서 뭐라고 이름 붙이기 힘든 떨리는 감정이 치솟아 단번에 시즈토에게 쏟아내고 싶었지만, 히다 앞이라 참는 동안 희미하게 사라져버렸다.

열시가 지나 진료소 전화가 울리더니 바로 거실 전화기로 연결되어 히다가 받았다.

"전부터 치료하던 할아버지가 위독한가봐. 늦어질지 모르니 먼저 자요."

두 사람은 현관에서 차를 타고 급히 출발하는 히다를 배웅했다. 바람은 차가웠지만, 별빛은 얼어붙은 공기를 뚫고 보다 선명하게 지상에 내려앉았다. 집 안으로 들어가고 싶지 않은 건 반짝거리는 별빛 때문일까, 아니면 시즈토에 대한 태도를 정리하지 못한 채 좁은 공간에 단둘이 있게 되는 것이 어색했기 때문일까.

"고미즈 씨도 화내셨습니까? 내가 안 돌아와서?"

시즈토가 편안한 표정으로 물었다. "히다 씨가 계셔서 묻지 못했습니다."

"아뇨…… 그 사람은 당신이 분명 돌아올 거라고 했어요. 내가 못다 한 이야기를 들으러…… 자신의 임종에 대해 들으러 돌아올 거라고요. 당신은 어떤 애도도 소홀히 하지 않으니까……"

어느새 사쿠야가 어깨 위에 나타나 **"돌아온다 그랬지?"** 하고, 입술 끝을 올렸다.

"그럼 이야기해주겠습니까……? 고미즈 씨의 임종에 대해?"

"당신은 그 이야기를 들으려고 돌아온 거예요? 그뿐이에요?"

몸이 달아오르는 듯 괘씸한 생각이 끓어올랐다. 왜 이렇게 마음이 괴로운 걸까.

"그럼 이야기해줄게요. 그저 고통스럽기만 할 뿐 비밀도 뭣도 아닌 이야기예요. 그곳에 있던 나는 역시 무리라고 사쿠야 씨의 부탁을 거절했어요. 그 사람은 화를 냈고요. 폭력도 휘둘렀죠. 그러나 결국 포기하고, 날 버려두고 그냥 가려고 했어요. 나는 그 사람을 멈춰세우려고 매달리다가 찌르고 말았어요. 하지만 그 사람한테서 듣고 싶었던 말…… 사랑한다는 말은 마지막까지 듣지 못했어요. 그 사람은 몽롱한 의식 속에서 다섯 살 때 잃은 어머니와 날 혼동한 듯 헛소리를 중얼거리고는 정신을 잃었어요. 나는 그제야 정신을 차리고 구급차를 불렀고요…… 알겠어요? 사쿠야 씨에 대해 다시 애도해야 할 만큼 달라진 사실은 아무것도 없죠?"

시즈토는 잠자코 유키요의 오른쪽 어깨를 보았다. 그리고 보이지 않는 상대에게 말을 걸었다.

"고미즈 씨한테 직접 들어도 되겠습니까? 본인이 임종을 맞을 때의 이야기……"

5

시즈토가 날이 추우니 들어가자고 해서 히다의 자택 거실로 들어왔다. 밝은 곳에서는 사쿠야의 말을 전하기 힘들 것 같아서, 유키요는 창으로 들어오는 달빛만 사이에 두고 시즈토와 마주 앉았다.

"많은 분들에게 이야기를 들으려 하는 것은 같은 사실도 입장이 다르면 달리 보이기 때문입니다. 그리고 그 다른 견해 속에 곧잘 이것으로 애도해야겠다고 생각되는 이야기가 숨겨져 있더군요."

시즈토가 타이르듯이 말했다. 하지만 유키요는 사쿠야의 말을 전하기 위한 준비로 마음을 비우는 게 망설여졌다. 요즘 들어 의아하게 느끼는 점을 용기내어 말하기로 했다.

"그 사람이…… 사쿠야 씨가, 정말로 있는지 어떤지 잘 모르겠어요. 최근 깨달은 것이지만…… 그 사람은 내 머릿속에 떠오른 생각을 말할 때가 많아요. 그 사람의 말을 듣고 내 생각과 같아서 놀랄 때도 있고요. 그래서 사쿠야 씨의 존재는 망령이라고 줄곧 생각해왔지만…… 어쩌면 내 망상…… 아니, 내 죄책감이랄까, 정신적인 충격으로 생긴 또 하나의 인격 같은 것일지도 모른다는 생각이……"

유키요가 말을 멈추었다. 시즈토는 어떻게 받아들였는지 골똘히 생각하는 눈을 하고 입을 열었다.

"고미즈 씨는 당신 생각에 대해 뭐라고 하셨습니까?"

"이런 말을 한 건 지금이 처음이어서…… 그저 이상하다고만 여겼을 뿐 말은 하지 못했어요."

"그럼 고미즈 씨한테 물어보겠습니다. 어떻게 생각하십니까? 나기 씨가 한 말."

유키요는 각오하고, 마음을 비우고 사쿠야의 존재를 의식했다. 오른쪽 어깨 위에서 사쿠야가 입을 열었다.

"웃긴 이야기군. 유키요가 내 책을 열심히 읽더니 좀 똑똑해진 건지도 모르겠군그래. 하지만 내가 망령이건 유키요의 죄책감이 만들어낸 망상이건, 무슨 차이가 있을까? 내가 누군지 안다고 해도 나라는 존재가 사라지는 건 아냐."

"아아, 저도 그렇게 생각하던 참입니다."

시즈토가 친구의 말에 공감하듯 친근하게 말했다. "고미즈 씨가 망령이건 죄의식이 만들어낸 심리적인 존재이건, 나기 씨가 말하지 않는 혹은 말할 수 없는 그 임종 장면은 누구보다 당신이 잘 아실 거라고 생각합니다. 세상에 미련이 있다면 성불하기 위해서…… 나기 씨 내면의 문제라면 마음의 부담을 덜기 위해서…… 당신 입장에서 사실을 말해주었으면 합니다."

"그 얘기를 하면 내가 어떻게 되기라도 한다는 건가? 뭐, 좋아. 시험 삼아 해보지 뭐. 아까 유키요가 한 이야기에 기본적으로 거짓은 없어. 숨기려는 마음도 없었을 거야. 다만 공포와 불안 때문에 보고 들은 것을 제대로 받아들이지 못했을 뿐이지. 폐기물 처리장이었던 그 공원에 도착할 때까지는 좋았어. 세상과 나 자신 둘 다에 절망을 느낀 나는, 신도 부처도 생각하지 못할 시나리오로 죽음을 계획하고, 유키요에게 칼을 쥐여줬지. 내 시나리오대로 나랑 결혼해 행복해하던 여자가 날 죽이는 거야. 신도 부처도 방해할 수 없는 계획이었어. 애초에 예상에 없던 일이기 때문이지. 나는 비가 쏟아지는 하늘을 올려다보며 '봐, 신불 따위 없잖아?' 하고 웃으면서 유키요를 향해 팔을 벌렸어."

유키요는 자신의 입을 통해 흘러나오는 사쿠야의 이야기를 들으며, 창으로 비쳐드는 창백한 빛 속에 그날 밤 일이 그대로 재현되는 듯한 환각을 보았다.

자동차 불빛에 굵은 빗방울이 비친다. 지면을 때리는 빗소리가 두 사람을 세상에서 격리시킨다. 사쿠야는 펼쳤던 양팔을 뒤로 돌리고, 셔츠 한 장만 걸친 가슴을 유키요 쪽으로 내민다.

칼을 든 유키요의 손이 부들부들 떨린다. 이 사람을, 이 생명을, 자기가 한 걸음 앞으로 내디디는 행위만으로 이 세상에서 지워버려도 되는 건가…… 너무나 두렵다. 자신은 그럴 만한 자격이 없다.

"못하겠어요. 역시 못하겠어요. 용서해주세요."

칼을 든 양손을 기도하듯 내밀고 빗물이 고인 땅바닥에 무릎을 꿇고 애원했다.

분노에 찬 사쿠야의 소리가 내리꽂혔다. "이제 와서 무슨 소리를 하는 거야! 여기까지 왔잖아. 한 번만 찌르면 돼. 그대로 부딪치면 끝난다고. 날 사랑한 거 아니었어? 전부 거짓이었던 거야?"

유키요는 고개를 저으면서 울부짖으며 용서를 구했다. 사쿠야는 유키요의 뺨을 때렸다. "눈 떠, 정신차려!" 또 한 번 맞았을 때, 유키요는 칼을 내던지고 그의 다리에 매달렸다. 사쿠야가 신음하는 듯한 소리를 들었다. 사쿠야는 유키요를 뿌리치고 발길질을 했다. "칼 들어!" 발길질을 몇 번이나 하고, 머리채를 휘어잡고 질질 끌고 다녔다. 벼랑 끝까지 끌고 가 "약속대로 해! 안 그러면 밀어버릴 테다" 하고 소리쳤다. 그편이 차라리 낫겠다는 생각에 "그렇게 해주세요. 당신 손으로 밀어주세요!" 하고 애원했다. 말이 되어 나오지 않는 사쿠야의 비명이 빗소리를 찢고 주위에 울려 퍼졌다. 가드레일에 부딪혀 유키요의 이마가 찢어졌다. 땅바닥에 벌러덩 쓰러진 유키요에게 사쿠야가 얼굴을 들이밀었다. 헤드라이트가 역광이 되어 표정은 잘 알아볼 수 없다.

"이제야 알았네. 넌 나를 사랑하지 않았어. 사랑 따위 어차피 집착에 지나지 않지만, 네가 집착한 것은 나뿐이야. 네 사랑을 이용하려 했던 내가 어리석었어. 넌 사랑하는 척하면서 나를 훌륭하게 이용한 거야. 설마 내가 속을 줄이야."

사쿠야는 자조적으로 웃으며 재수없다는 듯 셔츠를 찢어 유키요의 발밑에 팽개쳤다.

"혹시 너도 의식 못했냐? 자신에 대한 집착을 나에 대한 사랑이라고 착각한 거야? 철저히 자신에게 집착하다보면 타인에 대한 사랑과 구별할 수 없을 때가 있지."

사쿠야는 유키요에게서 떨어져 차 쪽으로 갔다. 아니에요, 아니라고요. 유키요는 입속말로 대답하며 사쿠야를 쫓아갔다. "그만 됐어! 다른 여자를 찾을 거니까!" 사쿠야가 앞을 향한 채 말했다. "기다려요." 간신히 목소리가 나왔다. 사쿠야는 차에 타기 직전 고개를 돌려 오지 말라는 듯 손을 이쪽으로 밀쳤다.

"아침에 역에서 기다려. 사람을 시켜 짐이랑 약간의 돈을 보낼 테니."

두고 가지 마세요, 혼자 두지 마세요. 유키요는 손을 뻗으려다 칼을 쥐고 있다는 걸 깨달았다. 좀전에 쓰러졌을 때 얼굴을 들이댔던 사쿠야가 쥐여준 것인지도 모른다.

"너하고 같이 했던 벚꽃 구경, 불꽃놀이, 다 아름다웠고 즐거웠어. 나한테 집착하는 사람이 곁에 있기 때문에 느낄 수 있었겠지. 하지만 모조리 가짜였어. 너는 너 자신이 즐기고, 너 자신이 사치하기 위해 내게 집착하는 척했던 거야. 이제 추억 따위는 악취를 풍기는 오물로 바뀌어버렸어."

아니에요, 그렇지 않아요. 눈물에 목이 멘 유키요 앞에 사쿠야의 등이 있었다. 양손으로 차 지붕을 짚고, 겨드랑이를 넓게 벌린 채 이것이 마지막 기회라는 듯 무방비한 알몸으로 기다리고 있다.

유키요가 사랑스러워하며 안았던 등이었다. 팔을 두르고 몇 번이나 손끝으로 어루만졌던 아름다운 등이었다.

이걸 다른 여자에게 넘겨준다고? 아니, 그보다 내가 그토록 사랑했다는 걸 이 등은 잊어버리겠지? 뿐만 아니라 모든 게 사랑이 아니었다고 거부하고 악취를 풍기는 행위였다고 경멸하다니······

"난 정말로 사람을 사랑하는 법을 잘 몰라요. 사랑받은 경험이 없으니까요. 그래서 당신에게 전해지지 않았을지도 모릅니다만, 나름대로 온몸과 온 마음을 다해 사랑했어요. 그래도 부족했던가요? 당신 말대로 하면 날 믿어줄 건가요? 알겠어요······ 부디 용서해주세요······ 당신을, 내 전부로 사랑합니다."

유키요는 사쿠야에게 다가가 등에 몸을 기대고, 그의 체온을 온몸으로 느끼면서 팔을 앞으로 돌렸다. 사쿠야의 왼쪽 옆구리에 오른손이 닿았다. 그가 짧게 기합을 넣듯 신음했다. 탱탱한 피부가 퍽 찢어지는 느낌이 전해지고, 그다음은 저항 없이 유키요의 손이 사쿠야의 몸속으로 들어갔다.

잠시 두 사람 다 움직이지 않았다. 사쿠야는 두 팔을 벌린 채 차에 기대 있고, 유키요는 사쿠야의 등에 입술을 댄 채 울고 있었다. 갑자기 사쿠야의 몸에서 힘이 빠지더니 스르르 무너졌다. 뒤에서 부축하려 했으나 여의치 않았던 유키요는 먼저 땅에 주저앉아 무릎 위에 그를 받쳐안았다. 사쿠야는 힘없이 하늘을 향한 자세로 눈을 감고 있었다. "사쿠야!" 하고 불러보았다. 사쿠야가 눈을 떴다. 빗물 때문에 눈을 깜박였다. 유키요는 그에게 몸을 기울여 비를 막았다. 사쿠야는 한쪽 뺨에 미소를 지으며 말했다.

"잘했어…… 자, 한 번 더…… 어중되게 해선 안 돼. 확실히 끝내는 거야."

빗물이 들어갔는지 아니면 눈물을 흘리는지 사쿠야의 눈동자가 젖어들었다. 사쿠야가 오른손을 들었다. 언제 뺐는지 칼을 쥐고 있다. 그 손을 벌려 유키요에게 잡으라고 재촉한다. 유키요는 망설였다.

"믿어주겠어요……? 나를, 믿어주는 거죠?"

사쿠야의 입술이 희미하게 벌어져 하얀 이가 보였다. 거기에 힘을 얻어 다시 칼을 들었다. 사쿠야는 오른손을 자신의 심장 위에 올리고 늑골을 더듬듯이 손가락을 미끄러뜨리다가 '여기'라고 하듯 젖꼭지에서 비스듬히 아래쪽 늑골 근처에서 멈추었다. 비명이 새어나올까봐 유키요는 왼손으로 입을 막았다.

무서웠다. 고통스러웠다. 비명을 삼키고 상대를 향해 마지막 힘을 주어야 했다.

"나를 사랑해줄 거예요……? 사랑한다고 말해줄 거예요……? 말해주세요."

사쿠야의 관자놀이에 푸른 힘줄이 섰다. 그러고는 표정이 부드러워지며 희미하게 고개를 가로저었다.

어째서요! 소리가 되어 나오지 않는 호소를 눈으로 되풀이했다. 사쿠야는 미소를 머금은 채 헐떡거리며 대답했다.

"그런 말은 할 수 없어……"

자신의 신조와 인생관을 저버릴 수 없다는 말투였다. 이어 답답하고 고통스러운 듯한 기침을 토해냈다.

"시간이 지나면 고통이 더해지니까……"

사쿠야가 쉰 목소리로 말했다. 약한 소리를 하는 게 아니라 아파하는 자신을 보이고 싶지 않은 것 같았다.

유키요는 이제 모든 것을 포기하고 실에 매달린 인형처럼 그가 가리키는 곳으로 손을 가져갔다. 처음 찌를 때의 피부의 저항이 이번에는 느껴지지 않았다. 부드러운 과육처럼 칼이 푹 들어갔다.

사쿠야의 호흡이 가빠졌다. 불빛에 비친 얼굴이 창백해지고, 갑자기 숨을 멈추었다가 다음 순간 길게 내뱉었다. 눈을 번쩍 떴다. 눈동자의 초점은 유키요가 아니라 먼 하늘을 향해 있었다.

"……네게서…… 태어나고 싶어……"

그렇게 속삭였다. 이윽고 유키요의 손에 희미하게 느껴지던 그의 몸의 긴장이 모두 풀렸다.

얼마나 오래 넋을 놓고 비를 맞고 있었을까. 극히 한순간이었을지도 모르지만, 전기가 통한 듯 온몸이 부르르 떨렸다. 자신이 저지른 엄청난 짓에 전율하며 사쿠야를 불러댔다. 몸부림치며 울부짖다 결국 그를 내려놓고 차에 둔 휴대전화를 가지러 갔다. 구급차를 부르면서 사쿠야에게로 돌아가 또다시 무릎 위에 안아올렸다.

"죽지 않았습니다…… 사쿠야 씨는 죽지 않았습니다…… 살아 있습니다…… 살아 있습니다……"

구급차가 올 때까지 쉴새없이 중얼거렸다. 구급대원이 뭐라고 물었을 때도 그렇게 대답했다. 자신이 병원에서 치료를 받을 때도 같은 말을 되풀이하다가, 제복을 입은 경찰이 "그런데 그 사람은 누가 찔렀나요?" 하고 물었을 때, 처음으로 다른 말을 입에 올렸다. 그건 다른 누구에게도 양보할 수 없었다.

"나예요. 내가 찔렀어요."

강한 발음이 귀를 때리고, "내가 찔렀어요" 하는 말의 여운이 흔들어 깨운 듯 유키요는 눈을 떴다. 창으로 비스듬히 들어오는 희미한 빛 너머로 시즈토의 모습이 보였다.

억지로 밀어놓았던 기억이 사쿠야의 이야기로 이끌려나왔다. 그런데 마지막 말은 유키요 자신이 한 것 같기도 하다.

"이야기는…… 알아들었어요?" 시즈토에게 물었다.

"……예." 시즈토가 짧게 대답했다.

"사쿠야 씨가 어디까지 이야기했어요? 나도 좀 이야기를 한 것 같지 않아요?"

시즈토가 고개를 갸웃거렸다. 유키요도 묻고 난 뒤에야 깨달았다. 유키요의 입에서 나온 말이니 어느 쪽이 어느 쪽인지 구분하기 어려운 순간도 있었을 것이다.

"고미즈 씨가 마지막까지 이야기한 것 같기도 하고, 전부 나기 씨가 이야기한 것 같기도 해서 말입니다."

시즈토의 말대로라면 아마 유키요가 방금 환각 속에서 본 광경이 사쿠야도 인정하듯, 숨김없는 진실이 될 것이다. 유키요는 심호흡을 하며 숨을 가다듬었다.

"지금까지 이 이야기를 하지 않은 것은 괴롭기 때문이라고 생각했어요. 나 자신을 속였던 거예요…… 사쿠야 씨 말대로, 나는 나밖에 사랑하지 않았어요. 말로는 그 사람을 사랑한다고 했지만, 정말 사랑했다면 아무리 싫어하고 아무리 미워해도 죽여서는 안 됐어요. 사랑하는 사람이 살아주길 바라야 했어요. 요전에 동반자살을 한 가족을 애도하러 갔을 때 기억해요? 가장이 아내와 두 아이를 죽인 사건요. 아이들을 사랑했다면 죽이면 안 됐어요. 그것을 견디는 게 사랑이에요. 그러니까 나도 실은 사쿠야 씨를 사랑하지 않았던 거예요. 그의 등을 다른 사람에게 넘겨주고 싶지 않아서…… 뿐만 아니라, 내가 바친 마음을 악취나는 행위였다고 경멸당하는 게 싫어서…… 그래서 그의 말에 따른 거니까. 난 인정받고 싶었어요. 사랑이 있는 사람이라고, 사람을 사랑하는 능력이 있는 여자라고…… 사쿠야 씨는 그걸 간파하고 날 이끌었고, 나는 나 자신에 대한 사랑에 눈이 멀어 그를 구하지 못했어요. 게다가 진실에서 눈을 돌리고 있었고요. 그래서…… 사쿠야 씨가 나타났나봐요. 내 거짓말을, 기만을, 비난하기 위해."

"……난 그렇게 생각하지 않습니다."

시즈토가 말했다. 낮은 목소리였지만, 꿋꿋한 심지가 있어서 듣는 사람의 마음 깊은 곳까지 전해졌다.

"동반자살이라고 하셨습니다만, 나도 그 가장의 행위를 사랑이라고는 생각지 않습니다. 하지만 그분이 그런 일을 생각하기 전에는 아이들을 사랑한 시간이 있었을 겁니다. 그 사실로 애도할 수 있었습니다. 당신의 경우도 마찬가지입니다. 고미즈 씨와 보낸 나날 중에 분명 사랑을 느낀 순간이 있지 않았습니까. 그렇기 때문에 두 사람 사이에는 확실히 사랑이 존재했다고 애도할 수 있습니다."

"거짓이에요. 가장 중요한 순간에 나는 그 사람이 아니라 내 사랑을 지키는 쪽을 택했다고요."

"당신은 예전에 아무도 사랑한 적이 없고, 언제 죽어도 좋다고 생각하며 살았다는 말을 한 적 있죠? 그런 당신이 고미즈 씨를 만나 살려고 했습니다. 살고 싶어했습니다. 고미즈 씨와 만나기 전의 당신이 그랬듯 완전한 고독 속에서는 사랑이 생겨나지 못하죠. 자신에 대한 사랑조차 말입니다. 당신이 자신을 사랑할 수 있게 되려면 고미즈 씨가 필요했습니다…… 고미즈 씨가 있어서 처음으로 당신은 당신 자신을 사랑하게 되었습니다. 그렇다면 그건 이미…… 고미즈 씨에 대한 사랑이었다고 해도 좋지 않을까요?"

"그러나 그는, 사쿠야 씨는…… 내가 나밖에 사랑하지 않았다는 사실을 속이지 말고 직시하라고, 진실을 인정하라고 망령이 되어서까지 날 비난했어요."

"고미즈 씨는 당신을 사랑하셨습니다. 나는 그렇게 애도할 생각입니다."

"지금까지 뭘 들은 거예요? 난 그 사람한테서 사랑한다는 말을 듣고 싶었어요. 그렇게 부탁했어요. 그런데 그 사람은 거부했어요. 그런 말은 할 수 없다고 끝까지 거부했다고요."

"수줍어서겠지요. 마지막 순간에 당신에게서 태어나고 싶다고 말씀하셨다면서요?"

"그건 아마 자기 어머니하고 날 혼동해서일 거예요. 사쿠야 씨가 다섯 살 때, 어머니가 애인과 야반도주한 뒤로 아무래도 미련이 생겨, 또 한 번 어머니와 아들로 살고 싶었던 게 아닐까요?"

"어머니를 너라고 하지는 않을 겁니다. 고미즈 씨는 사랑한다는 말은 할 수 없었지만, 당신과 같은 생각을 하고 있다고 전하고 싶었던 게 아닐까요? 고미즈 씨는 사랑 따위 집착에 지나지 않는다고 했습니다만, 마지막 순간, 당신은 도망칠 수도 있었을 겁니다. 기어이 자신에 대한 사랑만 고집했다면, 칼을 버리고 그 자리에서 도망쳐 다른 인생을 찾아도 됐습니다. 하지만 당신은 고미즈 씨에게 집착했습니다. 완전히 집착하지 않았습니까? 고미즈 씨 어머니처럼 그를 버리고 도망치지 않았습니다. 고미즈 씨는 만족했을 겁니다. '너'란 나기 씨를 가리키는 것으로, 다시 태어난다면 나기 씨에게서 태어나고 싶다…… 그런 생각을 전하는 거라고 저는 알아들었습니다."

"하지만…… 그렇다면 그게 무슨 뜻일까요……? 내게서 태어나고 싶다니……"

"제멋대로 해석하는 것 같아 죄송합니다만…… 아이는 자신을 낳아준 사람에게 생명을 맡깁니다. 당신에게서 태어나고 싶다는 말은 생명을 맡길 상대가 당신이면 좋겠다는 의미가 아닐까요? 당신이라면 도망치지 않고 희생도 두려워하지 않고 모든 것을 바칠 테니까, 하고…… 고미즈 씨는 신과 부처의 부재에 연연했습니다. 신불이란 조건 없는 사랑을 베푸는 존재의 상징 같은 느낌이 듭니다. 고미즈 씨는 다섯 살 때 사랑하는 사람에게 버림받은 상처를 줄곧 껴안고 살아왔을지도 모릅니다. 조건 없는 사랑을 주어야 할 사람이 자신의 사랑만 택하고, 아들을 돌보지 않고 죽어버렸다…… 그후 고미즈 씨는 사랑을 부정하고, 신불의 존재를 부정해왔습니다. 하지만 부정하면서도 또한 강하게 원했던 것 같습니다. 아니…… 이렇게 단언하는 것도 고미즈 씨에게 실례가 될까요? 아주 명석한 사람이었으니 어머니가 야반도주하는 일이 없었어도, 언제든 이 세계의 가치관에 염증을 느끼고, 종래의 생사관과 신불의 존재에 의문을 가졌을지 모릅니다. 그러나 죽음을 생각할 만큼 허무의 경지에까지 마음이 기울었을 때, 제동을 걸어주는 사람이 없었던 것도 사실입니다."

유키요는 시즈토가 죽음에 이끌리고 있을 때, 어머니의 말을 듣고 구원받았다고 했던 말을 떠올렸다. 사쿠야가 처음 허무의 세계에 발을 들였을 때, 버팀목이 되어주는 사람이 있었더라면 그뒤로 뭔가 달라졌을까?

"고미즈 씨의 영혼이 빙의되었다고 느끼는 상태가 나기 씨의 죄책감과 정신적인 것에서 비롯된 거라면, 당신은 오해하고 계시는 겁니다. 고미즈 씨는 당신에게 감사하고 있습니다. 만약 그 분이 정말로 영혼이고, 당신이 진실을 보길 원하는 거라면……당신이 오해하고 있는 마지막 말이 당신에 대한 사랑을 전한 것이었다고 바로잡고 싶어서 나타난 게 아닐까 합니다. 다시 그런 내용으로 고미즈 씨를 애도할 생각입니다."

시즈토는 일어서더니 정원으로 난 창을 열고, 정원을 향해 한쪽 무릎을 꿇었다. 달 밝은 하늘을 향해 오른손을 들고, 차가운 밤공기에 얼어붙은 땅으로 왼손을 내렸다가, 두 손을 가슴 앞에서 모았다.

시즈토가 애도하는 모습을 바라보는 유키요의 머릿속에는 단 한 가지 생각밖에 없었다.

나는 사랑받고 있었다……? 사쿠야 씨에게 사랑받고 있었다……

전화벨 소리에 비로소 정신이 들었다. 시즈토가 어느새 유키요의 등뒤에서 전화를 받고 있다. 수화기에 대고 뭐라고 얘기하다가 "곧 가겠습니다" 하고는 전화를 끊었다.

"히다 씨입니다. 환자분이 돌아가셨답니다. 혼자 사는 노인이어서 위독함을 알려준 119대원들은 일단 돌아가고, 지금은 히다 씨 혼자 있으니 혹시 아직 잠자리에 들지 않았으면 애도하러 와주겠느냐고 하십니다. 돌아가신 분을 혼자 둘 수 없어 데리러 나갈 수는 없지만, 걸어서 이십 분쯤 걸리고, 모퉁이를 두 번 돌면 쉽게 찾을 수 있을 거라고 하시는군요."

시즈토가 문단속을 하고 나서 히다 씨가 알려준 길을 앞장서서 걷기 시작했다. 가로등은 멀리 드문드문 서 있을 뿐이지만, 그가 든 손전등 말고도 환한 달빛이 있어 걷는 데 지장이 없었다.

시즈토를 따라 걷기 시작한 지 얼마 안 되어, 유키요는 등뒤에서 누가 부르는 것 같아 돌아보았다. 허공의 어둠 속에 사쿠야의 머리부터 어깨까지 떠 있다. 줄곧 업고 있던 사쿠야를 거기다 잃어버리고 온 것 같다.

"왜 거기 있어요? 같이 안 가요……?"

사쿠야는 미소지었다. 차갑지도 빈정거리지도 않는, 순수한 청년의 미소를 지으며 유키요를 사랑스러운 눈으로 바라보았다. 불현듯 그가 이별을 고할 것 같은 예감이 들었다. 유키요는 그에게 돌아가려고 발길을 돌렸다. 사쿠야는 그만큼 더 멀어졌다. 유키요가 걸음을 멈추어도 자꾸만 어둠 속으로 멀어져갔다.

"사쿠야 씨, 사쿠야 씨!" 유키요가 큰 소리로 부르는데도 사쿠야는 "슬슬 가볼게" 하고 고개를 갸웃거리며 멀어졌다.

가버린다…… 그 사람이 이제 가버린다. 사쿠야 씨의 영혼인지 아니면 내 마음이 낳은 환상의 존재인지는 알 수 없지만, 내가 그 사람의 사랑을 이해한 것으로…… 그 사람이 정말 날 사랑했다고 믿는 것으로…… 그 존재는 자기 역할을 다하기라도 한 것처럼 가버린다.

낳아도 좋아요, 나…… 멀어져가는 사쿠야에게 말한다. 내가 당신을 낳아도 좋아요. 만약 태어나준다면 모든 것을 다 바쳐 당신을 키우겠어요.

멀어져가던 사쿠야가 장난스레 눈을 동그랗게 뜬다. 괜찮냐? 놀리듯이 눈썹을 찡긋해 보인다. 그는 하늘을 올려다보고 다음에는 땅을 내려다보며 이제 어느 쪽으로 갈지 어깨를 으쓱였다. 역시 이쪽인가? 하고 아래를 보며 예의 빈정거리는 미소를 지었다. "그럼 이만" 하고 고개를 끄덕이고는 유키요를 향해 부드럽게 웃어주었다. 그리고 천천히, 아주 천천히 멀어져가다 끝내 어둠 속으로 녹아들었다.

유키요는 그 자리에 주저앉아 양손으로 얼굴을 가렸다. 뱃속에서부터 올라오는 듯한 소리가 입술 사이로 새어나왔다. 시즈토가 뒤에서 어깨를 잡고 부축해주었다. "왜 그러세요?"

"사쿠야 씨가…… 죽었어요. 그 사람이 죽었어요. 정말로 가버렸어요……"

그날 밤, 사쿠야가 구급차에 실려간 뒤로도 그의 죽음을 믿지 못해 여태 흘리지 못했던 눈물이 그제야 하염없이 쏟아져 내렸다.

6

어깨부터 등까지 바람이 숭숭 뚫고 지나가는 듯한 한기가 느껴졌다. 돌아가 기다리라고 했지만 혼자 남고 싶지 않아서 유키요는 시즈토를 뒤따라 밤길을 걸었다.

찾아간 집은 마른 잡초로 뒤덮인 마당과 거무튀튀한 벽 때문에 사람이 살지 않는 음산한 분위기를 풍겼다. 히다가 나와 유키요를 보더니 순간 미간을 찌푸렸다. 유키요 자신도 눈이 부었다는 걸 알았다. 하지만 히다는 못 본 척하며 고인이 잠든 방으로 두 사람을 안내했다.

세상을 떠난 일흔셋의 집주인은 신장을 비롯한 여러 장기에 장애가 생겨 최근에는 거의 누워서 지내다시피 했다고 한다. 히다가 거즈를 치우고 보여준 얼굴은 실제 나이보다 열 살은 더 들어 보였다.

장식이 거의 없는 방 안에서 눈길을 끄는 것은 침대맡 손을 뻗으면 닿는 높이에 붙어 있는 십여 장의 사진이었다. 남자아이 둘이 가운데 있고 부모로 보이는 남녀가 함께 찍은 사진도 있다. 오래된데다가 액자에 넣지 않은 탓에 하나같이 노란색 필터를 끼운 것처럼 변색됐다.

"노인의 자식이에요. 어른 사진은 노인하고 부인이고요. 큰아들은 벌써 마흔이 다 됐을걸요. 두 아들 다 진로 문제로 크게 다

투고 나간 것 같아요. 부인이 세상을 떠났을 때가 화해할 기회였던 것 같은데, 노인이 장례식에도 참석 못하게 했다네요. 속 좁은 성격 때문이려나. 최근에도 그 성질은 여전해 도우미나 나한테도 일을 못하네 돌팔이네 불평불만투성이였죠. 그런데 자식들 칭찬은 자주 하더구먼. 유치원 때 달리기를 잘했다느니, 초등학교 때 공부를 일등 했다느니…… 노인이 쓰러진 후, 지인이나 면사무소에서 자식들에게 연락했지만, 결국 두 아들 다 한 번도 들여다보지 않았어요."

유키요는 새삼 고인을 보았다. 뼈와 가죽만 남은 얼굴에 슬픈 표정이 서려 있다. 고인의 가면이 벗겨지고 이 세상의 유일한 존재였던 노인이 보였다.

"괜찮다면 입고 있는 옷이나 시트를 바꾸는 일을 제가 거들어도 될까요?"

유키요는 고인의 표정에 이끌려 그런 제안을 했다. 예전에 장례 센터에서 일을 돕고 무연고 노인들을 위한 양로원에서 간병했던 경험도 말했다.

히다는 기뻐했다. 간호사는 아이가 아파 오지 못하고, 자원봉사 도우미도 아침이나 돼야 올 수 있던 참이었다. 귀와 코 등을 막는 일차적인 처치는 끝냈지만, 사후경직이 시작되기 전에 몸을 닦고 새 옷을 입히는 것까지는 힘들어서 안타까웠다고 한다.

"저도 돕겠습니다. 경험은 없습니다만."

시즈토도 나섰다.

"어머나, 그렇게 많은 망자들을 찾아다녔는데 사후 처치 경험이 없다고요?" 히다가 물었다.

"예, 돌아가시고 난 뒤에야 찾아가기 때문에…… 말하자면 저는 늘 한 발 늦는 사내입니다."

무의식적으로 나온 말이겠지만, 재미있는 대답에 히다와 유키요는 웃음을 터뜨렸다. 웃음을 신호로 세 사람은 일어나 움직였다. 히다의 지시에 따라 시즈토는 부엌에서 물을 끓이고, 유키요는 세면실에서 수건을 날랐다. 히다가 장롱에서 꺼낸 시트와 기모노는 세탁한 지 얼마 되지 않았는지 비누향이 났다.

히다에게 건네받은 고무장갑을 낀 다음, 시즈토가 시신을 잡고 있는 동안 유키요와 히다가 몸을 닦았다. 목덜미에서부터 가느다란 팔, 주름투성이 손, 손가락 사이를 깨끗이 닦으면서 유키요는 자기도 모르게 사쿠야를 떠올렸다.

병원으로 실려간 후로, 유키요는 사쿠야를 만져보지 못했다. 피로 얼룩진 그의 몸을 깨끗하게 닦아주지 못했다. 사쿠야의 죽음을 받아들인 지금, 그 대신 눈앞에 있는 고인의 몸을 깨끗이 닦고 있다. "참 잘하시네요. 옹졸한 노인네였지만, 분명 고마워하고 있을 거예요" 하는 히다의 칭찬을 들었다.

당신 덕분이에요, 하고 사쿠야에게 말했다. 당신은 절 홍보와 돈벌이를 위해 양로원을 만들고, 돈을 아끼려고 보호소로 도망쳐온 여자들에게 그 일을 시켰다고, 자신의 행위는 선의에서 시작된 게 아니라고 했죠. 하지만 난 그때의 경험으로 이분의 사후 처치를 돕고 있어요. 당신의 행위는 사람들이 당신께 감사할 만한 행위로 이어져 있었던 거예요. 그러니까 이분을 더 깨끗이 해서 보내드리겠어요…… 당신의 몸을 깨끗이 하는 것과 다름없다고 믿고.

시신에 새 기모노를 입히고, 시트를 갈고, 이불을 덮어주자, 고인의 얼굴은 어딘지 모르게 개운해 보였다.

"고인과 유족을 대신해 감사드립니다." 히다가 유키요와 시즈토에게 머리를 숙였다.

"아닙니다. 좋은 경험을 하게 해주셔서 제가 더 감사드리고 싶습니다."

시즈토가 말했다. 유키요도 같은 생각이었다. 어깨에서 등에 걸쳐 느껴지던 한기는 한결 덜하고, 몸을 움직인 탓인지 온몸이 따뜻해졌다.

시즈토가 벽에 붙은 한 장의 사진을 보고, "여기 이 장소에서 애도하고 싶습니다" 하고 말했다.

사진은 이 집을 갓 지은 당시에 찍은 것인 듯, 중학생과 초등학생 정도 돼 보이는 남자아이 둘과 젊은 시절 고인과 아내인 듯한 여자가 새 집을 배경으로 잔디가 잘 손질된 마당에 나란히 서서 웃고 있었다.

유키요가 마당으로 나가는 시즈토를 따라 나가, 자기 이야기도 보태달라고 부탁했다.

"그분에게 감사하는 한 사람으로…… 저한테 지금 필요한 죽음의 감촉을 가르쳐주셔서 감사하다고요."

시즈토는 고개를 끄덕이고, 시든 잡초 덤풀 속으로 걸어들어가 애도했다.

거기서 잠깐 눈을 붙이겠다는 히다를 두고, 두 사람만 히다의 집으로 돌아갔다. 이불 속에 들어간 지 얼마 되지 않아 벌써 날이 밝았는지, 시즈토가 일어나는 기척에 유키요도 눈을 떴다. 짧은 시간이지만 푹 잔 것 같았다.

출발할 채비를 하는 동안 히다가 돌아와 셋이서 이른 아침을 먹었다. 히다가 조간을 펼쳐들고 "좀 있으면 새해네요" 하고 말했다. 날짜를 잊고 지냈던 유키요는 벌써 그렇게 됐나 싶어 놀랐다.

"외국에서 삼십 명이나 되는 사람이 사망했다는군요. 그런데도 기사가 이렇게 쪼그맣네. 이런 경우에도 애도할 수 있어요?"

히다가 시즈토 쪽으로 신문을 펼쳤다. 시즈토는 정중히 기사를 읽은 뒤에 고개를 가로저었다.

"이름과 나이와 가족과 직업 등에 대해서 나와 있으면 이곳에서도 가슴에 새길 수 있습니다만."

"당신은 신불을 믿어요? 그런 게 정말 있나 싶을 만큼 어이없는 죽음도 있잖아요?"

"예. 그러나 신불의 존재를 물을 권리는 유족에게 있고, 누군가가 타인의 죽음을 계기로 그런 생각을 하는 것은 불경하다는 생각이 듭니다. 게다가 비참한 죽음을 접하고 신불의 존재를 물으려 하다보면, 고인의 나이와 가족이 있나 없나에 더 신경 쓰게 된다는 걸 여행하는 동안 깨달았습니다. 아직 어린데 어째서라든가…… 어린 자식이 있는데라든가…… 그리고 감정을 흔드는 특별한 사연이 없는 고인을 나도 모르게 다르게 대할 것 같았습니다. 차별까지는 아니더라도요."

아침을 먹고 나서 시즈토는 진료소를, 유키요는 히다의 자택을 청소했다. 유키요는 히다에게 허락을 구하고 2층 방에 있는 딸의 위패 앞에서 손을 모았다. "괴로워서 올려두지 않았지만" 하면서 히다가 사진을 가져왔다. 해맑은 소녀가 침대 위에서 브이를 그려 보이고 있었다. 수술 전날 찍은 사진이라고 한다. "따님이 정말 예쁘네요!" 유키요는 솔직한 생각을 말했다. 히다는 사진을 위패 옆에 장식했다.

"나도 죽을 때 혼자겠네…… 아무도 지켜보지 않는 가운데 가겠지."

히다가 담담한 어조로 혼잣말을 중얼거렸다. 그리고 유키요를 돌아보며 농담처럼 말했다.

"둘이어서 좋겠네. 만일의 경우가 생겨도 서로 애도해줄 수 있으니…… 안심이죠?"

유키요는 가슴이 떨렸다. 사쿠야가 떠난 지금, 시즈토와 여행을 계속할 이유가 있을까 의문스럽다. 그리고 히다는 틀렸다. 자신이 죽어도 시즈토는 분명 애도하지 않을 것이다……

진료소 앞에서 세 사람은 작별인사를 나누었다. "잊지 말고 챙겨요." 히다가 지난 호 주간지를 시즈토에게 내밀었다. 진료소 대기실에 있던 것으로, 환자들이 다 읽은 걸 가져왔다고 했다. 사망자에 대한 정보를 얻기 위해 시즈토가 갖고 싶어했을 것이다.

"그럼 뒷모습에 대고 손을 흔들어대는 건 성격에 안 맞아서이만."

히다는 진료소로 들어갔다. 시즈토는 히다에게 깊이 머리 숙여 인사했다. 유키요도 따라 했다.

이 일대는 이미 돌아본 터라, 시즈토는 버스를 타고 더욱 산중으로 들어갔다.

바위 사이를 흐르는 계곡의 경관이 유명한, 산으로 둘러싸인 분지 마을이 버스의 종점이었다. 산골 마을과 주변 지역을 이어주는 철도가 지나가고, 역 주변은 의외로 탁 트여 있었다. 시즈토가 신문과 라디오 보도를 적은 메모에 따르면 이 마을에서 애도할 대상은 모두 세 건, 다섯 명이었다.

올해 5월 산속의 화약 공장에서 폭발 사고가 일어나 직원 두 명이 사망했다. 위치는 시내에서 자세하게 듣고 온 터였다. 버스가 다니지 않기 때문에 도보로 세 시간 이상 걸린다는 공장까지 걷기 시작했다.

한쪽으로는 삼나무가 끝없이 이어지고, 다른 한쪽으로는 바로 아래 계곡물이 흐르는 낭떠러지 길을 시즈토와 걸으면서 유키요는 그와의 관계가 달라졌음을 의식했다. 그전까지는 사쿠야가 있었다. 그가 어떤 존재였건 유키요가 시즈토와 정면으로 마주 보는 걸 방해해왔다. 사쿠야가 떠난 지금에야, 자신이 시즈토에 게 크게 의지하고 있다는 걸 깨닫게 됐다. 시즈토와 헤어지면 그 다음에는 어떻게 해야 할지 상상도 되지 않는다. 사쿠야의 죽음 을 받아들일 수 있었던 것도 시즈토가 있었기 때문이다. 시즈토 와 헤어지면 사쿠야도 더 멀리 가버릴 것만 같다. 문득 이건 집 착이 아닐까 생각했다. 사쿠야는 사랑은 어차피 집착이라고 했 다. 그럼 시즈토에 대한 마음은 사랑 같은 것인가……? 그러나 시즈토는 자신에게 마음이 없을 것이다. 시즈토의 가슴은 죽은 이들로 가득 차 있다. 시즈토의 관심은 온통 죽은 자들에게 쏠려 있다.

반쯤 갔을 때, 삼나무 그늘에서 잠시 쉬기로 했다. 마을에서 산 빵과 우유를 먹으면서 유키요는 시즈토에게 물어보기로 했 다. 농담처럼 들리도록 신경 썼다.

"히다 씨가요, 자기는 혼자여서 죽으면 아무도 애도해주지 않 을 거라고 슬퍼하더군요. 그리고 날 보고는 당신들은 무슨 일이 있으면 서로를 애도할 수 있어서 안심이겠네, 라고……"

"몇 년에 한 번은 그 근처를 걸을 생각입니다. 히다 씨한테 혹시 무슨 일이 생기면 당연히 애도드려야지요. 따님을 사랑하고, 지역 주민들에게 사랑받고, 내가 감사한 사람으로서."

"그럼 나는요……? 나한테 무슨 일이 생기면 애도해줄 거예요?"

시즈토가 왜 그런 질문을 하느냐는 듯 돌아보았다. 유키요는 아무렇지도 않은 척 "어쩔 거예요?" 하고 대답을 재촉했다.

"……가능한 한 돌아가신 분들은 모두 애도할 생각입니다."

"그렇지만 지금은 아니죠? 피해자를 세 번 애도하지 않으면 살인한 사람은 애도하지 않을 거라고, 히다 씨 질문에 그렇게 대답했잖아요. 사쿠야 씨가 죽은 곳을 찾은 것은 요전이 두번째였죠?"

"고미즈 씨는 어젯밤에 다시 애도를 드렸으니 세 번 애도했습니다."

"……그럼 내가 지금 죽으면 애도해주는 거예요? 그런 거죠?"

자기도 모르게 목소리가 들떠 시즈토가 더욱 이상하다는 듯이 유키요를 보았다. 유키요는 숲속으로 시선을 돌리며 말했다.

"그런데 어떻게 애도할 거예요? 난 사쿠야 씨한테 집착했어요…… 그걸 사랑이라고 부를 수 있다면 그 사람을 정말로 사랑했어요. 그 사람도 날 사랑해주었고요. 그러나 난 누군가가 감사할 만한 일을 전혀 하지 않은 사람이에요."

"당신은 내가 다쳤을 때 어깨를 빌려주고, 옷을 갈아입는 걸 도와주지 않았습니까?"

그건 원래 내가…… 대답하려 했지만, 그전에 시즈토가 바로 말을 이었다.

"당신을 통해 고미즈 씨와 이야기를 나눌 수 있었던 것도 감사하고 있습니다. 고인을 떠나보내는 처치를 도울 수 있게 된 것도, 당신의 제안 덕분입니다. 히다 씨도 처치에 대해 감사를 표했잖습니까. 당신에게 감사를 표할 사람은 고미즈 씨를 포함해 아주 많습니다."

아주 많이는 필요 없다. 사쿠야, 그리고 시즈토에게만 감사받을 수 있다면 그걸로 충분하다.

휴식을 마치고 다시 걷기 시작한 뒤 '그럼 언제?' 하는 생각이 들었다. 시즈토의 뒤를 걷다보면 미련 비슷한 감정이 북받친다. 좀더 함께 여행해도 좋지 않을까……?

아니, 안 된다. 더 오래 따라다니다간 시즈토가 귀찮게 여길지도 모른다. 흉한 모습은 이제까지 보여준 것만으로도 충분하다. 지금이라면 아까 말한 대로 자신을 애도해줄 것이다. 하지만 어떻게……? 유키요의 죽음을 모른다면 시즈토는 애도할 수 없다.

"하산하는 도중에 해가 지면 저기서 머물러도 좋겠네요."

맑게 울리는 시즈토의 목소리에 고개를 들었다. 삼나무 숲속에 나무로 지은 오두막 한 채가 있었다. 일할 때 쓰는 각종 용구를 넣어두는 창고와 휴식 장소를 겸해 지은 것인 듯했는데, 오랫동안 사용하지 않았는지 전체가 안쪽으로 허물어지듯 휘고, 벽으로 댄 판자도 낡아서 작은 구멍이 몇 개나 나 있다.

유키요는 길이 뻗어 있는 반대편으로 시선을 보냈다. 깎아지른 절벽 2, 3미터 아래로는 계곡물이 흐르고 있다. 큰 바위가 있는지 곳곳에서 물방울이 튀었다.

"미안해요. 발이 좀 아파서…… 저 오두막에서 기다려도 될까요?"

"예, 그건 좋습니다만…… 괜찮겠습니까?"

"괜찮아요. 그보다 돌아올 거죠? 분명 이곳으로 돌아와줄 거죠?"

"예…… 물론입니다만, 왜 그러십니까?"

유키요는 미소만 건네고, 그 자리에서 시즈토를 배웅했다. 걸어가는 그의 뒷모습을 이제 더는 볼 수 없나 생각하니 가슴이 저려와, 오두막을 향해 뿌리치듯 풀숲을 헤치고 갔다.

입구의 문은 떨어져나가고, 텅 빈 봉당 안으로는 세 평 남짓한 마루방이 있었다. 흙먼지가 쌓여 있었지만, 지붕이 있어서 심하게 더럽지는 않았다. 마루방의 먼지를 닦고, 배낭을 내려놓았다. 시즈토에게 글이라도 남길까 했지만, 아무 생각도 나지 않아 강에 뛰어들었다는 표시로 신발을 벗어놓고 가기로 했다. 여기까지 힘겹게 살아온 길을 돌이켜보면 사쿠야와 보낸 나날과 시즈토와의 여행으로 집약된다. 사쿠야의 죽음은 고통스러웠지만…… 사람을 사랑하는 것을 확실히 알고 있었던 사람으로, 남들에게 사랑받을 수 있었던 사람으로, 또 누군가 나에게 감사한 적도 있었던 사람으로, 그의 가슴에 새겨질 것이다. 신원 불명으로 아무도 명복조차 빌어주지 않는 사람에 비하면 유키요는 행복한 편이다.

신발을 벗고 오두막을 나갔다. 삼나무 숲을 빠져나가 산길을 가로질러 계곡물이 내려다보이는 벼랑 위로 올라갔다. 망설이지 마, 하고 자신을 타이른다. 살아 있으면 저 사람의 가슴에 남을 수 없어. 발을 살짝 앞으로 내밀었다.

소리가 들렸다. 아직 아득하지만 "나기 씨!" 하고 부르는 소리다. 마음이 흔들린다. "기다리세요!" 소리가 가까워졌다. 돌아보면 안 돼. 곧장 걷는 거야. "유키요 씨!" 소리가 더 가까워졌다. 성이 아닌 이름으로 불린 것은 처음이다. 그만 시선이 흔들리는 바람에 시즈토가 달려오는 모습이 시야 안으로 들어왔다.

그 사람이 달려오고 있다…… 돌아보다 눈이 마주쳤다. 순수하게 타인을 염려하는 눈에서 뿜어나오는 무서울 정도의 빛에 불안을 느낀 나머지 오두막 쪽으로 뛰었다. 더 추해지고 싶어? 귀찮아해도 따라다닐 생각이야? 오두막 문턱에 발이 걸려 봉당으로 넘어졌다. 그에게서 도망치면 된다. 그러면 추한 모습을 보이지 않아도 된다. 하지만 어느샌가 뒤따라온 시즈토가 쓰러진 몸을 안아 일으켰다.

"어떻게 된 건가요? 무슨 일이 있었습니까? 방금 진심으로 그랬던 건가요? 어째서요?"

"……당신의 가슴에 새겨지고 싶어서요…… 애도받고 싶어서……"

소리치고 싶은 것을 참았다. 목소리는 속삭임으로 잦아든다.

"당신 안에 살아 숨쉬려면…… 그러려면…… 죽지 않으면 안 되니까요……"

순간, 그가 유키요를 안은 힘이 느슨해졌다. 어안이 벙벙한 모양이었다. 이내 다시 힘주어 껴안으며 말했다.

"당신은 이미 내 가슴에 새겨져 있습니다."

무슨 의미인지 금방 알 수 없었다. 유키요가 멍하니 있으니, 한 번 더 말했다.

"깊이 새겨져 있습니다. 함께 여행해오지 않았습니까? 전에 당신이 말했듯이, 당신 덕분에 수상한 사람으로 오해받지도 않고 사람들에게 이야기를 묻기도 쉬워졌습니다."

만족스러울 법도 한데 형식적인 말로밖에 들리지 않아 애가 탔다.

"나는 뭐예요? 부리기 편한 조수 같은 건가요? 날 어떻게 생각해요?"

우물거리다가 이윽고 내쉬는 긴 한숨이 등에 닿아 있는 그의 가슴으로 전해졌다.

"처음 같이 걷기 시작했을 무렵에는 어색하고 낯설었습니다. 당신이 근육통을 일으키거나 발에 물집이 생기거나 하지 않았더라면 좀더 빨리 갈 수 있을 텐데 하는 생각도 솔직히 했습니다. 그러나 함께 여행하면서 애도의 의미를 생각해주는 사람이 있다는 게 행복했습니다. 고통스러운 애도가 이어진 날 밤 혼자 있었더라면 몹시 침울했을 텐데, 당신과 나누는 이야기가 위로가 되기도 했습니다. 죽은 사람과 적당히 거리를 두게 되었다고는 하지만, 그래도 죽음을 일일이 찾아다니는 행위는 우울하기 짝이 없는 일입니다. 걸음이 느려질 때 당신이 등뒤에 있다고 생각하면 든든하고 힘이 났습니다. 언젠가부터 당신이 떠나면 어떡하나 두려워지기 시작했습니다. 아침에 일어나 옆에 당신이 있는 것을 확인하고야 마음을 놓았습니다. 같이 식사하는 것, 애도에 대한 이야기를 나누는 것, 아름다운 풍경과 자연의 공포를 공유하는 것…… 모든 것이 즐거웠습니다. 당신이 호텔에 머물 때는 돌아오지 않을까봐 밤새 불안에 떨었습니다. 둘이 함께 목욕탕에 갔다가, 약속한 시간에 당신 모습이 보이면 가슴이 뛰었습니다. 이대로 오래오래 같이 걷기를 바라는 건 무리여서 차마 그러자는 말은 못했습니다. 그즈음, 당신과 고미즈 씨 사이에 무슨 일이 있었는지 듣게 되었습니다.

혼란스러웠습니다. 마음이 흐트러지는 걸 견딜 수 없어서, 함께 여행하는 걸 그만두자고 했지요. 그때의 감정은 질투에 가까웠을지도 모릅니다. 단순한 질투가 아니라, 당신과 고미즈 씨의 관계에 끼어들 틈이 없다는 두려움과 초조감 같은 것…… 그래서 고미즈 씨와 이야기를 나눌 수 있게 된 것이 기뻤습니다. 죽은 사람과 얘기할 수 있었을 뿐 아니라, 이제 나도 두 사람 사이에 낄 수 있었으니까요. 고미즈 씨와의 대화가 즐거웠고, 고미즈 씨가 좋았습니다. 그러나 내가 고미즈 씨의 심정을 이해한 것이 그와의 이별로 이어졌습니다…… 고미즈 씨가 떠나고 당신과 둘만 남자, 한층 더 떨어지기 싫어졌습니다. 고미즈 씨를 좋아했다고 말했습니다만, 고미즈 씨는 어떤 의미에서 당신이기도 했으니까, 그를 좋아한다는 것은…… 그것은 즉……"

유키요는 더는 기다릴 수 없어서 시즈토의 품에서 몸을 돌리고 사랑을 재촉하는 어린아이처럼 얼굴을 가슴에 묻었다. 시즈토의 손이 등에 느껴졌다. 기쁨보다 갈증과 비슷한 안타까움으로, 형언할 수 없는 마음을 몸으로 호소했다. 내가 있는 건가요? 정말로 당신 마음속에 내가 새겨져 있나요?

시즈토가 유키요를 꼭 껴안은 채 일어서려다 균형을 잃고 쓰러졌다. 그의 몸에서 열기가 전해졌다. 차가운 시신을 만진 뒤여서인지, 살아 있는 인간의 육체가 한층 뜨겁게 느껴졌다. 자신이 살아 있다는 증거로 그 열기를 갈구했다. 시즈토의 팔에도 힘이 들어갔다. 오래 억눌렸던 충동이 한꺼번에 터지는 듯한 격렬함으로 유키요는 등이 꺾일 듯 아팠지만, 그 아픔은 곧 기쁨이었다. 욕심을 부리듯 시즈토를 원하고, 시즈토 역시 유키요를 원했다. 서로를 품고, 어루만지고, 몸을 열어젖히고, 서로에게 매달렸다. 이 탄력, 이 봉긋함, 이 따뜻함이, 살아 있기에 느끼는 풍요로움이구나 하는 생각에 가슴이 벅차올랐다.

시즈토의 가슴팍에 귀를 대고 심장 소리를 들었다. 빨랐던 고동이 조금씩 안정되어갔다.

"······살아 있네."

유키요는 뜻없이 중얼거렸다. 시즈토가 미소짓는 것이 가슴의 떨림을 통해 느껴졌다.

"······살아 있습니다." 시즈토가 대답했다.

해가 지고, 몸이 요구하는 대로 식사를 하고, 배설을 하고, 그리고 서로를 안았다. 외제라 조금 큼직한 시즈토의 침낭으로 같이 들어갔다. "역시 좁네요" 하고 웃으면서 몸을 맞대고 잤다. 유키요가 눈을 떴을 때, 바깥은 아직 깜깜했다. 침낭에서 살그머니 빠져나와 점퍼를 걸치고, 달빛에 의지해 오두막 밖에서 볼일을 보았다. 추위에 몸을 떨며 돌아오자, 시즈토가 손전등을 켜놓고 있었다. "아, 추워, 추워." 유키요는 수줍게 웃으며 그에게 안긴다. 시즈토도 "우왓, 차가워라!" 하고 장난스레 받아준다. 그도 나갔다 돌아오고, 서로가 서로를 데워주는 동안 몸은 저절로 하나가 되었다.

아침 햇살이 오두막 입구까지 비쳐들었다. 시즈토는 옆에서 쌔근쌔근 자고 있다. '어제는 결국 아무도 애도하지 못했구나……' 유키요는 멍하니 그런 생각을 했다. 일과처럼 쓰던 애도 노트도 펼치지 않았다. 유키요만 생각하느라, 죽은 사람들은 생각하지 않았다는 말일 것이다. 기뻐야 할 텐데, 행복해야 할 텐데…… 왠지 죄스러웠다.

평소보다 늦은 아침을 먹은 뒤, 두 사람은 어제 미처 애도하러 가지 못한 화약 공장을 향해 걸었다. 얼마 후 유키요는 시즈토의 걸음이 약간 빨라졌음을 느꼈다. 사람들이 보통 걷는 속도와 다름없는, 무겁게 내디디는 듯했던 한 걸음 한 걸음이 가볍게 느껴진다. 말은 하지 않았지만, 시즈토도 어제 애도를 하지 못한 것이 신경 쓰이는 걸까…… 그 초조함 같은 것이 걸음에 나타나는 건지도 모른다.

화약 공장은 굳게 문이 닫혀 있고 인적이라고는 없었다. 어제로 올해 조업을 마쳤으며, 설날 연휴로 새해 6일부터 작업을 재개한다고 적은 종이가 문에 붙어 있다. 어제라면 애도에 필요한 이야기를 들을 수 있었을 텐데, 결국 시즈토의 발목을 붙잡은 결과가 되고 말았다. 유키요가 사과하자 시즈토는 어쩔 수 없는 일이라며 문 앞에서 손을 모으고 고인의 명복만 빌었다.

산을 내려가는 발걸음 역시 빨랐다. 그래도 마을에 돌아온 것은 저녁 무렵이어서, 오늘 다른 사람을 애도하는 건 단념하고 눈에 띈 목욕탕에 들어가 한바탕 땀을 빼고 슈퍼에서 식료품을 샀다. 마땅한 노숙 장소를 찾지 못해 어제 그 오두막으로 발길을 돌렸다. 손전등을 들고 밤길을 한 시간 이상 걸어 오두막에 도착했다. 식사를 한 뒤, 두 사람은 자연스레 서로를 안았다.

유키요는 추위에 떨며 눈을 떴다. 등은 시즈토의 가슴과 밀착해 있지만, 벗은 어깨가 침낭 밖으로 나와 있다. 깨진 판자벽 사이로 별이 보였다. 차갑게 노려보는 것 같아 불안했다.

시즈토는 오늘도 애도하지 않고 노트도 펴지 않았다. 네 탓 아냐……? 별이 그렇게 비난하는 것만 같았다. 견딜 수 없어서 침낭을 나와 더듬더듬 옷을 찾아 입었다. 베갯머리에 놓인 손전등 레버를 돌렸다. 시즈토의 잠든 얼굴이 떠올랐다. 경계심 없는 천진무구한 얼굴이 사랑스럽기 그지없다. 이 사람까지 잃고 싶지 않다. 그런데 괜찮을까……? 이래도 괜찮을까……?

시즈토의 배낭에서 애도 노트를 꺼내 펼쳐보았다. 고인들에 대한 기록이 빼곡히 적혀 있다. 유키요도 함께 찾아간 곳의 기록이 눈에 들어왔다. 동반자살한 일가족…… 용수로에 떠내려간 남자아이…… 오토바이 운전중에 트럭과 충돌해 죽은 청년…… 히다와 함께 사후 처치를 해준 노인…… 히다의 딸에 대한 기록도 있다. 원래 이 사람들 것이었던 몫을 지금 자신이 차지하고 있는 게 아닌가 두려웠다. 괜찮냐……? 그래도 괜찮아……?
별들이 비난이라도 하는 듯 깜박였다.

유키요는 황급히 노트를 원래대로 돌려놓고 손전등을 껐다.
자신의 침낭에 들어가 별들을 피하듯 몸을 동그랗게 말고 괴로
움을 견뎠다. 잠으로 도망치려고 애썼다.

공기가 흔들리는 느낌에 눈을 떴다. 이미 주위는 환하고, 옆
침낭은 비어 있었다. 시즈토가 옷을 입고 오두막 입구에서 비쳐
드는 희미한 빛을 향해 노트를 펼쳐놓고 앉아 있었다. 한 줄 한
줄 시선을 옮길 때마다 그의 옆얼굴이 바늘에 찔린 듯 일그러졌
다. 지난 이틀간 노트를 펼치지 않았다는 것 때문에 죄책감이 드
는 걸까? 괴로운 듯 한숨을 쉬며 노트를 배낭에 도로 넣고, 대신
주간지를 꺼내들었다. 히다에게서 받은 것이다. 조금 읽어내려
가다 역시 괴로운지 배낭에 다시 넣으려는 참에 유키요와 눈이
마주쳤다. 시즈토의 눈이 부드럽게 웃으며 "잘 잤어요?" 하고
물었다. 유키요도 당혹스러움을 감추고 인사를 건넸다. 왜 그토
록 괴로워하는지 대놓고 묻기는 불안했지만, 그냥 있을 수도 없
었다.

"그 주간지, 히다 씨한테 받은 거죠? 어떤 기사가 있나요?"

"아아…… 청소할 때 보고 메모를 좀 하고 싶다고 가져가도
괜찮냐고 부탁했답니다. 좀 오래된 겁니다만, 살인사건 속보가
실려 있습니다. 크게 보도된 사건이어서 당신도 기억할지 모르겠

군요. 피해자의 신원이 밝혀지지 않아 애도할 수 없겠다고 생각했습니다만, 여기 이 기사에 피해자 신원뿐만 아니라, 그 여성이 누구를 사랑하고 누구에게 사랑받았는지 자세히 나와 있네요."

기사를 보여주었다. 헤드라인부터 산 채 불탄 자칭 열여덟 살 소녀가 실은 스물여섯 살이고 사랑하는 남편과 어린 딸을 잃은 과거가 있는 여성이었다는 것이 나와 있었다. 기사를 쓴 사람의 이름은 어디에도 없다. 주간지 전체의 편집 형식인 모양이다.

"그럼 이 내용으로 애도할 수 있겠네요. 이런 기사를 더 많이 써주었으면 좋겠죠, 그렇죠?"

유키요가 애써 밝게 말하자, 시즈토는 쓸쓸하게도 보이는 복잡한 미소를 지었다.

"정말로 그렇게 되면 좋겠습니다. 다만…… 고인을 세심하게 배려한 기사를 매번 읽을 수 있다 해도, 대부분의 죽음은 역시 보도조차 되지 않고, 나는 그걸 알 길이 없습니다. 그래서 어떤 사람의 죽음을 자세히 아는 누군가가 그때마다 가슴에 새겨주길 꿈처럼 바랄 때가 있습니다."

"그건 아무래도 무리예요. 당신이 하는 애도는 누구나 할 수 있는 일이 아니에요."

시즈토가 쓰디쓴 덩어리가 가슴에 걸리기라도 한 듯 표정을 일그러뜨렸다.

"나 같은 사람이…… 이대로 애도를 계속해도 좋은지……"

유키요는 시즈토의 내면의 신음 소리를 들은 것 같아 당황스러웠다. 여행하는 내내 냉정해 보였던 시즈토가 실은 감정을 억누르면서 간신히 애도하고 있다고 사쿠야와의 대화에서 고백했지만, 그때는 담담한 어조라, 자신의 행위를 의심스러워하고 있다는 느낌은 받지 못했다. 그렇다면 유키요와의 일이 애써 다잡았던 감정이며 욕구를 터뜨리고 그를 갈등하게 한 걸까?

"때때로 멍하니 마음이 움직이지 않을 때가 있습니다…… 애도를 마친 뒤의 짧은 시간, 그동안은 무감동하달까 허무한 기분조차 들지 않습니다. 내 그림자가 옅어지다 그대로 사라질 것 같은, 뭐라 표현할 수 없는 불쾌한 감각이지요. 방금 노트와 기사를 읽는데 그런 느낌이 밀려들더군요."

멀리서 천둥소리가 들렸다. 산속에 있기 때문인지 큰북을 연타하는 듯한 낮은 울림이 머리 위에 언제 벼락이 떨어져도 이상하지 않을 만큼의 속도로 다가오고 있었다.

"……지쳐서일지도 모르잖아요. 잠시 쉬는 것도 생각해보는 게 어때요?"

유키요가 권했다. 시즈토가 크게 숨을 내쉬고, 손바닥으로 얼굴을 거칠게 문질렀다.

"……무섭습니다. 일단 쉬면 다시 여행을 시작하지 못할 것 같아서……"

오두막 입구와 벽에 난 구멍으로 번쩍하고 빛이 새어들어왔다. 틈을 두지 않고 큰 나무를 힘껏 내리찍는 듯한 굉음이 울렸다. 등뒤의 벽이 쪼개지는 것 같아서, 유키요는 시즈토의 등에 바짝 붙어앉았다. 시즈토는 완전히 긴장을 놓고 있었다. 이 자리에서 벼락을 맞아 죽는다 해도 상관없다는, 체념에 가까운 심정이 느껴지는 듯했다.

다시 빛이 번쩍하고, 천둥소리가 주위의 공기를 뒤흔들었다. 이윽고 세찬 비가 쏟아지기 시작했다.

날이 새고, 식사를 마친 뒤에도 비는 그칠 것 같지 않았다. 날씨 때문에 걷지 못할 때는 애도 기록을 다시 읽거나, 기사를 옮겨 적은 메모를 바탕으로 다음 일정을 계획하는 시즈토가, 이날은 오두막 입구 기둥에 기대 말없이 쏟아지는 비를 보고 있었다. 유키요는 숨이 막혀 차라리 자신이 애도하러 나가고 싶을 정도였다. 하지만 비옷은 아직 새로 사지 못한 터였다.

시즈토가 봉당에 내려둔 배낭 쪽으로 다가왔다. 비옷을 꺼내 재빨리 입으면서 말했다.

"잠깐 역 뒤에 다녀오겠습니다. 작년에 태풍으로 날아간 기와가 머리에 떨어져 사망한 여자분이 있어서…… 가능하면 차가 굴러서 두 사람이 사망한 현장에도 가보고 오겠습니다. 비가 이렇게 오니 여기서 기다리세요. 해가 저물기 전에는 돌아오겠습니다."

시즈토는 배낭을 두고 오두막을 나갔다. 설령 배낭을 가지고 갔다고 해도 이제 버려질지 모른다는 불안은 느끼지 않았을 것이다. 그러나 한참 기다리는 동안 유키요는 시즈토의 애도를 확인하고 싶었다. 지금까지 해온 것처럼 애도할까……? 자신의 존재가 애도하는 데 방해가 되진 않을까?

빗발이 약해진 틈을 타서 수건 위에 신문지를 포개 머리에 쓰고 밖으로 나왔다. 총총걸음으로 산길을 내려가 역 근처에 이르렀을 즈음에는 신문지는 갈기갈기 찢어져 반쯤 녹아내리고 있었다.

역 매점에서 비옷을 샀다. 점원에게 작년에 태풍으로 난 사고에 대해 물었다. 점원이 인상을 찌푸리는 것을 보고 먼저 물어본 사람이 있었는지 물었다. 상대는 고개를 끄덕이며 "조금 전에 어떤 남자가요"라고 말했다. 사고 현장의 위치를 대강 듣고 막 가려는데 점원이 의아하다는 듯이 말했다.

"죽은 아주머니가 특별한 사람이었어요? 그냥 평범한 주부라고 들었는데."

뛰기 시작한 뒤에야 답이 머리에 떠올랐다. 그래요, 특별한 사람입니다…… 평범한 주부란 없답니다. 일반 시민일 뿐인 사람도 없답니다…… 특별한 사람이 죽었답니다.

현장은 역에서 그리 멀지 않은 주택가 안 좁은 길이었다. 시즈토의 모습은 보이지 않았다. 골목골목 들여다보다가 큰길가 전파상 앞에서 시즈토를 발견했다. 내일이 설이라 가게 앞에는 벌써 소나무 장식이 세워져 있었다. 시즈토는 질문하고 나오는 길인 듯, 가게 안을 향해 고개를 꾸벅 숙이고, 설떡을 파는 그 옆 화과자점으로 들어갔다가 몇 분 뒤에 나와서 또 그 옆 가게로 들어갔다.

화과자점에서 가게 주인으로 보이는 남자가 나와 고개를 갸웃거리며 시즈토를 지켜보다가 전파상에 대고 말을 걸었다. 작년 태풍으로 죽은 사람에 대해 물어보는 것뿐이니 경찰에 신고할 것까지야 없겠지만, 시즈토는 역시 수상한 사람으로 비쳤을 것이다. 멀리서 지켜보고 있자니, 시즈토는 평소의 냉정한 인상과 달리 고인의 가족인 양 절박한 표정으로 돌아다니고 있었다.

유키요는 시즈토에게서 눈을 떼고 일단 역으로 돌아왔다. 역 앞에 구급차가 서 있었다. 환자를 실었는지 사이렌을 울리며 서둘러 달리기 시작했다. 어떤 사람이 실려가는지 사정은 알 수 없지만, 상태가 위중하다면 부디 무사하기를 빌었다.

그때 깨달았다. 구급차를 볼 때마다 시즈토가 기도하듯 손을 모으고 있었던 것은 그것이 누구이건 부디 살아나길 바랐던 게 아닐까…… 유키요는 시즈토와의 여행을 통해 죽음은 누구에게나 똑같이 찾아온다는 것을 이해하게 되었지만, 그럼에도 역시 애도하고 애도받는 행위는 고통스러운 것이어서, 살 수 있는 생명이라면 어떡하든 살았으면 좋겠다고 생각할 때가 종종 있었다. 많은 고인을 애도해온 시즈토라면 그런 바람이 한층 절실할 것이다.

오두막으로 돌아오는 길에 눈물이 쏟아졌다. 슬프지도 괴롭지도 않았다. 그런데 눈물이 멈추지 않았다.

"**기다리고 있다. 죽은 자들은 자신을 애도해줄 사람을 기다리고 있다……**"

마치 사쿠야가 말하는 것처럼 같은 말이 자꾸만 머릿속에서 울렸다.

오두막으로 돌아와 시즈토의 노트를 처음부터 읽어나갔다. 폭행범이 입에 수건을 물리고 죽인 여자의 이야기는 유키요도 기억하고 있다. 이웃 사람들이 체포된 범인에게 분통을 터뜨리려 하는데, 시즈토는 끝까지 죽은 여자에 대해서만 물었다. 범인에게 화가 나지 않느냐고 묻는 유키요에게 시즈토는 타인인 자신이 할 수 있는 일은 사랑과 감사로 충만했을 한 여자가 이 세상에 분명히 존재했다는 것을, 살아 있는 한 기억해두는 것뿐입니다, 라고 대답했다.

노트에는 사쿠야에 대한 기록도 있었다. 노트를 펴지 않았던 이틀 동안 사쿠야도 잊혀진 걸까? 만약 유키요가 줄곧 시즈토의 마음을 독차지하고 있다면, 사쿠야조차 시즈토의 마음에서 밀려날 가능성이 있는 건 아닐까……? 그건 사쿠야의 유족으로 안타까운 일이었다.

해가 저물고 나서 비는 그쳤고, 유키요가 노트를 전부 훑어보앉을 즈음 시즈토가 돌아왔다.

유키요는 어떤 애도를 하고 왔는지 그에게 묻지 않았고, 시즈토도 말하지 않았다. 두 사람은 식사를 마치고 자연스럽게 한 침낭에 들어가 다정하게 서로를 품었다. 두 사람을 감싸는 산의 냉기에, 꼭 붙어 있어도 알몸으로 얼어버릴 것 같은 추운 밤이었다. 이윽고 어디선가 제야의 종소리가 울려 퍼지고, 그 여운에 주위의 냉기까지 떨렸다.

"아침이 되고 우리 둘 다 얼어죽은 채 발견돼도 아무도 애도해주지 않겠죠. 그러나 만약 당신이 죽고 내가 산다면…… 꼭 애도할게요."

유키요는 시즈토의 목에 입술을 댄 채 속삭였다. 숨소리로 시즈토가 쓴웃음을 짓는 게 전해진다.

"어떤 느낌이에요? 자신이 애도받는다고 생각하면?"

"생각해본 적이 없어서…… 그런데 왠지 마음이 놓이는 느낌이군요."

"저기요, 왜 계속 존댓말을 써요? 아직 나한테 마음을 열지 않은 것 같아요."

"……갑자기 말투를 바꾸는 게 이상해서요."

"그럼 정말로 나는 있는 거죠? 살아 있어도, 당신 안에 새겨져 있는 거죠?"

"예, 그렇습니다."

유키요는 시즈토의 가슴에 귀를 기울였다. 자기 외에 그의 가슴속에 새겨진 죽은 이들의 목소리가 들리지 않을까? 살아 있는 자신이 섞여 있어 답답하지는 않을까? 화가 나지는 않을까?

"여기서 헤어져요."

단단히 결심하고 말했다. 시즈토는 이미 눈치챘던지 아무 말이 없었다.

"이대로 함께 있으면 당신은 애도에 온 힘을 쏟지 못해 괴로울 테고, 결국은 날 미워하게 될지도 몰라요. 애도 여행을 그만둘 수는 없잖아요. 어떤 사람은 애도하고, 어떤 사람은 애도하지 않아도 되는가 하는 문제로 괴로웠다고 얘기한 적 있죠? 죽은 이 사람을, 죽은 저 사람을 잊고 살아갈 수 있느냐는 소리도 들린다고…… 그건 당신이 죽은 사람들에게 선택받았기 때문이에요. 그런 생각이 들어요. 이름이 없어서, 흔해빠진 죽음이어서 잊혀져간 사람…… 의지할 데 없는 사람, 죽어서도 미움받는 사람…… 그런 사람들의 혼이 당신 같은 사람을 기다리고 있는 건 아닐까요? 당신이 죽은 자들을 서로 이어주는 역할을 해주길 바라면서요…… 물론 내 상상이지만요. 사쿠야 씨도 마찬가지고, 당신이 지금까지 애도해온 사람들은 앞으로도 당신이 계속해나가길 바랄 거라고 믿어요…… 나도 사랑하는 사람을 잃은 한 사람으로서 그렇게 생각해요."

"……헤어지면, 당신은, 어떻게 할 겁니까?"

시즈토의 목소리는 몸속의 고통을 감추려는 듯 괴롭게 울렸다.

"일단 그곳으로 가서 사쿠야 씨를 애도할 생각이에요. 그뒤에는 가능하다면 당신 뒤를 좇고 싶어요. 당신과 여행하며 배운 것을 참고삼아 세상을 떠난 사람들을 찾아다니겠어요. 당신 같은 사람이 한 명 더 있어도 괜찮겠죠? 그렇게 걷다보면 애도를 계속하고 있을 당신하고도 어딘가에서 분명 마주칠 수 있을 테고…… 그리고 당신이 애도를 그만두지 않았으면 하는 이유가 또 한 가지 있어요."

유키요는 솔직하게 말하는 게 두려운 듯 시즈토의 가슴에 얼굴을 더 깊이 묻었다.

"당신이 만약 그만둔다면 우리가 헤어졌을 때, 나는 이제 누구에게도 애도를 받지 못해요. 그러나 당신이 '애도하는 사람'이라면 설령 헤어진다 해도 나의 죽음을 알게 되면 분명 애도해주겠지요. 고미즈 사쿠야를 사랑하고, 그에게 사랑받고, 그리고 사카쓰키 시즈토를 사랑한 사람으로……"

뺨을 대고 있는 시즈토의 가슴이 부풀었다가, 깊은 한숨을 토해내는 것과 함께 원래대로 가라앉았다. 유키요는 이렇게 덧붙였다.

"……사랑받은 여자로 말이에요. 사카쓰키 시즈토에게 사랑받은 사람으로……"

유키요는 한 번 더 시즈토를 원했다. 불같은 열정으로 그를 탐하는 게 아니라, 손으로 손을, 발로 발을, 손가락으로 손가락을,

그의 육체를 섬세하게, 시즈토라는 존재를 확인하듯 껴안았다.

새해 아침, 두 사람은 출발 준비를 마치고 길을 내려왔다. 그즈음 눈 아래 숲 너머 소박한 민가의 창에 불이 켜졌다. 사람이 살아 있다는 것, 단지 그 사실이 숭고하게 느껴졌다.

"이걸 갖고 가주지 않겠어?"

시즈토가 말했다. 존댓말이 아니었다. 내민 메모에는 가나가와 현의 주소가 적혀 있다.

"우리집이야. 무슨 일 있으면 찾아가봐. 다들 좋은 사람이고, 나한테 연락이 될지도 몰라."

아마 임신한 경우를 위한 배려일 것이다. 하지만 그 시기는 비켜나 있었고, 만일의 경우 혼자 어떻게든 해나갈 각오도 되어 있었다. 그래도 그가 원한다면, 하고 메모를 받아들었다.

고개를 들었을 때, 시즈토의 어깨에 붙어 있는 실밥 같은 것을 보았다. 손을 내밀자 실밥이 움직였다. 다리가 가느다란 거미였다. 유키요의 손을 피해 허공으로 날아가더니 아침 안개 속으로 사라졌다. 덧없는 생명의 앞길을 염려하는 마음 한구석에 여행을 떠나는 시즈토를 염려하는 가족의 그림자가 스쳤다. 받아든 메모를 다시 보았다.

"⋯⋯히다 씨한테 듣기로는, 어머니께서 편찮으실지도 모른다고 하던데."

"아냐, 장난이 심한 사촌동생의 홈페이지인 걸로 봐서는 아닐

거야."

"어머니는 어떤 분이세요?"

"어머니는 활달하고, 밝고, 농담을 잘해서 사람들을 잘 웃기고, 사람들을 돌봐주는 걸 좋아하고, 병 같은 건 절대 안 걸릴 것 같은 사람이야. 그러니까 역시 사촌동생의 짓궂은 장난이지 않을까 싶어."

"그렇지만…… 한번 가보세요. 가족에게도 한 발 늦은 남자가 되면 안 되잖아요."

시즈토는 부드러운 미소를 지을 뿐, 어떻게 하겠다는 대답은 하지 않고 등에 있는 배낭을 추슬러올렸다.

"그럼 이대로 길을 올라가 산을 넘을 테니까……"

"……먼저 가요. 지금까지 줄곧 봐왔던 당신의 뒷모습을 보고 싶어요."

시즈토가 고개를 끄덕이고는 뒤돌아 걷기 시작했다. 유키요는 매달리고 싶은 것을 애써 참았다.

사쿠야 씨, 하고 마음속으로 불렀다. 당신은 사랑 따위 어차피 집착이라고 했죠. 나는 그 집착을 버리겠습니다. 시즈토 씨에 대한 집착을 버리겠습니다. 그것이 그를 위해서도, 분명 나를 위해서도, 당신을 비롯한 세상을 떠난 많은 이들을 위해서도 맞는 일이라고 생각하니까…… 이것을 뭐라고 할까요? 집착을 버리는 것도…… 사랑이라고 할 수 있을까요?

시즈토가 걸음을 멈추었다. 유키요는 숨을 삼키며 제발 돌아보지 말라고 기도했다. 돌아보면 힘겹게 한 결심이 무너져버릴 것 같았다. 시즈토도 갈등중인지 고개를 숙인 채 꼼짝도 하지 않는다. 소리가 터져나올까봐 유키요는 입을 손으로 틀어막았다. 부탁이에요, 그대로 가요…… 시즈토가 고개를 들었다. 천천히 한 발짝을 떼어놓는다. 그대로 한 걸음, 한 걸음 소중한 것을 밟듯이 내디뎌 이윽고 모퉁이를 돌아 사라졌다.

유키요는 간신히 자신을 지탱해주던 힘이 빠진 듯 그 자리에 주저앉아버렸다. 어제 내린 비로 생긴 물웅덩이 구석에 시즈토의 발자국이 남아 있었다. 그를 생각하며 바라보는 동안 그 발자국에 갑자기 빛이 들었다.

놀라서 고개를 들었다. 저편 산등성이에서 한 점 빛이 나타나더니 점점 부풀어올라 환한 보랏빛과 복숭아 빛으로 주위의 안개와 구름을 물들였다. 그리고 금색 빛이 곧장 유키요를 향해 다가온다.

얼굴이 달아오른 듯 따뜻하다. 대답일지도 모른다고 생각했다. 집착을 버리는 것은 뭐라고 해야 하는가에 대한, 사쿠야의, 혹은 더 많은 사람들의 대답이라고…… 유키요는 왼손을 내밀어 시즈토의 발자국을 훑고, 오른손을 펼쳐서는 햇빛을 받아 가슴 앞에서 양손을 모았다.

나도 걷겠습니다. 부디 지켜봐주세요. 내디디는 발아래 더할 나위 없이 소중한 사람들의 생명을 느끼며 언젠가 또 만날 그 사람을 향해 앞으로 나아가겠습니다.

유키요는 일어나서 배낭을 짊어졌다. 그리고 마을을 향해 천천히 걸음을 내디뎠다.

에필로그

설날 아침, 사카쓰키 준코는 몸이 생각대로 움직이지 않았다. 혼자 힘으로는 침대에서 일어나지도 못하고 화장실에 앉아 있을 수도 없어서 다카히코의 부축을 받아야 했다.

그래도 침실인 다다미방으로 좌탁을 옮겨와, 다카히코, 미시오, 레지, 그리고 연말에 찾아온, 친구이자 다카히코의 여동생이자 레지의 어머니이기도 한 미노리와 오세치 요리*를 놓고 둘러앉았다. 준코는 도소주**도 살짝 입에 대서 입술을 적시고, "새해 복 많이 받으시고, 올해도 잘 부탁합니다" 하고 웃는 얼굴로 인사했다.

2일, 왕진 온 야마즈미의 지시로 수액의 양을 더 줄였다. 앞으

---

* 설날에 먹는 요리.
** 설날에 마시는 술.

로 환각을 보게 될지도 모르지만, 일시적인 것이니 걱정 말라고 준코와 가족에게 설명했다. 그리고 견디기 힘들 만큼 나른해지거나 호흡조차 힘겨울 때는 진정제를 투여하는 것도 한 방법이라고 했다. 약물로 의식을 저하시켜 고통을 완화하는 방법이라고 한다. 다만 그 정도가 심할 경우에는 의사를 표현할 수 없게 된다고 한다. "그건 싫어요." 준코는 거부했다. 살아 있는 동안은 의사를 표현하고 싶다. 말은 할 수 없어도 그 마음만큼은 갖고 싶다. 언제 시즈토가 돌아올지도 모르고……

3일, 조산사 강이 미시오를 검진하러 왔다. 태아는 순조롭게 내려와 있고, 예정일인 11일보다 먼저, 그러니까 이번 주에 출산할 확률이 절반이라고 했다.

저녁 무렵, 미노리가 일 때문에 돌아가게 되었다. "금방 또 올게." 미노리가 미안한 듯 자꾸 같은 말을 반복하자, "내 몫까지 설날 음식 먹어서 살이 더 찐 거 아냐?" 하고 놀리면서, "우리집에 오면 또 살찔 테니까 이제 안 와도 돼. 집에서 다이어트라도 하고 있어. 그리고…… 부디 미시오를……" 하고 가슴 앞에서 손을 모았다.

4일, 부축을 받고도 화장실에 앉아 있을 수 없어서, 기저귀를 쓸 수밖에 없게 됐다. 적어도 기저귀를 가는 것 정도는 제 손으로 하고 싶었지만, 미시오와 다카히코가 도와주고 싶다고 해서, 몸을 온전히 내맡기는…… 식으로 여전히 가족을 신뢰하고 있음을 보여주기로 했다. 욕창이 생기지 않게 자세를 바꾸는 것은 다카히코와 레지가 해주었다. 레지는 시즈토 방에 머물면서, 새해에도 이곳에서 회사를 다녔다.

5일 저녁, 레지는 아직 퇴근 전이었고, 다카히코가 목욕하는 동안 미시오가 준코의 기저귀를 갈아주었다. 잠옷을 입혀주고는 미시오가 갑자기 등을 돌리고 흐느껴 울었다.

"왜……? 배 아파? 진통이 와?"

준코가 힘없는 목소리로 묻자, 미시오는 눈가를 훔치고는 이쪽으로 다시 돌아앉아 울먹였다.

"미안해, 엄마…… 내 고집으로 이런저런 치료를 받게 하고…… 결국은 엄마를 괴롭히기만 했어……정말로 미안해."

그것 때문이었어? 준코는 한숨을 내쉬었다. 선택한 치료법과 병이 걸리기 전의 생활방식에 대해 반성할 시기는 이미 지났다. 지금 중요한 것은 남은 시간을 어떻게 보내는가다.

"괜찮아, 이건 전부 내가 스스로 선택한 거야…… 네 책임이 아니니 그런 말 마."

간신히 말을 하고 주먹을 쥐어 딸의 머리 위에 살짝 올려놓고 꿀밤을 주는 시늉을 했다.

"미시오…… 나는 감사하고 있어…… 네가 곁에 있어주어서…… 정말 좋았어."

"……엄마한테는 오빠가 있어주는 게 훨씬 좋았을 텐데……"

눈을 감고 말하는 미시오의 말에 가슴이 쓰라렸다. 시즈토와 미시오를 차별해 키운 적도 없고, 둘에게 쏟은 애정에 조금의 차이도 없었다고 하늘에 맹세할 수 있지만, 말 한마디에도 자식은 예민해질 수 있다는 것은 자신의 경험으로 익히 알고 있었다. 부모님은 밝고 사람들도 좋아하는 오빠 쓰기오가 살아 있길 바랐을 거라고 지금까지 믿어왔다. 부모님은 죽을 때까지 그 말은 하지 않았다. 아마 준코의 기분을 몰랐을 것이다. 임종 때만이라도…… 네가 있어 좋았다는 말을 들었더라면 이후 삶이 완전히 달라졌을 텐데. 설령 그것이 거짓말임을 안다 하더라도.

준코는 미시오의 머리 위에서 주먹을 펴고, 딸의 젖은 뺨을 쓸어내렸다.

"넌 다섯 살 무렵에는 좋아졌지만, 태어나자마자 우유 알레르기가 있다는 걸 알고부터 한 번도 분유를 주지 않았어. 시즈토는 분유도 곧잘 먹어서 일찍 모유를 끊었지만…… 너는 만 두 살이 될 때까지 젖을 먹였지. 그렇게 낳은 것이 엄마인 나니까 너한테 미안해서 항상 신경 썼는데…… 만 두 살이 된 직후에 네가 습진이 생긴 데를 마구 긁어서 약을 받아왔었어. 근데 그 약이 맞지 않아 설사를 했고…… 우유 성분이 섞여 있는 걸 모르고 정장제를 받아와 먹였더니 온몸이 새빨개진 거야. 아나필락시스*

---

* 항원 항체 반응이 원인이 되어 일어나는 급성 알레르기성 반응.

직전 상태라며 의사는 최악의 경우도 각오하라고 했어. 미안해, 엄마가 제대로 못해서 미안해, 하고…… 병원에서 손을 꼭 잡고 있는데 네가 방긋 웃어주더구나. 그 웃음이 정말로 부드러워서…… 천사가 정말 있네, 그런 생각이 들더라. 다행히 회복되어서 집에 돌아왔을 때, 널 꼭 껴안고는 신에게 부탁했단다. 만약 다시 태어나는 일이 있다면 한 번 더 이 아이, 우리 미시오의 엄마가 되게 해주세요 하고…… 그 마음은 지금도 변함없어."

미시오는 한참을 아무 말도 하지 않고 있다가, 쓰러지듯 침대에 얼굴을 묻었다. 그런 말은, 그런 말은…… 흐느끼면서 같은 말만 되풀이했다. 왜애? 준코가 되물었다.

"그런 말은…… 더 빨리…… 좀더 전에……"

준코는 그만 웃음이 터져 "미안해" 하면서 미시오의 등을 어루만졌다. 말을 많이 해서 몸이 힘들어진 탓에 침대에 누운 채손을 뻗어 딸의 떨리는 등을 계속 어루만져주었다.

6일, 나름대로 마지막 정리를 해두고자, 보리사 주지인 에사이 씨를 불렀다. 침대 옆에 선 에사이 씨는 준코를 보자 순간 얼굴이 어두워졌지만, 이내 깊이 고개를 끄덕였다.

장례는 간소하고 단출하게 치러주길 바라며, 특히 상주 다카히코는 사람들 앞에 나서는 걸 힘들어하고, 미시오는 만삭이고, 시즈토는 집에 없으니 잘 부탁한다고 했다.

에사이 씨는 준코의 손을 잡고 아무 걱정 말라고 손등을 톡톡 두드려주었다.

"그리고…… 이마에 삼각 수건 씌우는 것, 그것도 싫습니다…… 유령으로 둔갑해서 나올 것 같아서……"

에사이 씨는 굵은 목소리로 껄껄 웃고는, 자신이 독경을 잘할 테니 염려 말라고 대답했다.

오랜 세월 알고 지내온 이웃들과 친구들에게도 이별을 고하고 싶었지만, 한 사람 한 사람 일일이 만나기는 어려워, 다카히코에게 시즈토의 녹음기를 갖다달라고 부탁해 녹음을 했다.

"직접 만나 인사하지 못해 미안합니다. 여러분 한 사람 한 사람을 생각하면 마음이 따뜻해집니다. 저 같은 사람한테 잘해주어 정말 고맙습니다. 남편하고 제 자식들을 잘 부탁드립니다."

장례식 때 녹음기를 트는 것도, 조문객에게 들려주는 것도 다카히코에게 맡기기로 했다.

7일, 눈을 떴는데 방이 몹시 어두운 느낌이었다. 침대 옆에 있는 다카히코에게 물었다.

"아직 밤이에요?"

다카히코는 대답하기 곤란했는지 입술을 뗐지만 말소리가 나오지 않았다. 준코는 베개에서 고개를 들었다. 다카히코가 등뒤에 쿠션을 받쳐주었다. 창밖의 정원이 햇빛에 반사되어 반짝거리고 있다.

(아아…… 이렇게 점점 눈이 보이지 않게 되는구나…… 하지만 아직 형체는 알아보겠어……)

"그려도 될까?"

다카히코가 스케치북을 펼치고 연필을 들었다. 금방은 무슨 뜻인지 이해할 수 없었다. 다카히코는 지금까지 인물을 그린 적이 없었다. 만약 준코를 그릴 생각이라면…… 이렇게 마르고 흉해진 뒤가 아니라, 반짝반짝 빛이 나던 아가씨 시절에 그려줬으면 좋았을걸.

"……더 예쁜 사람을 그리지?"

다카히코는 눈을 껌벅거리며 연필을 움직이기 시작했다.

"아버지처럼 사라지듯 죽는 것이 좋은 거라고 늘 생각해왔어. 그런데 아닌 것 같아. 지금의 당신이 내게는 더없이 아름다워. 이 아름다움을…… 사람은 어떤 상태여도 아름다울 수 있다는 걸…… 미시오의 아이에게도 보여주고 싶어……"

준코는 창으로 시선을 보냈다. 무슨 말을 해야 좋을지 생각이 나지 않았다. 이대로 가는 것도 나쁘지 않겠구나, 하고 눈을 감았다. 다시 눈을 떴을 때, 창에는 커튼이 드리워져 있고, 천장의 형광등이 켜져 있었다.

베갯머리에 놓여 있는 스케치북을 들어보았다. 부드러운 곡선으로 형태의 변형 없이 정직하게, 병으로 야위고 주름도 늘어난 지금의 준코 얼굴이 그려져 있다. 그런데 정말 편안하고 평화

롭게 잠든 얼굴이기 때문일까……? 마치 젊은 아가씨가 기분 좋게 낮잠을 자고 있는 듯한, 온화한 아름다움이 배어나오는 그림이었다.

"……너무 잘 그린 거 아니에요?"

준코는 중얼거리며 그림을 품에 안았다. 이것을 영정으로 써도 좋겠다고 생각했다.

8일, 마키노 고타로가 찾아왔다. 침대 옆까지 누구의 안내도 받지 않고 곧장 들어온 마키노는 실명할 거라던 눈을 뜬 모양이었다. 준코가 소리도 내지 못하자, 마키노가 먼저 웃으며 말했다.

"기적이었습니다. 어머님이 문병을 와주셔서 행운이 찾아온 게 아닐까요? 다녀가신 뒤에 밑져야 본전이라는 생각으로 수술을 받는데, 성공적이었습니다."

그거 잘됐네요, 정말 잘됐네요. 마키노에게 말했다. 마키노가 얼굴을 약간 찡그렸다.

"목소리가 나오지 않는군요. 대체 이게 무슨 일입니까?"

(목소리가 나오지 않는다고? 이제 그럼 목소리까지 잃은 건가……)

"병세가 위중하신 겁니까? 그래도 괜찮아지실 겁니다. 저, 시즈토 군의 뜻을 이어받아 여행을 떠납니다. 대신 시즈토 군한테는 한동안 어머니 곁에 돌아가 있으라고 하겠습니다."

(정말로요? 시즈토가 돌아온다고요? 그 아이는 지금 어디 있어요?)

"벌써 저기까지 와 있습니다. 기다리십시오. 오늘은 알려만 드리려고 왔습니다. 여행 채비도 해야 해서, 그만 돌아가보겠습니다. 꼭 시즈토 군의 뜻을 이어가겠습니다."

마키노가 황급히 돌아가자마자 미시오가 새 시트를 들고 들어왔다. 지금 옆방에서 마키노와 마주치지 않았느냐고 딸에게 물었다. 미시오는 이상하다는 표정으로 고개를 갸웃거렸다.

"응? 나 옆방에 줄곧 있었는데⋯⋯? 아무도 안 왔어⋯⋯"

아마 미시오가 착각하나보다 생각하고, 쇼핑하고 돌아온 다카히코와 레지에게도 마키노가 왔었다는 이야기를 했다. 레지는 곤혹스러운 표정으로 미시오와 마주 보았다.

(왜 그러지⋯⋯? 어째서 다들 기뻐하지 않는 거지? 시즈토가 돌아온다니까.)

그러자 다카히코가 감탄한 듯 숨을 토했다.

"마키노 씨 눈이 보이게 됐구나⋯⋯ 잘됐네. 문병 간 보람이 있어. 시즈토도 곧 돌아온다니 기다려지고⋯⋯ 그때까지 정신 바짝 차리고 있어야겠군그래."

부엌에서 조림 냄새가 난다. 갑자기 누군가에게 몸을 안겼다. 자세를 바꿔주는 것 같다.

"외숙모, 괜찮으세요? 어디 불편한 데 없어요? 오늘은 9일, 지금 9일 오후 다섯시예요."

그런 소리가 들렸다. 눈을 뜨기가 힘들어 가만히 있었다.

"들리세요? 미시오는 지금 욕실에 있어요. 외삼촌은 요리를 만들고 계시고요. 외삼촌 솜씨가 많이 느셨어요."

내 덕분이야. 그렇게 대답하려 했지만, 입이 움직이지 않았다.

"주무세요? 외숙모…… 나요…… 솔직히 무서워요. 미시오 뿐만 아니라 아기까지 정말로 내가 잘 돌볼 수 있을지. 나 같은 덜렁이가 외숙모처럼 사랑을 줄 수 있을까요?"

(바보구나, 레지…… 자신을 너무 과소평가할 필요는 없어.)

"물론 두 사람은 정말 소중한 존재예요. 하지만 그게 사랑일까요…… 그렇게 믿는 것뿐이지 않을까요……"

(의심할 것 없어. 그럴 필요 없어. 누군가를 위해서 말이야, 그 사람을 위해서라면 자신이 조금쯤 손해 봐도 좋다는 생각이 들면…… 그건 이미 사랑인 거야.)

"나요, 요전에 문득 생각났어요. 내가 여태 좋아했던 사람은 미시오가 아니라 외숙모였을지도 모른다고…… 어릴 때부터 지금까지 동경해왔는데 하고……"

(어머나, 레지의 첫사랑이 나였니? 제법 사람을 기쁘게 해줄 줄 아는구나.)

준코가 눈을 떴다. 레지는 이불을 바로 해주고, 머리를 준코

쪽으로 향했다. 손을 내밀어 레지의 머리에 올렸다. 레지가 놀랐는지 움직임을 멈추었다. 그대로 머리를 쓰다듬어주고 싶었다. 손이 생각대로 움직이지 않아 옆으로 살짝 미끄러졌다. 다시 조금 더 이쪽으로 움직여 이번에는 원래대로 돌아왔다. 다시 한번 조금씩 손을 움직였다. 이윽고 레지의 입에서 숨을 죽인 소리가 새어나왔다.

10일입니다, 1월 10일이에요. 몇 번이나 속삭이는 소리가 귓가에 들린다.

"잘 참으셨군요" 하는 소리도 들린다. 어떻게 대답해야 좋을지 몰라 그냥 웃는다. 정말 웃어 보였는지 어쨌는지 그건 자신 없다.

숨 쉬는 것마저 피곤했다. 가슴 깊숙이까지 숨을 완전히 들이쉴 수 없었고, 숨을 쉬려고 들면 기침이 나왔다. 기침을 하면 뼈까지 삐걱거리는 느낌이었다. 그래서 기침을 하지 않으려고 숨을 얕게 쉬니 그게 또 몹시 힘들었다.

엄마! 외숙모! 준코! 사카쓰키 씨! 다들 자신을 부른다.

다 들린다. 하지만 숨 쉬는 것만으로도 힘겨워 대답할 기운이 없다. 그저 고개만 살짝 끄덕인다.

"한 번 더 확인하겠습니다만, 진정제를 더 투여하지 않아도 괜찮겠습니까? 의식이 저하되어 말은 할 수 없게 됩니다만, 이미 그 상태이고. 오히려 몸은 훨씬 편해집니다."

"엄마는 잘 견디셨어요……" 미시오가 울음 섞인 목소리로 대답했다.

"외숙모 정말 훌륭했어요. 이제 고통스러운 일은 없을 거예요." 레지의 쉰 목소리가 들렸다.

"……아냐. 엄마한테 물어보자." 다카히코가 말했다.

(그래요. 나한테 물어요. 내 생각을 들어요. 내게 아직 의식이 남아 있으니까.)

여보, 준코, 하고 다카히코가 불렀다. 어떻게 할까 묻는다. 준코는 고개를 가로저었다.

말이 나오지 않았다. 눈도 떠지지 않았다. 하지만 어떻게든 전해지길 바라며 고개를 가로저었다.

(여기까지 왔는걸. 마지막까지 이 집의 온기를, 가족의 숨소리를 느끼고 싶어. 아기를, 시즈토를 기다리고 싶어. 내게는 사랑하는 사람을 기다리는 행복이 남아 있어. 비록 시간을 맞출 수는 없다고 해도.)

11일이에요, 하는 소리가 들린다. 외숙모, 드디어 예정일이에요. 미시오가 진통을 시작했어요. 하는 소리가 들린다.

방금 강 씨를 불렀어. 당신을 보려고 야마즈미 씨하고 우라카와 씨도 곧 오기로 했어.

준코는 힘껏 숨을 내쉰다. 온몸으로 숨을 쉬는 느낌이다. 숨 쉬는 것밖에 생각할 겨를이 없다.

그러나…… 귓가에 들려온다. 미시오가 신음하는 소리일 것이다. 으음, 으으음, 열심히 힘을 주는 소리가 들린다. 잘 참으렴. 그렇게 말해주고 싶다. 괜찮을 거야, 너 자신과 주위 사람을 믿고 견디다보면 아기가 나올 거야, 너를 만나러 와줄 거야……

아파, 아파, 하는 소리가 들린다. 아아, 아악, 비명이 들린다. 지금 막 한 생명을 세상에 내보내려 하는 이의 소리다. 나는 새로운 생명을 낳는 딸의 소리를 들으며 죽어갈 수 있다. 지금 이 순간 나와 교대해 소중한 생명이 이 세상에 태어나려 하고 있다.

갑자기 누군가의 손이 이마를 짚는다. 감촉으로 다카히코란 걸 안다. 곧 12일 아침이야, 하고 말한다. 야마즈미 씨는 돌아갔지만, 무슨 일이 있으면 금방 다시 오기로 했어. 강 씨는 여기 있어. 미시오는 열심히 애쓰고 있고. 밤을 새우게 되었지만 이제 곧 태어날 거야…… 당신 덕분이야, 당신이 있어서 태어나는 생명이야.

머리를 쓰다듬어주고 있다. 따뜻한 것이 입술에 닿는 것도 느껴진다.

울었다. 눈물이 흐르는지 어떤지는 모르겠다.

미시오의 소리가 한층 높아진다. 외삼촌! 하는 레지의 소리가 들린다. 잠깐 가보고 올게. 다카히코가 말한다. 난 괜찮아요, 하고 고개를 끄덕인다. 이제 충분해요, 당신이라서, 좋았어요……
정말로 고마워요.

주위의 소리가 두꺼운 막을 사이에 둔 것처럼 불현듯 멀어졌
다. 갑자기 숨 쉬기가 편해졌다.

이제 힘들게 호흡하지 않아도 돼요, 하고 보이지 않는 커다란
손이 부드럽게 가슴을 쓰다듬는 것 같다.

눈을 감은 채인데 머리 위로 다채로운 색의 하늘이 펼쳐진 걸
느낀다.

색이 구름처럼 피어오르고, 태양과 달이 재빨리 자리를 바꾼
다. 하늘도 땅도 온통 벚꽃으로 둘러싸인 곳을 빠져나가자 눈앞
에 해바라기 밭이 펼쳐진다. 어린 시절에 보았던 풍경이 떠오른
다. 선명한 단풍잎이 나타난다. 몇 겹이나 포개진 붉은색이 흩어
지더니 눈으로 바뀐다. 이대로 설경에 묻혀버리는 게 아닌가 생
각하며 손을 뻗었다.

이제 광활한 사막이다. 인기척은 없고 모래만 끝도 없이 이어
져 있다. 발치에 작은 모래산이 있었다. 언젠가 남편과 친구와
셋이서 만들었던 위령비를 닮았다. 곁에 '사카쓰키 준코'라는
글씨가 새겨져 있다. 위령비는 안에서부터 무너지듯 다시 모래
알로 흩어지고, 숨 쉬는 것들이 없는 모래 바다에 홀로 남겨졌
다. 너무나 적막해 눈물도 나오지 않는다. 나 죽은 거야? 여기가
내 마지막 장소……?

뒤에서 누가 부르는 것 같다. 귀에 익은 목소리. 애타게 기다리던 목소리가 "늦었습니다" 한다. 희미하게 남은 힘을 그러모아 눈을 뜬다. 정말로 보이는 건지, 진짜 현실인지 이제 알 수가 없다.

눈앞에서 사람의 그림자가 흔들린다. 그림자는 한참 이쪽을 바라보더니, 옆으로 다가온다. 무릎을 꿇고, 오른손을 하늘을 향해 올리고, 왼손을 땅을 향해 내린다. 그 오른손이 준코의 어깨 아래를 받치고, 왼손이 준코의 무릎 안쪽을 받친다.

준코를 천천히 안아올린다. 허공에 뜬 준코는 그 그림자의 품에 안긴다. 마치 그 사람의 가슴속으로 들어가는 것 같다. 아주 따뜻하고 자비로움으로 가득 찬 가슴속으로.

"당신은…… 나를 사랑해준 사람입니다."

속삭이는 목소리가 들린다. 다른 소리는 전혀 섞이지 않은, 순수하고 맑은 목소리가.

"당신은…… 내가 깊이 감사하는 사람입니다."

"당신은…… 내가 사랑하는 사람입니다. 그리고 앞으로도 계속 사랑할 사람입니다."

상대가 포갠 손 안에 자신이 오롯이 담기는가 싶더니, 그 가슴속으로 쏙 들어갔다.

초록이 물결치는 풀밭에 많은 사람들이 나와 있다. 초원의 왼쪽은 숲으로, 오른쪽은 너른 모래사장과 바다로 이어진다. 짙은 파란색 하늘은 무엇에도 오염되지 않은 원시의 하늘을 연상시킨다. 이 유유자적한 세계에서 사람들은 저마다 편히 쉬고 있다. 승려로 보이는 대머리의 늠름한 남자, 교복 차림의 여고생, 뛰어다니는 아이들, 인자해 보이는 노인, 서로 몸을 기대고 있는 가족, 서로 매무새를 만져주는 노부부, 아기를 안은 엄마, 외국인으로 보이는 사람도 있다. 나이도, 피부 색깔과 눈 색깔도 다른, 참으로 다양한 사람들이 하나같이 웃는 얼굴로 즐겁게 대화를 나누고, 자연을 느끼고 있다.

산들바람에 잎사귀들이 흔들리는 커다란 나무 그늘 아래 준코의 부모님이 있다. 옆에 서 있던 러닝셔츠 차림의 시즈토 친구가 이쪽을 보고 손을 흔든다. 바닷가 모래사장에서는 시부모님이 앉아서 쉬며, 물가에서 노는 다섯 살 정도의 남자아이를 사랑스러운 듯 바라보고 있다. 그들도 준코를 발견하고 손을 흔들어준다.

이 세계에서는 누구나 차별 없이 존재한다. 그리고 누구나 서로를 사랑하는 것이…… 서로에게 사랑받는 것이…… 서로에게 감사하는 것이 전해진다.

이런 세계로 들어오게 된 것을 기뻐하며 준코는 사람들 쪽으로 걸어간다. 이제 불안도 망설임도 없다. 모두들 준코를 보고는 웃는 얼굴로 손을 흔들며 반겨준다.

그때, 등뒤에 펼쳐진 하늘과 바다와의 경계 저 너머, 지난번 세계와 이어진 듯한 빛 속에서 아기의 우렁찬 울음소리가 들렸다. 이제 막 떠나온 세계에서, 지금 막 새롭게 생을 얻은 생명의 힘찬 울음소리가 준코의 귀에 또렷이 들려왔다.

옮긴이의 말

제140회 나오키 상이 발표된 다음 날, 당선작인 이 책을 마주하게 되었다. 제법 두께가 있는데다, 다른 책의 마감도 코앞에 두고 있었지만 왠지 모를 기대감에 책장을 펼쳐보지 않을 수 없었다. 한낮에 읽기 시작한 책을 다 읽고 내려놓았을 때는 이미 베란다 밖은 캄캄했고, 허기진 딸은 혼자 라면을 끓여먹고 난 뒤였다. 그런데도 나는 한동안 책을 놓지 못한 채 어찌할 바를 몰랐다. 팔에 좍좍 돋은 소름과 아찔한 현기증 정도는 아무것도 아니었다. 어쩌면 이 책 한 권으로 내 인생관이 바뀔지도 모르겠다는 기대 혹은 우려조차 들었다. 수상작이라든지, 좋은 책이라면 여태껏도 많이 만나왔는데 난 왜 그토록 『애도하는 사람』에 흥분했을까? 일단은 무엇보다 생면부지인 사람들의 죽음을 애도하기 위해 전국을 떠돌아다니는 사람이라는 소재를 떠올린 작가의 발상에 놀랐던 것 같다. 그리고 '애도하는 사람'인 사카쓰키 시즈토는 물론, 그를 이야기하는 화자들의 삶 곳곳이 가슴을 후벼팠다.

나오키 상 심사위원이었던 소설가 이노우에 히사시는 이 소설을 두고 이렇게 평했다.

"삶과 죽음과 사랑이라는 인간의 삼대 난문을 정면에서 도전했다. 도스토옙스키 뺨치는 이 배짱 있는 문학적 모험에 경의를 표한다."

애도한다는 말의 사전적인 의미는 사람의 죽음을 슬퍼한다는 것이다. 그러나 '애도하는 사람' 사카쓰키 시즈토는 고인이 성불하길 비는 것은 유족의 몫이며, 자신의 애도는 그가 이 세상에서 어떻게 살다 갔으며, 누구에게 사랑받고 누구를 사랑했는지, 누가 고인에게 감사를 표하고 또 고인은 누구에게 감사했는지 자신의 가슴에 담아두고 기억하는 것이라고 말한다. 그리하여 사카쓰키 시즈토에게 죽은 자는 모두 평등하다. 어떤 사유로 죽었고, 생전에 돈을 얼마나 벌었고, 어떤 일을 했고…… 이런 객관적 사실들은 그의 애도와 아무 상관이 없다. 그는 그저 고인이 죽은 장소 근처에서 주위 사람들에게 꾸준히 질문할 뿐이다. 누구를 사랑했는지, 누구에게 사랑받았는지, 누가 고인에게 감사를 표하고 또 고인은 누구에게 감사했는지.

　이 작품은 잡지나 신문 한 귀퉁이에 실린 부고 기사와 라디오
나 텔레비전에서 나오는 사건사고 소식을 참고삼아 전국을 떠돌
아다니며 그들을 애도하는 청년 사카쓰키 시즈토의 이야기로,
작가는 이 청년의 이야기를 세 명의 화자를 통해 들려주고 있다.
첫번째 화자는 애도하는 사람의 이야기를 최초로 세상에 알린
기자, 마키노 고타로. 그는 인간의 추악함, 이 사회의 음습한 곳
만 찾아다니며 자극적이고 선정적인 기사를 써온 치졸한 인간의
전형이다. 그리고 사랑하는 남편을 죽이고 형을 살고 나와 애도
하는 사람을 따라다니는 나기 유키요, 말기 암으로 죽어가면서
도 긍정적인 모습으로 아들을 기다리는, 시즈토의 어머니 사카
쓰키 준코. 이들을 통해 독자들은 애도하는 사람이 누구인지 조
금씩 알게 된다.

　왜 젊은 나이의 사카쓰키 시즈토가 어느 날 갑자기 멀쩡한 직
장을 때려치우고, 아무도 알아주지 않는—알아주기는커녕 비
난하고 오해하는 사람이 더 많은—일을 하며 전국을 떠도는지,
한번쯤 시즈토가 화자가 되어 속 시원히 들려주길 바라는 마음

간절했으나, 다른 화자들의 이야기 속에 나오는 시즈토만으로도 사실 모자이크는 완성된다.

　『애도하는 사람』을 한창 번역할 때, '삶과 죽음은 자연의 한 조각 아니겠는가'라는 유서를 남기고 노무현 전 대통령이 유명을 달리했다. 일손을 놓고 아이처럼 엉엉 울면서 텔레비전을 지켜보았다. 텔레비전에서는 네모 상자 밖으로 쏟아질 듯 많은 사람들이 고인을 '애도'했다. 그리고 목소리 좋은 아나운서는 그분이 누구에게 사랑받고, 누구를 사랑하고, 어떤 이들이 고인에게 감사를 표하고, 또 고인은 누구에게 감사했는지 친절히 설명해주었다. 사카쓰키 시즈토처럼 꼬치꼬치 묻지 않았음에도 말이다. 그분을 보낸 아픔이야 무엇에도 비유할 수 없을 정도이지만, 다시 일상으로 돌아와 이 작업을 마칠 때쯤 마지막 장의 한 대목을 읽으며 큰 위로를 받았다. 앞서도 말했지만, 사카쓰키 시즈토의 어머니 준코는 말기 암 환자다. 그리고 시즈토의 여동생 미시오는 새 생명을 잉태하고 있다. 그런데 공교롭게 세상을 떠날 날짜와 아기가 세상에 나올 날짜가 비슷한 두 사람은 똑같이 구토를 하고, 똑같이 변비의 고통을 겪는다. 다음은 그 사실에 대해 준코가 위안을 받는 대목의 일부다.

준코는 죽음을 앞둔 엄마와 새 생명을 낳으려는 딸이 먹는 것은 물론 배설 문제에서도 똑같이 어려움을 겪고 있다는 사실이 신기했다. 그리고 생과 사가 비속하다고 할 수 있는 생리적인 차원에서 이웃하고 있다는 현실이, 자칫 과민 반응을 보이기 쉬운 죽음에 대한 공포를 조금이나마 덜어주었다.

이 마지막 장章의 주제야말로 '삶과 죽음은 자연의 한 조각 아니겠는가'라고 생각한다.

재미있는 소설이었고, 많은 생각을 하게 만든 작품이었다. 간만에 아주 괜찮은 나오키 상 수상작을 만난 기쁨이 컸다.

딸 정하에게 사랑을 보내며

권 남 희

지은이 **텐도 아라타**
1960년 출생. 영화 시나리오 작가로 시작해 소설 쓰기에 전념한 이후, 아동 학대 문제를 깊숙이 다룬 『영원의 아이』, 가족의 의의를 묻는 『가족 사냥』, 세상 모든 아픔에 대한 치유를 노래하는 『붕대 클럽』 등 주로 약자의 편에서 현대인의 정신적 어둠을 묘사하는 작품을 발표해왔다. 노세지다이 신인상, 일본추리서스펜스대상 우수상, 야마모토 슈고로상, 일본추리작가협회상에 이어, 『애도하는 사람』으로 제140회 나오키상을 수상하며 일본 문학의 대표작가로 인정받고 있다.

옮긴이 **권남희**
1966년생. 일본 문학 전문번역가. 옮긴 책으로 무라카미 하루키의 『빵가게 재습격』 『반딧불이』 『회전목마의 데드히트』, 다이라 아스코의 『멋진 하루』, 아사다 지로의 『산다화』, 반도 마사코의 『사국』, 그 밖에도 『퍼레이드』 『밤의 피크닉』 『어제의 세계』 『공부의 신』 등이, 지은 책으로 『동경신혼일기』 『번역은 내 운명』(공저)이 있다.

문학동네 세계문학

애도하는 사람

1판 1쇄 2010년 2월 5일 | 1판 11쇄 2022년 12월 19일

지은이 텐도 아라타 | 옮긴이 권남희
책임편집 장선정 황문정 | 독자 모니터 양은희
디자인 윤종윤 유현아 | 저작권 박지영 형소진 이영은 김하림
마케팅 정민호 이숙재 박치우 한민아 이민경 안남영 왕지경 김수현 정경주
브랜딩 함유지 함근아 김희숙 고보미 박민재 박진희 정승민
제작 강신은 김동욱 임현식 | 제작처 영신사

펴낸곳 (주)문학동네 | 펴낸이 김소영
출판등록 1993년 10월 22일 제2003-000045호
주소 10881 경기도 파주시 회동길 210
전자우편 editor@munhak.com | 대표전화 031) 955-8888 | 팩스 031) 955-8855
문의전화 031) 955-3578(마케팅) 031) 955-2684(편집)
문학동네카페 http://cafe.naver.com/mhdn
인스타그램 @munhakdongne | 트위터 @munhakdongne
북클럽문학동네 http://bookclubmunhak.com

ISBN 978-89-546-0965-4 03830

www.munhak.com